U0055317

遠方的追緝(下)
The Distant Chasers
追風人◎著

Contents

Contents

第七章　台灣檢察官和深圳追風的人

在廢棄大樓裏最後的一聲槍響，是切克曼在槍殺了亞庫依後朝自己太陽穴開的一槍，他的自殺代表著專案組在調查趙思霞命案的兇手時，所引出來的在境內第一個由境外主導的恐怖組織「維族自助會」，和它的對外窗口「阿爾泰進出口公司」被專案組徹底的摧毀了。所有的組織文件、人員名冊和行動計畫都落入了專案組的手裏，他們以迅雷不及掩耳的行動，將剩下來分佈在各地的週邊組織和被他們招募的成員都一網打盡。

專案組對阿爾泰公司進行了全面的調查，結果很清楚地顯示了它是恐怖份子的一個主要窩點。恐怖活動的財務、人員、行動方案及對外聯繫等具體工作都是以它爲中心。但是最令專案組感到興奮和心情沉重的是，在中國最大也是最國際化的上海市，發現了接受境外指揮和財務支援的恐怖組織，在搜查出來的文件裏，他們找到了曾經多次來訪問過阿爾泰公司的人中，有熱則木日及張正雄兩人。

這兩個名字，最早是出現在袁玲玲在深圳的強發貿易公司臥底時送出來的報告裏，後來廈門刑警隊秘密監視常強發時，也發現過這兩個人出現在強發貿易公司。常強發逃亡後，奧森律師事務所的私家偵探又在美國洛城發現這兩人出現在常強發的身邊。跟何時聯繫的線民也提過曾見過這兩個人。最後，在趙思霞生前留下來的文件裏也將王克明和這兩個人聯上了。專案組強烈的懷疑，在袁玲玲臥底報告裏的「王總」，很可能就是王克明。

專案組對阿爾泰公司的財務運行也特別注意，從他們的會計報表和財務人員的審問中，發現了在正當的進出口業務之外，公司還會收到由個人送來的「現鈔」和「貨」，從表面上看不出來源，但是經過深入的審訊和旁敲側擊，專案組認爲「現鈔」是由境外送進來的，而「貨」很可能是由境外來的毒品。

從搜查的文件和審訊的結果來看，「阿爾泰」目前的活動是第一階段，還僅限於爲「維族自助會」招兵買馬的活動，目標基本上是集中在上海和深圳新疆村裏來打工的穆斯林年輕人。從文件裏可以看到，即將開始的第二階段就包括了人員訓練和器材的輸入。但是在清查了所有的文件和進一步的嚴格審問被捕的人犯後，沒有得到任何有關恐怖活動中所計畫的目標是什麼的資訊。

專案組的人明白了「任常專案」在原來要緝拿貪污、走私和行賄的犯罪嫌疑人之外，又增加了「反恐」的任務。他們無法想像常強發會和恐怖組織拉上關係，更覺得王克明做爲一個公安人員也會和恐怖份子走在一起，是他們中最大的叛徒。袁華濤在北京的「五樓辦」召開了擴大工作會議，指示今後的工作重點。他要求專案組不惜一切，一定要找出恐怖組織的目標。

專案組還發現有一名使用法國護照名叫「凱瑟琳．范登」的神秘女性，曾來到過上海市，並且曾到過阿爾泰公司多次。公司的人說她只有跟賽甫丁和切克曼來往，沒有和公司裏的其他人有過任何接觸。查看公司大樓保全的監視器錄影，每次出現時，她的大帽子和大墨鏡都把大半個臉遮掩了。專案組認爲她很可能是境外來的「維族自助會」的領導人。文件還顯示了這位法國女人也以「直接分配經費」的方法，派人將現鈔送給從新疆村招募來的穆斯林青年的頭頭。但是錢給了什麼人，在阿爾泰公司的文件裏並沒有任何記錄，這位叫范登的女人顯然是在上海發展了阿爾泰公司之外，指揮「維族自助會」的單線管道。

專案組還在文件中搜查到一件事，就是賽甫丁會不定期地指示阿爾泰的財務組派人將一筆錢拿到指定的地點，交給來取錢的人。在文件中，這筆錢的支出理由是「特支費」，收款單位塡的是「待定」。專案組認爲這筆錢很可能就是由境外直接送給「維族自助會」的活動經費。由於是單線聯繫，「自助會」很有可能並不知道他們的上線是透過阿爾泰公司運作的，也許這會是個進入「維族自助會」的突破口。在阿爾泰公司曾多次送過錢的是一位年輕的維族辦事員，乃吉木丁。楊冰及何時來到看守所提審他。由楊冰問話，何時做記錄。

楊冰開始問：

「姓名？」

「乃吉木丁。」

「是維吾爾族人嗎？」

「是的。」

「什麼時候來上海，來幹什麼？」

「我是兩年前到上海，是來打工的。」

「到上海後就進了阿爾泰公司嗎？」

「不是，起先是在建築工地打零工，後來才有人告訴我，阿爾泰公司在招募懂財務的辦事員，所以就來應徵了。」

「從一個在工地裏打零工的，被選上當財務辦事員很不容易呀！」

「在學校時，我上過會計課，但是主要是因爲他們要找一個維吾爾人的財務辦事員，所以我就被選上了。」

「工作還行嗎？」

「算是很輕鬆，工資也比打零工要好很多，每個月還能存些錢。」

「你隔多久送一次錢給維族自助會？」

「我以前沒聽過什麼維族自助會，每次都是老闆拿了現鈔給我，告訴我送錢去的地方。」

「那你怎麼知道沒把錢交錯了人？」

「每回都是同一個人，我們都互相認識了。他也是我們維族人，他叫阿不都哈克。」

「那第一次，你們是怎麼互認的？」

「老闆告訴我，對方手裏會拿一本最近期的人物周刊，而我也要拿同樣的一本。」

「你每次都是一個人去嗎？」

「老闆說只准我一個人，不能帶別人。」

「乃吉木丁，你老家裏還有什麼人？」

「父母親和一個小妹妹。」

「他們知不知道你被關進來了？」

「他們不讓我打電話。」

「你知道爲什麼嗎？」

「不知道。」

「因爲阿爾泰公司是個危害國家安全的犯罪組織。」

「可是我們是來打工幹活的，領導幹部做什麼，我們不知道啊！」

「所以，這不是就在調查嗎？如果查出來沒你的事兒，就會放人的。」

「請問警官同志，這調查還要多久啊？」

「不好說，短了也許五、六天，長了要三、四個月到半年，不好說。」

「這太冤枉了。」

「我問你，老闆有沒有跟你說，下次送錢給自助會是什麼時候？」

「三天前，老闆告訴我，下周二又要送錢了。」

台灣檢察官和深圳追風的人

9

「說了要送到什麼地方嗎？」

「古北區的一間自助式的洗衣店交給來拿錢的人。以前有兩次也是送到那裏的。」

「乃吉木丁，你想早點出去嗎？」

「當然想。」

「如果你能配合我們去做一件事，事成之後你就可以出去了。」

「你們要我幹什麼？」

「送錢給阿不都哈克。」

專案組一直有種感覺，雖然常強發已經逃亡海外，但是他的影響力似乎隱隱約約還存在著。消滅他的影響力，就成爲將常強發緝拿歸案的當務之急。

根據何時在廈門的線民所提供的資訊，常強發逃亡後就把他的集團化整爲零，安插在不同的企業裏，他在海外則繼續向這些曾替他賣過命的人提供錢財上的好處，所以這些人對常強發也依然是忠心耿耿的。線民最新的情報是，常強發需要透過上海的阿爾泰公司向「維族自助會」發放經費。常強發是否和恐怖組織掛鈎，當然是專案組非常關心的，如果有，他的犯罪性質就完全不一樣了。專案組一定要掌握這一個通道的具體情況。另外何時警官還有一個私人的目的，就是要檢驗線民柳楊的可信度。

上海的古北區離虹橋機場很近，加上又是新開發的地區，所以吸引了不少境外來的企業，那裏出現了從日本、韓國和台灣來的商人，他們又吸引了上海當地的白領階級，漸漸的，這就成爲古北區的特點了。

維潔自助洗衣店是古陽路上唯一的一間自助式洗衣店。它的左右都是商家，除了有賣衣服的、珠寶的、皮鞋的，還有兩家便利商店。洗衣店是長方型的，它對著大街的一面是落地玻璃窗和一扇玻璃門，一進門的左邊靠牆是一排洗衣機和在支架上的烘乾機。右邊靠牆是讓顧客使用的桌子和椅子。在店面的另一頭是一扇門，門上的牌子寫著「辦公室」。辦公室門邊緊靠著牆是一個樓梯，它是接到樓上的另一個門，上面也有個牌子寫著「儲藏室」，並有一行小字寫著「非請莫入」。

根據乃吉木丁所說，送錢的時間是下午三點一刻，但是何時在兩點剛過，就提著一個衣服袋子來到了洗衣店，他走到店中間的一個洗衣機，把袋子裏的衣服一件一件地放進了洗衣機，再將洗衣粉加進去，投入硬幣啓動了洗衣機。等何時拿出一份報紙坐在椅子上閱讀時，他突然感覺到這家洗衣店似乎和新疆有關係，像是店裏牆上所掛的圖畫，擺設的裝飾品，幾乎全是和新疆文化及特色有關。何時開始感到不安。

兩點四十分，何時將洗好的衣服放進烘乾機，他將計時器調整到三點鐘結束烘乾機的運轉。此時他的手機響了，是楊冰告訴他所有的人都已進入指定的位置，乃吉木丁會按計畫在三點十分走進洗衣店。何時對楊冰說，他感到這個洗衣店很可能有問題，他要所有的人都提高警覺；兩點五十分，他看見楊冰的車來了，停在街對面，但是沒有人下車。烘乾機準時地在三點鐘停下來，雖然衣服還沒有乾透，他還是把衣袋打開，把衣服往裏頭放。何時的手機又響了，顯示幕上的號碼是線民柳楊的。何時對著手機說：「柳楊，我是何時。」

「你想要的維族自助會的地址是上海市古陽路七八五號。」

「知道了，謝謝你，我掛了。」

這個地址就是現在何時所在的洗衣店，何時握住了放在衣服袋裏的警槍，他輕輕地把一顆子彈頂上了槍膛。洗衣店的門被推開了，乃吉木丁提著一個小包走進來，他看了站著的何時一眼後，就在一張椅子上坐下來，兩手緊抱著小包，顯然非常緊張。洗衣店辦公室的門打開了，走出了三名男子，其中一人站在樓梯口，另一個快速的移到洗衣店的門口，第三個身體肥胖的人走到乃吉木丁的前面，但是乃吉木丁先開口了：「阿不都哈克來了嗎？我帶了錢要送給他。」

三名男子的手上都出現了一把黑呼呼的手槍，洗衣店裏有好幾位女顧客都驚叫起來。站在乃吉木丁面前的男子說：「那個警察怎麼沒來？」

乃吉木丁說：「什麼警察？我是來找阿不都哈克的！」

但他還是看了何時一眼，胖子馬上回頭轉身，同時抬起握槍的手，只是為時已晚，何時的槍已經對準了他，並且大聲地喊：「我是警察，把槍放下！」

胖子同時看見了站在門口的同夥已被兩名女警給制服了，他將握槍的手臂放了下來。何時上前把他的槍繳下，然後立刻將槍口對準站在樓梯口的同夥，但是已經遲了一步，一名個子矮小的婦人已被他抓緊，手槍抵在她的脖子上，一步一步地往樓梯上走，他看見何時向自己逼近，而他身後有兩個女警也正舉槍向他接近，他緊張地說：「大家都不許動，否則我就一槍打死她。」

何時說：「你沒有退路了，已經被包圍了，放下槍投降吧！」

胖子露出了神秘的笑容說：「我前面的路是一條通往天堂的大道，但是你們前面的路會把你們帶進地獄。」

胖子和婦人繼續一步一步地往樓梯上爬，只差最後的三個台階就到了儲藏室。何時突然明白了胖子的目的，他站在樓梯口，用雙手緊握著手槍大聲地說：「你給我聽清楚了，我知道你想要幹什麼？我絕對不允許你走進儲藏室，你要是再往上走一步，我馬上就成全你，你就帶著擋箭牌一起上西天吧。」

胖子突然狂喊：「偉大的阿拉！」

他衝向了儲藏室，何時、楊冰和馮丹娜同時開槍，但是婦人從樓梯上被推下來，在她的慘叫聲裏，騰空而起的婦人身體就成了名副其實的擋箭牌。在婦人的身體還沒有落地前，胖子已經進入了儲藏室，他即刻將門關起來。在此同時，何時也一個箭步順著樓梯衝上去，但是在儲藏室的門關上的剎那，他翻身越過樓梯扶手跳到地上。儲藏室的門被打開了，沒有人出來，但是裏面的人向外做快速射擊。何時大喊：「掩護我！」

楊冰和馮丹娜集中火力向儲藏室射擊，只是因爲是向上仰射，看不見屋內的目標，但卻擋住了屋裏的人到門口來射擊正在樓梯上爬著的何時。突然，儲藏室裏的槍聲停了，當何時爬到門口抬頭看時，只見胖子正把一根電線接到引爆器上，他大喊一聲：「不准動！」

胖子沒有轉頭看何時，但是臉上又露出了那神秘的笑容，何時開槍擊中了他的太陽穴。

儲藏室裏堆放了近兩百公斤的炸藥，足夠把一條街上所有的房子都炸爲平地。

公安人員在強力打擊了「維族自助會」後，對被擊斃和被逮捕的成員做了全面的清查，取得了很多有價值的資料，完全證明了這是一個由境外操控的恐怖組織，特專組向公安部做了詳細的彙報。公安部肯定了特專組的工作，特別是組長楊冰的領導，在很短的時間就有了成就，還特別嘉獎何時的正確判斷和行動方案。公安部並對特專組下達了最新的指令，要求他們在最短的時間內找出，境外恐怖組織和維族自助會在中國的目標是什麼？他們的行動時間、地點和方案。這項任務有最高的優先，要比緝拿常強發的任務更優先。

從切克曼屍體取得的ＤＮＡ在和趙思霞口腔裏的精子比對後，證明他就是和被害人口交的人。在「阿爾泰公司」行動中所搜集的物證裏有一個數位攝影機，裏面有一段ＤＶＤ錄影，內容是賽甫丁和切克曼殺害趙思霞的全部過程。

「維族自助會事件」很自然的在媒體上成了件大事，中國警方成功的阻止了恐怖爆炸事件，也引起了國際間各國安全機構的關注，尤其是在反恐專家們的眼裏，他們都認爲這是一次無懈可擊的反恐行動。在美國華盛頓召開的全球反恐會議上，公安部副部長袁華濤被邀請作專題報告，講述了「維族自助會事件」。當然其中很多的細節都還是在保密的情況中，是一點都不能說的。即使是如此，來開會的專家們都同意，這案子應該寫成典型案例，做爲訓練用的教材。

袁華濤把李路欣帶到美國去開會，說算是他們的蜜月旅行。在會場上，袁華濤碰到了幾個當年在國際刑警組織裏的老朋友，多年不見，分外高興。最開心的是馬溫·奧森也出席了會議，多年前的老戰友分開這麼多年後又見面了，讓這兩個老頭子都高興得快發瘋了。李路欣也終於見到了大家都談論著的奧森大律師。那是在會議的一個社交酒會上，他們第一次見到面。袁華濤牽著李路欣的手，來到奧森面前說：「李路欣，這位老頭，就是我們老跟你說的馬溫·奧森，終於見到了吧！馬溫，這個老美女就是我的老婆。」

李路欣熱烈的和奧森握手：「這次到美國來的目的之一，就是想和您見一面，現在看到您，真是非常高興。」

奧森：「果然，女兒將母親的美麗都繼承了。我和您的女兒見過好幾面了，她是我們的客戶。我們還聽說她最近又把一個恐怖組織給端了，所以你們的女兒把你們二位的優點都取得了。我看老袁是感到非常驕傲的。」

李路欣：「一點都不錯，現在他心裏就只有他女兒，我這個老太婆也只能靠邊站了。」

奧森：「我的情報可不是如此。有人告訴我說，老袁等你等了三十多年，我現在終於明白了，老袁等這三十多年是多值得啊，這如花美眷總算讓他等著了。老袁也許沒跟您說，當年有一次我們在大山裏跟蹤一個毒販子和他的保鏢，我們斷糧都斷了兩天，靠吃草根樹皮喝雨水過活，我擔心我和老袁要不是餓死在大山裏，也會成了野獸的晚餐，再嘛就是被敵人的子彈打死。但是老袁還是沒完沒了的在我耳邊說他一定要活下來，因爲他要等一個美嬌娘來投懷送抱。就是這份信心，我們都活了下來。我還得感謝你讓老袁想得死去活來。」

李路欣：「別聽老袁胡說了。奧森先生，我想問您，您手下是不是有一位叫陸海雲的律師？」

奧森：「是的，他是我們事務所裏最優秀的律師。」

李路欣：「他有要好的女朋友了嗎？」

奧森：「我是聽說他有過不少漂亮的女朋友，可是我都沒見過。現在的一個就不同了，她也是我們事務所的律師。」

李路欣：「他們快要論及婚嫁了嗎？」

奧森：「您知道嗎？現在的年輕人跟我們那時代不同，很多人即使是愛得死去活來也不會想到結婚。海雲和愛米兩人的感情很好，海雲的父母也非常喜歡愛米，但是他們就是不想結婚。」

李路欣：「您對他們的情況很清楚嗎？」

奧森：「那當然了，愛米是我的得力助手，也是我的小外甥女，我非常關心她。可是大部分時候，她都不領情，覺得我多管閒事。」

當天晚上的應酬節目結束後，袁華濤和李路欣就回到酒店的房間，他們洗完澡換上睡衣入睡前在床上聊天，李路欣說：「好多人都跟我說楊冰辦的案子辦得可神氣了，都在誇她。冰兒是沒讓你丟臉吧？」

「她是很能幹的，當初老鄭堅持要她當專案組的頭兒，我還擔心她經驗不足。老鄭可真是會看人啊！你知道嗎？這丫頭有天生的警察氣質，她在逮捕殺趙思霞的兇手時，他突然拿槍指著楊冰，一般人不管是警察還是老百姓，第一個反應就是躲避，但是楊冰立刻拔槍，打中了兇手的腦袋。這是很不容易的，沒幾個人能做到。」

「那冰兒怎麼跟我說，你和老鄭把她臭罵一頓，還要撤她的職，幸虧葛琴救了她，老袁，有這回事嗎？」

「哼！要不是在電話裏，我還真想狠狠的教訓她一頓呢！她差一點闖了大禍，要不是陸海雲拉了她一把，說不定我和她現在都在寫報告呢。你知道嗎？冰兒這麼聰明的人，爲什麼又會這麼糊塗。她讓她的感情把她的大腦蓋住了。楊冰認爲她沒有一點比得上老奧森的愛米，所以她就想綁架拿下任敬均，好把愛米給比下去。我對楊冰幹警察的能力一點都不擔心，但是對她當女人去抓住男人的本事沒有信心。」

「那怎麼辦？我看冰兒真的很愛陸海雲。但那個愛米又是奧森的外甥女，肥水不落外人田，冰兒會落空的，老袁，你不但不幫女兒一把，還不讓她和陸海雲談戀愛，我看她白叫你爸爸了！」

「我看陸海雲是在找老婆而不是要找女警，楊冰在他面前要當女人才能把他拿下，要是當女警，一定沒門兒。我不讓她和陸海雲談戀愛，是因爲公安部和美國律師公會的規定。走私是被抓住了才是犯罪，他們可以走私談戀愛啊！」

「老袁，你就幫幫你女兒吧！」

「怎麼去走私談戀愛和擺平男人是你的專長啊！並且還有輝煌戰果。你就教我們女兒一兩招，一定會把陸海雲拿下。」

「老袁，你什麼意思？」

「我說錯了嗎？」

「行！那我就先在你身上試一兩招。老袁，關燈。」

近幾個月發生在中國的三件大案子是：緝拿潛逃海外的重大貪腐要犯任敬均歸案並追回了價值數億的贓款，偵破姦殺高級警官前妻趙思霞命案以及摧毀了與境外恐怖組織有密切聯繫的「維族自助會」，剷除和逮捕了重要成員並起出了大量文件、槍械和炸藥。這不僅在國內引起了轟動，民眾對公安人員的辦事和破案能力也有了新的估量，連國際的電子和平面媒體都做了大篇幅的報導。

除了案件本身有它的吸引力外，再加上三個案子的負責人都是同一位亮麗年輕的女警官，更增加了事件的新聞價值，楊冰立時成了媒體追捧的對象，加上她流利的英語能力和美國的博士學位以及公安烈士女兒的背景，她很快地成爲社會上的偶像，被人崇拜著。

楊冰的工作也起了重大的變化，她被要求參加好些公安部的高層會議，代表公安部出席社會活動，被邀請參加有重要人物出席的飯局。由於這樣的活動太多了，爲了方便，楊冰搬到北京，但是她並沒有住在母親和袁華濤的房子，而是另外單獨居住。

在業務上她也經歷了一個很大的衝擊，那就是何時強烈地反對楊冰對外宣佈「維族自助會」已被徹底摧毀。他認爲被擊斃和被逮捕的「自助會」成員，雖然包括了由境外來的，但是他們都是屬於「行動員」，而不是策劃者和領導幹部。例如曾經多次出現在中國的那位法國女人，至今還沒有下落，也沒有一個很好的說法，她到底是什麼人。一個組織的領導核心不消滅，在適當的時候一定會東山再起。

但是楊冰堅持自己的看法，何時將他的看法備案後，宣佈服從領導的決定。楊冰很清楚她上次建議在洛城綁架任敬均時，陸海雲就對她非常失望，事前何時及陸海雲都反對，而事後他們也沒有將事件反映給上級。但是楊冰的特殊心理，讓她再度堅持己見，她需要全面的勝利。

而楊冰的個人生活也起了天翻地覆的變化。她有一位秘書和一位行政助理來打點她的日常工作和生活，當然她也有了專任的司機爲她開車。但是對她個人來說，衝擊最大的是那一個接一個，如排山倒海似的追求她的人，這些人的顯赫身世和財富背景是她從來沒有想像到的，她的秘書有大部分的時間是在爲她安排，如何在忙碌的日常活動中找出時間，和這些上門的人見面。

這些人裏，有些覺得找一個開槍殺人的女警做女友很有刺激感，見一面就想和她上床，有的人想找一個漂亮的女警官當老婆以幫助自己的事業，還有的更乾脆講明了用天價請她做商品的代言人加上床。這些人的共同特點就是「金錢，權力，勢力」，來找她的人裏最多的是各式各樣的大人物，還有大人物的兒子，甚至是大人物的孫子。

原先以爲秘書和助理可以負起過濾的責任，把一些面目可憎、言語無味的追求者擋在門外，但也許是這兩個人被買通了，楊冰不但沒碰到讓她心動的男人，還見到了不少令她噁心的人。最後，楊冰把她的母親抬出來做擋箭牌，由李路欣回絕想來約會的男人，在公安部副部長夫人面前，當然就沒有人敢造次了。做母親的當然也會利用機會精挑細選幾個優秀合格的乘龍快婿候選人和楊冰見面，她對其中的兩、三個年輕人也有很好的印象，但是她在幾次交往中，沒有找到她和陸海雲在一起時的「戀愛」感覺。

每當夜深人靜時，楊冰對陸海雲的思念就會油然而起，那份刻骨銘心的感覺常使她淚流滿面久久不能成眠。楊冰將她的「新生活」，尤其是母親安排她「相親」的事和她的感覺，很詳細地手寫成長信寄給陸海雲，她原來期望陸海雲會馬上表示出對她更強烈的愛意，但得到的回答卻是祝賀她終於走出了過去的陰影，開始重新的戀愛了。楊冰感到她和陸海雲的距離越來越遠了，相互間的郵件和電話不但少了，交談的內容也越來越勉強了。她明白在案子結束前，他們是不被允許戀愛的，但他們說好了要做朋友，現在案子的進展越來越有眉目，任敬均已經連人帶贓款被緝拿歸案，常強發案子的結束也應該是指日可待，爲什麼陸海雲和她卻是越走越遠呢？

最近楊冰曾去找過柯莉娟，問到底自己的問題出在哪裏，她應該怎麼做才能抓住陸海雲呢？柯莉娟很坦白地告訴她，現在的楊冰已經和以前的楊冰完全不是一個人了，陸海雲一直深愛著以前的楊冰，她應該知道陸海雲想要的是什麼。只是當楊冰知道陸海雲爲了常強發的案子出差來到了上海，但是並沒有去找她，雖然她人在北京，但只要兩個半小時，他們就能在北京或是上海見面了，爲什麼不來找她呢？他們在哈爾濱時所說的話，難道都煙消雲散了嗎？極度的傷心和憤怒，使她不再考慮到對方的工作環境和時間，她克服了種種困難，和陸海雲接上了電話，她說：「喂，是陸海雲嗎？我是楊冰。」

「啊！楊冰，我是海雲，你好嗎？你現在哪裏？」

「海雲，我是在北京打電話給你。我知道你很忙，但是可以和我說幾句話嗎？」

「當然可以了，我已經從會議裏出來回到辦公室了，有的是時間，儘管說吧！」

「你是不是還在爲拿下任敬均的事在生我的氣？我不是已經跟你賠不是，道歉了嗎？」

「沒有，任敬均的事不是都圓滿結束，皆大歡喜嗎？我沒跟你生氣。」

「我知道你在幾天前到上海來，是不是有什麼事我讓你生氣了，所以你沒來見我？」

「我聽你的口氣很不高興，這其中有誤會，請讓我解釋明白。」

「是嗎？」

「我是因爲客戶的專案去上海出差，正好也想跟你彙報一下常強發案子的進度。我發了一個郵件給你，想定下我們見面的時間，但是我接到你的行政助理回電，說我們見面的時間要定在三個星期以後，我進一步的解釋也沒能改變你助理的決定；後來我就打電話給你，是你的秘書接的，她把電話轉給了同一個助理，他還是要我等三個星期。」

「海雲，對不起，我的確有告訴我的助理和秘書，你的電郵和電話要馬上轉給我，他們一定是忘了。真是對不起，要是我，我也會生氣的。」

「因爲我的工作行程不允許我等三周，我還是去了上海向何時作了彙報。是他告訴我，公安部給了你很多其他的任務，你忙得不得了。在上海我也打了電話給你，但還是沒接上你。」

「實在是因爲打電話來的人太多了，都是要來見面的，所以我才叫助手和秘書先過濾所有的電話。也許是因爲他們沒見過你，就把你當成是一般的人了。實在是太對不起你。」

「楊冰，別再說對不起了，我知道你一定很忙，沒有要緊的事不應該去打擾你。」

「常強發的事怎麼能說是不重要呢?案子進行得如何?」

「沒有什麼特別的事，一切按進度。常強發最近受了點傷，住進了醫院，兩個禮拜後出院。」

「海雲，你爲什麼不打我的手機呢?」

「我是曾經試過三次，兩次是關機，一次是在通話中。想到你在北京公事和私事都一樣的忙，也不好意思多打了。」

「我再怎麼忙，還是盼望能接到你的電話。」

陸海雲沉默了一陣，楊冰又問：「海雲，你還在嗎?」

「我在。」

「怎麼不出聲了?你不想跟我說話了嗎?」

「你相親的事進展得怎麼樣?」

「一有好消息，我會馬上告訴你。」

掛上電話後，楊冰就抱頭大哭一場，在下班前，她通知人事處把她的助理和秘書調走了。

和客戶在一起吃過晚飯後，陸海雲早早的就回到了酒店。他計畫在晚上把這次的出差報告寫好，但是在他洗完淋浴剛換上了一身輕便的衣服時，房裏的電話就響了，原來是楊冰打來的。她說：「海雲，我是來向你報告兩件事，非常重要。」

「是嗎?哪兩件事?」

「第一件是今天早上我們說到關於我相親的事，我答應只要一有結果就向你報告。」

「那第二件事呢?」

「那是前一陣子你說的，你在組拿任敬均回國的事件上幫了我的大忙，而我對要如何感謝你，提不出具體的辦法，現在有了。」

「我的楊冰警官，聽起來你的心情要比早上好多了，什麼事讓你開心了？是不是相親成功了？」

「那你就別管了。到底你想不想聽我的報告？」

「當然想聽了，快說吧！」

「我要當面向你報告。」

「你不是在北京嗎？怎麼……」

陸海雲突然明白了，楊冰已經來到了上海，並且在電話裏逗他。

「哈！原來你到上海來了，現在什麼地方？機場嗎？」

「人家不肯去北京，我只好來上海了。我就在你酒店樓下大廳，是不是房裏有女人，不方便？」

「快上來自己看看房裏有沒有女人，我在七二八號房間。」

兩分鐘後，楊冰到了房門口時，陸海雲已經在開著的門口等她。楊冰沒說話，走進門後轉身把門關上，抱住他熱吻。等她鬆手了，陸海雲才摟著她走進到房間裏的沙發前，楊冰穿著便服，打扮得很青春漂亮。陸海雲說：「我以爲警察走進房裏查人時是要先把槍拔出來，從什麼時候開始是要先吻房裏的男人？」

「早上跟你在電話上吵完架後，越想越難過，後來實在受不了要瘋了，所以才來找你。海雲，是我不對，別再生我的氣了。」

「你不用擔心，我沒那麼喜歡生氣。但我還是很想聽你的報告。」

「那你要先倒杯水給我，然後坐在我身邊。」

陸海雲端了一杯水來，他也坐在長沙發上，輕輕地摟著楊冰，透過薄薄的上衣，他能感覺到她的體熱。楊冰靠過來，把胸部壓到陸海雲的身上。她說：「這樣好舒服。如果時間能凍結住該多好。海雲，剛剛是我吻你，現在我要你吻我。」

他們開始了長長的擁吻，陸海雲的手也不停地在她身上撫摸著，幾乎遊走了她身上的每一寸肌膚。他感到楊冰全身熱得發燙，整個臉都紅了，眼睛露出了很奇特的目光，他說：「楊冰，你全身都熱了，還想做報告嗎？」

「海雲，我從來沒有這麼奇怪的感覺，好熱，好漲。可是我要告訴你，相親的事失敗了，所以還要繼續努力。感謝你的具體行動也定了。」

「太好了，快說！」

「我要跟你做愛。」

楊冰的漂亮臉蛋在窗外瀉進來的夜光下顯得冷豔和迷惘，她的嘴唇在微微的顫抖，似乎在等待將要發生的事。陸海雲伸出右臂，從她的背後將她緊緊地摟住。他的另一隻手撫摸著她的耳朵，再用嘴唇先是輕吻，然後就輕咬著她的耳朵。他聽見楊冰輕聲的呻吟，他將手掌輕放在她的乳房上，她全身顫抖了一下後身體開始扭動掙扎，陸海雲增加了他雙手的力量，楊冰的腰和胸部被緊緊地抱住，不能動彈，她只能揚起了頭，把臉緊貼到陸海雲的嘴上，他感到一股熱氣傳到臉上，楊冰的嘴唇微微的張開了，她的呻吟聲音增大也開始有了韻律，她吐氣如蘭，回過手來勾住陸海雲的脖子，從喉嚨深處發出聲音說：「海雲，把我的衣服脫下來。」

說完了她就開始狂吻他的嘴唇，陸海雲右手還是緊摟著她的細腰，左手開始解開她上衣的鈕扣，他鬆開了摟腰的手，把上衣脫下來，楊冰突然轉身把頭緊靠在陸海雲的胸上，然後自己把胸罩背後的扣環解開，她低聲地說：「不許看我的乳房。」

「爲什麼？」

「長得不好看，太小了。你會失望。」

「我正想見識一下又小又難看的乳房。」

說完了就動手把胸罩褪了下來，楊冰掙扎了一下就放棄了。呈現在陸海雲面前的是一個完美的女體上半身，像是在月光下的維納斯女神，她的頸部、雙肩、雙乳和雙臂是那麼完美的比例，附著的細小汗珠使女體反射著窗外透進來的月光，陸海雲情不自禁的吻住了微微上翹的乳頭，雙手在她的上身遊走著，撫摸著，感受著女體發散出的熱力。楊冰將陸海雲的頭拉起來，抱住了他的脖子，吻他的嘴唇，把舌頭伸了進去。她的一個手臂抱住了他的下腰，再緊緊地把下身貼上去，用力的頂著，磨著，她喘息著，喃喃地說：

「海雲，我愛你，我是你的，全給你了，我好熱！」

楊冰放開了她抱著陸海雲的手，解開了低腰身牛仔褲的扣子，掙扎著把它褪下，出現的是個小小黑色的三角內褲，她牽著他來到床邊，情深地看著他說：「海雲，你說過有一天你會讓我變成一個完全的女人，我要你今天晚上就給我你的承諾。」

說完了，她就躺下去，楊冰像是個下凡的仙女，美得讓陸海雲窒息，滿頭黑髮散在枕頭上，雪白修長的大腿緊緊地夾在一起，細嫩的小腿下一雙均勻的腳也勾在一起，陸海雲感到要爆炸了，他很快的把衣服也脫了，一邊吻著楊冰，一邊將黑色的三角褲褪下，同時他的兩手沿著她光滑的大腿和小腿撫摸著，楊冰感到她的身體著火了，陸海雲跪在她分開了的兩腿中間，用雙手支撐著上身的重量，他俯身吻她，輕輕地說：「我要把你的初夜拿去了，你看著我，我也要看著你的眼睛。」

「我不要，不好意思。」

「第一次會很痛的，你要忍一忍，一下就會過去了。」

她的兩眼還是緊閉著，突然一股身體被撕裂的疼痛從下體傳遍了全身，楊冰用撕裂的聲音喊叫說：

「啊！好痛啊！痛死我了，海雲，我好痛啊！」

那是陸海雲把已經無限膨脹將要爆炸的男性淺淺的頂進了她的身體，她已經痛得流出了眼淚，牙齒咬緊下唇，她的頭左右搖著，散在枕頭上的秀髮也跟著在飄舞，陸海雲發覺眼前在掙扎和嘶喊著的楊冰發散出一股近乎變態的女性誘惑和催情，他的膨脹更是達到了極點，但是他對楊冰的愛很自然地流露出來，他一邊吻乾了她的眼淚，一邊溫柔地說：「我不動了，不會再痛了。」

楊冰的眼淚不停地流，那不是疼痛的淚水，那是喜極而泣的淚水，她說：「海雲，你知道我有多愛你嗎？從認識你的第一天起，你的一舉一動，每一句話都留在我的心裏，無時無刻不去思念，和你相見時的喜悅成了我生命的目的，你是我唯一的男人。海雲，我喜歡聽你說話，更喜歡聽你說故事，今天是我們的一千零一夜的開始。」

楊冰伸出雙臂抱住海雲，把他拉下來，讓他清楚地看見她睜得大大的眼睛，她說：「海雲，我要你的濕吻。」

陸海雲深深地吻她，把舌頭伸進去。楊冰彎起她修長的兩腿，把海雲的腰緊緊地圈住，然後她使出全身的力氣把小腹向上一挺。海雲的濕吻使楊冰無法叫出聲來，但是她從喉嚨的深處發出了一聲低沉的被撕裂的哀號，陸海雲已經深深的完全進入了楊冰的身體，他上下同時的佔領了她，徹底的征服了她。他本能的開始了他的攻勢，但是他對楊冰有無限的溫柔。海雲一停止了濕吻，就聽見了她的呻吟、低泣和一陣陣的尖叫，同時還伴同著一再的哀求。他開始愛撫楊冰光滑且帶有汗水的身體，也開始講他和楊冰一千零一夜的故事，但是海雲的攻勢不停，反而速度在加快。他在用身體征服楊冰，更是用愛情佔領她。

陸海雲的溫柔讓楊冰感到的巨痛慢慢地消退，她開始有一股奇妙的感覺。她不知道是海雲對她身體持續的攻擊，還是愛撫和一千零一夜的故事帶給她這奇妙的感覺。後來當海雲撫摸她的乳房時，她感到像是觸電一樣，一股暖流直通全身。

海雲的身體攻擊有深有淺，有快有慢，也有重有輕，現在楊冰的呻吟是隨著這些動作在變化，漸漸地，她的身體對海雲的攻擊也有了反應，和她的呻吟一樣，楊冰在配合他的衝刺，使她感到一陣比一陣更刺激、更奇妙。她緊緊地抱住海雲，牙齒咬住他的肩膀，兩腿彎起來緊緊地夾住海雲的下腰。海雲的溫柔消失了，他像狂風暴雨般的侵犯她，蹂躪她，她雙手推著海雲的肩膀，抵抗他的強暴，但是她的下腰卻配合著海雲的攻擊，在瘋狂的扭動著，她哀求地說：「海雲，我愛你，我不行了，救救我吧！我愛你！」

但是海雲看到的是在他身下的美豔女神，那無比誘人的身體全是汗水，她光滑的皮膚在月色下閃爍著，海雲已經失去了控制能力，他唯一能想到的是這個美豔女神是他的俘虜，他要侵犯她，佔領她，騎著她到遠方的天堂。楊冰的臀部被海雲的兩手緊緊地抓住不能扭動了，他開始了最後的劇烈抽動，每一下都是又深又重又快，楊冰感到進入的侵犯從下腰都到了她的喉嚨，她正本能的想尖叫時，海雲的濕吻壓住了她的嘴唇，舌頭一直侵入到她的喉嚨，全身所有可能的地方都被海雲侵入和佔領了，但是她已經無法分辨那是痛苦還是歡愉。

楊冰的呼吸加快，她覺得她是在波濤洶湧的大海中快要沉下去了，她緊緊地抓住海雲。在全身感到觸電似的麻痹後，她完全崩潰，神志不清了。就在那瞬間，兩人渾身顫抖，他們同時呼嘯著對方的名字，大聲的宣佈他們之間的愛情，然後一切都風平浪靜了。

許久以後，兩個赤裸的身體依偎在一起，海雲把床頭上的一盞小燈打開，一個美豔女神呈現在他的身邊，她的雙眼緊閉，呼吸均勻，胸前誘人的乳房在起伏著，一隻修長的大腿擺在他身上。臉上乾了的淚跡還依舊可見。雖然給人些許神聖不可侵犯的感覺，海雲還是情不自禁的輕輕撫摸著她光滑的後背，慢慢地將手移到了挺起的乳房上。他聽見了楊冰慢慢的，但是很清醒地說：「說了不許看，你還是不聽話。」

海雲突然把手停下來，他說：「你醒了？」

楊冰把他的手拿過來按在胸前說：「好舒服的感覺，不要停下來。求你了！」

說完了後，楊冰把頭埋在他胸膛。海雲用手把她的頭抬起來，看見那一對發亮的大眼睛正深情地看著他，帶著微笑的臉蛋已經泛紅了。

「看這麼漂亮的人還不准我看。」

她又把頭埋下，小聲地說：「我被你破身了。是不是很狼狽？」

「是第一次嗎？」

楊冰用頭輕輕的撞了一下海雲的胸膛說：「你欺負人還要在嘴上佔便宜，明知故問。」

「因爲你太美了，你的反抗和哀求反而對我起了催情作用，我控制不住自己，讓你受苦了。但是最後還是你助我一臂之力，我才能完成任務。我真的沒想到你會忍住這麼大的疼痛來成全我。楊冰，委曲你了。」

「我是害怕你太辛苦了會放棄，就去找別人了。好狼狽啊。」

「你現在還痛嗎？」

陸海雲惜香憐玉地愛撫著楊冰，她將赤裸的全身緊緊地貼著海雲說：「已經不疼了，可是全身的骨頭都快散了。好可怕啊！」

「可怕？怎麼會呢？」

「先是全身被撕裂的疼痛，嘴又被人堵住，想叫都叫不出來。然後就有點神志昏迷，整個身體發熱，像是要爆炸似的，全身的血都是倒流著向體外噴出去。最後被你死死的按住時，我覺得你進入我的全身，都到了我的喉嚨了，身體上每一塊皮膚都燒焦了，我一陣哆嗦後，好像有一個又熱又大的太陽，把熱力散發到全身……好可怕！」

陸海雲明白了楊冰是在形容她有生以來第一次高潮的經驗。他將她緊緊地抱住說：「楊冰，你是個完整的女人了。」

楊冰哭泣著說：「我真高興，謝謝你，海雲，今晚是我的初夜，我一生不忘。」

他們無言的擁抱，緊緊地感受著對方的身體。

許久後，楊冰輕聲地說：「蜻蜓是浮在空中做愛的。」

「蜻蜓？你在說什麼？」

「你沒見過嗎？春天的時候，兩隻蜻蜓，一上一下，頭碰著頭，尾巴連在一起，在空中飛過來，飛過去，在交配。」

「可憐的公蜻蜓，不但要做愛，還得帶個母蜻蜓飛在空中。」

「他們可以一起飛呀？」

「我想不行，蜻蜓不會倒著飛，我從來沒見過任何動物會倒著飛的。」

「那他們一定是輪流一上一下，要不然一定把一個給累死了。」

「你爲什麼會想到了蜻蜓？」

「他們和我們一樣，要吻著對方做愛。」

「除了蜻蜓的飛行做愛，你還研究過別的什麼方式做愛？」

「不曉得蜻蜓在達到高潮時會不會突然從空中掉下來。」

又隔了一會兒，她說：「海雲，你以前說的話是真的嗎？」

陸海雲沉默不語，楊冰接著說：「我也是有血有肉的人，你的那份情，排山倒海似的沖過來，我被你沖得人仰馬翻。海雲，在愛情上我是被人傷害而成了殘廢的人，我渴望你的愛情，但是不知道要如何回應。我害怕會傷害了你，你會棄我而去。」

「今天晚上，你忍受著巨大的肉體痛苦，讓我征服了你，拿走了你的初夜，這是女人對男人最極端的奉獻，從我們相識的那一刻，我就情不自禁的將對你的愛情排山倒海似的輸送給你，我願意把你今晚的情意看成是對這份愛情的肯定。但是，楊冰，你能不能告訴我，你還是和我們第一天見面時的楊冰一樣，沒有變嗎？」

「海雲，你一定很清楚，我的工作任務和環境都有了很大的變化，我的改變都是身不由己的，你可千萬不要在意，就不理我了。」

「我是害怕打攪你的工作。」

「海雲，不要離開我，留在我身邊，幫助我。」

陸海雲又是沉默不語，隔了一陣子，楊冰再問：「海雲，我想求你一件事，你一定要答應我。」

「只要是我能力辦得到的，我當然答應。」

「今天晚上的事，請你不要告訴任何人，行嗎？」

「其實你我是客戶和律師的關係，今天晚上我們都犯規了。當然不能說了。」

又隔了一會兒，楊冰問：「海雲，你是不是愛上了小莉？」

在台灣的近代史裏有所謂的「五大家族」，都是以巨大的財富顯赫一時。他們的發跡過程和生財之道雖然各有其特點，但不外乎是以高超的手段經商聚財，再加上利用苦心發展出來的深厚政商人脈關係，打開了一條暢通無阻的大道，讓他們世世代代都能走上累積財富之路。五大家族中有兩家是在前清時代就已致富，另三家則是在甲午戰爭後，台灣割讓給了日本，在日本殖民地政府的統治下開始發達。從清代、日治、二次大戰到民國時代，這五大家族的際遇雖然大不相同，但是都還能在社會中不同的領域裏各領風騷，幾代下來還出了不少的人物。

五大家族中最特出的就是南投縣霧峰鄉的林家了。他們祖業的開創是從清代中葉時在台灣中部農田的開墾開始，數代下來林家的家業受到政治與社會環境的制約，也曾因爲家族中人的叛亂而受到株連，家產被朝廷沒收。一直到林家發跡後的第四代，林定邦和林奠國兩兄弟當家時，林家才又逐漸地累積了相當的財富。但是林家也和地方上的其他勢力結怨，林定邦被害慘死，他的長子林文察在手刃仇人後投入軍旅。他在閩浙戰場上爲清廷追剿太平軍，立下赫赫戰功，因功官拜陸路提督，並又奉派回台灣弭平當時的戴潮春民變，成爲當時軍功最高的台灣人。再下一代的林朝棟在中法戰爭裏足智多謀，屢建奇功，因而取得台灣中部的樟腦開發權，爲林家拿到了百年的壟斷經營和巨大財富。

但是林家依然逃不過時代和命運的擺佈，林奠國最後還是死於獄中，他的侄子林文察最終也在戰場上敗亡，林文察的弟弟林文明被控結黨謀反，在彰化縣的衙門裏被當廷誅殺。和民間盛傳著的「楊家將」故事一樣，霧峰林家的歷史中，男人多半英年早逝，其中不少甚至還死於非命，而林家的女人們也是堅忍不拔，事事能夠挺身而出。林文察和林文明兄弟的母親戴氏就曾多次上京告御狀，林朝棟的妻子楊氏也曾一身素衣，親率鄉勇與法軍廝殺。他們的兒子林祖密在民國初年隨孫中山革命，死於福建軍閥之手。林祖密的兒子林正亨又因爲「匪諜」的嫌疑，慘遭國民黨槍決，整個林家的遭遇是非常的慘烈。

霧峰林家在清代的興衰起落是封建時代典型的地方豪族宿命，其中也包括了林家在一夜之間就霸佔了鄉里的十三座竹圍之類的鴨霸傳說，但是林家充滿了血淚的滄桑也不是一般平民百姓所曾經歷的。

到了近代的林家，又出現了一位叫林獻堂的「三少爺」，他和他的祖先們最大的不同，是他沒有成爲一位商人或企業家繼續爲他的家族累積財富，而他選擇成爲一個「讀書人」或是所謂的「知識份子」。他出生時的台灣已經是日治時代，做爲一個漢人，林獻堂義無反顧地扮演了台灣社會的良心，表現出讀書人「有所爲，有所不爲」的骨氣。

這位「三少爺」終身拒絕學日文，並且和林家另外的兩位親人，林癡仙和林幼春，推廣中國的詩文。他以林家資財爲後盾，帶領台灣人對抗日本的殖民統治。當多數的台灣豪族成爲日本殖民政府的「御用有力者」時，同屬地主階層的霧峰林家卻在主導台中中學籌建工作、議會設置請願運動、台灣文化協會、台灣民報以及台灣地方自治聯盟，對凝聚台灣人的共識和文化有很大的啓蒙貢獻。

三少爺林獻堂在二戰勝利，把日本人趕走時，他的一顆心和台灣這片土地一樣的回歸到中國。然而前來「接收」的國民政府很快地就和台灣的富豪家族，尤其是一直和日本殖民地政府「精誠合作」的台灣世家，建立起關係。但是對這位素孚眾望的台灣人領袖卻深具疑慮，再加上林獻堂對來到台灣的國民黨政府及軍隊的所作所爲非常失望，由於他的不滿言辭更加強了執政者對他的戒心，對他處處刁難和排斥，最後林獻堂深深地體認到台灣已沒有他容身之地，他只能黯然遠走他方，自我流放。

也許是命運在捉弄這位「三少爺」，他選擇的客居之地就是他花了大半生來對抗的日本。而霧峰林家自此不但政治影響力銳減，財力也每況愈下。等到進入了二十一世紀後，台灣已很少有人知道在小小的台灣南投縣霧峰鄉曾有一個林姓望族，在家族中曾有族人展現了台灣鄉紳風骨，贏得尊敬。

林獻堂有一個最小的孫女，也是他最心愛的孫輩，在他去世時，這個小孫女還在唸小學，但是她已經是給林獻堂寫信寫得最多的親人了。多年後，小孫女也大學畢業，在一所女子中學任教。她雖然出身自一個沒落的豪門，有正當的職業，也博覽群書，但還是跳不出大家族女兒的命運，她父母安排她嫁給了一個姓趙的富商兒子，但是因爲她生的第一個孩子是女的，在孩子還沒滿一歲時，她的丈夫就奉父母之命把小老婆娶進門來。

這一下她明白了，不論她自身是有什麼樣的背景、成就和理想，一嫁進了豪門就只剩下了一個目的，那就是成爲生兒子的工具。在女兒滿歲那天，這位趙家媳婦帶著女兒離家出走，她爲自己在教育界立業，一直做到了中學校長，並且連續地服務了三十多年，是名副其實的桃李滿天下。她獨力扶養長大的女兒也以優異的成績從大學畢業，並且留學美國。

而這位從小就和她相依爲命的女兒，其實也就是曾讓陸海雲心碎的耶魯大學情人趙碧浩。趙碧浩的婚姻是她母親婚姻的翻版，有人說這又是命運的安排，但是也有社會學家說這是豪門大族的文化，是他們要延續家族影響力的必要手段。趙碧浩的母親自己出身於豪門，然後嫁入另一個豪門，在婚姻失敗後離家出走，爲自己創出一番事業。但最後還是跳不出豪門的命運，想用自己女兒的婚姻來重建一個豪門。

最讓陸海雲不能理解的是，趙碧浩會犧牲了自己的愛情，接受了母親的要求，奮不顧身地投入了豪門婚姻。但是她和母親一樣，在豪門婚姻失敗後，投身於發展自己的事業。通過台灣的司法官考試，她進入了台北地方檢察院當一名檢察官。她連續地辦了幾個漂亮的大案，成了小有名氣的美女檢察官。她的專長是查辦貪污、洗錢、走私和國際販毒案。

讓趙碧浩一鳴驚人的案子是個走私販毒事件，當時調查局台北調查站接到了可靠的情報，說有一個在逃的大毒梟要從菲律賓運一批毒品回台灣，毒梟的活動地盤雖然遍佈全台灣，但主要是在北部，調查站發現了毒梟集團們的活動有了顯著的增加，研判的結果認爲所得到的情報有很高的可信度，調查局立即報請台北地檢署，要求立案展開抓捕行動，趙碧浩被指定是偵辦檢察官。

她指揮調查局台北調查站及海洋巡防總局的偵防查緝隊，清查和對比相關的資料以及點點滴滴來自毒品市場上的小道消息，最後認爲毒梟會利用遠洋漁船來運送毒品。同時鎖定了以東港漁港爲基地的海豐號是最可疑的目標，它在五天之前帶著兩名菲律賓籍的漁工，加滿了油料和清水後離港出航，航行表上說明是去蘇門答臘海域捕撈石斑魚。

海巡署的巡邏艦在台灣南方的巴士海峽首先發現了海豐號漁船，當時的位置是距離台灣最南端的鵝鑾鼻約一百五十海浬的巴士海峽，海豐號向巡邏艦報告目的地是返回基地東港漁港。但是負責監控東港漁港的海巡署偵緝人員，並沒有發現漁港裏有任何動靜是要接待海豐號的返航，巡邏艦開始進行雷達追蹤，東港漁港是在屏東縣台灣南部第一大河高屏溪出海口的東邊，海豐號必須偏西航行，先進入台灣海峽才能抵達在台灣西部海岸的東港漁港。但是海豐號繼續沿著台灣東部的海域向正北航行，沒有查覺是被跟蹤著。

31

一路上經過了十幾個大大小小的漁港，包括了三個比較大的台東港、花蓮港和蘇澳港，海豐號都沒有進港停靠，一直航行到三貂角的外海才改變方向，從正北改成往西北，還是沿著台灣島北部的海岸線航行，在海豐號經過基隆港外海時，漁政署傳來了消息，海豐號漁船要求在富基漁港進港停泊。趙碧浩的大隊人馬立刻風馳電掣地從台北趕赴淡水。

富基漁港的位置，是在台灣最北端富貴角的西南方大約兩、三公里，從台北來，一定要經過淡水和三芝才能到富基漁港。做爲觀光景點，富貴角雖然比不上台灣最南端的鵝鑾鼻那麼有名，觀光客的數量更是差強人意，但是它也有一個曾有百年歷史的燈塔，富基漁港的漁業已經非常蕭條了，但是它有一個魚市場，在那裏可以買到「游水活魚」和各種生猛海鮮，到富貴角去的觀光遊客們一定要到這裏吃一頓海鮮大餐，漁市場和附近的餐館就是靠這些觀光客維生，所以在平常的日子，富基漁港是一片死氣沉沉，但是一到周末和假日就會活絡起來。

海豐號是在周四進港靠上了碼頭，當時已經有兩組調查人員部署在附近，但是海豐號上全無動靜，一直到兩天後，趙碧浩接到情報說台北的幾個毒品上盤買家都在準備往淡水方向移動，並且都是帶著保鏢和槍支上路，她不敢掉以輕心，馬上要求特別警力支援，他們在富貴角集中待命。

在星期天快到中午時分，有一輛黑色的箱型休閒車靠近了海豐號漁船，一位中年男子從車上下來，他向四周觀察了很久，然後就走上了漁船，趙碧浩和調查局台北站的一位調查組組長戴安是隱蔽在碼頭對面一家小餐館的樓上，從望遠鏡裏，戴安組長認出這位中年男子就是潛逃出境了的大毒梟，可以想見毒品的數量一定非常龐大，否則他不會冒著危險偷渡回來主持這次的毒品交易。

當年負責撒網追捕這個毒梟的正是戴安組長，在一次圍捕行動中發生了激烈的槍戰，戴安領導的調查組在火線的最前面，他們擊斃了三名毒梟的保鏢，又擊傷了另外兩人，但是有兩名調查員也身受重傷，最終抓捕行動還是失敗了，毒梟的漏網潛逃一直讓這位身經百戰的調查組組長耿耿於懷。

戴安用對講機通知他的人，他們的第一號通緝犯出現了，他要大家準備行動和戰鬥。從台北來的上盤買家是在一小時後來到了碼頭，即刻在日常是一片沉寂的小漁港四周同時響起了震耳欲聾的警笛聲，閃著紅燈的警車從四面八方出現向著碼頭急駛而去，跟在後面的是從富貴角開來的五輛大巴，二百名全副武裝的特警迅速地展開將碼頭團團的圍住。

毒梟跳上了一艘預先安排停靠在海豐號漁船邊上的快艇準備突圍，但是三艘海巡署的武裝快艇閃著紅燈急駛進入了富基漁港，毒梟回頭往碼頭望了一眼，看見老朋友戴安手裏提著MP－5衝鋒槍笑著走過來向他招手，面對著絕對優勢的強大警力，毒梟、買家和保鏢們也只有棄械舉手投降了，趙碧浩指揮的行動組不發一槍一彈將任務圓滿完成。事後在漁船上一共查出來八百五十公斤又名K他命的安非他命毒品，估計黑市價格高達新台幣十億元，數量之多令人咋舌，警方認爲可供六百萬人次吸食，是有史以來台灣島內破獲的最大宗K他命毒品走私案。在現場逮捕到的除了被通緝的大毒梟外，還有大小上盤買家四人和他們觸犯了槍支罪的保鏢共十五人。

趙碧浩下令將所有的消息封鎖，然後由戴安的人化裝成上盤，吸引中盤的毒販，他們前後抓了近五十名的毒販，對台灣的毒品市場做了一次有效地打擊。其中的兩個毒販還是著名的演藝人員，爲此整個事件在媒體上有了更大的曝光，也使趙碧浩打出了知名度。但是她最大的收獲是戴安走進了她的視線，兩人開始交往。

趙碧浩的第二件大案子是兩年前，她排除所有人的意見，在眾目睽睽下，對一位總統助理級的理財專家，擔任過總統府大管家的政壇大老起訴，控告他貪污和受賄。

在審理過程中，趙碧浩向法院聲請將被告羈押，被法院駁回，她連續五次抗告，最終將這位在政商官場上風光顯赫、不可一世的大貪官送進了著名的土城看守所，經過三審後，定罪二十年的有期徒刑，他從看守所被送進了監獄，再也沒有擺脫當階下囚的命運；因為他患有嚴重的糖尿病，偶爾會被允許到獄外的醫院看專家門診，但是也是被扣著手銬，還有好幾個獄警持槍戒護。

有人說，趙碧浩婚姻的破裂和這個案子也有密切的關係，當時有不少政商界的知名人士向她夫家施壓，要她放水或是網開一面，沒想到她反而會求刑二十年。這一下讓她夫家得罪了不少政商名人，夫家包括了她丈夫本人都對她強烈地不滿，使她感到這樁婚姻是走到盡頭了。

一九五六年林獻堂客死異鄉，半個多世紀過去了，台灣也是江山代有豪族出，新舊豪族之間的組合與鬥爭讓他們在財富和政治舞台上各顯神通，在令人目不暇接的金權政治社會裏，讓一般小老百姓羨慕與畏懼，但是他們中很多都逃不出幾千年歷史給他們勾畫出來的角色，成了政商勾結、貪污腐化的黑暗面。

隨著台灣快速的經濟發展和全球化的世界趨勢，這些豪族中也出現了為貪污受賄的政府官員在全球洗錢的共犯。台灣的最高法院成立了特別偵查組，簡稱「特偵組」，直屬最高檢察總長，專門負責調查和起訴與貪污受賄有關的案子，特偵組的檢察官都是由各地的各級檢察官中抽調出來的，全都是最優秀的精英。其中的一位來自台北地方檢察院的女性檢察官就是趙碧浩，因為成功的辦了幾件高知名度的案子，將幾個財大氣粗的豪族成員繩之以法，打進了大牢，在社會上還小有名氣。但是沒有人知道這位年輕漂亮，又是單親的台灣特偵組女檢察官原來是霧峰林家的後代。

她事業的成功，更強烈地反映出她在自己失敗婚姻上所犯的錯誤，她無法忘懷多年前她和陸海雲之間的愛情是多麼的甜蜜。在她離婚後，有不少事業有成、人品很好的男人追求她，她發現在她的內心裏，她曾將這些人和陸海雲比較，而不是和她的前夫比較，她不能對陸海雲忘情，有時讓她陷入很大的痛苦。從耶魯大學時代的同學章書平那裏聽到陸海雲的事業如日中天，生活得很快樂，但是還沒有結婚成家，可是有一個中國和洋人的混血女友。

章書平當初在耶魯大學時就公開反對陸海雲追趙碧浩，他認爲兩人不匹配。但是趙碧浩心裏明白，同樣出生在台灣可是平民普羅身世的章書平，在下意識裏對豪門出身的人是有反感的，再加上章書平在陸海雲心目中的地位要比她的地位還高，趙碧浩很清楚，她和陸海雲再走回一起的機會是很渺茫的。久而久之，這些過去的戀情就慢慢的淡忘了，她將全部的精力集中在她的事業和扶養她的小女兒上，但是戴安的出現改變了這一切，就在不經意的情況下，她重新體會到了快樂的感情生活。

在特偵組的十二位檢察官中，趙碧浩的年資最淺，照理說她應該是承辦別的檢察官挑剩下來的案子，但是因爲她的耶魯大學學歷、外文能力和對國際事務的熟悉，結果給她的三個案子雖然都牽涉到跨國辦案，但也是目前在台灣的三個大案。第一個是一年多前台灣由選舉產生了政黨輪替，下了台的前總統因貪污、受賄、瀆職、洗錢等罪名被特偵組起訴，因案情重大，聲請羈押獲准，被關在法院的看守所裏。但是在法庭審判過程中一位重要的證人方晃炎潛逃到美國。台灣和美國沒有引渡協約，所以要透過其他管道追拿，偏偏方晃炎在國外的人脈關係和雄厚的財力，要將他逮捕歸案，可想而知是困難重重。

趙碧浩承辦的第二個案子是「家族洗錢案」，在前任總統的任期中，啓動了所謂的「金融改革」，就是以成立「金控公司」的方式將全台灣的銀行、信貸、儲蓄等金融單位調整合併，目的是增強在國際市場上的競爭力。在這些金融單位裏政府都佔有很大比例的官股，可以主導具體的「改革」成果。因此就有一些不法的商人透過「中間人」將多筆上億的賄賂金錢在海外匯入了總統家人，如他的兒女、總統夫人的兄弟和其他親友在海外各地的帳戶。

在追查這些黑錢的過程中，又發現了前總統利用理財專家在海外建立了錯綜複雜的財產轉換管道，部分的贓款神秘的失蹤了，也有部分贓款又以國外投資方式回流到台灣，這些案子裏最重要的「中間人」就是已經潛逃出境的方晃炎，而他和前總統是有特殊關係的，那就是多年來他一直是前總統夫人的私人醫師，經常看到他進出總統官邸，所以他是個非常關鍵的證人。

趙碧浩的第三個案子最為奇特和複雜，兩年多前她還是在台北地方檢察署偵辦一個販毒案時，出現了一個叫張正雄的名字，他是個製毒和販毒集團的頭子，但是在被通緝後就逃亡到境外。後來又有消息說他跑到菲律賓南方的民答那峨繼續製造和販賣安非他命毒品。最近台灣法務部的調查局接到國際刑警組織的通告，要求協助通緝一名拿台灣護照名叫張信雄的軍火販子，罪名是向恐怖組織販賣武器和提供技術服務。

初步的調查指出，張信雄是出生在屏東縣的一個軍眷區，初中畢業後考進了陸軍士官學校，分發到聯勤司令部屬下的兵工廠，八年後他從部隊退役時已經是兵工廠的士官長，並且成為對各種武器彈藥及軍火精通的專家。他和一群從眷村裏出來的朋友開了一家地下兵工廠，為黑道上幫派份子改裝槍支，後來擴大業務從菲律賓走私進口槍支，在被通緝後就逃亡到境外。

在調查的過程中，發現了張正雄和張信雄原來是親兄弟，他們一個是被通緝的大毒販，一個是被通緝的大軍火販子。其實台灣的情治單位很早就注意到菲律賓的民答那峨島成為台灣犯罪份子的活動天堂和避風港，其中最為突出的就是毒品的製造和走私。其次就是軍火走私，台灣的各式各樣黑槍幾乎清一色是由菲律賓走私來的。台灣的調查局從多年前就注意到這個事實，也開始收集相關的資訊和資料，同時派人到菲島去建立非官方的人脈關係。由於沒有正式的外交關係，加上政府的管轄權不能有效的到達，幾乎所有的情報、資料和人脈關係都是要用金錢交易來取得。在調查局裏負責這件事的人就是戴安。

趙碧浩桌上的電話響了，是她的秘書：

「趙檢察官，調查局戴組長來電話，他說有事情要報告。」

「請他馬上過來。」

法務部調查局台北調查站的第二調查組有二十幾名年輕的調查員，這幾年在資深又能幹的戴安調查員擔任組長下，連續破了幾件大案子，給台北調查站帶來了不少的好評。特偵組的案子也是由他們負責調查。趙碧浩在開始當檢察官時就認識了戴安，雖然是業務上的來往，但是互相都有好感，慢慢的他們開始了交往。

趙碧浩調進了特偵組後，理論上她成了戴安的上司，是不應該有私人感情的，但是因爲工作上的接近，兩人之間的相互了解就更加地深了，特別讓趙碧浩高興的是，戴安和她母親相處得很好，也很喜歡她的小女兒。一般對她有好感的男人一旦發現她結過婚，還有一個拖油瓶女兒，就退縮了，戴安是個例外。因爲她本身的學識和工作能力都很高，引起她注意的第一件事就是戴安的敬業精神和一絲不苟的工作態度。現在她的桌上就擺著戴安送上來有關張正雄和張信雄兩兄弟的背景報告。這是她看過中少有的精彩調查報告：

嫌疑犯：張正雄和張信雄背景調查及分析

嫌疑犯的眷區（村）背景：

台灣眷村的形成，有著特殊的歷史背景。一九四九年，大約一百二十萬大陸人背井離鄉跑到台灣，其中六十萬是軍人，他們隨即進駐台灣各大軍事要地。這些逃難的人幾乎都沒帶什麼錢，家屬當然也沒地方住。為了免除軍人的後顧之憂，台灣當局於是動用從大陸帶來的黃金對他們進行了有計畫的安置，無法安置在營房或隨軍移動的眷屬，就暫住在學校、寺廟、農舍或牛棚裏，有的還自行搭建了簡陋的臨時住所。這就是眷村，也是台灣最早的社區。

據統計，當時全台灣共有眷村七百多個，眷戶九萬六千零八十二家。眷村最突出的特點就是，裏面住的基本都是外省人，只有極少數本省姑娘，她們是在和父母決裂後嫁給國民黨軍人的。眷村分好幾種，如果按級別劃分，可分為普通軍人村和將軍村，後者的條件要好一些，而像「郵電新村」等是給軍中文職人員住的。如果按軍種分，就包括陸、海、空三類眷村，像空基村和大鵬村，一聽就知道是空軍家屬住的眷村。

國民黨當局只是把眷村做為一個臨時居住地，搭建的房子極其簡陋。最初只是以茅草和竹子為主要材料，因此眷村又被稱為「竹籬笆」。一來颱風，房子就被吹得東倒西歪，再加上沒有下水道系統，一下雨就淹水，竹籬笆於是逐漸變成了磚牆。五口之家住個二十坪的房子，已經綽綽有餘。

早期眷村被稱為「竹籬笆」，多少意味著它是一個與外界鮮少溝通的世界。眷村人以一種難民的心態來到了台灣，當時本省人和外省人的比例接近於八點五比一點五。在陌生環境的包圍下，眷村人選擇了自我偏愛，這種強烈的「外省人意識」，在一定程度上阻礙了他們與本省人的融合。

當時每個眷村只有一部對外聯絡的公軍用電話，全村與外界互通資訊全靠它。另一方面，眷村內部又是不同地域文化的匯集處，這裏的人們大多適應性很強。當時眷村沒有誰家是關著門的，都是前窗挨後院，一家出了事，大夥都會去幫忙。小朋友之間就更是如此，如果和本省同學打架，大夥都一起上，「團結、有情有義」也是眷村的特色之一。

眷村子弟就是在這種有些自相矛盾的環境中生活著，隨著時代及歲月的轉變，第一代眷村人雖然心裏還有一點反共復國回家鄉的盼望，但為了生活，他們陸續開起麵店、賣著燒餅油條，扮演起放下槍桿後的台灣百姓角色。到了二十世紀七〇年代，他們開始出現分化：一部分人在父母望子成龍的教育下，考上了大學；一部分人成績不好，選擇了軍旅生涯；還有一部分人步入黑道。

據統計，台灣現存大型有組織幫派幾乎都與眷村有關，最有名的如「竹聯幫」、「四海幫」等都是從眷村發展起來的。眷村第二代有藝人、軍人、黑幫份子和知識份子，他們的集體記憶是沒有親戚，卻有很多鄰居，在這種環境下生長，並由鄰居身上發展對親人的認知。

清明節的時候，他們無墳可上，因為沒有親人死去的土地，是無法叫做家鄉的。很小，他們就像活在國外，他們的父母一口鄉音，他們關起門來和父母以籍貫上的語言對話，出了家門，在巷弄學校裏和鄰居孩子們講各地方言。出了村門，他們講國語、客語或台語。很小，他們就像活在國外，每一個人都有碎裂的回憶和身世，屬於眷村人的一切，都被戰亂硬生生地切成片段。

第一代對家鄉的回憶，第二代對長輩們口中的國與家以及接觸到的台灣社會，都成了一個個拼湊畫面。眷村的軍隊精神集體化和制度化了村內子弟的思維，忠黨愛國的家教，江湖義氣的友誼，外加派系倫理的村教，培養出他們率直、衝動、重感情、好逞強的個性。小時候分成兩大國玩武俠殺刀，長大後勇於聚黨鬥狠、搶奪地盤，這些都是來自眷村的特殊氛圍。

嫌疑犯的父親是屬於眷村的第二代。

嫌疑犯母親的原住民背景：

嫌疑犯的母親是台灣泰雅族原住民。

總人口約為九萬人的泰雅人，是台灣「原住民族」的第二大族群，分佈在台灣北部中央山脈兩側以及花蓮、宜蘭等山區，紋面被認為是泰雅人最重要的族群識別標誌。泰雅人素以男性驍勇、女性善織聞名，紋面習俗正與此有關。對男子而言，紋面是成年的標誌也是勇武的象徵；對於女子，則是善於織布的標記。

泰雅女子在十三、四歲的時候，就開始跟著媽媽學習織布的技巧，也開始為自己準備出嫁時的衣裳。當少女的織藝精進，也就是准許紋面的時候了，不會織布且沒紋面的女孩在部落裏是沒有人追求的。同時，紋面還有辟邪、美觀和祖靈識別的作用，經過完整紋面的泰雅男女，生便可受到族人的認可、敬重，死後則可順利通過「彩虹橋」，到達祖靈承諾的安息之鄉。但紋面的風俗在日據時代被禁止，如今尚存的紋面老人已不多。

歷史上，由於泰雅人剽悍善戰、堅韌耿直，在日本侵台時期，曾多次爆發激烈的抗日鬥爭，其中以霧社事件最為著名。日本人佔領台灣後，強行推動同化政策，對少數民族的傳統文化和生產方式毫無尊重，態度傲慢，手段殘暴。此外，他們還強徵勞力，掠奪土地資源，侮辱少數民族的祖靈，在少數民族心中埋下仇恨和反抗的火種。一九三〇年十月二十七日，在霧社地區泰雅部落頭目莫那・魯道的領導之下，發動了一場大規模的武裝抗日行動，沉重打擊了日本統治者。起義遭到了殘酷鎮壓，結局悲壯。霧社起義寫下了台灣抗日史重要的一頁。

「泰雅人在日據時期的歷史，是一部血淚史」，台灣政壇的奇女子——無黨籍「立委」高金素梅的父親是安徽人，母親是泰雅人。她多次談到她的族群意識的覺醒源於一幅照片：一個面目猙獰的日本軍人揮刀砍下一名台灣「原住民」抗日義士的頭顱，鮮血從這位義士的頸腔內噴出，圍觀的日本軍人趾高氣揚，目露凶光。她第一次看到那幅照片時，淚水奪眶而出，熱血直沖腦門。此後，她走上為台灣少數民族爭取權益的道路。

嫌疑犯的個性分析——身世與族群

張正雄和張信雄兄弟二人的祖父是來自大陸的國民黨軍人，他帶著懷孕的妻子在眷村裏過著清苦的生活。他們的父親從出生到去世都沒離開過眷村，他們的母親是泰雅族人，三代人在眷村裏的生活，使張家的兩兄弟養成了眷村子弟的特殊思維，他們重視江湖義氣的友誼，堅持率直、衝動、重感情、好逞強的個性，他們勇於聚黨鬥狠，搶奪地盤，都是來自眷村的特殊氛圍。再加上從母親遺傳下來泰雅人剽悍善戰、堅韌耿直的個性，使他們日後在製毒、販毒、軍火和走私等非法活動的集團中造成了讓人敬畏的風格。

犯罪事實簡述：

張氏兄弟中的老大張正雄是有典型的犯罪黑幫份子成長過程，求學時期因交友不慎，成為不良少年，輟學後變成幫派裏的小流氓，在鄰里間橫行霸道，對商家進行敲詐勒索和收保護費。後來因毆鬥傷人被捕判刑，在獄中結識走私販毒集團老大周棕慶，由其介紹在出獄後加入了走私及販毒集團，數年後，自立門户，並擴大其非法活動，增加了製造安非他命毒品的工作。但是在走私、販毒和製毒三項犯罪活動裏，他的基本強項是走私。

他在台東的新港成立了四海漁業公司，以一艘九噸的小漁船為開始，擴張到擁有八艘大小漁船的船隊，其中最大的幾艘都是好幾百噸級的遠洋漁船。它們有一個特點，就是進出的港口不一定完全在台東的新港漁港，全台灣的各個大小漁港，像是成功漁港、東港漁港、淡水漁港和里港漁港等，都能看到他們。

雖然四海漁業公司的船漁貨量不是很驚人，但是因為走私和運毒的暴利，公司雇用的漁工卻有很好的收入，很多都能蓋新房子和娶老婆。張正雄雖然從小不愛讀書，但是聰明才智出眾，再加上心狠手辣，他的集團和活動在幾年內迅速地發展。但是同時也因樹大招風有了敵人，因而引起治安單位的注意。在一次利益衝突中，因殺害對手被警方通緝，他解散了四海漁業公司，變賣了船隊後逃亡海外，傳說他的手下和船隊有很多還是和他有聯繫，並且還是在從事走私和運毒的活動。

張氏兄弟中的老二張信雄和他的哥哥有一個相反的成長過程，他在兵工廠裏做一個技術員，一做就是八年，兢兢業業，安分守己，與世無爭。但是在一次兵工廠發生的意外事故裏，他的上司為了自保，將所有的責任全推在他身上，他被開除軍籍，掃地出門，連退伍後的退休金都被取消了，所以他在走投無路下去投靠了他大哥張正雄。

開始時，他只是替他哥哥的手下和他黑道上的朋友修理或是改造槍支，但是張正雄看準了在台灣槍支是一樁大買賣，黑槍最氾濫的年代，每年至少有五千多支長短槍支流入台灣，其中又以菲律賓為最大的來源地。在菲律賓宿霧一帶有許多槍支製造廠，他們製造的「山寨版」制式槍支，連許多國際大軍火製造商如貝瑞塔軍火公司都很難用肉眼來識別真偽。但是它價廉物美，一把九○手槍只需台幣三萬元，而在台灣的黑槍市場上卻能賣到台幣二、三十萬元，因此就有走私犯從菲律賓偷運槍支軍火回台，獲取暴利。其中就有張正雄的走私集團。

他們是以菲律賓北部，距離台灣南部非常近的巴布揚島為大本營，用他們四海漁業公司的漁船將槍支夾藏在魚貨裏，運到台東成功、屏東林邊或是高雄的紅毛港。四海漁業公司的漁船對全台灣的漁港都很熟悉，如果警方在南部的漁港加強查緝，他們就會隨時轉移港口上岸，令警方防不勝防。

張正雄的槍支走私模式是「先訂貨，再出貨」。他們先和客户談好了貨品規格、價錢以及交貨的時間和地點，然後再到菲律賓找貨源。等到弟弟張信雄入夥後，張正雄決定進入到軍火製造的活動，他們在宿霧開設了地下工廠，開始在黑槍的貨源佔了一席重要的地位。兄弟兩人合夥後擴大了客户地盤，由於張信雄的兵工廠工作背景和經驗，他們製造殺傷力很大也很殘忍的達姆彈，摧毀力強的槍榴彈和各重爆炸物及引爆裝置。很快的，他們被恐怖組織注意到了，在他們的協助下，他們將大本營從巴布揚島和宿霧搬遷到民答那峨島，並且很快的和當地反政府的武裝力量建立了關係。

結論：

張氏兄弟的集團多年來在非法活動中成長，在組織、控制和運行上都已壯大成熟。雖然在被通緝後將大本營轉移到菲律賓的民答那峨，但是台灣還是他們的主要市場之一，同時更是他們招兵買馬的人員來源地。民答那峨島的居民信奉穆斯林，也有他們自己的武裝力量，政府對他們的管轄一直是鞭長莫及。我們得到的資訊是，他們兄弟和當地的武裝力量已經勾結，將他們的毒品和軍火市場擴展到中東和南亞地區，並且和伊斯蘭主義者的恐怖組織有了絲絲縷縷的關係。近年來美國和歐洲國家的情治單位開始對這個集團注意，他們雖然知道集團的大本營是在菲律賓，但還是稱他們為來自台灣的犯罪集團，所有的通緝文件還是送到台灣來，這已是直接和間接地影響到我們台灣在國際上的聲譽。

當務之急是應該配合其他國家的情治單位及國際刑警組織對張氏兄弟集團展開積極的打擊。

撰寫人：

法務部調查局台北調查站第二調查組

組長：戴安調查員

有人在趙碧浩辦公室的門敲了兩下後，就把門打開了，秘書小姐將頭伸進來說：「調查局的戴安組長到了。」

「趕快請進！」

走進來的是一位瘦高個子，但是看起來身材又很魁梧的中年男子，他穿著藏青色的西裝上衣，下身穿的是灰色西裝褲，淺藍色的襯衫沒打領帶，但是脖子上有一條藍色的圍巾。一看就知道這是一個很講究時尚的男人，加上他的模樣長得英俊瀟灑，不認識的人都以爲他是電影明星，想不到他是個幹練的警察。他用洪亮地聲音說：「長官好！戴安調查員報告。」

戴安和她見面時，只要心情高興就管她叫「長官」，趙碧浩笑著起身迎上去，伸出手來說：「我不是你的長官，但是歡迎你安全回來，辛苦了！」

「怎麼了？歡迎我的規格不升反降了。」

「聽不懂，你什麼意思？」

「本來的規格是小別數日後就會以擁抱相迎，現在又回到握手的級別了，看來是你身邊有野男人出現了。」

「別以爲你先入爲主，佔了上風，我就不會問你有沒有野女人了。你原本出差兩星期就回來，結果兩星期後人就不見了，也不跟我們聯絡，這完全不合規定。」

「那全是爲了工作，我可沒和野女人去度假。」

「我才不管你有沒有野女人，我是擔心你的安全。」

戴安的臉上露出曖昧的笑容：「長官關心我太讓我感動了。我是爲了保密安全，才沒跟你們聯絡。我現在就是來向長官把每一分鐘的行動做詳詳細細的報告，長官就能明白本調查員和野女人完全沒有瓜葛。」

「那我是錯怪你了，我就暫時恢復原來的規格吧！」

趙碧浩上去抱住了戴安，在他的耳邊說：「一點消息都沒有，讓人擔心，好想你。」

戴安深深的吻了她，雖然是很享受，但是過了一下，趙碧浩還是把他推開了：「會有人進來，多不好意思。下班後有的是時間。」

「忍不住了，走，跟我去車震。」

趙碧浩滿臉通紅地說：「虧你想得出來。」

「到底是誰喜歡來著？」

她低聲地尖叫起來：「就是那麼一百零一次被你誘惑得意亂情迷，讓你給害了。你要是敢再提這件事，我就殺了你。」

「長官饒命，不敢了。」

「人家交女朋友想要溫存一下會去汽車旅館，你可好，把人帶到上不著天，下不著地的荒郊野外，就在汽車裏上我，你也太會打經濟算盤了。」

「我這個公務員，一個月才拿那幾個破錢，去不起『薇閣』，只能在車裏將就將就了。還有那些守在那裏的狗仔隊要是拍下你和我的照片，我們就玩完了。更何況這種事情是要講個人的技術第一，周圍的環境在進入昏迷狀態後就不重要了，你說是不是？」

「讓你佔了便宜，你嘴上還要欺負人，太不厚道了。」

兩個人都坐在會客的沙發上，趙碧浩給他沏了杯茶：「這是你最愛喝的高山茶，泡得又苦又濃，這規格應該滿意了吧？」

「嗯！看來野男人被我給嚇跑了。」

「老戴，我看你今天的心情特別好，是不是案子辦得很順利？」

「長官，請不要小看本調查員。順利不是我的目標，我們現在是追求最後的勝利。」

「是嗎？有這麼好的事。看來這趟菲律賓出差是去對了，收獲不小，快說說。」

「先讓我賣個關子，我有一個感覺，你在這裏查的案情和我在菲律賓查到的情況是對上了，爲了讓你更清楚我報告內容的先後次序，你就先說你的情況，我把我查到的穿插進去，事情就會更有條理了。」

「很好，記得嗎？兩年多前有一個叫魏皆琉的人，他A了公司三億多的美金後就從人間蒸發了。我們透過國際刑警組織要求各國協助緝拿他，但是音信全無。上星期美國的司法部傳來的消息說找到了。」

「我當然記得了，這麼大的金額，是我們有史以來最大的拐款潛逃案子。原來這傢伙還是逃到美國去了，現在人呢？」

「死了，是燒死的。」

「燒死的？那錢呢？留下任何痕跡了嗎？」

「說到了錢，事情就更妙了。當年我們通緝魏皆琉是因爲被害人提告，我們受理後才和國際刑警組織聯絡。但是我兩周前才發現，被害人已經在早先撤消了提告。」

「理由呢?」

「原先的提告是錯誤。」

「活見鬼了，他們當我們是三歲的小孩，是不是?會有人犯三億美金的錯誤嗎?即使是三百萬都不可能。何況被害人是台灣最有名的律師事務所，這裏頭疑點太多了，非查不可。」

「看你急的，我們已經查了，發現了更多的疑點，很有可能還和我們特偵組的案子有關。」

趙碧浩又問說:「你知道瑞士的林格威銀行嗎?」

「幹我們這一行的無人不知，它是間百年的老字號銀行，但是從來不做一般的銀行業務，它只替客戶隱藏不法所得和當財產保鏢，躲避追查。你們特偵組起訴的被告裏不就有好幾個人有林格威銀行的戶頭嗎?它一直是愛德蒙防制洗錢中心的第一目標。」

「現在我們台灣也有一個類似的掛羊頭賣狗肉的律師事務所。並且還跟我們的案子有非常可疑的關係。」

「是嗎?」

趙碧浩將她的調查結果說給戴安聽，她說:「原來被魏皆琉A了錢的被害人是『特立奧律師事務所』，它是台灣最大的律師事務所之一，雇用了近三百名的律師，但是他們從來不替客戶進行法律訴訟，他們唯一的業務就是替客戶做投資，姓魏的在那裏做了二十年，聽說老闆對他不錯，累積的財產應該很不少了，但是在錢裏頭打滾的人會貪心不足，所以想到了黑吃黑。」

戴安沒回應，她就接著說:「他們的客戶基本上都是外國人，尤其是從美國來的，事務所的英文名字是“TELEVAW In vestment and Legal Services”，更能反映出業務的性質，說白了就是做洋買辦和代書的工作。」

「但是這需要在政商界有很好的人脈關係。」

「完全正確，他們的兩個合夥人，分別和藍綠兩個政黨有很深厚的關係，所以無論誰執政，每年向國外採購軍火的談判和簽約都由他們來擔任法律顧問。」

戴安歎了口氣說：「這可是大錢啊！兩邊通吃，雖然這並不違法，但是他們可真有本事。」

趙碧浩說：「我認爲這些都是威權時代留下來的後遺症，我們有這麼多的律師，爲什麼就非得找他們做法律顧問呢？爲什麼就不能定出一個公平合理的辦法來選一家呢？」

「不合理的事還更多了，你知道嗎？我們男的大學一畢業就要去當預備軍官，理論上你是要分發到陸海空裏的哪個兵種是要抽籤決定的，但是有一個例外，那就是憲兵。因爲憲兵是『領袖的鐵衛隊』，絕對的效忠是必要條件。但是當時只有達官貴人的兒子才能被分發去當憲兵。特立奧律師事務所的兩位合夥人都是當過憲兵的，他們的父親都是當時的大官，多年來都是跟隨在老蔣身邊，因此他們是享有特權。但是時來運轉，在政黨輪替後，這些原來有特權的人應該是靠邊站了，沒想到他們是變色龍，從藍色馬上變成綠色，繼續享有特權。只是原先那種封建的家族式的效忠條件不是變得很可笑了嗎？」

戴安看趙碧浩沉默不語，就繼續說：「還有更可笑的是，同樣的領袖鐵衛隊不再喊『萬歲』的口號了，現在改成『你是我的巧克力』，我聽了雞皮疙瘩都出來了。」

「老戴，你知道嗎？『領袖的鐵衛隊』是三〇年代希特勒在納粹黨裏成立黨軍時的法西斯主義口號，不曉得國民黨裏的誰把它抄襲過來沿用至今，好不容易，政黨輪替了，結果是換成了流行樂裏的『巧克力』，從法西斯到流行樂，我們就這麼沒有創新的能力嗎？」

「我認爲權力會把人的思想限制住，同時也把創新的潛力給摧毀了，剩下來的只有可笑的東西，你說對不對？」

「你我追求的是社會的公平和正義，所以認爲可笑。可是政客們會覺得這是理所當然的。我的失望是以爲民主政治的進步裏會沒有這些可笑的事，但顯然我是錯了。沒想到你老戴也思考過這些問題。」

「我知道你總是認爲幹我們這行的是四肢發達，大腦退化。」

「老戴，說話憑良心，我可不是看上了你的四肢發達。我一直認爲你是有思想的人。」

戴安笑著說：「我終於明白了，原來你不是看上我一流的車震技術，太失望了。」

「你別引誘我去殺人。回到原來的話題，他們的客戶，尤其是國外的，都是經過介紹人拉進來的，介紹人可抽取介紹費或佣金，你知道去年是誰從他們那裏拿到最多的介紹佣金嗎？」

「誰？」

「方晃炎。」

「我的檢察官小姐，不會吧，怎麼又是他，真是陰魂不散，到處都有他，他在這裏頭又是扮演什麼角色？這是個疑點，一定要查清楚。」

「一提起他，我就生氣，這麼重要的證人就讓他從眼皮底下溜之大吉，讓我們的案子受到致命的打擊。真是恨死我了。」

戴安曖昧的笑了，趙碧浩問他：「你笑什麼？」

「要是我把方晃炎抓回來，你怎麼謝我？」

「只要是我能力辦得到的，什麼都行。」

「在指定的時間和地點車震一次。」

「你是真的不想活了？」

趙碧浩撲上去掐住了戴安的脖子，他沒有反抗，閉上了眼睛，似乎是在享受她的肌膚之親，她鬆開了手說：「你是在跟我開玩笑，是不是？」

「我什麼時候拿公事開過玩笑？」

「那你是真能把他抓回來？什麼時候？」

「可能很快，我等一下告訴你細節，先說你的下一個疑點。」

「老戴，第二個疑點，就是這幾年他們的客戶絕大部分是來自巴拿馬。但是巴拿馬並不是個資金充裕的國家，他們自己還有很嚴重的貧困問題，那麼這些資金是哪裏來的？如果是來自別的國家，爲什麼不直接向台灣投資？除非……」

戴安插嘴說：「除非那些錢是來自我們台灣。這個可能性太大了！方晃炎能介紹的客戶最可能是來自台灣，再加上是來自巴拿馬，這全都指著一件事，就是將台灣的黑錢回籠，變成合法的外國投資。我建議把『特立奧律師事務所』的帳戶持有人查清楚，看看是不是台灣的人頭帳戶，特偵組不是還有一大筆二次金改的賄賂贓款追查不出來嗎？也許這是條新線索。」

「巴拿馬是少數幾個還跟我們保持著正式外交關係的國家，我們還這麼糟蹋人家，不知珍惜這份得來不易的國際友誼。老戴，你還記得前總統在他做國是訪問時，用總統專機帶去的二十幾個特別訂做的箱子嗎？當初是以外交機密的理由拒絕被執行安檢，現在特偵組就將要搞定一個證人，他願意作證說箱子裏頭是裝的美金，並且是由方晃炎親自監督在銀行的保險室裏裝箱的。」

「又是方晃炎，他可真是夠忙的了。」

趙碧浩接著說：「還有藍營也可能把不法所得的黨產透過同一個律師事務所，用同樣的手段把它合法化，這也不能放過，必須要查清楚。」

「你們特偵組在追查貪污賄賂的贓款時，把注意力全放在前任政府官員和家屬成員在海外的洗錢行爲，而忽略了這些黑錢的回流。」

趙碧浩回答說：「我們已經注意到這個問題了，上星期我們開了一次會，特別把這件事攤在桌面上討論，相信很快就會有動作了。」

「應該是要處理的時候了。你知道嗎？老共他們也有貪官把黑錢變成白錢的問題。」

「全世界的貪官都一樣，手裏拿著黑錢總是不踏實，總想把它漂白。」

「但是這次，他們發現洗錢的人很可能是我們的台商。」

「這可真是的，還不夠亂嗎？居然還有人要給我們添亂。你有具體的事證嗎？」

「這些事當然都是何時告訴我的，但是所有的人、地、時和動機都相當合理。何時說有個案子已經調查得差不多了，他們有把握會人贓並獲，但是在申請拘捕證時被壓下來，說暫緩，因爲有政治考慮。」

「什麼案子？說清楚！」

「大陸的公安部有一個單位叫『經濟犯罪調查司』，簡稱『經犯司』，他們的辦公室不是設在北京的公安部裏，而是設在上海。外資活動，包括台商的投資，是否有犯罪的事就歸他們管，司長是個女的，叫葛琴，聽說相當能幹。他們發現了一個很反常的現象，那就是有些台商開始投資大陸某些地區的房地產。對在大陸的外資來說，這並沒有觸犯中國的法律，但是台商到大陸投資有我們陸委會的嚴格控制，基本上是限於製造業和服務業。那麼台商的資金是如何進去的呢？經犯司的調查結果是來自大陸的黑錢，經由巴拿馬的銀行帳號匯入到上海台商的帳戶。而這些台商就變成是大陸貪污犯的人頭了。」

趙碧浩說：「我們這些台商可真出息了，還當起大陸同胞的人頭了，真是丟人丟到家了。老戴，你說他們爲了政治考慮而壓下來的案子是怎麼回事？」

「我們不是有一位綠營的女立委，她一天到晚罵別人賣台，是台奸，可是她自己的老公卻成年在上海，說是一邊唸碩士學位一邊經商，實際上是和一群台商在那鬼混過日子。經犯司查出來，他就是大陸貪污犯的人頭。他們顧慮到，如果處理此人，他的立委老婆一定會說是間接的政治迫害她。」

「特偵組最近接到有人告密，說這位委員的老公每個月支領她辦公室助理的薪水，然後拿到上海去花天酒地。我們有規定，立委是不能聘親屬當助理的，這麼明目張膽，也太不像話了，我就非要辦她不可，我才不管她是什麼政治理念，就是不能違法。」

「我的趙碧浩小姐，我就是愛上了你這份天不怕，地不怕，天皇老子靠邊站的正義感。老何給了我一張光碟，上面是這位立委的老公在上海的夜總會裏喝醉酒，爲了爭一位小姐和別的客人打架的錄影。上面有他如何花用台灣納稅人的錢那份嘴臉，你看著辦，就是不能說是我拿給你的。」

趙碧浩氣呼呼地說：「太好了，不用我去操心了，媒體會收拾這對活寶。不說他們了，老戴，你聽見過所謂的『力普贊諾帳戶』嗎？」

「『力普贊諾』是不是一種馬的名字？」

「Lipizzaner是一種歐洲純白色的馬，在奧地利的維也納有一間著名的馬術學校，名叫西班牙騎術學校，從二十世紀初就是用這種馬來做高難度的騎術表演，牠們以整齊的編隊走小碎步、踢正步和一致的頭部上下動作揚名世界。但是很少人知道這種『力普贊諾』馬出生時原是純黑色的，是在成長的過程中，牠的顏色才慢慢變淡成爲灰色，等成長到六至十年時，牠就變爲純白色的馬，就可以訓練成爲表演用的白馬了。」

「這跟銀行帳戶有什麼關係？」

「當蘇聯解體後，由於新政府的腐敗，很多人用貪污和不法手段取得了大量的財富，他們將這些『黑錢』放進德國漢堡市的幾家特別的銀行，替他們投資，幾年後這些黑錢就變成光明正大的『白錢』了。這些帳戶就被稱爲『力普贊諾帳戶』或是『白馬帳戶』；實際上，這就是所謂的『洗錢』，把黑錢給漂白了。我現在非常懷疑特立奧律師事務所的國外投資帳戶，實際上就是被我們起訴的人所有的『白馬帳戶』。」

戴安端起了茶杯，喝了一口爲他泡的又苦又濃的茶：「這茶可真好！我明白你現在沒有直接的具體證據，還不能有任何動作，你又不願意申請法院的搜索證去搜查特立奧律師事務所，免得打草驚蛇。但是你有沒有能說服你自己的間接證據呢？」

「老戴，你說過，幹我們這一行的千萬不要相信巧合的事。你猜猜看他們是什麼時候撤消對魏皆琉的提告的？」

「是不是我們正要去他們事務所查核帳號之前？」

「是的。還有一個讓人百思不解的問題，就是那三億美金就這麼輕而易舉的讓姓魏的給拿走了，他不用過一道道的關卡和辦理繁瑣的手續嗎？這不是明擺著裏頭有鬼嗎？」

「我還聽說了特立奧律師事務所的兩個合夥人之一有斷袖之癖，而這個姓魏的正好也是同志，所以就建立了親密關係，內鬼作業的可能性完全存在。」

「這個狡猾的魏皆琉早就打算好了，特立奧律師事務所不會把那些見不得人的帳戶和醜聞對外曝光，所以他是吃定了他們的提告只是一個幌子，我們的調查員進門後，就發現他們剛剛撤消了提告，姓魏的成了自由人合法的逍遙海外了。你說世界上會有這麼巧的事嗎？問題是他們怎麼會知道我們什麼時候要去查帳？」

「是不是和方晃炎落跑一樣的翻版？有人故意走漏風聲？」

「你認爲可能性大不大？」

「我認爲是唯一的可能。他們完全不把我們當回事，簡直是在耍我們，太豈有此理了。就不能找個藉口搜查一下嗎？台灣怎麼都變成這樣了，我們還有希望嗎？人家是在進步，我們可好，在開倒車。」

「老戴，別生氣了，不是還有你我這樣的人嗎？搜查律師會引起社會上的負面反應。所以我想打報告給總檢察長，要求進行暗查。」

「千萬別，你忘了方晃炎是怎麼跑了的？要暗查我們自有辦法，用不著去找總檢察長。都這樣了，你還不去面對現實啊！」

「我們沒有證據，有的都是謠言。老戴，你不許亂來，我可不想替你往看守所去送飯。」

「哈！那是以前，現在是不可同日而語了。」

「老戴，你有證據了？這可不是鬧著玩的，弄不好，天都會塌下來的。」

「所以我這不是來向你報告和商量下一步該怎麼走嗎？但是這裏頭有個大問題我一定要先弄清楚了才行。」

戴安又喝了一口茶，繼續問說：「姓魏的是怎麼被燒死的？」

「是在加州洛城北邊巴沙迪那市的一棟燒毀了的住房裏被發現的，當地警方說是先被槍殺再焚屍的。」

「現場有線索嗎？」

「現場還有一個被害人，他是屋主叫常強盛。」

「他是不是有一個叫常強發的哥哥，他是被中國公安部通緝的逃犯。」

趙碧浩驚訝地問：「你怎麼知道的？」

「你先說你是怎麼知道的？」

「好啊！調查局的人居然盤問起特偵組的檢察官來了，膽子可不小啊！」

「我只是想參考一下而已。」

「是美國司法部把常強盛的背景資料送了過來，看樣子這兩兄弟在美國也不幹好事。好了那你說，你是怎麼知道的？」

「我的好小姐，我說了，你可不准生氣，也不准罵人。否則我要使用保持沉默的基本人權。」

「你是幹了什麼壞事，這麼吞吞吐吐的，快說！」

「我去上海見了何時。」

「老戴，你是不是瘋了？你是什麼身分，會有危險的。我不想到土城看守所給你送飯，也不想到北京的秦城監獄去探監。」

「我當然是做好了準備才進去的，沒有人會發現我的身分。」

「難道你去見的那個何時也不知道嗎？」

「他是我的結拜兄弟，何況是他要我去送情資給他的。」

「他就是你曾經說過的那個在上海幹刑警的？你怎麼會有這種朋友？」

「你忘了，我跟你說過。我們是從小一起長大的。他隨著在上海經商的父母到大陸去讀書，後來父親在一次車禍中去世，但是何時留下來進了警校，我們兩個難兄難弟從小就想當警察，所以我們就隔著台灣海峽繼續在玩我們的官兵抓強盜。」

「我無法想像一個台灣人居然能進入大陸的公安系統。」

「我相信這裏頭一定有政治的考量。也許老何正碰上大陸在改變對台灣的政策，他被拿來做特例或是樣板。但是因為他是個非常優秀的警察，很受到重用。」

「所以你們兩個好朋友也難得見面了。」

「正好相反，我們幾乎每年都會見面。」

「是嗎？」

「至於我是不是去看他，我就不說了，那是違反規定的事，我說了你也不好處理。但是因為何時還是有他的台胞證和身分證，他每年都會回來看他大哥大嫂，還帶著他的陸配一起回來，所以我們還是能見面的。」

「何時想問你要資料，為什麼不通過正常的官方管道呢？」

「我和他是急著要互相交換資訊的，但是正常的辦法要通過海基會、海協會、陸委會和國台辦。公文走一趟至少要三個月，你知道我們辦案子的時間性有多重要，等不及了。」

「什麼事情這麼急？」

「何時被派到公安部的特別專案組，負責緝拿兩名逃到美國去的貪污和走私犯以及他們的贓款，其中的一個逃犯就是常強發，他就是和魏皆琉一起被燒死的常強盛的哥哥。何時發現常強發的集團裏有兩個台灣人兄弟，就是張正雄和張信雄，他們更發現了這個集團已經被疆獨的恐怖組織滲透，同時也和伊斯蘭恐怖組織掛上了關係。這就是何時找我要資料的原因。他說張家兩兄弟很可能在下一個基地組織將要發動的恐怖事件裏扮演重要的角色。所以美國的情治單位也在追查這兩個人。」

趙碧浩點點頭說：「原來背後還有原因的，我還以爲是純粹爲了要調查洛城的焚屍案才來要情資的。」

她接著問：「那你找何時是去要什麼呢？」

「這跟我們特偵組最後的勝利有關，所以讓我先說一說我在菲律賓所發現的事，會把你嚇一跳。」

趙碧浩把戴安面前的茶續上了熱水，她說：「真沒想到事情會這麼複雜。」

「坐好了，精彩的還在後頭。這次到菲律賓出差雖然是去調查張家兄弟在那裏的活動，但是也要聽取我們在那裏佈置的眼線和行動員們的報告。在他們的報告裏有一個人是以前沒有出現過的，他的名字叫閔水弘，聽過這個名字嗎？」

「聽了很耳熟，但是和事情連不上。」

戴安從放在他前面的大牛皮紙信封裏抽出來一張照片，是一群人在一個餐桌前拍的，顯然是在一起聚餐後的留影。他把照片遞給趙碧浩：

「這是在馬尼拉一間餐館裏拍的，你應該認識這裏頭的兩個人。」

「中間的那個人是方晃炎，另外的還是沒看出來。」

「坐在我們的老朋友左邊的小個子面熟嗎？」

「啊，認出來了，他不就是常常出現在閔從辰總檢察長身邊的那個馬仔嗎？他老是問東問西的，挺討厭的一個人，對了，他就是閔水弘。」

「沒錯，他就是前一陣子被人爆料說他是閔從辰的私生子的那個傢伙。」

「如果謠言是真的，以閔從辰和方晃炎的關係，閔水弘和方晃炎在一起吃飯太正常了。」

「但是你知道他們在談的是什麼嗎？」

「跟我們的案子有關？」

「記得非法從菲律賓進口木材的賄賂案嗎？我們都以爲在政黨輪替後賄賂已經停止了，但是閔水弘通知這些木材商還是要繼續他們所謂的捐款，由方晃炎來保證他們不會被起訴。」

「如果是真的，這是我們大老闆犯罪的具體證據，但是沒有方晃炎的合作，我們還是無可奈何。」

「稍安勿躁！山人自有妙計。這個山人就是何時，他說如果美國不同意引渡方晃炎，那就想法子讓他在美國成爲不受歡迎的人物而被驅逐出境，在他出境時逮捕他。最近他們緝拿到的一個貪污犯，他還是有居留權的，但就是用這個方法把他抓回去的。」

「具體的運作是如何呢？」

「這就是我去見何時的目的之一。」

「你還有其他的目的嗎？」

「我認爲還有一件更重要的事，如果我們能辦到，那我們就會是英雄了。」

戴安又喝了一大口茶，他繼續說：「何時告訴我，有情報顯示疆獨恐怖組織和伊斯蘭主義的恐怖組織將要聯手發動一次比九一一更慘烈的恐怖事件，美國和中國大陸的反恐部門都認爲在研判收集到的情報後，結論是恐怖事件確定會很快的發生在美國和中國，但是具體的時間和地點卻不明。何時有進一步的證據顯示，張家兩兄弟是負責提供爆炸物和運輸任務的。這兩人毫無疑問的已經成爲世界級的頭號恐怖份子之一，他們是從台灣出去的，我想要求何時同意讓我們來逮捕這兩個人。我們的國際地位會馬上就上升，所有的國家對我們會另眼相看了，美國人和中國大陸的老百姓也會感激我們。你說我們該會多風光啊！」

「老戴，你在分析張家兄弟的報告裏就主張要配合國際上其他的情治機構主動出擊，追捕他們。但是中國的公安部爲什麼要聽你的？他們也想要逮捕張家兄弟所帶來的好處啊！」

「他們現在最想要的就是任何有關如何阻止在中國發生恐怖事件的資訊，我這裏有一份報告，是我的獨家消息也正是他們想要的，所以他們會答應我的交換條件了。」

戴安從牛皮紙袋裏拿出來一份報告，那是一位菲律賓陸軍司令部的情報員寫的，他是被派到民答那峨島上去臥底，他去爭取了被張家兄弟雇用爲司機兼做打雜工的機會，他的主要任務是收集穆斯林反政府游擊隊的情報，但是他也兼差，接受了台灣調查局的任務，監視張家兩兄弟的活動。除了錢財上的關係外，這位情報員還有華人的血統，他也有中文的能力，他在報告裏寫：

本報告是對張正雄和張信雄嫌疑犯在一周來的活動所做的觀察：

今天開車送張正雄到民答那峨最西邊的贊博安卡市，那裏的海港是反政府游擊隊使用的對外運輸點之一。我們到達時，有一艘中國大陸籍的小型貨船停泊在碼頭上，船號是「深蛇七〇三四」。船長走下來和張正雄握手，然後兩個人一起上船進了駕駛艙，大約一個小時後張正雄才下船。他叫我開車到工廠去，這是一個有高高的圍牆和武裝警衛的廠房區，裏頭有工作的工廠，也有倉庫，這裏是張家兄弟改造軍火武器和準備走私運送的工作廠房和儲存地，我曾看過有報告形容這裏也曾是他們製造安非他命毒品的地方，後來才把它搬移到山區。

張正雄進到工廠，裏頭有四個空的貨櫃，有工人正在做改裝的工作，張正雄是來看他們的進度如何，看來他們是要在這些貨櫃的最裏頭製造一個偽裝夾層，通常用貨櫃走私時都要利用這種夾層來隱藏走私品，避過檢查人員。從夾層的大小設計看來，它是可以裝兩個五十加侖的汽油桶。四個貨櫃是屬於四個不同的公司，公司的名稱和箱號都漆印在貨櫃的兩邊，但是根據以前的做法，為了避免被查是失竊的貨櫃，這些在最後都是會被塗改的。

兩天後的一大早，張正雄就交下了任務，要我在上午十點前到大佛市機場的海灣酒店停車場等候接人，他給了我一張撕了一半的美金一塊錢鈔票，說是我要接的人會拿著鈔票的另一半為證。民答那峨島上有兩個飛機場是有正規的航班，一個是在島上北邊的卡卡揚市，另一個是在島上南邊的大佛市。

在到達機場前，我先將車停在一個小路口，然後走進路邊的一間公共廁所，方便完了後用了比較長的時間洗手，出來後又到附近的一家雜貨店買了一包香菸，店老闆在找零錢時告訴我，我的身後是個穿藍色夾克，留著小鬍子的年輕人，他是騎著一輛五十鈴的摩托車。每一次出任務，一定會有人監視。這家雜貨店是陸軍情報處的聯絡站。

我在十點正到達機場海灣酒店的停車場，馬上就有一夥人走上前來，他們都是穆斯林打扮，唯一引人注意的是他們在頭巾下還戴著滑雪面具，只能看見兩個眼睛和一張嘴。民答那峨島上有不少穆斯林武裝份子，在路上也常會見到把臉包住，看不見廬山真面目的人。我拿出了那半張美金鈔票，和其中的一個人手裏的另外半張對上了之後，這一夥五個人就上車了。從那細小的手可以看出來應該是屬於女性的。他們一路上很少談話，所用的語言也聽不懂，但絕對不是英語或是張正雄說的中國話。

兩小時後，我們進入了大土邊鎮外的遊擊隊基地，這裏的警戒比平常緊張，到處都是持槍的人。張正雄已經站在大房子外面迎接，這說明我接來的人是重要人物。他們沒有互相自我介紹，但是他們所說的語言已經換成中國話了。

他們先是去吃午餐，飯後稍作休息，然後就被帶進了小講堂，原來這夥人是來接受訓練的學員，張正雄和張信雄兩兄弟已經在等候他們，小講堂前面的地上放著一個草綠色和五十加侖汽油桶一般大的圓桶，從上面的英文可以看出來它是屬於美國軍方的裝備。前面的小桌上擺著一個有液晶顯示器和數位鍵的黑色盒子，一個帶著拉環的圓形棒子，有田徑運動接力賽跑用的接力棒一般大，還有一圈捲起來像是電線的繩子，一個小鐵盒，最後在桌上還擺了一個折疊起來的厚毛毯。

張正雄首先發言，他告訴剛到達的客人們，半年前在巴基斯坦首都附近的一個非常龐大的美國海外駐軍的倉庫發生了嚴重的失竊案，雖然沒有宣佈被盜的物品是什麼，但是從隨後的調查範圍、尺度和調查團團長的中將官階，可以想見那是非常重要的東西。那是基地組織裏英勇的穆斯林弟兄們冒死買通了美軍的腐敗份子偷運出來的。一共是四個超高性能的爆炸物，現在已經安全地運到了我們的基地。

他指著在地上的圓桶解釋，它的代號是「BLU-82EXP」，原型是美軍在越南戰場上使用的「BLU-82」，它在引爆後，直徑五百公尺方圓內所有地面上的樹木和建築物都會被鏟平，直升機就可以順利降落，所以又被稱為是「菊花剪刀」。眼前的是改良型號，它的威力大大地增加了，它可以摧毀直徑兩公里方圓內所有的建築物，美軍的特種部隊用它來清除村落裏的槍手用的。他們此行的目的就是要學習引爆的技術。

接著就由張信雄做技術講解。他首先強調爆炸物本身是非常穩定的物質，無論是用火燒、水淹、振動或是撞擊，不但不能將它引爆，更不會損傷它。要將它引爆唯一的方法是埋入一個雷管，然後將雷管引爆，炸彈就會隨之爆炸。他將炸彈上方的一個小蓋子打開，指出那就是裝置雷管的地方。然後他從桌上鐵盒裏拿出兩個不同顏色的雷管顯示給大家看，它像是個兩寸長的原子筆筆心。同時他也強調雷管非常不穩定，紅色雷管可用火花引爆，藍色雷管通電後引爆，它們很容易受損，所以為了安全，炸彈和雷管不能放在一起，只有在引爆炸彈時雷管才能和炸彈接觸。

張信雄強調，一般人的觀念都認為炸彈是很危險的，事實上它像是一塊石頭，擺在任何地方它都很穩定都不會失效，並且一點都不危險，只有在引爆時才會非常的危險。相反的，雷管是非常危險和不穩定的，一不小心就會爆炸，也很容易被破壞，例如它碰到一點點酸性的東西就會完全失效。

桌上的黑盒子是一個電子計時器加上電池。將藍色雷管接上後調整了黑盒子的時間，按下啓動按鈕，等時間到了，電池就會接通，雷管和炸彈就會相繼的引爆。雖然這是最容易裝置的引爆器，但是它也是最不可靠的，因為計時器裏的電子線路和電池都會受到電磁波的干擾。老式的方法使用引信做計時是最可靠的。桌子上的繩子就是引信，將它的一頭和拉環管接好，另一頭夾住一個紅色雷管，當拉環被拉開時，引信就開始燃燒，它每四十秒鐘燃燒一英呎。燒到另一頭的雷管，它就引爆了。一旦引信點燃就無法熄滅，即使把整個引信和雷管丟進水裏，它還是會繼續燃燒直到引爆。

張信雄剪下一段三英呎長的引信做示範表演，把它的一頭和拉環管連上，另一頭夾上一個雷管，他將拉環拉開後引信點燃，馬上就出現了火光和白煙，他用桌上的毯子把引信／雷管緊緊地包住，雖然看不見火光和白煙，但是兩分鐘後雷管還是引爆了。

在以後的兩天裏，學員們反覆的練習在各種不同的情況下將引爆裝置裝好，引爆，直到在黑暗中，閉上了眼睛還能完成為止。雖然他們在外人面前幾乎是不開口，但是偶爾從他們之間的對話中聽出來他們將要參與恐怖行動，負責裝置和引爆炸彈。時間和地點不明，但是其中的目標之一可能是在中國。

在培訓結束時，張正雄告訴學員們，有三個BLU-82EXP炸彈已經在運往目的地途中，這第四個也就要運走了。所需要的引信、雷管、拉環管和電子計時器等附件也從不同的管道運出去了，他們在接到任務後，在指定的時間和地點就可以取到它們。這是第三批前來培訓的伊斯蘭恐怖組織成員，也是人數最多的一次。從張家兄弟對事情的小心謹慎態度可以推測將有重大事件發生。

從使用過的食具和物件中取得了部分學員的指紋。對張正雄和張信雄的觀察繼續中。

趙碧浩看完了報告把它還給了戴安，她說：「這份報告雖然沒指出來將要發生的恐怖事件的時間和地點，但是炸彈和人員的來龍去脈都指出來了，它可是老美和老共反恐人員的寶貝啊！」

「你覺得我找的這個線民還不錯吧？他挺能把握什麼是重要的情報。」

「我覺得你的眼光不錯，他提供的情資是很有用的。你花了不少錢才買通了他是不是？」

「不便宜，我們調查站的財務對我可有意見了，說我浪費公款。到時候你可得替我說句公道話。」

「沒問題，叫他們報到特偵組來。」

「太好了，還是我們檢察官疼愛我。」

「又來跟我貧嘴了不是。你這個線民是個情報員，對不對？」

「是啊！他是菲律賓陸軍的上尉情報官，怎麼了？」

「他的行動經驗和能力怎麼樣？我是想必要時雇他當我們的合約工，免得還要你親自披掛上陣。」

「對我沒信心了？你是擔心我會出事，沒人帶你去車震了？」

「關心你，還不領情。」

「當然領情，謝了。我這個情報員還年輕，所以不敢說他的經驗如何，但是他的情報員直覺和敏感性還不錯。我們在馬尼拉碰面時，他提起了他剛在另一個酒店看見兩個曾去張家兄弟那受訓的人。我馬上就請他帶我去看看。」

「結果看到了嗎？他們是外國人還是中國人？」

「是黃頭髮和藍眼睛，但是酒店裏的人跟我們的情報員說他們是拿的中國護照。」

「那是維吾爾族人了，可能是新疆人。所以他們的姓名你也有了？」

「沒錯，如果他們是恐怖份子，我有他們的名字，也見過他們的廬山真面目。」

「從酒店的監視器裏找得到他們的錄影嗎？」

「有，但是也許這兩個人的反偵查能力特強，他們不面對鏡頭，所以沒找到有面部的錄影。」

「但是這件事實和這份報告還是非常的重要。然後呢？」

「我拿了這份報告後，就去了上海見何時。」

「那他一定是很高興的了。」

「他當場差一點就要給我跪下來磕頭，管我叫救命恩人。我說他可以使用這份報告裏的情報資料和我能得到的任何的後續報告做爲他們辦案的依據，但是有三個交換條件：第一，他不能洩底，說出我們是情報的來源，同時他還要故作姿態，裝出急需台灣提供張家兄弟的情資。第二，他要替我們把方晃炎弄回台灣來。第三，中國和老美不可以搶生意，要讓我們來逮捕張家兄弟。」

「他答應了嗎？」

「他說，第一點沒有問題，他可以做主。其他的兩個條件不是他們特別專案組能決定的，他需要向上級請示。但是他會極力推薦上級採取同意的態度。我以爲他是先要向他的特專組組長彙報，然後再轉報上級，但是他拿起電話就接通了北京的公安部分管他們的副部長，做了彙報。他說涉及有關外國的事，他的組長也不能決定，所以就直接找副部長了。」

「他們的辦事效率要比我們這裏高多了。」

「我這個把兄弟很可能是個例外，所以才能越級報告，這在任何國家的情治系統都不行的。」

「能力特強的人，大老闆就會給尙方寶劍，你還不是一樣？很多事情都不跟我說，別以爲我不知道。」

「長官過獎，卑職定將繼續努力。」

「少跟我貧嘴。最後是什麼時候有了結果的？」

「當天晚上，何時到酒店裏來找我，還帶了兩個人來，一個叫袁華濤，是公安部的副部長。他可是個名人，當年在國際刑警組織工作時曾經立過大功，我們都讀過他豐功偉業的事蹟。另一個是叫楊冰的女警官，是他們特專組的組長。兩個人都是剛從北京趕來的，袁華濤首先對我提供的情報表示感謝，然後說公安部同意我提出來的條件，但是能否做到則要看美國方面是否願意配合。」

「他們的看法呢？認爲美國會同意的機會大不大？」

「非常大，他們也同意我說的，老美就是最想要取得跟恐怖事件有關的情資，別的都好說。並且還有一個關鍵人物，他是個華裔，父母親還是從台灣去的第一代移民，在白宮負責協調反恐任務的美國總統特別助理納序就非常的器重和倚賴他。只要他支持，美國一定會配合的。」

「那我們有沒有路子聯繫上這個人。」

「我知道的就有兩條路，一條是我的把兄弟何時是此人的好朋友，他會爲我們美言幾句。」

「那另一條呢？老戴，我們不能放過任何一條路子。」

戴安看著趙碧浩，但是不說話，那副曖昧的笑容又出現了。

「你這麼看著我幹什麼？」

「這另一條路子，可以遠在天邊，也可以近在眼前，就要看你檢察官大人怎麼辦了。」

「你是什麼意思？我怎麼聽不懂呢？」

戴安還是不說話，趙碧浩突然問：「你是說我認識這個人？」

「豈止認識，還曾有過親……」

「是陸海雲？公安部的人怎麼會認識他的？」

「果然我們的美女檢察官非常聰明。公安部的特專組爲了追緝逃亡到美國的貪污走私犯，聘請奧森律師事務所替他們在法庭上打官司，所以你的陸海雲就成了主要的負責律師，他們在法庭上提告成功，取消了通緝犯的居留權，在被驅逐出境後實行逮捕。老何說這整個過程是陸海雲想出來和操控的，從頭到尾完全是合法的行動，聽起來他應該是個滿能幹的律師。怎麼樣？你們是老相好，應該是很有說服力的了，這條路子可是天上掉下來的，你要不要主動的去跟他敘敍舊情呀？」

「哈！這你恐怕要失望了。沒錯，我們在耶魯時曾經是初戀情人，我告訴過你，後來我背叛了他，嫁給我的前夫。但是我沒告訴你的是，我成了他在這世界上最痛恨的人，所以這條路是死路一條。他要是想報仇的話，說不定你想要拿下方晃炎的計畫就會因爲我的過去而泡湯了。」

「我想不會的，聽何時還有袁華濤的形容，你的老相好不僅是個非常能幹的律師，人也很好很有修養的，不像是個會記仇的人。」

「說得沒錯，他的人品是很好。但是你知道他有多恨我嗎？他跟我說過，小時候老師問他最恨的人是誰，他想不起來有恨的人，就脫口說他最恨白雪公主的後媽，引起老師和同班小朋友大笑。後來我們的同學章書平告訴我說，陸海雲最恨的人已經不是白雪公主的後媽了，是我趙碧浩升級取而代之了。」

「被女朋友給甩了的男人，都最恨他的女朋友，但是過一陣子就好了，記憶裏的永遠是美好的。」

「那可不一定，兩年前我去夏威夷參加一個學術會議正好他也在，那時我剛離婚，見到了他就更想起以前的恩愛，我想要恢復舊情，所以我就使出混身解數勾引他，以爲乾柴碰上烈火，少不了一次魚水之歡。我們在他酒店的房間裏，孤男寡女共處一室，雖然長夜漫漫，就聽我輕聲蜜語，娓娓道來當年我們如火般的熱情。不曉得是不是我年老色衰，還是他心有所屬，一整晚我是白費了功夫，他完全無動於衷。」

「人家是出身書香門第，行乎禮，止乎情，所以才是柳下惠，坐懷不亂。此人有教養，讓人佩服。」

「後來我越想越生氣，越覺得是受了奇恥大辱，於是我就寫了一通電郵，把他臭罵了一頓，說他太沒有教養，做爲過去的戀人，即使沒有了情慾，也應該尊重對方，要表達出對方還是具有女性的魅力，至少要有『禮貌性上床』的企圖。我還對他說，我們叫看見女人就要發瘋的男人是『衣冠禽獸』，但是他在夏威夷那晚的行爲是『禽獸不如』。寫完了，氣才消了下來。」

「那他怎麼回你？」

「他沒理我，看來他還是很恨我，把我從他的記憶裏完全抹得乾乾淨淨，一點痕跡都不留，他太絕情了。不過話說回來，是我先對他絕情，所以我不會恨他的。但是我把電郵拷貝給章平書，他看了後倒是大樂，認爲我的『禮貌性上床』太有創意了，可以做爲一夜情的新解，將對配偶或搞定了的朋友『不忠實』的內涵完全無罪化了。」

「那麼這條路子就這麼放棄了，實在可惜。」

「喂！我說戴安大偵探，你們男人怎麼都這樣呢？前一分鐘要拉我去車震，後一分鐘就要我去向老情人獻身，你真的一點都不在意嗎？」

「誰說要你去獻身了的？我是叫你去敘敍舊，最多讓他禮貌性的摸摸小手。」

兩個人都忍不住笑了起來，趙碧浩說：「我去找章書平，他號稱是屬於鐵桿綠的政治理念，只要是能提升台灣的國際地位的事，他一定會去賣力。請他去跟陸海雲說說，一定有效。」

「有把握嗎？」

「他們是鐵哥兒們，至少會比我有用。老戴，你的老友還說了陸海雲什麼？」

「怎麼？想念老情人了，是不是？」

「我聽說他在洛城有個新的女朋友，是個新疆人，說是很漂亮，大概快結婚了。」

「老何說吹了，那個女的嫁人了。」

「是真的嗎？陸海雲怪命苦的，到現在連老婆都找不到。」

「別擔心了，老何說他和那個姓楊的女警官一見鍾情。」

「就是何時的頂頭上司嗎？」

「就是，聽說她的來頭可大了，她的父親是大陸的公安烈士，養父就是公安部副部長袁華濤，她自己是留美的博士，能力超強，她又是公安部的神槍手，手槍射擊冠軍。老何說她的前任未婚夫要輕薄她，被她當眾打趴在地上。」

「很好，她一定能制服陸海雲。你看她漂亮嗎？」

「當然還是比不上你了。」

「別跟我貧嘴，說真話。」

「是很漂亮，是冷豔型的漂亮。」

「什麼意思？」

「長得非常好看，但是感覺很冷。」

「好了，公事談完了吧？老戴，我昨天去買了菜，今天準備在家裏做頓飯請你，算是給你接風，看你跑這趟還真辦成了好多事，也算是我謝謝你的一點意思吧。」

戴安握住了趙碧浩的手，輕輕地撫摸著：「別太辛苦了，白天的事都幹不完，回家還要帶孩子，哪還有時間給我做飯，我請你到館子裏吃一頓吧！」

「我老媽把女兒接去她那了，別擔心，累不著我。」

「啊！那你是準備了精彩的飯後餘興節目了？」

「那當然了，我是要讓你有一個難忘的感受，來取代那個亂七八糟的車震經驗。」

趙碧浩說完後，自己的臉就漲得通紅，戴安覺得她美極了，把握住的手用力一拉，把她摟在懷裏，緊緊地抱住。他說：「那明天的早飯是不是也包括在內了？」

她倒在戴安的身上，用拳頭輕輕捶著他的胸脯：「別得寸進尺，你就不怕人說閒話？」

「這年頭吃頓晚飯，男歡女愛，是小事一樁。要是能在一起吃早飯，那才是搞定了。」

「你是想把我搞定了？」

「我費了九牛二虎之力才把你擺平了，不就是爲了要把你搞定嗎？」

「你就不怕我是你的頂頭老闆？」

「所以你看我都累得不行了。」

趙碧浩已經很久沒有感受到讓她全身每一寸的肉體同時溫暖起來，她覺得這一刻好幸福：「老戴，放開我，讓我起來，會有人來了。」

「今天晚上我需要帶換洗的內衣褲嗎？我習慣穿著乾淨的內衣褲吃早飯。」

趙碧浩瞪了他一眼，掙扎著站起來，把衣服理順一下。戴安把帶來的文件收起來：

「你需要我帶什麼東西嗎？」

「把你這個大偵探帶來就行了。」

在戴安開門出去前，趙碧浩對他說：「我看你的內衣褲都穿破了，我替你買了半打。」

這是馮丹娜第二次來到了深圳，她的任務是調查袁玲玲在深圳擔任短短幾個月臥底任務時，有沒有建立起一些社會和人脈關係，這是她在犧牲前的報告中沒有提到的，如果有必要，就主動跟這些關係人再建立起聯繫，同時還要暗查常強發、張正雄和張信雄三個嫌疑犯還有沒有同夥在事件沉寂了一段時間後又再恢復活動。

對一個剛剛取得了正式偵查員資格的年輕刑警來說，馮丹娜感到這項任務給她的重大壓力，但是她也明白這是給她的考驗和門坎，過了就對她的事業大有幫助，在她前面出人頭地的公安幹警，都是在一開始時就有了不同凡響的成就。所以在她第一次到深圳來之前，就把袁玲玲的臥底檔案反覆地看了幾次，袁華濤還把他每次和女兒聯絡後做的筆記也讓她看了，馮丹娜對袁玲玲有了徹底的了解，對她的思考和行動都摸得一清二楚，不知不覺得她感到她成了袁玲玲的知心朋友，想到在她生命的最後時刻承受了令人髮指的強暴和姦淫，她會忍不住的哭了。

馮丹娜曾到七娘山的靈骨塔去看袁玲玲的骨灰和放了一束鮮花、點了一炷香，她止不住地在想，是誰的愛心將袁玲玲的骨灰放在這絕美的七娘山麓，讓她與碧海青天為伍。想到自己和袁玲玲在警校幾乎是同一時期，如果當時是指派她來擔任臥底，今天放在那個罈子裏的會是她的骨灰嗎？還是會和塵土一樣飛揚得無影無蹤。

馮丹娜在深圳待了一周，得到的結論是幾乎沒有人對一個叫丁雙玲的年輕貌美女子有印象，這也許是深圳警方對這件命案的調查毫無進展的原因，但更可能是袁玲玲刻意要保持低調，避免暴露身分。馮丹娜對袁玲玲當時在深圳臥底的環境有了初步的認識，她沒有發現任何常強發的集團還在活動的跡象，但是她也明白這並不表示他們不存在，因為她有一個很奇怪的感覺，像是有人在故意地迴避她。

在她第二次來深圳前，她寫了報告給何時，請他轉給楊冰，說明她此行最主要的目的是要找到把袁玲玲的骨灰放到靈骨塔的人，再從那裏切入看能不能找到些蛛絲馬跡。楊冰沒有找她，但是何時倒是跟她談了一些她具體該做的事，他說先要讓別人對她有了信心，別人才會跟她說實話。何時同意她要找的人可能是個突破點。

在袁華濤的筆記裏，袁玲玲曾提過，她交了一個新朋友的事，後來又提到過去參加這位新朋友的野外工作。所以馮丹娜在到了深圳的第二天先去拜訪了深圳市的科技協會，打聽出來他們在主辦的環境論壇時有沒有一位女性的海洋生物學家來參加過。他們找出了幾個人，其中有一位叫熊卉瑩的曾在一次環境論壇上被邀請發表演講，而那次論壇的簽名冊上也發現有「丁雙玲」來參加。這位海洋生物學家是在深圳的一間重點實驗室工作，馮丹娜馬上用電話和她取得了聯繫，知道她正在野外從事採樣工作，就決定到她工作的地方去見她。

一般人所認為的深圳是指和香港緊鄰著的兩個區，羅湖區和福田區。這兩個區所佔有的面積是最小，但是人口卻是最多，也是深圳的經濟和行政的中心。在這中心地區的西邊是新開發的南山區，它是高新科技的製造和研發的集中地，也是深圳市高等教育院校的所在地。相對的在中心區的東邊是鹽田區，它的主要行業是旅遊、觀光和海運。這兩個相對比較新的開發區在未來深圳發展計畫裏的地位越來越重要。

剩下來的兩個區，一個是在西邊的寶安區，一個是在東邊的龍崗區，區內有一個叫葵湧的小鎮是當年著名的抗日遊擊隊，東江縱隊司令部的所在地。在抗日戰爭時，它接受中國共產黨港澳工委的指揮，一九四四年他們奉命擔任搶救一名在香港上空跳傘逃生的美軍飛行員任務，約一百名遊擊隊員乘船由牛尾海登陸九龍半島，在現今的香港優德大學北方以大刀和紅纓槍對押送的日軍發起攻擊，他們雖然成功地救出了美軍飛行員，但是有近半數的遊擊隊隊員也犧牲了。在當年肉搏的戰場，立有一塊紀念碑，記述這件英勇事蹟。

這兩個區的單獨面積都比前面四個區的總合都還大很多，可想而知因爲地大人稀，遠離人口密度極大的城市區域，使大自然的環境成爲被關注的重點，尤其是環境保護的研究人員，這兩個區是他們的工作重點區域。

深圳市除了在西邊爲珠江的沿岸外，它的南方從西到東還面對三個海灣，就是深圳灣、大鵬灣和大亞灣。龍崗區面對大鵬灣和大亞灣，夾在這兩個海灣中間的是大鵬半島，半島的西邊，離七娘山不遠的地方有一個叫南澳的小漁村，馮丹娜第一次來深圳時就到過這裏，她是來查看和袁玲玲在一起工作的打工妹曹美新送錢去的漁民，那是在一排當街的店舖中的一間，大門深鎖，門窗上都是厚厚的灰塵，附近的人都不願意多說關於他們的事，馮丹娜就只打聽出來，他們一家人在公安局來調查之前就走了，不知道去了哪裏。

這次她又經過時，看見那大門還是鎖著的。馮丹娜在岸邊養殖場的魚排上看見一個戴大草帽和墨鏡的年輕女人以及兩個像學生似的助手在用瓶子裝水。她提起嗓門說：「喂！請問是熊卉瑩老師嗎？」

戴草帽的人抬起頭來說：「哎！是我。」

「好極了，我是馮丹娜，給你打過電話的。」

「對了！你說有事情要問我，那就上來吧！」

「上來？上到哪兒呢？」

「還能上哪去？我說到魚排上來。」

「就那麼兩根細木條啊？我不上，我會暈船的。」

「這不是船，這是魚排，很穩的，這裏風平浪靜，一點都不晃盪。你看我用一隻腳就能站穩了。」

熊卉瑩將兩臂在身體的兩邊擺平，抬起一隻腳來，然後向馮丹娜招手：「你看，這多穩啊，快上來。」

「不行，我怕掉到水裏。熊老師，你對你的中國女同胞就一點同情心都沒有嗎？」

「當然沒有。中國女同胞太多了，要是都像你，我怎麼去同情啊？」

打同情牌無效，馮丹娜就換一張牌：「那我請你喝咖啡。」

「這裏沒有咖啡店。」

「那請你喝茶。」

「這裏也沒茶館。」

「那你總要喝個什麼吧！老天爺，幫幫忙吧！」

熊卉瑩開始走上岸，嘴裏用廣東話唸唸有詞：「真是麻煩。」

熊卉瑩走上岸來，當她取下了太陽眼鏡和大草帽時，馮丹娜有點吃驚，站在她面前的人面目姣好，素顏，穿了一身小一號的牛仔褲和襯衫，顯出她的身材來，該凸的地方凸，該凹的地方凹，雖然皮膚曬得有點黑，但全身都散發著誘人的健康氣息。馮丹娜帶著笑臉說：「不好意思，麻煩你了。」

「走，我們到前面的雜貨店喝甘蔗水，是現榨的，說是有美容和養顏的效果。」

她們在雜貨店門前的小桌邊坐下，馮丹娜說：「原來如此。美女科學家還有保持青春美麗的秘方。」

「怎麼？你認爲幹我們這行的女人都該是醜八怪，是不是？」

「別誤會，我是在誇你人長得漂亮。」

「沒你們城裏的女人漂亮，到這種地方來還穿著高跟鞋，給誰看啊？怪不得上不了魚排，還說是會暈船，你可真會瞎編藉口。」

馮丹娜趕快轉變話題：「這甘蔗水是挺好喝的。」

「你在電話裏說是來打聽丁雙玲的事，你是她什麼人？」

「她的朋友。」

「是嗎？那你告訴我她拿筷子是用右手還是左手？」

馮丹娜想了一下才說：「左手。」

「胡說！丁雙玲是用右手拿筷子，中國人裏頭有幾個是用左手拿筷子的？你不是她的朋友，你到底是誰？」

「熊老師，你看見我就不順眼，是不是就是穿了高跟鞋沒上你的魚排得罪你了？就請你多包涵包涵吧！」

熊卉瑩不說話，只是盯著她看，馮丹娜生氣地說：「看什麼？越看越不順眼就少看一點。」

熊卉瑩突然說：「你是公安，對不對？」

馮丹娜愣住了，她又聽見熊卉瑩說：「把你的證件拿給我看看。」

馮丹娜從手提袋裏把警證拿出來，正要打開時，熊卉瑩一把就搶了過去，她尖叫起來：「你敢搶我的警證？」

「誰要搶你的破警證？窮緊張。我是近視眼，就是要拿近一點才能看清你名字叫什麼？」

「近視眼爲什麼不戴眼鏡？」

「我戴眼鏡就更難看了。」

「我還以爲你是不食人間煙火的科學怪人，原來你也是愛美的凡人。」

熊卉瑩把警證還回去：「原來你是馮警官。你們公安終於想起來還有一個丁雙玲，早幹什麼的？」

「你和她很熟嗎？」

她不但沒回答，還反問：「丁雙玲也是你們公安人員？」

「是她告訴你的？她來深圳是有任務的。」

「你說她是來臥底的？她是跟別的來深圳打工的女孩不一樣。可是我問過她，她否認。」

「她要是承認了，那還是臥底嗎？」

「那倒是的。」

「你們是好朋友嗎？」

「我們認識不到半年，但是滿談得來的，她叫我熊姐，是個很善良的女孩。」

她們沉默了一陣，馮丹娜才又問：「是你把她放在七娘山的，是吧？地方選得太好了，她一定很喜歡的。」

「是的，我第一次帶她去的時候，她就愛上那裏了。」

兩人又是沉默不語，她們都在想念著已經走了的靈魂。

「馮警官，對不起，剛剛我不應該對你兇，我是在氣你們公安部。」

「她跟你談起過她的工作嗎？」

「從來沒有，也不讓我到她做事的地方去看她。」

「這是我們的規矩。」

「你們的規矩倒不少，還包括了派一個這麼年輕沒經驗的警察去臥底，不就是等著要出問題嗎？你們一定知道她是怎麼給整死的，你們也能嚥下這口氣。這麼久了，不聞也不問，公安部也太不拿你們的小警察丁雙玲當回事了。」

「丁雙玲沒出問題，她是個非常優秀的公安幹警，是我們內部出了問題。出了這樣的事，我們比你還急，但這是個還在進行的大案子，有很多顧慮，然而我們並沒有閑著，要不我怎麼會來了？不但找到了你，前一陣子我們也找到了七娘山。等案子結了後，公安部會正式對你表示感謝。」

「七娘山上的那束花和那炷香是你擺的，是嗎？」

馮丹娜沒說話，熊卉瑩接著說：「馮警官，你想她了？你們真是朋友嗎？丁雙玲是個很有人緣的姑娘，有時候被她弄得團團轉，還不能生她的氣。她是個可憐人，死得那麼慘，沒有一個親人在身邊。」

「跟你說也許你不信，我不認識她，也沒見過她，只是看她的材料看得太久了，就感覺像是認識她似的。你知道嗎？我們是同期從警校畢業的，當時如果是派我到深圳來臥底，今天就是我的骨灰放在七娘山了。」

這次輪到熊卉瑩不說話了，馮丹娜瞪了她一眼：「我知道你在想什麼？你看我就不順眼，才不會管我，說不定把我送去餵七娘山上的野狗了，不是更環保了嗎？」

「無聊！我問你，丁雙玲有親人嗎？」

「說了你就更不信了，她的父親就是我們公安部的副部長。」

「我不信，因爲公安部裏沒有一個姓丁的副部長。」

「喂！我說科學怪人，有臥底的人會用真名真姓嗎？」

「那倒是。那她是不是姓袁？」

這一下輪到馮丹娜嚇了一跳，她說：「你怎麼知道的？」

「因爲我懷疑丁雙玲是公安人員，但是她死後又沒有公安單位出面認她，我就趁到北京開會的機會去了趟公安部，我在那裏的烈士展覽館看見了丁雙玲的照片，因爲案子沒結，不能問出個任何道理。但是我看見一個人，他眼裏含著淚水站在那一直看著她的照片，我聽見別人叫他袁副部長。」

「他就是我們的副部長袁華濤，是她爸爸。」

「也真難爲他了。他就這麼一個女兒，沒有別的孩子了？」

「誰不想要啊？行嗎？袁華濤是國家特級英雄，是他當年玩命換來的，但是也只能有一個孩子。他的老伴早走，所以女兒是他一手帶大的。她出事後，要不是以前的一個紅粉知己細心的照顧他，袁華濤準會發瘋了。」

「馮警官，丁雙玲的真名叫什麼？」

「如果你不再叫我馮警官，叫我小馮，我就告訴你。」

「那你也不許叫我科學怪人，叫我熊姐。」

「熊姐，丁雙玲的真名是袁玲玲。她除了你以外，還有一個朋友，你認識嗎？」

「你是不是說曹美新？她是個從農村來的打工妹，是在同一間公司做打雜的。」

「你見過她嗎？」

「見過。」

「我想找她，你有線索嗎？」

「小馮，你是真的不知道？」

「她是怎麼了？」

「記得嗎？當初深圳公安局宣佈在外海發現了兩具全身赤裸的女屍，身分不明。我是因爲已經有好幾天找不到丁雙玲，才跑去停屍間，結果發現就是她們兩個人，被人強姦後殘忍的殺害了。」

「兩人的屍骨都是你處理的？」

「是的。丁雙玲的骨灰我放在七娘山，曹美新的骨灰我請大剛送回她山西的老家了。」

「誰是大剛？」

「李大剛，他是個跑海的船工，我們常雇他出海，他挺喜歡曹美新的。」

「能跟他聯繫上嗎？」

熊卉瑩拿出手機撥了個號碼，接通後她就站起來離開桌子說話，等掛上電話後才回來坐下，她對馮丹娜說：「大剛不在深圳，要明天才能回來。我說有公安局的人要見他，他本來說不想見，但是我告訴他是來查曹美新被害的案子，他說那明天就在我們的實驗室見，並且他要我一定也在場，否則他就不來。」

「這個李大剛是不是對我們公安人員有抗拒的情緒？爲什麼？」

「他和我一樣，對你們公安局遲遲不把殺人兇手逮捕很有意見，他更認爲兇手很可能就是你們公安人員。」

「熊姐，你也這麼想嗎？」

「在你來之前是的，但是現在不了。因爲知道丁雙玲是你們副部長的女兒，你們不會不管了。」

「她是我們的公安烈士，請記住她的名字叫袁玲玲。」

在深圳特區西邊的南山區是深圳的高科技產業和高等教育的所在地，它是往深圳機場的必經之地，同時也因爲深圳灣大橋，從南山區可以直通香港的屯門，成爲深港兩地的西部通道。第二天早上，馮丹娜按約定來到了深圳高新科技園區，熊卉瑩工作的「近岸海洋研究重點實驗室」是在一棟外觀很現代化的建築物裏。它的左右兩邊是兩座八層大樓，中間是個圓形全是玻璃的五層樓。整個三棟樓群是屬於「深港聯合發展中心」，它是由三個單位，也就是深圳市政府、北京大學和香港優德大學聯合成立的。

馮丹娜到的時候，熊卉瑩在樓下等她，把她帶到了西大樓的三樓，那裏是她們重點實驗室的辦公室和實驗設備所在地。她看見他們的地方不大，但是很精緻，也很現代化。因爲時間還早，李大剛還沒到，所以熊卉瑩就簡單扼要地把重點實驗室介紹了一下：

香港優德大學在成立之初，就接受了香港政府的要求，將香港的環境問題做爲重點的基礎和應用研究。空氣污染已經列爲是化工系的研究專案，雖然香港四面環海，但是沒有一個教授是研究海洋環境的，在大學的教授會議討論後，校方指定由鍾爲教授組成近岸海洋研究小組，來爭取和承擔這一領域裏的專案。

鍾爲教授首先找到了他當年在美國求學時在保釣運動認識的，也是從台灣來的一位海洋學方面的朋友，他後來由美國回到中國，成爲有名的海洋科學家，也當選成爲中國科學院的院士。他推薦了幾位從事海洋環境研究的年輕人，包括熊卉瑩在內，成爲近岸海洋研究小組的骨幹。接著鍾爲教授透過香港政府向香港賽馬會申請了一筆很大的研究經費，同時也申請了中國科技部八六三計畫的專案經費，在以後的幾年裏，這批年輕人有了很精彩的科學成果，取得了幾個國內和國際上的大獎，但是最爲人稱道的是，他們對研究工作的嚴謹態度和對科學資料精準的要求。

在鍾爲教授退休前，他幫助這批年輕人轉移到了深圳，成立了「深圳近岸海洋研究重點實驗室」，它是由深圳市的科技局審批成立的，但是依託在「深港聯合發展中心」。熊卉瑩告訴馮丹娜，他們來到深圳後，研究的範圍擴大了，珠江成爲她們的關鍵研究對象，她說：

「珠江是中國的第二大河口。珠江河口坐落在南中國海北部，靠近香港，是中國最具有代表性的河口。河口流域覆蓋中國人口最稠密的地區，因此珠江也是污染最嚴重的河流系統。珠江三角洲及其沿岸區域在香港經濟發展中起著重要作用。監測、認識和科學管理珠江河口的重要性已經得到了人們的普遍認同。爲了給珠江河口管理提供科學依據，我們首先要監測和研究河口水域生態中的水動力、水質與生物的演化和發展過程以及相關的動力機制。另外，同時我們也開發了數值模型，用來分析在這一區域發生的短期事件，和預報將來環境發展的趨勢。」

馮丹娜說：「看來你們的工作很有意思，怪不得袁玲玲被迷上了。我想在你們這裏工作一定很開心，是不是？」

「我和同事都熱愛我們的工作，但是自從鍾爲教授退休後，深港聯合發展中心，也就是我們的依託單位，對我們很不好，處處爲難我們。」

「爲什麼呢？你們的科研成果不是都被肯定了嗎？」

「沒錯，但是我們的領導認爲我們的成果沒有經濟利益，以前是看在鍾爲教授的面子，不好給我們臉色看，現在是處處給我們穿小鞋。」

「你們是科研單位，怎麼也會有這樣的領導。並且他們不也是從北京大學來的教授嗎？那可是我們國家的第一號大學啊！還有深圳政府派來的領導就不管你們嗎？」

「深圳是個非常成功的商業都市，經濟利益成爲做任何事的唯一指標。不管是北大來的還是深圳政府來的都跳不出這個框框，再加上他們個人的考慮，我們就很難幹活了。」

「怪不得我的一個朋友說，北大的教授也分好幾類，有很多是頂尖的學者，也有不怎麼樣的。你們的領導是哪一類的？」

「我也不好說，但是有兩點是很明確的，一是查不出來這位領導的學術成就，二是和前任的北大校長有親戚關係。」

「明白了。」

「現在這裏有兩間大學對我們的科研很欣賞，我們可能會要求更換依託單位，和現在的領導一刀兩斷。」

「碰上一個壞領導是最痛苦的事，我們公安單位也有，很多優秀的公安幹警事業都受到影響。但是你們是不是以前被那位鍾爲教授給慣壞了，才覺得現在很不爽。」

「鍾爲的管理是以科學家爲中心，現在是以領導爲中心，突顯出領導的私心，我們當然不爽了。」

「那位鍾爲教授是不是寫過一本小說？」

「是的，書名叫《追風的人》。你怎麼知道的？」

「因爲是講警察破案的懸疑小說，我們都看過。」

「其實它是一本愛情小說，寫你們女警愛男人愛得死去活來。」

「那是香港的女警，我們才不會呢。不過他把愛情寫得那麼銷魂蝕骨，纏綿悱惻，讓人好羨慕。他把你們都寫在裏頭，所以你也是追風的人了，是不是？」

「那是一段令人難忘的日子。」

「鍾爲還回來過嗎？」

「他來看過我們。」

「邵冰還是和他在一起嗎？」

「喂，公安小姐，《追風的人》是小說，不是傳記文學。」

熊卉瑩和馮丹娜的談話在李大剛出現時被打斷了：

「熊姐，對不起，我來晚了，一路上都是塞車。」

李大剛是個五短身材，皮膚黝黑，看起來二十多歲的年輕人。熊卉瑩先把馮丹娜介紹給他，然後把情況詳細地說給他聽。李大剛低著頭沉默不語，熊卉瑩說：「大剛，我相信他們公安是來玩真的了。」

「熊姐，你相信小丁是他們副部長的女兒？你也相信他們會派副部長的女兒來臥底？」

「我信，我跟你說過，我在北京公安部烈士展覽館裏看見了小丁的照片，也看見了那位副部長在照片前掉眼淚。」

「熊姐，我還是不相信那些當官的會把自己的女兒派去當臥底送死。這種事只有沒錢沒勢家的孩子才會被選上。」

熊卉瑩說：「大剛，這事和小丁的身分沒有關係，這是因爲她的個性。你也認識小丁，你知道她是個善惡分明，很有正義感的人，否則她也不會和小曹成爲好朋友了。是你告訴我的，你聽說小丁在抵抗時還踹死了一個人，這不就是她天不怕地不怕的個性嗎？」

馮丹娜接著說：「李大剛，我能理解你對我們公安遲遲沒有把殺害曹美心和丁雙玲的兇手逮捕非常不滿，現在我只能說那是因爲牽涉到另一個非常大的案子，影響到我們追捕的行動。今天我來找你，也是因爲時機快成熟了，同時我們更希望你能協助我們，讓我們更快的完成任務。我知道你想替曹美心報仇心切，我們的副部長想替他女兒報仇的心更急。但是我們一定要在法律的範圍內取得社會的正義，否則我們就和黑社會份子沒分別了。你懂嗎？」

「熊姐說你們是來玩真的了，我相信她。再來如果你們副部長的仇人和我的仇人是同一個人，我就更放心了。但是我還有問題想問，兇手是你們公安人員嗎？」

馮丹娜：「我們正在調查一件天大的案子，很多資料是要保密的，但是我把你當成是被害人的親人，我希望你和熊姐不要把今天的談話跟任何人討論。是的，我們有很有力的物證，兇手是我們公安人員。這是我們公安內部出了問題，才讓一個這麼凶殘的犯罪份子隱藏在我們隊伍中，這麼多年都沒把他揪出來。」

李大剛：「我知道以前，也許還包括現在，我幹的一些事都是不合法的，如果我說了，你們會寬大處理我嗎？」

馮丹娜：「我是被派到深圳來調查我們公安幹警遇害的事，不是來調查李大剛的違法活動，提供任何有利於我辦案的資訊都是立功。你知道我們是怎麼看待立功的人，更何況你還有你的熊姐在這裏，她是從一開始就看我不順眼，昨天我不肯上她那破魚排，就差一點把我吃了。」

「你可別冤枉熊姐，她可是我們的大好人。」

「行了！打魚的都是同一夥，都向著自己人。」

「熊姐才不是打魚的，她是大科學家。」

「她不打魚，她在那破魚排上幹什麼？了不起就是個打魚的科學怪人。」

熊卉瑩插嘴說：「公安就是這副德性，真不明白小丁會是個公安人員。」

馮丹娜瞪了她一眼，從皮包裏拿出一個筆記本和一支筆：「別打岔，我要開始問了。大剛，強發貿易公司倒閉之前你是替他們做什麼？」

「其實我沒替常發貿易公司幹過活，我是南澳漁業及運輸公司的員工，從做學徒開始一直到二級船工，就是幹跑海和捕魚的工作。」

「後來南澳是不是被強發給買了過去？」

「這些上層的決定不會告訴我們這些在基層的船工，但是很明顯的是，南澳老闆就只接強發的活了。從那時開始，我們的捕魚和跑海工作就越來越少了。基本上我們只是幹走私的活了。」

「走私哪些東西？」

「我是專做紅油的，也就是私運柴油。因爲我對珠江河口和附近的海岸很熟，清楚那些小海灣的漲潮和落潮情況，我們在天黑後開船到公海上靠近走私的油輪，把漁船上加大了的油箱裝滿，然後在開近岸邊時會接到在陸上接應人的簡訊，告訴我們到哪裏去卸油，這些人知道哪些地方在當晚不會有邊防的巡邏，或是當晚的邊防是他們買通了的。」

「你是怎麼認識曹美心和丁雙玲的？」

「是小曹被派來南澳送東西認識的，有一次小丁和她一起來的，我們也就認識了。」

馮丹娜從埋頭在寫筆記中抬頭看著李大剛說：「你知道小曹是來送什麼嗎？」

「知道，是送錢，大把大把的錢。」

「在一個打漁的公司裏能看見這麼多的錢，你們不感到奇怪嗎？」

「我們這些在南澳的打工仔都明白，我們的老闆不是打漁的是幹走私的，公司裏的大飛說是用來作運輸的，實際是用來從香港走私賓士汽車的，大把大把的銀子經常進出公司，我們都知道老闆在黑白兩道都有特殊關係，沒人敢問問題，再加上他又很大方的給我們很高的工資，所以我們全都閉嘴了。」

「李大剛，你還記得你最後見到曹美心的情況嗎？」

馮丹娜抬頭看見了李大剛眼睛裏的淚光，他回答：「我記得。那天在快天黑的時候，我騎著摩托車去西沖給我二姑送藥，在經過那裏的渡假村時，看見了好幾輛車停在路邊，其中一輛黑色的休閒車裏坐著小曹和小丁，我正想停下來和她們打招呼，就看見小丁跟我搖頭，她的臉色很難看，當時我就感到事情不對，小曹看著我像不認識似的。我馬上就打電話到公安局報警，說是有兩個女人在往西沖的路上被人綁架。」

「這資訊非常重要，你能不能說得更具體一點？記得是向哪一個公安局報的警嗎？」

李大剛從他的包裹拿出一個小本子，抽出夾在裏頭的一張紙條遞給馮丹娜，他說：「因爲當時沒帶手機，我是在西沖加油站用公共電話報的警。最上面的是那個公共電話的號碼，我是撥打一一九報警，第二個號碼是接電話的人報的警號，第三個號碼是報警事件的編號，是接電話的警察告訴我的，最後是我報警的時間。」

馮丹娜：「這個資訊太難得了，深圳公安局有很嚴重的問題，就是因爲這裏的錢太多了，公安人員很多都保不住自己的操守。現在有了這麼具體的資訊，他們再也不能一問三不知了。李大剛你繼續說。」

「當晚我去找了熊姐，我們打了一晚上的電話給小曹和小丁的手機，都沒接通，第二天早上就在魚排那看見她們倆的屍體了，剩下來的事你都知道了。」

馮丹娜：「曹美心是被我們臥底行動連累而犧牲的，我會打報告給公安部，要求補償。雖然人都沒了，再多的補償也無法彌補給她家人帶來的哀傷，就只能是政府的一點心意了。」

熊卉瑩說：「小曹地下有知，她會感激的。她們是窮苦人家，否則小曹也不會出來打工了。大剛，你一定要把後來的事也說給小馮聽，對她們的案子也許會有幫助。」

「好，我本來就是要向公安報告的，你看我把我的小本子都帶來了。南澳關門後，所有的高層幹部一夜之間就都完全不見了。所以我又回去當我的船工去跑海了，事情不好找，我只能當臨時工，哪個老闆需要人，就來找我。有一次上了一條小貨輪，是運貨櫃的。我們是空船從蛇口出發，先到了福建的念洋市海港，在那裏上箱子，全是空箱。然後啓航，船長說是要往菲律賓去。出港後向南航行，穿越了南中國海，從巴拉望列島進入菲律賓，然後穿過蘇祿海到達菲律賓南方民答那峨島的贊博安卡港。那是我頭一次到那裏，但是我一眼就看出來那不是個商業港口，什麼都沒有，只有一台貨櫃起卸機，但是身上帶著槍在那走來走去的人可不少。後來就看見了那個姓張的上船來找船長。」

馮丹娜：「你以前見過這個人？」

李大剛：「有一次小曹帶他和那個叫王總的來南澳見我們的老闆。小曹說他是個台灣人，他還有個弟弟也是他們集團的。」

「你說那個地方不是個商港，那些貨櫃是幹什麼用的？」

「因爲附近沒有商業區，那一定是個走私的港口，八成是走私毒品或是軍火的。貨櫃可以用來裝私貨的，連汽車都能裝在裏頭。我們老早就聽到有人說我們南澳的老闆是幹這行的。」

「大剛，你記得你是上了哪一條船嗎？」

李大剛翻開了他手中的小本子，找到一頁，他說：「船號是『深蛇七〇三四』。」

馮丹娜一邊忙著寫，一邊嘴裏喃喃自語：「太精彩了！」

熊卉瑩突然插嘴說：「精彩的還在後邊呢，大剛你慢慢說，別把我們公安幹警給嚇死了。」

「說吧！我是警察，你嚇不了我。」

「現在能說大話了，昨天一個小魚排就把你嚇得兩腿發軟了，不是嗎？」

「科學怪人，你再煩我，我就要銬你啦！」

「典型的公安欺負小老百姓。」

李大剛看著兩個女人鬥嘴，他笑了：「馮警官，你可不能銬熊姐，這事還都是熊姐出的主意要我去幹的。大概是三個月前吧，南澳公司的老闆突然發了一個簡訊到我手機上，說有活，問我想不想幹。我告訴熊姐，我不想跟他們再扯上任何事，可是熊姐說，也許這是個機會，替小曹和小丁報仇。」

「他要你去幹什麼？」

「跑票子。」

「什麼是跑票子？」

「就是把人民幣現鈔拿到香港去。」

「這不是合法的事嗎？」

熊卉瑩說：「但是每一次只能帶兩萬，超出了就得登記，顯然，這些是黑錢，不能見光，所以不能被登記。」

馮丹娜：「你知道為什麼他們會找你幹這事。」

「我有一個大表姨，好多年以前她和表姨丈拿了單程通行證移民到香港，我常給他們從家鄉帶些土特產去，所以我對香港比較熟，老闆以前也叫我跑過票，但是都不是很多，每次最多是帶幾萬塊錢。」

「所以你終於見到你以前的老闆了？公安局不是在找他嗎？你知道他住在什麼地方嗎？」

「我沒見到他。聽說他是回老家了。」

「你知道他老家是廣東哪裏？」

「他不是廣東人，他是福建人。他不吃豬肉，有人說他是穆斯林。也有人說他的老爸是福建泉州清真寺的大祭司。」

「那他怎麼把錢交到你手上？他不怕你拿了錢跑了嗎？」

「每次都是用簡訊發到我手機上，叫我到指定的地點等，就有一個人來給我一把汽車鑰匙，和停車地點，都是在深圳市區裏熱鬧的地方。我去取了車，就會在車上發現所有需要的文件和現鈔。他知道我跑不了，他知道我爸媽住在哪裏。」

「車上是些什麼文件？有多少現鈔？」

「文件是證明汽車是深圳某個公司的，而我是那個公司的雇員。每次都是要跑二百萬現鈔，是藏在車子後座裏頭的夾層。其實從深圳到香港過關時從來不會檢查車子的。文件裏還有一張紙，上面寫明了在香港的十家銀行，還有它們的地址和每家銀行的五個帳戶名字和帳號。我就往每個帳戶裏存四萬元人民幣。十家銀行一共是五十個帳戶，每戶四萬，一共就是整整兩百萬。」

「爲什麼是十家銀行，而不是十一家或是十二家？爲什麼每個帳戶只存四萬，不多不少？」

「我是一大早銀行開門時的第一個顧客，等到我跑完了十家銀行時，就到了他們關門的時候了。每次只能存四萬是規定的，多了要第二天再來。」

「你多久要跑一次票？」

「不一定，最多的一次，一周內跑了四次，但是最少一個月要跑一、兩次的。」

「十個銀行裏有五十個戶頭，都是些什麼人？你認識他們嗎？是不是每次都是同樣的五十個人？」

「是同樣的五十個戶頭，我沒一個是認識的，但是熊姐叫我把這五十個人的姓名、帳戶號碼，還有我哪天去存的錢，全都記下來了。」

李大剛把手上的小本子交給了馮丹娜：「馮警官，你說我寫的這些都有用嗎？」

「李大剛，這些資訊太有用了，要我們公安部出一百萬來買也會願意的。」

熊卉瑩伸手就把小本子搶過來：「別想白拿，出錢來買吧！」

馮丹娜把皮包打開取出手銬來：「熊卉瑩，你太過份了，昨天搶我的警證，今天又來搶我的物證，我非把你銬起來。」

熊卉瑩看她真的生氣了，就把小本子還回去：「看你緊張的，連開個玩笑都受不了。不拿錢，總得請我們吃頓中飯吧？」

「這還差不多，你們想吃什麼？」

「大剛，這下你可大飽口福了。」

「我這個小公安，財力有限，不能把我吃破產了。」

「大飽口福是個餐館的名字，價錢很公道的。」

他們在愉快的享用午餐時，李大剛還說了另外一件讓馮丹娜又驚又喜的事，那就是兩天前他和他小姪女去深圳展覽館看國際風土特產展覽會時，在巴拿馬代表團的攤位前看見了一個曾和王總來過南澳公司的南美洲人，李大剛知道他是販毒的，因爲當時和他們一起來的還有兩個當地的毒販。李大剛認爲這批巴拿馬人是住在深圳市華強北路的聖廷大酒店。

馮丹娜在飯後即刻帶著李大剛到聖廷大酒店，從負責保全的經理拿到了監視器的錄影帶，找到了那個巴拿馬人，根據他在酒店登記的資料，他的名字叫諾雷，是巴拿馬籍的商人，這次是隨團來深圳參加商品展覽，他的下一站是台北。

馮丹娜將一幅有諾雷正面臉部的錄影在電腦上製成電子版，也拿了份紙版。她還進入了他住的房間裏取得了有指紋的物件。馮丹娜沒有想到的是，她已成為世界上第一個警察取得了這個被全球多個國家追緝的大毒梟。她立刻以電話請示是否要馬上逮捕諾雷，「五樓辦」隨即指示，不但不逮捕，而且不能有任何的監視和跟蹤行動，這是考慮到目標的反偵能力和他在目前反恐調查中的敏感角色，同時也考慮到美國情治和緝毒人員對目標的極大興趣，最要緊的是要知道這個人下一步的計畫，所以「五樓辦」做了不打草驚蛇的決定，只是指示所有的口岸在發現目標離境時要立刻彙報。

這些在「五樓辦」有過大案子經驗的人都明白，要逮捕像諾雷這樣的世界級大毒梟是要經過精心策劃，出動幾十個，甚至上百個警力才能動手。這個馮丹娜剛從實習警官升成正式的刑警，就想一個人上去逮捕，像是在吃飯後甜點似的，一點都不在乎，實在是大膽得可愛，這可能會要命的。但是無可否認的是，馮丹娜在深圳取得了非常重要的資訊，這些資料馬上就分別送到了在各地需要這些資料的人手裏。

其中的一個人就是經犯司的葛琴，她很快地透過了公安部，和港澳辦公室跟香港警務署的商業犯罪司取得了聯繫，對李大剛提供的五十個帳戶以「洗錢」嫌疑進行了調查，結果是這五十個帳戶全都是人頭帳戶，並且是有「電子銀行」操作的帳戶。它是用互聯網以密碼來進行銀行業務，所有存入到香港人頭帳戶的人民幣現鈔，在兩天內以炒作外幣換成了美金、港幣或是其他的國際流通貨幣，然後匯進了在巴拿馬的一間銀行戶頭。

葛琴透過愛德蒙國際洗錢防治中心，取得了巴拿馬銀行戶頭的身分，原來是中央政治局委員，前任廈門市市長和福建省委書記林蔭道在美國洛城的女兒林嘉惠和她潘姓丈夫。最後是這對夫婦把錢從巴拿馬匯進了上海的台商戶頭裏，主要是用來做房地產投資。

葛琴的報告裏把所有人所犯的罪行都一一列出來，從中央的林蔭道，女兒林嘉惠和她的老公，香港的人頭，還有上海台商人頭等到替他們出主意的所謂的「理專」，都分別觸犯了兩岸三地的受賄、洗錢、非法操控銀行作業和投資條例。這些「理專」是從台北的特立奧律師事務所派來的，專門爲台商服務，他們觸犯了沒有相關執照而從事需要執照的行業。

唯一沒有包括在葛琴報告裏的只有一個人，就是李大剛，其實他是觸犯了非法跨境輸運現鈔。報告送到「五樓辦」請示，結果批下來的指示是「暫緩處理，繼續監視」。

馮丹娜在離開深圳前和熊卉瑩又去了一趟七娘山，她們在袁玲玲的骨灰邊上又擺了鮮花和燒了一炷香。熊卉瑩說，離香港優德大學不遠的地方，面對著清水灣，也有一塊石碑，那是紀念抗日戰爭時，東江縱隊的遊擊戰士爲解救跳傘逃生的美軍飛行員而犧牲的英勇事蹟，路過的遊人在風景秀麗的海邊都會緬懷這些勇士們。她希望等案子結束後，公安部會同意她在袁玲玲深愛著的七娘山建立一個紀念碑，告訴後人她是如何獻出她年輕美麗的人生。馮丹娜說，如果有一天她犧牲了，她也要埋在這絕美的地方。

在洛城南方四十英哩的地方有一個新興的小城鎮，它叫爾灣市。它坐落在樹林成蔭的丘陵地帶，稀稀落落的獨門獨院別墅式房子有一個共同的特點，那就是每棟屋子都有一大片的碧綠草坪和鋪蓋著紅色屋瓦的房頂，後院都有一個游泳池。方晃炎和他新交往的金髮碧眼女友就住在爾灣市的一棟大房子裏。他每天主要的活動就是看好幾份報紙，包括台灣版的。然後每一星期至少在附近的高爾夫球場打兩次小白球，剩下來的時間就是和朋友吃飯應酬了。

方晃炎的生活，從一個富裕的人看來是相當的平靜。也許這正是他所刻意追求的，他隨時都會意識到他是台灣特偵組的通緝犯，雖然台灣和美國沒有正常的外交關係，更沒有引渡協定，但是特偵組的檢察官已經透過國際刑警組織和非官方管道在設法引渡他，這也是他總覺得頭上有一塊烏雲罩住了他。但是他的律師一再地向他保證，在人權至高的美國，台灣是不可能引渡他的。所以當洛城的聯邦官員請他去談話時，方晃炎並沒有感到緊張，但他還是要求他的律師和他一起按時到了離洛城加州大學不遠的聯邦政府辦公大樓。

進到了指定的會議室後才知道，原來是美國國土安全部的官員要找他。三個臉上一無表情的人坐在會議桌的一邊，方晃炎和他的律師坐在另一邊，開始了問話，那是坐在中間，看起來年紀較大的一位先開口，沒有任何的寒暄，就直截了當地對方晃炎說：「請出示你的身分證件。」

方晃炎將他的護照遞上，對面的人看了一眼就還回給他：「方先生，我們請你來只是想了解一下你最近調動銀行帳戶的事。」

「請問——」

但是律師舉手停止了問話：「對不起，我們還是按規矩來，請先說明你們找我客戶的目的。」

律師的語氣不很客氣，聯邦官員的反應更不客氣：「你說我們是要幹什麼？我們是國土安全部的，找你的客戶當然是跟國土安全有關了。」

律師明白是有麻煩了，高等法院最近判定聯邦政府在有關國家安全的案子中有權力提出任何詢問而不必給出理由。他點一點頭默認了。官員將一張紙條推到方晃炎面前問：「這是你在爾灣市美林銀行的帳戶嗎？」

「是的。」

「三天前有一筆一百五十萬美元的款子匯進了你的戶頭，請問這筆款項是要做什麼用的？」

「我不知道有這麼大一筆錢匯進來，是什麼人匯的？」

「請問有一位戈登先生你認識嗎？」

「不認識，就是這個人匯錢給我的嗎？他是幹什麼的？他住在什麼地方？」

「他是住在英國倫敦的一位小學教員。你知道戈登爲什麼要匯這麼大筆錢給你嗎？」

方晃炎不耐煩了，他大聲地說：「你們爲什麼不去問這個叫戈登的人呢？」

「我們問過了。」

「問過了？他怎麼說？」

「他說是受人之託匯給你的。」

「託他的是什麼人？」

「一個住在巴基斯坦名叫吐爾孫．托合提的恐怖份子，他一直是美國和其他好幾個國家通緝的重要犯人。」

「我不認識這個叫托合提的人，這完全是個誤會，要不就是有人要陷害我，你們應該去調查清楚。」

「這個我們同意，我們已經開始在調查這整件事了。」

「要多久才能查個水落石出呢？」

「快的話大概半年左右，慢的話就沒準了，可能要個三到五年吧！」

「要這麼久嗎？調查期間，我是不是哪裏都不能去了？」

「這是因爲我們手頭上有積壓的案子，再加上倫敦和巴基斯坦的介入，時間就要拉長了。」

「我需要憋在家裏這麼久的時間嗎？」

「你不是在家裏軟禁，你是要被移送到指定的地方。」

「你是什麼意思？」

「其實，這是爲了你的安全。如果像你說的恐怖份子把錢錯誤的匯給你，他們一定會來索取的，說不定就會用暴力手段，爲了你的安全，爲了無辜的人的安全，在調查期間，我們將移送你到關塔那摩的美軍基地。」

「這完全不合理，把我和那些恐怖份子放在一起，完全不尊重我的人權，我的律師要提出控訴。」

聯邦官員從卷宗夾裏拿出一張文件交給律師，他說：「聯邦法官同意我們在調查期間，爲了美國的安全，將你當成『敵國戰鬥員』處理，方晃炎先生，你已經失去了憲法保障的人權。所以我們現在就要求你的律師退席。」

徹底絕望的情況下，爲了不進監獄，方晃炎同意放棄了美國的綠卡，同時立刻離開美國。他有台灣護照和大陸的台胞證，但是身爲台灣的通緝犯，他只能選擇去上海。在和那裏的朋友通了長時間的電話後，他認爲一切都安排妥善，可以在上海繼續過他的寓公生活。於是將爾灣市的房子打點一下交給了他的情婦，就上了東方航空公司直飛上海的班機。

他在舒適的頭等艙座位上好好地睡了一覺。在上海浦東機場通關時，移民局的櫃檯告訴他，他的台胞證有個小問題，要他到辦公室去辦個簡單的手續。在所謂的辦公室裏，他看到了一大夥人，其中的一個幾乎讓他的心臟停止跳動，人馬上涼了半截，那個人就是趙碧浩，她帶著笑容跟他招招手。一個穿制服的走上來宣佈：「方晃炎先生，你的台胞證已經被取消失效了，我們必須要請你出境。」

他正準備要抗議時，身後跳出一個大漢，一下就認出來他就是從洛城一路上坐在他後面的同機旅客，他拿出一副手銬，以閃電似的手法把方晃炎的兩隻手銬上了。全辦公室的人都被這個大漢的叫喊嚇了一跳：

「台灣調查局調查員戴安請示台灣特偵組趙碧浩檢察官，遠方追緝任務完成，通緝犯方晃炎逮捕到案。請指示。」

辦公室裏一群人中走出來一位足登高跟鞋，身穿背心夾克，一邊有繡的字「台灣特偵組」，另一邊是繡的「趙碧浩檢察官」，她婀娜多姿地走過來對方晃炎說：「方先生，好久不見了，這次你可要在台灣待上一陣子了，我們終於有機會好好的談談了。」

她對戴安說：「把他押送土城看守所。」

「是。」

原來那一屋子的人是台灣海基會和大陸海協會的官員，他們根據兩岸司法互助的協定，將方晃炎從大陸轉移到台灣。他們沒想到的是要在許多文件上簽字，從上海直飛台北的班機還要爲了等他們誤點了一刻鐘。在等待的時候，何時走了過來一把抓住了戴安：「好小子，從哪學來的上手銬的功夫，還挺快的。」

「這可是我們調查局發明的全世界數一數二的真功夫。」

「戴安，別吹噓得太厲害了。」

原來是趙碧浩走了過來，戴安趕緊給何時介紹：「老何，我來介紹，這位就是我老闆，特偵組的趙碧浩檢察官。」

何時向趙碧浩行了個舉手禮，他說：「老戴是哪一生修來的福，能爲這麼漂亮的老闆幹活。」

「你就是老戴說的何時警官了，久仰大名，什麼時候回台灣來玩官兵抓強盜啊？」

「要看時機了，不過在哪裏都一樣，強盜就是該抓起來。」

「我剛剛碰見你那位美女組長了，她說你可是公安部的大紅人了，現在誰都動不了你。」

戴安趕快插嘴說：「我還沒告訴他遠方追緝的任務成功了，老闆的犒賞是什麼，說了我保證他馬上投奔自由。」

趙碧浩的臉變得通紅，她恨恨地瞪了戴安一眼：「我看你們兩個是無話不談，是不是一碰面就罵自己的頂頭上司。」

「老戴可是一直在讚美他的老闆。我倒想問，趙檢察官終於見到了我們的楊警官，你們現在是敵人還是朋友？」

「楊警官會是個幸福的人，陸海雲是個優秀的男人。」

何時說：「這次要是沒有他在中間穿針引線，你們的通緝犯還會在美國吃喝玩樂呢。」

趙碧浩笑了一笑：「也許白雪公主後媽的地位又恢復了。」

何時：「什麼？」

「這是個很長的故事，有空去問戴安。」

方晃炎被收押禁見，唯一能和他談話的就只有特偵組的檢察官，消息傳出來他決定和檢察官合作來換取減輕量刑，使偵辦前任政府官員的貪腐案子急轉直下，許多被告都開始認罪，也有還沒有被起訴的人，也來自動投案。

但是最讓人震驚的是總檢察長閔從辰的逃亡，他在他兒子閔水弘的安排下計畫從澎湖最南邊的七美島偷渡，先到大陸避一下風頭，再設法逃到中南美洲去。但是在七美等著他的除了那艘漁船外，還有調查局的人，他們拿著法院的拘捕證在等他，這時他才徹底的明白，這麼多年來他盡心培養的政商人脈關係，甚至那似有若無的黑白兩道的網路，都完全崩潰了。

他明白趙碧浩在這裏起了很大的作用，當初是他特別違反了年資的規定，硬是把年輕的趙碧浩從台北地檢署調進到特偵組，他以爲有一天她會以她的聰明才智來報答他，沒想到趙碧浩有更高的正義感。其實在台灣還是有不少像趙碧浩這樣的人，他們才是台灣的政治在走向現代化過程裏的中流砥柱。

第八章　新疆、巴黎和巴格達

安妮．查伊出生在伊拉克的莫蘇市，在十七歲時隨全家移民英國。她在英國牛津大學以優異成績取得了學士學位，而在倫敦的一家媒體公司工作了三年後，接受了英國獨立電視公司的邀請，擔任該公司的中東地區特派記者。她的主要工作地點就在離她出生地不遠的巴格達，也是全世界最危險和最熱門的記者工作地。由於她的背景和對工作的熱愛，安妮的表現非常好，在三十歲剛出頭的年紀就升為中東地區的首席特派記者。

也許是因為工作的環境緊張危險和巨大工作量帶來的壓力，上任還不到三年，安妮就感到身心都很疲憊，她決定向公司請求調職，也想過不如辭職去結婚算了。但是她捨不得她在巴格達最好的資訊來源，她的一位表親任職於伊拉克的國防部，經常向安妮提供有價值和準確的消息，雖然毫無疑問的，獨立電視公司是很願意出高價來收買這些消息，但是卻不用付分文，她只要偶爾去造訪一下這位住在巴格達近郊的表親，帶些小禮物給他的老婆和孩子，再耐心地聽他不斷地抱怨美國人是如何干涉他們的行政。最讓她受不了的是他們家燒的飯菜實在不到最基本的水平，安妮每次都要想出百般的藉口在吃飯前離去。

安妮在四十分鐘前接到這位表親來的電話時，她正和提姆，一位公司裏的攝影師，在「綠區」的一間咖啡館喝茶。「綠區」是在戰火瀰漫的伊拉克，特別是首都巴格達裏，最為安全的地區。所有的美國軍事設備和單位，加上所有的非軍事單位都位於「綠區」內。要進入綠區得經過層層的美軍檢查站和伊拉克警察崗哨。區內也是五步一崗，十步一哨，加上在街上的武裝巡邏車，給人有滴水不進的安全感。但是阿拉伯反抗組織的成員使用他們最有效和最可怕的武器如：人肉炸彈、路邊炸彈和汽車炸彈，還是會讓美軍和伊拉克警察受到嚴重的傷亡。

安妮和提姆拿著電視攝影設備在二十分鐘後，經過了好幾個找麻煩的檢查站，趕到了在巴格達最高級的「加倔亞住宅區」，在這裏一條林蔭夾道的大街上，有一家已有數十年歷史但是還維持一新的兩河大酒店，這座十五層樓高的酒店在巴格達市享有兩項著名的聲譽，一是在那裏可將有著悠久和深遠文明歷史，綿長而彎曲的「幼發拉底河」盡收在眼底，另外就是它的酒店餐館有全巴格達最可口的美食。

但是在他們到達酒店大廳後不久，麻煩就來了，首先是那個討厭的值班經理，他是個極爲精明的巴勒斯坦人，在這被戰火摧殘的巴格達市，他無情地伸手向所有來到兩河大酒店的人索取賄賂來中飽私囊。他告訴安妮說，如果他們要在大廳裏架設攝影機，必須要付一天的酒店房間費，更可惡的是，眼前的巴勒斯坦人要求馬上就付現金。

安妮身上的現金不夠，她正在想該怎麼辦的時候，就看見美國有線電視新聞網的記者潘美拉從大廳的電梯裏走了出來，後面跟著兩個攝影師，這是所有的電視記者最羨慕的，播放時有多出一倍的影像和音響選擇。潘美拉是個不到三十歲的金髮女郎，永遠打扮得美豔整齊，她是美國有線新聞網最新的明星記者，在巴格達有很深和很廣的人脈關係。她走到酒店的值班經理面前說：「安妮和我都是你們兩河大酒店的老關係戶了，你們怎麼一點面子都不給啊?爲了一天的房錢還要斤斤計較！」

經理回答：「不是我不給面子，這是總經理吩咐下來的新規定，我們也沒有辦法。」

「那好，請你把安妮的房費掛在我的帳上，我馬上給你們總經理打電話把事情弄清楚。」

經理的臉上堆滿了笑容說：「有您這句話以後就不必再麻煩了，看查伊小姐什麼時候方便，把房錢補上就行啦！」

「這就對了。安妮，你就安心做你的採訪吧！」

安妮對著經理說：「等我們採訪完回公司後，馬上把錢給你送來。」

然後她轉過身來對潘美拉說：「你可千萬別憋住氣等著我來謝你，你會窒息而死的。我知道你有的是辦法，可是我的事我自己解決，不用你幫忙。」

「安妮，你還在爲了那個男人生我的氣嗎？我告訴你了，他是個一點男子氣慨都沒有的人，不值。」

四個月前有一個考古學的教授來到了巴格達，安妮和他談戀愛，很是投入。但是半路殺出來一個比她年輕漂亮有魅力的潘美拉，硬是把這個男人從安妮的手裏給搶走。從那時開始，只要是潘美拉一出現，安妮就生氣，她暗地裏希望潘美拉被感染上怪病，發高燒一病不起，或者是她用惡毒的眼光使潘美拉在電視鏡頭前會突然得了口吃症。但是這位金髮年輕的電視記者一直是巴格達的外國媒體中專業能力最強的。

兩位女記者的攝影師們分別在兩河酒店大廳的兩端架起了攝影機和音響設備，其他電台和報社的記者們也紛紛到來，安妮在思考別的同行們是從哪裏得到的消息要他們到這裏來，她很想去問問潘美拉，但是她不能克服個人的驕傲和憤怒。可是她看見潘美拉走過來，舉起雙手表示和平。她向安妮說：「停戰了！跟我說說話吧！」

「是不是勝利者要在戰敗者面前顯示威風呢？」

「我跟你說過，那個號稱是考古教授的男人是很差勁的，我後悔讓他佔了便宜。早知道你送給我我都不要。我還以爲是你派他來坑我的。」

「我才沒有那閑情去幹那無聊的事。」

「我問你，你知道等一會兒要發生的事嗎？」

「怎麼，你們美國有線新聞網要向我們獨立電視台打聽消息嗎？不怕丟人？」

「我們公平交換好嗎？」

「你先說。」

「馬利基總理要在此地會見一位客人。」

「哪裏來的客人？」

「說是從巴基斯坦北部來的。你的消息呢？」

「和你的一樣。但是你想到沒有，爲什麼不在總理辦公室見這位客人？」

「安妮，我還來不及考慮這些問題，我們剛剛接到的消息說，總理要在這裏見客人和發表聲明。」

「潘美拉，這只有一個可能，就是這位總理的客人不願意或是不方便進入綠區。」

「你是說此人可能是美國人所不歡迎的，是不是？」

「這是合理的假設。但也有可能是故意放出的錯誤印象，來掩蔽和美國人的關係。」

就在記者們在大廳裏議論時，空氣裏充滿了從佈滿在阿布都紐瓦斯大街上各個固定崗哨的無線電通話，這些崗哨從兩河大酒店左右延伸到三百碼外。在酒店內還有許多穿便衣的安全人員和伊拉克便衣警察，在密切地注視著所有的媒體工作人員。

伊拉克總理馬利基的安全人員和他們的總理一樣完全是由什葉派的穆斯林所組成，並且大部分都是達瓦黨的黨員，他們的保護對象馬利基總理也是達瓦黨的黨魁。這些先遣的保全人員不停地將他們的觀察和情況判斷，用無線電傳送到馬利基總理車隊中的前導車，他們將會在最後時刻做出要不要按計畫將總理送到兩河大酒店的決定。

在全世界，伊拉克是國家元首安全最惡劣的地方。總理的先遣車隊是由三輛黑色旅行車組成，一共有十二名全副武裝的保全下車後快速走進大廳和大廳之上的二樓，他們的手指都按在手持衝鋒槍扳機的護環上，準備隨時開火。在先遣車隊到達後的五分鐘，又有一輛黑色福特旅行車快速的來到酒店大廳進口，車門一打開又有四名安全人員下來，他們是總理貼身衛隊的成員，每人都攜帶著殺傷力強大的瑞典製的攻擊步槍，身上還配帶了義大利製的貝瑞塔手槍，這些武器都是由美國外交部所提供的。其中的兩名貼身衛隊站在酒店大門兩側，另外兩人站在大門的對面，顯然他們是在爲即將來到的車輛建立起酒店門口最後的週邊防線。

這些程序都是伊拉克安全人員從美國外交安全服務處學來的。隨後，一輛白色的賓士轎車來到了兩河大酒店的門口，一位保全人員將車門打開，馬利基總理一下車，數名安全人員就圍上來，緊緊地將總理圍在中間向大廳裏移動。安妮的攝影師拿起了攝影機將它扛在肩上，同時將連在安妮手上的麥克風做了最後的調整。安妮感覺到自己轉進了另外一個境界，這是她對自己的這份工作中最喜歡的部分，那是一種可控制性的熱忱。她挺起了胸膛，收縮雙肩，頭部微抬，她成爲了一個完全專業的新聞工作者。安妮再度沉默的將她的開場白和情況介紹在腦子裏複誦一遍，然後對攝影師說：「提姆，我們開始吧！給我倒數！」

提姆回答：「好的，開始！五，四，三……」

提姆的聲音突然被一個從頭頂來的像打雷般的巨響給淹沒了，因爲是在室內，巨響本身似乎很怪的被悶住了，安妮和其他在場的人都沒弄清楚這是怎麼回事，但是總理的貼身衛隊已經開始把總理往門外推。就在這時，第二個爆炸巨響來臨了。安妮轉頭向右看，她很清楚地看到了事件的開端。

一個大火球從連接二樓的樓梯間湧出，將站在旁邊的潘美拉，她的攝影師和幾個旁觀者罩在桔黃色的火焰裏。安妮還來不及反應時，就被一股又熱又強的壓力推起來，將她的四肢極度的扭曲。在她跌落到地上時，她的全身都疼痛得使她昏迷過去。等她醒來時，出現在她眼前的是一片地獄的景象。

血肉模糊的肢體，遍地的斷手斷腳，張開的大嘴卻沒有聲音，被炸後衣服沒了而赤裸裸的屍體疊在一起，安妮不能承受，她閉上了眼睛。但是一切都太晚了，這地獄般的景象已經印在她的下意識裏。就在這時候她發現，全身的疼痛連帶其他的感覺都消失了，她驚恐地睜開了眼睛，再度看見了那地獄般的兩河大酒店的大廳，所有的動作都變得非常慢，好像以慢速播放的影片。她絕望地想要找回她的感覺，想重新感覺那刺骨的疼痛，她知道一旦失去了感覺，一切都將失去。

她周圍的一切都已經在消失中，當黑暗漸漸地出現時，她不能分辨掉下到她身邊的是天花板的一部分，還是她的幻覺。大廳的天花板和相連的大理石板在脫落，先是小塊的，然後是大片的石板和水泥的結構體掉落在血跡斑斑的地板。部分的兩河大酒店也在消失中。安妮看見酒店大門外的遠處，有一個身著阿拉伯裝的女子，蒙著頭和臉在向外走去。整個事件的發生只有幾秒鐘的時間，在一切都回歸平靜前，安妮感到脖子上有一個尖銳的壓力，然後黑暗又出現了，但是這一次卻是永久的。

當晚在美國的電視新聞報導裏，有報告說：

「最近罕見的爆炸事件又再度發生在伊拉克的首都巴格達。大約在當地時間十二點三十四分，兩個強有力的炸彈在市區內的兩河大酒店內被引爆，酒店的二樓及三樓部分被炸倒塌。有關人士說，爆炸的目的是企圖暗殺正在該酒店會見客人的馬利基總理。總理辦公室宣佈，馬利基總理在事件中受傷，但是在經過手術後已脫離危險。根據使館人員說，初步的報告指稱有二十五名美國的平民在事件中死亡或失蹤，大部分是媒體的工作者……」

陸海雲從中國回到洛城兩周後，白宮的總統高級助理納序先生，來到了洛城的奧森律師事務所的會議室，奧森本人、陸海雲和愛米已經在等著他。奧森趨前和他握手後說：「歡迎納序先生來到我們事務所，我來介紹一下我們年輕的一代。」

陸海雲和愛米都與納序握手問好，一位女秘書敲門進來，愛米問：「納序先生是要喝咖啡、茶還是只要礦泉水？」

納序回答：「我久聞奧森律師事務所有美國西海岸最好的咖啡，今天能不能讓我嚐一下？」

愛米說：「當然，希望不讓您失望。」

愛米向女秘書點點頭，女秘書轉身出去，但是不一會兒就又推了一個小車子進來，車上有四個咖啡杯，一個冒著熱氣的咖啡壺，四瓶礦泉水和一盤小餅乾。秘書在每個人的面前擺了一杯咖啡和一瓶礦泉水後就離開了。

納序先喝了一口礦泉水，在嘴裏漱了一下才嚥下，然後端起咖啡杯，先是用鼻子聞那濃郁的咖啡香味，然後開始品嚐，慢慢地但是很集中注意力的連喝了兩口後才把杯子放下。

愛米急著問：「咖啡還行嗎？」

納序說：「在白宮，我是大家公認的品嚐咖啡第一高手，果然名不虛傳，你們的咖啡是這幾年裏我喝過最好的。我認爲這不止是在西海岸，在全國，這壺咖啡也是要排在頭一名。但是我還喝不出這咖啡的出產地。」

奧森說：「這是我們愛米的特長，她是用雞尾酒方式把不同的咖啡混起來的。」

陸海雲說：「我們這群打工律師就是被愛米這壺咖啡牢牢地套住在奧森事務所了。」

納序說：「奧森先生，要是我有一天被總統炒了魷魚，能不能到你們事務所來謀個差事餬口？我不要別的，每天能喝這咖啡就行了。」

愛米說：「謝謝納序先生的誇獎。」

等大家把咖啡喝完後就進入了正式的話題，納序首先說：「奧森先生，白宮的大老闆要我向您問好。相信你們已經知道了，在特瑞克獲釋後，政府決定還要再釋放另外十七名東突份子。這個決定受到保守派的強烈批評和反對，理由是他們在放出來後，還是會從事恐怖活動來進行對美國的攻擊。華盛頓充滿了謠傳，說兩周前在巴格達兩河大酒店的爆炸事件，就是由從關塔那摩釋放出來的東突份子特瑞克策劃的。你們也都聽到了嗎？」

奧森說：「也請您替我向總統先生致意。美國的保守派反對釋放任何被關押的恐怖份子嫌疑犯是可想而知的，你們不會感到意外吧？」

納序說：「當然不會。政府釋放這十七名東突份子除了基於人道的考慮外，更重要的是希望把特瑞克的案子沖淡，將大家的注意力轉到這十七個東突份子身上。」

陸海雲說：「你是說特瑞克現在是替你們賣命了？」

納序回答說：「不是的，他並沒有被我們收買。但是自從他被釋放後，我們一直和他保持著良好的關係，間接地幫助了我們的反恐行動。我們雖然能確定特瑞克和爆炸事件無關，但是很擔心這些謠傳會影響我們要釋放在關塔那摩關押的人，更重要的是逼迫特瑞克和我們斷絕來往。」

愛米說：「你們是不想釋放這十七名東突份子了？關押他們本來就是違憲的。」

納序說：「我們先不辯論是否違反憲法的問題。目前政府還是有決心要釋放這十七名東突份子，但是問題不是在是否要釋放，而是在釋放後要如何處置他們的問題。」

陸海雲說：「先前不是就釋放過五名維吾爾人的東突份子嗎？他們不是都去了第三國了嗎？」

納序說：「不錯，在美國大力的遊說下，阿爾巴尼亞收留了他們。但是目前的情況有了很大的變化，世界上已經沒有任何國家要收留他們，只能讓他們留在美國。同時中國政府宣佈他們是中國籍的維吾爾人，同時公佈了其中八個人涉嫌在北京奧運期間，組織策劃針對奧運會的恐怖襲擊的證據。但是不論是在美國滯留，還是遣送到中國，都不會被保守派接受。這使關塔那摩監獄的放人計畫陷入困境。釋放人員特瑞克參與恐怖行動的謠言使事態更爲嚴重。」

愛米說：「那麼這些維吾爾人的背景真相，到底能不能確定他們是恐怖份子呢？」

納序說：「根據國務院公佈的資料，東突份子被發現在阿富汗和基地組織共同作戰，成爲賓拉登恐怖網路的一部分。中國政府說這十七個維吾爾人是『東伊斯蘭運動組織』的嫌疑犯，而這個組織也被我們列入國際恐怖組織名單。」

陸海雲說：「有沒有更具體的事實呢？」

納序回答：「這十七個東突嫌疑犯的年齡是從十七歲到五十多歲，他們的經歷複雜，有的曾在阿富汗抵抗過蘇聯，也支援過車臣的武裝叛亂，有的純粹是『疆獨』恐怖份子，他們多半都接受過塔利班的武裝訓練。就拿三十六歲的新疆伊寧人哈吉巴爾做例子，他現在的身分是關塔那摩二八二號在押人員。

他在二〇〇一年的冬天，從新疆穿越過哈薩克斯坦、吉爾吉斯坦和塔吉克斯坦，來到了阿富汗的賈拉拉巴德城市。他和同行的『疆獨』組織成員，在賈拉拉巴德市郊外的『維吾爾訓練營』經過了長達數月的武器射擊、爆破、通信及其他有關的軍事訓練。根據資料顯示，這些維吾爾人的訓練設施都是賓拉登和塔利班資助的。後來這個訓練營被我們的偵查機發現，我們出動了轟炸機把整個訓練營給端了。哈吉巴爾和他的同伴死裏逃生，來到了阿富汗和巴基斯坦的邊界，被那裏的游牧部落收容。

最終，哈吉巴爾是被收容他的人給出賣了，因爲美國的高價懸賞，游牧部落通報了美軍，把維吾爾人交出來。哈吉巴爾被帶回阿富汗，先關在坎大哈的拘留營，在被審問了幾個月後，被送進了關塔那摩的美軍監獄。這些具體的事實並不能說服其他的國家來收容他們。」

陸海雲說：「在特瑞克案子的審判過程中，很清楚的說明了特瑞克第一不是『疆獨』份子，第二他從沒有參加過任何恐怖組織和活動，不能把他和這次的爆炸事件連在一起。我看這謠言的背後是不是還有陰謀？」

奧森說：「我是從媒體的報導上看到兩河酒店的爆炸事件，本來以爲就是暴亂份子走運，讓他們得手，但是馬利基命大沒死，倒是找了不少個替死的人。可是現在居然驚動了白宮的高級助理，這裏面必定是有文章了。」

納序點點頭，陸海雲接著問：「是不是馬利基不是他們的目標？」

納序回答：「不錯，中情局的報告說：是基地組織的恐怖份子放的炸彈，目標是馬利基的客人，不是馬利基本人。」

奧森說：「你們知道這客人是誰嗎？爲什麼要見馬利基？」

「他是一個從黎巴嫩來的商人，名叫賀吉克。他的人脈關係很廣，多年來利用經商的名義遊走在不同的穆斯林團體間，但是他實際上是受中情局貝魯特站的直接指揮。他取得了一批基地組織從巴基斯坦北部山區訓練基地結訓後派往伊拉克的外籍戰鬥員名單，我們派他將名單送去給馬利基。安排在綠區外的兩河大酒店見面就是要掩蔽中情局和賀吉克的關係，但還是出了問題。」

奧森問：「你們認爲問題出在哪裏？」

「問題是出在那個名單的來源，這也是我來找你們的原因。」

愛米突然插嘴說：「納序先生，我再給您添些咖啡好嗎？」

「謝謝，太好了，我也想再來兩塊小餅乾，太好吃了。」

愛米看著陸海雲說：「海雲，你也再來一杯吧！」

愛米給納序和陸海雲續了咖啡，將裝小餅乾的盤子也拿過來，她就聽見奧森說：「納序先生，您現在明白了我們的愛米心裏有誰了，在我們事務所裏，我這個老頭子是最沒地位的。」

愛米紅著臉說：「馬溫大叔，醫生不讓您多喝咖啡，會血壓高。」

「別拿我的血壓做藉口來省下咖啡給海雲。」

陸海雲解圍說：「再去做一壺就行了。」

納序笑呵呵地說：「有了咖啡我就再繼續說。你們還記得吧，經過你們的努力，國防部從關塔那摩釋放了巴基斯坦北方部落領袖特瑞克，這幾年我們一直爲他提供援助，而他也是一位開明的領袖人物，爲他部落的人民做了不少事。他不參與實際的基地組織恐怖活動，但是在他周圍的部落都和基地組織眉來眼去，甚至參與了恐怖活動，所以特瑞克的處境相當困難。我們和他偶爾的聯絡都是經過賀吉克，在過去的四個月裏，特瑞克給了我們非常有價值的情報，包括基地組織對美國發動攻擊的策略和思路。其中有關中國的東突分裂份子參加基地組織的恐怖活動，和中國公安部提供的情報對照下都得到了證實。這次賀吉克帶給馬利基的名單就是由特瑞克提供的，上面還有不少是東突組織的人。」

奧森問：「既然你們也有這名單，爲什麼不直接就交給馬利基總理，還要經過賀吉克的手呢？」

納序說：「這是我們中情局又一個聰明的計畫失手了。中情局一直懷疑特瑞克身邊的一個助手是基地組織派來的臥底，派賀吉克去送名單的事只有特瑞克自己和這位助手知道，如果賀吉克被基地組織追殺，特瑞克就會明白原來是他的助手在洩密，特瑞克就會除掉他，中情局也就達到借刀殺人的目的。沒想到，基地組織比中情局更聰明，他們炸了馬利基去保住了他們的臥底，又除去了賀吉克，反而是一石二鳥。」

陸海雲問：「事後的調查有具體的結果嗎？」

納序說：「你們大概從新聞報導上已經知道了，基地組織立刻發表聲明說是他們幹的，同時還說他們的目標是馬利基，他是個替美國人幹活的走狗。我們的情報指出，這次的行動不是由基地組織在伊拉克的行動小組做的，而是由在巴基斯坦和阿富汗邊界的大本營直接派出的小組所幹的。從爆炸現場附近的監視器裏，我們發現了一位可疑人物在指揮行動。」

陸海雲接著問：「那麼這可疑人物的模樣是有了？」

納序說：「非常不幸，可疑人物的頭是完全包住的，所以沒取得臉部照片。但是我們知道這可疑人物是個女性，或是男扮女裝。」

奧森說：「小看基地組織是大錯誤。您這次來不只是講故事給我們聽吧？」

納序說：「當然不是，特瑞克是我們在基地組織門口的一個重要棋子，失去了賀吉克後，我們基本上已經無法和他聯繫了，我們雙方都十分小心，他的周圍全是基地組織的週邊份子或同情份子，一不小心讓他們發現我們和特瑞克有來往，這個棋子馬上就會被消滅了。」

奧森說：「我明白了，你們是想要我們去和特瑞克建立聯繫，是嗎？」

陸海雲也跟著問：「具體的任務是什麼？」

納序說：「根據多方面的情報顯示，基地組織正計畫要再度襲擊美國，力度要比上次的九一一事件更大，我們相信特瑞克會有辦法取得具體的攻擊目標、時間，甚至恐怖行動人員的名單。其次是找出他身邊替基地組織臥底的人，然後除掉他。」

奧森說：「是不是要海雲來承擔這個任務？」

納序說：「陸海雲先生曾擔任過特瑞克的辯護律師，並且成功的將他從關塔那摩基地獲得釋放。根據我們的消息，他曾多次公開表示，非常感激陸海雲先生的努力。他們的見面，可以說成是特瑞克拘禁案的後續細節還需要簽署一些文件，因此安排見面。」

奧森說：「海雲和我不一樣，他沒有做過外勤，更沒有任何武裝行動的經驗，他是個文弱書生，你要他如何去制裁一個基地組織的臥底？」

納序說：「這個我們會有安排的。那麼您是同意接受這任務了？」

「這應該要問海雲。」

納序從他的公事包裏拿出一個信封遞了過去說：「陸海雲先生，這是總統給你的信件，他以國家最高統帥的名義徵召你爲政府從事一項重要任務。」

愛米情深地看著陸海雲說：「你真的要去嗎？」

陸海雲回答說：「總統的這封信是徵召令，非得去，不然就是逃兵，是犯法的。」

納序說：「還不至於那麼嚴重，但是拒絕國家最高指揮官的請求不會是件好事。」

陸海雲說：「沒問題，做爲特瑞克的律師，我也應該關心一下他被釋放後的情況，這對我們事務所的聲譽也大有幫助，奧森先生，您說是不是？更何況我還沒去過巴基斯坦的北部山區，可以乘機遊覽一下。」

納序說：「陸先生，你可能要失望了，我們得到的最近消息是，特瑞克現在人在伊拉克的法路加，你需要到那裏去見特瑞克。」

奧森有些不安了，他說：「法路加很可能是全世界最不安全的地方，連美軍部隊都經常在那裏遭遇襲擊。海雲沒經過任何戰爭，還是我這個受過戰火洗禮的老頭去吧！」

陸海雲說：「奧森先生，您忘了，我是加利福尼亞州國民兵的上尉軍官，是受過軍事訓練的。」

奧森說：「你不就是替他們飛C-130運輸機的駕駛員嗎？你有過在敵人炮火下生活的經驗嗎？」

納序說：「我們會安排一位有經驗的中情局特務配合陸先生，其實所有的具體任務都是由這位特務來完成，陸先生主要是做引見工作。」

陸海雲問：「太好了。你們是怎麼知道特瑞克現在是在伊拉克的法路加，而不是在巴基斯坦？」

納序回答：「你們還記得伊莎貝小姐嗎？她是特瑞克的姐姐，也就是她來找你們替特瑞克打官司的。這幾年她一直在聯合國開發總署的巴黎總部工作，是她通知我們的。你們一定也清楚他們姐弟的感情很好，姐姐一直非常關心弟弟特瑞克，她說很可能她弟弟的伊拉克之行不是他自願的，而是被綁架去的。陸先生在去巴格達之前要先去見一見伊莎貝小姐，了解特瑞克的情況。」

奧森繼續問：「你們發現在兩河大酒店爆炸現場附近出現了可疑的人物，有沒有調查的結果？」

納序回答：「根據中情局、伊拉克情報機構和當地的警方能夠收集到的情報指出來，爆炸事件是由外來的組織所主導，在分析了監視器的攝像後，認爲出現的穆斯林女子的嫌疑很大。雖然因爲蒙面無法辨認是誰，但是從體型和行動的形態，可以確定是一位年輕的女性。

在調查進出巴格達和其他的出入境口岸後，發現有一個持有黎巴嫩護照的女子，在爆炸事件前五天由約旦首都安曼飛抵巴格達，然後在爆炸案的當晚又飛回了安曼。在經過進一步的調查後又發現了更可疑的事實。首先是她從安曼進出巴格達的飛機票都是單程的，尤其是在爆炸案後立即離開的機票是臨時在機場購買的，可見她的行程不是預定而是按她活動的成果而定的。第二，她的黎巴嫩護照證明是僞造的，同時她返回安曼後人就失蹤了，也沒有她是如何進出安曼的記錄，可見她是使用別的護照。第三，在調查所有巴格達的大小酒店後，沒有找到她的入住記錄，可見是有接應她的人。我們現在把安曼機場和巴格達機場的相關監控攝影機的錄影帶借來查看，但是由於蒙著面的衣著，到現在還沒找到有真面目的圖片。」

陸海雲問：「她護照上用的是什麼名字？」

「萊伊爾。」

陸海雲搭乘由洛城直飛巴黎的聯合航空六八七五號航班在黃昏準時到達。一百多名旅客一下子湧進了在法國首都東北方以玻璃和水泥建造起來的巴黎戴高樂機場第2F航站。因爲在飛越北極到歐洲航線的八個小時中，陸海雲睡得很香，所以他比其他的旅客顯得沒那麼疲憊，在入境驗護照的櫃檯和領取托運行李的大廳，他看到阿拉伯裔的旅客是明顯的比去年經過這裏時增多了。這不僅是從他們的臉孔和膚色辨認出來，他們中有很多是穿著傳統的阿拉伯服飾，做爲旁觀者，陸海雲可以感到他們不但毫不隱藏，而且是很驕傲地把他們的傳統和文化呈現給世界。這也證實了他的觀察：中東地區的阿拉伯人已經走上了世界舞台，他們將文化、宗教、商業和無可避免的極端主義傳播到世界各地，如果再將分佈在世界各地的回教信徒，尤其是東南亞地區和非洲的穆斯林聯合起來，近代的以白人和基督教爲領先的世界政治、文化和經濟優先秩序就要重新做排列了。

走出了海關的綠色通道就是入境大廳，陸海雲抬頭就看見一個巨大無比的電子顯示板，將過去一小時內已經到達的和將要抵達的班機顯示出來，其中超過三分之一的航班是來自阿拉伯國家。巴黎已經成爲阿拉伯國家進入歐洲，甚至世界的跳板了。

「陸海雲，歡迎來到巴黎！」

伊莎貝像是一陣風似的來到了陸海雲面前，張開了雙臂將他緊緊地抱住，在他的嘴唇上深深的一吻後，才鬆開手仔細地看著他：「海雲，聽你在電話上的聲音是一點都沒有變，現在看見你的真人了，也是一點都沒變，這兩年你還好嗎？」

陸海雲拉著伊莎貝的手，把她好好地從頭到腳打量一次。她穿一身白底紅花無袖的連身裙，剪裁得非常合身，露出了長長的雙臂和一大片胸脯，略帶棕色但是非常光滑的皮膚，散發出健康和「性感」的氣息。她有一張古典的巴基斯坦女人的臉，高高的鼻子，細長的雙眉下有一對深凹的黑色大眼睛，她的嘴唇和一口整齊的白牙，也會讓男人們多看上兩眼，她薄施脂粉，耳朵上戴著的小小耳環是她身上唯一的珠寶。但是讓陸海雲吃驚的是，伊莎貝左手無名指上的戒指不見了。陸海雲說：「伊莎貝，真高興看見你。你說我沒變，但是我看你卻變了。你一定是吃了什麼仙丹，變得年輕了。」

「海雲，不許開我的玩笑。我都快要是四十歲的老女人了。」

「那你是駐顏有術，還是你們巴基斯坦人有不老的基因？」

「別拿我尋開心了。說正經的，吃過晚飯了嗎？」

「班機降落前是餵了一些東西給乘客，但是如果你還沒吃，我可以再陪你吃一點。」

「太好了，那我們走。」

伊莎貝開車離開了巴黎戴高樂國際機場到巴黎塞納河的左岸，在離巴黎大學不遠的一條小街上，她將車停好，陸海雲在下車時猶豫了一下，他將手提行李和背包帶上了，他對巴黎專偷汽車的毛賊有過領教。

伊莎貝領著陸海雲走進一家餐館，從顧客們的衣著可以看得出來，大多是大學裏的人。他們找到一個角落的位置坐下，伊莎貝點了晚餐，陸海雲叫了一瓶紅酒，侍者先把一瓶酒和兩個酒杯端上來，陸海雲雖然不是個品酒專家，但是侍者把打開後的酒瓶塞遞給他時，他還是依樣畫葫蘆的接過來用鼻子聞一聞，侍者又倒了淺淺的一點酒在杯子裏讓他嚐了嚐，他點了點頭表示滿意，侍者就把兩個酒杯滿滿的倒上，然後微微的彎了一下腰說：「請享用。」

兩人舉起酒杯碰了一下後，同時都喝了一大口，伊莎貝首先開口說：「嗯，這酒還不錯嘛！你還挺會選的。但願我選的晚餐也不錯。」

「錯不了，做不出可口食品的餐館，是無法在巴黎生存的。」

不一會兒，他們叫的晚餐來了，果然不出所料，味道很不錯，陸海雲和伊莎貝把注意力放在美食和美酒上。一直等到他們吃得差不多了，一瓶酒也只喝得剩了半瓶，伊莎貝放下了刀叉，抬頭看著陸海雲說：

「兩年沒見你了，日子過得好嗎？」

「這兩年中最得意的事，當然就是爲你弟弟特瑞克被關押在關塔那摩和美國政府打官司的案子。對任何一個律師來說，能把美國政府在法庭打敗是最大的勝利。另外我又接了蓋地博物館被義大利政府控告偷竊國寶的案子，但是很遺憾，案子在庭外和解，沒機會讓我再嘗一次勝利的果實。」

「我在報上看到了這案子的報導，說是這庭外和解爲所有著名的博物館帶來一個典範，替他們解決了多年來用不法手段來取得別人國家文物寶藏的問題。文章還把奧森律師事務所和你稱讚了一番。這還不風光得意嗎？我對你的職業生活有完全的信心，一定是又豐富又多彩的。我是在問你的私生活好不好。」

「極爲不好，淒慘得很。」

「我完全沒看出來，發生了什麼事？」

「被女朋友給甩了。」

「我還以爲愛米·李愛你愛得要命呢！」

「不是她。愛米是個非常好的女孩，我們是好朋友，互相關心，但是沒有緣分。」

陸海雲把他和蔣英梅戀愛的經過，和在求婚時才發現她是已婚之人的事說出來，然後說：「伊莎貝，你說我是不是挺窩囊的？好了，別淨說我了，這兩年你的日子過得如何？」

她低下頭來臉色沉重地回答：「這兩年來是我一生中最痛苦的了，先是弟弟特瑞克出事，但是幸好有你把他救出來。第二件事就是我的婚姻泡湯了，老公遺棄了我，娶了一個比我年輕十五歲的女人。」

「怎麼會呢？在你弟弟打官司的時候，你們曾到法庭來為你弟弟加油，我還記得你老公對你是何等的恩愛，又抱又吻，讓我著實羨慕不已。怎麼轉眼就分手了呢？」

「那時我們的婚姻已經有問題了，他有了女朋友。我叫他陪我去美國加州，離開那個小女人，重溫我們的二人世界來挽回婚姻，但是到頭來還是失敗了。」

陸海雲伸手輕輕地撫摸一下伊莎貝光滑的臉蛋說：「對不起，我勾起你的傷心事了。」

「當時的確是感到世界末日來了，為了離開傷心地，我接受了一個在非洲尼日利亞的計畫，在那裏工作了六個月。沒想到工作有很大的挑戰，我全力的投入也起了療傷的作用，同時也讓我好好的把自己的婚姻思考一番。結論是我的丈夫和我根本不是一路的人，我們的婚姻是注定要失敗的。想通了後，一切都坦然了。」

「所以你不會排斥男人了？一個女人住在充滿了愛情的巴黎，是很難排斥男人的。」

「我不會排斥男人的，我喜歡男人。我在非洲也碰上一個不錯的男人，是位醫生。我是可以和他擦出火花的，但是他已有老婆，而我又不想做第三者，所以就不了了之了。」

「你是怕強迫另一個男人去做變心的人，是不是？」

伊莎貝用手指著陸海雲說：「那是你們男人的專利，男人不都是喜新厭舊的嗎？」

「天地良心，我可是用情專一的男人，但是到頭來被女人給一腳踢走了。」

「是嗎？可憐的陸大律師，這麼優秀的男人也會被人甩了，這是你女朋友的損失，而你，我相信一定會找到更好的女人。在你身邊的愛米・李不就是又漂亮又能幹還深深的愛著你。」

「我現在總算完全明白，一個人的努力及成就，和能不能吸引到美好優秀的異性做爲終身伴侶完全沒有關係。我參加大學同學會時，看到在班上並不怎麼樣的同學卻能娶得能幹優秀的如花美眷，就問自己爲什麼這麼傻。再拿你的情況說，你在聯合國開發總署從基層一直爬升到高層主管，一路上披荆斬棘，立下了汗馬功勞，成了不折不扣的漂亮女強人，有多少優秀的男人想要征服你，把你娶進門來。但是你的那位老公卻有眼無珠，抵擋不住年輕女人的殺傷力。我希望你一定不要灰心，天底下的好男人到處都是。打起精神，重新出發。」

也許是因爲多喝了些紅酒，伊莎貝的臉都泛紅了，她瞪著陸海雲說：「你說的那些想征服我的優秀男人，也包括你嗎？」

陸海雲毫不猶豫的回答：「當然。」

「說謊，騙人，典型的男人甜言蜜語。你不用騙我，我自己知道，現在我已經是沒人要的老女人了。」

「從法律觀點上說，在沒有確鑿的證據前，你不能指控我騙人。」

「那行，等一會兒就會有證據了。」

陸海雲沒聽明白，但是他改變了話題說：「我們把晚餐吃完了，一瓶酒也喝完了，我們一邊用甜點和咖啡一邊談我們的公事好嗎？」

伊莎貝握住了陸海雲放在桌上的手說：「海雲，現在情況有了很大的變化，也出現了安全問題，我被請到美國大使館去看你送過來的兩份文件。我們不能在這裏談事情，到我家去，我已經準備好甜點了，並且我要你去嚐嚐我煮的咖啡，我有好多的事要跟你商量。」

陸海雲付了帳單，提著行李和背包跟伊莎貝走出了餐館。他們沒去開車，步行了十幾分鐘就到了伊莎貝的公寓大樓。她住在第九樓，公寓的面積不小，從室內的設計裝飾和佈置、擺設的藝術品以及牆壁上的掛畫，都顯示出公寓主人的財富。陸海雲這才想起伊莎貝和她的弟弟是來自巴基斯坦的富貴人家，她在聯合國的薪水買不起這樣的住房。這也是她能夠花大錢請奧森律師事務所來爲她弟弟在美國高等法院控告國防部，使他從關塔那摩基地的監獄獲釋。

伊莎貝摟了一摟陸海雲說：「這裏是我的避難所，下班後我就窩在這裏。現在回想起來，當初買下這間公寓時幸好是用我自己的錢，把它放在我的名下，當我發現那個男人變心時，他的新歡小女人就要搬進來把我趕走，我拿出房契，請他馬上掃地出門。看見他們一臉傻了的樣子，真是痛快。」

「可憐的男人。」

「海雲，你先坐一下，我去把咖啡做上，換件衣服就來。」

陸海雲看見客廳靠牆的桌上放著好幾個相框，有一個是伊莎貝和特瑞克姐弟的合影，另外一個是她在沙灘上穿著比基尼泳衣照的，惹火的身材一覽無遺，從沙灘的鵝卵石背景看得出來是在法國南部的尼斯。還有一張是他們姐弟和一對年長的人照的，從臉的長相就能看出是他們的父母。桌上最大的一個相框裏是一張學校的集體合影，相片上的文字說明了這是在貝魯特，黎巴嫩市的一所女子學校的師生合影，從相片裏學生的排列和模樣，可以看出來她們是從不同年級來的。陸海雲正在聚精會神地看著照片想把伊莎貝找出來時，聽見背後的人說：「回頭就能看見她了。」

陸海雲轉過身來，看見伊莎貝兩手各端著一杯冒著熱氣和濃郁香味的咖啡站在身後，她換下了連身裙，改穿了休閒的短裙，光滑修長的大腿沒有絲襪，上身是低胸的小背心，一大片胸脯和深深的乳溝都露出來。她洗掉了臉上的脂粉，頭髮放下來披到肩上，陸海雲覺得她這返璞歸真的模樣非常吸引人，他伸手摟住了她的腰，她趕快將上身向後彎，心急地說：「海雲，小心，熱咖啡會燙著你！」

伊莎貝這才發現她的下身已經緊緊地貼住在男人的身上，透過薄薄的休閒裙，她感到男性的壓力，她太久沒有這種感覺了，片刻的顫抖後，她閉上了眼睛，但是隨即就聽見：「對不起，來，我們坐下來談公事吧！」

「是命不好還是世事是殘酷的。來吧，你先坐下，我去把黑森林蛋糕拿出來。」

兩個人同坐在客廳裏唯一的雙人沙發上，伊莎貝有意無意地將上身靠過去，陸海雲也不時的輕輕地摟一下她的腰，他問說：「我在電郵裏提的文件，美國大使館拿給你了嗎？」

「他們打電話來說有安全的疑慮了，因此要我去他們的辦公室看文件。我請他們再說得清楚點，他們才說是發現了可疑的基地組織殺手來到巴黎，目的不明，但是為了安全，這些文件不能離開美國大使館。」

伊莎貝跟著就把她在美國大使館裏看到的文件說給了陸海雲。第一份文件是說「東突厥斯坦伊斯蘭運動」，在全球恐怖行動中所扮演的角色。「東伊運」曾獲得賓拉登的資助，並且派遣他們的成員在阿富汗接受基地組織的培訓，他們準備在中國和中亞地區策劃一系列的暴力恐怖活動。美國和巴基斯坦軍隊曾經在巴基斯坦和阿富汗邊境進行過多次反恐怖組織的聯合軍事行動，過程中俘獲了多名「東伊運」組織的成員，現在被關押在關塔那摩軍事基地。經過多次反覆的審訊後，得知伊斯蘭恐怖組織計畫以販賣毒品來籌集資金，而由「東伊運」組織來負責具體工作。毒品要經中國轉運到美國市場，由一位有豐富經驗的巴拿馬籍販毒份子主持採購、運輸和經銷。另外還有一個強有力的走私集團負責在中國的轉運任務，並且已經在中國已建立了最高層的保護傘。

第二個文件是美國中情局的調查報告，它說明了特瑞克的多年家庭友人賀吉克是被伊斯蘭恐怖組織所殺害，表面上是阻止他將恐怖份子的名單交給特瑞克，實際的目的是要警告特瑞克不要和美國走得太近。同時也說明刺殺爆炸事件的策劃者是一個穆斯林女子。中情局還說她出生在一個中亞國家，傳說有中國的血統，很可能是來自中國的統治者家庭。她曾在伊朗的德黑蘭和黎巴嫩的貝魯特讀過書。但是在畢業後就行蹤不明了。

陸海雲問：「中情局告訴你有關特瑞克和賀吉克的事，是因爲你是特瑞克的姐姐，但是你知道他們爲什麼要跟你說那個穆斯林女人的事呢？」

「他們說是因爲我也曾在德黑蘭和貝魯特上過學，也許我會知道或是聽過這位從東方來的穆斯林女子。」

「那你是怎麼回答他們的？」

「我什麼都沒說。海雲，我之所以急著要見你一面，就是要你當著我的面回答我一個問題。你在電話裏告訴我，美國政府來找你們奧森律師事務所協助他們進行反恐的任務，換句話說，現在美國政府成了你們的客戶，我想問的是，在這情況下，做爲奧森律師事務所的重要成員，你，陸海雲還會是我弟弟特瑞克的律師嗎？」

陸海雲伸手把伊莎貝的手緊緊地握住說：「請你看著我，特瑞克是我的客戶，我會本著我當律師的誓言，爲我客戶的利益全力以赴。」

伊莎貝兩眼含淚說：「海雲，自從我父母走了後，我就剩下特瑞克一個弟弟相依爲命。他是個沒有政治色彩的地方領袖人物，一心一意就想爲他的族人做點事，但是美國政府不分青紅皂白就抓了他，還把他關在恐怖份子的大牢裏，要不是有你的努力，說不定現在還待在關塔那摩的集中營。我對美國政府完全沒有信心，他們表面上打著反恐的大旗，但是實際上所有的行動都是爲著美國的利益。我很害怕特瑞克又會被美國給抓起來。」

一邊說著，伊莎貝的眼淚終於掉了下來，陸海雲趕快摟住了她說：「快別難過了，其實我在來之前，奧森先生還提醒我，特瑞克是我的客戶，即使是有一天和奧森律師事務所其他的客戶有了利益上的衝突，我還是要忠於對特瑞克的承諾，這是我們的職業道德，我這一輩子都會是律師，我不會爲任何人把我的名譽毀了的，你放心吧！」

伊莎貝抬起頭來，在陸海雲的嘴上吻了一下後說：「謝謝你。有你這句話，我就會放心把特瑞克的情況告訴你，他現在碰上大災難了。讓我先給你添點熱的咖啡，我再跟你說。」

等陸海雲喝了一口新添的熱咖啡後，她才繼續地說：「中情局的人跟我說，特瑞克可能被人綁架到伊拉克了，問我知不知情。我什麼都沒說。我懷疑美國的利益是不是和我弟弟的利益完全吻合，他們會不會把我弟弟當成一個棋子，或是一個所有物，在必要時用來做爲交換的條件。」

「你是不是還有別的資訊？你既然承認我是你弟弟的律師，你應該告訴我。」

伊莎貝的臉色變了，她說：「上星期我接到一個電話，說是特瑞克在他們的手裏，他要一千萬美金，否則他們會撕票。」

「你怎麼回答？」

「我說我要證明，特瑞克還活著。」

「結果證明送來了嗎？」

「前天我在郵箱裏接到一個電郵，裏頭的附件是一張特瑞克的照片，我列印下來了，你看看。」

伊莎貝遞給他一張彩色的列印照片，是特瑞克的半身照，陸海雲覺得他看起來要比上次見面時老多了。

「電郵還說了什麼？」

「就要我準備好贖金，他們會和我聯絡。」

「後來呢？」

「我馬上回覆，說照片不能說明特瑞克現在還活著。但是我的郵件被退回來，伺服器的資訊是對方的郵箱已關閉。我找了辦公室的一位電子資訊專家的同事，請他查一下發電郵給我的是什麼人，結果他只能查到是從巴黎發出的，其他的記錄完全都被抹掉了。」

「這事你告訴老美了嗎？」

「還沒有，我是想聽聽你的意見。」

「你得讓我想一想。」

「這是我找你來的真正目的，我自己是心亂如麻，不知道該怎麼辦。還有，我們家有一個老幫手，我叫他拉洗布大叔，他從小就一直在我們家，是我父親最親信的助手，父母親去世後他就跟著特瑞克，照顧他的事業和生活。他在三天前來到了法國的馬賽，拉洗布打電話給我，說是特瑞克是被他身邊的一個助理綁架到伊拉克，要強迫他參加基地組織。拉洗布有一份特瑞克要他轉交給我的文件。他會在明天到達巴黎。」

陸海雲說：「我們一起來見他，也許他能提供如何把特瑞克救出來的資訊。我希望你還沒有把拉洗布的事告訴美國大使館的人。」

「當然沒有。我也沒跟他們說任何有關那個穆斯林女子的資訊。」

「如果這資訊是和特瑞克有關的話，你需要告訴我。」

「海雲，我會的，但是這裏頭有一些是我們的回憶和推論，沒有證實。」

「還有，伊莎貝，關於你被勒索的事，暫時對誰都別說，穆斯林極端份子的組織太複雜了，綁架特瑞克的人和勒索你的人很有可能不是來自同一個組織，否則爲什麼勒索和綁架中間隔了一段時間。通常，綁架者是急著要拿到贖金和將肉票脫手的。」

「好的，我真是感激你來了。」

「如果我們要營救特瑞克，我們必須要掌握所有的資訊，包括沒有證實的傳說和推論。目前的形勢不是我們單獨的力量可以辦到的。如果還要用武力和軍事行動，我們唯一的辦法，是用我們獨有的資訊來說服某個政府來執行。」

「如果從頭說起就說來話長了。我們從小在巴基斯坦北部的山區裏長大，父母親爲了要讓我們能受到更好的教育，就把我們送到伊拉克首都巴格達去唸中學，由我們的一位舅舅來照顧我們的一切。他們家有一個從中國來的好朋友名叫馬閃，原來是在中國新疆南部的卡什當清真寺的祭司，因爲參加東土耳其司坦的建國組織被通緝，流亡到海外，最後來到了巴格達。我記得他們是個很富裕的人家，穿著華麗名貴，出手大方。他們有兩個孩子，老大叫馬前，和我差不多大，老二叫郭康瑩，說是跟母親的姓，她比特瑞克還小兩、三歲，但是當時兩個人經常玩在一起，算是青梅竹馬吧！後來我和特瑞克在中學畢業後都到貝魯特去上大學，馬家的兩個孩子也到貝魯特同一間大學來唸書，但是漸漸地我們就沒有來往了。」

伊莎貝停下來喝了一口咖啡，陸海雲說：「你是不是要告訴我，這個姓郭的女子就是老美說的那個穆斯林女人？」

「別著急，聽我慢慢說啊。我在大學畢業後就來到巴黎，進了巴黎大學的研究院，一邊進修，一邊尋找愛情。特瑞克在貝魯特唸完了書就被父親叫回巴基斯坦，他聽說郭康瑩去了英國。大概是一年前吧，特瑞克告訴我說，他得到了消息，說是郭康瑩的大哥馬前死了，死亡地點就是在巴基斯坦北部山區。原來馬前不知道什麼時候成了賓拉登基地組織的成員，在一次美軍轟炸時給炸死了。特瑞克在馬前的葬禮上看見了郭康瑩，但是從前呼後擁的保鏢們可以想見她在基地組織裏的地位是不低的，她的到來事前沒有公佈，來得匆匆，去得也匆匆，前後不到兩小時就走了。在美國大使館看文件時，他們問我認不認識一個和我一樣在巴格達和貝魯特讀過書的穆斯林女子，我問他們有沒有相片，是從什麼地方來的，他們說都沒有，唯一的資訊是說她可能是從中國來的。」

「當時你是怎麼回答的？」

「我說在伊拉克的巴格達女子中學和黎巴嫩的貝魯特女子大學裏讀書的人，幾乎全是從世界各地的阿拉伯國家來的，因為那裏是穆斯林女孩子唯一能夠接受到高等教育的地方，沒有名字和照片我是無法說認不認識。」

「特瑞克能確定在葬禮中見到的女子就是郭康瑩嗎？」

「我想是的，特瑞克說她是來參加她哥哥馬前的葬禮，馬前就只有一個妹妹，就是郭康瑩。還有，她也認出來特瑞克，主動上來和他打招呼，還問起我的情況。」

「特瑞克有沒有說郭康瑩改了名字沒有？」

「他說在葬禮上沒有人知道她的名字，只稱呼她長官，顯然這在基地組織裏是很平常的，他們為了保密和安全，不叫人的姓名。」

「也許你的拉洗布先生會有更多的資訊，包括郭康瑩的新名字。他明天什麼時候到？」

「他說明天一早會打電話來約何時何地見面，他特別提起來說要找特瑞克的律師。」

「太好了，我們可以開始計畫如何搭救特瑞克的具體行動了。伊莎貝，我看太晚了，我該去酒店了，你幫我訂的是哪一家旅館？」

「海雲，不要走了，就住在這裏，好嗎？」

有人說激情在巴黎是不分日夜的，是永遠在空氣中蕩漾著。

馬賽是法國南方最大的城市，它面臨地中海，有一個優質的深水港，有史以來，不僅是法國，連整個歐洲對地中海國家，尤其是北非洲地區的貿易貨物，都是以馬賽為集散地。也許是因為南方的炎熱海洋性氣候和多元文化的溶聚，馬賽人充滿了法國拉丁民族的熱情、豪放和無憂無慮的個性。雖然他們給人留下了醇酒、美人、歌唱、今朝有酒今朝醉的印象，但是在大是大非的問題上，他們卻是一點都不含糊。

二戰時期，當德國佔領法國時，馬賽人浴血奮戰，在反抗軍的地下游擊戰裏馬賽人的犧牲是最大的。中國為了紀念在抗日戰爭中犧牲的人，將「義勇軍進行曲」做為國歌，同樣的，法國人以「馬賽進行曲」做為國歌。

做為法國的南方大港，馬賽也有一個很繁忙的機場，除了是國內航班的南方主要轉運站外，它也是從南方入境法國的主要空港。絕大部分的國際航班是來自地中海周邊、中東和非洲的國家，而最多的是來自北非的阿爾及利亞，從那裏最大的三個城市，每天有超過十個航班飛往馬賽。

這個國家曾長期是法國的殖民地，在它爭取獨立的過程中發生過很多流血事件，多年來和法國政府及人民有著愛恨交織的關係。由於法語能力和文化的影響，阿爾及利亞人一直是法國最多的「外國人」、「外來勞工」和「移民」。馬賽是他們最大的集中地，在馬路上，幾乎每三個人就有一個是來自阿爾及利亞穿著穆斯林服飾的人。

珍妮．哈桑的班機是在正中午到達馬賽，也是機場最繁忙的時候，入境檢查護照的窗口已經排了長龍的旅客，她把護照遞給驗照的移民局官員。他首先仔細地看了一下護照上的照片，然後打量站在面前的旅客，他馬上決定了面前的女人是他這幾個月來經過他面前旅客中最漂亮的一個。除了有一張美麗的臉孔，一身時尚的衣著將動人的身材凸顯出來，可惜和唯一美中不足的是頭上包著的頭巾，表示她是個穆斯林女人，否則說不定還能要到她的電話和她度個美好的夜晚。

在每天都是千篇一律的無聊工作裏，這些當公務員的男人們會魂遊於有色有香的虛幻世界，在那裏，他們會用豐富的想像力將一位眼前美女的衣服一件件地剝下來，要看當時的情況，可以很溫柔，惜香憐玉地脫下，也可以粗暴地撕下來。他問：「請問小姐是來旅遊觀光還是有業務？」

「是來辦業務的。」

「能告訴我是來辦什麼業務嗎？」

「我是博物館的收藏員，要去里昂市參加一個藝術品的拍賣會。」

「拍賣會結束後，要不要享受一下里昂的美食和陽光？」

「不，我會立即回家。」

「啊！工作繁忙，太遺憾了。」

「工作不忙。但是家裏有更好的美食和陽光。」

原來在虛幻世界裏，正被他將衣服撕下只剩三角褲和胸罩的美女，又是一個敵視法國的穆斯林女人。他發現自己起了生理變化，他又看了一下護照上的相片，然後又對貼在窗口下被全球通緝的逃犯照片機械式的瞄了一眼，最後拿起了通行印章，用力地在護照上敲下去。再度進入虛幻世界裏，他撕下了美女身上最後的一片布料。然後又回到真實世界，把護照還給眼前的旅客：「歡迎哈桑小姐來到法國。」

珍妮．哈桑取出了托運的行李後，走進了機場的更衣室，再走出來時，她的衣著完全變了，緊身露臂的上衣和時尚短腰的牛仔褲，再加上披下來的一頭秀髮，看不到一點穆斯林女性的蹤影，而是個典型的法國年輕人的打扮，唯一引起別人注目的是有點東方血統的臉蛋，美得讓人會多看一眼。

她在機場租了一輛汽車，出示的是法國駕駛執照，上面是巴黎的地址，這一點都沒有引起租車行的注意，因爲她說的不僅是一口流利的法語，而且還帶有巴黎口音的法語。駕駛執照上的名字是凱瑟琳．范登。

她開車離開機場後直奔高速公路，但是並沒有往里昂的方向開，而是沿著地中海駛向在東邊的尼斯，她在快入夜時才到了她預先訂好了的旅館。在房間裏稍做梳洗和整理後就出門了。

尼斯是法國南部的度假聖地，除了有全年溫暖如春的氣候外，它有特色的鵝卵石海灘是散步最好的地方，除了藍天碧海和清新的空氣外，在附近的康城有一年一度的電影展覽會，全世界最好的電影都會在那裏首映和競賽，在頒獎典禮上，全世界著名的影星和有頭有臉的影劇界人士都會聚集在這裏，當然更少不了諸多夢想成爲明星的俊男美女們的出現。這是尼斯市刻意要培養給外人感受的氛圍，將它當成法國的著名觀光地。而這些觀光客基本上都會住在尼斯，所以這個小城鎮一直保持著整齊、乾淨和井然有序的外觀。

凱瑟琳．范登在旅館對面的便利商店購買了一支手機以及有預付值的門號晶片和兩張儲值卡，又買了一張電話卡。她沿著海邊走，不一會兒就來到了她想找的飯館，它的外觀和一年多前頭一次來時完全一樣，一點都沒變，雖然已過了晚餐時間，但是這家在尼斯很有名氣的餐館還是有不少客人在用餐。不知道是命運的安排還是她下意識的指引，餐館帶位的人和她共同挑選了一個靠窗和可以看海的座位，正好也是她上次來時的座位，突然一股巨大的傷感衝擊了她，幾乎使她不能自制。她沒有打開擺在面前的菜單，就叫了一份海鮮湯配麵包，又要了一杯白酒，她記得這是她朋友替她叫的，站在她面前，滿臉笑容的服務員說：

「謝謝小姐，您一來就點了我們這裏最拿手的菜，是不是曾經來光顧過？」

「我是第一次來，但我倒是聽過對這家餐館的很多好評。」

「謝謝您，希望您不會失望。飯後需要甜點和甜酒嗎？」

「不用了，來杯咖啡就行了。」

「是的！」

「請問公用電話在哪裏？」

「在進門的右手邊，洗手間的外面。」

她將電話卡插進後，撥打了她記憶中的號碼，在四千多公里外的一個電話在響了一次鈴後就被人接起來，她用平穩的聲調說：「五〇一號進入位置，情況正常。」

電話裏的回答也是同樣地平穩：

「五〇一號維持原定計畫，一切情況不變。請說明緊急通訊號碼。」

她將剛剛買的手機門號說了一遍後就掛斷了電話，前後不超過三十秒的使用時間。

這家餐館使她的情緒和思潮洶湧，就在幾個月前，她和深愛著的男友來到了尼斯。男友的工作非常忙碌，難得有機會讓他們能相聚一段時光，但是他正好在羅馬辦一個案子，和當地的政府交涉及談判，意外的碰到了義大利的宗教節日，要連續放四天的假，所以他們約好了在尼斯相會。

最讓她男友高興的是，只要一個小時他就能從羅馬飛到尼斯，所以他們見面時，男朋友像生龍活虎似的，不像上兩次的見面，他要從羅馬回到洛城，長途的舟車勞頓，疲憊不堪，什麼事都做不成，等休息夠了後就又要走了，恨得她牙癢癢的。

但在尼斯就完全不一樣了，他們就在這個餐館慢悠悠地享用了一頓精美的晚餐後，回到就是她現在住的酒店開始了漫長的男歡女愛過程。雖然使她陷入了無法形容的全身疲憊，但是也讓她體會到進入天堂的感覺。最後她苦苦哀求男友饒了她，但是深愛她的男友卻又帶她走出酒店，來到海邊，說是要讓她看海灘上被沙子磨得發亮的鵝卵石會像天上的星星一樣地閃閃發光。

但是到了海灘才發現，原來那些被海水浸泡了的鵝卵石是在反射天上的星光而閃爍著，雖然這也是一幅從沒看過的大自然畫卷，也是美得讓人窒息，但她還是撒嬌式的抗議受騙。只是當她看見沙灘上一對對的男女在毫無顧慮的做愛，他們赤裸裸的身體在汗水和海水的浸潤下，也像鵝卵石一樣閃著星光，呻吟和高潮的歡呼隨著海浪衝擊聲一陣陣地傳來，在空氣中蕩漾著。她失去了抵抗愛人原來是要求歡的意志和力量，赤裸的身體在海浪和男人同時的侵犯下，使她感受到了從未有過的昇華，也讓她呼出了她一生裏最大聲的歡叫。現在這些美好的一切，都像過眼雲煙般的消失了，她背叛了深愛著她的男人。

在做出這決定前，她曾痛苦的經歷了長時間的天人交戰，她是非常渴望和這個愛她的男人過一般正常人的生活，為他生一群孩子，每天照顧他的生活和愛他。但是為了更高的使命和理想，她接受了交給她的任務，成了另一個男人的妻子，結束了這段讓她刻骨銘心的愛情。現在她唯一能希望的是，有一天這位曾愛過她，現在恨她的男人，在她的任務完成後，能原諒她而回到她的身邊。

在分手時，她曾要求男友等她兩年，她會再回到他的身邊。但是她無法說出個能說服人的理由，讓男友更為憤怒而懷恨離去。男友最後對她說，他們之間如果還剩下最後一點的普通友誼，都被她這種侮辱性的無理要求糟蹋完了。

分手讓她傷心欲絕，但是一想到男友將會屬於別的女人時，她又感到無法忍受。她後悔了，但是她多次要求想再見他一面的企圖都被拒絕了。

在回到酒店的路上，她經過了那片無法忘懷的海灘，浪花還是一陣陣地打上來，天上的星光依舊在閃爍，地上的鵝卵石依然在反光，遠處依然有情侶在互相征服對方，她告訴自己，她和男友的這份情還是不能結束，因為這是她生命的一部分。回到房間後，她花了整整一個小時打電話，把她這次來法國的任務做了最後的確認和安排。

第二天一大早，凱瑟琳．范登開車離開尼斯沿著地中海繼續往東開，她的目的地是摩納哥大公國。這個彈丸之地雖然號稱是個獨立國家，但它的國防和外交事務是委託給法國來管理的，而自己則全心全力來經營唯一的事業，就是世界著名的蒙地卡羅大賭場。

這個賭場的歷史悠久，長年來吸引了很多世界級的富豪來此消費。近年來聽說也有中國的遊客出現了。凱瑟琳開車在蒙地卡羅大賭場轉了一圈才進了賭場的大門，在那裏她也是先走了一圈將總體的環境先做了解，她的結論是賭場的硬體建設是遠遠不如美國賭城拉斯維加斯，但是蒙地卡羅依山面海，碧藍清澈的地中海也就成了這些豪賭遊客的另一個遊樂場。從停泊在海濱的遊艇豪華度來看，蒙地卡羅賭客的財力是要比拉斯維加斯的賭客高多了。

凱瑟琳來到了賭場裏的酒吧，雖然裏頭的燈光很暗，但是還是看得見在角落的一張桌子邊坐著一個中國人，旁邊還有一位金髮的年輕女郎。她拿出手機，撥打了早上記住的號碼，在第二次的鈴響後，她看見了那位中國人從口袋裏拿出手機來，馬上她就聽到手機裏說：「我是威廉‧潘，請問是哪位？」

「我是從廈門來的。」

「請問貴姓？」

「姓潘的，你不要跟我耍花招，說你的認證。」

「噢！對不起，一時忘了。我是廈門老鄉。」

「廈門的特產是什麼？」

「鋼琴。」

「是在哪裏的最好？」

「鼓浪嶼。」

「潘先生，我現在已經到了賭場的停車場，請問你在哪裏？」

「我在賭場的酒吧。」

「好，我在十分鐘後到酒吧和你見面。」

凱瑟琳合上了手機後就走進了酒吧對面的書報店裏，不久就看見那位和威廉‧潘坐在一起的金髮女郎走出來，她再等了五、六分鐘才走進酒吧，到了要見的人面前：「潘先生嗎？我是廈門來的老鄉。剛和您通過電話。」

「原來是廈門的美女，快請坐，要不是聽你說普通話，我還以爲你是老外呢！要喝杯麼？」

「不用了，我還要趕時間。」

「到了蒙地卡羅還不好好享受一下是太傻了，我抽空來陪你玩幾天吧？」

「姓潘的，請你不要動手動腳的，放尊重點。要是被剛才坐在這裏的蘇珊娜小姐看見了，那你不就要兜著走了嗎？」

「你怎麼知道她叫蘇珊娜？」

「我還知道她是你從洛城帶來的，你背著老婆搞上了她已經快有半年了吧？」

「蘇珊娜和我只是普通朋友。」

「是嗎？你看我的手機，這不是你們前兩天在巴黎酒店的照片嗎？我有更精彩的，想看嗎？」

「你到底是誰？想要我幹什麼？」

「你要是想活得幸福點，最好不要知道我是誰。我要你做的事，就只是給你的老丈人帶個口信。我本來是可以自己告訴他，但是我相信你會有更大的說服力。」

「我要是不想給你帶這口信呢？」

「那這些精彩的照片就會出現在中國的互聯網上。你知道中國網民的人肉大搜索有多恐怖，你老婆和你老丈人的日子就不好過了，而你就更不用說了。」

「給我的東西帶來了嗎？」

「不是給你的，是給你的老婆和岳父的。這信封裏有一張二十五萬美金的支票是指定要存進他們兩人在洛城的共同帳戶。」

「不是說了要現金嗎？」

「別把人當傻瓜，我要是給你現金，你不是把它花在這賭場，就是會送給那個妖豔的蘇珊娜，是不是？」

「你要我帶什麼口信？」

「很簡單，就是要你岳父把念洋市的海關搞定，一定要聽我們的指揮。」

「那你們準備給我岳父多少好處？」

「等他的人一到位，我們會馬上再付二十五萬美金，等把我們的事辦完了，我們會有一百萬美金的獎金。所以這整件事，我們準備付一百五十萬美金。當然了，海關方面的費用也是由我們負責。」

「我會把口信傳到，但是你的要求能不能辦到，就不敢保證了。」

「潘先生，您最近一定在報上或是電視上看到過，在洛城有個黑幫老大讓人從高空飛的直升機上給扔了下來，還掉在一個房子裏，把住在裏頭的人都嚇瘋了。請你告訴你岳父，如果這件事辦不下來，在洛城還有三個人會從天上掉下來，第一個是他的女婿，也就是你，第二個是他的外孫，第三個是他的女兒。」

「你這是威脅，我要……」

「不錯，我就是在威脅你們一家人。你岳父當過地方上的一把手，現在又是中央的大領導，沒有做不到的事。」

「那他也可以來辦你們。」

「擺在他面前的錢他會不要嗎？何況又有你們這些孝順的孩子們，他的責任多大呀？對了，你還可以去查查看那個黑幫老大身邊有多少個保鏢？但還是救不了他。還有，被人肉炸彈擊中的那房子主人姓常，也是我們廈門老鄉，你岳父認識他。請你轉告他，良心發現的時候已經過了，現在太晚了。」

凱瑟琳原來打算到巴黎前在尼斯多休息兩天，但是她接到簡訊，要她立即和總部聯絡，另一個緊急任務使她從蒙地卡羅回來後即刻動身開車赴巴黎。

拉洗布是在陸海雲來到巴黎的第二天快到中午時才跟伊莎貝通了電話，他們約好了在香榭麗大道上的一家餐館見面。當陸海雲和伊莎貝趕到時，看見拉洗布已經坐在餐館角落的桌子，他起身迎接伊莎貝，並且和陸海雲熱烈地握手。拉洗布看起來像是個六十歲的人，但是伊莎貝說他真實的年齡只有五十剛出頭，也許是臉上的風霜使他看起來要比實際的年歲大。但是也同時看得出來他是一位精明能幹的人。拉洗布首先開口說：「伊莎貝，真是高興終於見到你了，我們上次見面大概是三年前吧？特瑞克非常想念你。他也常常提起陸律師，告訴我們所有的人，要不是陸律師的超人能力，他今天可能還是被美國人關著呢！我們是衷心感謝。」

伊莎貝說：「拉洗布大叔，你一點都沒變，就是白頭髮多了一點。快告訴我特瑞克的情況。」

陸海雲插嘴說：「我建議我們別站著，先坐下來一邊吃午餐一邊談吧！」

等大家都坐下了，點了午餐後，陸海雲才注意到拉洗布穿著一身西裝，臉上的鬍子也刮了，頭髮雖然長了一點，但是從外表上一點都看不出面前的人是個穆斯林教徒。但是最讓陸海雲吃驚的是，桌上已經擺了一杯啤酒，顯然是拉洗布在等他們時喝的。他看見陸海雲驚異的眼光，就解釋說：「陸律師，別奇怪，我是一個穆斯林，我這身打扮是為了安全，偉大的阿拉一定會原諒我的。至於這杯酒嘛，那就要用我們可蘭經裏最博大精深的理論來解釋了。」

陸海雲說：「我在洗耳恭聽。」

拉西布說：「可蘭經裏對酒類的飲用說得不多，大部分的人都認為教主穆罕莫德是禁止穆斯林教徒喝酒的，但是可蘭經裏寫的是『不可飲一滴酒』，所以當這杯啤酒端上來時，我已經按可蘭經說的用指頭將那一滴不可飲的啤酒甩在地上了。」

陸海雲說：「佩服，佩服，太精彩了。」

伊莎貝說：「海雲，你知道嗎？拉洗布大叔是位歷史學家，曾在大學裏開過課的。」

拉洗布說：「不提當年的事了。現在回教世界裏的當權者，都是為了他們的眼前目的來解釋歷史，像我這樣的傳統歷史學者都被冷藏起來了。不說了，我們點的午飯來了，先吃吧！」

三個人開始用餐，都吃得很快，拉洗布急著想說事情，陸海雲和伊莎貝急著想聽他要說的，最後還是伊莎貝先開口說：「特瑞克是被誰綁架到伊拉克的法路加？」

拉洗布說：「事情並不是想像中的黑白分明。你們都知道巴基斯坦北部山區是基地組織和塔利班最活躍的地方，所以像特瑞克這樣不想介入政治，只希望來改善族人生活是非常不容易的。尤其是特瑞克手下的主要助手們都是基地組織的同情份子，他被孤立起來了。三個月前，基地組織通知他去伊拉克開會，說是要組織南亞回教聯盟，特瑞克認爲那裏正是在戰爭狀態，就拒絕了，但是他手下的人都說應該去，並且有一些人還露出了威脅的態度，就在這樣半推半就下，特瑞克跟他們去了法路加，我也一起跟他去了。」

拉洗布停下來喝了一口啤酒後接著說：「但是等我們一到了法路加後，情況就不對了。首先，特瑞克的行動受到了限制，他不可以隨便走動，理由是因爲在戰區，爲了他的安全才如此，實際是把他軟禁了。基地組織要求特瑞克做三件事，第一是提供有關美軍和北約軍隊的情報，第二是騙取美方的資源，第三是要護送毒品從巴基斯坦進入中國。三件事裏沒有一件是特瑞克要做的，但是明擺著的是如果他不同意，就不能走人，甚至連生命都會不保。所以他就和他們周旋，一方面拖時間，一方面找機會逃跑。但是一周前他交給我一個文件，叫我來找伊莎貝聯繫陸律師處理這個文件。」

拉洗布從上衣口袋裏拿出一個隨身碟交給了陸海雲，他說：「在巴基斯坦北方的山區裏有兩個基地組織的訓練營，由世界各地來的極端份子和同情基地組織的份子，都是在那裏受訓後再派回到他們的家鄉。特瑞克在巴基斯坦北部山區的人脈關係還是很好的，他取得了一份基地組織裏外來受訓人員的名單，存在這個隨身碟裏，他希望陸律師能設法再救他一次，這份隨身碟也許能讓陸律師派上用場。」

陸海雲說：「我相信這份名單對美國政府是很有價值的，我會要求我的老闆奧森先生向美國最高當局提出搶救特瑞克的要求。請你們等我一下。」

陸海雲從背包裏取出了他的筆記型電腦，打開後馬上將隨身碟插上，然後利用餐館的無線通訊上網，用電郵將隨身碟中的文件發送到數千英哩以外在洛城的奧森先生。陸海雲接著說：「拉洗布先生，您能告訴我有關郭康瑩的背景嗎？她到底是何許人？是怎麼樣和基地組織拉上了關係的？」

拉洗布說：「郭康瑩的背景非常複雜，說起來她應該是中國人，出生在中國最西邊的新疆卡什。如果陸律師要想知道她真實的背景，我得從東突厥斯坦運動說起，那能不能再來一杯啤酒呢？」

在滿滿一杯啤酒誘導下，拉洗布，這位歷史學家將郭康瑩的背景身世說給了陸海雲聽，他娓娓地將一個充滿了悲劇的歷史演變穿插進去：

「東突」的「突」是指「突厥」，它曾是歷史上橫行亞洲中部的一個游牧民族，擅長冶煉，曾被柔然稱爲「鍛奴」。在南北朝時期建立強大汗國，後分裂爲東、西兩部，隋朝及唐初爲中國中原王朝重要邊患。

東突厥前汗國爲唐大將李靖所破，後汗國爲回紇首領「懷仁可汗」所滅，西突厥爲唐大將蘇定芳所滅。國破之後，突厥餘族與漢族和新疆各少數民族融合，不再做爲一個獨立的民族存在。西征的突厥後裔建立奧斯曼土耳其帝國，爲現代土耳其國家前身。現在新疆主要少數民族其語言雖屬阿爾泰語系突厥語族，在族源上卻與古突厥族關係不大。

突厥斯坦是十九世紀以來歐洲地理學家對古突厥人發源地「錫爾河流域」的稱謂，後來含意擴大，泛指中國的新疆地區及前蘇聯的中亞地區。前者被稱爲東突厥斯坦，後者被稱爲西突厥斯坦。像福爾摩沙之於台灣，Macao之於澳門一樣，東突厥斯坦也是一個具有殖民主義色彩的辭彙。「東突」恐怖主義爲「東突」分裂主義的極端形式，其思想根源爲「泛伊斯蘭主義」和「泛突厥主義」，兩者均濫觴於十九世紀後半期。

「泛伊斯蘭主義」源於阿富汗，首倡者爲哲馬魯丁·阿富哈尼。他宣揚所有伊斯蘭國家和民族應該聯合起來，抵禦基督教國家的進攻，建立政教合一的「大伊斯蘭帝國」。奧斯曼帝國統治者阿卜杜勒-哈米德二世有意借其恢復專制統治，擴大在穆斯林地區的影響，曾加以大力鼓吹。

「泛突厥主義」源於沙俄統治下的克里米亞半島，創始人爲韃靼人伊斯馬伊勒·伽斯普林斯基。他主張生活在博斯普魯斯海峽至阿爾泰山脈之間所有操突厥語族語言的民族聯爲一體，組成一個「大突厥帝國」。二十世紀初期在土耳其執政的土耳其青年黨曾將其奉爲圭臬，試圖建立一個土耳其蘇丹爲首的奧斯曼大帝國。

在這個時期，泛伊斯蘭主義和泛突厥主義也開始傳入新疆，土耳其人艾買提·卡馬爾和從土耳其留學歸來的麥斯武德爲這兩種思潮的代表。

三〇年代初期，麥斯武德、伊敏等在泛伊斯蘭主義和泛突厥主義的基礎上，逐漸建立了自己的思想體系和政治綱領，並發起了剛剛說的「東突厥斯坦運動」。伊敏在這個時期所寫的《東突厥斯坦史》後來被東突分裂份子奉爲經典。他們鼓吹「東突民族」有近萬年歷史，其祖國「西至北海、紅海、黑海以及歐洲，北至北冰洋，東至太平洋，南至印度洋」，「是人類歷史上最優秀的民族」，與德國納粹的論調如出一轍。他們還叫囂要聯合曾生活在中國北方和西域的所有少數民族，建立政教合一的國家，消滅異教徒，驅逐漢族。

在外部勢力的支援下，「東突」分裂主義份子在二十世紀三〇年代曾屢屢發動叛亂，圖謀建立獨立的「東突厥斯坦國」，如軍閥馬福興在英、日扶植下建立「南疆回教國」，伊敏建立「和田伊斯蘭教國」，沙比提大毛拉建立「東突厥斯坦伊斯蘭共和國」等。馬福興的兒子馬小福在三〇年代末期，日本進軍中國時參加了東突的運動，並且成爲一個積極份子。

民國時期，在中國西北地區，存在著數股強大的回軍武裝力量。由於其首領皆爲甘肅河州回族馬姓，故稱「馬家軍」，俗稱「西北群馬」。因割據範圍不同，又分成「寧(夏)馬」、「青(海)馬」、「甘(肅)馬」等，其勢力還曾擴張到新疆。馬家軍原爲家族武裝勢力，它們參與了當時中國政壇的紛爭，先後依附清政府、北洋軍閥、馮玉祥、蔣介石等，統治西北地區數十年，產生了一批顯赫一時的馬姓軍閥，馬福興也是其中之一，而他的勢力範圍就是在新疆的南部。

在抗日戰爭時期，麥斯武德、伊敏、艾沙等「東突」份子在新疆聯合政府中佔據高位。他們趁機大肆宣傳泛伊斯蘭主義和泛突厥主義。新疆解放後，「東突」分裂主義頭目惶惶如喪家之犬，逃亡海外。但是他們並沒有停止自己的分裂活動，而是改而在國外糾集殘餘勢力，拼湊分裂主義組織。其中有兩個集團勢力較大，一是艾沙集團是美國等西方國家的走狗，而孜牙集團則從前蘇聯領取盧布。

從四〇年代初到八〇年代末，新疆境內的分裂份子在國際勢力的影響和支持下，製造了數十起分裂事件。其中一九六二年的「伊塔」事件規模最大，有六萬餘人非法越境，前往蘇聯。原來在一九四四年九月，新疆的伊犁、塔城、阿勒泰三個地區，爆發了大規模的人民武裝暴動，完全佔領了上述三個地區，並成立了新疆民族軍，史稱「三區革命」。祖龍泰耶夫是早期的民族軍成員。

一九四九年八月，中共中央邀請民族軍總司令依斯哈克伯克、第一副司令達里力汗、蘇克爾巴也夫等人參加全國新政治協商會議，八月二十二日乘飛機經蘇聯去北平，途中飛機失事，不幸全部遇難。

一九四九年十二月，民族軍改編爲中國人民解放軍第五軍，祖龍泰耶夫成爲中國人民解放軍的高級指揮員。一九六二年四月二十二日，「伊塔事件」爆發了。離伊寧市不遠的霍爾果斯口岸，是中蘇邊境一條重要的開放通道，霍爾果斯山口的下面是一條峽谷，在多雨的季節裏，它就變成了一條波濤翻滾的河流，在兩個山口之間，有一座水泥橋，橋的中央有一個紅點，這是中蘇兩國的分界點，北方爲蘇聯，南方爲中國。

從阿爾泰、塔城、博爾塔拉到伊犁四個地區，二十幾個縣，在三千多公里的中蘇邊境上，幾個重要的邊境口岸，滾滾的人流如潮水般湧動了三天三夜，在此後的幾個月裏，中國共有邊民六萬七千餘人逃到了蘇聯，有兩個縣跑得還剩幾百人。在這人潮中還包括了解放軍第五軍的高級指揮員祖龍泰耶夫和四十多名校、尉級軍官以及他們的家屬。這是第二次世界大戰以來，最大的一次國際間邊民外逃事件，也是中蘇邊境由局部緊張轉入全線激烈衝突的導火線。

馬小福的兒子馬閃在年輕時就到了伊朗去留學，專修伊斯蘭教的教義和神學，後來成爲一位有名的伊斯蘭教學者，出版了不少本宗教理論的書。後來他到了中國新疆南部卡什的大清真寺當大祭司，因爲參加「疆獨」活動被當地的公安逮捕，有一次監獄裏發生騷亂，馬閃在獄方執行鎮壓任務時遇難。馬閃的妻子是很有來頭的，她出身於「馬家軍」的後代，她的祖母就是曾奮起對抗馬家軍裏最壞的惡魔馬步芳的那位奇女子。

「馬家軍」的核心權力採取父死子繼，兄終弟及的封建繼承方式，經數十年的發展，逐漸成爲左右西北局勢的軍閥武裝。二十世紀四〇年代後期，「群馬」中以馬鴻賓、馬鴻逵、馬步芳三個集團最具實力，人稱「西北三馬」。中華人民共和國成立後，「西北三馬」面臨著前途的抉擇，他們因各自的行爲而造就了天壤之別的結局。

馬步芳家族從他的父親馬騏和叔父馬麟統率的青海地方軍事集團開始統治了青海四十年，尤以馬步芳最爲殘忍兇狠、荒淫橫暴，人稱「土皇帝」。當時儘管解放軍的攻勢已勢如破竹，卻還有少數執迷不悟者，仍舊做著接任西北軍政長官職位、再當幾年「西北王」的黃粱美夢。一九四九年五月十八日，馬步芳被任命爲代理西北軍政長官，實現了他夢寐以求的當「西北王」的夙願。但是當解放軍兵臨城下時，他花了重金雇陳納德「飛虎隊」九架飛機，將歷年搜刮來的財富源源不斷地運往國外，先運往香港，後運往中東。

馬步芳爲人荒淫無恥，他曾公開說：「生我、我生者外無不姦。」部屬的妻女，自己家族的胞妹、侄女、兄嫂、弟媳，都難逃他的魔爪。在埃及，馬步芳仍然難改其風流本性，酒店的女侍、舞廳的舞女、隨他到開羅謀生的部屬的家眷，都被他姦淫。甚至連他的外孫女也遭其強姦，後生下一個兒子。爲了掩人耳目，馬步芳親手將這個嬰兒殺死。據後來旅居中東的回族僑民向台灣國民黨當局的控拆，包括漢、回、滿、蒙、藏、哈（薩克）、撒（拉）等各族女性在內，被馬步芳蹂躪過的，不下五千人。

五〇年代末，台灣當局想乘國際反共反華、社會主義陣營出現矛盾，和青海藏區、甘南地區發生過一些民族糾紛及衝突的機會，妄圖策劃反攻大陸。馬步芳也抓住機會吹噓，由他指揮的遊擊隊仍在大西北堅持反共鬥爭。並且行賄台灣當局，最後謀得了台灣當局駐沙特的「全權大使」。

在任時，他還是不改他一慣的作風，看上了大使館一位郭姓「參贊」的妻子，她也是大使館的阿拉伯語翻譯。但是馬步芳居然不顧她還是馬家的遠房親戚，就想把她佔爲己有。沒想到這位郭姓參贊的妻子用流利的外語和阿拉伯語，向媒體揭露了馬步芳傷天害理、令人髮指的罪行。這事件成爲傳遍世界的醜聞後，台灣當局要他立即自動辭職並馬上返國，如不遵從，就會派特務去制裁他。

後來聽說他把所有的黃金珠寶都捐出來，台灣當局才放他一馬。馬步芳在沙特弄得聲名狼藉，中東各國也不歡迎這個披著宗教外衣的丑角，他在錢財都用盡後過著潦倒的生活。一九七五年七月三十一日，惡貫滿盈的馬步芳暴死在沙特，終年七十三歲。

後來那位郭姓「參贊」離開了沙烏地阿拉伯，到伊朗的德黑蘭定居，在那裏生了一個女兒，取名郭淑芬。她成人後嫁給了正在伊朗進修神學的馬閃。他們的婚姻非常美滿，馬閃深愛著他美麗又溫柔的妻子，同時公公馬小福也很疼愛這個媳婦，郭淑芬替馬閃生了一兒一女，男的叫馬前，女的叫郭康瑩，全家的生活充滿了歡樂。在馬閃遇害後，郭淑芬在公公馬小福的鼓勵下參加了「疆獨」的秘密活動，開始給她的兩個孩子灌輸「疆獨」的思想，要他們一定不能忘記他們的父親是被漢人害死的。他們是在八〇年代舉家遷往伊朗，在那裏，郭康瑩和她哥哥馬前參加了東突的組織，然後又被基地組織吸收了。

由於國際民族分裂主義思潮的影響，九〇年代以來，「東突」分裂勢力的活動又進入了一個高峰期。海外的「東突」組織現在主要活躍於三個地區：一股在中亞各國，一股在歐美和西亞國家，另一股在南亞。九〇年代以來，他們有了合流的趨勢。一九九二年十二月，境外「東突」份子在伊斯坦布爾召開「東突民族代表大會」，加強了各組織之間的聯合。會上成立了東突厥斯坦國際民族聯合委員會，並確定了國名、國旗、國歌和國徽。一九九八年十二月，來自十一個國家的「東突」份子在土耳其首都安卡拉舉行第三屆「東突民族大會」，宣佈成立「全世界東突厥斯坦解放組織聯盟」，自稱爲新疆獨立運動的「唯一合法代表」，「統一領導世界各地的東突革命組織」，全力配合東突在中國境內的民族解放運動。

兩千年十一月，中國境外一些「東突」組織在愛沙尼亞首都塔林召開「第三屆世界維吾爾青年代表大會」，鼓吹該組織是「全世界維吾爾青年的最高領導機構」。在中國境內，「東突」份子在一九九六年十月成立了「伊斯蘭真主黨」，標誌著其開始建立統一的組織。「東突」恐怖勢力與國際恐怖勢力有著千絲萬縷的聯繫，他們在阿富汗、車臣等地參加實戰鍛鍊，然後潛回中國新疆進行暴力恐怖活動。他們在中亞、西亞、阿富汗等地建立了二十餘個訓練基地，訓練了近千名恐怖份子。哈薩克境內的「東突厥斯坦委員會」策劃組建一支武裝部隊騷擾中國邊境地區。他們還曾與賓拉登等國際恐怖份子會面，協調行動，劃分行動區域。塔利班遭受致命打擊後，在美軍戰俘營裏也發現了「東突」份子的身影。

拉洗布一口氣講完了後，把剩下來的第二杯啤酒一口喝了下去，陸海雲很驚奇地發現他能以完全客觀的立場，用學術上的敍述方法，將「東突」的歷史清清楚楚地講明白，更把郭康瑩的曲折身世和「東突」及基地組織的關係給勾畫出來。這只有做了深入研究的學者才能辦得到的。他又叫了第三杯啤酒給拉洗布：

「謝謝拉洗布先生的精彩述說，真像是上了一堂課似的。我真佩服您的學問淵博，知道這麼多的歷史背景。」

「要是說起來，我是出生在中國的維吾爾族人。出生地是新疆南部的和闐，父母親都是維吾爾民族，世代相傳都是做玉石和珠寶生意的，後來因爲家族得罪了當時在新疆的軍閥盛世才，被他的爪牙追殺，才舉家逃出來，在中亞各國漂泊，最後是伊莎貝的祖父收容了我們，還供我去唸書，研究歷史。我說的那些事很多都是小時候父親講給我聽的，當然後來我也下了點功夫去求證。」

陸海雲接著問：「那我想請教您，做爲一個在新疆出生的維吾爾族人，您對疆獨有什麼樣的看法？」

拉洗布說：「陸律師是美國的華人，但我相信您是華人中的漢人，漢人向維吾爾人問關於疆獨的看法是個敏感問題，所以我從歷史背景和人文社會的發展來回答這問題，而不從種族觀點來談看法，陸律師，可以嗎？」

拉洗布喝了一大口啤酒後繼續說：「在所有的多元群體中，有多數人的群體一定是優勢的，而少數人的群體是居劣勢的。唯一的例外是，如果一個少數人的群體具有了優越的文化內涵，它會成爲一個優勢的群體。最明顯的例子就是猶太人。他們在多民族的美國是少數族群，但卻是個強有力的族群，他們的國家被一群人口多得多的敵對國所包圍，但是他們不僅生存了下來，而且還能不斷地戰勝了鄰國組成的聯軍。其中的主要原因是它優越的文明，和在這文明下孕育出來的優秀族人。從這點來看，我們維吾爾人的發展是個悲劇，太不幸了。

放眼看去，世界上存在著不少這樣的少數族群，在歐洲有吉普賽人、阿美尼亞人、西班牙的巴斯克人等等。在亞洲就更多了。他們在歷史上或是現階段都曾在獨立運動的浪潮裏掙扎過，有一些在付出龐大的代價後成功了，但是在一個沒有文化的國家，國家和國民在水深火熱中生存著，殺戮、饑餓和疾病使他們的平均存活年齡還不到四十歲，文明國家的人民平均年齡都超過七十了。想想看在民族主義的口號下，一個人只能活半輩子，值得嗎？還是這一切都是有野心的政客們所營造的？」

陸海雲說：「我是頭一次聽到這樣的說法，但是在中國的歷史上，也曾有過清朝和元朝是兩個少數民族統治了多數人口的漢族的朝代，您是歷史學專家，我洗耳恭聽您的高見。」

「說得好。中國的滿族和蒙古族都曾統治過多數人口的漢族，但是卻有極大不同的結果。滿人以強大的軍隊統一中國後，他們徹底的擁抱了漢族文明，全盤的漢化使他們能夠出現了三個皇帝的盛世，統治中國近四百年，但是蒙古人卻沒有認同比較優越的漢族文明，所以元朝雖然是版圖最大的朝代但也是最短的朝代。

再來看我們維吾爾人所在的新疆，代表世界上四個最博大精深文明的文字是中國的漢字，古老的埃及文，歐亞地區的希臘／阿拉伯文和印度的梵文，它們都曾出現在維吾爾人生活的地方，但是維吾爾人就眼看著這四個文明在他們的土地上互動，互相滋潤，很滿足的做旁觀者。

在這幾百年的發展過程裏，維吾爾人沒有產生過著名的學者或是思想家，但是卻出現過幾個『武夫』或是軍閥。他們只有一個目的，就是想當新疆的皇帝。這種思想和現代的疆獨份子們所追求的是一樣的，都是想以建國爲號召，來達到做統治者的目的。到目前爲止，我們還沒見到疆獨份子，像東突的各組織，發表過任何的『治國』方針。這樣的建國，大多是要在外來的勢力支持下才會成氣候，但即使是成功了，他們在世界的舞台上只會是個小丑式的國家，成爲永遠的第三世界成員。這就是我爲什麼說維吾爾人的發展是悲劇的理由。」

陸海雲說：「但是我們還是讀到有好些令人神往的傳說，也許維吾爾人在文化世界裏曾有過輝煌。記得小時候有一次跟父母親到土耳其去旅遊，我們到伊斯坦堡附近的一個小城參觀一個絲質地毯工廠。在銷售廳的正中間店員翻動著堆放的一張張的地毯，遊客們沿著大廳的牆邊坐著，只要是感到有興趣，店員就會一抖手，像玩特技似的，把一張華麗的絲質地毯飛到那遊客面前，當時想到的是天方夜譚裏的魔毯，它會輕盈、優雅和準確的飛行。

後來又去參觀了地毯的製造過程，看見如何從煮熟了的蠶繭裏把長長的蠶絲抽了出來。當地的導遊說用蠶絲製作地毯的技術是來自中國，她說在西元六世紀時，一個中國公主嫁到了拜占庭帝國來，前來接她的使者說西方沒有絲，於是公主就在她的髮髻裏藏了一個蠶繭帶出了國境，因此西方才有了蠶絲。我想這匆匆西行的公主，在她看著春蠶吐絲和教會了拜占庭人如何製作絲綢和織繡時，她是在拼織她青春歲月裏最美麗的回憶。

我們現在把這條當年將絲織技術從中國的江南帶到西方歐洲的漫長大道叫做絲路，它是一條東西方雙向的產業之路，隨著產業的傳播，文化也會跟著而來。現在我們讀到的考古書籍，記錄了無數發生在絲路上的傳奇，而絲路中間所經過最長的地區就是維吾爾人居住的地方，但是絲路對維吾爾人的影響是片面和扭曲的，似乎沒有像絲路東西兩頭的人所感受的那麼博大精深。爲什麼呢？」

拉洗布說：「陸律師，在過去的二十年裏，我不斷的問自己您所提出的問題，但是至今我還沒找到答案。是我們維吾爾人天生腦筋就笨，就不管用呢，還是我們缺少有遠見的領袖人物。您知道嗎？在我們的高昌古國曾發現過西元三八三年時代薩珊王朝沙葡爾二世的錢幣，在砂礫中遺落的每一枚錢幣都述說著絲路上的傳奇和故事，故事裏的繁華城市都已成廢墟，握過這錢幣的手也都早已成爲白骨，腐朽於塵土，但是住在絲路東西兩頭的人不僅在驚歎歷史紀錄，還進一步在研究它對人文社會發展所造成的影響。唯獨住在絲路後院裏的維吾爾人對這些事是一無所知，也不聞不問，像沒關係似的，更不用說去關心和尋找那位帶著蠶絲經過的美麗漢人公主的足跡。」

陸海雲說：「在中國有很多古書描述了從絲路的東端，由庫車穿過吐魯番、阿斯塔那，再經河西走廊的敦煌、麥積山、炳靈寺等地到西安的景色，例如：『黃河遠上白雲間，一片孤城萬仞山。』一路上都是唐代詩人熟悉的風景，這顯示中原的漢人對當時的西域或是當今的新疆有很大的好奇和探索的願望。

我在大學時一位教中文課的鮑老師曾說過，西漢時代西域龜茲國的音樂和舞蹈在隋唐宮廷成為主流，許多著名的舞曲從絲路傳來，皇宮裏的嬪妃們隨著翩翩起舞。有一位龜茲國的樂師曾為唐玄宗寫了一首〈春鶯囀〉，好像是春天裏的百雀在鳴啼，這首曲目被日本來到中國留學的僧侶帶回到東土，目前還保存在日本的雅樂演奏中。鮑老師說，現在日本還能看到藝伎隨著這首樂曲啓唇輕唱，款擺衣裙，手舞足蹈的翩翩之姿，是絲路傳奇的再度復活。但是相反的，維吾爾人到外地，尤其是到中原地區去交流和吸取經驗的記錄並不多，這是什麼理由呢？」

拉洗布回答說：「這就是我所說的維吾爾人的悲劇。我們維吾爾人有很嚴重的自我滿足感，不管是在生活上還是文化上都很滿足於現時的狀況，不求從外面引進更好的。其中我認為最可惋惜的是在信仰上所失去的機會。陸律師，您知道嗎？維吾爾人信奉伊斯蘭是近代的事，在那之前，西域是佛教的天下，不僅是那些著名的佛寺出現，在絲路上來往的人除了商人外就是來自各地的僧侶，路經西域到印度去取經，或是由印度來的高僧到各地去傳播佛法。

古代的龜茲國是佛經翻譯成漢文的重要轉譯站，到目前仍在廣大通用流行的《般若心經》、《金剛經》、《維摩詰經》和《法華經》都還是一千六百年前龜茲國的一位叫鳩摩羅什高僧的譯本。在這些翻譯中出現了很多至今還是被認為絕句的漢字，如：『從癡有愛，則我病生』、『不可思議』等。

這位龜茲國的高僧不是維吾爾人，他的父親是北印度人，出亡到了龜茲國，娶了當地的公主，生下了鳩摩羅什。他七歲出家，受戒，成為著名的佛學大師，更因為漢譯佛經，聲名遠播。後來秦國大將呂光征伐龜茲國時，俘虜了鳩摩羅什，強迫他娶妻飲酒，把他的酒色兩條戒律都廢了後還把他送到長安，他繼續用美麗的漢文翻譯佛經，一生完成了七十四部，共三百八十四卷佛經的漢譯。

這些漢譯佛經在東方的中國被當成是文明的巨著，在時空裏源遠流長，不僅對中國，還通過在中國的日本僧人，也對日本的文化產生了重大的影響，一直到今天，鳩摩羅什的漢譯佛經在佛學裏還佔有重要的地位，同時在信徒和民間百姓尋求心靈的平靜時，就會默唸他的佛經。但是維吾爾人對這位生活在他們之中的印度和龜茲國混血兒所做到的偉大事業視若無睹，數百年過去了，絲路上人來人往中，創造了許許多多的傳奇，有商業的，有文明技術的，有美麗公主婚姻的。但是宗教信仰的傳奇使絲路上增加了僧侶的足跡，其中的一位『學問僧』名叫玄奘，他後來寫了一本《大唐西域記》，他把『龜茲』譯為『屈支』，在他的書裏，也盛讚屈支國的音樂和舞蹈是何等的美。但是在這千百年的文明記錄裏卻找不到維吾爾人的蹤影。讓我這個學歷史的維吾爾人情何以堪！」

拉西布說得很激動，他又喝了一口啤酒。坐在面前的兩個人聽的如醉如癡，陸海雲也喝了一口啤酒才說：「我很欽佩您的學識和精闢的分析。也許人類學的專家應該來分析，為什麼維吾爾人會錯過這麼多歷史上的良機。」

坐在那沒說話的伊莎貝找到開口的機會了，她說：「記得我上人類學的課時，教授曾說過，人類做為群體，本質上是保守的，要接納外來文化的影響，首先要在這群體裏注入外來的血液。」

陸海雲說：「你是說，這個群體首先要和外人通婚後才能接受外來的文化，是嗎？」

伊莎貝說：「那當然，外來的血液會使人種更為優秀。海雲，你知道嗎？為什麼中國人這麼聰明，就是因為兩千年前從北方蒙古來的匈奴人侵入了中國，把所有的男人都殺了，又把所有的女人都強姦了，所以後來中國人的身體裏都流著匈奴人的血，都聰明了。其實，混血兒都長得比較漂亮和聰明的事實，就能說明它的原委了。」

陸海雲笑著說：「你是說，是當年的蒙古人強姦了我的祖先才有了我，是嗎？這也太過分了吧？」

伊莎貝說：「當然一定還有一份濃濃的男女愛情和肉體的歡愉，才產生了你這麼優秀的後代。」

陸海雲說：「你的話在邏輯思維上是不通的，在強姦的前提下，愛情是不可能存在的。」

伊莎貝說：「那你是有所不知了。讓我告訴你我認為發生在這世界上最偉大的愛情故事，你就會改變你的想法。我們剛剛說的蒙古人有很強烈的殺戮文化。當他們的敵人拒絕投降而選擇了戰爭，在戰爭結束後就會將敵人的首領處死，但是在此之前，還要在他面前將他的妻子和女兒強姦。

歷史上最偉大的蒙古人是鐵木真，在他成為成吉思汗大帝前，為了鞏固自己的力量，和許多部落結盟，但是也和不少部落發起了戰爭。在一次戰敗後，鐵木真被俘，敵人部落的首領在他面前將他美麗的妻子衣服撕下來強姦她，但讓人吃驚的是，鐵木真的妻子不但沒有反抗，反而配合了敵人的慾望，用她赤裸火熱的身體和喃喃的甜言蜜語，甚至使出了混身解數，讓敵人享受到從來沒有過的肉體歡愉和愛情的感受。

鐵木真看著自己美麗的妻子在被另一個男人殘暴的侵犯著，她在男人強壯的身體下面輾轉呻吟，激烈的動作使兩個人全身流著汗水，燈光在他們赤裸的身體上閃耀著。她說她有更多的本事能讓她丈夫的敵人享受到天堂般的快感，她說服了侵犯著她肉體的敵人讓鐵木真多活一陣，讓他多受點煎熬。也就是在這多出來的時間裏，鐵木真讓自己逃脫出來，他聚集了族人，聯合了其他的部落，重新對敵人燃起戰火。最終，他將敵人打敗，救出了妻子，但是這時他的妻子已經有身孕，她懷了敵人的孩子。她說她必須以真實的愛情和行動來打動敵人，所以一開始就不是一場男人強姦女人，而是一個女人在做愛，真心誠意的獻出自己的身體來換取另一個男人的愛情。也就是這份愛情換取了讓鐵木真脫逃的機會。

在鐵木真逃脫後，她和敵人真的戀愛了，但是她知道早晚鐵木真會回來報仇，將侵犯過她肉體的敵人殺死，所以她在以後的日子裏每天都愛著他，讓他在自己身上享受天堂般的肉體歡愉，最後鐵木真手刃了這個和她有過短暫愛情的男人，他在斷氣前，還一往情深的看著這個曾讓他瘋狂的女人，但是當他的眼睛閃爍出不解的迷惘時，她告訴這個曾經愛撫過她身體上每一寸肌膚的男人，她永遠是鐵木真的女人。

我認為鐵木真是世上最偉大的男人，是因為他不但沒有感到他的妻子背叛了他，反而更加的愛她，連她和敵人生的孩子都當成是自己的。後來鐵木真當了成吉思汗大帝後一共有四個皇后，但是他一生中最愛的就是他曾親眼看著和別的男人做過愛的大老婆。」

陸海雲被這個傳奇式的愛情故事愣住了，過了一陣子才回過神來，他故意要氣氣伊莎貝：「這個女人的求生能力太強了，用她的身體和愛情遊走在兩個有深仇大恨的男人之間，稍不留神就可能被其中的一個人或是兩個人一塊給殺了。但是最虧的還是鐵木真，不僅要看著仇人玩他的老婆，最後還得替他養個小孽種，你不覺得這太過份了嗎？」

伊莎貝說：「海雲，你是一個典型的男性沙文主義者。鐵木真的妻子是爲了要救丈夫的性命才在他面前和仇人做愛的。」

陸海雲說：「可是顯然她也在享受另一個男人帶給她性愛的歡愉。中國人叫這樣的女人是淫婦。」

伊莎貝回答說：「那是生理上的反應，是女人無法控制的。」

陸海雲說：「爲什麼好事都讓她一個人拿去了？她保住了她的男人，她的地位，也保住了她和野男人的孽種，最讓人不服氣的是整個過程對她又是那麼的爽。」

伊莎貝說：「海雲，你們男人就是看不得女人們在相愛的過程中也會感到爽。你想到沒有？如果沒有那個小女人的愛情和她火熱的身體，也許就沒有日後的成吉思汗大帝和他那輝煌的大業，整個的世界歷史都要改寫了，你還不認爲她是個了不起的女人嗎？」

陸海雲一下子爲之語塞，說不出話來，拉洗布開口了：

「哈哈！我們的陸大律師也有說不出話來的時候了。其實伊莎貝說的故事是流傳在民間有關成吉思汗傳奇的野史，正史裏沒有記載。但不能否認的是，動人的愛情往往是發生在最殘酷的戰爭年代，在付出了無數的生命代價後，也許整體的族群得到了重生。在蒙古人入侵中國時，漢人的軍隊奮起抵抗，失敗後沒有被殺戮的只有逃去了南方，漢人族群從他們的女人身上得到了新的基因，帶給他們更優秀的下一代。

在近代史上也有類似的事實：大家都認爲二戰時期被德國納粹佔領的法國是充滿了饑餓、抵抗和恐懼。但是一本《一九四〇～一九四五：糜爛年代》的新書卻徹底顛覆了這一觀念。該書的作者比松說，在這段艱苦的日子裏，爲了度過經濟上的難關，巴黎的女人忘掉了被納粹關押在集中營裏的丈夫，和德國的軍官鬼混。儘管她們都鄙夷地把德國軍官稱爲『金髮野蠻人』，但是實際上，這樣的『野蠻人』，卻對法國女人有著莫名的吸引力。不僅僅是德國軍官，任何可能幫助她們度過難關的人，老闆、商人、鄰居，她們都可以爲之『獻身』。在食物需要配給的歲月，她們的身體是唯一可以更新和無窮盡的貨幣。

比松說，在寒冷的冬季，煤炭供應緊張。晚上十點到次日清晨五點的宵禁，成了法國女人和德國男人性生活的高峰時期。結果是，在一九四二年，法國有兩百萬男人都被德國納粹關押在監獄裏，但是當年法國的人口出生率卻直線上升。我還看過非正式的文件說，當年蘇聯紅軍進攻柏林時，爲了懲罰德國人對蘇聯發起了戰爭，紅軍把最野蠻的哥薩克騎兵調到前方做爲主攻部隊，他們進城後，有組織和有系統的將所有的適齡德國婦女都強姦了。戰勝者和戰敗者都下意識的希望利用兩性關係來改變或是優化對方和自己的種族。只是因爲發生在戰爭狀態，給人增加了更多一層的恐怖和殘酷，把美好的一面都完全掩蓋住了。」

伊莎貝說：「也不完全盡然，我就讀過在中國宋朝時代發生的事，世界上著名的歷史學家都公認，在兩宋統治的三百年中，中國經濟、文化的發展，居於世界的最前端，是當時最爲先進、最爲文明的國家。兩宋三百二十年中，物質文明和精神文明所達到的高度，在中國整個封建社會歷史時期內是座頂峰，在世界古代史上亦佔領先地位。可想而知會有其他的族人希望能引入當時中國人的血統。

在《清波雜誌》一書上記載說，日本婦女來到宋代的中國，遇到宋朝美男子就要主動獻身，目的是生下後代，來給日本改良人種。另外一本《松漠紀聞》書上記載說，在宋朝時，回鶻人的年輕女子未嫁前有與宋朝漢人先同居的傳統。回鶻人以此爲自豪，在嫁女兒時，回鶻人的父母們會自豪的宣揚說，自己的女兒曾和哪個漢人同居生活過，並且以和漢人同居次數越多越爲光榮。這是回鶻人的風俗。所以回鶻人的後代有大量的混血兒，他們都是宋代漢人的後代。用這種方法來引進外來的文化和血統是多美的事，這總比去強姦別人要好得多吧？」

拉洗布說：「怎麼？你是不是也在想要生個混血兒，是嗎？」

伊莎貝說：「那當然，本來是要和法國人生孩子的，現在泡湯了。也許該和中國人生個孩子，海雲，看你嚇得臉都白了，這世界上中國的男人還真不少，放心，雖然成吉思汗把蒙古草原的基因留在我身上，我不會強姦你的，別害怕。」

陸海雲說：「哈，到底是誰怕誰？我們說了這麼多，真是開心得很，但是拉洗布先生還是沒有回答我的問題。」

拉洗布說：「您是說我對疆獨的看法，是不是？」

陸海雲說：「如果您不介意的話，我真想聽聽您的看法。」

拉洗布說：「我們先說『新疆』，它代表新的疆域。它是在清朝征服了這片土地後才有的名字。但是一直等到一八八四年，也就是清光緒十年，才在新疆設省，也就是說清朝政府一直等到把台灣割讓給日本的前十一年，才認爲新疆地區有了足夠的人文和社會的需求，需要建立一個基本的行政單位來管理新疆。世界上大部分的人當聽到有人提起新疆的維吾爾人時，就會連想到兩件事，一個是恐怖份子，一個是一連串出土的乾屍。

前者也許是疆獨份子特意營造出來的，但是在世界的舞台上它把維吾爾人和第三世界的極端份子連在一起，雖然也偶爾會聽到一些同情的聲音，但是大部分的人都會敬而遠之。後者是不折不扣的文化遺產，它來自絲路上的傳奇，那一具具穿著鮮豔的織錦衣服而被風乾了的屍體在絲路的廢墟出土，他們蓋著『王侯合婚千秋萬歲宜子孫』的錦繡被褥，枕著兩頭尖翹緋紅的『雞鳴枕』，臉上還覆了像現代面膜的『錦覆面』，眼睛上罩著『瞑目』。他們中的典型代表就是那具轟動了世界的東方木乃伊『樓蘭美女』，雖然經過了千年，還是能看出來她的華麗，面目姣好，肌理細膩，雲鬢花顏，依然明豔照人的回到人間。她讓人想到了絲路傳奇中的商人、公主、將軍、僧侶和百姓，但是沒有人會將這些珍貴的文化和維吾爾人連在一起。那麼維吾爾人要靠什麼來獨立、來建國呢？他們沒有一個自己的過去，也說不出來將來想做什麼？只是一群無知的野心家在瞎胡鬧。」

陸海雲說：「拉洗布先生獨具慧眼，做了這麼精闢的分析，謝謝您。您一定是很渴了，來，我們再喝一口。」

伊莎貝笑著說：「拉洗布大叔，您就不怕進了天堂後，先知穆罕莫德會找您算帳說您不守清規，胡亂喝酒嗎？」

拉洗布說：「放心吧，我不是說過了嗎？我已經把他那一滴不能喝的酒給扔了。」

伊莎貝說「很久沒有聊得這麼開心了，我們還是得回到主題來。我在美國大使館看到的文件上還說了很多目前的情況，有一個叫艾山．買合蘇木的人，原籍是新疆卡什地區疏勒縣，上世紀九〇年代初，艾山．買合蘇木因參與民族分裂和暴力恐怖活動，被中國公安機關罰以三年勞動教育。一九九六年解除勞教後艾山．買合蘇木到了國外，一九九七年四月他在巴基斯坦和阿不都卡德爾．亞甫泉發起『東突厥斯坦伊斯蘭黨』又稱做『東突厥斯坦伊斯蘭運動』。艾山．買合蘇木於二〇〇三年在巴基斯坦、阿富汗邊境，美國和巴基斯坦軍隊的一次反恐怖聯合行動中被巴基斯坦軍隊擊斃。」

陸海雲接下來說：「根據我的理解是，『東突』份子是個籠統的概念。中國境外『疆獨』勢力除了有主張使用赤裸裸的『聖戰』恐怖手段，暴力建國的『東伊運』等地下恐怖組織外，也有主張仿效達賴的『藏獨』模式，以和平非暴力為幌子的『世界維吾爾代表大會』等公開組織。

地下恐怖組織成員多為持有極端思想的農民和下層宗教人員，秘密在中亞和境內活動，中情局說，曾在塔利班『基地組織』受訓過的『東突』份子就達一千多人，目前還有七百多人流竄世界各地。但是在公開組織中，成員以新疆外逃青年知識份子爲骨幹，多居住在德國、土耳其、美國等地，他們受過高等教育，通曉西方意識形態，善於在國際上活動。『世界維吾爾代表大會』骨幹成員就是在德國集會。老牌的『東突』份子，艾薩・玉蘇普・阿力普太肯的兒子艾爾肯・阿力普鐵肯，曾在一九九五年後被中國境外的『東突』份子推舉爲『世界維吾爾代表大會』的主席。

九〇年代是『東突』恐怖勢力活躍時期。二〇〇一年的美國九一一恐怖襲擊事件後，世界反恐運動也隨之達到了一個高潮，走恐怖路線的『東突』份子也受到了很大的打擊。美國也知道，一些『東突』恐怖組織對美國的安全利益也存在威脅，特別是『東伊運』這種受控於賓拉登『基地組織』的極端宗教勢力恐怖組織。艾山・買合蘇木就曾於二〇〇二年策劃過一起對美國駐吉爾吉斯斯坦大使館的襲擊活動。目前來看，美國政府已接受中國政府在新疆地區進行的反恐鬥爭。但是，美國等西方國家對待以和平非暴力爲幌子的『東突』公開組織，就持鮮明的公開支持態度。

一九九五年，美國《富比士》雜誌將維吾爾族女子熱比婭列入中國富豪第八位，她被評估爲擁有二億人民幣財富的新疆女首富，也曾被選爲政協委員，從上世紀九〇年代後期開始從事危害國家安全的活動；二千年，因向境外組織非法提供國家情報入獄；二〇〇五年，申請保外就醫之後逃亡美國。在美國她一直從事試圖將新疆從中國分裂出去的活動，同時也被選出來擔任最近一屆的『世界維吾爾大會』主席，美國的許多政治人物和媒體都曾多次接見和訪問她，捧她爲『維吾爾之母』。」

伊莎貝說：「我在美國新聞台就看到，中國外交部發言人在例行記者會上表示，中方希望美方盡快將在關塔那摩基地關押的中國籍恐怖嫌犯遣返中國。他們是已被聯合國安理會列入制裁清單的恐怖組織如『東伊運』的成員，理應交給中方來依法處理，但美國聯邦法官卻正式宣判這十七名中國籍『東突』嫌犯，在三天內全部帶到華盛頓，並允許他們在當地社區內定居。熱比婭立即表示，華盛頓的四百個維吾爾族家庭會接納這十七人。她自己和女兒也會各接納一個。」

陸海雲說：「也許有一天美國人會爲這些行爲付出代價，但是目前就是如此。我要馬上去做的事就是要啓動拯救特瑞克的行動，這不是我個人能辦到的，如果二位不反對，我建議用美國政府的力量來主導這事，但是我一定會在場參與所有的行動。」

伊莎貝問說：「美國政府會介入嗎？」

陸海雲說：「有了拉洗布先生帶來的隨身碟裏的文件和剛剛的故事，美國政府是必然要介入的。噢！對了，拉洗布先生，您在馬前的葬禮上見到了郭康瑩了嗎？」

拉洗布回答：「我只是在遠處看到她，她的臉用頭巾包起，看不見她的面孔。」

陸海雲還是不死心，他從皮夾裏拿出一張照片給拉洗布看，然後問說：「請問您見過這個女人嗎？」

拉洗布搖搖頭說：「沒見過，她是誰？」

陸海雲沒有回答，拉洗布看了看手錶說：「我看時間不早了，我這身老骨頭需要睡個覺休息一下，然後要去買點東西，我想在一、兩天內就回伊拉克。」

陸海雲說：「我建議您就暫時別走，我相信搭救特瑞克的行動也馬上就會開始的，法路加可能會不安全。」

拉洗布站了起來，將杯子裏剩下的一點啤酒喝掉後說：「不行，如果我不及時回去，我怕他們會對特瑞克不利。陸律師，我非常高興能見到您，還和您談得這麼開心。救出了特瑞克，我將終身感激您。我們後會有期。」

伊莎貝說：「您旅途上一定很勞頓，好好休息一晚，明天我陪您去買東西。」

拉洗布和陸海雲緊緊地握手，又吻了伊莎貝的臉，才步履蹣跚的離開了餐館。這是陸海雲最後一次，也是他唯一的一次見到這位愛喝啤酒的穆斯林老人。餐館的侍者將食具收走後送上了咖啡，陸海雲喝了一口咖啡說：「真是人不可貌相，原來拉洗布是這麼有學問的人。」

伊莎貝不說話，她一邊喝咖啡一邊盯著看陸海雲。他忍不住了問說：「怎麼，有什麼不對勁嗎？」

「海雲，你沒有在生我的氣吧？」

「我爲什麼要生你的氣？」

「我剛剛說你是大男人沙文主義者。」

「沒關係，我不生氣。我是有點大男人。」

「其實，你很溫柔，也很會伺候女人。」

「你怎麼知道？」

「昨晚你沒有感覺嗎？沒看到我都失控了嗎？」

「那是因爲你饑不擇食。」

「不對。我挑食。但是正好看到想了很久的美食，當然不客氣了。」

「我還以爲你一定是鐵木真的後代，以進攻代替防守。」

「錯了，我是鐵木真妻子和仇人的後代，是草原上的狼。」

「原來是以愛情和身體爲武器的恐怖份子。你還想要嗎？」

「你想我會放過你嗎？」

「不怕再一次失控？」

「這回我是有備而來，我要好好的收拾你。」

「極恐怖！你是要報仇？」

「我不能讓鐵木真的妻子和仇人丟臉。」

「那就放馬過來吧！」

「海雲，你一定要更溫柔，否則我會死在你的手裏。」

陸海雲回到伊莎貝的公寓後，馬上就用電話向馬溫・奧森確認了發出的文件已經收到後，才報告了他和拉洗布的談話內容，最後將他要如何的將特瑞克從法路加救出來的想法也說了。當天晚上，奧森搭機來到華盛頓和白宮的反恐行動協調負責人納序先生會面。

營救特瑞克的行動正式啓動了。

中午時刻的巴黎第八大街上總是人來人往熙熙攘攘，他們進出各樣的餐館希望能尋找到一個好地方，按巴黎的傳統來享受一頓休閒午餐。凱瑟琳坐在她租來的汽車裏，看著眼前這熟悉的景象一遍又一遍地出現。沿著這條大街上有不少很受歡迎的商家，它們受寵愛的程度和店內商品的價格，是隨著這條大街的坡度往上爬。大街的終點是康可地廣場，它和巴黎其他的廣場一樣，中間是個噴水池，池內有各樣的雕塑。唯一與眾不同的是，康可地廣場是巴黎市最大的廣場，也是巴黎右岸的中心。這條大街的北邊就是舉世聞名的香榭麗大道和凱旋門。

凱瑟琳對被稱爲光明之都的巴黎很熟悉也很喜愛，她曾在這裏逗留過半年，就住在巴黎第六大學，也被稱爲是居里夫人大學的附近。雖然那是大學生和年輕人聚集的左岸，但是她從不會放棄任何遊覽巴黎城市裏著名景點的機會，這些遊覽可以讓她從另一個角度來看巴黎迷人的地方。她曾深深地體會到，在觀光遊客看不到或是旅遊雜誌沒提到的地方，像是老舊和傾斜的建築物，在它們四周花盆裏的黑土和盛開著的鮮豔奪目花草，擁擠的大街小巷中有小型汽車和穿著各種顏色緊身衣的自行車車手在危險的爭奪行車空間，這些才是代表巴黎的人文內涵，它使這個城市包容了各種的文化、思想、道德、信仰、生活方式和行爲。這才是巴黎真正迷人的地方。

但這些都不是凱瑟琳此時關心的重點，她的注意力是集中在對面派克司路上唯一的一間餐館，也許是因爲天氣冷，它擺在街邊的座位只有兩個客人，一個是有花白鬍子和戴著一頂絨帽的老頭，另外是一位年輕的女子，她留著一頭長髮，健康的體格是包在羊毛套裝裏，面前是一杯冒著熱氣的咖啡，全神貫注地在看一本厚厚的書。

凱瑟琳注視她快有半小時了，她覺得這個女人有些不對勁，根據她的資料，眼前的人是組織裏在歐洲最有經驗的行動員，她已經在好幾個政府要緝拿的名單上，怎麼會如此不經心的把自己暴露給過往的人，她難道不擔心會有人認出她來？做爲一個有經驗和成就的行動員這太不合理了，這樣的行動員可能活得不會太久。凱瑟琳拿出了手機撥打了記在腦子裏的號碼，接通了後她說：「對不起，我錯過了康可地廣場的約會，我們再定個時間見面，好嗎？」

「可以，四點鐘在波克拉咖啡館，不見不散。」

短短的兩句交談完全是按事先安排好的字句，但是凱瑟琳馬上發現了自己的錯誤，因爲回答她的人並不是那個坐在那裏看書喝咖啡的女人，她手上沒有手機，但是臉上正露著微笑向她招手。這時有人敲打凱瑟琳的車窗，她轉頭看見一個女人，一手拿著手機，另一隻手是放在外套的口袋裏。她的第一個念頭是法國的特務找到了她，她身上沒有武器，同時在汽車內狹小的空間也無法施展身手，她將車窗放下後就聽見車外的人說：「把你的雙手放在方向盤上讓我能看見的地方。」

「你要幹什麼？」

「別擔心，我們是一家人，我只是在預防萬一。」

「什麼時候看到我的？」

「你一停車時我就看到了，但是不敢確定。下車跟我走。」

「車停在這裏沒問題嗎？」

「把車鑰匙給我，我有人會處理它。」

「那好，帶路吧！」

凱瑟琳的心情輕鬆了不少，面前的女人是像個有經驗的行動員。她們來到一輛賓士ML500型號的越野車，這種車的優點是車身較高，各方的視角都比別的車型要好，缺點也是因爲車身高，重心不穩，高速行車的危險性也較大。凱瑟琳沒看見車窗上貼有租車行的標籤，也許這輛車是當地的聯絡站所提供的，也有可能是她自己的，如果是的話就說明她是以巴黎爲基地的。這個國際化的大城市，也是一個隱姓埋名的好地方。更何況巴黎和其他在歐洲的西方城市一樣，穆斯林人口正在快速地膨脹。在過去的二十年裏，整個西歐的阿拉伯回教徒增加了兩倍，她身邊的這位女人不會引起任何人的注意，尤其是她熟練的行車技術，只有長時間住在這個城市裏的人才會有的。上路不久，她開始介紹自己，顯然並不知道凱瑟琳已看過她的背景資料了。她說：「我叫雅思閔，他們沒告訴我你是用什麼名字。」

「我現在使用的名字是凱瑟琳·范登。你是以巴黎做爲基地嗎？」

「是的，我喜歡這個城市。他們將我的背景告訴你了嗎？」

「說了一些，但是我明白幹我們這一行的都會盡量把自己的背景保密。他們也告訴你我的背景了嗎？」

「除了聯絡方法外，什麼都沒說，連你用什麼名字都沒告訴我。」

「這對大家都有好處。」

「但是我猜得出來，前些日子在巴格達兩河酒店的事件是你的傑作，對不對？」

凱瑟琳很驚訝地看了她一眼，雅思閔趕快接著說：「我當然明白保密守則，只是因爲通知我時是說有個很高層的行動員，有很豐富的實地經驗和負有最高的任務，我才會把猜想說出來。但是叫我驚訝的是來了一個年輕的美女。」

「怎麼？你是很失望沒派來一個年輕的帥哥，是吧？」

「絕對不是。相反的，我很高興見到你。」

根據雅思閔的資料，她父親是巴勒斯坦人，母親是法國人。原來是居住在加沙，十幾年前，她的丈夫和兩個孩子在一次以色列飛機的轟炸中被炸死了。幾年後她和另一個巴勒斯坦男人同居，但是沒多久他在一次襲擊以色列的行動中犧牲了。不久雅思閔參加了恐怖組織，在幾次重要的行動裏她有很出色的表現，成爲組織裏最重要和最得力的行動員，也是一個成功的殺手。雖然西方國家的情報組織和特務知道她的存在，但是不知道她的姓名，更不知道她長的模樣。

她的資料裏說，她是三十多歲快要四十歲的人，但是從她的外表卻一點都看不出來。除了眼角上有些細細的皺紋外，身上再沒有任何地方不讓她像是個更年輕的人。雅思閔的臉是方型，高顴骨，高鼻梁，一雙大眼睛和一頭濃密的黑髮。從她站在汽車邊的樣子，她的身高大約有一百七十公分，體重大約有五十五公斤，體態優美，健康而性感的身材是包在流行的緊身褲和襯衫裏。但讓凱瑟琳感到有點奇怪的是，雅思閔顯得不安，她雙手緊握著汽車的方向盤，眼睛的視線不停地從前面的道路轉到她身上，但是看不出來也感覺不出在那對亮晶晶眼睛的背後，她在想些什麼？

爲什麼一個曾在槍林彈雨中出生入死的行動員在看到她後會緊張呢？是不是因爲雅思閔發現自己在組織裏的地位要比她低？還有一點讓凱瑟琳有些擔心的，就是她的外表長得過於漂亮，太吸引人了。尤其是當她露出笑容時，特別的美，也許是曾爲人母的關係，她讓人感到的不是使男人動心的妖豔，而是有點聖潔但是又想親近的熱力。看過她的人會留下深刻的印象，這是幹這一行的致命傷，一旦身分暴露，國際刑警組織或是任何政府的安全部門分發出照片，大部分的人，尤其是男人，都會記得這張面孔。

雅思閔很熟練地在巴黎市區裏穿梭，但似乎是漫無目的的。最後又回到了第八大街，她以高超的技巧將越野車擠進了一輛本田牌的日本轎車和一部摩托車之間的狹小空間。她下車後，揮手叫凱瑟琳跟她來，雅思閔在擁擠的人行道上領著她來到一間麵包店，原來她們又回到了原來的地方，她看見自己租來的車子就停在前面，剛剛在市區裏的漫遊完全是爲了安全的防衛措施，凱瑟琳又多放心了一點，一絲不苟地按照行動的安全守則行事，是一個優秀的行動員所必要的，也是唯一的生存方法。

麵包店的空間不大，除了櫃檯之外，還有三張小圓桌和五、六張椅子，都有人坐著在喝咖啡，凱瑟琳正在納悶爲什麼要到這兒來時，就看見了那位她認錯了的在路邊看書喝咖啡的女人又在笑著對她招手。突然，雅思閔回過頭來拉住她的手說：「跟我到後面去，別擔心，她是朋友。」

「什麼樣的朋友？是你個人的朋友？」

「不是我個人的，她是我們的朋友，是可以信得過的。」

雅思閔領著凱瑟琳走上一個狹窄的樓梯，樓梯的終點是一扇木頭門，她用鑰匙將門打開，出現在眼前的是個中等大小的客廳，它的一邊是兩間臥室，另一邊是洗手間和廚房。雅思閔還是沒把手放開，她堆著滿臉的笑容說：「這裏就是我們在巴黎住的地方。還滿意嗎？」

「我們？我們是誰？」

雅思閔鬆開了手說：「當然是你和我了，這裏雖然比不上豪華酒店，但是安全。如果不滿意，我們可以搬到酒店去。」

「告訴我這裏的安全條件。」

「這裏是我們在巴黎的一個點，樓下麵包店的老闆和他的兒子都是我們的人，在這裏我們一直是實施一級備戰，所有進出的人都要摸清底細。進到這裏唯一的通道就是我們剛經過的樓梯，緊急出路是打開這塊灰色的天花板，上面有個天窗通到隔壁的屋頂，從那裏可以下到後面巷子，走二十米就是個地鐵站。」

「防衛部署呢？」

「麵包店是第一道防線，是兩把手槍和兩把衝鋒槍，加上手榴彈，樓梯是第二道防線，裝好了五磅的炸藥。我估計這兩道防線至少可以維持十五分鐘。足夠讓我們安全撤離了。」

「這些人呢？」

「除了我自己外，只有三個人知道這個點，他們你都見過了，麵包店的父子倆，和那位女的，三個人都是我親手訓練的。」

「他們知道我是誰嗎？」

「我只說了你是我們的人，其他任何事都沒說。我希望最好不要讓他們參與我們的任務。」

「很好，我同意。因爲緊急任務，我就先住在這裏了。」

「那我就叫他們把你的行李從車裏取過來。范登小姐，等天色晚一點，我叫人再將車開回馬賽還給租車行，這樣他們不會知道租車的人來過巴黎了。」

「雅思閔，我很滿意你所做的安排，但是如果我們要在一起努力的將我們身上的重大任務圓滿完成，我們就不必拘束了，叫我凱瑟琳好嗎？」

雅思閔走過來把凱瑟琳擁抱住說：「我一定不會讓你失望。」

從她們一見面起，凱瑟琳對雅思閔的一些話語和行爲不能完全理解，剛剛發生的就是個例子。但是她還是輕輕地拍拍雅思閔說：「那好，你坐下來把這個突然來的緊急任務進展情況說說。」

緊急任務是兩天前下達給凱瑟琳和雅思閔的，任務是要雅思閔監視特瑞克在巴黎的姐姐伊莎貝，目的是要攔截特瑞克的親信拉洗布，因爲他很可能懷有特瑞克交給他的一份在伊拉克培訓的行動員名單，如果落入西方政府的手裏，會造成巨大的傷害。如果拉洗布已經背叛，馬上就地格殺。雅思閔從鎖住的櫃子裏拿出一台筆記型電腦，打開了一個圖像文件夾，她說：「我們從伊莎貝的工作單位聯合國開發總署查到了她的住址，馬上就開始監視。」

「有結果嗎？」

「這是我們幾張監控攝影，她就是伊莎貝，滿有風韻的。」

「長得有點像她弟弟特瑞克。」

「這是她帶回家來的男人，我相信他是伊莎貝的男朋友而不是拉洗布，因爲年齡不對。」

「他什麼時間離開的？」

「他是在那裏過夜的。」

「這是第二天中午，兩個人到了餐館。」

「在這之前兩人有沒有離開過公寓？」

「沒有。」

「是不是在餐館裏目標出現了？」

「我相信是的，因爲事先沒有送來照片不敢確定。這是他們三個人在用餐時拍的。」

「就是他，拉洗布，沒錯。」

「再看這一張，拉洗布正把一個隨身碟交給了伊莎貝的男朋友。」

「你怎麼知道他是伊莎貝的男朋友？」

「伊莎貝混身是女人的氣味，還有她那副眼神，肯定是把眼前的男人吃了。」

「但是她看起來要比那男的年紀大。」

「哈！女大男小是現在巴黎最時尙的。這張照片是男友將隨身碟插上筆記型電腦。我敢斷定他是將拉洗布的文件送出去了。」

「餐館裏可以無線上網嗎？」

「我查過了，餐館裏有這種設備。」

「特瑞克終於當了叛徒。」

「我不明白，情報既然是在隨身碟上，特瑞克爲什麼不用電郵送出去，而是要用人送出來呢？」

「特瑞克已經被監管了，他不能用電腦，更何況他可能不知道往哪裏送。」

「報紙上說，特瑞克是幾個月前從美國關塔那摩監獄裏放出來的，也許是他答應去當臥底後才被放出來的。」

凱瑟琳沒有回答，但是她問：「他們是什麼時候離開餐館的？」

「顯然他們有很多話要說，一頓中飯吃了將近三個小時才散。」

「誰先離開的？」

「是拉洗布，因爲給我的任務是攔截文件，在沒有進一步的指示前，我決定盯住隨身碟，所以沒去跟蹤拉洗布。」

「雅思閔，你做得沒錯。但是顯然現在太晚了。」

「伊莎貝和她男友回到公寓後就沒再出來過，但是第二天一大早，來了一輛美國大使館的車把她的男友接走，並且直接到機場去，上了一架美國的軍用飛機。」

「去什麼地方知道嗎？」

「不知道。我們什麼時候行動？」

「今天晚上。雅思閔，聽好了，你和你的人在任何情況下都不許傷害那個伊莎貝的男人，聽清楚了嗎？」

「爲什麼？他不是美國的特務嗎？」

伊莎貝和拉洗布從百貨公司買了好些東西，主要是一些日用品，在戰亂中的巴格達所有的民生用品都奇缺。伊莎貝還給她弟弟挑了一些他愛吃的東西。拉洗布要在當晚搭乘午夜十二點的班機飛羅馬，再轉機到巴格達。

兩人下了計程車，拿著大包小包的東西走進伊莎貝的公寓大門時就覺得有點奇怪，平常老是滿臉笑容的看門老頭不見了，他總會出來把伊莎貝手裏的購物袋接過去的。伊莎貝自己用鑰匙開了大門，進了電梯到四樓。等開門走進自己的公寓把電燈打開後，她驚呼了一聲，客廳裏有兩個人，都是女的，一個是坐在沙發上，一個是站著。在平常，伊莎貝都是開著屋裏的窗簾，但是現在所有的窗簾都拉得緊緊的。伊莎貝厲聲地說：「你們是什麼人？馬上離開，否則我要報警了。」

說完了就向牆角的電話走去，站著的女人馬上迎上來，她一舉手，一把手槍出現了，槍管前還帶有一個長長的滅音器，直指著伊莎貝的臉，她開始要尖聲的叫起來，但是聲音沒發出來，因為帶著滅音器的槍管已經伸進了她的嘴裏，頂住了她的喉嚨。伊莎貝的眼淚掉下來，臉色變得蒼白。坐著的女人站了起來，手裏也握著一把同樣帶有滅音器的手槍，她說：「要想活命就老實點。過去和老頭站在一起。」

等手槍的槍管從她嘴裏抽出來後，伊莎貝才大大地吸了口氣，開始哭出聲來，她說：「你們要什麼就拿走吧！不要傷害我們。」

「知道我們來的目的嗎？」

拉洗布說：「你們是巴格達派來的，是不是？」

原先坐著的人說：「你就是拉洗布吧？那你一定明白我們是來要什麼東西的。」

「太晚了。」

「那你承認特瑞克和你都是叛徒了。」

「這和特瑞克沒有關係，是我要把名單賣給美國人的。」

「你不必再替他掩飾了，我們完全知道特瑞克和那個美國人的關係。」

「那你們一定要相信伊莎貝和這件事沒有任何關係。看在阿拉的份上，放她一條生路吧！」

「像你說的，太晚了。你開始唸可蘭經吧。」

雅思閔手裏的槍連續地響起了兩聲很小，像是開酒瓶的聲音，雙膝跪地在默唸著可蘭經的拉洗布頭部中彈，在他的身體倒向地上之前，他的生命已經終止了。伊莎貝剛要尖叫時，雅思閔又扣下了扳機，在她的聲音還沒有離開喉嚨時，子彈擊中了她的前額，那裏出現了一個小小的槍眼，但是她的後腦隨著子彈的穿過爆炸了，在粉紅色的腦漿與血的混合物噴灑了滿地後，伊莎貝倒在拉洗布的身邊。

世界總商會每年都會主辦一次爲期兩天的經濟發展戰略會議，邀請世界上著名的經濟學者、專家、重要的政府官員和商業界的領袖參加，並發表演講。今年的會議地點是選在巴黎的莫麗頓大酒店。它是一間豪華的五星級酒店，位於塞納河的右岸，距離著名的香榭麗大道不遠。

早先，大會宣佈了伊拉克將派代表團出席會議，首席代表是納瑟．丁塔布里滋博士。這位曾在倫敦受教育的醫生將在大會上發表重要演說，主題是：〈伊拉克戰後重建的財政資源〉。這是一個重要並且敏感的議題，不僅是中東地區的國家感興趣，大部分的發達國家更感興趣，它很可能會將以後的十幾二十年裏，如何來分配這塊重建工作的大餅勾畫出來。

丁塔布里滋博士目前是伊拉克的國會議員，也是該國總理最信任的心腹。雖然他自己是屬於蘇尼派所選出來的，但他也是國會議員中極少數的幾個同時被蘇尼派和什葉派兩邊都信任的人。多年來他致力於消除，至少減少，蘇尼派和什葉派政府和人民之間的分歧。他的努力已經引起了很多人的注意，美國總統都曾稱讚過他在多方面的困境中所取得的成就。但是在此同時，他也成爲恐怖組織的目標。凱瑟琳來到巴黎的任務就是要消滅這個目標。

凱瑟琳發現雅思閔在工作上是非常細心的人，對所有的事都做了詳細的筆記。從這些記錄中，雅思閔說明了所有關於目標的資訊，它包括了丁塔布里滋博士個人的生活習慣，每天的活動行程和所有的安全措施。和其他的恐怖事件一樣，這次的行動也是要同時完成兩個目的，首先當然是要消滅目標，其次是要造成最大的人員傷亡來達成震撼的目的。

在兩河大酒店的事件，這兩個目的是以在會場上引爆強大的炸彈來同時完成的，但是根據雅思閔的情報和實地觀察的結果，認爲法國的安全人員和巴黎的警察將會場緊緊地圍住，像是一個鐵桶，滴水不漏。要預先埋藏大量的炸藥是不可能的。因此這次的行動計畫是組織一個行動隊，在會議進行時對會場發動正面攻擊，如果不能將目標在會場消滅，安全人員將會保護目標撤離會場，這時她們會埋伏在撤離的路上發動狙擊將目標格殺，做爲完成任務的保障。在發起正面攻堅時，行動人員將會使用最大的火力，盡量造成最大的傷亡。

雅思閔詳細地說明了會場的警戒和保全的安排，還有她們的正面進攻方案。凱瑟琳對這些將要參加執行任務的行動隊成員非常擔心，她很仔細地聽雅思閔說這些人都是從巴黎左岸拉丁區裏穆斯林合法和非法移民中挑選出來的，都是來自中東地區的阿拉伯人，都有參加過暴力行動。他們雖然沒有接受過正式的軍事訓練，但是都曾多多少少和美軍交過火。

根據雅思閔的調查，這些人都曾是所謂的「外國戰鬥人員」，在侯賽因政府倒台後，先後的進入過伊拉克，就是在那裏，曾和美軍有過戰鬥的經驗。凱瑟琳明白這些住在巴黎左岸拉丁區的穆斯林居民，絕大部分人的生活都很窮苦，他們靠著政府的救濟遠遠滿足不了他們所需，因此就以一些犯罪行爲所得來補貼了，結果是他們和巴黎的警察就有很大的矛盾，相互的敵視也延伸到其他的安全組織。所以當雅思閔願意出大錢要他們去攻擊警察時，很多人都挺身而出來參加。凱瑟琳問雅思閔：「這些人同意了你的行動方案嗎？」

「我當然不會把真正的行動計畫告訴他們，他們也沒有我們已有的情報，所以在行動的時間和地點都只好是聽我的了。」

「你親自參加了行動隊成員的召募嗎？」

「當然沒有了，我對他們內部的安全措施完全沒有信心，他們被法國特務滲透了是完全有可能的。所以我是透過一個基地成員做爲代理人，即使是他也不清楚我的真實身分。」

「碰到過困難嗎？」

「當然有。有人好奇心太強，不僅找到了我，還要向我挑戰。」

「你怎麼辦？」

「先殺人，然後再發點錢。他們都還摸不著頭緒是怎麼回事，但是都明白有一條線是不能跨越的，不遵守就沒命，遵守就有錢。」

凱瑟琳用手輕輕地撫摸了一下雅思閔的臉蛋說：「你很能幹，怪不得我們的人都在誇獎你。」

雅思閔露出了燦爛的笑容，完全看不出來她是個冷血和高效率的殺手，她說：「謝謝你。」

「行動所需要的經費和器材都是怎麼安排的？」

「經費支出是由我們直接付給收費者，我要讓他們生活在很窮的環境裏，否則無法控制他們，在事成後會拿到一筆大錢的承諾，是控制他們唯一有效的辦法。」

「他們使用的武器是自己安排的嗎？」

「我不信任他們行動保密的紀律和方法，他們很可能在籌集武器彈藥的過程中把自己和我們的任務給暴露了，因此所有的東西都是我們提供的。」

「行動的時間你選定了沒有？」

「在下午的四點半。按目標的活動安排，他將在下午三點半發表演說，會議的節目表上說他的演講需時三十分鐘到四十分鐘。但是在下午五點鐘時，國會的議長將要接見目標。所以我估計在四點三十分時，目標已經結束了他的演講，準備走出酒店。」

「等等，你是在假定目標要在酒店外上車，而不是在酒店的地下停車場上車。」

「不是，法國國會就在莫麗頓大酒店的對面。根據對丁塔布里滋博士生活習慣的調查，這麼短的距離他是不會坐車的，而是會步行走到對街的國會大廈。我希望四點三十分時，目標正在人行道上，當我們發起攻擊時，正是他最暴露和人身安全最脆弱的時刻。」

「別忘了，那也正是下班的時候，路上的交通是最繁忙的時段，會不會影響我們的行動？」

「當然這是不可避免的，但是我在過去的三天裏已經親自在這時段到現場的路線開車走一次，把詳細的進程時間確定。繁忙的交通對我們會造成一定的困難，但是也會延遲警方的反應，對我們成功脫離現場也是大有幫助的。」

「很好！說說我們行動車輛的安排。」

「首先，我們在行動中的任何時間都不會使用我們現在用的賓士越野車，那輛車不會在任何曾經過現場的人裏留下印象。在整個行動中，我們會使用另外三輛汽車。」

「汽車的來源呢？」

「都是從竊車集團購買來的，他們不知道我的身分。車牌都已更換過。我和穆斯林行動隊的代理人見面時就是使用其中的一輛，在他們的印象裏，我就是那輛車的車主。」

「說說用車的計畫。」

「我們使用第一輛車開到莫麗頓大酒店附近安排好的路邊，那裏是我們狙擊目標的地方。事後，我們脫離現場進入下一條街，也就是葛桑路上的停車場。這個停車場的用戶基本是來自對街的財經集團公司，他們很早來上班，也很早就下班，所以當我們到達時，停車場應該是沒什麼車了，但最重要的是這個停車場沒有監視器。第二輛車就會停在那裏。」

「誰負責將第二輛車去停在那裏。」

「就是你在咖啡館和麵包店看到的那個女人。」

「她可以信得過嗎？」

「完全可以信得過。」

回答後雅思閔才發現她回答得太快了。凱瑟琳盯著她看，沉默不語。過了一會兒才問說：「你會放心把自己的生命託付給她嗎？」

「我會的。」

「爲什麼？」

「她是阿拉的忠實信徒，也堅決認同和相信我們的事業。」

「還因爲她是你的愛人嗎？」

雅思閔的臉色變得陰沉了，她知道可蘭經裏是不允許同性戀的，她非常擔心凱瑟琳會如何的看她，她低下頭來說：「你是怎麼看出來的？」

讓她吃驚的是聽到的回答：「你長得很美。」

雅思閔還在捉摸這回答的真意時，凱瑟琳回到主題：「第三輛車是在什麼地方？」

「在火車站的停車場。」

凱瑟琳站了起來說：「拿上你的車鑰匙，我們走。」

「要到哪裏去？」

「帶我去看看莫麗頓大酒店現場和撤離路線。然後我要帶你到郊外去一趟。」

「到郊外去做什麼？」

她們離開了第八大道的麵包店後，首先來到了莫麗頓大酒店對面的小路，這是一條狹窄街道，路面是用水泥鋪的，路邊是兩排整齊的大樹，路口直對著酒店的大門。凱瑟琳馬上就體會到雅思閔是一個很有經驗的行動員，地點的選擇非常完美，從她們現在停車的地方可以將酒店的進出區涵蓋住了。她們從第二輛車的停車場開過來時用了不到五分鐘的時間，在下班時間最多也就是十分鐘了。從雅思閔翻開的地圖上看，除了巴黎警察局的總部外，最近的兩個警察分局是在第十七大道的兩頭，就是在平時也要七分鐘才能到達酒店。這是對她們脫離現場時最重要的一點，在現場的警力和安全人員的唯一任務是保護目標，負責追捕工作的是由趕到現場來的警察擔任的。

離開了酒店的現場後，就由凱瑟琳來開車，她們又去看了火車站的停車場，然後就奔向巴黎市的南方。她們經過了多彩的羅雷谷，車窗外的景色帶著濃濃的秋意，多雲的天空讓人感到了一絲寒冷，但是車內的空調調到了令人舒服的溫度。她們經過了好幾個看起來似乎幾百年都沒改變的小鎮，雅思閔沒有再開口，似乎陷入了面對難題的沉思。

凱瑟琳將整個情況在她的腦子裏從頭到尾仔細地理了一次，最後的結論是，雅思閔是整個過程的支柱，她不僅取得了所有的需要物件，從組織行動隊、籌備器材到索取情報，包括現在放在車後的黑皮箱，都一一的準備好了。雅思閔的思維和行動力遠遠超出了原先凱瑟琳所預期的。巴黎郊外公路上的車輛不多，凱瑟琳將行車速度提高了。兩個女人都沉默無語，似乎是陶醉在多彩的鄉野景色中，突然，凱瑟琳說話了：「雅思閔，你做的使我很滿意，我很感激你。」

「我很擔心會讓你失望。」

「不會的。」

雅思閔握住了凱瑟琳放在座位中間排檔上的手，然後把它移到自己的臉上，凱瑟琳馬上感覺到她的臉很熱。

「你說我長得很美，是真心話嗎？」

凱瑟琳的眼睛沒有離開前方的路面，但是她可以感到雅思閔在吻她的手背。當她的手被移到柔軟的胸口時，感覺到透過薄薄衣服傳出的心跳，她把手抽了回來放在方向盤上，但同時也轉頭朝雅思閔笑了一下。

一個多小時後，她們來到了朵冬河畔，雨季的降水使河水高漲，雖然水流湍急，但是看起來相當的寒冷。她們沿河開到一座木橋，過了橋後，路面就是碎石鋪成的。一棟看起來像是十八世紀用石頭建成的農舍出現在路的左邊，它距離碎石路有五、六十米。凱瑟琳似乎很熟悉這一帶，她把車慢下來，然後轉進一條鋪了瀝青的小路，兩旁很整齊的種了高大的楓樹。顯然的，這條小路在不久前有人來打掃過，秋天裏金色的楓樹落葉已經被收集，堆在路邊。再往前開十幾米後，凱瑟琳把車停在路邊的木欄邊上。雅思閔帶著懷疑的口氣問：「你真的確定這裏沒有人會來嗎？」

凱瑟琳把黑皮箱從車後行李箱裏拿了出來，又把一個背包揹在肩上，她回答說：「應該是沒人的。我來過這裏幾次，一點麻煩都沒有。」

她們翻過木欄杆圍牆開始往前面的樹林裏走。前些日的大雨使小徑變得泥濘，雅思閔顯然不習慣這樣的環境，兩次把鞋陷進泥裏，都是凱瑟琳回過來拉她一把，她笑著說：「終於找到了你這個城市小姐要人幫忙的地方。」

「對不起，我還沒習慣走這爛泥路。」

「沒關係，就快到了。」

她們又走了幾分鐘就來到一片空地，凱瑟琳站住很仔細地將四周觀看一遍。雅思閔雙手緊緊地抱在胸前，顯然是冷得有點發抖，凱瑟琳打開背包拿出一件夾克給她穿上，然後說：「背包裏還有圍巾、手套和一壺熱咖啡，別著涼了，我們還得待一陣子。」

雅思閔沒想到凱瑟琳對她的關懷和細心，正想上去擁抱她時，凱瑟琳已經把注意力轉到黑色的皮箱了。她將皮箱的鎖打開，裏面是一支拆開了的「發馬司G2」攻擊步槍。這是法國吉亞特軍火公司在七零年代初爲法國軍方和警察部隊研製出來的，用來取代當時的「馬特-49」衝鋒槍。它的特點是子彈的彈夾是裝在手握把柄和扳機護環的後方，它的設計是給用左手的人也能像用右手的人一樣方便。多年的使用經驗證明，這種槍不僅有很高的可靠度和容易保養，更重要的是它在五百米的範圍內有非常高的準確性。這是目前法國警察和安全人員還是將它當成制式裝備的主要原因。

凱瑟琳拿著的這把槍又有些不同，它的槍管長度是二十五英吋半，要比制式的長了五英吋多，槍身上方的攜帶把手拆下了，但是在同一地方加了一個裝置瞄準望遠鏡的架子。改裝過的槍管使高精確度的距離從五百米增加到六百五十米，這也是法國警方的狙擊手使用的武器。

早先在現場時，凱瑟琳曾用測距器量了一下射擊點和目標的距離，大概是二百三十米左右，雖然射程不長，但是開槍的環境不盡理想，首先是她要在汽車的後座射擊，狹小的空間會影響她的射擊姿勢，綳緊的肌肉更會影響持槍和扣扳機時的絕對穩定。其次是她需要從車窗內透過玻璃射擊，毫無疑問的這又增加了不確定因素。最讓凱塞琳擔心的還是時間因素，她估計當行動隊開始了殺擄時，法國的安全人員至少會制服一個殺手，如果目標即時撤離，她最多只有五秒鐘的時間來做決定和執行行動。

雅思閔靠在一棵樹上，好奇地看著凱瑟琳把狙擊步槍裝好，她發現步槍和手槍除了功能的不同外，還有一個最大的不同，現代的手槍除了大大增加了殺傷力外，它的外觀越來越好看，像是件藝術品。而步槍卻還是很難看。眼前這把槍的火光遮蔽器已經被取下，凱瑟琳將一個圓筒形的消音器旋轉裝上。她很高興螺紋是左向旋轉，這雖然是小事，但是右向旋轉的螺紋有時會在子彈發射後反向旋轉而使消音器脫落。最後她才將一個北大西洋公約國使用的制式「馬克-4」型號瞄準望遠鏡裝上。凱瑟琳從背包裏拿出一個鐳射測距儀和一個用來校正槍支精確度的靶紙，她在距離二十五米的一棵大樹上將靶紙用釘書機固定好，然後對這個很有效的暗殺武器開始了校準的程序。

今年才二十六歲的匹瑞比，是在三年前繼承了這片養乳牛的農場。他是學農科的，農場的工作是他的本行，原本在讀農學院時，他是想從事農業的科研工作，但是他的家族在巴黎附近擁有兩百多畝各種各樣的土地，包括這片養牛的農場。匹瑞比是家族裏唯一學農的，所以理所當然的就把這個不算小的農場和連帶的事業交給他，沒想到開始時還老大不願意的匹瑞比把農場弄得有聲有色，收入還很不錯。最讓他滿意的是農場的生活非常適合他孤獨的個性，從小就喜愛樹木和動物，對於連續幾天都看不見人的農場生活，感覺很好。

農場的佔地不小，他每天都要開車巡邏一次，把需要整修和改善的地方都記在他隨身帶著的本子上，然後定期叫村子裏的長工來幹活。匹瑞比的個性雖然孤獨，不愛和人打交道，但並不是個不講理的人，村裏的人都知道他會允許外人到他農場裏來釣魚和打獵，只要事先和他說一聲，他會提供各種方便。但是他非常反對非法捕獵，從不准別人在他的農場設置陷阱來捕殺動物，好幾次他親自押送或召警來處理這種事件。

所以當他開著拖拉機轉上靠近農場圍欄的小路時，一眼就看見一輛身分不明的汽車停在農場圍欄之外的草地上，他以為又是來非法捕獵的人。但是汽車是一輛賓士牌的高級越野車，不像是非法狩獵的人所常用的，他將拖拉機停在越野車後面，確定車內沒人後，他下車把臉貼在車窗往裏看，也看不出個所以然。但是他看到了有兩對腳印，顯然有兩個人下了車，越過了欄杆走向前面的樹林去。匹瑞比走回他的拖拉機，從後座下面拿出一把溫切斯特牌的雙管散彈槍和一盒四號鉛子的散彈，他折開槍柄，把兩顆散彈塞進槍管，又多拿了幾顆子彈放在口袋裏，然後沿著腳印向樹林走去。

凱瑟琳的狙擊手步槍校準工作進行得非常順利，從原先的二十五米距離逐步增加，在五十米，一百米，二百米和三百米的距離都做了校準和歸零的調整。最後一輪的校準完成後，她在三百米的距離做了一組八發子彈的驗證射擊，檢查目標靶紙時，看見上面只有一個半英吋直徑的洞，位於靶紙正中的黑圈裏，洞的周邊是鋸尺形切痕，顯然是八發子彈都命中在這半英吋的範圍內，凱瑟琳的臉上露出了滿意的笑容。

她發現雅思閔也過來了，上身靠著她說：「沒看出來你還是個神槍手。」

「你知道嗎？我估計最多我只有射擊兩發子彈的時間，目標就會消失了，所以到時候不能有任何的差錯。」

「不會的，我相信你一定會成功。」

雅思閔用雙手抱住了凱瑟琳，她也回應的摟住了雅思閔的腰，兩個女人的胸部在互相的擠壓著，雅思閔突然吻住了她的嘴唇，出奇的，凱瑟琳沒有反抗，反而是在感受她從沒有過的經驗。雅思閔鬆了手後說：「怎麼不生氣？」

「爲什麼要生氣？」

「沒把你嚇一跳？」

「有，可是挺舒服的。告訴我，爲什麼要吻我？」

「你真的不知道？」

「不知道。」

「騙人。告訴你，我看到你在射擊時，一副非常滿足的樣子，就想到要吻你。」

「我還是不明白。」

「只有男人在射擊時會有滿足的快感，女人看見了當然要吻了。」

兩個女人對這雙關語都笑出聲來。突然，雅思閔聽見凱瑟琳說：「有人來了。」

說完了，她將襯衫上面的兩個扣子解開，這時雅思閔也看見了一個年輕人從樹林裏走出來，他手裏端著一把溫切斯特雙管散彈槍，長長的槍管正對著她們。他的臉色帶有怒意和緊張，他責問：「你們是來幹什麼的？」

凱瑟琳把手裏握住的步槍交給了雅思閔，然後滿臉笑容回答說：「真對不起，我們不知道這是私人的地方。我是剛從美國來的，找了我在巴黎的表姐一起來試試我剛買的法國獵槍。」

匹瑞比的眼睛盯住了凱瑟琳豐滿的胸部和開扣後露出的乳溝，他的語氣還是帶著責問：「是嗎？我還是第一次看見法國的獵槍是裝了滅音器的。並且你們也不像是獵人，你們到底是幹什麼的？」

但是他已經將對著凱瑟琳胸口的槍管放低，指向地上。就在這時候，凱瑟琳飛起一腳踢中了匹瑞比的小腹，劇烈的疼痛使他彎起了腰，雅思閔一個飛步向前，揮起了手中的步槍，槍托向下擊中了匹瑞比的後腦，在他昏倒之前，扣住扳機的手指反應式的按下，溫切斯特雙管槍轟然地射出了一顆散彈，把濕軟的草地打出個洞來，同時這巨大的槍聲，把樹林中的鳥群都驚飛起來了。凱瑟琳把掉在地上的散彈槍撿起來，打開了槍管，看見裏頭還剩下一顆子彈。她將雅思閔手裏的步槍接過來，將散彈槍交給她說：「你沿著他來的路去看一下，有沒有別人和他一起來的。」

雅思閔端著散彈槍快速地向來路跑過去，她在圍牆外看見一輛拖拉機，用手觸摸了一下發動機的蓋子，發現還是熱的。她又在附近巡查了一下，沒有發現有其他的人，於是又趕緊地跑回去。這時匹瑞比已經醒了過來，但是還坐在地上。凱瑟琳踢了他一下說：「給我站起來。」

匹瑞比一隻手捂住後腦，搖搖晃晃地站了起來，他說：「不管你們是來幹什麼的，趕快走吧，我不會跟任何人說的。」

凱瑟琳用手指著他的鼻子說：「你先老老實實的回答我，完了我們馬上就走。你叫什麼名字？」

「我是匹瑞比，是這片農場的業主。」

「你是怎麼來的？」

「我是開我的拖拉機來的。」

雅思閔點一點頭。

「農場裏沒有別人？」

「有兩個長工會在下午五點來幫我一起餵飼料。」

凱瑟琳盯著他看，過了好一會兒才若有所思地說：「好的，我相信你，你走吧！」

「什麼？就這樣，你放我走？」

「是的，但是你不能去找你的拖拉機了，你得向樹林的方向跑。快跑呀！」

匹瑞比開始時很驚訝她們就這樣放了他，他現在完全明白在他面前的兩個女人絕不是獵人，從槍上裝的滅音器可以猜出個八九不離十的結果，她們一定是某種職業殺手。

「你們不是真的要放我走，是不是？而是要在樹林裏殺我。那我就不走了。」

凱瑟琳的臉上又恢復了原先的笑容，她說：「你回頭看她在做什麼？」

匹瑞比回頭看見雅思閔放下了散彈槍，手裏握住了一把烏黑的手槍，她正在將一個長長的滅音器往槍管上擰住。

「匹瑞比，你要是想在這裏去見上帝，我的朋友可以馬上讓你如願。但是如果你能躲過我的子彈跑進了樹林裏，你就有一條活命，你看著辦吧！」

匹瑞比站著想了一會兒，突然他拔腿向樹林飛奔過去，秋冬季的麥子已經變成紅色了，麥桿在鞭打著他飛跑中的兩腿。

凱瑟琳把「發馬司G2」狙擊手步槍的槍帶從後端解開，做成一個圈套，套在右肩，然後將槍帶調緊，使步槍固定在肩膀上。當她將部槍端起來時，槍帶就繃得緊緊的，會大大地增加了它的穩定性。她只用了十二秒鐘的時間完成了這個程序。凱瑟琳坐了下來，用膝蓋支撐著她端槍的左手，她的右手握住槍管後端的槍把，食指伸進了扳機的護環，然後從瞄準望遠鏡裏找到了目標。

在她的腦子裏，她靜靜地默唸著射擊前的準備程序。她基本上和目標在同一個水平面上，所以不必調整射擊的上下角度，但因爲目標在快速地移動，必須要調整「前置量」。她估計了目標的移動速度後，對照她記在腦海裏的數量然後再減半，這是因爲目標是向東的斜角方向奔跑。

天空開始下著毛毛雨，細細的雨珠在微風裏飄動著，風速大約是每小時兩公里，凱瑟琳將瞄準儀向右調了五刻度的前置量，也就是瞄準望遠鏡中的垂直線移動了五度。她深深地吸了一口氣，然後很緩慢地把氣吐出來，在所有的氣體從她肺裏擠壓出來前，她整個人停留在文風不動的姿態。在此同時，出現在瞄準望遠鏡裏的目標繼續地移動，在進入到十字線時，凱瑟琳輕輕地，但是穩定地，按下了扳機。

匹瑞比是在亡命似地奔跑，他感到他的肺裏有一把火在燒著，當他跑到眼前這片平地前，他陷進了一個淺淺的排水溝，滑倒在泥地裏，當他掙扎著要站起來時，兩條腿都沒有力氣，他知道這是極度恐懼所帶來的後果。當他回頭看一眼那個美麗性感但是要殺他的女人時，他的心臟幾乎停止了跳動。她處於半蹲的射擊姿式，步槍已經端在她的肩膀上。要想活命的話，他必須還要跑得再快些。

離開排水溝後，匹瑞比繼續狂奔，他看見前方的樹林只有十五米的距離了，他的兩臂用力地抓住前方的空氣，以爲這樣可以跑得更快。他看見前方的緊密樹林，雖然已經是秋天了，但是樹葉還是很茂密，他的腦子想到，只要一進到樹林裏，殺手就無法射擊了。他覺得他的信心和他奔跑的速度一樣，逐漸地在增加。匹瑞比沒有聽到槍聲，也沒有感覺到子彈射中了他。取代的是他的思考突然停了，像是有人把電燈關起來，瞬間所有的亮光突然地也永遠的離開了。

雅思閔跳起來歡呼：「真是好槍手，兩百五十米外一槍斃命。」

「別高興得太早了，我們還得想想如何處理這個屍體。」

「我們把它做成是個意外的樣子。根據天氣預報，馬上要下一場大雨，我們把現場收拾好，大雨會把所有的足跡沖刷走。等警察將情況弄清楚時，我們也已經離開巴黎了。」

雅思閔把匹瑞比的屍體拉到一棵大樹下，將他口袋裏的東西很仔細地檢查一次，然後將他的上身靠在樹上，擺好了坐姿。她端起了散彈槍往後退了四步，對準匹瑞比的頭部開槍。凱瑟琳看見了已被擊中過的人頭在濛濛細雨中爆裂成碎末，散彈槍的巨響將一大群鳥驚嚇得飛離了樹林。她看見雅思閔很專心地在安排屍體的位置，不時的退後幾步從不同的角度來觀察，最後在滿意後，才把散彈槍放在屍體邊上。

整個的過程中，雅思閔都戴著手套，等她走回來後，凱瑟琳才看見她的白色外套上有很多紅色的小點，隨著慢慢增強的雨水，紅色的水珠順著夾克流下來，她什麼話都沒說，只是把空彈殼交給了凱瑟琳。她們在離開現場時把所有調試用的靶紙，用過的空彈藥殼，雅思閔穿過的夾克、用過的圍巾和手套都放進了背包，回程中路過朵冬河上的一座石橋時，凱瑟琳將兩塊磚頭裝在背包裏後，把它扔進河中，看著它旋轉著沉下了混濁的河水裏。她們在午夜時回到了巴黎。

她們坐在為了這次行動所安排的第一輛車裏，按照計畫，車是停在莫麗頓大酒店對面的一條狹窄的小街邊，汽車的車尾是對著酒店。雅思閔的雙手擺在方向盤上，但是注意力集中在從後視鏡裏看到的莫麗頓大酒店門口的活動，凱瑟琳坐在後座，改裝過的「發馬司G2」狙擊步槍就在她的腳下，滅音器已經裝上了。路過的人如果注意的話，會發現後車窗的玻璃上，靠下方有一個兩寸見方的開口。

酒店大門的白色建築裝飾在向西方下沉的太陽光照射下，變成了燦爛的金色，大門的路邊已經停滿了不少的政府專用車和計程車，顯然是在等候他們要接送的客人。凱瑟琳的注意力集中在其中一輛鐵雪龍四〇六的黑色轎車，雅思閔說這是負責保護納瑟·丁塔布里滋博士的安全人員所用的。雖然車窗都是暗色的玻璃，但還是能隱約看出車內有兩個人影。從望遠鏡裏，她看見車後座的人拿起手機放在耳邊聽了大約有十五秒鐘，不一會兒，就有三三兩兩來開會的人從大門出來了。雅思閔不耐煩地問：「怎麼樣了？」

「保鏢在通話，看樣子目標是要出來了。」

雅思閔看了一下車上的時鐘，拿出手機，按下一個快撥鍵，對方是在第二聲鈴響時接聽的，她非常簡單地說：「時間到了，開始行動。」

說完了以後，她還是將手機放在頭髮下的耳朵上。凱瑟琳的眼睛沒有離開酒店的大門，她用很平靜的口音發話：「目標出現，深黑色西裝，白襯衫，黃領帶，身後有一名保鏢。」

雅思閔對著手機重複了資訊。就在她說最後一個字時，一輛灰色高車身的福特牌休閒車從莫麗頓大酒店西邊以高速接近。凱瑟琳一邊咬牙切齒地說：「一群笨蛋，車子太快了！」一邊將狙擊步槍拿起來平放在後車窗的窗台上，她進入了射擊前的絕對平靜狀態，所有外界的干擾都排除在她的腦子外，她聽見雅思閔還是用平靜地口氣繼續述說目標的行動：「目標即將到達過街斑馬線，位置是左起第三……」

她在瞄準望遠鏡裏鎖定了目標，然後深深地吸了一口氣。

走在丁塔布里滋博士後面的保鏢，從耳機裏接到即刻撤回酒店的指示，顯然是在鐵雪龍四〇六轎車裏的安全人員發現了高速接近的福特休閒車，並且判定它對丁塔布里滋博士造成了威脅。

兩名安全人員從汽車裏出來，手中都握著衝鋒槍，他們是準備在休閒車開到酒店之前就要槍擊車裏的人，但是爲時已晚，休閒車右方的前後車窗和車頂天窗伸出了三管衝鋒槍，同時開始向人行道上的目標和兩名持槍的安全人員射擊。由於行車速度太快，無法瞄準，子彈沒有命中目標，但是正在下班時間擁擠的人行道上卻變成了血腥的殺戮場所，倒在地上的行人在血跡斑斑的人行道上嘶叫著，更多沒有倒下來的人往四處奔跑。

兩名安全人員將衝鋒槍對準了休閒車開始還擊，車上的駕駛員被擊中，車子失控一頭撞上了路邊的一輛小貨車，因爲車速太快，失去平衡而翻車，休閒車在滑行了一小段路後才停住，車輪還在快速的旋轉。

凱瑟琳按下了扳機。

馬上她就又聽見了雅思閔的聲音：「目標頭部中彈。第二目標在酒店左前方撞毀的灰色休閒車向外爬出中，藍色格子襯衫和藍色帽子。」

很快地，凱瑟琳在瞄準望遠鏡裏鎖住了第二目標，她又按下了扳機，藍色格子的襯衫馬上出現了一片片紅白相間的斑點。

「第二目標頭部中彈。」

第二目標就是行動隊裏唯一和雅思閔聯繫的人，在以後的警方調查裏，行動隊和恐怖組織的連線就斷了，而在整個暗殺的過程中，沒有人注意到還有兩個女殺手。在所有的槍聲都停止後，遠方傳來了警車的緊急聲號。

雅思閔發動了車子開始離開現場，很快地就來到了葛桑路上的停車場，她將車停在預先安排的第二輛車旁，看清楚了停車場裏沒有別人，她們很快地拿著狙擊步槍，換上了第二輛車，直接開往在巴黎左岸的火車站，在路上，凱瑟琳將「發馬司G2」狙擊步槍拆卸開，裝進了槍盒子裏。

巴黎火車站的停車場是飛機場以外第二大的停車場，多層的建築裏可以停上千輛的車子。但是它也有非常嚴密的安全管理體系。雅思閔在火車站的正門將凱瑟琳放下，她進了車站後直奔往停車場去的穿梭巴士站，上了正要開出的班車。這時雅思閔一個人將第二輛車開到停車場的閘口，她打開車窗，伸手取下了停車票後，閘口的橫欄就升起來。她直接開上了停車大樓的第三層停車場，把車停在離預先停好的第三輛車不遠的一個空位。雅思閔首先將槍盒子從第二輛車搬上了第三輛車，然後很仔細地檢查一遍看看還有沒有遺忘的東西。

每天進出巴黎火車站的人不下十幾萬，當然其中少不了警方或是其他安全部門，包括國際刑警組織要尋找的人，所以除了在停車場裏佈滿了監控的監視器外，警方也有便衣人員在場長駐，目視可疑人物。這也是雅思閔選擇這裏做爲換車地點的理由，因爲警方不會想到她們會這麼大膽，居然來到他們眼皮底下。此外，在第三層樓的停車場有較多的死角，這兩部車的停放地都正是監視器看不到的地方。在一切都滿意後，雅思閔將第二輛車的鑰匙留在啓動鎖上，關上車門時，沒有將車門鎖起來。

在巴黎，這樣的車不出二十四小時就會被偷走。這一切的做法，都是要把她們可能留下的任何痕跡抹得一乾二淨。停車場三樓的電梯門打開了，凱瑟琳半跑著過來，伸手把雅思閔擁抱住了，她有點吃驚地問：「怎麼了？有人跟上了？」

「不是，我是想你會不會丟下我走了。」

「我會嗎？」

她們上了第三輛車後，由凱瑟琳開車，雅思閔坐在後座，離開了停車場。在停車場的監控系統裏所看到的是兩個女人，一個是來停車，另一個是坐穿梭巴士來取車，然後一個人開車走了。這是因爲雅思閔是藏身在後座的車底，用一床毯子蓋住身體。因此在監視器的影像中所顯示的是：來取車的人是一個人開車離開的。

離開了火車站的停車場後，她們最後是在巴黎大學的學生宿舍停車場換上了雅思閔的賓士越野車，離開時，同樣把車鑰匙留在車內。她們離開巴黎大學後，就上了高速公路奔向北方的濱海城市卡萊。一路上她們很少說話，都在仔細聽著車上收音機裏的新聞報告。百分之九十以上的新聞內容是關於今天下午發生在莫麗頓大酒店的暗殺事件。

初步調查的結果是：暗殺的目標是伊拉克的國會議員丁塔布里滋博士，暗殺者是目前居住在巴黎左岸的一群穆斯林極端主義份子，可能是受雇於基地組織，殺害了親西方，同時又受不同派別團體信任的丁塔布里滋博士。事件發生後，受害人即刻被送到醫院，但是因爲頭部受傷太重，當場被宣佈死亡。

整個事件中最新的死傷人數統計是十七人死亡，三十一人受傷，其中的十人傷勢嚴重。根據警方的消息，死亡的人裏包括了一名槍手，很可能是極端份子槍手的首領。另外還有三名槍手被安全人員逮捕。新聞報告完全沒有提起還有他人參與行動，更沒有說任何有關兩個女人的事。凱瑟琳說：「還要再等幾天，警方調查結果才會慢慢透露出來。」

「我相信一、兩天內巴黎的左派報紙會有更詳細的報導。」

在到達目的地的半路上，她們停下來在一家餐館吃晚飯，乘機看看當天晚上的電視新聞報導，但是並沒有看到更新的消息。她們在離開巴黎後四個多小時就到達了卡萊市，住進了當地最好的一間酒店，那是一間四星級的連鎖假日酒店。它的房間和其他的設施不怎麼樣，這要是在巴黎的話，最多也只是個三星級的酒店。幸好她們要到一間面海的房間，有一個向北的陽台，櫃檯的人說，每天的日出和日落都能盡收眼底。

卡萊市的人口大約有八萬多人，它位於法國北部的大西洋的海岸邊上，面對著經常是波濤洶湧和黑灰色海水的英吉利海峽。如果天氣晴朗，在海邊用肉眼就能看見對岸多佛市附近的白色懸崖絕壁，往近處看，就是那許許多多每天在海峽兩岸來往的渡輪和商船了。

在一九四四年六月六日盟軍統帥艾森豪威爾將軍指揮的百萬大軍，就是在卡萊市附近的沙灘上強行登陸，天黑之前大軍向內陸推進，但是上萬個年輕人的生命卻留在這片沙灘上，至今在卡萊市南方的諾曼地小鎮還埋有一排排整齊的白色十字架，那裏就是這些年輕人最後安息的地方。

當地傳說，在每年的六月六日深夜，還能聽見這些異國遊魂在搶灘登陸時的吶喊。這場血戰將卡萊市百分之九十的基礎建設摧毀了，幾乎已經找不到任何的歷史性建築物。

目前，卡萊市是法國的一個進出關口，這裏是連接英國和歐洲大陸的跨海隧道入口，它的跨海渡輪有悠久的歷史，從它在陸上交通總站進進出出的大型巴士和遊覽車就能看出來，卡萊市就只是觀光和其他旅客進出法國的一個中轉站而已，但是它的安全體系又不像機場那麼嚴格，這就是凱瑟琳選擇了卡萊市做爲觀察點和「冷卻期」的主要理由，一有風吹草動，馬上可以安全撤離。

酒店的房間有兩張床，凱瑟琳先把靠窗的佔據了就去淋浴，她徹底地把混身的臭汗全洗乾淨，又把頭髮也洗了，等用大毛巾把全身擦乾後，她才感到已是疲憊不堪，幾天來的緊張準備和下午在巴黎街頭的槍戰，使她全身的神經都繃得緊緊的，現在一旦放鬆下來，就感到極度的疲倦，雅思閔還正在洗澡時，她已經睡著了。

在神智還是一片模糊時，凱瑟琳覺得她的全身被人撫摸著，先是從背上開始，一隻手在她光滑的皮膚上漫遊著，摸得她混身發癢，但是又有從沒有過的舒服。等到那隻手像一個頑童找到了寶藏，開始向她敏感的部位挑逗時，凱瑟琳感到她在發熱了，當她的乳房成了那隻頑皮手的目標時，她眼睛閉得緊緊的說：

「再不停住，我就要發瘋了。」

「臉紅紅的真是美極了，恨不得一口把你吃了。」

「我累得全身骨頭都要散了，讓我好好睡覺，別來煩我。」

「哼！是你自己想要，不然爲什麼脫得精光。」

「胡說！我都是裸體睡覺的。」

凱瑟琳把眼睛睜開，看見屋裏的燈關了，但是窗外的星光將屋裏的暗夜著上色彩，像夢中的朦朧和清晰。雅思閔全身赤裸地躺在身邊，玲瓏的曲線和沒有瑕疵的雪白皮膚在這奇妙的夜色裏發光，凱瑟琳情不自禁的一把就摟緊了她。

「這麼美的身材，爲什麼老是包得緊緊的？」

「現在不是全攤開給你了嗎？」

她的手也開始在雅思閔的身上漫遊了，凱瑟琳發現用手撫摸肉體的感覺，加上在視覺上看到線條的美和臉上表情反應的變化，帶給她奇妙的興奮。她說：「剛剛被你摸得好舒服，現在你把我心裏的火點著了，我渾身滾燙，怎麼辦？」

「讓我替你消消火，保證會更爽。」

說完了，雅思閔就翻身把凱瑟琳壓在她身體下面：「真的是這麼燙啊！」她用力地吻著凱瑟琳，用舌頭把她的嘴唇分開，再把舌頭頂了進去。凱瑟琳起了反應，她的大腿勾住了雅思閔的後背，但是不一會兒，她用力地把雅思閔的上身推起來：「你是要悶死我啊？不要這樣行不行？我從來沒跟女人做過愛。」

但是凱瑟琳的兩腿還是緊勾住，一點都沒有放鬆。

「沒關係，總有第一次嘛！」

雅思閔開始吻她的脖子，然後慢慢地往下移，她不理會凱瑟琳的抗議，繼續著她的下移和熱吻，到了胸部，小腹，再要往下移時，凱瑟琳用微弱的聲音說：「不要了，好不好，我會死的，饒了我吧！」

但是她的兩腿卻分開了，在等待和迎接即將到來的極度歡愉。在兩個人的一陣全身顫抖後，燃燒著的火熱激情終於慢慢的熄滅了。凱瑟琳的雙眼緊緊地合起來，全身縮成一團一動都不動。雅思閔抱著她輕輕地愛撫著她：「我們得起來洗洗了，全都濕了。水量還挺大的。」

「你的水量才大呢！」

「你的感覺如何？爽不爽？」

「做夢都沒想到在法國還被女人給強姦了。」

「你剛才的樣子怎麼一點都不像是被人強姦了。」

「我已經很久很久沒有過高潮了，雅思閔，我很感激你剛剛對我很溫柔。你是不是苦了自己？」

「其實是我要感謝你才對，自從我丈夫死了後，這是我第一次有了高潮。」

「你老公走了多久了？」

「五年了。」

「那你都沒有再戀愛嗎？」

「哈！對我有興趣的男人可還真不少，但是他們唯一的目的就是要和我上床，但是在床上又不能滿足我，恨得我咬牙切齒。」

「為什麼找你的男人都是有毛病的呢？」

「不是他們，而是我有毛病。我後來明白了，如果你不喜歡一個男人，根本就無法達到高潮。所以久而久之我對男人就失去了興趣。」

「但是你這麼漂亮，男人對你會很有興趣的。」

「那當然了，都煩死人了。」

「你不理他們，難道他們之中就沒有色膽包天，想把你強暴了？」

「是有的，但是強姦我的人都莫名其妙的死了。」

「我在訓練營裏聽過一些故事，說有一個非常美麗的女行動員，是只能看而不能碰，碰了就會玩命，那個人是不是你？」

「我也不知道為什麼，男人看見美女就想搞她。所以我就對那些心懷不軌的男人說，你要是強佔了我，我就要你的命，並且會讓你死得很難看。在訓練營裏來了一個新的教官，是前蘇聯克格勃的特務，他跟我說，這世界上沒有女人能抗拒他，我叫他滾蛋。後來他在我們的一次野外任務時把我強姦了。幾天後，有人發現這個俄羅斯教官死在他房裏，喉管被人割斷，生殖器被切下來塞在嘴裏。」

「幹得好，雅思閔，我真佩服你。」

「你這麼漂亮，難道就沒有被男人欺負過？」

「有。有過一個在一起做事的人，要強暴我，但是又怕打不過我，就叫他的保鏢按住我，把我強姦了。後來，我把那個保鏢綁上一架直升機，在一棟房子的上空把他推出去。在房子裏頭，強姦我的人正和他老婆及孩子在吃晚飯，那位保鏢從天而降，穿過了屋頂和天花板，掉在飯桌上。」

「後來呢？」

「聽說那人的老婆和兒子都進了瘋人院。」

「太精彩了！爲什麼你也很久沒有過高潮了？你和你老公之間的性生活有問題嗎？」

「老公對我非常好，但他是同性戀，只要搞男的。」

凱瑟琳把她和男友的愛情講給雅思閔，自己忍不住掉下了眼淚，雅思閔抱住了她說：「這也真是的，爲了理想和任務，你把自己一生的幸福都犧牲了，你是個苦命人。其實我們都是，我現在唯一的快樂，就是回憶以前跟兩個孩子和老公在一起的日子。」

「我能想像你老公床上功夫的段數一定很高。」

「我都生過兩個孩子了，可是他還是不放過我。」

「沒人跟你說過嗎？你有一份說不出的吸引力，連我是個女人都想剝你的衣服。」

「我在這方面的需求很強，每次都是我先騷擾他，他按兵不動，等到我把自己折騰得差不多了，他才開始全面進攻，把我弄得死去活來。」

「厲害的男人都一樣，陸海雲也是這麼對付我，最後都是我苦苦哀求，他才放過我。」

「陸海雲是誰？」

「我以前的男朋友。」

「你想他嗎？」

「沒有一天不在想著他。」

「你在巴黎槍殺伊莎貝，也是和陸海雲的愛情有關嗎？」

「他拒絕了我的要求在婚後繼續做我的情人。」

「好男人不會去當男二奶的。」

「但是他說他一定會找到一個比我好的女人。」

「我想這是氣話。」

「但是我一想到他和別的女人在一起，我就要發瘋了。所以我會把和他好的女人全殺了。」

「你是太愛他了，才會有這麼強的佔有欲。」

凱瑟琳和雅思閔終於起身淋浴，兩個人相擁倒在另一張床上睡著了。身心的疲憊和緊張後的放鬆，使兩個人一直睡到了下午才起來。她們在餐館吃中飯時，把所有能買到的報紙都瀏覽了，她們很高興，因爲沒有發現暗殺事件的調查有任何新的發展。雅思閔還是不放心，她打電話給巴黎的朋友，打聽還有沒有更進一步的消息。凱瑟琳也在打電話，但是她的對方是在隔了個大西洋的美國和更遠的中國。她得到的資訊和雅思閔的不同，都不很好。雅思閔問：「看你的臉色不很好，出事了嗎？」

「還不曉得，但是看樣子，我在美國的身分暴露了，需要轉入地下了。」

「我知道規矩是不要問，但是我還聽到你用中國話打電話，那邊的情況也有問題嗎？」

「主要是在中國的事可能有困難，一方面是警方換了新的調查隊伍，能力要比以前的強了很多，但最糟糕的是我們在那邊的人能力實在是太差了，我看說不定我自己需要去一趟。」

「臨陣換將也是有它的問題。」

凱瑟琳沉默不語，她目不轉睛地看著雅思閔。

「有什麼不對嗎？爲什麼老是看著我？」

「雅思閔，我們的事完成了，你馬上有其他的任務嗎？」

「我接到的指示是在你的指揮下，全力完成你給我的任務。所以任務是否已經結束是要聽你的。」

「你願不願意繼續來幫我？」

「爲什麼找我？」

「你是我所見過的行動員中少有的辦事效率高，能力強，有獨到的觀察力和非常仔細的工作方法，我的下一個任務有很高的難度，如果你能幫我，我成功的機會就更大了。」

「我還有一個特點，如果你不好說，我就自己說了，那就是我對殺人沒有任何的情緒問題，就像是喝白開水似的。」

「這一點是我們的共同特性。當然也是很重要的考慮。」

「真洩氣，我還以爲你是看上了我做愛的能力。」

「不開玩笑，你願意嗎？」

「行！但是有一個條件，今天晚上你可要聽我的，不許反抗。」

陸海雲是第一次來到巴格達，在此之前，他的腦海裏還是留有《天方夜譚》裏形容的阿拉伯世界熙熙攘攘的市場、神奇的飛行地毯以及阿里巴巴和他的四十個強盜好漢以及類似很浪漫的故事所留下的印象。但是從巴格達機場下了飛機開始，他就看見一個和想像中完全不同的景象，首先是人群中穿著迷彩軍服或是各種制服的人要比穿著傳統阿拉伯服飾的人要多，另外就是路上看不見什麼小孩、老人和婦女，陸海雲到過世界上不少個國家，經驗過各種的社會，但是巴格達給他的感覺是非常的奇怪。瓦倫德看出來他的迷惘，他開口說：「巴格達是個奇特的地方，我們永遠不可能會習慣。」

「好像是來到了外星人的世界。」

「外星人會如此殘酷的互相殺戮嗎？」

陸海雲是在四天前第一次見到瓦倫德，當時他們是在巴黎美國大使館裏中央情報局巴黎站站長辦公室，所以他假定瓦倫德是中情局的人，但是一路上碰到的人中有人管他叫「瓦倫德上校」，可見他也有軍人的背景。

第二天是正式營救特瑞克行動的準備會議，除了有中情局巴黎站的負責人、瓦倫德和他的兩個助手外，還有白宮派來的官員，他們是代表納序，也是將這次的行動提升到最高層次。會中除了有目擊者證實特瑞克確定是被扣押在法路加外，還證實了他是被拘禁在當地的一個什葉族的武裝集團總部，這個集團的頭目叫阿不都拉．卡辛，他原來是伊拉克獨裁者薩達姆．侯塞因底下的一個步兵旅長，因為他不屬於執政者的蘇尼派穆斯林，不被信任，在軍隊裏升遷不上。在第二次海灣戰爭時，他接受了美軍的條件，率領他的步兵旅投降。

理論上他是個平民老百姓，事實上他成為伊拉克的一個地方武裝集團，同時向恐怖組織支援的反對派和美國支援的政府兩邊拿錢，中情局也是他的服務對象，偶爾會提供一些真真假假的情報來多要點錢。負責和阿不都拉．卡辛聯繫的人就是瓦倫德。他將這次的行動方案做了非常詳盡的說明，特別強調行動的成功完全是在各個不同單位在指定的時間做出配合的動作，任何的差錯，尤其是時間的掌握如果不到位就會全盤失敗，其結果是進入對方總部的兩人，也就是瓦倫德自己和陸海雲將會成為階下囚。

中情局巴黎站的站長和從白宮來的納序的代表，都反對陸海雲進入對方總部的方案，理由是陸海雲是美國總統特派代表，如果陷入對方的手裏，會給美國帶來很大的難題。但是瓦倫德提醒大家，陸海雲是特瑞克唯一認識的人，他不出現，特瑞克不可能同意逃離的。瓦倫德表示他會有具體的安排不使美國政府陷入困境。

由於中情局的特務接到可靠資訊，恐怖組織的殺手已經進入巴黎，但是目標不明，為了安全，陸海雲就留在大使館，沒有回到伊莎貝的住所，大使館派人把陸海雲的行李取來。第三天一大早，陸海雲、瓦倫德和他的兩個助手一行四個人搭乘美軍飛機從巴黎飛到約旦的首都安曼，他們在那裏見到了其他參與行動的代表和負責後勤的單位代表做最後的討論，在席間所有的人都稱呼瓦倫德爲「上校」。

他們一行在第四天黎明從安曼起飛，一個小時左右他們就到了巴格達。那裏已經有一個由特種部隊組成的八人小分隊，攜帶著各式各樣的武器集合在機場等他們，瓦倫德、兩個助手和陸海雲加入了小分隊，一共十二個人分乘三輛「悍馬」型吉普車即刻出發開往法路加。

陸海雲注意到他們的「悍馬」是經過改造的，在車子的重要部位增加了輕型裝甲，車子前座加裝了一個五十毫米口徑的重機槍，駕駛座的後方加裝了一個三十毫米口徑的輕機槍。所有的人都戴上了對講機的耳機和麥克風，每輛悍馬車都有一根很長的天線和一個超短波通訊用的六英吋短天線。顯然是有人在監控他們的行動。陸海雲注意到自從到了約旦的安曼後，瓦倫德就突然變得很沉默，似乎是在深思一件讓他很擔心的事。前面一段關於巴格達像是外星人住的交談，是陸海雲故意在引他說話，但似乎並沒有成功。

離開機場半小時後情況又起了變化，不僅路上的行人和車輛更加少了，瓦倫德和他的人也更是緊張，所有武器的子彈都上了膛，甚至有其他軍車從對面經過時，他們也是用槍口對著，可以想見這些人都在這裏有過慘痛的經驗。瓦倫德和陸海雲是坐在第二輛悍馬車，第一輛負責開道的是由瓦倫德的助手在車上指揮，另一個助手是坐在第三輛悍馬車指揮殿后。行車時，三輛車相距七十米。每當來到一個路口轉彎時，開道車會停下等瓦倫德也到了後才轉彎前進，同樣，瓦倫德也會在路口等到殿後的車來了後才前進，目的是，瓦倫德必須在所有的時刻都要能目視另外兩部車，這樣才可以保證在任何時候和敵人交火時，三輛車的火力可以互相支援。

陸海雲看見開道車的剎車燈亮了，同時耳機也響了：「停車，紅狗二號呼叫紅狗一號，請回答。」紅狗一號是瓦倫德，紅狗二號是開道車上瓦倫德的助手，陸海雲的呼叫代號是紅狗七號。「這是紅狗一號，信號清楚，請講。」「紅狗二號，前方五十米十一點鐘位置有不明可疑物，請指示。」瓦倫德拿起掛在胸前的望遠鏡，首先向前方以掃描方式快速觀察一遍，然後停留在可疑物的位置觀察了大約十秒鐘，那是一個破爛的木箱和一些堆在一起的垃圾，「紅狗一號對全體，即刻退後五十米，進入備戰。」

三輛悍馬車同時往後倒退，並且都轉了車頭方向橫著停在路上，陸海雲注意到三輛車之間的距離已經縮小，大約相距二十五米，三輛車形成一個等邊三角形，敵人從任何方向發起攻堅，這三輛車都能同時回擊。顯然這些人都是訓練有素，演練過了。

「紅狗一號對全體，睜開眼睛，看清楚哪裏有人。」

陸海雲這時注意到在四周的環境中已經看不見任何人的蹤影了，他記起來，瓦倫德說過目前美軍在伊拉克的傷亡有百分之五十是「路邊炸彈」所造成的，一旦路邊炸彈被設置了，平民老百姓就會躲避起來。所以當發現了不明物體後又看不見任何人影時，就是趕快逃命的時候了。

「紅狗一號呼叫紅狗二號，看見天線了嗎？」

「紅狗二號，左下角有一根電線伸出來。」

一開始時路邊炸彈都是藏在停放在路邊的汽車裏，很自然的汽車上的天線就被利用成了遙控引爆裝置所需要的信號接收天線。後來，任何停在路邊的空車都會被引起疑心而達不到原先設置的目的，所以漸漸地就不利用汽車而是改用任何可以隱蔽的容器放置在路邊，但是有一樣東西不能藏起來，那就是接收遙控信號的天線。

瓦倫德再用望遠鏡對路邊的可疑物又仔細地觀察了一次，他下達了命令：「紅狗一號對紅狗二號，用火箭筒摧毀。」陸海雲看見前面的悍馬車裏下來了兩個人，其中的一個手裏拿著火箭筒發射器，另一個士兵緊隨著但是面向後，顯然是火箭手的保鏢。他們蹲在悍馬車後面，將距離約一百米外的路邊炸彈用一枚高爆彈擊中，馬上轟然一聲巨響，引爆了大約有二十公斤炸藥的路邊炸彈，除了在地面上造成一個大坑和將附近民房窗子的玻璃震碎了外，沒有造成其他的破壞。但是每個人都很清楚如果沒有向後退五十米，爆炸的威力就可能使他們之中有人受傷。一個有經驗的戰場指揮官是保命的最重要保障。

他們在到達目的地之前找了一塊平地停車，瓦倫德將大家集合，再一次將行動計畫說明一遍，並且宣佈休息十分鐘。他用車上的無線電向總部彙報了路上的情況，討論了一會兒，大家看出來他的臉色變得很沉重，因爲沒有一個人說話，陸海雲就問：「瓦倫德先生，有什麼事發生了嗎？」

「是的，這將影響到我們就要去做的事，但是我還無法掌握是朝什麼方向影響？說不定我們會全軍覆沒。」

「有這麼嚴重嗎？到底發生了什麼事？」

「我剛接到消息說，特瑞克的姐姐昨晚被暗殺了。」

「什麼？伊莎貝被暗殺了？誰幹的？有一個叫拉洗布的老頭沒事吧？」

「同時遇難了。」

這次輪到陸海雲沉默不語了，他的腦海裏充滿了和伊莎貝短暫的歡愉和她那熱情的生命力。

「我認爲他們的目標不會是伊莎貝和拉洗布，殺了他們會達到什麼目的呢？」

「那他們的目標是誰呢？」

「只有一個可能，那就是你本人。我們在巴黎開會時就已經得到情報有殺手來到，只是我們不知道他們的目標是誰，爲了安全，我堅持不讓你回到伊莎貝家裏，我判斷殺手沒有找到你，又被伊莎貝和拉洗布碰上，所以就對他們動手了。」

「會不會有可能他們認得殺手？」

「太有可能了，職業殺手不會無理由的殺人，我相信是殺手將面臨身分暴露的危險就下手了。」

「特瑞克知道了嗎？」

「我想還沒有。他是在被拘禁中，為了控制他的情緒，大概不會告訴他，他們把他的姐姐殺了。但是我更相信阿不都拉·卡辛自己也還不知道。」

「你是根據什麼來判斷的？」

「因為他不是參與計畫巴黎暗殺行動的幕後人之一。」

「你是怎麼知道？」

「因為他同意我們來見特瑞克。」

「所以？」

「如果他知道特瑞克的姐姐被殺，而我們當面說了出來，特瑞克當場就會和他拚命的。但是我擔心的還不是這個，我們可能有更嚴重的問題。」

「這還不夠嗎？」

「我和卡辛交手已經超過有五年了，他是我認識的穆斯林中最卑鄙、無恥和沒有原則的人渣，這裏頭包括了親美和反美的人。他的特點就是愛錢，而我每次來見他都是來送錢的，所以他不可能用路邊炸彈來殺我，至少在拿到錢之前還不會動手。這裏已經是卡辛的地盤了，任何路邊炸彈的安放都得經過他。所以我認為很可能是外人幹的，並且有比卡辛更高的影響力，如果是這樣的話，那麼路邊炸彈的目標就不可能會是我和我的部下。」

「那會是誰呢？難道會是我嗎？」

「陸海雲先生，在巴黎未能得手的人，當然有可能到這裏來再試試。陸先生，你是不是有什麼重要的資訊他們非要得手不可？」

「拉洗布交給我一個外國的穆斯林極端份子在巴基斯坦北方山區受訓者的名單，我當時就用電郵送到美國了。」

「在巴黎開會時爲什麼沒提這事呢？」

「名單是送到白宮的納序先生，他告訴我由他來處理這份名單。」

「這也是我們反恐戰爭最大的弱點，由一群坐在華盛頓辦公室裏的人來指揮千里外戰場上的行動，一不當心，兩條人命就沒了。」

「那是我的錯，當時我沒想到這個層面。」

「陸先生，在這裏，如果你要責備自己，不用多久，你就會瘋了。也許我們現在已經都瘋了。」

陸海雲感到無比的痛苦，這是他第一次知道有人爲了他付出了生命，他的腦子裏全是伊莎貝的影子。瓦倫德又開口了：「憑良心說，我已經無法保證你的安全了，我剛剛請示過，他們要你自己決定是不是繼續和我執行任務。」

「當然，你也說過，我不出現，特瑞克不會跟你走的。」

「我可以綁架他。」

「我一定要見特瑞克，我要告訴他，他姐姐遇難了，這可能是唯一不讓我發瘋的辦法了。」

三輛悍馬車來到了一個殘破的小火車站，看起來已很久都沒使用過。除了鐵軌之外，剩下來的只有車站的月台、一座給蒸汽式火車頭加水的水塔和旁邊的一個小屋，大概是置放水泵用的。火車站對面是一排二層樓的房子，這裏就是阿布都拉．卡辛的總部。

三輛悍馬車以三角形備戰的狀態排開，每車相距三十米。雖然瓦倫德已經來過這裏多次，但他還是很緊張。中情局在伊拉克用美金來換情報或是地方的支援是很平常的，他明白一疊疊的綠色美鈔可以換來任何你想要的情報和承諾，美國政府出兵伊拉克就是因爲付了大錢從一群阿拉伯政客那裏買到了一個情報，繪聲繪影地說薩達姆在伊拉克存有大量屠殺性武器，不是核彈就是生化武器，結果用了五年的時間和龐大的資金，什麼都沒發現。

瓦倫德的結論是，你無法買得到問你拿錢人的心，而他將要面對的卡辛是他見過的最邪惡的人，只要是出足夠的錢，他會把自己的母親都賣了，如果有一天對方給了他更多的錢，自己就沒命了。但是今天他就是要利用卡辛的貪婪來完成任務。瓦倫德拿起了車上的麥克風：「紅狗一號呼叫總部。」

「總部，請講。」

「紅狗一號進入位置，要求最新資訊。」

「總部，情況不變，按計畫執行。」

「明白，紅狗一號完畢。」

瓦倫德調整了一下耳機，對著連在一起的微型話筒說：「紅狗一號對全體，開始執行任務，對時，十一點十七分。一切按計畫，三十分鐘後如果我們還沒有出來，就要求總部發起攻堅。」

「陸先生，我們進去吧！」

卡辛總部的大門口有兩個拿著AK-47自動步槍的警衛，還有三個巡邏的槍手，當兩個人走近時，其中的一個警衛向門裏喊了一聲，一個配帶手槍，顯然是個軍官樣子的人走出來，他說：「啊！是瓦倫德先生來了，這回還帶了朋友來。」

「是的，我和卡辛先生約好了的。」

「是的，老闆正在等你們。對不起，你向你的朋友說了我們的規矩嗎？」

「說了。」

這位軍官開始很快地對瓦倫德搜身，搜到上衣口袋時，發現是鼓鼓的，他從裏頭取出一包美國香菸，他說：「什麼時候開始抽菸了？」

「我不抽菸，這是送給你的。」

他將香菸放進口袋後說：「那我就謝了，你和你朋友的背包裏是什麼？」

瓦倫德把他的背包拉鍊打開，露出了一疊疊的美金：「老規舉，這是給你們老闆的，你不能碰。」

「你手裏的對講機我要看看。」

「看看可以，但是它不能離開我，我們的人要是聽不到我，天上和地上的攻堅就會來了。」

他又對陸海雲做了同樣的搜身，還將他的公事包打開看了看，摸一摸。「好，跟我來。」

正如同瓦倫德事先說的，他們會經過一條長長的走廊才會到另一頭卡辛的辦公室，昏暗的燈光下，陸海雲只看見另外兩個蒙著面的槍手，以露在外面的眼睛盯著他們，他看不清楚還有多少槍手在虎視眈眈地等待著，但是這個環境也讓他安全地按瓦倫德的指示從背包的裏頭將一件物品取出來別在腰間。又走了幾步後就來到一個木門前，走在前面的警衛敲門進去不久就再出來揮手示意讓他們進去。這是一間辦公室，面積不大但是堆滿了東西。右邊的牆上有個小窗戶，昏暗的陽光透過骯髒的玻璃給屋內帶來了一點亮度，陸海雲看見在陰影裏有兩個人，一個是拿著AK-47自動步槍的警衛員，他站在另一個顯然是這屋子主人的右後方角落。這第二個人是坐在屋子當中的辦公桌後，兩個粗大臂膀是放在面前的桌子上，他露出了笑容，同時也露出了一排被菸葉煙薰黃了的不整齊牙齒：「瓦倫德先生，你好，這次還帶了朋友來。」

瓦倫德一點客套的話也沒有：「這位是從美國來的律師陸海雲先生，他是來找他的客戶的。」

他轉頭看著陸海雲說：「這位就是我說的卡辛先生。我相信你的客戶就是在他這裏。」

卡辛說：「噢！是嗎？你們先請坐，遠道而來，想要喝點什麼嗎？」

瓦倫德搖搖頭，陸海雲說：「我希望要一杯水。」

他可以感到瓦倫德對卡辛的敵意很明顯地表露出來，這並不是個好現象。卡辛回頭對端著槍的警衛用陸海雲聽不懂的話說了一聲，警衛將門打開對外喊了一聲，一瓶礦泉水和一個杯子就被送到陸海雲的面前，他看了一眼杯子後就打開了礦泉水直接從瓶子裏喝了一大口，這時他突然感到非常的渴，就一口氣喝了半瓶，他發現空氣中的緊張似乎是被他喝下的水給沖淡了：「我是來見我的客戶，特瑞克先生，我們有理由相信特瑞克先生目前是被卡辛先生保護中。」

卡辛說：「我聽說你就是特瑞克的辯護律師，是你把他從關塔那摩監獄裏救出來的。」

陸海雲正要回答時瓦倫德插進來：「不錯，就是他，問他要一張名片，過幾天如果你也進了關塔那摩，你也可以向他求救了。」

卡辛冷笑一聲：「你可以先告訴我要見特瑞克的理由嗎？」

陸海雲說：「我是代表特瑞克先生的家族在進行一件房地產的交易，因爲家族需要用錢，決定將一個不動產出售，目前已經找到買主，談好了價錢，我們也將買賣合約寫好了，剩下來的就是要在合約上簽字了，做爲這件交易的律師之一，我需要在特瑞克先生簽字時做見證人。」

陸海雲從地上拿起了公事包放在桌上，拿出一個文件夾，推到卡辛面前：「這就是需要特瑞克簽字的合約。」

合約只有三頁，上面全是密密麻麻的小字，卡辛的英文能力能讓他分辨出來這是一份關於不動產的買賣合約，但是一條條用不動產交易專有名詞寫的內容條款他卻是完全不懂，他很快地翻到第三頁，終於看到了有一行寫的是總金額兩千七百五十萬歐元。

卡辛暗暗心喜，開始原本是要求他暫時看管一位從巴基斯坦北部押送過來的犯人，穆斯林極端組織是要這犯人做反美的聲明，所以美國人不會想到他就被關在他們眼皮底下。當他發現這犯人是特瑞克後，他起了非份的念頭，他要在特瑞克身上撈一筆錢，於是他透過管道向特瑞克的姐姐放出風聲，說要一千萬美金，他就放人。現在他一定要把贖金的價碼提高了。沒想到他極其討厭的瓦倫德居然帶給他這麼大的一個禮物。他回頭對警衛說：「叫他們把特瑞克帶過來。」

然後又對瓦倫德說：「你和你的朋友沒忘了帶給我的東西吧？」

「我們怎麼可能忽略了你最喜歡的東西呢？沒看見我們都帶了背包來嗎？」

卡辛的貪婪本性露出來了：「那可不可以先給我呢？」

瓦倫德說：「我們還是按老規矩，辦完事交錢，他來拿了簽字後就給錢，我取得答案也交錢，不用心急，我們有的是時間。」

這時有人敲門，警衛開門，特瑞克和另一名端著AK-47自動步槍的警衛走了進來，陸海雲迎上去和他握手擁抱，陸海雲在他的耳邊用很小的聲音說：「我是來帶你走的，行嗎？」

特瑞克突然想起來在關塔那摩美軍監獄裏第一次見到陸海雲時，也是聽到他說這句話。特瑞克沒有回答，但是當他鬆開擁抱後，陸海雲從他閃著淚光的眼神裏，看到了回答。陸海雲揮手說：「這位是瓦倫德先生，是他幫忙才找到了你。」

瓦倫德伸出手來說：「我是瓦倫德，美國中央情報局中東特派員。」

在場的人都有些驚訝，雖然都知道或是能猜想到瓦倫德的真實身分是幹什麼的，但是聽見他自己不但把身分說出，而且還說出職位來是讓人沒想到的。其實這是預先安排好的暗語，意思是他見到了特瑞克，一切按計畫進行，最重要的是這些話不是在被迫的情況下說的。兩人握完手後，瓦倫德說：「你來坐在我的位置，這裏的光線比較亮，好看文件。」

他自己換坐在桌子轉角一邊的卡辛和特瑞克之間，在他的要求下，又一瓶礦泉水送來給特瑞克。這一切讓陸海雲看在眼裏後，暗暗地佩服瓦倫德這位老行動員，整屋子裏的人現在是完全按照他事前所描繪形容的各就各位，他說這是他將發起突擊的最佳形勢。按照他記得牢牢的行動方案，陸海雲開始了。他將合約的文件夾當著在旁邊的特瑞克面前打開：「我受你姐姐伊莎貝的委託，為出售你們家族在巴黎近郊的農場和上面那棟房子準備了這個合約，這是一式兩份，需要你的簽字。」

特瑞克說：「我很少過問這份產業，都是伊莎貝在管。」

陸海雲說：「不錯，雖然這些年都是她在管理這份產業，但是產權是在你父親的名下，而你是合法繼承人，所以還是要你的簽字才行。」

特瑞克轉開了話題：「伊莎貝近況好嗎？」

「還好，等一會兒我再跟你細談，我們先看合約。」

在昏暗的亮光下，只有特瑞克看見了陸海雲眼裏含著的淚水，他知道伊莎貝可能出事了，這也增強了他的信念，他一定要活著離開這裏，做為一個穆斯林男人，欠的債必需還，有的仇必須報。特瑞克繼續問：「伊莎貝說了為什麼要賣這塊產業沒有？」

陸海雲撒謊說：「我不是十分清楚，她只告訴我家裏有急用需要一筆錢。」

特瑞克用手指著卡辛咬牙切齒地說：「我知道，一定是她需要錢來付卡辛，他綁架了我，來威脅勒索伊莎貝。」

瓦倫德和陸海雲都嚇了一跳，他們沒想到特瑞克會直接地指責卡辛，他和卡辛的衝突已經白熱化了。但是陸海雲突然明白這也是特瑞克要告訴他的資訊，那就是在卡辛拿到錢之前他是安全的。這時卡辛吼起來：「特瑞克，你不要含血噴人，我跟你說過，我是受人之託，暫時看管你。勒索你姐姐的事和我無關。」

特瑞克往上指一指說：「卡辛，你是不是說實話是瞞不過偉大的阿拉，總有一天會水落石出，你就等著吧！」

他轉過頭來對陸海雲說：「好吧！我對合約裏的條文是一竅不通，你要講給我聽。」

他聽見陸海雲說：「沒問題，其實這些條文只是個形式，最重要的只有三點，我來講給你聽。第一點是這一條，寫在這裏，請你仔細看一下。」

陸海雲用筆指著一行文字繼續說：「條文清楚的說明，買方同意付現，也就是說，買方不可以向賣方要求信貸。我相信你一定同意了，是嗎？」

但是陸海雲在合約上所指的那行字是「營救行動開始了，同意嗎？」，他看著陸海雲點點頭說：「當然同意。」

陸海雲接著說：「很好，第二點是買方無條件接受目前產業的狀況，如果有任何法律規定或是功能需要而有必須修繕之處，所有費用由買方承擔，這一條是寫在這裏，請你仔細看看。」

在合約上陸海雲所指的那一行是寫著「聽我的口令，伏地臥倒，雙眼緊閉」。特瑞克又點點頭說：「我明白，沒問題，這一點是對我們很有利。第三點是什麼？」

陸海雲說：「第三點是法國政府要求我們必須要寫在合約裏的。記得嗎？農場裏有一個雕塑是紀念費洛比的銅像，政府通過立法將它列爲國家的文物寶藏，必須保護，要求在農場過戶時要寫在買賣合約裏，買主要負起保護的責任。這一條是寫在這裏，你看有沒有問題？」

陸海雲手指著的一行是寫著「這裏的無線電通信室在什麼地方？」他繼續說：「奇怪，特瑞克，我去過那個農場，我怎麼沒看見過還有一個國寶銅像呢？」

特瑞克說：「你沒看見是因爲它是在房間裏頭，還記得那個長長的走廊嗎？走廊的最終端有一個房間就是銅像房，那也是全農場最北邊的一間房子。」

瓦倫德手裏握著的對講機有一個像大頭針針頭那麼小的綠色燈一直在閃著，它表示是在播放的狀態，也就是說發生在這間小辦公室裏的對話都轉播出去了，不僅是參與行動的各個小組在監聽，美軍在伊拉克的總部和數千英哩外的美國中央情報局也在監聽。幾秒鐘後，對講機上微小綠燈旁邊的微小紅燈無聲地快速閃了兩下。瓦倫德在心裏笑了一下，紅燈信號表示接到資訊並且理解，到目前爲止，所發生的事都和他所預計的完全一樣，他知道任何行動都不可能完全和預計的相同，所以他認爲出乎他預料的災難將隨時要發生了。他聽見陸海雲說：

「怪不得我沒見到，原來是藏在屋子裏。如果沒有其他的問題，我建議你可以在這裏簽字了，兩份都需要簽的。還有的就是我們賣出去的價格問題，雖然你沒有提，但是我還是得跟你說一下，買主最後的出價是兩千七百五十萬歐元，我們認爲還可以找到更高價的買主，但是伊莎貝急著要拿到錢，就同意了。」

一等特瑞克在兩份合約上簽好了字，卡辛就對把特瑞克帶來的警衛說：「把他帶回去！」

瓦倫德說：「等等，我要問的問題和特瑞克有關，我需要他的資訊，他還得留下來一會兒。」

卡辛說：「我們說好了的，你這次來是辦兩件事，一件是要特瑞克簽字，第二件是問資訊。現在第一件已經完成了，你們就先付費用吧！」

陸海雲說：「我是特瑞克的律師，任何有關他的事我都需要參與，然後我才要付費。」

卡辛說：「很好，我明白錢是要賺來的，而不能不勞而穫，那你就先問和特瑞克有關的問題吧！」

瓦倫德開始問了：「請你告訴我兩河大酒店的爆炸事件，誰是幕後主謀？」

卡辛突然變得很小心，臉上那常在的微笑不見了，他說：「我不明白你是什麼意思？我不知道任何有關兩河大酒店的事。」

瓦倫德搖搖頭，靠在椅子上打量他眼前的人說：「我想你是知道我的意思。那麼讓我這麼問吧！你認爲賀吉克的死，誰會是最大受益者？」

卡辛沒有任何準備瓦倫德會提出這個問題，他覺得來者不善，別有用心，他猶豫了一下後回答：「賀吉克是誰？炸彈的目標不就是伊拉克總理馬利基嗎？」

瓦倫德笑出了聲：「哈！你剛剛不是才說你完全不知道任何的事嗎？現在居然知道爆炸事件的目標是誰了，這變化可真快啊！」

卡辛本能地反應說：「這是新聞報告裏說的。」

瓦倫德還是咬住不放：「新聞報告裏說特瑞克是幕後黑手，你怎麼不說呢？」

「那是故意製造的謠言。」

一說完，卡辛馬上就明白他犯了嚴重的錯誤，說錯話了。房間裏一點聲音都沒有，空氣似乎是凝固了，瓦倫德和卡辛怒目相視，似乎都在思考如何用最殘酷的方法來置對方於死地。最後還是陸海雲說話了：「製造謠言說特瑞克先生是造成大量死傷恐怖事件的幕後主謀，嚴重傷害到他的名譽，做爲他的律師，我將代表他提出法律訴訟，要求賠償損失和司法處罰。請卡辛先生說明造謠者的身分，否則我將被迫把卡辛先生列爲被告，同時我們也將拒絕這次的付款。」

瓦倫德接著也說：「我也就打開天窗說亮話了，我來是要求你告訴我三件事，第一，誰執行了兩河大酒店的爆炸事件，名字叫什麼？是哪裏來的？第二，是誰透露了賀吉克會出現在兩河大酒店？第三，我要你告訴我在巴基斯坦訓練營裏出現的，從南美洲巴拿馬國來的人名字是什麼？和他在一起的一個中國來的女人是誰？他們和基地組織是什麼關係？他們的任務是什麼？」

卡辛還是一副不在乎的態度：「你們兩人是一起在講笑話吧？你這位大律師真的相信伊拉克在目前的情況下會接受破壞名譽的訴訟嗎？」

陸海雲馬上回答：「我認爲判處薩達姆死刑的法官們一定會的。」

卡辛愣了一下，他是沒有想到這一點，他必須要將話題轉開：「我已經替美國政府工作有三年了，一直是配合你們，提供給你們許多許多很有價值的情報。但是你們要知道我是生活在伊拉克而不是在美國，這裏有很多人是想要把你們置之死地，也想要把像我這樣和你們合作的人殺掉。所以我必需要十分小心，不能讓他們追溯到情報洩漏的來源，不能隨心所欲的將所有的事都說出來。」

瓦倫德說：「不對，你不僅沒有將真正重要的情報傳給我們，還將我們給你的經費拿去用在我們特別禁止你用的地方，對不對？別忘了，這是美國納稅人的錢，有法律規定禁止使用的地方。我看是不是要求我們的政府查帳員來拜訪、拜訪你。」

卡辛顯然是在用他最大的努力在克制住將要爆發的憤怒：「兩河大酒店的爆炸事件是基地組織一個叫萊伊爾的行動員所執行的，賀吉克是被特瑞克的表哥出賣的。」

特瑞克插嘴說：「是不是庫塔迪里？」

卡辛點點頭，特瑞克說：「這條吃裏扒外的狗，我要殺了他。」

陸海雲從皮夾子裏拿出一張照片給在他身邊的卡辛看了一眼：「她是萊伊爾嗎？」

卡辛搖搖頭說：「我沒有見過萊伊爾。現在你們可以付給我錢了。」

瓦倫德說：「別急，巴拿馬人的事還沒說呢？」

卡辛不耐煩了：「我把所有知道的都說了，我不曉得什麼巴拿馬人的事？」

瓦倫德說：「我沒功夫跟你浪費時間，我認爲你知道我要的情報。如果你是死了心不肯說，我們就把你勒索特瑞克姐姐的事透露給基地組織，他們會如何處置你，你一定清楚。」

卡辛臉上的血色突然消失，臉色變得很蒼白，他說：「胡說八道，你這是含血噴人。」

瓦倫德說：「是嗎？巴黎警方已經逮捕了勒索伊莎貝的人，他已經全盤招供了。」

陸海雲對特瑞克說：「卡辛利用基地組織委託他監管你的機會勒索伊莎貝，這就是她爲了籌錢要賣農場的原因。」

這是卡辛最後的一個致命傷口，他決定今天終於要流血了。他正要回頭吩咐警衛叫人時，瓦倫德將那瓶礦泉水打翻在地上，他彎身去撿起來時陸海雲用力推了下特瑞克，同時喊叫：「臥倒，閉上眼睛。」

瓦倫德拉開了他腳下背包裏的震撼彈和白磷彈，強大的爆炸力使坐在椅子上的卡辛和兩個站著的警衛都撞到牆上昏過去了，白磷彈的強大閃光使沒有閉上眼睛的人短暫地失去視力。陸海雲睜開眼後的第一件事，就是把別在腰上的手槍拿在手裏，但是瓦倫德比他快了一步，兩聲快速的槍響後，屋內的兩名警衛被他射殺了。他把地上的礦泉水瓶撿起來，把剩下的水倒在卡辛的臉上，再把他腰上的手槍拿下來交給特瑞克，他問：「你們沒問題吧？兩分鐘之內我們必須撤離。」

瓦倫德拿起對講機說：「紅狗一號對全體，發起攻擊！發起攻堅！」

不到十秒鐘，第一個轟然的爆炸聲就響起了。卡辛醒了過來：「你們是瘋了嗎？你們知道這裏有多少我的人嗎？三輛悍馬是救不了你們的。」

瓦倫德抓住他的領子說：「聽見沒有？三架阿帕奇武裝直升機已經對你的老巢發起攻擊了，你的無線電室已經完蛋了，如果你不想和這兩個衛兵同樣的下場，就趕快說出那個巴拿馬人是誰？來幹什麼的？」

特瑞克把手槍的彈夾卸下，取出兩顆子彈，利用牙齒的幫助將彈頭扭下來後再將空包彈裝回槍裏，他把還倒在地上的卡辛翻過來，背部朝上，肚皮趴在地上，他抓住卡辛的頭髮把他的頭抬起來：「卡辛你這個狗娘養的，看清楚了？這槍裏頭有兩顆空包彈，知道我要往哪裏打嗎？」

他將槍口頂在卡辛的肛門：「說，巴拿馬人是來幹什麼的？」

卡辛的口氣改成哀求了：「特瑞克，這不是鬧著玩的，我真的不知道……」

特瑞克按下了扳機。在一聲槍響後接著的是一長聲像野獸從屠宰場裏死前的悲吼，蕩漾在支離破碎的小屋裏，這是卡辛在一股上千度的火藥爆炸氣體衝進他的肛門，將那周邊的細胞在瞬間變成烤肉時的反應，卡辛一邊在哀號，同時用雙手狂抓著臀部，想要把那痛徹心肺的燒炙抓走。特瑞克一腳把在地上打滾的卡辛踩住：「快說吧，不然我這第二顆空包彈就把你的命根子給烤熟了。」

在劇痛的情況下，卡辛本能地用鄉音說了一連串的話。陸海雲突然問卡辛：「是誰殺了伊莎貝和拉洗布的？」

特瑞克驚愕地看著陸海雲，他看見陸海雲的眼睛含著淚光在向他點頭，特瑞克抓起卡辛的衣領說：

「卡辛，我要你在地獄裏看著你老婆偷男人。」

然後他將槍口按在卡辛的下體扣動扳機，在一聲槍響後又是一聲哀號，然後卡辛的身體就縮成一團不動了，他痛得昏了過去。在一片火炮聲中，隱約可以聽到腳步聲在接近，瓦倫德拿起了一把衛兵的衝鋒槍：「我們該走了，要不然就走不成了。特瑞克你拿著另一把衝鋒槍，子彈也拿好，跟在我後面，陸海雲你揹上背包跟上來。」

特瑞克還把衛兵身上的幾個手榴彈和掛在牆上的一個手電筒也帶上了。瓦倫德拿起對講機說：「紅狗一號開始撤離，目標是長廊末端，從炸毀的電訊室出來，估計時間兩分鐘後。」

他將木門打開，對外看了看，回頭說：「我們走。」

然後第一個快速地衝出去，特瑞克隨後跟上，陸海雲揹起他的背包，拿著手槍，跟著衝出去。他們向另一頭的亮光狂奔，亮光是從夷爲平地的電訊室照射過來的，突然走廊上的一個木門打開，有三個人衝出來，六個人在狹窄的空間，近距離同時開槍，三個槍手中槍倒地，但是瓦倫德在首當其衝的位置也中彈倒地。陸海雲摸了一下瓦倫德脖子上的脈搏：「他還活著，特瑞克你就留下吧，他們不會對你怎麼樣，我揹著他衝出去。」

「這裏頭全是卡辛的人，你是要我找死嗎？」

「也沒有別的路可走了，就只有聽天由命了。特瑞克你保重了。」

「慢點，卡辛手下的一個人告訴我有一條多年沒用過的下水道通到外面水塔邊的泵房，也許是條出路，我們試試。」

陸海雲拿起對講機說：「這是紅狗七號呼叫，紅狗一號中彈，我們改由水塔邊泵房撤離，請求火力支援，救護兵和擔架。」

他向特瑞克說：「你帶路，我揹瓦倫德跟著你，背包裏是炸藥，引爆線就是外面的拉扣，十秒鐘的信管。」

特瑞克揹起背包，撿起瓦倫德掉在地上的AK-47，用上面的槍帶把它掛在脖子上，然後就往回走，他在一個門口停下，拉開一個手榴彈扔進門裏，等爆炸後他才進去，這是間較大的屋子，裏頭還有一個門，他又拉開了一個手榴彈扔進門裏，爆炸後他看到的是一個往下走的木頭樓梯，下面是一片漆黑，什麼都看不見，特瑞克一手一把衝鋒槍，雙槍同時向下掃射，然後打開手電筒，一條年久未用的排水道出現在眼前，他說：「你趕快往前走，我要把樓梯炸了就過去。」

陸海雲揹著瓦倫德，藉著特瑞克手電筒的微弱燈光往前走，對講機中傳出：「紅狗二號呼叫紅狗七號，請報告位置及情況。」

「紅狗七號攜帶紅狗一號進入下水道，前進中。」

突然前方出現一束亮光，那是泵房裏下水道的出口被打開了，陸海雲感到他的體力在減弱，但是這一束光明又給了他最後的衝力，就在此時，他聽見特瑞克的雙槍響了，在一陣掃射後，聽見特瑞克的喊叫：「臥倒！」在狹長的空間，因爆炸所產生的壓力在下水道中從一頭傳到另一頭，然後又反彈回來，壓力波在振蕩。

「紅狗二號呼叫紅狗七號，報告情況。」

「接近出口，請求接應。」

瓦倫德的助手出現了，他從陸海雲的背上把瓦倫德扶下來，陸海雲回頭大喊：「特瑞克……」

「我就在你後面，別喊了。」

陸海雲和特瑞克走出了泵房第一眼看到的是卡辛總部的一排房子已經被武裝直升機完全摧毀了，只剩下冒著煙的瓦礫。但是兩部悍馬車上的機槍還在射擊，顯然還有在抵抗的槍手。有一部悍馬是停在水塔旁邊，躺著瓦倫德的擔架正在被抬上去，救護兵已經給他掛上了鹽水點滴。陸海雲、特瑞克和瓦倫德的助手也上了同一部悍馬車。在兩公里外一架黑鷹直升機把他們送到了巴格達機場的野戰醫院，瓦倫德被送進了手術室，陸海雲和特瑞克被送進急診室做全身檢查。半小時後，兩個人從急診室出來，他們在手術室外面找到了瓦倫德的助手，陸海雲問他：「情況怎麼樣？」

「醫生說他能活了，但是傷得不輕，胸部中了兩彈，大腿又中了一個。」

「能完全恢復嗎？」

「還不知道。」

特瑞克說：「什麼時候能醒過來？」

「醫生說大概要一小時左右。」

「你是在等他醒來嗎？」

「是的，他一定會想問好多問題的。」

陸海雲說：「我們也在這兒等他醒過來。」

「你們身體檢查沒事吧？」

「沒問題。」

「那你們先去吃點東西吧！」

「那你呢？」

「我剛去吃過了。」

陸海雲和特瑞克在野戰醫院的餐廳各叫了晚餐和一罐啤酒，經過了九死一生的折騰，他們的神經似乎是麻木了，無言地各自進餐，直到吃完了時特瑞克才問：「伊莎貝是什麼時候被害的？」

「就是昨天，我們是在來法路加的路上接到的消息。」

「伊莎貝一輩子在做救人的事業，最後被人殺害，這是什麼世界？他們不放過她，不就是爲了要打擊我嗎？」

「特瑞克，很可能是因爲我，而不是因爲你，伊莎貝才遇害。」

「我不明白。」

「伊莎貝要我住在她家。拉洗布把你交給他的隨身碟給了我，基地的槍手是來找我時碰到了他們，所以被殺。」

「那隨身碟呢？」

「已經送給美國政府了，所以中情局決定要把你救出來。」

「很好，我要親手宰了我那個表哥，是他害了伊莎貝。我得馬上趕回去，否則他聽到風聲後會跑了。陸海雲，人家請律師是來打官司，你這個律師可好，除了打官司還管在槍林彈雨中救客戶，你說我該怎麼感謝你。」

「等你接到帳單時就不會這麼想了。」

兩個人都不說話，過了很久，特瑞克說：「這幾個月對我來說就像是過了好幾年似的，突然覺得老了很多。海雲，我姐走了，拉洗布大叔也沒了，你成了我唯一能說事情的人了，你不在乎吧？」

「我會是你永遠的朋友，別擔心，想把我趕走還不容易呢！」

「真沒想到，就這麼一眨眼，我就成了孤兒了。」

「特瑞克，跟我到美國去吧！在那裏你不用擔心安全。」

「我心領了，但是我不能丟下我的族人一走了之，你知道嗎？我們這一族是生活在上世紀初的時代，我們要把一年當成十年來過才有希望趕上時代，他們需要我的幫助。」

「特瑞克，你是個很高尚的人。」

又隔了很久，陸海雲從皮夾子裏拿出一張照片給特瑞克：「認識她嗎？」

「認識，她叫郭康瑩。」

第九章　黃浦江畔的情落情起

陸海雲在巴格達機場登上了一架美軍的C-130運輸機，登機前他給奧森律師事務所打了長途電話，但是沒能找到他的老闆奧森先生，他和愛米談了一會兒，簡單地說了一下這幾天發生的事，三個半小時後，陸海雲到了羅馬。他走到美國航空公司的櫃檯，拿出他飛往舊金山的機票，要求更改目的地。半小時後陸海雲登上了飛往華盛頓的航班。在航機起飛前他問機艙服務員要了一張毯子說要睡覺，要求她在降落前才叫醒他，不必叫他起來吃晚餐。

在將近十個小時的飛行中，陸海雲躺在傾斜的座椅上雙眼緊閉，似乎是因爲過度的疲憊而入睡了，但是他的臉上卻有淚痕。這一刻是陸海雲一生裏最黑暗的時刻。在巴黎和巴格達的日子，他陷入在爲自己和他人的生命而掙扎，所有的精力都集中在如何克服和度過眼前的危機。但是在飛越大西洋的旅途時，他第一次有機會真正地思考特瑞克在巴格達認出蔣英梅的照片所代表的意義。

根據特瑞克說的，她是出現在基地恐怖組織在巴基斯坦北部山區訓練營的東突份子的一員，並且還是重要的領導幹部。如果她參與了在西方國家的恐怖活動，陸海雲做爲一個被美國總統所任命的白宮反恐成員之一，很可能會參與制裁蔣英梅的行動。在所有認識的女朋友中，他對這位來自新疆，有著西方氣息的美女是愛得最刻骨銘心的，也是他唯一求過婚的女人。可是現在卻發展到你死我活要去向她索命的地步。想到他和蔣英梅在一起的美好時光，再想到他追求過的每一個愛情不是走樣了就是扭曲的變形了，眼眶就禁不住的濕了。

就在思潮洶湧，時醒時睡和無限哀傷中，陸海雲飛抵了華盛頓郊外的杜勒斯國際機場。當他走出了入境大廳時，一眼就看見愛米來接他，她衝過來緊緊地抱住了他擁吻，她把頭埋在陸海雲的耳邊說：「海雲，你太不夠朋友了，到巴格達原來是去賣命的，也不先說一聲。」

「如果有人把我的命買了，也沒什麼不好的，活得像我這樣也很沒意思。」

愛米是頭一次聽到陸海雲說這麼灰色的話，她抬起頭來才看見他紅腫的兩眼：「海雲，你哭過了？」

「我沒事，我們現在要去哪裏？」

「他們都在等你，不過我看你是不是先到酒店去休息一下，開會可以改時間的。」

「謝謝你，愛米，不必了，我沒問題。」

他們一走出機場就有特勤處的人來迎接，他們上了一輛停在人行道前的黑色休閒車，四十分鐘後車子進了華盛頓市區，陸海雲聽見前座的一位特勤人員用對講機報告說十分鐘後到達。他們去的地方就是美國總統辦公和生活的「白宮」。

這是陸海雲第三次來到這個國家最高權力機構所在地，第一次是隨著中學時候的訪問團來的，第二次是他擔任聯邦大法官的助理時跟著大法官來的，但是這次是頭一次被帶到總統辦公的橢圓型辦公室，辦公室的門是關著的，他們剛要在門外的椅子上坐下來時，辦公室的門就開了，陸海雲非常吃驚地看見總統走出來和他們握手，歡迎他們。

這個橢圓型辦公室的一端是一個大辦公桌，桌後緊挨著牆是個長方型的木桌，上面擺滿了總統的家庭生活照片。除了大辦公桌外，橢圓型的室內就是一組會客的沙發桌椅，負責反恐工作的總統特別助理納序先生和陸海雲的老闆奧森先生從沙發椅上站起來歡迎他們。

大家坐定後，總統先和陸海雲話家常，因爲同是耶魯大學的校友，很自然地把話題轉到他們共同的興趣上。等一輪咖啡和小餅乾吃完後，總統就問起陸海雲在巴黎和巴格達的行動經過，他用了十五分鐘的時間將經過簡單扼要地說明了。然後總統就很嚴肅地宣佈，他代表美國人民向陸海雲表達敬意，感謝他在打擊恐怖組織所做的貢獻，保護了美國人民的生命和財產，特別是前幾天在巴格達的行動中所表現的英勇行爲，讓所有的美國人都感到驕傲。爲了目前正在進行中的反恐怖活動需要保密，不能對外公佈這些事實，但是他用總統信件的方式將事實記錄下來，一旦解密，這份信件會寄給陸海雲和美國的國會。

總統更進一步地說，這項行動促進了特瑞克成爲美國在巴基斯坦北部山區中更緊密的盟友。陸海雲回應說，特瑞克的家人，伊莎貝和拉洗布爲了將資訊傳出來，都被殺害了，美國政府應該有所表示。總統馬上同意，他要求奧森先生做爲特瑞克家族的法律代表，先送一份文件到白宮，建議應該如何做才會最合適，再由總統責成有關單位去做。最後總統表示陸海雲已經成爲美國在全球反恐行動中的重要一員，他期待著更輝煌的成果。

總統的接見只用了三十分鐘，然後納序領著他們三個人來到了白宮的地下會議室，這是一間爲戰時所準備的會議兼指揮中心，所有的設備都很齊全和現代化。除了白宮由納序領導的反恐協調小組的成員外，所有相關的單位，包括國土安全部、司法部、聯邦調查局、中央情報局、海關、海岸巡邏隊等，都有負責反恐活動的領導幹部來到了會場。

納序在主持會議的開場白裏很簡單地說，陸海雲從巴黎傳來特瑞克的資訊是九一一事件後最重要的情報，不僅是提供了曾在基地組織訓練營裏受過訓的學員姓名、出生日期、出生地、國籍和其他的背景資料外，還說明了他們在結業後可能會被派往的國家和地區。根據這些資料和已經在手的名單，很多恐怖組織的成員都可以對號入座了，對他們的逮捕計畫已經開始了。

其次是由奧森先生說明，特瑞克和奧森律師事務所的關係是在特瑞克的父親時代就建立了。這個家族有很長的與西方國家友好的歷史，尤其是美國，而特瑞克本人是在西方受教育，西方的價值觀對他有很深的影響，自從接掌了部落的首領後他啓動了一系列的改革政策，大力的推廣教育，改進族人的衛生習慣和保健，他的很多措施和傳統的伊斯蘭主義都有矛盾，例如他鼓勵族人的婦女們受教育，提高婦女的社會地位，等等。奧森認為美國政府除了要幫助特瑞克加強他的軍事實力外，更應該在其他方面協助他改善他族人生活的願望，從長遠的觀點看，這才是打擊恐怖組織的最基本方法。

接下來就由陸海雲將他在巴黎和巴格達的行動做了詳細的報告，來參加會議的人提了很多問題，陸海雲都一一的回答了，從這些問題裏可以看得出來，大家最關心的還是下一次對美國的恐怖襲擊時間、地點和方法是什麼？對這一個問題，陸海雲也無法回答。會議結束後，納序請奧森律師事務所的三個人來到他自己的辦公室，等大家都坐定了，秘書小姐給大家都倒了咖啡後，納序看著愛米說：「我們這裏的咖啡比起你們奧森律師事務所的要差了很多，還請各位多多包涵。」

奧森說：「那你就給我們一個合約，我們派愛米來給你煮咖啡。」

納序：「太好了，那你說這個合約要多少錢？」

奧森：「不多，一年兩百萬就搞定。」

愛米：「馬溫大叔，您就是一心一意的想把我趕走，是不是？還要在我身上賺兩百萬，可真狠心啊！」

納序：「我的小道消息是，奧森律師事務所有沒有老奧森在並不重要，但是沒有愛米小姐，就非得癱瘓不可。」

奧森：「這就是人老了不中用所帶來的悲哀。」

納序：「別擔心，你的咖啡太貴了，我們喝不起，所以我們只能繼續喝我們白宮牌咖啡了。」

愛米：「太好了！馬溫大叔的陰謀又失敗了。納序先生，回到正題，如果特瑞克的情報這麼有價值，那就應該請他繼續幫助我們，而我們就要像馬溫大叔說的給特瑞克全方位的支援。」

納序：「是的，我們正在擬定具體的援助計畫，一旦總統批准了，我們就開始行動，到時候還少不了要找你們幫忙。我還要再強調剛剛總統所說的一點，那就是陸海雲是我們反恐隊伍中重要的成員，又是在行動的第一線，你們任何的決定和措施，白宮的反恐辦公室一定會支持的。」

陸海雲：「謝謝納序先生對我的信任。當特瑞克認出來蔣英梅的照片時，我就要求他回去後將所有關於她的資訊傳給我。現在你們手頭上應該有不少關於這個女人的資料了吧？」

納序：「是的，我們從特瑞克提供的資料和其他來源的情報，可以確切的判定這位叫凱瑟琳．范登的女人是兩河大酒店爆炸案的主謀，目標是馬利基總理的客人賀吉克。她和她的同夥在巴黎殺害了特瑞克的姐姐伊莎貝和家人拉洗布。凱瑟琳．范登在巴黎的主要任務是暗殺伊拉克國會議員丁塔布里滋博士，他是美國的友人同時又是被各派系所尊敬的人，他的死亡對我們在伊拉克的政策造成了極大的損失。從各方面得到的情報都指出來，她是基地組織下一個恐怖活動的負責人，我們最大的難題就是對她的計畫一無所知，也沒有任何資源和手段去取得她的計畫。在這一點上我們非常需要陸海雲先生的大力幫忙。」

陸海雲：「納序先生，我明白您這麼說是因爲我曾經是這個大恐怖份子的男友，我認識她的時候她叫蔣英梅。我還曾向她求過婚，很可惜，被她拒絕了，她已經嫁給別人了，否則也許我還能當你們的臥底，賺點外快。」

在場的人都感覺到陸海雲的自我嘲笑是哀傷多於說笑話，大家都沉默不語，最後還是納序開口說：「從各方面去分析她，她都是一個狂熱的伊斯蘭主義者，也是一個優秀的行動員，她會利用所有的手段去達到她的目的，包括利用他人的感情。海雲，對不起，我就直接叫你的名字了，美國人民很可能將要面對比九一一事件更可怕的災難，我們不惜任何代價，無論用任何手段都要阻止它的發生。」

陸海雲：「納序先生，您是不知道，但是愛米可以告訴您，翻開我輝煌的戀愛史，我是一敗塗地，被殺得片甲不留，所以被人利用一點都不奇怪。在感情上我是個又笨又傻的男人，要我去利用別人的感情，會鬧出笑話的。」

愛米：「海雲，你不傻也不笨，你只是被愛情給迷住了。」

陸海雲：「能被愛情迷住的男人還不夠又傻又笨嗎？不說了，中國方面有消息嗎？」

納序：「中國公安部副部長袁華濤傳過來的報告顯示，他們最近把一個由境外操控的『維族自助會』的恐怖組織給端了，擊斃和逮捕了不少的恐怖份子，他們基本上都是從新疆維吾爾自治區來的東突周邊組織的成員，從搜查出來的文件中也看見了凱瑟琳．范登的影子。」

奧森：「我們收集到的情報和分析的結果有沒有傳給中方呢？」

納序：「有的，根據我們簽署的防恐互助協定，我們隨時將通過審查的情報資料送給中國。」

陸海雲：「美方獲得有關最近在巴格達和巴黎發生的恐怖活動和恐怖份子的資料，是不是都送給他們了？」

納序：「當然了，這些都是恐怖活動的資訊，沒有向恐怖份子保密的必要，所以馬上就通過了審查。」

愛米：「所有的情報都是有關恐怖份子的，有必要對他們保密嗎？」

納序：「有一部分的情報是來自恐怖組織的內部，因爲種種原因，有他們的人向我們提供情報，還有我們的臥底也經常傳回有價值的情報，我們需要保護這些情報的來源，再加上我們對中國公安部隊的內部保密細節不完全掌握，爲了保護我們情報的來源，這些情報在審查過程中就被擋住了。」

陸海雲：「能說些具體的情報嗎？」

納序：「我們從握底人員得來了一個消息，說是他們對一位中國的公安人員發出了『紅色追殺令』，這一條資訊沒有通過審查，因此還要保密。」

奧森：「這是很不尋常的，通常紅色追殺令是用來對付叛徒的，另外恐怖組織從來不對個別的安全人員發出追殺的命令，是誰發出這個命令的，它的理由是什麼？」

納序：「我們的情報顯示是凱瑟琳．范登發出的追殺令。理由是這位公安人員在逮捕恐怖份子的過程中，擊斃了一個基地組織第三號頭目的兒子。所以一定要追殺他。」

陸海雲：「能告訴我這位公安人員的名字嗎？」

納序：「他是上海市公安局的刑警何時。」

在白宮的會議結束後，愛米開著租來的車帶陸海雲到華盛頓市郊外的銀泉鎮，住進了一間在湖邊又很清靜的酒店，陸海雲馬上進了浴室，在裏頭花了很久的時間痛痛快快地洗了一個澡，他是想把他渾身的霉氣都洗掉。然後在樓下面對著靜靜湖水的餐廳，在閃爍的燭光下，他和愛米叫了一瓶紅酒和美味的晚餐。用似水的柔情和無限的愛意，愛米讓陸海雲慢慢地把積壓在心裏的哀傷和憤怒的感受都釋放了出來，她終於看見陸海雲的臉上出現了笑容後，她說：「你慢點說，慢點吃，我真害怕你會噎著了。」

「我是急著想把心裏的事全說出來，可是我也很餓，好長一段時間沒好好的吃一頓了。」

「我們有的是時間，慢慢來。」

陸海雲不說話了，專心地吃他眼前的牛排。

「海雲，你就別去恨蔣英梅了，那只會讓自己難受。」

「我不恨她，我是恨我自己爲什麼這麼笨，沒有早早感覺到蔣英梅是有她更重要的人生目的，而我只是她人生裏的一段小插曲，好玩而已。」

「剛剛聽你說，楊冰好像和以前也大不一樣了，你還在追她嗎？」

「如果你在追求某一個人，當你打電話給那某人，某人的秘書要過濾你的電話，每次都要把祖宗八代交代得清清楚楚，然後告訴你等回電。你還認爲這是正常的男女追求行爲嗎？」

陸海雲停了一下，愛米沒有回應，他繼續說：「愛米，其實楊冰和蔣英梅有很多地方很相似。她們都有很高的人生目的，都會全力以赴來達到目的。記得上次在洛城時，她就要用違法綁架的方法來緝拿任敬均，要不是何時堅持要請示上級，我們很可能就失掉一個客戶了。那是我第一次親身經歷到她被扭曲了的價值觀，楊冰是一個會犧牲原則來達到目的的人。別人告訴我楊冰的人生目標就是，要成爲一個比她的烈士父親更出色的公安人員，來保護她烈士遺屬的光環。」

「人生有個崇高的目標是個好事，但是不能犧牲建立在社會公平和正義上的原則。」

「愛米，那你的人生崇高目標是什麼？」

「我答應了馬溫大叔，在他離開我們後，我會本著他的意願，繼續把奧森律師事務所發揚光大。」

陸海雲笑著說：「怪不得你把我們管得這麼嚴。」

愛米很高興又看到陸海雲開玩笑了，她說：「我看得出來在洛城機場的事對你的打擊很大，因爲楊冰讓你失望了，但是你被她的美豔和對感情的渴望給迷住了。其實我很早就看出來楊冰是在刻意的經營你和她的感情。這也許是他們成長的環境所造成的，他們的上一代是在驚天動地的社會裏生存下來的，我相信很多的價值觀都被扭曲了。」

「並不是所有的人都這樣，你看刑警隊的何時，他還是像傳統的執法人員一板一眼的做事，但是也保持了個人的那份熱情。只可惜他沒有強有力的後台，否則他應該是升到更高的位置，有很多地方他比楊冰還要優秀。」

「你是說，應該是他來當特專組的組長，是不是？」

「哎！這是人家的事，我們不應該說三道四的。愛米，吃飽了嗎？陪我到湖邊去散散步好嗎？」

戶外吹著微風，風裏夾著花草的香味，天上萬里無雲，只有滿天的星光在閃著。陸海雲摟著愛米的腰，她把頭依靠在他的肩上，在水邊，陸海雲從一平如鏡的湖面上看見了天上的星星，他突然覺得在這天上和地上只有他們兩個人：「愛米，如果全世界能像現在的星光和湖水一樣的平靜該多好。」

愛米沒有回答，她轉過身來抱住了他，在他的嘴上深深的一吻。陸海雲的反應讓她嚇了一跳，他緊抱著她的上身和下腰，激情地回吻她，他的舌頭饑渴地在她的嘴裏侵犯著她，讓她都無法呼吸了，好不容易把他的頭扳開了，她目不轉睛地看著他說：「海雲，你怎麼了？不到二十四小時前，你才從出生入死的路上走了回來，你不累嗎？」

「愛米，我需要你來證明我還是個活著的人。」

陸海雲的手輕輕地、慢慢地在愛米赤裸裸的背上撫摸著，他深怕她會從熟睡中醒來。看著趴睡在眼前曲線玲瓏的身體，枕頭上美麗的臉龐和一頭秀髮，他忍不住在她光滑的肩膀上輕輕地吻了一下。

「好舒服，再往下一點。」

「愛米，你醒了？」

「你要是再摸下去，就得對以後要發生的事負責。」

「那是絕對的。」

愛米把身體翻過來面對著陸海雲，一對高挺著的誘人雙峰就呈現在他的面前，他貪婪地撫摸和吻著愛米的乳房，愛米在試著用手抵擋那將要壓上來的胸脯：「海雲，我不是已經證明了你是個大活人了嗎？我一身是汗，先讓我去沖洗一下吧！」

「反正又要出汗了，就一起洗吧！」

說完了就發起了全面的進攻，愛米低聲的抗議後也發起了全面的配合。

男歡女愛的激情終於平靜了，陸海雲恢復了他香憐惜玉的本性，輕輕地愛撫著滿身汗水的愛米：「奇怪，都到下午了，你的馬溫大叔怎麼還沒有電話呢？」

「他知道我是和你在一起，當然放心了。」

「滿窩心的，老奧森還是很信任我的。」

「你知道爲什麼嗎？」

「因爲我是個好律師。不是嗎？」

「還有另一個理由就是我的馬溫大叔和你老媽曾經是戀人，一直到今天他還是深愛著你的母親，他愛屋及烏，對你特別的關愛。」

「其實我母親告訴過我，她和奧森曾熱愛過，後來是因爲家裏反對異國婚姻，他們才分手。」

「那你知不知道你母親在婚後還和馬溫大叔有婚外情嗎？」

「我不知道有沒有，但是我母親曾告訴我，一個女人有兩個男人同時愛著，是很幸福的事。」

「那你有沒有問過你父親，他對你母親過去的戀情是怎麼想？」

「問過，他說他深愛我母親，如果她過去的愛情能帶給她快樂，他會容忍也會永遠的愛我母親。我希望我也能像我父親一樣的大量。」

「我覺得你母親和馬溫大叔這麼多年來一直在相愛著。」

陸海雲沉默不語，只是在享受著愛撫懷裏的女人：「愛米，我本來是想問你，如果我告訴中國公安的何時，有紅色追殺令要他的命，我會爲自己惹來麻煩嗎？」

「我倒是認爲納序之所以告訴你，其實就是想要你去通知何時。如果他真的不想透露這消息，他可以不告訴你啊！」

「所以你認爲我是應該通知何時，是不是？」

「是的。海雲，我覺得你現在就該去通知何時，我先去把一身臭汗沖掉。」

陸海雲起身穿上旅館裏的浴袍，開門把放在門前的華盛頓郵報拿進來，報紙的第一頁就讓他震驚，登著的是個女人的照片，顯然是取自監視錄影，所以模糊不清。但是他一眼就認出來她就是曾和他有過刻骨銘心的愛情，最後又棄他而去的女人。照片下面的標題是「通緝最新的恐怖組織要犯」，這個頭版頭條的大新聞幾乎用了大半頁的篇幅，敍述了這位通緝犯的身世和犯罪事實，也公佈了她曾使用過的名字有：凱瑟琳·范登，萊伊爾，珍妮·哈桑，郭康瑩和蔣英梅。新聞報導中有很多的內容都是由陸海雲提供的。

陸海雲接通了何時的上海手機：「老何，我是陸海雲。」

「海雲，你在哪兒？我正要找你，有重要的事。」

「我現在華盛頓，我也是有要緊的事要告訴你。」

「那你先說。」

「我們有可靠的情報說，基地恐怖組織對你發出紅色追殺令，對你進行全球追殺。你是不是暫時先避一避？」

「情報來源是哪裏的？」

「不能說，但是有很高的可靠性。這都是保密的情報，別洩露我，給我找麻煩。」

「海雲，我是警察，我要是去躲藏，那不成了笑話了嗎？我只能兵來將擋，水來土掩了。何況要把我老何廢了，也不是件容易的事。」

「老何，什麼事都有萬一，都會有意想不到的地方。你就不爲小剛、小婕和小莉想想？要是有個萬一，他們怎麼辦？」

何時不說話，隔了一陣子才又開口：「海雲，你什麼時候再來上海，我需要和你談事情。」

「目前還不知道。老何，你說有重要的事，快說吧！」

何時急著想告訴陸海雲的事是非常嚴重的，大概是因爲美方提出了要求，特專組重新調查那個法國女人，從深圳方面的監視錄影檔案裏找到她的一張比較清晰的相片，當時楊冰脫口說出來這個女人是蔣英梅，愛米曾在一張照片上指給楊冰說她是陸海雲的前任女友。

何時要立刻把這事通知陸海雲，但是楊冰不許，說是資訊已經保密，楊冰認爲這是特專組的調查結果，會正式的通知美方。何時聽了大驚，問楊冰，特專組是不是建議將陸海雲列爲恐怖份子嫌疑人，楊冰說，做爲個人，她還是熱愛陸海雲，但是她必須公私分明。何時終於忍不住了，他指責楊冰口是心非，爲了自己的仕途，擺出了公私分明的姿態，忘記了陸海雲在追緝任敬均和贓款所立下的功勞，毫不留情地把他推下火坑。

楊冰大怒，她祭出了黨紀的大旗，指責何時不服從組織。何時並不是黨員，但是他沒說，只是要求立刻退出特專組，回到浦東分局的刑警隊。最後還是楊冰的老上司，經濟犯罪司司長葛琴出面當和事佬，楊冰的好朋友，也是何時的老婆柯莉娟出來替何時向楊冰賠禮道歉，才把事情擺平。

「海雲，我相信楊冰已經將情報送到美國了，你個人的行動會受到影響嗎？」

「大概是多久之前送出去的？」

「很可能是幾個小時之前吧！」

「老何，我在四十八小時前在巴格達得到確切的證據，蔣英梅是恐怖組織的領導成員，我馬上就通知了美國政府。楊冰的情報應該是在這之後才送到美方，她這麼做是對的，我沒有受到傷害，但是增加了中美雙方反恐的合作。我剛剛看到今天這裏的報紙頭版頭條新聞，就是美國政府宣佈通緝蔣英梅，理由是恐怖組織的頭頭。」

「也許是吧，但是我絕不同意她對待朋友的做法，太令人寒心了。啊！對了，你要我轉給小莉的書已經拿給她了，她有話跟你說，有空給她打個電話。」

「我會的。老何，我還是要告訴你，紅色追殺令的事，你不能掉以輕心，伊斯蘭主義的恐怖份子都是狂熱的亡命之徒，他們不達到目的不會罷休的。」

「我明白，其實好幾天前一個警校的同學，現在新疆的卡什當刑警，他從小道消息聽到伊斯蘭教裏有人要對我不利。所以我們已經有戒備了。說到使用武力，我剛看到袁華濤轉來的美國反恐通報，裏頭詳細的說你去了巴格達，在槍林彈雨裏把一個美國特種部隊的軍官救出來。我說你們美國政府也太沒規格了，怎麼居然讓你這老百姓去和敵人打殺。」

「實際上是他們去救一個我們被綁架了的客戶，正好我也去了，碰上了交火。這個客戶也就是把蔣英梅認出來的人。」

「那你們是不是也殺了他們的人？」

「當然是在所難免了，我們把他們的一個基地給摧毀了。」

「說不定你也會有紅色追殺令跟著你了。那我們不成了難兄難弟了。」

「至少到現在還沒聽說，也許不會了。」

「但願如此。別忘了給小莉打電話，她等著呢！」

奧森終於在下午打了個電話來問陸海雲的情況，他說剛剛才用電話通知了海雲的母親關於他到巴黎和巴格達的事，海雲的母親跟他大發了一頓脾氣，說怎麼能派一個律師去和恐怖份子打仗，最後奧森答應放陸海雲一個星期假，回舊金山的家裏休養，還同意也放愛米的假。陸海雲帶著愛米和家人高高興興地生活了五天，在這五天裏，他頭一次決定不去看他的電子信箱，所以等他回到辦公室打開電腦，就發現郵箱裏已經有超過三百封的電子郵件，等他把所有的垃圾郵件和有時間性的郵件處理完了後，大半天就過去了。

陸海雲有些失望，因為沒看見楊冰來的郵件，但是有一封柯莉娟的郵件：

海雲：

老何告訴我說你會打電話給我，但是過了這麼多天了，還是沒聽見你的聲音，我想你大概是不想跟我說話了。老何說你剛從戰場上把命撿了回來，現在一定是驚魂未定，在休養中。還請你別在意我來打攪你了。

你要老何轉給我的原文小說《飄》已經送到了，沒想到它原來是這麼厚的一本書啊！我以前看的中譯本一定刪節了很多，雖然我的英文能力比起楊冰來有天壤之別，我還是要很仔細的讀它一次，再跟你討論這本書，你得給我點時間。謝謝你，海雲。

現在上海像是有點春暖花開了的意思，特別是這幾天的天氣非常好，天很藍。看到藍天，總讓我想起來小時候的大西北，想起與我有關的一切事情。有時候，還真想回去那裏住個一年半載的。

我上一次回蘭州還是四年前的事了，那時剛剛知道懷了孩子，想到的第一件事就是想買本漫畫書給孩子看。我到蘭州的一條滿是舊書攤的街上找到了一本豐子愷的漫畫書，上面有一位筆名叫小思的女詩人對豐子愷的漫畫所作的選繹。多年前我見過她的文字，她是一位香港的作家，現在大陸都已經不出版她的作品了。我很喜歡她的文風，清淡文雅。不為繁華易素心，不是每個人都能如她一般。儘管時移事易，兩地的文化人終究殊途同歸！這也是小思的文字帶給我對於「文化同源」的啟示。海雲，我把這篇〈翠拂行人首〉寫在下邊。它的意境來源於《詩經》中的〈采薇〉，有一種歷經世事的滄桑感。過去的兩、三個月裏發生了很多事情，我覺得這篇小文就好像是為我專門所寫的：

昔我往矣，楊柳依依。

當年，湖畔有香塵十里，春風把柳陌的碧綠都凝住，映著半湖閑閑春色。

那時，我還年輕，總愛過著雕鞍顧盼，有酒盈樽的疏狂日子，等閒了春的殷勤，柳的依依。

有一天，我向江南告別，只為自信抵得住漠北的蒼茫。我對拂首的柳說：「你別挽留，我有出鞘寶劍，自可不與人群。」

驀地，我從夢中醒來，發現了雨雪霏霏，發現了滿頭華髮，發現了四壁空虛。我已經很累了，甚麼都不願想，只想念曾拂我首的柳絲。

海雲，請你不要在意，老何常說我的專長就是會玩「二胡」，這裏的「二胡」不是樂器，它是「胡思亂想」和「胡說八道」。我抄一首別人的新詩來換你一本厚厚的小說，老何一定會說我太會精打細算了。

我最後要說的一件事就是向你道歉。楊冰告訴我，你給她上了一堂紅酒的課，看來你鍾情於紅酒，上次你請我吃西餐時，我強迫你喝了白酒，真不好意思，我想給你道個歉，也乘機告訴你「中國白酒」的由來。中國有一首千古名詩：

「葡萄美酒夜光杯，欲抱琵琶馬上催。

醉臥沙場君莫笑，古來征戰幾人回。」

這是詩人王翰寫的〈涼州詞〉，何處是涼州？請見分解如下：

《史記》云：「大宛以葡萄為酒，富人藏酒至萬餘石，久者十歲不敗。」

葡萄酒的釀製法，是於唐太宗時由西域傳入長安，後人傳說，來自西域高昌國。高昌在唐代的轄地，西包庫車，東抵哈密東境，北越天山，南接于闐，囊括今日整個新疆地區。《南部新書》記載，唐延：「收馬乳葡萄種於苑，並得酒法仍自損益之，造酒成綠色，芳香酷烈，味兼醍醐，長安始識其味也。」

這「綠色，芳香酷烈，味兼醍醐」的酒就是今天的白酒，不是嗎？

晉朝張華的〈博物志〉裏稱：「西域有葡萄酒，積年敗。彼俗云：可十年飲之，醉彌月乃解。」《隋書》及舊，新《唐書》都說西域高昌國盛產葡萄酒。當時漢族人中，只有與西域毗連的涼州才仿造葡萄酒。因此才有後人王翰的涼州詞的美酒詩。

海雲，我是從大西北涼州出來的女人，你說，我能不喜歡白酒嗎？

請保重。別忘了給楊冰打電話。

小莉

這封電郵給了陸海雲很大的震撼，他仔細的一連讀了兩遍後即刻就回覆：

小莉：

我終於領悟出來兩個陸海雲的戀愛定律，

定律一：他愛的女人都是有更高的人生目的，最後都會棄他而去。

定律二：他夢寐以求的才華美女要不是已經名花有主，就是做了別人的老婆。

真沒想到，最後還是成了地球上的多餘人。

海雲

柯莉娟的電腦是開著的，她即刻給陸海雲回覆：

海雲：

請你不要嚇唬我，我是兩個孩子的媽媽，受不了驚嚇的。

小莉

非常明顯的，這次從巴黎、巴格達和華盛頓出差回來後，陸海雲是變了。他平常的笑容消失了，也不太說話了，取代的是一份揮不去的哀傷。回到父母親身邊幾天和愛米的無限似水柔情也無濟於事。愛米問他：「楊冰是在折磨你嗎？」

陸海雲搖搖頭說：「不是。」

很快的兩個星期過去了，時間是療傷的最好方法，陸海雲的心情慢慢地好轉，他接到了兩個資訊，一個是封電子郵件，另一個是一通電話。

陸海雲在巴格達和特瑞克分手時，請他打聽有關郭康瑩的一切情況，並且做出分析。特瑞克以電子郵件將以下的資訊傳給了陸海雲：

郭康瑩曾經透過疆獨組織，「突厥斯坦伊斯蘭黨」，號召伊斯蘭教徒攻擊世界各地的中國人和與中國有關的設施，報復中國政府鎮壓烏魯木齊騷亂。

這一組織在〇八年七月也曾威脅破壞北京奧運，向主辦及協辦京奧的七個城市，包括香港，發動恐怖襲擊，並聲稱當年五月發生在雲南、上海和溫州的幾起公交車爆炸案，都是他們所爲。

做爲一個女性，她在參與基地組織後很快的進入了領導層，她在阿富汗托拉博拉地區創建基地訓練營，爲東突組織招募黨羽。塔利班政權被推翻後，她又將營地搬到了巴基斯坦北方部落地區，此後，中國政府一直要求巴基斯坦摧毀該訓練營。最後她成爲基地組織最高領導機構「舒拉會議」中的一員。

郭康瑩在基地的高層會議中主張在新疆發動具體行動做爲全球伊斯蘭革命的宣示。她認爲中國是正在快速崛起的大國，促成新疆地區從中國分裂出來，成立獨立的伊斯蘭主義政權，將是促成基地組織在世界政治舞台上達到更高的地位。但是基地組織裏其他的高層領導成員認爲新疆的事件會被人看成是地區性的事件。如果能發起比九一一事件更爲震撼的恐怖行動，會更爲有效的引起全世界的注意，使基地組織成爲真正有影響力的世界性團體。爲了配合這個行動和強調它的目的，他們決定在中國境內也要預先發起配合的重大事件。目的是轉移全球反恐警力的注意，促成主要事件的成功。

目前，由於大部分有經驗的基地組織行動員都被美國和西方國家的安全部門盯上了，他們的行動受到了很大的限制。所以決定啓用第二代的行動員。爲了統一指揮，行動的相互配合，基地組織指派郭康瑩爲總指揮，她有權代表基地的最高領導，動員基地在全球的人力和財力，來完成任務。

美國的中情局和其他的安全部門在其他的國家有很大的影響，可取得他國的重要有關安全的資料和資訊，但是對中國的影響力較小，所以郭康瑩將以中國人的身分，在中國地區操控。主要事件地點是決定在美國，原則上是東海岸或是西海岸的大城市，具體地點由郭來決定。但是九一一事件已經是在東岸的紐約市，因此她選擇西岸的可能性較大，又由於郭康瑩對洛城的地理、社會和人脈關係的熟悉，她很可能選擇洛城。

在中國的配合行動原本是選定了北京市。但是奧運會的舉辦證明該市的安全控制非常到位，使行動的執行難度很大，要付出的代價和成果都無法估計。所以目前的地點選擇未定，行動的最後時間和準確地點都由郭康瑩做決定。

那一通電話是瓦倫德上校打來的，他首先感謝陸海雲在伊拉克的法路加冒死把他救了出來，他已經打了報告要求國防部發一個勳章給他。另外還告訴他，手術後他就從巴格達的野戰醫院轉移到舊金山的陸軍醫院，他的家是在北加州，這樣讓他的家人方便來看他。陸海雲馬上放下電話離開了律師事務所。

在美國的東、西兩岸都有一個地標，全世界有很多的人都認得。在東海岸面對著大西洋的是位於紐約市附近的自由女神大雕像，在西海岸面對著太平洋的就是舊金山市的金門大橋。這是一座很長的吊橋，橫跨舊金山海灣，連接舊金山市區和北郊的馬陵郡。大橋的外邊是波瀾壯闊的太平洋，大橋的裏邊是風平浪靜的海灣。大橋是被油漆成紅色，加利福尼亞州北部海岸的特別天氣，常使這座紅色的大橋在一片霧海裏若隱若現，一半藏在霧裏，另一半出現在陽光下的照片，就成了舊金山市最著名的標誌，毫無疑問的，舊金山的金門大橋也是美國最著名的一座橋。

從太平洋抵達舊金山市的船隻，通過了金門大橋進入舊金山海灣時，進入眼瞼的第一個印象就是兩個著名的小島，一個叫阿卡卻司島，上面曾經有一所聯邦監獄，在三〇年代前曾經關押過不少惡名昭彰的江洋大盜，由於當地的水冷流急，越獄的犯人不是自己知難而退，就是浮屍海面。

另一個小島叫「天使島」，在二次大戰前，美國移民局將新來的移民關在那裏檢查身分和進行檢疫工作。從上面留下的建築物裏的牆上，還可以看見不少由當時從中國來的移民所留下的中文字。面對著這兩個小島，在舊金山市一邊的大橋橋引下有一個金門公園，公園的一頭有一大片整齊的花園街道，這裏就是西海岸著名的普瑞斯地軍營，裏頭有一個軍人公墓和一所非常現代化的陸軍醫院。

陸海雲在離開辦公室後的半小時就來到了這所醫院，他很快地就被帶到了瓦倫德上校所在的康復病房。病床頭已被搖起來了，瓦倫德是半坐半躺著在看報紙，當他看見陸海雲拿著一籃水果走進來時，臉上露出了燦爛的笑容：「陸大律師，這麼快就來了，太好了，我行動不便，請過來，我們握個手吧！」

陸海雲走到床邊和瓦倫德熱烈地握手：「上校，您身上的傷復原情況怎麼樣？」

「基本上是沒問題了，醫生說下周就要拆線了，如果沒有發炎，就放我回家。」

「太好了，但是腿上的石膏還得要等一陣子吧？」

「醫生說大約要六個星期，不過回家後，可以用兩個拐杖行動，不必整天躺在床上，否則我會悶死的。」

「這種事急不得，急了也沒用。剛好趁此機會多和家人在一起。」

「這應該是最大的收獲了。女兒來看我，都不認識了，她變成大人了。我老婆和女兒還說，我當了一輩子的兵，最後還是要靠兩個老百姓把命撿回來。我說陸大律師，我該如何謝你呢？」

「這個好說，我們可以從一頓牛排大餐配啤酒開始。」

「一定，一定，說到啤酒，這家陸軍醫院什麼都好，伙食更是一級棒，但是就是不給啤酒，我老婆和女兒也拒絕爲我走私，都快渴死我了。」

陸海雲看了一眼他提進來的水果籃說：「吃水果時注意點，別讓護士看見了。」

瓦倫德會心地笑起來：「又被老百姓救了一次，我這個兵當得實在是太差勁了。說到老百姓，你的客戶特瑞克也打過電話來問好。他說他的情況一切順利，處理了他的叛徒表哥，重新組織和加強了他的管理隊伍來配合我們的援助。我看這個年輕人是大有希望。」

「他最大的問題是安全，一定會有人想要他的命。」

「這正是我們最擔心的，所以我們也啓動了一些必要的措施。陸大律師，我找你不是來談你的客戶，是我突然想起來我們在法路加的一件事。」

「請說。我也有一件想請教的事。」

「記得那個混蛋卡辛在臨死前說的一句話，當時我沒聽懂，前幾天我突然想到他可能是用他家鄉的方言說的。卡辛是伊拉克最南邊的巴斯拉人，懂得那裏方言的人不多，我聯繫了我們的阿拉伯語言專家，他們認爲他大意是說，『巴拿馬人要到香港和沈城去安排裝運特別貨物，非常有可能是毒品。』」

陸海雲的神經緊張了：「沈城是瀋陽市的別名，它和香港在中國的一南一北相距有兩千公里，但是就和香港隔著一條小河的一個特區叫深圳，有沒有可能是卡辛發音不準？」

「太有可能了。」

「卡辛有沒有說這個人叫什麼？」

「他沒說巴拿馬人的名字。」

「上校，我想請教的就是在法路加時，爲什麼要一再的打聽這個巴拿馬人？」

「這件事還是在高度的保密階段，但是我的上級告訴我你是白宮反恐協調辦公室的人，所以我可以告訴你，但是希望你要以最高保密資料來處理。」

接著瓦倫德敍述：「美國境內的毒品有兩個來源，一個是來自亞洲南部地區，例如阿富汗、巴基斯坦和金三角。另一個就是中南美洲，例如哥倫比亞和墨西哥。負責運送和販賣毒品的人，基本上是來自毒品產地，所以拉丁美洲的人管理中南美來的毒品，中東和南亞的人管理亞洲來的毒品。但是美國司法部的緝毒署最近從各方面得到了一份很不尋常的情報，就是有一個從中美洲來的巴拿馬人介入了美國的亞洲毒品走私和販賣業務，這是將非法的毒品業務全球化的第一步。緝毒署正式要求中情局來證實這情報是否屬實。在這個背景下，美軍在伊拉克俘獲了一個基地組織的叛逃份子，他是在訓練營裏擔任廚子的工作，在審訊的過程中，他說出來在訓練營裏來了一位巴拿馬人，他和一位歐亞混血的女人在一起，並且說他是負責在美國販賣亞洲出產的毒品，來爲基地組織籌集資金。」

陸海雲聚精會神地聽完了後才問：「那爲什麼你會認爲卡辛會知道這事呢？」

「卡辛是個無惡不作的人，我們知道他也從事販毒很久了，他應該知道誰是新來的大毒販。」

「但是他至死也沒透露任何口風，不是嗎？」

「巴拿馬人的出現是確實的，因爲我們是從好幾個不同管道得到了證實，卡辛的封口說明了一件事，那就是基地組織的高層不准透露任何有關的風聲，可見保持他的隱密是高度的優先。」

陸海雲終於往上海打了個電話，是柯莉娟接的：

「我是柯莉娟，請問您找誰？」

「小莉，我是陸海雲，你好嗎？」

「啊！海雲，除了急著在等你的電話之外，我挺好的。你呢？」

「乏善可陳，混日子吧！老何在嗎？」

「你的老何不在，就不想和望穿秋水的小莉說幾句話嗎？沒有善事說，說些惡事也行。」

「我可有說不完的惡事，但是我不想把兩個孩子的媽給驚嚇了。」

「海雲，我說你最近是怎麼了？什麼事都這麼認真。說吧！你嚇不死我的。」

陸海雲不說話，隔了好一陣子，柯莉娟忍不住問：「海雲，怎麼不說了？」

「兩個小傢伙好不好？」

「他們挺好的，來看看他們吧！順便也好看看他們的媽。」

「我會的。老何有沒有跟你說紅色追殺令的事？」

「說了，我們上海市公安局也做了通報。」

「你叫他先躲一躲，以防萬一。」

「你覺得可能嗎？他不會聽我的，何況我們的政策是迎面反擊，不是躲避。」

「那也得做些預防措施啊！」

「有的，現在他出門就有兩個人跟著，同時也穿上防彈背心了。」

「我覺得你們太不重視這件事了。」

「海雲，你是老百姓，別爲我們警察擔心了。我問你，你給楊冰打電話或是寫郵件了嗎？」

「沒有。」

「爲什麼？」

「你說呢？所有的電話和郵件都是由秘書或是助手回覆，難道你還不能體會出是什麼意思嗎？」

這回是輪到柯莉娟沉默不語，陸海雲就繼續說：「小莉，我和楊冰才認識了幾個月，但她把我心裏已經熄滅了的火點燃了，我也以爲感到了她的熱情反應。但是就好像來時的快速度一般，這份情也很快就消失了，並且消失的方式令我不堪。沒有人告訴過我，我和她的情意就已盡，它就消失了。我上一個女朋友和我分手時告訴我她嫁人了，這比被人懸在半空中要好受多了。」

「楊冰對我說，她還是深愛著你，但是她能感覺得到你對她冷淡了。海雲，是這樣嗎？」

「我不想說楊冰了。」

「那你想說什麼？」

「我想說你。」

「說我？好，你說吧！」

「《飄》那本小說寫得怎麼樣？」

「海雲，都是你害我睡眠不足，每天晚上都看到好晚才睡。不過快看完了。」

「那你覺得如何？」

「海雲，果然我看的翻譯本只包含了愛情的部分，但是作者除了是寫一個感人的愛情故事外，她還把美國南方的白人奴役黑人做文化上的洗罪。海雲，我說得對不對？」

「是的，南方的白人在南北戰爭是失敗者，他們不僅在軍事上戰敗了，也被人認爲在道德上犯罪。《飄》的作者是在爲他們的社會種族政策找藉口。不過從寫小說的觀點看，你的評價如何？」

「太偉大了，尤其這是作者的第一部作品，她一定是個天才。」

「小莉，那你得趕快急起直追啊！」

「海雲，你不許用人家告訴你的秘密來取笑我。我連邊還碰不到呢！」

「小莉，我問你，你努力把我和楊冰拉在一起，是爲了楊冰還是爲了你自己？」

「當然是爲了你和楊冰了。」

「不對，如果我和楊冰走到一起，就不會來嚇你了，是不是？告訴你，我已經是楊冰的拒絕往來戶了，你就死了這條心吧！這次到中國來我就交了你們這一家四口人做朋友，我現在是別無所求，看著你們快快樂樂的在一起，我就完成任務了。」

「海雲，你是怎麼了？一開始就說你是在混日子，現在又說這些灰心喪氣的話，我明白你的內心在想什麼，但是這樣對你不好。海雲，你是我見過最優秀的男人，你的大好前途就擺在你面前，你一定要振作起來，你會比任何人都幸福的。」

「是嗎？所有的人都是看見我有個好父母，受過好教育，有個好事業。但是卻看不見我最在乎的夢寐以求的感情生活是這麼不堪的支離破碎，我所有的努力最後都是一敗塗地。一次不如一次，以前別人還會把我付出去的感情，看一看，玩一玩，然後再遺棄。現在是連看都不看一眼，小莉，你能體會一個徹底失敗者的心情嗎？」

「海雲，請你聽我說，我不傻也不糊塗，我怎麼會沒有感覺呢？楊冰曾經告訴過我，你的情排山倒海似的把她壓得透不過氣來，而我只是聽你說了幾句話，就毫無招架的完全崩潰了。海雲，我想要正面去面對你的情，但是我也得面對我的家庭，還有楊冰，我該怎麼辦呢？海雲，我午夜夢迴，赤裸裸的躺在我男人的身邊，被他緊緊的摟抱著，身體的每一寸都被佔領了，當我的情慾被挑動起來時，你知道那時候我是在想著誰嗎？我的心是在哪裏嗎？」

陸海雲沉默了好久沒有回答，柯莉娟聽見了擤鼻子的聲音：「海雲，你哭了？」

「我沒事兒。小莉，我不該跟你說這些，是我太自私了。其實我打電話是要告訴你，我可能又要出差了，並且可能會有一段時候沒法聯絡，你好好保重，我會惦記著你的幸福。再見了。」

柯莉娟把聲音提高了說：「你要去哪裏？你不是才從伊拉克回來的嗎？」

柯莉娟拿著斷了線的電話，一言不發。隔了好久，她才對著話筒說：「陸海雲，你知道嗎？我比你還苦。」

在美國華盛頓召開的全球反恐會議結束後，中美政府決定舉行雙邊會議，進行具體的合作討論和情報資料的交換，美方出動了龐大的代表團，包括了司法部、國土安全部、國防部、聯邦調查局、中央情報局、聯邦緝毒署、海關、海岸巡邏隊、移民局邊境巡邏隊等等執法機構。同樣的，中方的各個不同的執法單位也派了代表出席。

會議是由美國總統特別助理，負責反恐協調工作的納序和中國公安部副部長袁華濤共同主持。在陸海雲還沒完全安排和準備好他將要去的旅行時，美國白宮反恐協調辦公室的負責人納序聯繫上了奧森律師事務所，安排他立刻到北京去在中美聯合反恐會議上，彙報他最近從伊拉克的法路加所得到的資訊，特別是瓦倫德所提供有關巴拿馬人的情報。同時他也要去了解特專組在破獲維族自助會時所獲得的資料，將它和拉洗布在巴黎提供的資料比對。

美國代表團在會議前四天就抵達北京，他們是要乘機先到北京觀光遊覽，陸海雲則是在會議開幕的前一天才到，他想到了上次和楊冰之間的不愉快，就先發了一個電郵說要來北京開會，希望能有機會見一面。其實他自己也覺得很可笑，楊冰一定會看到美方代表團的名單，會知道他到北京的時間，即使是他不發這通電郵，如果想見面，是很容易安排的。

讓陸海雲有點吃驚的是，楊冰的助理很快地回覆，說明楊警官爲了會議的組織和準備工作非常忙碌，一旦能夠安排出時間來，一定會通知他。但是當陸海雲在機場沒見到楊冰，他還是滿失望的。來接他的還是老朋友，公安部辦公室主任鄭天來迎上來和陸海雲握手：「歡迎，歡迎，陸大律師一路辛苦了。我帶了老朋友們來歡迎你。」

鄭天來接著還宣佈他也是代表袁華濤副部長來歡迎他。另一個趨前來握手的是馮丹娜，她宣佈是代表楊冰來歡迎陸海雲：「楊姐的確是很忙，所以她才叫我來。」

「明白了，本來你是不想來接我的，是楊冰逼你來的。」

「不是，不是，我老早就講好了要跟何隊長一起到機場來接你，可是楊冰一定要我來代表她，我不肯，她還訓了我一頓。你們鬧彆扭，爲什麼把我拉下水，太不爽了。」

「馮警官，對不起，讓你受委屈了，你來了我就很高興了。」

陸海雲看見何時笑哈哈地伸過手來，他緊緊地握了一下說：「老何，你是代表誰來接我？」

「當我知道袁部長和楊冰都派代表來接你，我就打電話給小莉，請她代表我來接你，但是她說我是臭美，官階不夠高，還要擺架子。倒是她要我代表她來歡迎你，她要你一定也要去上海，她想燒菜給你吃。」

「太好了。」

何時交給陸海雲一個手機，叫他以後到中國來就用它，裏頭已經把所有在國內對他有用的號碼都存進去了，還特別提醒他，柯莉娟的號碼也在裏頭。鄭天來和馮丹娜坐上公安部的車走了，何時開車送陸海雲到酒店，還一起進到了他的房間。打發了提行李上來的服務員，何時把房門鎖上後，把台灣調查局戴安的報告給他看，陸海雲認爲這是天大的好消息，這一下子他們要有戲唱了，他要何時一定要保住這條線索，同時他會要求納序透過美國總統辦公室，向菲律賓要求那些飛往民答那峨大佛市航班的旅客錄影帶，請他們協助指認到大士邊鎭受訓的恐怖份子。何時要他促成美國政府配合台灣方面提出來的條件，他一口答應了。何時又告訴他，這個戴安調查員的頂頭上司是趙碧浩，陸海雲說他最近得了嚴重的健忘症。

會議就在代表團住的酒店裏舉行，兩天的會議進行得很順利，中美雙方都很坦誠相待，將所有的情報和資料全盤托出給對方，的確是讓雙方的反恐事業往前邁出了一大步。美方的主要彙報內容是從特瑞克提供的情報，中方的主要彙報內容是從破獲維族自助會所得到的情報。

陸海雲的活動集中在美方代表團，楊冰是會議東道國代表團的重要幹部，顯然是非常忙碌。這是兩個人在上次「不愉快」的越洋電話後的第一次面對面，兩個人都很拘謹，只做了禮貌上的寒暄，當晚在酒店裏舉行的宴會上，兩個人也沒說上一句話。但是毫無疑問的，楊冰是宴會上最漂亮、打扮得最雍容華貴的中方代表，她穿梭在主客之間，除了她的美麗大方外，她的舉手投足都充分地表現出一股上流社會的高貴氣息。

陸海雲很驚訝，在短短的幾個月裏，楊冰有了脫胎換骨的改變，已經和他們第一次相會在松花江的太陽島上的楊冰完全不同了。陸海雲第一次感覺到，楊冰和他以前的女朋友一樣，最終將會棄他而去。他突然感到全身發冷，他跟坐在他身邊的何時和馮丹娜說他有點不舒服，先回房去了。

到了房間，他馬上洗了個滾燙的淋浴，閉住了眼睛站在熱水底下，讓高溫刺激他全身的神經。半小時後，他全身紅得像是烤熟了的蝦子一樣，他把全身擦乾，穿上酒店的睡袍，全身的疲倦都消除了。他正想打開電視看看新聞，何時給他的手機響了，他以爲是楊冰的電話，但是來電顯示上是柯莉娟的名字：

「小莉，我是陸海雲。」

「海雲，老何說你身體不舒服，宴會沒完就先走了，哪裏不舒服？嚴重嗎？」

「沒事！回房洗個熱水澡就好了。」

「你是感冒了吧？」

「沒有，就是混身突然一陣冷，就趕緊回房間了。」

「那你帶了感冒藥沒有？吃兩顆就早點睡吧！對了，見到楊冰了嗎？」

「在機場見到了她的代表，在會議上和今晚的宴會上倒是見到她了，可是你信不信，我們沒說話。我自己都不相信我們會在這麼短的時間有這麼大的變化。」

「海雲，最近爲了你們這個會議，把楊冰忙壞了，再加上她老媽給她壓力要她快找個婆家，她的日子不好過，你就體貼她一點，多讓她一點吧！」

「小莉，今晚我終於看見了楊冰和以前不同的地方。」

「你說說看。」

「她一身的行頭，從穿的衣服到戴的首飾和手錶全都是名牌。還有她的打扮化裝是出自美容院的化妝師對不對？」

柯莉娟沒有馬上回答，隔了一會兒她說：「海雲，你覺得這些重要嗎？」

「我不認爲是重要的，但是這些對楊冰重要嗎？」

柯莉娟又不說話了，陸海雲就接著說：「行！我們不說她。老何告訴我說你要燒菜給我吃，是不是？」

「當然是了，你們不是在後天來上海嗎?別忘了我給你們做晚飯。」

「太好了。小莉，上次我在電話裏胡說八道，說了一些不該說的自私話，請你千萬別往心裏去，原諒我吧！」

「海雲，那些都是你心裏的話，我會記住一輩子。我不會忘記的，因爲我喜歡聽。」

「小莉，你這是在害我。」

柯莉娟沉默了一會兒才說：「你早點休息吧!答應我，明天去找楊冰。」

陸海雲很清楚地記得楊冰回應他見面的要求，是叫助理通知他說她會找時間和他見面，他還是在等，但是等到第二天的晚上還是沒有消息，所以他就邀請何時到北京一家新開張的高檔西餐館去吃大餐，臨走時也把馮丹娜帶上。果然名不虛傳，這家餐館的菜非常可口，三個人在酒足飯飽後才開始談正事。何時顧著吃，馮丹娜說：「陸博士，我得先謝謝你請我吃這麼好吃的西餐，一定很貴的。何隊本來是去約了楊冰的，但是她說忙著有事不能分身，才叫我作陪。」

陸海雲說：「你要是再叫我陸博士，我就叫你馮警官，你還是叫我海雲吧。」

馮丹娜：「楊姐特別叫我不能隨便稱呼美方代表，一定要用正式的名字。美方代表我只認識你一個人，所以楊姐就是告訴我不能再稱呼你海雲了。」

何時：「我們的領導定的規矩越來越多了。」

陸海雲：「社會學家說這是代表文明的進步，你看越是進步的國家，各種法律和法規就越多來約束個人和團體的行爲。」

何時：「所以你們幹律師的就有生意了，是不是?」

馮丹娜：「我上過的管理課程也是說，現代化的管理要有很多規律，但是彼此之間的稱呼還要規定嗎？這是管得太寬了吧！」

陸海雲：「有時候嚴格的形式也是有效管理的方法之一。」

何時：「小馮，你看出來了嗎？楊冰和海雲在鬧彆扭，但是海雲還是處處向著她。」

馮丹娜：「愛情的偉大，我怎麼就沒有這樣的男朋友？」

何時：「多跟你師父學習、學習，要把你師父的魅力學來才能把男人迷住。」

陸海雲：「別再胡扯了，你們覺得這次的會開得如何？」

何時：「我認爲挺好的，至少中美雙方在最重要的事和人的問題上有了共識，所以目標也一致了。」

馮丹娜：「何隊，請你解釋給我聽。」

何時：「第一，我們同意恐怖組織將要製造比九一一更大的事件，第二，他們的目標是美國和中國，第三，他們的最高指揮官，也就是決定恐怖事件的時間和地點的策劃者，就是你陸大律師的前任老相好蔣英梅。」

馮丹娜：「那我建議讓海雲去找蔣英梅，然後用美男計，把蔣英梅迷住，叫她口吐真言。」

陸海雲：「我叫你失望了，在我一生裏所有的戀愛史，包括最近在美麗的松花江畔開始的，而就將在黃埔江畔結束的一段情，都是我陸海雲被美女一腳踢走的，小馮，你說這個美男計不會給人笑掉大牙嗎？」

何時：「海雲，你別在我面前唬小馮，你的戀愛史真相我都知道。」

馮丹娜：「何隊，你怎麼會知道？」

何時露出了曖昧的笑容：「可信度很高的消息來源。」

陸海雲趕快打岔說：「當然最重要的就是要找出恐怖組織計畫在什麼時間和地點發難了。你們公安部有具體的行動方案嗎？」

何時：「楊冰還沒有跟我們討論過，也許方案是已經有了，但還沒告訴我們。只是我已經把我的看法送上去了。」

馮丹娜：「何隊，我覺得應該跟海雲說說，聽聽他的意見。」

何時：「我也正想。海雲，我有三個看法，首先，你們的情報說：彭建悅、常強盛和魏皆琉三個人是最近在洛城被殺的，他們一個是常強發集團裏的人，一個是他的弟弟，那就不用說了。但是這個姓魏的是從台灣來的，他是個因爲拐款潛逃被台灣通緝的逃犯，他和常強發的關係是不是應該查清楚呢？」

陸海雲說：「我可以透過朋友向台灣檢察總署問一問。」

何時接著說：「太好了，我就先謝了。第二，張正雄這個人出現在太平洋的兩岸，他的行動同時進入了我們和美方的視線，他也是從台灣來的，他還有一個親弟弟，是個被通緝的軍火販子，說是和中東的恐怖組織做過生意，我們沒有張家兩兄弟的正式檔案，只有透過私人管道和台灣的執法單位取得一些有關的資料。海雲，這方面你能幫忙嗎？」

陸海雲：「沒問題，我去問一問。」

何時：「我的最後一點就是關於這個巴拿馬人，他已經多次進入我們雙方的視線，毫無疑問的他是個關鍵人物，海雲，你知道我是什麼時候注意到巴拿馬的問題嗎？袁玲玲在深圳臥底的最早期報告中，就有提到常強發從深圳匯款到巴拿馬去，那時候還不知道是爲什麼？後來袁華濤副部長從緝毒局得來的情報說，有個巴拿馬人要向中國販毒。這些資訊是否是有關係，要查清楚。」

陸海雲：「我還有一點不明白，你們爲什麼還不逮捕王克明？」

何時：「和美國警方不逮捕常強發的理由一樣，希望能從他身上再多獲得些資訊。」

陸海雲：「不一樣，王克明還會造成威脅，但是常強發已經給廢了，聽說他只能去當太監了，小雞雞給打爛了。現在就等著他把他知道的全吐出來了。」

何時：「天網恢恢，疏而不漏。這是天理報應，他強姦了多少良家婦女？拿了他的小雞雞一點都不為過。海雲，你也不必替王克明擔心，想要他命的人不少，但是都得排隊排在袁華濤的後面。」

陸海雲突然轉了話題：「你們看在老何右後方角落的桌子坐的是誰？」

那張桌子坐著一對男女，男的是一個三十左右，一身穿著昂貴的名牌西裝革履，一看就知道是個很有錢的人。女的是經過刻意打扮，雍容華貴的楊冰。何時說：「哈！天下就有這麼巧的事。」

馮丹娜：「你們知道那個男的是什麼人嗎？他的老爸是上海金輝集團的董事長，身價有數百億，是中國的十大首富之一。所以他的兒子是上海的第一把鑽石王老五，原來是他看上了楊冰。海雲，你感到壓力了沒有？」

這時楊冰也看見了他們，她起身走過來，臉上露出了笑容說：「真巧，你們也到這家餐廳來吃飯。」

陸海雲站了起來說：「是的，真是巧，碰到你到這裏來相親。」

楊冰的臉色變了，但是她努力使自己保持冷靜：「海雲，我們應該坐下來好好談談，我認為你對我的誤會太深了。」

陸海雲帶著笑容回答：「我也是這麼認為，所以在離開洛城前就要求和你見面，你的助理叫我等你安排時間，靜候他的回音。我等到剛剛來吃飯之前，還沒見回音。」

「對不起，是我的疏忽，我們明天見面，好嗎？」

「明天老何要帶我去上海，看看阿爾泰公司的現場和關押中的維族自助會的成員。」

陸海雲看見楊冰瞪了何時一眼，他趕快說：「這是我們的納序先生向袁副部長提出來的要求，由老何協助我來完成任務。」

「這事有這麼急嗎？能不能晚一天呢？」

「我需要趕回洛城，為了另一個客戶的事，我得馬上出差到外地去。」

「那等晚一點我到酒店來找你。」

「等一會兒我就得趕回去，晚上我們代表團要開總結會，因爲一回到美國就要各奔東西，大家就見不到面了。總結會也不曉得要開到什麼時候，完了後還免不了要去喝啤酒。」

在場的人，包括楊冰都聽得出來陸海雲是不想見楊冰，她沉思了一下說：「那好，那就下次再見面吧！你們慢用，我先走了。」

楊冰的臉色沉了下來，她快步地走回到那億萬小開的面前，說了兩句話後轉身就走，小開就緊跟在後面出去了，但是隔了一會兒又垂著頭走回來，拿起大包小包的東西和桌上的賬單才又走了。馮丹娜說：「海雲，你是鐵了心不想見楊冰了，是不是？」

陸海雲：「你錯了，我如果不想見她，爲什麼我來之前還送電郵給她要求見她呢？」

何時：「小馮，我告訴你，一個女人可以拒絕一個男人，沒話說，那是女人的權利。但是你不能把男人呼之即來，喝之即去。楊冰說是她疏忽了，沒及時安排和海雲見面的時間，這只能說明海雲在她心目中的地位，至少是比不上那個拿著大包小包走了的小開吧？」

馮丹娜：「何隊，我知道你和楊冰有過結，但是讓我說一句公道話，楊冰對海雲的確是情有獨鍾，海雲是她最愛的男人。爲了他們之間的誤會，她當著我的面都哭了好幾次。」

何時：「楊冰愛海雲是事實，我不否認，但是海雲在她的心目中是什麼地位呢？他們之間的問題開始於緝拿任敬均回國的事，到今天，楊冰還認爲我們特專組聽了海雲的話沒有把通緝犯綁架回國是錯誤的。」

陸海雲：「真的是這樣嗎？不會吧，楊冰沒跟我說啊！」

馮丹娜：「楊冰是認爲海雲提出的方法把特專組矮化了，她主張特專組應該表現得更強硬一點。」

何時：「我和楊冰的矛盾是來自價值觀的不同。我認爲公安部找海雲是因爲他是美國的律師，他會幫助我們以合法的手段把我們的通緝犯緝拿回國。如果他一旦失去了律師資格，他就幫不了我們了。」

陸海雲：「楊冰應該非常清楚，如果我不阻止特專組在洛城綁架任敬均，我的律師執照就會被取消，我也會失業的。那我要靠什麼維生呢？」

何時：「別擔心，楊冰會雇用你做她的助手，還能把你留在身邊當男朋友。一舉兩得。」

何時的手機響了，是柯莉娟打來的，他對著手機說：「小莉，有什麼事？……對，海雲和小馮也在……我看見了，小馮說他是金輝集團的小開……你自己跟他說。」

何時把手機交給陸海雲說：「小莉要跟你說話。」

陸海雲接過手機後說：「小莉，你好嗎？」

「海雲，我很好。剛剛楊冰打電話來，都哭得不行了，說你當著別人面前羞辱了她，這到底是怎麼回事？」

「我來北京之前就發了郵件給楊冰，說想見她。但是一直沒見著。可是今晚在飯館卻碰到楊冰。她想晚一點或是明天見面，但是我都有事，所以她不高興了。」

「你是不是看見楊冰和別的男人在吃飯，你就生氣了？這是她老媽安排的，她沒法推辭。海雲，明天晚上你有空嗎？我叫楊冰來和你見面行不行？」

「明天晚上已經有安排了。」

「很重要嗎？」

「非常重要。老何的老婆要燒頓菜請我吃。」

「我們改天好不好？你就和楊冰見一面，跟她說說好話，她馬上就會被你迷住的。」

「小莉，你知道我在上海就只能待一晚，說來說去原來是你不想請我吃飯了。」

「放心，下次我一定會做頓飯請你。」

「但願還能有下次。小莉，我得回去開會了。」

陸海雲把手機還給何時，然後揮手叫服務員上甜點。

何時一大早就來到酒店接陸海雲去機場，他們是要趕上海航空的早班機飛上海。七三七型飛機的載客量超過一百五十人，但是這趟早班航機上只有稀稀落落三分之一左右的位子上有乘客，兩人的前後左右都沒人，他們就放心地談公事了。

「老何，公安部是不是正式派你擔任追緝常強發的任務了？」

「沒有正式的文件，楊冰還是特專組的組長，還是我的領導。」

「可是我看她大部分的時間都花在公安部的國際反恐怖活動上了。」

「她的外語能力和對國際事務的理解要比公安部國際司的人強多了，又加上這一塊是歸袁華濤管，所以很自然的事情就落在她身上了。」

「你們現在是不是要把逮捕常強發的事先放一放，集中力量在反恐的事上？」

「沒錯，袁華濤宣佈了，說現在我們國家第一次正式的成爲國際恐怖組織的目標，並且是配合疆獨份子，裏應外合。如果讓他們得逞，我們這群公安人員就得集體去喝西北風。」

「我看你們袁部長的壓力也挺大的。」

「不過這種事也非他不可，只有他的國家特級英雄背景和他的豐功偉績，才能替我們打開一條暢通無阻的路讓我們去辦事。對了，袁部長叫我先問問你，公安部和奧森律師事務所的合約內容是不是要修改，把反恐的部分加進去，費用是不是也需要調整一下。」

「反恐是中美合作專案，我已經是白宮助理納序先生的特聘人員，奧森律師事務所和政府也有合約，我這次來北京的所有費用都是算在這個合約裏，而不是算在和公安部的合約裏。我想如果有更改合約的必要，奧森會和公安部聯繫的，不用我們操心。」

「很好，那我門談談情報交換的結果。我把特瑞克的名單和我們拿到的維族自助會名單比對了一下，裏頭有四個人的名字我們判斷是同時出現在這兩份名單上。」

「這表示維族自助會已經被恐怖組織的人滲透了。」

「海雲，我們認爲，維族自助會是基地恐怖組織的周邊組織，直接受他們的控制和指揮。」

「你們對這四個人的審訊結果找出來有價值的情報嗎？」

「不幸的是，這四個人都還沒有被逮捕。」

「老何，你是說維族自助會並沒有完全被摧毀，是嗎？」

「不但如此，它的集體功能還可能存在，只是已經轉入了地下。」

「老何，有沒有可能，這個維族自助會只是周邊組織裏的周邊組織，他們另外還有一個核心成員的組織。這也是恐怖組織的一貫作法。」

「海雲，這就是我從頭就一直在說的事，我們抓捕到案的人全是土生土長的分裂主義份子，沒有一個曾經到過境外，也沒有一個像是受過特別的專業訓練，完全是才吸收進來的。但是那幾個被我們打死的，在行動上有板有眼，一看就知道是受過特殊訓練的，在洗衣店被我打死的那個還顯然是個炸彈專家。所以我同意你說的，恐怖份子的組織和能力仍然存在。」

「那你們的下一步呢？」

「我們已經按特瑞克的名單開始在全國展開調查。其實我們是很幸運，你有個特瑞克是你的客戶，至少還有個名單，否則我們就得大海撈針了。鄭天來說，你是我們反恐的頭一個功臣。」

「老何，除了特瑞克的名單外，其他的名單上也可能有你們要逮捕的人。」

「沒錯。納序先生同意我們交換所有的恐怖份子名單。在中國做調查的工作要相對的容易些。何況我們還能發動群眾在互聯網上做人肉搜索。」

班機上的服務員送來了早餐，兩人不出聲的吃了一會兒，最後還是何時先開口：

「海雲，我想求你幫個忙，替我買個東西。」

「沒問題，要我買什麼？」

「明天是兩個小傢伙的生日，說好了是要帶他們上動物園看大熊貓和去玩摩天輪的。小莉說再給他們一人買一個玩具貓熊，我把這事完全忘了，能不能就麻煩你了？我再給你算錢。」

「沒問題。別跟我算錢，就算是我送他們的生日禮物了。」

「那就謝了，別太破費了。」

「老何，我想問你一個私人問題，可以嗎？」

「如果我說不可以，你就不問了嗎？」

「我還是要問的。」

「我早就知道會如此，你問吧！」

「老何，你是不是外面有女人了？」

「誰告訴你的？」

「小莉。」

「她也告訴你，她愛上了你嗎？」

「你胡說什麼？別轉開話題來逃避我的問題。」

「是的，我發現自己愛上了別的女人。」

「老何，你是糊塗了還是瘋了？你家裏的老婆是個大美女，還給你生了一對雙胞胎，對你又體貼入微，你讓所有的男人都羨慕死了，爲什麼你還不知足呢？」

「我發現小莉愛上了你陸海雲。」

「所以你就移情別戀來報復小莉，是嗎？」

「我不是聖人，我和所有的丈夫一樣，老婆愛上別人會給我帶來無比的痛苦，你大概知道我是個孤兒，爹娘走了後，小莉是第一個人給了我一個家和家人的溫暖，她不只是我的愛人還是我的恩人。我再怎麼沒心沒肺也不能虧待了小莉。但是她愛上了你，可是我不會報復她，我要去成全她。」

「你們爲什麼不好好的坐下來，把問題說清楚呢？」

「這都是命，改變不了的。海雲，你知道我是怎麼發現小莉愛上你的嗎？她第一次見到你是在楊冰家裏，從那次開始，她就老是問我關於你的事。小莉有說夢話的習慣，她睡著了或是被我弄迷糊了就會說夢話，以前她是在夢話裏喊我，現在是叫你的名字。我問小莉是不是愛上了你，她不承認也不否認，就是拚命的哭，然後就使出渾身解數和我做愛，一到了高潮的時候就拚命的喊海雲。你說我是怎麼想呢？到後來我都無法和她上床了。」

「所以你還是愛上了別的女人，小莉親口跟我說，她愛你，知道你和別的女人做愛，她非常痛苦。」

「柳楊是正好在我最痛苦的時候出現的，而她也剛失去她的了男人，所以我們很自然的走在一起了。海雲，我剩下的日子不多了，我要你答應我一件事。」

陸海雲發現何時在流著眼淚，他說：「老何，你怎麼了?快告訴我。」

「海雲，你知不知道基地恐怖組織發出的紅色追殺令有百分之多少是達到了目的，成功的把要追殺的目標消滅了？」

「我知道他們成功的比例很高。」

「在過去的十年裏，他們發出了十七個紅色追殺令，他們消滅了十七個目標，成功率是百分之一百。

最短的是在一個小時內完成，最長的是兩年半，但是還沒有人能逃得了被殺的結果。根據我們的情報，這份追殺令已經到了中國境內。海雲，我這輩子沒求過人，但是我現在要求你了。」

「只要是我能做到的，沒問題。」

「海雲，答應我，你會娶小莉。」

「老何，你胡說八道什麼？小莉是你的老婆，我怎麼娶她？」

「她當了寡婦以後你就可以娶她了。我知道你很愛小莉，也很喜歡我們的孩子。她也感受到了你是在愛她，你那份藏在楊冰背後的默默愛情，已經像排山倒海似的把她壓得透不過氣來。其實，我也想到過會有這麼一天。我是她碰到的第一個男人，她沒有和別人談過戀愛，也沒有經歷過感情上的起伏，我們婚後的生活很美滿，很幸福。小莉是個非常聰明的女人，我可以感覺到她是在渴望更豐富的生活經驗，想出去看看世界。你的出現，讓她的眼睛張開了，當她發現你愛上了她時，她就完全的迷失了。海雲，答應我吧！小莉會帶給你幸福的。」

「老何，我是很愛小莉。我可以給你我的承諾，如果有一天你走了，我會好好的照顧她的一生和兩個孩子。她會不會嫁給我，不是我說了算，也不是你說了就算，這是她的一生，要她說了才算數。我答應了你，也給了你我的承諾，但這是有條件的。」

「你說，我也是一樣，只要能做到的，絕沒問題。」

「當然是你能辦到的。」

「說吧！」

「老何，如果我死了，或者是你的紅色追殺令取消了，你就要和那個姓柳的女人一刀兩斷，回去和小莉好好過日子。」

「你怎麼去把我的紅色追殺令取消啊？這種事從來沒發生過，不可能。」

「那你就別管了，任何事情都會有它的第一次。」

「海雲，她愛的是你，和你在一起，小莉才會快樂的。」

「你別顧左右而言他，反正這是我答應你的條件，你就看著辦吧！」

「你別用不可能的事來威脅我。你就少管別的事，把小莉伺候好就行了。我告訴你，你要是有三心二意，我做了鬼都不饒你。」

「老何，是誰三心二意了？我可從沒有移情別戀過，都是女人甩了我。」

「就是因爲我對不起小莉，所以我絕對不允許你也對不起她。」

「老何，我會用我的一生呵護小莉和你們的孩子。」

「其實我對你很放心，你會堅持你的承諾。我擔心的是楊冰。」

「她忙著選她的億萬小開都忙不過來了，你擔什麼心？」

「你錯了。我承認她是愛你的，但是她更愛她的事業和名聲。她認爲你對她的事業有很大的幫助，所以她一定要佔有你。爲了把你拿下，我怕她會傷害小莉。」

航機平穩地在華北的上空向南飛行，地上的中國母親河長江，從西部的大山裏帶著泥沙婉轉曲折滾滾地向東方奔去，在一萬公尺高的天上，兩個男人緊握著對方的手，互相保證將用他們的生命去愛同一個女人。

一位航機上的空服員走了過來說：「二位先生請扣好安全帶，飛機就要降落了。」

她驚訝地發現這兩個乘客似乎都哭過，兩人的臉上都帶著淚水。

航機是在上海虹橋機場降落，一走出機艙門，就有一位空服員把一個紙盒子交給何時，這是他上飛機時交給機長保管的配槍，他走到角落裏把彈夾裝進手槍，拉開槍機把一顆子彈頂進了槍膛，扣上保險，然後把槍放進腰間的槍套裏。陸海雲看在眼裏好奇地問：「什麼時候開始槍膛裏上子彈了？」

「自從你打電話告訴我追殺令那天起，我就準備好要開殺戒了。」

「應該的。」

上海市公安局浦東分局刑警隊派人來接機，一個年輕的刑警走過來給何時行了個舉手禮，他笑著說：「何隊回來了，您辛苦了。」

「小張，今天是你當班啊！」

「何隊，柯警官也來了。」

陸海雲看見了柯莉娟站在一群人後面，正在納悶爲什麼柯莉娟不到前面來和他們打招呼，他看到了她臉上的表情，雖然他們夫婦同時出現在陸海雲面前已經有好幾次了，這是他第一次看見柯莉娟不知如何是好的表情，是要先去親吻或擁抱丈夫呢？還是情人呢？陸海雲向她揮揮手，她笑一笑走到何時的面前說：「老何，你回來了。」

「是啊！小莉，我不辱使命，把你的海雲給你帶來了。」

柯莉娟狠狠地瞪了他一眼，轉過身來和陸海雲說：「海雲，歡迎你到上海。」

陸海雲這才注意到柯莉娟是刻意地打扮過的，雖然別人稱呼她柯警官，她一眼看上去像是從事藝術工作的人，優雅合身的服飾緊包著她曲線玲瓏的身材，但是感覺不到世俗的氣息，反而是顏色和線條交叉著帶出來的和諧感覺。陸海雲像是在欣賞一幅悅目的畫，它激動了人心，他問自己，我能永遠生活在這麼美的世界裏嗎？他突然聽見何時說：「海雲，別走神了，小莉在歡迎你呢！」

「噢！對不起。老何，你看小莉打扮得這麼漂亮來歡迎你回家，你多幸福啊！」

何時說：「海雲，小莉可從來沒打扮得這麼漂亮來接過我，她是來接你的，別裝糊塗了。」

柯莉娟的臉拉了下來，顯然是要生氣了，陸海雲趕快說：「小莉，很高興又見到你了，你今天真漂亮。」

「謝謝！我是來告訴你，一大早楊冰就來電話，說她今晚會趕到上海，她要和你見面。」

「不是說好了你要做頓飯請我吃嗎？」

「是啊！你們兩人先吃我做的晚飯，飯後你們再找地方談。我不會把你餓著。」

何時接著說：「海雲明天就要走了，我們就只有今天一天可以辦事，小莉如果你是開車來的，能不能請你把小張先送到阿爾泰公司現場，幫民警把我們封起來的東西拿出來照原樣擺好，小張參與過封存，應該會把現場還原，我們在看守所見過維族自助會的人後，就趕過去，海雲想看看這裏的現場，比較一下他在伊拉克見到的現場。也許能激發一些靈感。小莉，求你幫個忙，行不行？」

柯莉娟露出了曖昧的笑容，她把手一揮，扭著身體靠近了何時，把頭一抬說：「老何，我什麼時候拒絕過你？」

陸海雲看得發呆了。

自從破獲了維族自助會以後，公安局按著他們的花名冊，進行逮捕，前前後後一共抓了二十多個人，全都關在看守所裏進行審查。但是沒有問出來任何有價值的情報，並且這些被捕的人在意識形態和政治思想上都沒有「激進份子」的素質，在外表的形象上也看不出是受過嚴格訓練的行動員。這些人和陸海雲在關塔那摩美軍監獄和伊拉克法路加所見到的「敵方戰鬥份子」完全不同，沒讓人感到有一種堅忍不拔的好戰精神。在去阿爾泰公司的路上，陸海雲說：「我認爲這些人是烏合之眾，不像是恐怖組織的行動員。你說得對，一定還有漏網的核心份子。」

「可是公安部裏就有人不同意我的看法，對我很有意見。」

「你是不是在說楊冰？」

何時沒有回答，他用藍芽接到車上的手機響了，按下通話鈕後說：

「何時，請問是哪一位，……老龐，什麼事？……在哪裏？……好，我馬上到。」

「海雲，剛剛是南匯刑警隊打來的，說是扣住了兩個自助會份子，我們先過去看看。」

何時把車上的警笛打開，同時從位子下面把紅色警燈拿出來放在車頂上，在狂鳴的警笛和刺眼閃爍的紅燈下，他們風馳電掣地來到了一間像是倉庫或是儲藏室的大房子，前面有一個很大，可以往一邊推開的大門，顯然是讓大型車輛開進去的，此時它是關著的，大門上還有一個走人的小門是開著的。何時沒有把車停下，關上了車上的警笛和紅色閃燈，他慢慢地在倉庫的前後左右繞了一圈，最後把車停在離倉庫約三十公尺遠的對面馬路邊，陸海雲可以感到何時的緊張：

「老何，有情況嗎？」

「還不知道，但是感覺不太對。」

「要不要叫人來？」

「我怕裏頭有情況，等不及了。海雲，必要時，用我給你的手機快撥○○○就直接通到我們的值班室，然後就說何時求救，地點是四川北路么七六號，他們會馬上行動。車子的鑰匙我就放著不取下來了。」

何時用手摸了摸腰上槍套裏的槍，然後把開著的倉庫小門推開，裏面非常昏暗，唯一的光線是從開在有二樓高的屋頂天窗射進來的，倉庫裏空蕩蕩的，地上有零零散散的一堆堆貨物，在正對著大門的牆邊站著兩個人，他們的兩手放在身前，顯然雙手是上著手銬，何時小心地往前走了幾步，在一個大木箱後面蹲下，他大聲地叫：「龐世隍。」

一個高頭大馬，身穿警服的人走出來站在那兩個被銬住的人前面，他說：「何隊，我在這裏，請來看看這兩個人是不是你們要的。」

何時站了起來，朝站著的兩個人走過去，這時他突然明白，他是走進了陷阱。這兩個人的手銬沒有扣住，只是掛在手腕上。他往腰間伸手，同時眼角看見有另一個人手裏拿著一把兩尺長的刀向他撲了過來，何時向右移動，躲開了閃閃發光向他砍過來的刀鋒，他同時轉身拔槍，槍在出槍套時何時把保險打開，隨即槍管指向拿刀的人連扣兩下扳機，然後再轉回身體對著前面一個已經取下了手銬正在拔槍的人又連開了兩槍，這四槍都分別射中要害，在他們倒在地上前就死了，但是何時的後腦也被穿警服的大漢用槍柄打中，昏了過去。

何時恢復清醒時，他還是閉著眼睛，但是聽見有人說：「你看清楚了他沒有帶別的警察來？」

「沒看見，倉庫前面也沒有別的車子。賽依德，我們要趕緊一點，要不然就趕不上去深圳的飛機了。」

當何時睜開了眼睛後，就發現自己是坐在椅子上，但是全身是被人用寬膠帶像綁粽子似的一圈又一圈緊緊地綑在椅子上，兩隻手臂和兩隻腳一動都不能動。接著他聞到了很濃的汽油味，南匯刑警隊的龐世隍正拿著一個桶子往堆在他椅子四周的木頭和丟棄的紙箱子垃圾上澆汽油，何時對他說：「姓龐的，你這狗娘養的兔崽子，當年看你可憐放了你一馬，把你調到南匯區，以為你會學了教訓，結果你還是當了叛徒，你就不怕老天爺會給你報應？」

「何隊，你醒了。不錯，當年你是放了我一馬，但我是因為反抗你們漢人對我們維族人的迫害，才會被你們抓住把柄。現在不一樣了，我們要玩大的了。」

「龐世隍，你現在住手還來得及，我再放你一馬。」

「太晚了，告訴你，我是在執行對你的追殺令，這是真主阿拉傳下來的命令，我就是放了你，還會有別人來追殺你，世世代代的傳下去，直到你死。」

「姓龐的，你以為你的真主能保得了你嗎？你應該很清楚，你今天要是殺了我，我們公安能放過你嗎？明天你就會像是一條喪家狗似的到處逃亡，直到把你捕殺。」

「哈！你們這些漢人死到臨頭了還是不明白，告訴你吧，馬上就要變天了，你們漢人馬上就要完了。你何隊雖然平常為人不錯，但是你殺了不少我們的弟兄，剛才我們的兩個人還死在你槍下。真主在追殺令裏說要把你活活燒死，好讓你的靈魂下地獄，永遠不能出來。姓何的，你就想著你那漂亮的老婆和兩個孩子去死吧！」

龐世隍把手裏的報紙卷用打火機點著後丟進了灌了汽油的柴火堆，燃燒開始了，但是潮濕的碎布也促成大量濃煙的產生。

陸海雲在汽車裏有些坐立不安，他似乎聽見在倉庫裏傳出了槍響聲，但是四周的車水馬龍和城市裏的各種噪音似乎把槍聲淹沒了。他看見倉庫的小門打開，走出來一個高頭大馬的警察，跟著出來的不是何時，而是另一個男人，他拿出一個大鎖，把小門鎖上後，兩個人迅速地上了一輛汽車走了。陸海雲看見倉庫大門上方牆上的一扇開著的窗戶冒出了濃煙，他拿出手機快撥〇〇〇，響了一聲後就有人回答：

「浦東公安局刑警隊，請講。」

「何時警官求救，四川北路么七六號，請求支援，還要消防車及救護車。」

「請重複。」

「四川北路么七六號，現場有槍聲，何時警官請求立刻支援，消防車及救護車。」

陸海雲坐上駕駛座，發動了汽車，扣上安全帶再用力地拉緊，然後將排檔上推到底，進入倒車檔，他快速地把車倒退了四十公尺，將排檔拉到底，車子吃進了一檔，就要往前動時，陸海雲的右手把手剎車拉緊，同時右腳把油門踩到底，立刻驅動的前輪隨著引擎同時進入了高速地運轉，雖然後輪被手剎車定住了，汽車不能前進，但是前輪的轉動使輪胎和地面開始摩擦而產生高溫，輪胎的橡膠開始燃燒，車底下出現了白煙，發動機和車輪及路面摩擦所發出的噪音達到震耳時，陸海雲的右腳還是繼續地將油門踩到底，但是右手把手刹車鬆開，汽車像是一匹鞭子下的馬掙脫了韁繩，突然往前衝了出去，極快地在加速。

陸海雲掙扎著將汽車對準了倉庫的大門，當人和車在呼嘯中衝上了倉庫前的人行道時，接著是騰空而起撞破了倉庫的大門。汽車的安全氣囊馬上膨脹開把陸海雲壓在車位上，他很快地按下了氣囊的放氣開關，打開車門出來，倉庫裏面已經是濃煙瀰漫，沒有能見度，一個木箱從被撞毀的架子上往他的頭頂掉下來，他伸手擋了一下，雖然在最後一刻保護住了頭部，但是上臂被鐵釘劃破。

在燃燒的火光中，陸海雲看見一個在椅子上的人形，顧不得傷口的疼痛，他踩著地上的火焰，衝進火堆裏連人帶椅子一起拉出來，高溫的濃煙已經進入到他的肺裏，像是有一團火在他的胸腔裏燃燒，他強忍住要咳嗽的反應，那是人體要排除聚積在肺裏煙塵的本能，但是在每一次咳嗽後，肺部就會吸入大量的外界氣體，只是倉庫裏的空氣含氧量已經很低了。

陸海雲很明白氧氣已經無法進入他的體內，最多再有一分鐘，他就會昏迷過去。他用最後的力氣將何時帶著椅子推進汽車的後座，在上車之前，他看見車子的輪胎在燃燒了，高溫將車胎裏的壓力增高而漲大了，輪胎和汽車油箱隨時都會爆炸，他唯一能做的就是懇求上帝再多給他一分鐘的生命。

陸海雲將排檔推進倒檔，鬆開手刹車，踩下油門，車子沿著進來的路出去，當他看見了太陽光時，他鬆開油門，拉起刹車。

車子一停下來，他馬上下來把後車門打開，還是捆綁在椅子上的何時是面部朝下趴在後座，陸海雲將他翻了過來，就連人帶椅子一起拉出了車外，何時的臉色蒼白得很可怕，一點血色都沒有，陸海雲用右手撬開了何時的嘴，用左手的大拇指和食指把他的鼻孔緊緊地捏住，他深深地吐了一口氣，把肺裏的氣完全排出去，然後吻住了何時被撬開的嘴，猛力地吸入一口氣，他馬上就感到一股高溫的煙氣被吸了出來，他吐氣後再重複地把何時肺裏的高溫煙氣吸出來。但是不一會兒，他眼前一片黑，太陽光隨即消失了，但是他聽見了警車的警笛聲，最後是柯莉娟出現了。

陸海雲是在醫院裏醒過來的，當救護車把陸海雲及何時送到醫院時，兩個人肺裏的肺泡都受到了高溫煙氣的灼傷，當然兩個人受傷的程度不同，何時要嚴重得多。當穿著一身警服的柯莉娟走進來時，陸海雲正躺在診療室的床上，護士在替他換手臂傷口的紗布，不久前才放上去的紗布已經被流出來的血染紅了。柯莉娟握住了他的手說：「海雲……」

她的眼淚滾滾地流下來，說不出話來了。陸海雲向護士指一指臉上的氧氣面罩，護士說：「你可以拿下來說話，但是慢慢說，不要喘氣。」

把氧氣罩取下後，陸海雲說：「小莉，老何的情況怎麼樣？你去看了他沒有？」

「醫生給他打了鎮靜劑，還沒醒。你的傷呢？手臂怎麼還在流血？」

護士插嘴說：「他不肯把手臂固定，還亂動，把傷口重新撕裂開，才又流血。」

柯莉娟說：「海雲，你一定要把手臂用肩帶固定好，傷口才會很快地癒合起來。」

陸海雲說：「這小小外傷沒事，但是老何這輩子可欠我一條人命，看他怎麼還我。」

柯莉娟看見護士走了，她靠過去輕輕地親了陸海雲一下：「兩個孩子會一輩子感謝你救了他們的爸爸。」

「孩子們的媽就不感激了？」

「有另外一個女人會感激你。」

「小莉，你沒有回答我的問題。」

護士走進來說：「柯警官，主治醫師張大夫請您過去，請跟我來。」

陸海雲和柯莉娟跟隨護士來到了特別加護病房，病床是在一個密閉的房間，裏面是高純度的氧氣，它的氣壓是可控的，這是專門給肺泡受傷的病患使用的。何時躺在床上，兩眼是閉住的，但是可以看出來他的呼吸很平穩。有兩位穿白大褂的醫生顯然在討論他們手上的病歷，看見他們來了就趕快出來打招呼，護士說：「張大夫，這位是柯莉娟警官，也是裏頭那位何時警官的妻子。這位就是陸律師。」

張大夫說：「柯警官，我是這裏呼吸系統部的主治醫師。何隊長的肺部受到了非常嚴重的燒傷，但是身體的情況現在看來基本上是沒有問題了，但是如果要避免對身體有長遠的不良影響，一定要等肺部完全復原後才能恢復正常的活動，換句話說，何隊長還得在這兒待一陣子。他的肺泡被灼傷，除了用抗生素防止感染外，只能靠自己身體的力量來復原，為了縮短復原所需的時間，我們會用鎮靜藥讓他的心跳和呼吸慢下來，所以他大部分的時候都會是昏睡著，每天只有短暫的時間醒來，吃點食物，這樣讓他的肺得到充分的休息，會更促進康復的速度。柯警官，您看這麼行嗎？」

「謝謝大夫，就聽您的了。」

「何隊長有沒有對哪一種抗生素過敏？」

「沒有。」

「很好，那我們就把抗生素放進點滴裏。對了，陸律師，你還要留下一晚觀察，同時也要用氧氣。公安部來電話了，您是他們的重要客人，不能馬虎。」

陸海雲回答說：「我看不必了，我感覺沒什麼不對。」

柯莉娟：「海雲，聽大夫的話，在醫院裏待一晚吧！」

張大夫：「噢！對了，柯警官，我要告訴你，如果不是陸律師在現場的急救方法正確，何隊長現在就不是這樣了。一般在實施人工呼吸時是向遇難者的肺裏吹氣，但是陸律師是相反的將何隊長肺裏的高溫煙氣吸了出來，所以肺泡的燒傷都是局限在表面，否則真的要不堪設想了，我們都應該好好的感謝陸律師的急救手段。」

柯莉娟：「張大夫，我一定會好好的謝陸律師的。海雲，你是在哪學的這套救命的本事？」

陸海雲：「當兵受軍訓時學的，第一次用上。」

張大夫：「那你們再談一會兒，我先走了。柯警官，別忘了把陸律師送回病房。」

當馮丹娜從機場把楊冰接到醫院時，都已經天黑了，她在何時住的加護病房外面看見兩個浦東公安分局的刑警，還有柯莉娟也坐在病房外面的一張椅子上，她上前來和楊冰打招呼：「楊冰，你來了。」

「小莉，對不起，我來晚了。老何的情況怎麼樣了？」

柯莉娟把醫生說的情況簡單地說明，當然也把陸海雲的情況說了，楊冰說：「謝天謝地，他們能完全康復，不會有後遺症。今天晚上不是要和陸海雲見面嗎？」

「我跟他說過了，可是他剛剛和主治醫師張大夫談了一番話後，就突然變得很不高興，陰陽怪氣的，告訴護士他要用氧氣，就回他的病房去了。」

「經過今天這麼的折騰，也真夠他受的了。」

「說得也是，還真虧了海雲，要不我現在就是個寡婦了。」

「他不是明天就要出院了嗎？我明天再見他吧！」

「楊冰，陪我去吃飯，我有話要問你。」

「正好，我也有話要問你。」

她們把馮丹娜打發走了，找了一家安靜的小飯館先把晚飯解決了才進入正題，兩個人都非常驚訝，這是自從楊冰把通緝犯任敬均從美國押解回來後，她們第一次單獨地坐下來談話，在此之前，她們幾乎每天都會見面。柯莉娟：「現在要找你說句話可真不容易。」

「我手機號碼又沒變，爲什麼不打電話給我？」

「每次都是那個陰陽怪氣自稱是你什麼助理的男人接電話，問完了祖宗八代後，叫我留言。然後就石沉大海，音信全無。」

「小莉，你太不公平了，你知道我有多忙嗎？」

「喂！楊冰，看著我，我是柯莉娟，是和你拜過把子，換過生死帖子的姐妹，不是腰纏萬貫，在你面前晃蕩著大把銀子，想跟你上床的大款或小開。你連和我說句話，問個好的時間都沒有了嗎？」

兩個人都默默無語，也許是在回憶她們以前的日子，最後楊冰開口：「都是我不好，讓以前的情誼從手裏溜走了。小莉，對不起，原諒我吧！」

「其實也不能完全怨你，我也一樣，結了婚，有了孩子後，就只顧著自己的家，以前的朋友好像就不重要了。楊冰，我們都錯了，忘記了過去，不想未來，只顧眼前，久而久之，我們就成了行屍走肉。我不知道你是不是還把趙思霞看成是背叛你的人，現在我一想起她來就恨我自己，當初不該對她那麼兇，不但罵了她，我還動手打過她。我不該把她看成十惡不赦的人，現在知道她是個苦難人，但是一切都晚了。」

「小莉，現在我不僅不恨她，我還常常想起來當年我們三個人在學校的日子有多開心啊！趙思霞最沒心沒肺，整天就會找樂子；我最會應付考試，所以成績最好；但是你最用功，最有學問。你知道嗎？從我和王克明訂婚開始，除了有一天是例外，我就和『快樂』斷了緣分，直到今天，我還沒嘗到過一天的快樂日子。」

柯莉娟嚇了一跳，她沒想到楊冰會是這樣：「你和陸海雲在一起時，不是很快樂的嗎？」

「沒錯，我們認識這麼久了，我和他在一起的日子加起來總共只有一天，就是我們在松花江太陽島上度過的那一天。那是我一生裏的最高點，也就是我剛剛說的那例外的一天。從那以後就往下坡走，等到了緝拿任敬均歸案後，陸海雲就開始恨我了。」

「我不信陸海雲恨你，是你用你的助理把自己保護得滴水不漏，連我都沒法找你，海雲就更沒門了，他是很想和你溝通，但是無法找到你，你對海雲到底要怎麼樣？」

「我媽是堅決反對我和海雲來往。」

「爲什麼？」

「我媽跟老袁去了一趟美國，見到了老奧森。她說人家有兩百多名律師的全美數一數二的大律師事務所，有幾十億美金的身家事業都準備傳給愛米，然後她會嫁給陸海雲，夫妻兩人都是優秀的律師，很自然的會把律師事務所發展得更上一層樓，所以我老媽叫我要面對現實。」

「楊冰，我是在問你自己，你愛陸海雲嗎？」

「我跟你不一樣，你和一見鍾情的男人戀愛，然後就嫁給他。小莉，你說我和王克明算是談過戀愛嗎？我從來沒有從他那感受過愛情的喜悅。但是海雲就不一樣了，我想嫁給他都想瘋了。但是，情況不允許了。」

「什麼情況？我不懂。」

「愛米的存在不是情況嗎？」

「我還是不懂，海雲要是和你結了婚，愛米的問題不是就解決了嗎？」

「但是他不會答應我的要求的。小莉，我想把我的工作擴大，想要有更大的發展，我希望他能幫助我，有一個美國人的律師做爲事業的夥伴會是絕對的優勢。」

「你們沒好好的談過這些未來的事嗎？」

「當然談過，他說過他一生想做的兩件事，一個是到大學去教書，一個是促成一個國際公約把各個不同國家的文化遺產開放給全人類。」

「這是多好的事啊！你也能扮演一個角色去幫他。」

「但是我要他留在我的身邊幫助我。」

「要是這樣，你老媽就同意把你嫁給他了嗎？」

「我不能嫁給他，我只要他留在我身邊。」

「爲什麼？原來你的要求是這樣的，太過分了。」

「小莉，睜開你的眼睛看看，這個世界和我們當初剛畢業的時代完全不同了。你知不知道現在社會上的人怎麼看我們嗎？」

「我們是當警察的，又怎麼了？」

「人家看我們警察和馬路上打掃清潔的是一樣的，他們是清除街上的垃圾，我們是清除社會上的人渣，沒什麼兩樣。」

「我可不這麼看。」

「小莉，現在的人就看兩樣東西，一個是你有多少錢，另一個是你有多大的權力，多大的影響力。像你這樣叫唱高調。」

「我明白了，你剛剛說的要追求更大的發展就是要賺大錢，是不是？」

「我接觸了不少非常成功的企業界人士，不是我說大話，其中大部分人的教育背景和聰明才智都還不如我，但是他們有很強的人脈關係和影響力。他們之中有捧我的人，都是爲了我有個當公安部副部長的老爸，或者是想要和我上床。這是我唯一能依靠的本錢，可惜的是，老爸的任期和我的青春都有期限，所以在這期限之前，我必須要建立我自己的人脈關係。」

柯莉娟看著楊冰說不出話來，楊冰說：「小莉，你怎麼這樣看我？不認識我了？」

過了好一陣子，柯莉娟才回答：「我沒想到你的變化會這麼大，我是不認識你了。」

「你是講對了。你想想看，就在這不到一年的時間，我身上就起了天翻地覆的變化，連我都不認識自己了。」

「楊冰，你希望陸海雲留在你的身邊，幫助你的事業，但是不能和你結婚，只能看著你和別的男人周旋，他會願意嗎？你是知道他很想要娶一個中國老婆，你知道他會怎麼反應嗎？」

「不知道，我還沒問過他。」

「他想要跟你做愛，是不是也得通過你的助理來申請呢？」

「小莉，你現在也學會了說話尖酸刻薄，越來越像老何。他那天諷刺我獻身給有錢的大款，我差點把他給斃了。但是想到他出槍比我快，我才沒動手。」

「記得嗎？楊冰，當年我們立下志願，說這輩子一定要做兩件事，還記得是什麼嗎？」

「當然記得，要轟轟烈烈的戀愛和幹一番轟轟烈烈的事業。」

「後來我和趙思霞都改變了主意，說只要嫁一個好男人就滿足了。但是你還是保持初衷，現在看來，事業上你是會做到的，但是你準備放棄轟轟烈烈的愛情嗎？」

「我已經不是十八或二十的姑娘了，我都過了三十了，又是在現實的環境裏，我怎麼去追求轟轟烈烈的愛情呢？」

「沒錯，你說的客觀事實都是真的，但是從二十歲到三十歲是十年的光陰，可是你的改變是發生在不到一年的時間裏。」

「小莉，你不是也一樣嗎？別以爲我不知道，你愛上了陸海雲，是不是？」

柯莉娟不說話，陷入沉思。楊冰繼續說：「別忘了，你是有老公和孩子的人了。」

「老何他外面有女人。」

「那是你先移情別戀。你第一次見到陸海雲時，就被他給震住了，是不是？當時你看他的眼光和你當年看老何的眼光完全一樣，我能看見，老何也一定會看見，他沒問過你嗎？」

「問過了，我承認了我愛海雲，也告訴他我不會阻攔他去愛別的女人。可是你知道嗎？老何說他一定逃不過紅色追殺令這一關，他要我去跟海雲過日子。」

「老何這麼說，不就是放你走人了嗎？」

「我能走到哪裏去？人家海雲是美國的大律師，業務遍佈全世界，憑什麼要和我這帶了拖油瓶的老土過日子？我有什麼能力去克服中國人和美國人之間文化的差距？我能把你老媽說的和海雲訂了親的美女愛米比下去嗎？楊冰，我從來沒有放棄過對轟轟烈烈愛情的渴望，但是我知道自己是什麼材料，我對海雲不會存有任何幻想。」

「小莉，那你是在追求什麼？」

「我只想短暫的擁有海雲，他的人和他的心。那怕是一天，一夜，一小時，甚至是一分鐘，我就心滿意足了。以後我就安心的把孩子帶大，服侍我爸媽終老，無怨無悔，終老一生。楊冰，你能幫我嗎？」

「你是不是要我別去碰海雲了？他好全心全意的去愛你。」

「海雲要愛誰，是你我說了算嗎？當年我到老何那兒睡了一夜，我媽就要趕我出門，我爸就要斃了我，最後還是你來救了我。他們是很聽你的。現在他們心目裏的最愛是兩個小傢伙，其次是女婿老何，我這女兒是可有可無了。要是我紅杏出牆，給老何戴綠帽子，他們非把我殺了不可，所以我要你到時候替我說說好話。」

「那老何不是也有女人嗎？那些大款哪個沒有二奶？爲什麼只准州官放火而不准百姓點燈？我一定替你說話，不行的話我把袁華濤搬出來，當年他不是就睡了我媽讓我爸戴了綠帽子嗎？那時我爸還是公安英雄呢！我媽還不是照樣讓袁華濤上了她。」

「我爸媽都是老公安，我想會給袁華濤面子的。」

「還有，我相信我媽也會全力的幫你，小莉，你想到沒有？」

「會嗎？我不懂。」

「我媽總是認爲我是從頭到尾就想把初夜給海雲，她很不贊成，說是會影響我以後的婚姻。所以她一定會支持你和海雲走到一起。那我不就落空了嗎？」

「楊冰，你跟我說實話，你是不是一定要把初夜給海雲？」

楊冰感到放心，顯然陸海雲並沒有透露他們已經有了魚水之歡的事。「怎麼？你要和海雲天長地久，就讓我一晚還不行嗎？」

「楊冰，你曾說過，趙思霞嫁給王克明是背叛了你，我愛海雲，是不是背叛你了。」

「她是在我還是王克明的未婚妻的時候背著我做的，可是你現在不是對我明講了你愛海雲，不是嗎？何況像你說的，人家要怎麼樣也不是我們說了算。所以你不是背叛我。更何況我現在就只剩下你一個真正的朋友，你追求到幸福，我會爲你高興。我認爲海雲是喜歡你，不說別的，你的個性和你的內涵都是他想要在中國女人身上找到的。」

「你是說真話還是在哄我？」

「我是說真的。但是海雲會認爲他如果愛上了你就是背叛了何時，因爲他們是好朋友，好到會玩命的去救老何，他會認爲他不應該愛上好朋友的妻子。小莉，你想到這點了嗎？」

「哼！我不僅想到，而且深深的感到海雲在被煎熬的痛苦。他還跟我說不要背叛老何。你說你不快樂，可是我比你更不快樂，我面對著兩個男人，一個是外面有女人的老公，一個是讓我想得快發瘋了，但是摸不著的情人，爲什麼做女人就要這麼苦呢？」

「哎！不說這些了。我還有要緊的事問你。那個執行紅色追殺令的龐世隍顯然是在倉庫設下了陷阱要把老何燒死，爲什麼老何就會往裏頭跳呢？」

「老何說他是急著想要看那三個漏網的維族自助會的人。」

「小莉，你信嗎？老何是什麼人？他是身經百戰，我們局裏最優秀的刑警。龐世隍充其量只是個三流的刑警，只會抓抓小偷和竊賊，他鬥得過老何嗎？再說吧，我們的規矩是在那種情況下，一定要請求支援，在支援到達前，只能就地觀察，絕不可以單獨行動。老何把車停得遠遠的，單槍匹馬的進去，這不是找死嗎？」

「我相信他是想單獨的去面對紅色追殺令的殺手。」

「還是他拿定主意要去當烈士，促成你和海雲？老何怎麼把感情的事混進來了？那我明天跟他談談，告訴他不能這麼幹，要不然就調他暫時幹內勤。要是老何這樣幹刑警，我們都保不住，公安部就關門好了。」

「楊冰，你說我怎麼活下去呀？」

「小莉，不許哭。」

第二天一大早，陸海雲就辦好了出院的手續，因爲公安部將一切必須要的表格塡報和費用問題都接手了，所以他只要簽個字就行了。離開之前，他去了何時的加護病房看見他還是在熟睡中，他看見穿著警服的馮丹娜匆匆地走過來：

「小馮，這麼早就來了！」

「海雲早！辦好了出院手續了嗎？什麼時候要回美國去？」

「快了。你是來看老何嗎？他還沒醒呢！」

「我知道，楊冰派我去深圳辦案，我想走之前來看看他，你要去哪裏？我開車送你。」

「老何說今天是他兩個寶貝孩子的生日，說好了要帶他們去動物園，我想替他代勞。」

「太好了，剛剛小莉還打電話跟我發愁呢，因爲她要陪她父母到醫院來看望老何。」

說完了，她拿出手機，接通了柯莉娟，告訴她找到了帶孩子去動物園的人了。陸海雲也接通了楊冰的手機，但是還是一個助理聽的電話，他就留話說要帶小剛和小婕去動物園，如果她也想去就來找他們。他沒有提見面的事。

馮丹娜開車送陸海雲到了何時的住所，柯莉娟帶著小剛和小婕已經站在門口，柯莉娟沒穿警服，還刻意地打扮了，臉上化了妝，身上的衣著更是把她成熟的女性魅力散發出來。她問陸海雲是怎麼知道今天是孩子的生日，以及要帶他們去逛動物園和玩摩天輪的事，陸海雲說是何時在飛機上告訴他的。兩個孩子還記得這位陪他們玩過和送過洋娃娃給他們的陸叔叔，一個大人和兩個孩子一行三人坐了一輛計程車到了浦東的上海動物園。

柯莉娟帶著她的父母親來到了何時的病房時，主治醫師張大夫也在病房裏，他跟大家宣佈，經過一夜的休息，何時肺功能的恢復要比預期的更好。這一對岳丈和岳母看見他們的女婿穿著睡衣躺在病床上，心疼不已。等到何時跟他們說起笑話來，才有點放心。在來之前，柯莉娟告訴他們，會見時間只有一個小時，她還有要緊的事，所以兩個老人待了一會兒，留下了一籃水果，就先走了。柯莉娟有點不自在，猶豫不決，不知道該怎麼樣和自己的丈夫打招呼，何時就先開口了：「小莉，你老公都這樣了，說句安慰的話總可以吧！」

她走過去輕輕地親了何時：「老何，昨天我來的時候你還沒醒，沒敢叫你。你現在怎麼樣？疼不疼？」

「不疼。就是有點喘不上氣來。」

「那是因爲肺裏的氣泡被燒傷了，要慢慢才能復原。老何，你隊裏的人昨晚來了，想要見你，可是醫生不准，隊上的人要我告訴你，龐世隍和他的同夥被堵在虹橋機場的路上，他們不肯投降，所以把他們格殺了。他們叫你放心，這個醫院已經是重點保護的對象。袁華濤、李路欣和葛琴他們也要從北京趕過來看你。」

「幹得好！但是勞師動眾來看我，真不好意思。海雲的傷怎麼樣？嚴重嗎？」

「他被掉下來的木箱劃了一下，受了點皮肉之苦。不過他要我告訴你，他可把好好的一輛警車給全毀了。」

「沒關係，我的命總還值一部警車吧？不過他讓我這個臉丟大了，當時我還真的以爲玩完了，準備要去見馬克斯，都想唱國際歌了。結果我這條小命還讓他一個小老百姓給救了，你說我多丟人啊！但是，海雲犯了兩個嚴重的錯誤。」

「不就是讓你丟人嗎？你是怕丟人還是怕丟了你小命？」

「都不對。第一個錯誤是他沒讓我當成烈士，要不我們那兩個寶貝孩子將來上大學的學費就搞定了。第二，他沒讓你當成寡婦，否則他就能順理成章的娶了你。」

「別開玩笑了，張大夫說，還是海雲用了正確的急救方法才救了你的命，你該謝他。」

何時脫口就說：「我把老婆都送給他了，還不夠嗎？」

他一說完就後悔了，柯莉娟的眼淚馬上就掉下來，何時趕快說：「小莉，對不起。海雲什麼時候出院？我是要去謝謝他。」

「他已經出院了，他正帶兩個孩子上動物園了，說是你說的要給他們過生日。」

「這個海雲，他實在是個難得的好人。」

柯莉娟：「老何，是我柯莉娟對不起你，做了你的老婆心裏還想別的男人。所以我絕不會阻擋你和別的女人去過日子。你還不能出院，還得在醫院裏待一陣子，但是我明白你不想看到我，請你告訴我那個女的在哪裏，我去把她請來陪你。你不要我了，但是兩個孩子需要他們的父親。」

「小莉，你聽我說，那個姓龐的要殺我是在執行紅色追殺令，他被我們消滅了並不代表追殺令的中止。目的不達，追殺令是永遠要執行下去的。這次是碰到海雲在我身邊，要是你和兩個孩子在我身邊，那些殺手就不會動手了嗎？小莉，你怎麼糊塗了？我怎麼能讓你和孩子跟我死在一起呢？你連這點都不明白嗎？」

柯莉娟已經控制不住哭出聲來了，何時開始喘不過氣來，但是他繼續說：「小莉，你別哭了行不行？你一哭我就心煩。你聽我說，我是個孤兒，你和你的家人接受了我，給了我一個家，我有個深深愛過我的好女人，還有兩個這麼可愛的小孩，我們一家人過了這麼幾年的好日子，我這一生是真的值了。現在又碰到了海雲，他是個非常優秀的男人，也是這世界上唯一能讓我放心的把你和孩子交給他的男人。我知道你很愛他，他也很愛你，他會帶給你快樂和幸福，你要好好的跟他過日子。」

何時在用力的呼吸了，柯莉娟哭喊著：「老何……我求求你，別說了！」

何時喘著氣說：「小莉，別哭了。有一件事只有你才能辦得到，你一定要答應我去做。」

「老何，你說吧！我一定去做。」

「小莉，這次海雲把我從火場裏救出來是他的命大，運氣好，否則是非跟我一起燒死了。你知道嗎？他這麼做不是爲了救我，他是爲了你才這麼玩命的。」

柯莉娟搖搖頭不懂，何時就繼續說：「海雲他一直認爲只有我當你的老公，孩子有父親，你才會幸福和快樂，而你對他的感覺只是一時的迷惑。但是海雲是真心的愛你，爲了你，他是能去玩命的。你連這個都不懂嗎？」

何時喘著氣繼續說：「我知道他在想辦法，要替我把紅色追殺令去掉，這是不可能的事，到頭來他只會去送死。海雲不能死，只有他才能把我們的孩子扶養成爲頂天立地的人，他已經答應了。小莉，你一定不能讓他去幹傻事，要保住他。」

柯莉娟又開始哭了：「海雲他不會聽我的，我怎麼去保住他呀？」

「你是女人，難道連制服一個愛你的男人都不會嗎？我看海雲被你迷住的樣子，他沒法抗拒你的。小莉，你要是連這事都辦不好，我是死不瞑目。」

柯莉娟不停地在哭，何時受不了，他說：「行了，行了，看你哭得多難看，男人都不喜歡看女人哭，你再哭連海雲都不要你了。小莉，其實你應該很高興才對，在這世界上有兩個優秀的男人愛你，多好啊！」

護士進來給何時打鎮靜劑時，發現這對公安警察夫婦的臉上都有淚水。

小剛與小婕和所有的同年齡孩子一樣，從一個地方到另一個地方一定是不會走一個直線或是最近的路，他們會一路上彎彎曲曲，繞著圈子，跑著走，所有的東西都要跑過去做近距離的觀察，然後接著就是有說不完的問題，一個籠子裏如果有兩隻猴子，就會問哪一隻是爸爸猴，哪一隻是媽媽猴，如果說不知道，就會接著問爲什麼不知道，孩子們的心裏總是認爲大人們會知道所有孩子們問的問題，孩子們是打破沙鍋問到底，絕不罷休。

陸海雲緊緊地跟在孩子們的身後到處跑，稍微有點危險的地方，他就上去牽住他們的手，他還告訴他們說爸爸和媽媽是穿不一樣的衣服，所以一看就分出來了，但是因爲今天兩個猴子都忘記穿衣服了，所以分不出來。陸海雲對小孩很有耐心，也有求必應，孩子們要什麼，他一定會買給他們，並且笑說這是給他們提早過年。

毫無疑問地，陸海雲非常喜歡這兩個孩子，在吃麥當勞漢堡時，小剛和小婕問他喜歡不喜歡媽媽，他說了真心話，兩個孩子似乎很高興。等到去玩摩天輪的時候，兩個孩子都很累了，摩天輪的運行是每轉九十度就會停下來，靜止五分鐘，讓坐在上面的人從高處俯看上海市區，聽聽微風吹過的聲音。小剛和小婕累得靠在一起睡著了。雖然陸海雲每隔一個多鐘頭就給柯莉娟一通電話，報告情況，但是做媽媽的還是很關心兩個雙胞胎的生日是如何過的。等他們在摩天輪上睡著了，陸海雲才有機會詳詳細細地把一天的活動說給柯莉娟，他說孩子們想吃炒蝦仁，所以約好在浦東的正大廣場六樓一家小南國餐館吃晚飯，陸海雲認爲那裏的清炒蝦仁味道不錯。

到了吃晚飯的時間，柯莉娟早早的來到了小南國，不久就看見陸海雲兩手各牽著一個手裏抱著一個大熊貓的孩子走進來。他們看見了媽媽就高興地衝了過來，又抱又親的，還要搶著告訴媽媽他們都玩了些什麼，媽媽當然更高興了，親完了孩子們，就抱著陸海雲也親了一下，飯館裏的客人都注意到了這一對幸福年輕的夫婦和一對可愛的雙胞胎。兩個孩子的胃口很好，或許是玩得又累又餓，他們把一盤蝦仁都吃得精光，等飯後回到家時，他們的眼睛都睜不開了。陸海雲幫著做媽媽的一起給他們洗澡，換上睡衣，送他們上床睡覺。等他回到客廳坐下來不久，柯莉娟就端上來一杯熱騰騰的茶：「這是老何的親戚從台灣寄來的高山茶，味道很香，你嚐嚐看。」

陸海雲發現柯莉娟換了一身短裙的便裝，兩條修長雪白的大腿都露在外面，上身又是低胸的，把深深的乳溝都露出來了。這是明明的穿給陸海雲看的，他是目不轉睛地盯著她看。柯莉娟走到他面前故意的轉了三百六十度，雙手叉腰扭動下身，她說：「讓你看個夠，是差強人意，還是剛剛滿意？」

「別瞎胡鬧了，坐下來，我要跟你說說話。」

「我知道我沒楊冰漂亮，也比不上她的性感，看你那失望的樣子，全擺在臉上了。」

「小莉，請你坐下來和我說說話，好嗎？」

她突然跪下來，把手放在陸海雲的膝蓋上說：「海雲，你別生氣，我這些日子都不知道是怎麼過的，所有發生的事都在打擊我，我真擔心會支持不住了。尤其是你，你的痛苦不都是因爲我嗎？我不能原諒自己。所以發點瘋，出出悶氣，你別在意。你要我坐在哪裏？你的大腿上，還是靠著你？」

「坐到對面，我喜歡看你說話時的表情。」

「好，那先讓我給你的茶加點熱水，也給我自己倒一杯。」

客廳裏的燈光調暗了，陸海雲發現坐在對面的柯莉娟容光煥發，出奇的美，但是她的表情嚴肅，端起茶來喝了一口，她說：「海雲，我得謝謝你今天帶兩個小傢伙逛了一整天，又破費買了大熊貓娃娃，晚上還去吃大餐，小南國的一大盤清炒河蝦多貴啊！他們告訴我說今天玩得好開心。真不好意思。」

「你還跟我客氣什麼？談不上破費，其實最開心的應該是我，小莉，你知道嗎？這兩個小人會帶給我這個大人多大的快樂嗎？唯一可以更快樂的就是他們的媽媽能一起來就更美滿了。」

柯莉娟的臉上露出來燦爛的笑容，坐下來後，整條大腿幾乎都從短裙底下露出來了，她彎下身來用手撫摸著自己的腿，從大腿開始，很慢地往小腿移動，陸海雲覺得她這個動作十分的性感。她的眼睛看著他說：「我本來是想和你們一起去的，不過小馮在場，她會去告訴楊冰，那我就慘了。」

「我有留話給楊冰，告訴她我們去了動物園，請她也來，她不是也挺喜歡這兩個孩子嗎？可是她沒來啊！後來她跟你聯絡了嗎？」

「是我打電話找她，請她來吃晚飯，你們不就能見面了嗎？」

「她怎麼說？」

「楊冰說她今晚有應酬，要我告訴你明天晚上她和你見面。」

「一定又是要相親去了。」

「酸溜溜的，我看你是口是心非，還是很在意她，是不是？」

「我在意有用嗎？昨晚你們有機會談談嗎？」

「好不容易抓住了她，當然談了很久。全是在談你。」

「她說我什麼？」

「你們不是要見面了嗎？問她自己吧！」

「小莉，我們不是好朋友嗎？說我的事還有必要對我保密嗎？」

「不是的，我是擔心她會生我的氣。」

「放心，我不會出賣你的。」

「楊冰說，現在追他的男人比起你來差得太遠了。看來當她的男人還是非你海雲莫屬。」

「但是她對那些大款和小開不還是很有興趣的嗎？」

「她對她自己是有個很大很驚人的計畫，其中你是個重要的角色。」

「她從來沒跟我說過，電郵裏也沒提過。」

「所以她是要親口告訴你，把你搞定，再把你擺平了。我看你是逃不出去了。」

陸海雲不想告訴柯莉娟，他和楊冰之間的親密關係已經發生了，他轉開了話題：「不說她了，說說兩個小傢伙，他們會喜歡我這個叔叔嗎？」

「你還看不出來嗎？你說的沒錯，這兩個孩子有時候還真是可愛，會不知不覺得就讓他們牽著鼻子走了。」

「我真的很羨慕你們這些做父母的人。這個世界真是奇妙，一對男女在最爽的時候就製造出新的生命，然後就變得那麼可愛。」

「別急，總有一天你會在很爽後有了自己的孩子。」

「連老婆都找不到，誰會跟我爽，替我生啊？」

「是你不要，怨不得別人。」

柯莉娟想要把話題轉回來，但是陸海雲再轉開：「可是我想要的已經是屬於別人的了。」

「有更好的，爲什麼不要？」

「我不跟你辯論。你見到老何了？他的情況怎麼樣？」

「見到了，我爸媽也去看他了，下午，袁華濤、李路欣、鄭天來和葛琴都去了醫院看老何。」

「醫生沒說什麼嗎？」

「張大夫說，恢復的情況很正常，也許還能提早出院呢！」

「肺部的傷一定要完全的康復後才能恢復正常的生活，否則會有後遺症的。」

「張大夫也是這麼說的。現在老何說話時還是喘不過氣來。」

「那就讓他多休息，別讓他多說話了。」

「是啊！我跟他說，是我對不起他，愛上了你。所以我不會擋住他去跟他的女人過日子。我要他告訴我那個女人在哪裏，好去把她請來陪他。」

「他告訴你了嗎？」

「沒有。我想那女人是老何的線民，按規定是不能透露線民的身分的。」

「哪裏的警察都一樣，總是有一大堆破規矩。」

「海雲，我問你，你冒生命危險進火場救老何是爲了我嗎？」

「他是我的朋友，總不能看著他被人拿去當燒烤吧？」

「老何說是你在爲我玩命，因爲運氣好，才沒葬身火場。是這樣嗎？」

「我跟你們不一樣，我沒孩子，我的命不值錢。何況到哪裏我都是個多餘的人。」

「你知道你的話有多傷人嗎？我對你就那麼不重要嗎？」

「小莉，連老何都能看出來，爲了你我都玩命了，你還說你對我不重要嗎？」

柯莉娟站了起來一個箭步衝上去抱住了陸海雲的脖子，把他的頭壓在她的乳房上：「海雲，對不起，我愛你，我也知道你愛我。」

「小莉，人各有命，我這一生也就是如此了。能得到你的一份情我已經很滿意了。我答應了老何，會照顧你和孩子一生，但是我不糊塗，我明白你是有家的人，你是因爲順利和平靜的生活，刺激了你的情感，愛上了我。等一切都還原了，你還是會回到家人和老何的身邊，深深的愛著他。我會爲你高興。這就是我的命。」

陸海雲能夠感覺到柯莉娟的低胸上衣裏什麼都沒穿，他站起來把她抱住，低頭看見了她雙眼裏的渴望和微微張開著的嘴唇，忍不住就吻了她。柯莉娟愣住了片刻後就有了熱烈的反應，她緊緊地抱住了陸海雲，兩手在他的背上遊動著，從上到下的壓著，她的舌頭用力地撐開了他的嘴，開始了她瘋狂的濕吻，兩人的全身都緊緊地貼在一起，當她感到陸海雲的身體開始起了變化，她的兩手就抓住他的臀部，用身體緊緊地壓他，然後再跳肚皮舞似地摩擦他。他鬆開了接吻，對她說：

「小莉，你聽到我說的話了嗎？饒了我吧！」

「海雲，你不能對我這麼殘忍，我受不了。」

她還是不停地繼續著，而陸海雲也繼續地在膨脹，她在他的耳根說：「海雲，今晚別走了，我要你留下來陪我。」

陸海雲用力地把柯莉娟推開：「小莉，你瘋了。這是老何的房子，他的孩子正睡在裏頭，我能在他的床上和他的老婆做愛嗎？我得走了，再不走就要出事了。」

「已經太晚了，你沒法走了！」

柯莉娟單膝點地跪下，很快地把陸海雲褲子的拉鍊拉了下來，兩手伸了進去，把臉靠了上去，張開了她的小嘴。陸海雲想用兩手頂住她的雙肩來抗拒她，但是真的已經太遲了，她的兩隻手、小嘴和舌頭已經完全地征服了他，帶著麻醉性的快感從身體的一點擴散，傳到了全身，徹底的癱瘓了他，沒有一根神經是在聽他的指揮，唯一還能做的就是口中喃喃地說：「快停下來，快停下來，這樣不好……」

她繼續著一抽一送的動作，不停地吸著，並且慢慢地加快速度，同時兩隻手輕輕地撫摸著他的大腿根部。陸海雲的快感也在上升，他感到馬上就要爆炸了，他閉住了呼吸，使出了最大的意志力強忍著，但是還是喃喃地哀求說：「別再弄我了，我要忍不住了。」

她慢了下來，但是沒有停止，陸海雲的神經還是緊繃著，但是可以換一口氣了。就在這時她又恢復了攻勢，重新佔領失地。就這樣周而復始，一次又一次，沒完沒了。但是每一次都把陸海雲帶上了更高的高潮，讓他感受到從來沒經歷過的快感。最後他無法自控，完全崩潰，一瀉千里。

「海雲，你的細胞都到我的肚子裏了，看你還想往哪跑。」

陸海雲和楊冰見面的事，又因爲楊冰有「要事」而兩次延期，他們到第三天才見到面。正好陸海雲利用這「空檔」在早上去看何時，也有機會和袁華濤、鄭天來、葛琴還有特專組的人開會，談談案子的事。讓他吃驚的是，兩次的會議楊冰都缺席，理由是有「重要任務」。袁華濤和鄭天來帶給陸海雲的印象是，他們還有一個新的重點，就是積極地查北京官員的貪腐事件。

下午他和柯莉娟一起帶著兩個雙胞胎到處玩玩。到了黃昏回到家後，柯莉娟就在廚房準備晚飯，陸海雲就拿出小兒書給兩個小孩講知識和故事，電視上有好的兒童節目的話就陪他們看，還要回答他們沒完沒了的問題。但是陸海雲好像很喜歡，他在孩子面前非常有耐心。

這兩天柯莉娟刻意地打扮，不僅是薄施脂粉，穿著亮麗，而且老是穿著高跟鞋，就是因爲陸海雲說了句高跟鞋讓她走路婀娜，並且性感。晚飯過後一陣子，柯莉娟就替孩子們洗澡，陸海雲就繫上圍裙在廚房裏把碗盤洗了。他還堅持一定要參加送孩子們去睡覺的行動，一定要親一親、抱一抱兩個小傢伙，然後才給他們蓋好被子。但是每次柯莉娟想要跟他親熱一下，甚至只是有意無意地碰他一下，他就很緊張。

等孩子入睡後，兩人面對面，手上一人一杯熱茶，在昏暗的燈光和柔和的音樂中，陸海雲享受到從未有過的身心舒暢，他發現柯莉娟有一份和別的女人不同的美，除了耐看和亮麗的外表，這份美是來自她均勻健康的身體，以及天真直爽和開朗的個性，再加上她的知識內涵和常掛在臉上的笑容。她的美是要經過一段時間才會讓人感受到，她沒有楊冰那份動人的「美豔」，不會立刻對男人產生「震撼人心」的效果，但是一旦認識了，就叫人難忘。

陸海雲喝了一口茶，把茶杯放下說：「小莉，我真的很感激你，讓我享受家的樂趣。我從來都沒想到小孩會給我這麼多的快樂。這是小孩生來就有的，還是因爲你和老何調教出來的。」

「小孩本來就是很可愛的，如果做媽媽的也很可愛，那就會更討人喜歡了。」

「我倒是沒想到這一層，這麼一說我就明白了。他們的媽媽是我見過的最可人的媽媽。」

「是嗎？海雲，你是在蒙我！」

「天地良心，我是在說實話。」

「騙人！我一要碰碰你，親親你，你就像是見到鬼似的，馬上就躲閃。」

「你沒聽過，被蛇咬過的人，看見草繩都要躲。」

「人家是有痛苦才要躲避，你不是很爽，很痛快嗎？你躲什麼？」

「我不想再被人強暴。」

「看你說的，到底是誰在享受，弄得人家滿頭、滿臉和滿身全是你的精華寶貝。」

兩個人的臉都紅了，柯莉娟的頭低了下來，陸海雲趕緊說：「小莉，對不起，我實在是忍不住了，把你弄得狼狽不堪。」

「沒關係，你一定是很久沒去播種了，所以庫存才那麼豐富，你們男人不能憋得太久，對身體不好，幫助你養生，不是很好嗎？海雲，舒服嗎？告訴我，你喜不喜歡？」

「你是從哪學來的本事，好像是全身都被你麻醉了，癱在那裏，動彈不得。」

「本姑娘是無師自通。」

「才怪呢！還不是跟老何練出來的。」

「海雲，你是第一個被我玩過的男人，我也不知道當時是哪裏來的勇氣，就把你吃了。」

「我不信。不過不好意思，讓你還得洗臉、洗頭、洗衣服。」

「小事，不足掛齒。海雲，你會不會覺得我很淫蕩，才不敢碰我。」

「我認爲你是故意要和我鬥嘴，並且要語不驚人不罷休，是不是？」

「也不完全對，我對中國歷史上所謂的『淫亂女人』是很有研究的。」

「這是我第一次聽到女人對它感興趣，通常都是男人才會去注意的。你是爲什麼呢？」

「首先，『淫女』雖然是有它負面的社會價值，但是它的存在對『男女平等』的觀念是有貢獻的，尤其是在封建社會裏是對男權的一種挑戰。第二，如果不考慮爲了生活出賣肉體的女人，所謂的淫蕩女人其實就是喜歡男人的女人，說白了就是追求愛情的女人，也許在追求的過程中喜歡將肉體上互動所帶來的喜悅放大。以前的封建社會或者是現在的男權社會，都把這種人說成是壞女人。海雲，你同意我的看法嗎？」

「你是從女權和愛情來爲她們下定義，我倒是第一次聽見這樣的說法。」

「海雲，你說我是不是淫蕩？」

「中國人是從傳統的道德觀點來看它，完全不考慮人性的內涵，所以才把寡婦再嫁也看成是淫蕩的行爲。但是從你的觀點，它是很美的事。我的看法是，只要是不傷害別人，不犯法律條文，就應該被接受。」

「到底是當律師的，什麼事都要講法律條文。可是歷史上的『淫蕩女』沒有你這位主持正義又憐香惜玉的大律師，所以命運就很淒慘了。海雲，你想不想聽我講一個『淫蕩女』的故事？」

「太好了，我洗耳恭聽。」

「那先讓我給茶添點熱水。」

熱水添上後，陸海雲要柯莉娟坐到他身邊來說故事：

唐代有三名才女，魚玄機、李治和薛濤，都是以吟詩著名。後來這三個女人最終都成了形態不同的妓女。當時有一個才子溫庭筠特意來到窮街陋巷中拜見一位年未及十三歲的詩童。他出了一道「江邊柳」的考題，詩童揮筆寫就「根老藏魚窟，枝底繫客舟」的五律應答。溫庭筠既驚豔不已，又隱隱地看透了這個小妮子的命運：「繫客舟」，也許意味著她終將難免以色事人，這位詩童就是後來的魚玄機。溫庭筠終究沒有娶魚玄機，這位才子沒有勇氣接受一位年未及笄的女孩的感情。從此，他們一直堅持著亦師亦友的關係。

十六歲時，魚玄機嫁給了吏部補闕李億爲妾。可惜李億的老婆裴氏出身望族，眼裏容不下小魚，硬把她掃出家門、踢進長安咸宜觀做道姑，起道號爲玄機。那時，魚玄機才十七歲。豔幟高張的咸宜觀寫下「魚玄機詩文候教」的廣告，確是吸引了不少的才子。她從來沒有過這樣的自由自在，可以盛宴和狂歡來招待客人，看誰不順眼也可以一腳就把人家踢出門去。魚玄機的生動、鮮活、潑辣、才華，迷倒了整個長安城，男人都俯在她的石榴裙下，聽候她的差遣。

那一刻，她成了情慾世界的女皇，誰都知道魚玄機是出了名的蕩婦。可是，她的道觀門前，還不是排成了長隊？無怪乎她縱聲大笑，要把天下無行的男人都視爲腳底泥。然而，放浪和狂傲之外，她從自己的詩和文字裏，照見了自己的卑微：一旦失去了追求者和愛慕者，她將無處可逃。

外表依然美豔絕倫的魚玄機，內心卻開始生出霉斑，開始蔓延，她不是不知道這點，就像武林第一美人林仙兒的下場一樣。

魚玄機二十四歲的時候，人人都看出來，她人老珠黃了。後來因為和丫環綠翹爭寵，魚玄機把綠翹打死了。而審問她的，竟是舊日追求她而被掃出門去的裴澄。魚玄機被斬首了，終年二十四歲。

「一個會寫詩的賣笑的道姑，最後捲入一件普通刑事案件。」這是歷史最終對她竟然用了這樣一句評價。只有在王小波的〈尋找無雙〉裏，還殘留著她的一縷香魂，還有她那一大把水草一樣茂盛而動人的長髮。

故事講完了，柯莉娟問：「海雲，魚玄機她本人從棄婦變成了蕩婦，過上了半娼式的生活。是人們心目中的壞女人，你同意嗎？」

「如果她是在以文會友的過程中，和男性的文友有了愛情才尋求魚水之歡，那不是挺美的嗎？」

「但是歷史卻只說她以肉體來交換物質和財富，所以她就成了淫蕩的妓女了。我認為魚玄機之所以這麼做，是在抗議被大老婆趕出家門，用玩世的行為來羞辱娶她進門當小老婆的李億家門。在當時男權至上的封建社會裏，這是唯一能讓她出口氣的辦法。」

「歸根結柢還是個男女平等的問題。很不幸的是，到今天，這問題還沒有徹底的解決。」

柯莉娟把頭靠在陸海雲的肩膀上：「所以在這世界上當男人要比當女人痛快。」

陸海雲摟住了她說：「當漂亮的女人最舒服了，像你這位大美女，你周圍的男人不是對你都很好嗎？」

「有一個怕我的男人是例外。」

「別心急，我們走著瞧。你說的故事裏，有件很有趣的事。」

柯莉娟把陸海雲的手抓住放在懷裏：「說說吧！看我能不能回答。」

「一般人的觀念是把寺院和道觀看成是宗教場所，爲什麼長安的咸宜觀卻准許魚玄機在裏頭會她的男朋友呢？」

「這些地方除了做法事之外，還會專門收容看破紅塵之人的，尼姑庵女道觀更是專供癡情女逃情或避難的。不過唐代的道觀寺院卻發揮了另一種功能，那就是『偷情』。像唐玄宗的胞妹玉真公主和金仙公主就建起自己的道觀，因爲出家後，可以更自由地交納風流才子，從此，這裏青樓不似青樓、庵堂不像庵堂。海雲，史書上記載有武則天、楊玉環乾脆以出家爲幌子，重新入宮了。這些公主、嬪妃入道修真，帶動了一批有知識的女性，像李冶道、武媚娘、卓英英、楊監真、郭修真等都在這裏寫下不少好詩，同時也撩起了道觀裏的無邊春色。有一位性學專家潘綏銘在他寫的《存在與荒謬》一書中說，『尼姑一般不會跟男人有什麼瓜葛，但是恰恰因此，她們實際上只是男性社會裏的貞節花瓶，以便讓男人們覺得，這個世界多麼圓滿啊，畢竟還有一些守身如玉的聖女供我們崇拜，有時候，還可以和我們偷情。』，換上道袍後，道觀裏的女郎，就成爲你們男人最後的性幻想對象。海雲，本姑娘的學問還行嗎？」

「五體投地的佩服。真厲害，你會記住這些事。」

「我不貪心，不要你的五體，只要給我你的一個身體，我就能吃飽了。」

柯莉娟把握著的陸海雲的手移動到她的胸部，然後就要索吻，他抗拒著：「小莉，你不能給老何戴綠帽子。」

「是他先和別的女人睡覺的。何況連皇帝都戴過綠帽子，他還在乎嗎？」

「你不應該找藉口。」

「好多皇帝都戴過綠帽子，要不要我說幾個例子給你聽？」

「你就說吧！」

「在封建帝王大肆玩弄女性的同時，他們的妻妾也往往大搞淫亂活動，宮闈醜聞層出不窮。被漢成帝立爲皇后的趙飛燕是個歷史上有名的淫蕩女性。她在進宮前就和鄰居的一個羽林射鳥者私通，入宮後，居然僞裝處女瞞過了皇帝而得寵，後來又和她的妹妹合德與宮奴燕赤鳳私通。以後越搞越不像話，她沒生孩子，爲了保持將來地位的鞏固，以禱神爲名，別開一室，除了左右侍妾以外，任何人不能進入，而用小牛車載少年男子，裝扮成女子進宮通姦。『日以十數，無時休息，有疲怠者，輒代之。』每天要和十個以上的年輕男子通姦，這真是駭人聽聞。此外，南北朝時期的鬱林王何妃、梁元帝徐妃、北齊武成皇后胡氏、魏靈太后等的淫蕩行爲，歷史都有記載。有個叫楊白花的人，容貌雄偉，魏靈太后逼他私通，他害怕會有大禍，更改名字投奔梁國。魏靈太后追思他，作了〈楊白花〉歌，叫宮人唱它，歌詞是：『陽春二三月，楊柳齊作花。春風一夜入閨闥，楊花飄落落南家。含情出戶腳無力，拾得楊花淚沾臆。秋去春來雙燕子，願銜楊花入窠裏。』此事是淫穢還是風雅，就見仁見智了。」

「小莉，我現在是佩服得六體投地了，你是從哪裏知道這些亂七八糟的東西？」

「不用投地了，身體投給我就行了。海雲，你聽過中國古代有『徐娘半老，風韻猶存』的成語，知道它的典故嗎？」

「當然不知道了，快一起說吧，反正今天是做你的學生做定了。」

「這是梁元帝蕭繹的王妃徐昭佩的一段風流韻事。根據《南史》記載，她是前齊國太尉的孫女，梁朝將軍徐琨的女兒，當蕭繹還在當湘東王時，她嫁給了蕭繹。蕭繹是個『獨眼龍』，於是她在皇帝面前只打扮半邊，名曰『半面妝』，她的理由是一隻眼睛只能看一半。她嗜酒，常常喝醉，蕭繹吃不消她，於是開始疏遠她，移情於其他三宮六院。她在獨守空房的情況下，就找情夫了，這時她已是個中年婦女，其中的一個情夫說：『柏直狗雖老猶能獵，蕭溧陽馬雖老猶駿，徐娘雖老猶尙多情。』，這就是『徐娘半老』的出典。從這番話也可看出他們之間只是相互玩弄的關係，竟把女人和狗、馬相提並論。後來，徐昭佩又邀請當時的一個叫賀徽的詩人，到一個尼姑庵約會，在『白角枕』上一唱一和。這些行爲當然爲皇帝所不容，最後蕭繹下了決心，藉口另一個寵妃的死是徐妃因妒而暗下毒手，逼她自殺，她只好投了井。蕭繹餘恨未消，又把她的屍體撈起來送還她娘家，聲言是『出妻』。徐妃的風流生涯就是這樣以悲劇而結束的。海雲，寫歷史的都把這些事說成是風流韻事，完全不考慮到其中也許會有感人的愛情故事，太不公平了。」

「全世界的文明都是一樣，當愛情和被認可的社會制度有衝突時，愛情都會被說成是離經叛道。」

「海雲，你也是一樣。你也不肯接受我的愛情。」

「我說了，我是害怕你以後會後悔的。不管皇帝戴了多少綠帽子，還是老何怎麼說，他是我的朋友，我不能睡他的老婆。我只能再告訴你，我答應了老何，我會愛你，呵護你和孩子們，此生不渝。我知道等老何回心轉意，和那個女人一刀兩斷後，他就會回到你身邊好好的過日子，到時候我們還是好朋友，等著你請我吃你做的飯。」

客廳裏鴉雀無聲，連柔和的燈光都凍結住了。柯莉娟的眼睛出現了淚光，陸海雲繼續說：「小莉，自從我離開家生活後，我已經好久好久沒有過像這兩天的快樂和溫暖的感覺了，我一生都會記得。」

「海雲，抱抱我好嗎？我保證不再強暴你了。」

楊冰是安排他們在一家五星級酒店喝下午茶。約好了是在三點見面，但是陸海雲在兩點半之前就到了，顯然楊冰已經訂了位，服務員把他帶到一個角落的檯子。為了一篇已經答應了要寫的文章，陸海雲收集和準備了一些資料，他正好可以利用這空檔將資料整理一下，於是他把筆記型電腦打開，開始聚精會神地工作。

一直到快要三點半的時候，身邊出現了一個年輕女人，一身香奈爾名牌的時尚衣著，非常合身的剪裁，配上一條絲巾和首飾珠寶，從頭到腳全身的亮麗，頭髮和臉部的化妝顯然都是出自專業人員之手，原本就長得漂亮，著實地打扮後就成了真正的美婦人了。陸海雲愣了一下才認出來是楊冰，他趕緊站了起來，握住了眼前的美女伸出來的手：「人說士別三日，刮目相看。顯然美女小別三日，非跌破眼鏡不可。」

楊冰露出了燦爛的笑容說：「海雲，對不起，我來晚了。我不許你吃老女人的豆腐。來，我給你介紹一位朋友。」

楊冰走近來站在他的身邊，一隻手攙扶著他的臂膀，上身緊靠著他，另一隻手指著前面的一位四十出頭，身體微胖，一副大款穿著打扮的人說：「海雲，這位就是滬升發展公司的劉董。劉董，這位是我的老朋友陸海雲。」

劉董看見楊冰和一個男人這麼親熱的招呼，心裏就不太好受，但是沒聽到楊冰介紹他的工作，就以為眼前的人可能只是楊冰小時候的朋友，和眾多的上海年輕人一樣，在上海的十里洋場中掙扎，想找一個能拉他一把的人。他很可能是楊冰兒時的戀人，想拿來續前緣的藉口，找個機會。劉董從口袋裏拿出一個小皮夾，再從裏頭取出一張名片遞給陸海雲，他說：「這是我的名片，請指教。我公司主要的業務是房地產，陸先生如果有任何需要幫忙的地方，就請直接給我電話，小楊的朋友也就是我的朋友。」

陸海雲接過名片一看，原來眼前的人叫「劉亨利」，是滬升發展公司的董事長，他很想問這個中西合璧的名字是他老爸取的，還是他給自己取的，但是他忍住沒問，而是對他說：「噢！原來是劉董事長，失敬！失敬！對不起，我今天忘了帶名片了。」

劉亨利董事長說：「沒事兒，沒事兒，請問陸先生在哪裏高就？」

陸海雲說：「說來慚愧，目前我是在一家公司打工。」

突然，楊冰開始笑了，笑得花枝亂顫，引起周圍人的注意，她說：「劉董，你知道海雲在哪裏打工嗎？他是美國最有名，也是西海岸最大的律師事務所的資深律師，他也是我們公安部委託在美國緝拿逃犯的負責律師，逮捕任敬均回國就是他的傑作。劉董要是在美國打官司，請陸海雲，一定會贏。」

劉董的臉色變得一陣紅一陣白的，想不出話說。陸海雲把他的名片翻過來一看也笑了起來，因爲劉董的英文名字是：Alexander Henry Liu，他問說：「劉董，請問您希望被稱呼爲名片上中文的劉亨利，還是用英文的習慣稱呼亨利劉？」

劉董笑嘻嘻地說：「都行，都行，小楊用英文叫我亨利，挺好聽的。」

「是嗎？劉董原來是信基督教的。」

「不，不，我現在是信佛了。」

「但是英文的亨利，還有您用的英文名字亞歷山大，都是基督教聖經裏的名字。」

「當初只想到是要和國際接軌，沒想到還有宗教的層面。」

「劉董，您認爲用中國名字有什麼不妥嗎？我相信小楊叫你的中文名字也一定很好聽的，小楊，你說是不是？」

楊冰狠狠地瞪了陸海雲一眼，但是劉董似乎沒看見，他說：「那是肯定的。因爲有人告訴我說，大家都知道歐洲國家的國王和女王的名字，可沒人會記得他們是姓什麼的。像什麼亨利、查理、喬治、路易、伊麗莎白、凱瑟琳，這些名字全世界的人都會記得，我認爲不管我做得多大，以後沒人會記得劉這個字，但是這些洋名字全世界的人都會記住的。」

「太好了，劉董，那我給您一個建議，世界上用亨利這個名字的人太多了，好人壞人都有，不好分別，您還不如就用全名：亞歷山大－亨利，千萬別忘了這『一槓』，它太重要了，有了它，我保證所有的人都會記得這名字。」

「陸先生，您這建議太好了。那這兩個名字中間的『一槓』是什麼意思？」

「這是表示這個人父親家的祖先和母親家的祖先都是來自有頭有臉的名門望族，是最受尊敬的貴族。

您是不是也考慮給您自己『製造』兩個名門，然後介紹給廣大的群眾？那不就能名留千古了嗎？」

「是喔？那我回去後馬上叫我們的公關部去做。」

陸海雲笑著說：「劉董，別忘了，咱們中國古代也有類似的故事，叫做『數典忘祖』，您聽過嗎？」

「很遺憾，我沒有，我會叫人上網去查查。」

「小楊一定知道，劉董問她就行了。」

楊冰實在聽不下去了，她說：「劉董，您就請回吧，我和海雲還有事要談。」

劉亨利走了後，楊冰叫了杯咖啡和一瓶礦泉水，陸海雲也把他的咖啡續了一杯。兩個人都期待了很久的開誠佈公談話終於能開始了。但是兩人都不知道該先說什麼，因爲都在擔心對方無法接受自己想說的話。沉默了好一會兒，最後還是陸海雲先開口：「你真的越來越漂亮了，像是電影明星，不像個女公安了。」

「我現在已經無法分辨你是在誇獎我還是在罵我。是我們之間的距離拉大了？還是你開始恨我了？」

「我當然是在誇你了。」

「是嗎？我不敢說你錯了，但是我能不能有一個要求？」

「當然可以。」

「我承認劉亨利是我的朋友，我也知道你很看不起像他這樣的人。他有很多很多的缺點，包括他的智商和聰明度。但是千萬不要認爲我的智商是和他的一樣。」

「我從來都沒有這麼想過，相反的，我一直認爲你是我認識的人裏智商最高的人之一。還有，我沒有資格也沒有理由看不起劉亨利，顯然，他是位成功的企業家，並且是很富有的。他想用亞歷山大–亨利的名字，世代相傳，揚名千秋，有什麼不好？如果再把美女小楊娶進門來，那就真的是功德圓滿了。你看看我，都快三十歲了，有什麼值得驕傲的成就呢？」

「陸海雲，如果你再說一次亞歷山大–亨利和小楊，我就把這杯熱咖啡倒在你身上。」

陸海雲不說話，低著頭看著眼前的筆記型電腦，突然，他合上了電腦，把它裝進背包裏，楊冰以為他要走了：「海雲，你生氣要走了？」

「我生氣？是誰氣得要用熱咖啡燙我？」

楊冰握住了陸海雲的手說：「海雲，我們都怎麼了？為什麼我們之間的任何事情都要鑽牛角尖呢？我們能不能平心靜氣的把事情說開呢？」

「我老早就想要這樣，但是你不給我時間。」

「海雲，我說過是我錯了，我們今天一定要把我們之間的問題說個清楚，否則我們不走，好嗎？」

兩個人都承認他們是一見鍾情，從哈爾濱的太陽島開始了他們的熱戀，但是從押解任敬均事件上起了衝突後，他們之間的感情就起了很大的變化。但是對於原因就有不同的解釋了。陸海雲認為楊冰能分給他的時間越來越少了，即使是能在一起時，楊冰也不再談他們共同的夢想和愛好了，她在意的是如何在複雜的社會裏建立有力的人脈關係，再如何利用這種關係來提升自己的社會地位。陸海雲非常吃驚地發現，她毫無顧忌地談到做為公安部副部長的女兒會有什麼樣的特權。但是楊冰的解釋是，當她成為被媒體追捧的年輕貌美公安幹警後，她才看清楚了這個世界和她想像中的理想世界大為不同，楊冰說：

「我終於明白，我們的社會在變，國家也在變，整個世界更是在變。我們以前的認識和價值觀完全落伍了，一點都跟不上正在轉動的時代。從小我就把公安和警察看成是至高無上的職業，為民除害，帶給社會安全，老百姓能安身立命。海雲，你知不知道，現在的人怎麼看我們？警察和馬路上的清道夫是一樣的，清除垃圾和清除人渣的任務是一樣的。現在的人是看財富來決定一個人的社會地位，和他的職業或貢獻無關。」

陸海雲：「我不是第一次聽到這種說法，但是並沒有改變我，我不需要所有的人都認同我的人生觀。」

「但是我需要，每次和朋友們聚會，我是最窮、最沒有社會地位的人。這些人之所以要和我在一起，是因爲兩個原因：我是公安部副部長的女兒，或是對我有野心。但是我很清楚，袁華濤就只幹這一任，而我的青春美貌又能維持多久呢？所以我才急著要建立自己的地位。」

「看來你的朋友和朋友圈子是和以前不一樣了。」

「海雲，記得你在太陽島上跟我說，你再做兩、三年律師後，就要回到大學裏像你父親一樣，以教書終老一生，當時我就被你的理想，它的浪漫和崇高給迷住了，我也曾夢想過與你一起在大學的校園裏和年輕的學生們互動。它是很美的生活，但也是窮困的生活。」

「楊冰，我從出生到我離家去工作，二十多年都是生活在那樣的環境裏，我從來沒有感到我是過著窮困的日子。事實上，那是我一生中最快樂的時光。」

「當我跟朋友們談起我的未來就是這樣的，他們都說我不是瘋就是傻了。開始時我還跟他們辯論，但是後來有一件事讓我徹底改變了想法。想知道是發生了什麼嗎？」

「當然。」

「有一次和幾個朋友從北京飛上海，他們都坐在頭等艙，只有我一個人坐在經濟艙。那一次給我很大的衝擊，讓我赤裸裸的感受到做一個二等公民的淒涼。」

「所以你就決定放棄了以前的理想，開始和我拉開距離。我可以理解我這種人的存在對你的新理想和新朋友是不合適，我們是應該分手的。」

「海雲，我終於聽到你說要和我分手了，當初是你先說的，你喜歡我，你要追求我，有始也有終。我一直在幻想，雖然是我有了很大的變化，有了我們的濃情蜜意，也許你不會離開我。」

「你覺得我們之間還有希望嗎？」

「當初，我聽到你的人生計畫，就被迷住了。現在我希望你也能聽聽我的人生計畫，我更盼望你在裏面扮演重要的角色。」

楊冰看陸海雲沒說話，她就接著說：「我決定了在眼前的案子結束後，就辭職離開公安部門。我想去發展我自己的企業。」

「資金和計畫都有了嗎？」

「我想第一步先做房地產，其次是股票金融業，再來就是製造業。開始我當然是要找人合作了，然後以開發出來的企業做基礎來集資。」

「合作的夥伴也找好了嗎？」

「想跟我合作的人不少，當然其中很多是不懷好意的，但是也有是真的想找我做合夥人，雖然難免是看上我的年輕貌美，對我有野心，只要不是惡形惡狀，我也就不計較了。」

「怎麼個惡形惡狀？」

「都會把你氣死。有一個大款，他直截了當的說，合作就是給我一百萬，然後跟他上床，我甩了他一個耳光，他就又加了一百萬，我又甩了他一耳光，他就加倍給四百萬，我上去一腳把他的睪丸踢破了，救護車把他拉走時，還在呼天搶地的叫疼。」

「他要是再加一倍，你是不是就跟他走了？」

楊冰尖聲地叫起來：「海雲，你是在侮辱我。」說完她的眼淚就掉下來了，她哭著說：「我知道我的改變傷害了你，更辜負了你對我的一片期望，可是我從來都沒有恨過你，更沒有侮辱過你。沒想到你恨我恨得這麼深，剛說了要和我分手，馬上就用這麼惡毒的話刺傷我。」

陸海雲也覺得自己太魯莽了，他說：「對不起，楊冰，是我不對，說錯話了。看在我們的情份上，請原諒我吧！」

「情份？在哪兒呢？我們要是有情份，你會這麼侮辱我嗎？」

楊冰把頭埋在手裏開始哭出聲來，陸海雲趕快把椅子挪過去，摟住楊冰說：「別哭了，楊冰，我都認錯道歉了，還不行嗎？再哭眼淚就要把臉上的妝給洗了。」

最後這句話顯然是有效的，楊冰不哭了，從手提袋裏拿出粉餅對著化妝鏡整理了一下。陸海雲目不轉睛地看著，他說：「我以前認爲你的女警打扮很漂亮，現在看來，你當老百姓更美豔。」

「你在乎嗎？你傷人連眼睛都不眨。」

「我是急了才出口傷人。」

「我的事，你急什麼？」

「不管你信不信，我不是故意侮辱你，我是急了。是你說的，惡形惡狀是跟你合作的上限，有人要拉你上床，我當然想知道跟你上床是不是也有上限。其實我是沒資格也沒有權利來問你的。別再生氣了，我不會再犯了。」

「海雲，是我不對，讓你急了。」

楊冰握住了陸海雲的手，靠在他身上說：「感覺好舒服，海雲，抱我緊一點。」

又過了一會兒，她問：「海雲，你大概都忘了上一次抱我是什麼時候。」

「我記得清清楚楚，你是全身光溜溜的。」

楊冰握拳在陸海雲的胸口捶了一下：「你發誓會保密的，你不守信用。」

「對當事人也需要保密嗎？」

她的臉紅了，坐正了後說：「海雲，我就求你一件事，讓我講完了我的計畫後，你再決定我們是不是該分手，好嗎？」

「當然好了。你剛剛說到要先找合作人，再去集資。」

「剛剛給你介紹的劉亨利，我知道你看不起他，但他不是個壞人，他當然是對我有野心的，所以老在我面前說他和老婆已經正式離婚了，有人告訴我他還是和老婆非正式的同居。他的滬升發展公司最近在浦東離機場不遠的地方拿到一大片地。因爲上海的迪斯尼樂園就將建在它附近，這塊地的價格已經翻了好幾翻了。劉亨利找我合作，開一個公司，發展房地產，他出土地，我把向政府申請的事搞定，我們就各佔公司一半的股權。」

「這樣可以嗎？你不是還有公職在身嗎？」

「我的計畫是用你陸海雲的名字做爲公司百分之五十的股票持有人。」

「你就不怕我賣了股票拐款潛逃？」

「我信任你。你也不必擔心，我們不會要你花時間的，所有的事都由我和劉亨利打點。」

「也必須這樣，因爲我對房地產是一竅不通。」

「這個我一點都不擔心。海雲，請聽我說，我的人生觀是和以前完全不同了，但是我對你的愛情是絲毫沒有變，反而是更深，更刻骨銘心。我認識了很多男人，他們都願意幫我，跟我合作，因爲他們對我有野心。他們是我未來發展事業的重要關鍵。但是這些人的學識、氣質、修養等等和你有天壤之別，我是不可能再交別的男朋友了。你說要和我分手，你知道那對我是什麼樣的打擊嗎？」

楊冰看陸海雲沒說話，她就繼續：「聽了我將告訴你的計畫時，我希望你用理智來考慮，而不要情緒化。重要的是要從利潤觀點來思考。海雲，你的聰明才智和思考分析能力沒有人能比得上，我需要你的幫助。但是爲了不讓其他的關鍵人物失望，我們在最初的五到十年還不能在一起生活。」

陸海雲的臉上露出了非常驚訝的表情，楊冰趕緊說：「海雲，你要相信我，我對你的愛是此生不渝，我的初夜都給了你，就是要和你天長地久。我的計畫是很長遠的，等我建立了自己的事業後，我希望你在美國也能將你的事業擴展到法律以外的領域，像是政治界，我一直在想，如果有一天一位華裔的美國國會議員和中國的女企業家結婚，那該是多美好的事啊！」

陸海雲低著頭在沉思，他的臉色不好看。楊冰說：「你需要時間來考慮我的計畫嗎？」

「如果有一個比你更優秀，更美麗的女企業家也看上了我，楊冰，你不怕我會跟她走嗎？」

「我有信心你不會的。」

「楊冰，你一定聽過在美國如果夫妻中是女主外，男主內，男的就被稱爲是『家居丈夫』，在日本叫做『在室男』。但是家居丈夫和在室男都是有名正言順的法律地位，如果我沒聽錯，在開始的五到十年裏，你的家居丈夫必須隱藏起來，避免那些能幫助你，但是對你又有野心的男人們不高興。一個正常的男人，在背後看著他心愛的女人和一群垂涎她的男人日夜周旋，他會快樂嗎？不錯，也許他得到了她的初夜，但是其他的夜晚她還會爲他守身如玉嗎？楊冰，你問問自己，你會要一個不在乎你把第二夜、第三夜給了別人的男人嗎？」

「海雲，這些我也考慮過，所以我才說這中間需要相互的信任和承諾，你將永遠是我唯一愛過的男人。我會給你承諾，我也要你信任，我永遠不會爲了我的企業犧牲了對你的愛情。你不應該鑽牛角尖去胡思亂想，你應該多想想這會帶給我們多少的利潤，我不是在說幾百萬和幾千萬，我是在說幾億或是幾十億的數目。你知道嗎？難道這些數目對你沒有意義嗎？」

「世界上大多數的人都會同意那是太有意義了，這是多少銀子啊！」

這次輪到陸海雲把臉埋在手裏，面對著完全被扭曲的價值觀，他無言以對。但是讓他情何以堪的是，這些都來自他曾思考過要共度一生的情人。他聽見楊冰說：

「海雲，你是不是很難過你看錯了人，愛上了我。」

「楊冰，其實在這世界裏，你很可能是最終的勝利者，時代的大浪會把我沖得無影無蹤，成爲失敗者，但是我無法改變我自己，我也只能認命了。不是我看錯了你，而是你把我看錯了。楊冰，我真的很抱歉，要讓你失望了。」

「我知道你是個很執著的人，尤其是對自己的理想更要堅持，做爲一個男人這是很大的優點。我要求的不是要你改變你的理想，而只是做階段性的調整來達到理想。其實，有了財富不是更容易達到最後的理想嗎？」

「我從法學院畢業之前和之後都有人來找過我，要我進入企業去賺大錢，他們都認爲我有能力。當時我沒動心，現在雖然多了你的因素，我還是不會動心的。楊冰，請你不要誤會，這不是因爲你，而是因爲我最近所經歷過的事，更加強了我要堅持的理由。」

「是哪些事情？」

「你大概都知道了。我到巴黎去見伊莎貝和拉洗布，他們是我的客戶特瑞克的姐姐和家人，因爲傳遞資訊給我，而被格殺。美國的情報人員冒著生命危險，在槍林彈雨中保護我的安全和協助我去搭救特瑞克，現在還有人躺在醫院裏。最後，我還發現了我那已婚的女友原來是恐怖組織裏的重要成員。中國公安部也向美國通報了同樣的發現，要不是我的特別身分，我都可能被逮捕了。我在短短的一段時間，同時看到和體會到人性的光輝和黑暗，更看清了生命的脆弱，我只能堅持我的理想，生命對我才有意義。」

「海雲，公安部向美國通報的事是黨組的決定，但是何時跟我發了大脾氣，說是我在害你，你想我會幹這種事嗎？」

「我不想再說這件事了。剛剛我才終於明白了，爲什麼你和我討論要不要分手是這麼的困難？那是因爲我們根本就沒有走到一起過，要如何分手呢？」

「我們在太陽島上，還有在後來的一些場合上，都互相表示過愛意。那都不算數嗎？」

「當時你和我都剛受到極大的愛情挫折，你的未婚夫移情別戀娶了你的好友，我求婚被拒。我們互相從對方找到了避風港。但是我們互相的了解有多深呢？我一點都不知道你對財富的看法，你也不知道我對理想的堅持有多深。」

「海雲，我們是有過肌膚之親的關係，那還不算是互相了解的表現嗎？」

「我不知道是不是，因爲我有很強烈的感覺，你是不想讓那些能幫你的人知道你把初夜給了我。對不對？」

兩個人都陷入了沉默，各自在思考下一句話該如何說。楊冰說：「人是群居動物，不能離開朋友，現在的人都是很現實的，他們捧我是因爲我年輕，有個特別的職業，最重要的是還有袁華濤的關係，當這些都不見了後，這些朋友都會離我而去。所以我一定要建立自己的財富，並且要把他們比下去。可是你不一樣，你生活的圈子裏有很多人崇拜你，以你的理想和事業爲榮。這是喚醒了我要改變人生觀的最大原因。」

「可是你不是也有一批像何時和柯莉娟一樣的同事和朋友嗎？」

「因爲我和王克明的事，基本上我在公安局裏是沒有知心朋友的。老何本來就對我有意見，當了他的領導後更是跟我疏遠，只有小莉算是總角之交，是知心的朋友。但是她除了上班外，所有的時間都給了她的家，現在她又愛上了你，我看我們不來往是早晚的事。」

「說起何時，你們擊斃了來殺他的龐世隍以後，還有進一步關於紅色追殺令的消息嗎？」

「新疆卡什公安局送來的資訊是，疆獨組織的行動員已經接到命令，要他們執行追殺令。」

「你們有相應的對策嗎？」

「公安部已經對何時啓動了一級保護，爲了保護他的家人，何時要暫時停止和家人見面，小莉要到醫院看他都先要得到公安部的批准。但是何時一向是獨來獨往，沒人能管得了他，他現在醫院動不了，小莉說他一旦出院，一定會去找那個女人。」

陸海雲不說話了，楊冰接著問：「我曾經問過你，是不是愛上了小莉，你一直沒給我一個回答。」

「她是老何的老婆，我能跟老何比嗎？」

「可是小莉告訴我她愛你。老何也把她推給你。」

「小莉是因爲老何有了野女人，老何是因爲紅色追殺令，兩件事混在一起，才亂了套。小莉最後還是會回到老何身邊。整件事裏就只有我陸海雲是最後的大輸家。不過沒關係，只要大家都能高高興興，我也別無所求了。」

「別把自己說得可憐兮兮的，到底是誰不要誰了？」

「你是知道我輝煌的戀愛史的人，你說哪一個女人不是最後把我一腳踢走了，所以我現在有自知之明，早早走開，免得人家討厭。」

「在你面前的這個女人是自動送上門來，並且把所有的都給你了，你還是不要，不是嗎？」

「我們談了這麼久了，你還看不出來嗎，即使我當了你的『家居丈夫』或是『在室男』，被你掃地出門不是早晚的事嗎？」

「反正你是鐵了心要和我分手，剛剛還對我出口傷人，侮辱我，現在又把我說成是無情無義的女人。」

「楊冰，你應該知道，我沒有罵人的習慣，我是在說我們之間在理念上和價值觀上的分歧太大了，你不覺得嗎？」

兩個人又是沉默不語了好一陣子，最後還是楊冰開口說：「小莉告訴我，你答應了何時要照顧小莉和兩個孩子一輩子。海雲，就是何時遇難了，小莉也不會嫁給你的。」

陸海雲沒說話，但是臉上露出了驚訝的表情，楊冰繼續說：「如果何時過不了追殺令這一關，他會成爲我們的公安烈士，那小莉就成了烈士的寡婦，那是會有各方的壓力，碰不得的。看我媽不就是最好的例子嗎？她愛袁華濤，還爲他懷了我，但是等她當了烈士的寡婦，就要守身如玉這麼多年，到了袁華濤當了副部長才嫁給他。」

「那是小莉的事，我能幹什麼嗎？這不很合我的命嗎？」

兩人的談話沒有任何結果，雙方的情緒都很壞，楊冰還有重要的事，她要走，離開時她問陸海雲，什麼時候要返回美國，他說本來兩天前就該走了，就是因爲要和楊冰見面才延期，因此他明天就動身。

陸海雲從來沒有這麼沮喪過，他萬萬沒想到楊冰在這麼短的時間裏會有這麼大的變化，給了他無比的衝擊。更讓他吃驚的是，在一個社會主義的環境裏居然能產生比資本主義社會裏更爲金錢至上的想法，如果這是發生在一個商人的家庭和環境還可以理解，但是楊冰的職業是維護社會的公平正義，同時她還是生長在這樣的環境裏。他還想過，柯莉娟回到何時身邊去過日子後，一旦他和楊冰成家，以他與何時的友誼，加上楊冰和柯莉娟的關係，兩家一定會繼續來往，即使是住在太平洋的兩岸，每年也能見面，這樣他就可以常常看到柯莉娟和她的兩個孩子了。看樣子這個想法也要泡湯了。

他把簡單的行李收拾好，下樓填飽了肚子，稍微休息一會兒就開始整理一些文件，同時打開了電腦將整理出來的要點打成文稿。月前美國的《政治與法律學報》的主編請他寫一篇文章，是關於法治對崛起的中國所造成的影響。被一份很有影響力的學報和它的著名主編邀約稿件是很高的榮耀。他決定要寫一篇高水準的文章。時間在忙碌中過得很快，在快到十點鐘時，陸海雲去洗了個淋浴，換上一身輕便休閒衣服，他精神煥發，準備好挑燈夜戰。房間裏的電話響了，他以爲是楊冰：

「這是陸海雲，請問是哪一位？」

「我是小莉，晚上忙嗎？」

「不忙，就是在寫點東西。」

「房裏有朋友嗎？」

「就我一個人。」

「等一會兒呢？」

「等一會兒還是一個人，這一輩子都是一個人。」

「楊冰剛剛才掛了電話。」

「那你知道了發生的事了。」

「是的。你把房門裏面的鎖打開。」

「爲什麼？」

「別問，我是警察。」

柯莉娟一身黑衣開車來到了紫金山大酒店，她將事先取得的客房房卡插進停車場自動閘門的入卡口，橫在面前的木欄立刻就升起來。停車場只有十來輛汽車，空蕩蕩地讓她有點心慌意亂。停車場的電梯也是使用客房房卡啓動的，她上到了第十六層然後，走樓梯下到第十五層樓。走廊和停車場一樣也是沒有人影，燈光被走廊兩邊的牆來回反射，黃乎乎的像是局裏的看守所似的。她很快地走到了要去的房間，插入房卡後推門而入。

「誰？」

她聽見了陸海雲的聲音。「別開燈。」

但是房間裏的窗簾是打開的，瀉進來的星光照在來人的臉龐，一絲微笑和兩個大眼睛散發出一股謎樣的魅力。她將外套和長褲脫下，雪白的皮膚和動人的身材，在夜色裏突顯了迷人的性感。

「你真的來了。」

「我現在只有兩條路擺在我面前，要嘛是爆炸自我毀滅，要嘛是發瘋了。」

「可是我們這樣行嗎？不合適吧？終究你是我朋友的老婆啊！」

「說這個太遲了，何況他不是一直把我往你的懷裏送嗎？海雲，我要你使出渾身解數來。」

窗外的星光讓兩個人都看見了對方的表情，他們互相注視了一陣子，在思索對方的心理和兩人所面對的情況。兩人緊張的心情一直在上升，她發現自己向前移動，身體不聽指揮，似乎是有自己的意志在行動，他們迅速地將對方的衣服脫下來，當她將一隻手放在他赤裸裸的胸膛上時，她覺得心臟跳得很快都將要跳到喉嚨了。

陸海雲握住了放在胸前的手，右手摟住了她的腰，兩個人開始了熱吻，少婦把陸海雲推倒，自己騎在他身上，兩隻手的手指都深深地抓住他胸前和小腹的肌肉，在玩弄也是在愛撫。她不能控制自己快速上升的情慾，更無法將自己的侵犯放慢。當她將舌頭伸進了陸海雲的嘴，他也失去了控制，兩人的嘴終還是鎖在一起，熱情的傳遞一刻都沒有間斷。陸海雲的雙手開始撫摸她光滑的後背和下腰，他的嘴輕輕地碰了她的耳朵，再向下吻她的脖子，然後把她的乳頭含進嘴裏。這時她渾身好像是著了火似的，全身都熱得發燙。陸海雲開始了他的主動，用一手摟住上身，另一隻手撫摸她大腿的內側，她全身顫抖了一下，又吸了一口大氣：「我快要溶化了，求你快一點。」

說完了她就緊緊地抱住了站在面前的陸海雲，兩個赤裸裸的上身緊貼在一起，當她用兩腿勾住了陸海雲的下腰時，她感到了那完全膨脹了的男性的熱力。她倒下來躺在床上，閉上了眼睛在等待著即將來臨的進攻，但是來到是他溫柔的撫摸和饑渴的熱吻，從下身，小腹，兩個乳房和脖子，一步一步地被他佔領了，當他進入她時，一聲呻吟從她喉嚨深處發出來，但是當他的舌頭佔領了她張開著的嘴時，這帶著歡愉的呻吟就中斷了。接著他發起了全面的進攻，像是一個巨大的狂風暴雨，無情地侵犯著她全身每一寸的肉體，她將下身挺上來配合著他，這是她深藏已久的苦悶在爆發，也是她以行動在乞求壓在她身上進攻她的陸海雲要愛惜她。

兩個靈魂在這深夜裏，各自在對方的肉體上尋找彼此所渴望的，汗水將他們全身都浸濕了，窗外的星光在他們的肉體上閃亮地反射，在這短暫的時刻，他們瘋狂愛著對方，但是同時也滋潤了他們對愛人的渴望。他們同時到達了高潮，暴風雨後一切都平靜了，但是他們的四肢還是纏在一起，兩人的手指都還在對方的頭髮裏。柯莉娟說話了：「謝謝你救了我。」

「是我該謝你才對，我終於得到了你，你也給了我意想不到的歡愉。」

「剛剛我還在擔心你會不會拒絕我呢。」

陸海雲沒有馬上回答，但是他抬起她的下顎，在她的唇上深深地一吻：「第一次看見你時就想了。」她翻身坐起來，用她的雙手和嘴唇開始在他的全身遊走。兩人的激情第二次的爆發，這一次他們的愛情行動是緩慢、和諧與極度的溫柔。他們像是在喝一杯陳年美酒，慢慢地在體會這份激情和對方的身體，但是長時間培養出來的高潮卻是同樣的淋漓盡致，她無法控制自己，最後發出了驚人的呻吟和呼叫。

柯莉娟緊緊地抱著陸海雲，她要將身上每一寸的肌膚都貼在壓著她的陸海雲身上。強烈的肉體歡愉加上給她的濃情蜜意感受，使她昏迷了，在夢裏，讓她意亂情迷的陸海雲在和她做愛。慢慢地清醒過來後，陸海雲還是在愛撫著她，在她耳邊講著愛情的故事，也在挑逗著她的神經。

「你還沒完啊！不累嗎？」

「一點都不累，我還要你。」

「你看我給你整得都快不行了。」

「小莉，在我一生裏也只有這片刻你是屬於我的，別的時候都沒有意義了，我不會放過這片刻的。」

「海雲，我愛你，帶我走吧！」

他開始用火熱的雙唇吻遍了她身體，將她的每一寸肌膚都點起火來燃燒了，柯莉娟只有把陸海雲的身體緊緊地抱住才似乎能控制即將爆炸的靈魂，前一刻他用似水的柔情和無限的愛情佔領了她的心，後一刻他像是一個古代的騎士，騎著她在草原上馳騁，毫不憐憫地侵犯著她的身體，在不停地蹂躪下，完全地征服了她。思念和哀怨交織成的溫柔憐愛和無情的侵犯，在周而復始地加在柯莉娟身上，她已經是氣若游絲，喃喃地說：「海雲，我愛你，饒了我吧！」

過度的疲倦使兩人互相擁抱著沉睡，他們忘記了過去幾個月的煩惱，各自尋找美夢。當天光微亮時，柯莉娟醒了，她輕手輕腳地走進浴室，好好的洗了一個熱水淋浴。把酒店的浴袍披上，她走出了浴室，看看陸海雲還是在沉睡著，她就坐在床邊的梳粧檯，藉著窗外射進來的晨曦開始化妝。屋裏的光線雖然還是昏暗的，但是柯莉娟發現前面鏡子裏的人變了，臉色是容光換發，像是年輕了，最大的變化是她的皮膚，有了一種奇怪的光澤，像是一層包著水的薄膜。她把披在身上的浴袍脫下，赤裸著全身坐在梳粧檯前，她被自己的美體迷住了，男女的親密就是這麼的奇妙，一夜的意亂情迷居然能把失去的青春找回來。

「你真的好美啊！」

「海雲，你醒了？累嗎？」

「全身的骨頭都碎了。」

「都是你太貪心了。」

「你在鏡子裏看看你自己，你說我能不貪心嗎？」

「我是怕你會傷了身體。你像是不要命了似的，沒完沒了，嚇死人了。」

「小莉，我傷著你了嗎？」

「沒有，我是女的。你是男人，不能這樣糟蹋身體。別傻了，我知道你心裏在想什麼。」

「真的嗎？那你說我在想什麼？」

「你是想要我知道，你比老何厲害，是不是？男人的虛榮心。」

「我是想讓你不要忘了我。」

「海雲……」

陸海雲已經從床上跳起來，赤裸裸地將她抱住了，柯莉娟的兩手用力地抵擋在他的胸上，但是他的下身已經貼上來了，她感到了他的最原始的熱情，也感到自己無法控制的反應。

「海雲，我今生今世都不會忘記你，都會記得昨天晚上你給我的情。海雲，我要去上班了，不要弄壞了我的化妝。」

「別怕，我不會弄壞你的化妝。」

陸海雲摟著她，吻她挺得高高的乳房，然後慢慢地往下吻著，柯莉娟的全身又燃燒起來，她下意識地摸撫著陸海雲的頭部，他吻著她光滑的小腹，但是她繼續往下引導他，陸海雲跪在柯莉娟的兩腿間，兩手緊緊地抓住她的臀部，然後把臉貼了上去。

「海雲，不要，請你不要，我不要你苦了自己……啊！我的海雲……」

他又進入了柯莉娟的身體，同樣的麻醉性快感從她身體的一點，迅速地擴散到她的全身。她抬頭看見鏡子裏的陸海雲，全身健美的肌肉繃得緊緊的，跪在全身赤裸、滿臉通紅的美婦人兩腿之間，抱著女人的下腰，把頭抬起來，但是埋在女人的大腿根裏，他在和鏡子裏的女人做愛，她的一隻手按住了陸海雲的肩膀，另一隻手抓住了他的頭髮，兩個肉體和靈魂的交互結合勾畫出一幅極美的圖像。柯莉娟的感官和視覺將她帶進了如幻如真的夢境，她開始說夢話了。

柯莉娟在離開時，緊緊地抱住陸海雲說：「海雲，一夜之間，我背叛了我所有發誓要維護的承諾，婚姻、家庭、道德、黨紀、公安守則和法律。可是我一點都不後悔。在那短暫但是美妙的片刻，我把所有的給了你，你也完全是屬於我的。你和昨夜將永遠在我的記憶裏。如果命運使我不能和你天長地久，但是我曾經擁有你，有了你的情，我會去面對未來，並且期待著和你長相廝守那一天的到來。海雲，不要讓我失望，我的生命裏沒有了你，我將永遠生活在痛苦和黑暗裏。海雲，我要你對我和兩個孩子發誓，你不會去做傻事，你一定要好好的活著。」

兩天後，奧森律師事務所打電話到上海來問陸海雲的去向，他沒有搭乘預定的航班返美，沒有留下任何的資訊，人就不見了。由於他的特別身分，中美兩國的領導人互相通了電話，美方正式要求中方協助尋人。中方通令全國公安單位全力調查。

柯莉娟心焦如焚，在萬般無奈下，她發了一封電郵到他的信箱：

海雲：

你在哪裏？這裏有一個愛你的人在焦慮的火裏被燒灼中。你不能忘了我在激情後跟你說的話。

草長鶯飛，江南三月，錢塘自古風流，你就這麼走了。

在雲淡風輕裏，你是去奔赴宿命的約會嗎？

我們是茫茫人海裏的偶遇，還是歲月匆匆裏的尋覓？

又如何呢？遇到了，就是這樣吧！

合一本書，點一盞燈，吟一首傷詞，思一段情事。
紙墨間，都是你的體溫和幽香，和無限的思念。

有桃花滿樹，綠水悠悠，
春山黛離愁，送君千里，
魂兮相依，魂兮相守
我是萍，你是水，
相逢相愛不是罪，
為你染紅我的血。

海雲，我的火點上了，在等著你，快回來吧！

小莉

第十章　巴拿馬的惡夢和警訊

蔣英梅是在當地報紙上看到了陸海雲來到了巴拿馬的消息。新聞報導說美國洛城的奧森律師事務所，代表洛城的蓋地博物館和巴拿馬的博物館正在進行談判，希望借調一些和加州華人的祖先有關的文物去展覽。這是一則看起來有點讓人摸不著頭腦的消息，很難想像巴拿馬會和加州華人的祖先有任何關係。所以報紙也登了一小段相關的歷史背景：

一八六〇年，侍王李世賢率領的太平軍雖然在福建取得了多次勝利，但在西方列強和清軍的聯合夾殺下失敗了，然而太平軍餘部尚有數萬人，留下來繼續抗清似乎已經不可能了。四周都是清兵，海外都是西方列強的軍艦，唯一的辦法就是去當豬崽被賣到國外當「契約礦工」，太平軍餘部約三萬人選擇了這條唯一的生路。

一八六二年，一萬多太平軍餘部連同他們的親屬被運到南美秘魯的伊基克，從事挖鳥糞和硝石礦工的營生，礦主經常打罵和虐待他們，食物像豬食一樣，每天要幹苦役十四個小時以上，連苦役犯都比他們輕鬆。他們多次想反抗但四周都是荷槍實彈的洋人，想要回中國去，又怕被殺頭，所以也只能默默忍受，因此病死和自殺的人很多。

一八六六年，智利和秘魯、玻利維亞發生了硝石戰爭，這一萬多太平軍餘部終於看到了希望，他們將智利軍隊看做是解放者。在一八六七年三月，伊基克的太平軍發動起義，打死礦監西哥斯，並奪取了硝石礦公司的武器，之後與前來鎮壓的秘魯軍隊展開激戰，打死兩位秘魯少校，並俘獲了兩百印第安雇傭兵。起義者推舉湖南人翁德容和廣東人陳永碌爲領袖，以太平軍原有的編制進行了整編，還派出被俘的印第安雇傭兵和一名巴西人，去找智利軍隊的司令西拉皮佐少將，表示願意幫助智利對付秘魯和玻利維亞軍隊。西拉皮佐少將大喜，派遣一名少尉化裝前往起義部隊駐地伊基克礦區，並帶來了智利總統的親筆信，給予所有的太平軍將士及其家屬以智利國籍，並表示戰爭結束後將伊基克交給太平軍和他們的家屬。

西拉皮佐少將任命翁德容爲少校，陳永碌爲上尉，將太平軍武裝編成智利第六邊境縱隊「褐衣軍」，命令他們協同智利軍在秘魯塔拉帕卡省的作戰，配合伊洛和帕科查港登陸，佔領莫克瓜，並和智利軍一道攻取伊基克市。

一八六八年，太平軍按智利軍隊的要求展開軍事行動。他們沒有依照智利軍事顧問的要求按西方編制進行改編，而是採用太平軍的方式建立了兩個軍，並設立師帥、旅帥、兩司馬等太平軍官職。他們手中的火器不多，於是就利用本地資源打造了類似太平刀這樣的冷兵器，這樣在當年六月他們就展開了攻打塔克納秘魯軍後方的行動。五百名太平軍打扮成當地的印第安人混入波內達要塞，一舉俘獲了三百名秘魯軍人和要塞司令，接著他們又與聞訊趕來的玻利維亞軍隊展開激戰，他們的前鋒先派出三百人引誘玻利維亞騎兵部隊到一處森林，然後展開了伏擊，打死了七十多名玻利維亞軍人。接著約有一千名太平軍頭戴黃色和紅色頭巾，身穿褐色服裝，操著各種武器衝入玻利維亞軍隊中大肆砍殺，玻軍約四千人，其中有二千多名是印第安雇傭兵，他們的武器只是十字弩，根本敵不過太平軍，不久玻軍紛紛潰退，遺屍百餘具，約一千名印第安雇傭兵投降，太平軍此役繳獲甚多，這就是著名的波內達要塞伏擊戰。

一八六九年，爲配合智利帕科查港登陸，太平軍在陳永碌的指揮下，在莫克瓜再次同秘魯－玻利維亞聯軍展開激戰。他們仍採用太平軍典型的作戰方式引誘敵人進入伏擊圈，雖未獲勝但給敵人以很深刻的印象。

玻利維亞軍的一位軍官說，「這些戴頭巾的褐色人群在射程外搖旗吶喊，等到靠近時又不見了，他們打仗時鑼鼓喧天，搞出許多噪音，好些印第安雇傭兵以爲被伏擊了，紛紛逃跑，連官長也阻止不了。」這就是太平軍慣用的驚心戰。

由於太平軍的軍事行動給秘玻聯軍以很大的牽制，根本無暇應對帕科查港的戰事，以致智利軍順利登陸，傷亡輕微。第二次莫克瓜戰役，太平軍終於同智利軍並肩作戰了，西拉皮佐少將（時為中將）接見了陳永硂，得知翁德容已於兩個月前病死，於是他授予陳永硂上校軍銜，並參觀了他的軍隊。他當時記載：「這支軍隊沒有西方軍隊的紀律，但卻有著獨特的中國特色的紀律，他們配備了許多三角形的旗幟，用螺號代替軍號，他們的戰士有拿各種武器的，但更多的是使用兩把東方式，又稱為『太平刀』的短刀」，經其授意，陳永硂將三角旗上的太平二字改成了智利國徽。

莫克瓜戰役中太平軍不畏犧牲奮勇殺敵，將秘玻聯軍打得很慘。當日指揮秘玻聯軍的司令官幾乎發瘋，戰場上到處是被太平軍砍殺的秘玻聯軍，太平軍也有四百人傷亡，他們奪取了四門大炮和十五面軍旗、大量的輜重和二百餘匹戰馬。西拉皮佐授予陳永硂智利國會勳章，並給予陣亡太平軍家屬撫恤金。接著太平軍又在塔克納和阿里卡兩次戰役中配合智利軍隊徹底打敗了玻秘聯軍，至此，智利軍隊已佔領了玻秘兩國太平洋沿岸全部的硝石產地，玻利維亞失去了繼續進行戰爭的能力，並實際上退出了戰爭。

戰爭結束以後，智利政府決定將伊基克贈給太平軍餘部，成立一個自治鎮，但條件是繼續幫助智利攻打秘魯，但太平軍不願意繼續為異國當炮灰，他們沒有接受，甘願融入當地社會。

據說今天的伊基克當地人口中有四分之一的人有華人血統，那裏的飲食文化也深受中國影響，當地語言中餐館叫「其發」，也就是廣東話的「吃飯」，餛飩被稱為「完蛋」，也就是浙江話的餛飩。一八八一年一月十七日智利軍隊攻佔秘魯首都利馬。一八八三年十月二十日，秘魯與智利在利馬北部安孔城簽訂條約，結束了太平洋戰爭。根據安孔條約，秘魯將塔拉帕卡省割讓給智利，並將塔克納和阿里卡兩地區交給智利管轄十年。玻利維亞則先後於一八八四年和一九〇四年與智利簽訂瓦爾帕萊索協定和「和平友好條約」。

陳永碌上校本人在戰爭結束後就舉家定居在智利。陳家世代在廣東行醫，好幾位家族親人也移民來到南美從事藥材生意，並給華人看病，漸漸地陳家的後代做出了一番事業。

當美國政府決定在巴拿馬開鬮運河，將大西洋和太平洋的水系連接起來時，遇到了一個意想不到的最大敵人，就是由蚊子傳染的瘧疾，陳家及時向巴拿馬地區提供了大量醫治「打擺子」的藥材「奎寧」，使美國政府控制了疫情。這也讓陳家在巴拿馬發了財，同時還看到了在巴拿馬的發展機會要比在智利挖鳥糞強多了，於是陳家的後人慢慢地遷居到巴拿馬，他們把老祖宗陳永碌遺留下的收藏，如他的智利軍隊的上校軍裝、配刀、換上智利國徽的太平軍三角旗、太平刀、螺號，……等等都帶到了巴拿馬。爲了將這些收藏做長期的妥善處理，後人就將這些收藏捐贈給當地的博物館了。

當洛城的蓋地博物館決定要做一個廣東華人在世界各地創業的特別展覽時，他們希望將陳永碌的一生傳奇展示給社會大眾，尤其是華人社會，這是一段非常不尋常的華人歷史。透過了義大利文化部古物及藝術品保管處的處長李查德·普佐先生，他們和巴拿馬國家博物館取得了聯繫，進行借調展出談判，負責談判的是奧森律師事務所的陸海雲律師。

新聞報導還說，談判進行得非常順利，兩、三天內就將會簽約了。

義大利駐巴拿馬的大使是個文化人，他和當地的文人和藝術家的來往要比和外交人員多得多。這次洛城的蓋地博物館和巴拿馬國家博物館談判的牽線人李查德·普佐先生，就是大使多年的老朋友。所以在談判成功結束前，大使決定在他的官邸爲普佐先生舉辦一個酒會，當然被邀請的人除了是有頭有臉的名人外，還有的就是當地的藝術家了，普佐也邀請了陸海雲和博物館公關部主任宛妮塔小姐去喝一杯。

義大利大使的官邸是坐落在一條彎曲的山路終點，也就是一座小山的山頂，那裏有個叫做「貝爾拉美景」的住宅小區，它是巴拿馬市最昂貴的房地產地段。當博物館的車送他們到酒會時，大使官邸的花園裏已經有不少的客人了，他們首先和在門口歡迎他們的大使及大使夫人寒暄了一下，再和普佐先生打了招呼。

客人們聚集在一些掛著的日本燈籠底下，從他們的外表、高雅的衣著打扮和他們所戴著的珠寶首飾，不難看出來他們都是當地人所謂的「白鴿」——他們的先人是從鄰近的哥倫比亞移民過來的，一百多年來他們是巴拿馬的「統治者」，不僅有極大的政治影響力，也擁有全國三分之二的財富，很自然地他們成爲巴拿馬最上層的階級，他們的社會行爲和當地的普羅大眾隔離了，這也是他們做爲一個群體，沒有和當的人通婚，完整地保持了歐洲白種人或者是純西班牙人的血統。他們近乎純白的膚色，贏來了「白鴿」的謔稱。

有人端來了香檳酒，陸海雲和宛妮塔各拿了一杯，開始混入了客人中。宛妮塔是一個美麗大方的女人，她很快地被酒會裏的男客人們包圍了。陸海雲面前出現了一位非常漂亮的「白鴿」女人，她說：「陸海雲，你是不認識我了，還是真的死了心不想理睬我了？」

站在面前的美女有一頭烏黑發亮的秀髮，將她薄施脂粉的臉龐和五官線條襯托出來，她穿著一身絲綢的緊身長裙，露出一邊雪白的肩膀，一眼看上去就是一個典型的巴拿馬「白鴿」貴婦人，看不出任何跡象她和亞洲，甚至中國有任何關係。陸海雲有些猶疑地問：「你是蔣英梅？」

「噓！在這裏大家都叫我諾雷太太。」

「怎麼，你不再喜歡凱瑟琳．范登，萊伊爾，珍妮．哈桑和郭康瑩這些名字了？」

「看樣子，我的事你全知道了，怪不得那麼恨我。」

「蔣英梅……噢！對不起，諾雷夫人，你還好嗎？」

「你不可能還會關心我，但是你也不必以幸災樂禍的關心來諷刺我。我很清楚我目前的情況。」

「如果我們認識的那幾年對你還有任何意義和回憶的價值，你應該知道我是不是幸災樂禍的人。」

陸海雲看見蔣英梅的眼裏出現了淚光，也浮現了激動的臉色，他說：「你到我右邊的角落那等我，那裏清靜些，我去拿兩杯飲料，香檳行嗎？」

陸海雲拿了兩杯香檳酒來到蔣英梅身邊時，她已經恢復了常態，她說：「謝謝你。」

陸海雲笑著回答：「謝我什麼？這裏的香檳不要錢的。」

蔣英梅拿起香檳酒，分兩口就喝完了，她說：「我一直以為你會把我恨之入骨，沒想到你還會關心我，我很感謝你。」

「你對我的認識是對的，我是曾經把你恨透了，但是現在我不恨了。」

「為什麼不再恨我了？」

「因為我發現問題不在你，是我自己的毛病。」

「我不懂。」

「我的第一個女友是在耶魯大學的同學，我跟你說過，她棄我而去，嫁入了台灣的豪門。你是我的第二個女友，同樣的，我以為我們可以長相廝守時，你也離開我去嫁了別人。在你之後，我愛上了一個中國的女警官，她說她很愛我，但是她不願意嫁給我。一連三次失敗，我妹妹終於一語道破了我的問題。」

「她怎麼說？」

「哥，你是不是有毛病啊？」

「她是跟你開玩笑的。」

「但是她讓我理解到是我而不是別人的問題，我一定是天生不招女人的愛。」

「別洩氣，還會有第四次。」

「以前我們喜歡到洛城的道奇球場看棒球賽，記得嗎？有兩樣事會博得全場觀眾的鼓掌和歡呼，第一是有人打出了全壘打，第二是三振出局。給了你三次機會還一事無成，當然要出局了。交女朋友也一樣，三回不成，就完全沒戲唱了。要想有第四次，那會有更淒慘的後果。」

蔣英梅不說話了，她沒想到眼前這麼優秀的男人，事業是這麼成功，但是感情生活卻一敗塗地。太可惜了，原本這個男人是屬於她的。她聽見陸海雲說：

「不說我了，你還沒回答我的問題呢！」

「我忘了你想問什麼。」

「我問你這幾年好不好啊！」

「你知道我的情況是如何，怎麼能好呢？做爲美國的第一號通緝犯，我的生命隨時會結束。我懷疑身邊的每一個人，是不是美國政府派來的殺手，或是會通風報信的線人。」

「當你看見我時，沒想到我也可能是來要你命的殺手嗎？或許是去通風報信的人。」

「當然有了。但是在兩次機會裏你都沒動手，所以你不是來殺我的人。」

「兩次機會？我怎麼不知道。」

「頭一次是你要我到這花園的角落，這裏沒人，你可以下手後脫身。」

「第二次呢？」

「你要我等你，去替我拿飲料，那是你在香檳裏投毒的機會。」

「那你爲什麼兩口就把它喝下去了？」

蔣英梅又是沉默不語，臉色變得淒涼。

「怎麼不說話了？」

她笑著說：「也許是我在期待死在你手裏。但是你沒下手，是念舊情了嗎？」

「你看我像殺手嗎？」

「左看右看都不像，還是像一個風度翩翩的大情人。」

「看是誰在諷刺人了？不是說不說我了嗎？我問你，你是來參加酒會的，還是來找我的？」

「我是在報紙上看到你在巴拿馬和博物館談判的事，我打電話去問你的行程，他們告訴我可以在酒會上看到你。我也住在貝爾拉美景小區，是這裏主人的鄰居，今天早上藉口給大使夫人打電話，她就請我來參加酒會了。」

「所以是你要找我，是不是？我記得，上次你去巴黎找我，你是要去殺我的。但是我早走了一步，你沒抓到我。這一次，我決定自己送上門來了，你可以完成任務了。」

蔣英梅眼裏又出現了淚光，她說：「我沒有嫁給你，你又不願意繼續當我的情人，並不是說我一定就要你的命。我們曾經相愛過的事實是我唯一還珍惜的回憶，就請你不要再去扭曲它了。現在全世界的人都看我是一個十惡不赦的魔鬼，但是我自己知道我的內心深處還有一絲的光亮，那是我留給你陸海雲的。」

陸海雲動容了，蔣英梅繼續說：「海雲，我們到巴黎是去追捕一個偷了我們重要情報的叛徒，不是去殺你的。」

「伊莎貝不是你們的叛徒，殺她不就是在給我警告和顏色看嗎？」

「除了你之外，她是這世上少數幾個能認出我的人，但是槍殺伊莎貝是個錯誤，雖然不是我開的槍，但是我有責任，何況我也在場。這也是我的罪孽之一，我是逃不開的。」

「今天你來找我，是有任務嗎？」

「沒有什麼特別的事，就是想看看你，和你說說話。至少讓我完成了要跟你說聲對不起的心願。」

「爲什麼呢？」

「第一，我背叛了你。第二，我相信你爲了有個通緝犯的女朋友一定吃了不少苦頭。」

「就是被審問了兩天。如果沒有老奧森的人脈關係，至少在調查我的期間會送我到關塔那摩的監獄。

老奧森讓我失去了認識你戰友的機會。」

蔣英梅伸手握住了陸海雲的手，這是他們分手後第一次的肌膚之親。她很溫柔地說：「海雲，對不起，請你原諒我。」

陸海雲使出了很大的克制力，才沒有把蔣英梅拉到懷裏來擁抱她。「蔣英梅，你有沒有想過，現在回頭還來得及嗎？」

「這是我每天要想的兩件事中的第二件。」

「結論呢？」

「行不通。」

「爲什麼行不通？」

「因爲我會成爲叛徒，同時我也必須放棄我的理想和目標。在任何情況下，我都不會去做的兩件事。」

「那你想的第一件事是什麼？」

「就是在思念陸海雲。」

他幾乎不能克制自己要去吻蔣英梅，他用力地握緊了她的手：「一點餘地都沒有嗎？跟我回去吧！」

她目不轉睛地盯著陸海雲看，只有片刻的猶豫，轉瞬間就把手抽回來，她很堅決地說：「不，不可能，一切都太晚了。我只會帶給你災難。」

蔣英梅突然站起來，看了看手錶說：「海雲，我必須走了。我不能在人多的地方待得太久。」

陸海雲說：「我們還有機會見面嗎？」

「你真的還想跟我見面嗎？」

「其實我是來找你的。」

「那好，我今天請你吃晚飯。」

「今晚我們有工作晚餐，要把協議書準備好，明天要送到文化部去，希望能被馬上批准，後天我就可以帶回洛城給蓋地博物館的館長簽字了。」

蔣英梅的臉上出現了曖昧的笑容：「是不是要和那位一塊來的妖豔女人挑燈夜戰？」

「宛妮塔是巴拿馬博物館公關部主任，這次的文物借調全靠她大力的推動，否則也不會這麼順利。」

「我看她緊緊的貼在你身上進來，還不是要告訴大家，她是把你吃得死死的了，我看她是個典型的饑餓拉丁女人。」

「我明天沒事，你如果有時間就帶我看看巴拿馬的名勝古蹟。」

「沒問題，如果你的宛妮塔沒把你折騰得不能動了的話，明天我去接你。你住在哪？」

「城裏運河邊上的五洲酒店。」

蔣英梅把她的電話寫在一張小紙條上：「這是我的電話。希望我們明天見。」

「等一等，諾雷夫人，我能見見諾雷先生嗎？」

第二天早上十點鐘，蔣英梅開車來到陸海雲的酒店，他們一起走到停車場，她開的是一部深藍色最新的高性能德國Porsche 911E型跑車，陸海雲想起來他看到的一篇報導說，在巴拿馬開這種世界上最昂貴跑車的女人，都是大毒梟的情婦。

今天蔣英梅和昨天的貴婦完全不一樣，她把一頭黑髮放了下來，除了薄薄一層的透明唇膏外，一點妝都沒有，但是對陸海雲來說，她看起來比濃妝更是誘人。一雙烏黑的大眼睛被雪白的皮膚襯托得更爲明亮，豐滿的嘴唇反映著熱帶的早晨陽光，使它顯得更是粉紅，更爲性感。蔣英梅上身穿的是絲質料子的半透明白襯衫，扣子是打開來露出不少的雪白胸脯和針織的黑色胸罩。下面穿的是似乎是小了一號的藍色石洗牛仔褲，它像是健身衣的褲襪，緊緊地貼在那雙修長的腿和曲線玲瓏的臀部，長褲和襯衫都沒有把下腰蓋住，讓一個很好看的肚臍眼露出來了，腳下穿著的是一雙名貴的西班牙式短統小馬靴。她走到跑車的另一邊替陸海雲開車門，但是她突然說：「海雲，看著我。」

陸海雲轉過身來就發現蔣英梅已經靠了上來，輕輕地把她的嘴印在他的臉上，她低著頭說：「昨天下午那短短的片刻，是我們分手後我最開心的時光。我沒想到這輩子還會和你見面，更沒想到和你說話還是和以前一樣的讓我享受。我一晚沒睡好，就是擔心你會被宛妮塔給折騰了。但是顯然你很厲害，把饑餓的拉丁女人打敗了。我要謝謝你，我會讓你有個很開心的一天，但是我也有一個要求，你一定要答應。海雲，我的日子不多了。」

蔣英梅抬起頭來盯住了他，但是下身卻緊緊地把他壓在跑車的門上，陸海雲感到她身上的熱力。

「你說吧！我一定照辦。」

「你在巴拿馬就只有今天了，也許這是我最後一次和你在一起，就讓我有個開心的一天，別問我的計畫，我們只說以前開心的事好嗎？」

「當然好了，你是在擔心我是被派來向你刺探軍情的，是不是？告訴你，我不是。放心了吧？」

「謝謝你，海雲。」

「有什麼好謝的，這本來也是我的意思。今天你是我的導遊了，我們要去看些什麼地方？」

「在洛城的時候，你帶我去看了聖給布瑞爾和聖伯那丁若兩個天主教耶穌會的老教堂。說那是西班牙人留下來的。我要帶你看看西班牙人在巴拿馬留下來的遺跡。」

當西班牙佔領了拉丁美洲後，他們的天主教神父爲了傳播上帝的福音和運送搶奪或騙來的珍珠財寶，從南到北走出來了一條路，叫做卡米諾瑞爾，沿著這條路百年多來建立了一系列的教堂，都是很相似的西班牙式的建築，紅瓦白牆。後來美國加州政府就沿著它建立了一條貫穿南北的公路，叫做一〇一號州際公路，它是一條高速道，從洛城開車到舊金山只要六個多小時，陸海雲是這條路上的常客。

蔣英梅駕車帶著陸海雲在巴拿馬的叢林裏飛馳，這是一條沿著巴拿馬運河平行的兩車道柏油路。路邊就是非常濃密的熱帶叢林，一眼看上去就知道如果在那裏頭迷了路就永遠出不來了。不久路的左邊出現了一片凹地，再過去的另一頭有一個看起來像似山洞入口的地方，蔣英梅將車停在一塊空地上，下了車後她才看見陸海雲是穿著一雙運動鞋，她指著鞋說：「這種鞋在樹林外面走起路來是很舒服的。」

「在樹林裏頭就有問題了嗎？」

「對這裏的草王蛇是一點問題都沒有，牠咬穿你的帆布鞋面就像咬牠當早飯的青蛙一樣容易。」

「我沒想到會有蛇，所以你是穿著馬靴，是不是？」

「你要小心，別踩到牠就行了。」

「沒關係，我要是被咬了，那你一定會快馬加鞭把我送到巴拿馬市的醫院。」

「哈！比草王蛇毒液作用速度更快的汽車還沒發明呢，我看你就只能死在我的懷裏了。」

「那也不錯啊！你是牡丹花，我去當風流鬼。」

蔣英梅笑起來了，她拉著陸海雲的手開始往前走了。

「蔣英梅，你是在嚇唬我，是不是？」

她又靠上來說：「你真的不在乎死在我的手裏嗎？」

「不在乎。」

「海雲，別老是把死不死掛在嘴邊，不吉利。」

她又輕輕地吻了他一下後拉著他的手繼續走。走到山洞的洞口時，陸海雲才發現原來這是由一些大樹的彎曲樹枝和密密的樹葉所編織出來的一個天然通道，太陽光就從樹枝和樹葉的縫隙中滲透進來，偶爾也會有一束金色的光柱沒有被大樹的枝葉擋住，將昏暗趕走而照亮了林中世界的各式活動。陸海雲看見前方有一團黃白像是飄著的雪花懸在空中，隨著微風在移動，蔣英梅說：「那是熱帶蝴蝶，美不美？」

陸海雲能感覺到他是走在不平的地面，但是在半明半暗的情況下，他看不出來腳下的地面是什麼。他抓緊了蔣英梅的手說：「太暗了，我看不見地上的草王蛇。」

「怎麼，改變主意，不想當風流鬼了？」

突然，傳來了一聲驚人的尖叫，像是有人見到了鬼魂，蔣英梅說：「別怕，那是呼喊猴的叫聲。」

「我還以爲有人被草王蛇咬了一口。我要是被咬了，一定會發出同樣的叫聲。」

蔣英梅笑得腰都彎了，陸海雲問：「我又怎麼了？」

「海雲，這回你是當定了風流鬼了。」

「爲什麼？」

「只有公的呼喊猴會發出尖叫聲，那是牠們求偶時呼喚母猴的聲音。你要是那麼一叫，就有一大群母猴子來上你，那你還不當定了風流鬼嗎？」

「蔣英梅，我真不知道你是在蒙我還是在說真話，反正我感覺我是到了你的地盤，你是在欺負我。」

「別冤枉好人，我是在保護你。一個大男人，又怕蛇，又怕猴子，還怕當風流鬼。海雲，你就跟著我的步子走，我不怕蛇咬。」

「那京戲裏是怎麼唱的？奈何我虎落平陽……」

當他們走出了由大樹的枝葉所編織的山洞後，陸海雲才看清楚原來地面上的凹凸不平是車輪的印子，這些都是幾百年前西班牙人趕著車所留下來的遺跡。蔣英梅說：「考古學家認爲這是耶穌會的傳教士所留下來最早的卡米諾瑞爾。考古學家也認爲其實使用這條運輸線最多的不是那些傳教士，而是執行西班牙政府命令的士兵和軍人。你不難想像當時西班牙的司令官，指揮著被他們征服了的加里西人和巴斯克人，在這裏的熱帶叢林中第一次開出一條道路，爲了防備這些人逃亡，他們的鎖骨上都焊著鐵鏈，在這麼炎熱和潮濕的環境，這些鐵鏈一定都是生鏽的。海雲，你能想像那種人間煉獄嗎？」

「被統治者的最大悲哀就是要用生命和尊嚴來爲統治者創建功業，然後在肉體的痛苦中和精神的絕望裏化爲飛灰。」

「可是這世界上就有人會死心塌地的去爲那些統治者賣命。」

陸海雲沉默不語，過了好一會兒蔣英梅說：「海雲，對不起，我不是在說你，請你別生氣了。看我這個人也真是的，明明是我要求今天我們不說那些不愉快的事，結果是我自己犯規，我認錯，你就罰我吧？」

他笑著說：「行，先記在帳上，往後一起執行。」

「海雲，你是個很優秀的男人，女人會愛上你的很多優點，但是我最愛你的就是你對弱勢群體的那份熱情和同情心。」

「那份熱情和同情心一直都在燃燒著，但是卻牽不住你的心，你還是拋棄了我去嫁給別人了。」

這次輪到蔣英梅沉默不語了。陸海雲回頭往他們剛走出來的叢林看了一眼，他好像看見了一群西班牙士兵的幽靈，驅趕著載貨的驢子，鞭打著印第安人奴役，要他們快快地把金銀珠寶送回到西班牙。蔣英梅感覺得到，他們之間的氣氛似乎緊張起來了，她急切地想挽回先前的互動。她說：「海雲，你知道我沒有口才，說話會讓你生氣，請你不要在意。我這輩子欠你的，在我走進墳墓之前是無法還清的，但是你讓我在下輩子做牛做馬來還你的債，行不行？來，我們走吧，我還想帶你去看兩個地方。」

他們回到了停車的地方，陸海雲發現車門旁邊有一堆樹葉，他正感到很奇怪，因爲下車時他不記得有看過，難道是有人故意堆的？他正要繞過時，這堆樹葉開始移動了，把他嚇了一跳：「哇！蔣英梅，這樹葉裏有草王蛇。」

這聲驚叫讓她笑得人仰馬翻，她說：「這是樹獺，是熱帶雨林裏的一種熊，平常是在樹上生活，牠大概是聞到車廂裏有吃的了。」

「你們巴拿馬的動物我算是領教了，告訴我，除了草王蛇、呼喊猴和樹獺之外，還有沒有什麼別的嚇人野獸？」

「當然有了。」

「是什麼？」

「就是你的宛妮塔小姐，我們的饑餓拉丁女人。」

「哼！那是小菜一碟，我是遊刃有餘。」

「大情人，失敬了。」

蔣英梅開車又回到公路上，二十分鐘後他們來到了一個叫「冷水潭」的地方，蔣英梅把車停好後從車廂裏拿出一個背包來交給陸海雲：「來，替我揹著。」

「是什麼？」

「我們的午餐。」

「啊！剛剛那隻樹獺就是來找這個背包的。」

「是啊，我常想，世界上的生物真是神妙，樹獺什麼都不行，動作比什麼都慢，所以只能用樹葉來作僞裝，逃避攻擊，牠也捉不到其他的食物，所以樹葉是牠的主食，一物二用，又是吃的又是穿的，餓了就吃衣服，熱帶雨林裏最多的就是樹葉，所以就這麼樣活了好幾萬年。妙不妙？」

陸海雲指著背包說：「別忘了，牠還有很靈的嗅覺，偶爾還能找點美食。這種日子也不錯。」

蔣英梅拉著陸海雲的手沿著一條小路走了大約一刻鐘，就突然感到周圍的溫度明顯地下降。巴拿馬的熱帶溫度和特別潮濕的環境，讓陸海雲感到像是待在三溫暖裏頭，尤其是到了中午，太陽的熱力發揮到了極點時，沒有人能夠受得了，所以中南美洲的國家基本上所有的公私機關行號，從中午到下午三點或是四點鐘都是關門睡覺的時候。陸海雲很驚訝地問：「怎麼這裏會這麼舒服啊？」

「你馬上就會明白了。」

小路轉了一個彎，眼前出現了一個大約有三、四個足球場大的小湖，湖水是非常的清澈和碧綠，湖中間有泉水往上冒，造成一圈一圈的水紋從湖心向湖邊擴大，蔣英梅說：「海雲，你去試試水溫。」

陸海雲走到湖邊用手一試湖水，他就叫了起來：「這是冰水啊！」

「所以它叫冷水潭，就是這冰冷的水，把周圍的溫度給降下來了。海雲，很舒服吧？」

「太好了，我要好好的享受一下。」

陸海雲把上衣、鞋、襪子都脫了，走到湖邊洗腳，蔣英梅從背包裏拿出一個毛巾扔給他：「好好的洗洗臉，擦擦身體，涼下來後我們好吃三明治。」

蔣英梅也用一條小毛巾洗臉，也把靴子和襪子脫了在冷水裏泡腳丫子。她說：「來，我們坐在那塊陰涼的石頭上吃午餐吧，我餓了。」

蔣英梅準備的午餐非常豐富，除了火腿三明治外，還有沙拉、水果和甜點，她把一瓶剛剛在冷水裏泡過的礦泉水遞給陸海雲：「我看你出了不少汗，快喝點冷凍的水吧！」

「太好了！」

陸海雲一口氣就喝了半瓶，然後就開始吃了，顯然他也是餓了：「真好吃，你一定是花了不少工夫，準備得這麼豐富，謝了。」

「謝什麼，只要你喜歡，我就高興了。海雲，我還在擔心冷水潭會不會有冷水呢，你的運氣不錯，今天的水特別的冷。」

「你是說，這裏的水不是每天都冷，那是怎麼回事？」

「幾年前這裏來了一次地震，以後地下就開始湧出冷水。地質學家說地震讓高山產生一條裂縫，山上溶化了的雪水從縫隙裏直接流到這裏，但是每年就只有兩個月有冷水，並且還時有時無。」

「大自然真是太神奇了。」

蔣英梅發現陸海雲目不轉睛地看著她，她說：「海雲，你怎麼這樣看我，有什麼不對嗎？」

「英梅，你好美。」

「吃飽了要拿我尋開心了？」

「在這麼美的大自然裏，有美女和美食，一個人還要求什麼？我真希望地球停止轉動，時間也凍結住，眼前的一切就永遠是我的了，那該有多好！」

蔣英梅把頭靠在陸海雲的肩上：「海雲，你真的這麼想嗎？」

陸海雲摟住蔣英梅的腰，輕輕地撫摸著，隔了一會兒才回答：「我沒有這麼好的命。但是我還是可以夢想這一切，至少沒有人可以阻止我的夢想。」

「你和我在一起，結果是你比我還傷感，這不對吧？」

「在這世界裏，不對的事太多了。不說這些了，我們不是說好了不談不愉快的事嗎？怎麼我們老是犯規呢？我問你，這裏有沒有讓你想到我們以前去過的一個地方？」

「我就是在等你問這句話，你是不是在說『魔鬼的飯碗』？」

「沒錯，英雄所見果然一樣。」

「魔鬼的飯碗」是在洛城東邊聖給布瑞爾山裏的一個奇景，因為地質的變動，一系列的石板很整齊地排列出一個圓型的池子，但是四周全佈滿了奇形怪狀的石頭，池子裏也有泉水湧出，也是清澈見底，人們叫它是「魔鬼的飯碗」。陸海雲看蔣英梅低著頭不說話，他問：「是不是想起來我們在那裏的事？」

「是。」

「很美的回憶是不是？」

「都是你在欺負我。」

「我可是有不同的回憶，不錯是我主動，但是也有人半推半就的配合，最後不是圓滿的皆大歡喜了嗎？」

「你還好意思說，從頭就是你的陰謀，要把我擺平，虧你想得到那麼個地方對我下手。」

「你說一個如花似玉的女人，穿了你那三點式泳衣，沒有男人會受得了吧！」

「看你當律師的狡辯又用出來了，我不肯下水，因爲我沒帶游泳衣，你說你替我帶了，結果你帶來的是還沒有我巴掌大的比基尼。然後就說是我誘惑你，白的也被你說成黑的了。」

「後來你不是願意了嗎？要不我也不能上你啊！」

「那是我被你弄得意亂情迷，克制不住了，才就在那塊大石頭上被你給……」

蔣英梅的臉漲得通紅，陸海雲把她摟得更緊：「這些你都還記得啊！」

「還有你在我耳邊說的那些話和講的故事，我一輩子都不會忘記。」

「喜歡嗎？」

「我好喜歡。」

「怪不得，叫的比巴拿馬呼喊猴的聲音還大。」

「陸海雲，你的老毛病還是沒改，一定要在嘴巴上佔最後的便宜。」

比起別地方酷熱和極高的濕度，來到了冷水潭就像是從土耳其三溫暖一樣的地獄走進了清涼的天堂，兩個人又是在不斷地回憶以前美好的時光，陸海雲的男性侵犯言詞裏又夾帶著無限的柔情，蔣英梅對自己感到迷惑，她分不清是陶醉在過去的愛情裏，還是又開始戀愛了。他們這頓午餐花了好長的時間。

坡托貝洛是面對加勒比海的一個大海灣，在西班牙人統治的時候，這裏是個主要的港口，所有從大西洋過來的大帆船都要在這裏下錨。從貨艙裏卸下了歐洲來的家具、衣料和稻米，從客艙裏走出來掛著十字架項鍊的耶穌會傳教士，急著要用死亡威脅來把印第安人轉變成他們上帝的子民。然後船上的水手將貨艙裏裝滿了從太平洋島嶼來的珍珠，搶來的金銀財寶，或是印第安奴隸從波利維亞銀礦裏取來的銀子。似乎整個美洲大陸的財富都被這些帆船帶去了西班牙。但是現在的坡托貝洛已經成爲一個破落的小漁港，具有生產力的男人都已離去，過往的繁華和光輝一點一點地消失了。蔣英梅拉著陸海雲的手來到沙灘上，她說：

「你能想像嗎？就是在我們現在站著的地方，當年的西班牙人把一塊塊的銀錠像是壁爐用的柴火似的整齊的堆在這裏，有好幾千個，這些都是現在中南美洲人祖先的財富。他們之中有人奮起抵抗，結果是都被消滅了，沒有死的人就被裝進麻布袋沉入坡托貝洛海灣的水底。」

陸海雲說：「這些是當年強國殖民主義的典型，中國不也曾是受害者嗎？」

「當年的殖民主義現在又重新包裝過，換了一副嘴臉。把侵略行爲說成是政權改變。但是結果還是去搶別人的財富，只是不搶金銀財寶，而是強迫用低價收購別人的能源。」

陸海雲說：「我們用想像力可以畫出四百年前的繁榮昌盛景象，但是今天卻連一條小漁船都看不見。」

「在這麼熱的時候，漁民是在晚上打魚，白天睡覺。」

蔣英梅領著陸海雲從海邊來到坡托貝洛的老城牆，在那裏擺著十多門全生了鏽的西班牙大炮和被白蟻吃剩下來的炮彈架，這些都是當年的統治者用來威嚇被統治者的。在建造巴拿馬運河時，大部份的西班牙城堡都被拆卸下來做爲建材了。

陸海雲說：「當年的船堅炮利，在今天被財大氣粗取代了。」

「唯一不同的是，現在的受害者是甘心情願的。」

從城堡的遺址，他們又到了坡托貝洛天主教堂，那裏有一個黑色的耶穌揹著十字架的像，它是三百年前從一棵可可波蘿樹刻出來的木雕，木質的顏色是發亮的黑色。離開了教堂，蔣英梅開車越過了運河的大西洋河口，到了對岸的聖羅仁佐堡，那是一塊高地，往下可以看見查各雷司河的河口。蔣英梅形容當年加勒比海的獨眼龍海盜亨利・摩根帶著兩千名海盜，在西元一六七一年的十二月殲滅了三百名西班牙士兵後佔領了這片高地，從這裏他沿著查各雷司河而上，來到了現在的巴拿馬市，他進行了血腥的屠城，把所有的男人都殺死，強姦了所有年輕的婦女，從此，巴拿馬人的血液裏就有了海盜的基因，這也是在民間有一種傳說，指出巴拿馬人有時候很霸道的原因。

當溫度開始有點下降時，表示白天已接近尾聲，他們上車往回開了，蔣英梅估計大概需要三個小時才能開回到巴拿馬市。車子開了快半小時後，陸海雲說：「小梅，後面那輛賓士好像在跟蹤我們，從離開了查各雷司河的河口高地它就跟著我們，都半個鐘頭了。」

蔣英梅往後視鏡看了一眼，拿起了已將「藍芽」連接好的手機，按下一個快撥按鈕，就聽見汽車裏的音響喇叭響起了手機的響鈴聲，一聲過後，手機被接通，對方說：

「是的，諾雷夫人。」

「派寇，閃一閃你的大燈。」

「馬上。」

陸海雲回頭正好看見了在三十公尺後面跟著的賓士轎車閃了兩下大燈，陸海雲很驚訝地問：「原來是你的人，什麼時候跟上來的？」

「是的，他是我的保鏢。今天早上我們離開五洲酒店時他就跟著了。」

「是嗎？我們在那個樹洞裏和冷水潭的時候，他也在嗎？我怎麼沒發現呢？

「要是讓你發現了，他還能當我的保鏢嗎？」

陸海雲在思考這個叫派寇的保鏢是替毒梟諾雷保護老婆的呢？還是他也是恐怖組織裏的一份子？他聽見蔣英梅說：

「海雲，剛剛你叫我小梅。你以前都是這麼叫我，但是我們分手後，你就對我稱名道姓了，你曾經跟我說過，你所認識的小梅已經不存在了。海雲，你的小梅回來了嗎？」

「我跟你說過，雖然我的命不好，但是我還是有做夢的權利。在我的夢裏，小梅沒有離開，她還是我的大情人。」

兩個人都沉默不語，車窗外的風聲顯得格外響亮，蔣英梅說：「你覺得今天我這導遊做的如何？玩得開心嗎？」

「太好了，我看專業導遊也不會比你強到哪去。我是非常的感謝。」

「那下次還會來找我嗎？」

蔣英梅等了一會兒看沒有回答，她就把一隻握住方向盤的手按在陸海雲的手上說：「海雲，我已經很久沒有像今天這樣開心了，我希望今天也會帶給你一個好的回憶。永遠不要再恨我了，好嗎？」

「小梅，聽你的口氣似乎今天就到此爲止，你要跟我說再見了。是不是？」

「不是的，我還要請你吃頓正式的晚餐，餐館都訂好了，是巴拿馬市最好的一家，都上了米其林餐館排行榜。」

「太好了，我也還有些事要跟你說。所以這頓晚餐就由我來做東，我也該謝謝你今天花了這麼多的時間來陪我。」

「絕對不行，你自己說的，巴拿馬是我的地盤。」

陸海雲沒有再回應晚飯做東的事，但是隔了一陣子後，他往後看了看，那輛賓士還是在保持距離地跟在後面，他說：「蔣英梅，爲什麼你不回答昨天我在酒會上問你的問題？」

「怎麼？小梅又離開了？你問了我什麼？」

「我問能不能見見諾雷先生。」

「你爲什麼想見他？」

「這你還看不出來嗎？」

「我沒有你那麼聰明能幹，你得說清楚點。」

「我想看看他對我是什麼態度？有人告訴我，拉丁男人會在老婆舊情人面前表現他的男人威力，更何況諾雷夫人和舊情人又混了一整天，他是會殺了我呢？還是會在我面前當場要求你滿足他的丈夫權利？」

「不知道。」

蔣英梅開著快車，他們在日落時分回到了巴拿馬市。他們要去的餐館叫做拉斯波威達斯，是位於老城區。當年獨眼龍海盜亨利・摩根將巴拿馬市屠城和燒毀後，西班牙人在它南邊不遠的地方又建立了一個新的巴拿馬市，爲了保護它不受海盜和太平洋來的颱風侵犯，西班牙王室花了大筆的財力建造了龐大的海堤和城堡。

蔣英梅的車穿過了兩邊都是綠色木屋的擁擠又很狹窄的小路，這裏是當年費迪南德勒賽圃的法國運河公司時代的員工住所，這些屋子的小陽台和走道，加上推著車的小販，讓陸海雲想起了美國南方在密西西比河畔的新奧爾良市。這間餐館除了提供美食外，還提供停車場。他們一進去，馬上就有人帶他們入座，顯然蔣英梅是常來的客人，迎賓的副經理也過來跟他們打招呼。他們參考了菜單後就決定各點一份海鮮套餐，又要了一瓶阿根廷產的白酒。

「海雲，你知道西班牙文的『拉斯波威達斯』是什麼意思嗎？」

「我的西班牙語不怎麼樣，都是在洛城學的一些馬路西班牙語。它是不是倉庫的意思？」

「差不多，正確的意思是保險室。據說當年亨利·摩根的海盜在攻打巴拿馬市時，西班牙人把金銀財寶鎖在這保險室裏然後在這裏做最後的頑抗，海盜們死傷了很多人才攻下來。他們把俘虜的西班牙士兵關在這樓下的地下室，然後就在這樓上玩弄這些俘虜的妻女，等到漲潮時，地下室被慢慢的淹沒，那些俘虜嘶喊救命的聲音傳到樓上時，更刺激了正在姦淫他們妻女的海盜們，讓他們瘋狂的到達高潮。在中南美的文化裏，充滿了這種統治者和被統治者之間的尖銳矛盾和互相的殘害。」

「難道在歷史上他們中就沒有人說，夠了，停止吧！」

「我相信大多數的人都會同意不要再繼續了，唯一會反對的，就是最後被害者的親人。他們就是一代代冤冤相報的驅動力。」

「後來西班牙人終於把海盜消滅了，這裏又拿來做什麼用了？」

「說是用來執行死刑的地方。海盜罪是當然死刑，他們把死囚關在樓下，用漲潮的海水來處死這些犯人，然後在退潮時把門打開，屍體就被潮水帶到大海裏，那裏有著名的加勒比海虎鯊在等著，所以有人說這種死刑是最環保的。」

果然名不虛傳，海鮮大餐非常美味可口，再加上兩個人都真的餓了，他們就將注意力完全集中在眼前的美食和美酒上，等吃得差不多時，蔣英梅又發現陸海雲在盯著她看，她說：「怎麼又是這麼看人了？」

「小梅，記得嗎？我們兩個都好吃，美食讓我們很快樂，你就會變得特別漂亮，所以我就喜歡看你享受美食的樣子。」

蔣英梅笑著說：「怪不得，每次你請我吃飯，飯後就要求餘興節目，原來你貪吃的不僅是美食，還要享受我，對不對？」

「只能怪你太美了。」

侍者端來了甜點和咖啡，蔣英梅帶著曖昧的笑容說：「海雲，今天不想要餘興節目了嗎？」

「太想了，但是我怕會有人要我的小命。從進了這飯館的那一刻，我就在想，任何時刻諾雷先生就會提著一把大槍跳進來，說不定他的身上就流著有海盜的血。小梅，我們不開玩笑，你好像很不願意跟我說你的婚姻情況，更不想告訴我你丈夫的事，為什麼？我們朋友一場，就不能讓我關心一下你嗎？」

「你的美國朋友沒跟你說過？說過諾雷是幹什麼的嗎？」

「說他是個販毒的，特瑞克和拉洗布也證實過。」

「就此而已？沒說他不是男人？」

陸海雲差一點從椅子上掉下來：「你說什麼？」

「海雲，諾雷是個同性戀，他只要男人，不碰女人。」

「蔣英梅，為什麼？」

「互相利用，我需要他的財力。」

「你嫁給他之前，就知道他是同性戀嗎？」

「是的。」

陸海雲不說話了，他感到全身都被疼痛罩住了，連呼吸都很困難，他明白當愛人移情別戀時的痛苦，唯一讓他還有一絲可以接受的理性，就是她找到了比自己更好的男人，但是為了一個「非男人」就背叛了這些年來的感情，就像是一把刀刺進了心臟。一下子，整個世界都顛倒了。蔣英梅等了一會兒，看陸海雲不說話，她就接著說：「海雲，我知道我很深的傷了你，我沒有資格也找不到有任何的餘地可以讓你原諒我。但是你一定要明白，我沒有背叛我們的感情。我從來沒有停止過我對你的愛。離開你以後，我沒有別的人了。」

陸海雲還是不說話，她又接著說：「我很清楚，在我決定了我的理想和接受了我的任務後，我的一生就不屬於我自己的了，我沒有資格去戀愛。但是我們相遇，我使出了我所有的能力都擋不住你的愛。我更發現，我們在一起時的快樂讓我醉了，我離不開你，只有嫁給別人我才能去完成我的任務。但是我沒想到你被我傷害得這麼深，更沒想到我又在你的傷口上撒鹽。我什麼都不求你，我就要求一件事，就是你要好好的活著。」

陸海雲終於說話了：「『好好的活著』和陸海雲是矛盾的，不能相容。我們走吧！」

「時間還早，明天你就要走了，我還想跟你說說話。」

「我想餘興節目應該開始了。」

「你想到哪裏？回你的酒店還是到我那去？」

「都行，只要有一張床就可以。」

蔣英梅住的房子在外觀上和其他在貝爾拉美景小區的獨立小樓沒有太大的區別。但是仔細看就能看見它最大的不同是裝有一套監視器頭的監視系統，等車子開進了大門，就更能感覺到這裏的警戒森嚴，圍牆內有警衛人員在站崗，並且顯然都是身上帶著傢伙的。樓下有個大客廳和緊連著的飯廳，有一個女管家出來和他們打招呼，蔣英梅牽著陸海雲的手說：「樓下是我辦公的地方，樓上是我自己生活的地方，除了管家外，沒有人可以上去。」

陸海雲：「是這樣嗎？諾雷先生呢？他能上去要求老婆滿足他嗎？」

「海雲，就讓你隨便說吧！反正是我對不起你。你就放馬過來，我認了。」

樓上有一間佈置得很雅的大臥室，一邊的牆是整片的落地窗，窗外是巴拿馬市的夜景和天上閃爍的星光，另一邊是個起居室和浴室。蔣英梅又發現陸海雲在用奇怪的眼光看她，她說：「又怎麼啦？」

「我要取回屬於我的。」

陸海雲把她拉過來，抱住了她的頭就把嘴唇印上來了，蔣英梅沒有感到他們分手後第一次的接吻裏有愛意，反是充滿了侵犯。短短的一吻，陸海雲就鬆了手，他說：「把衣服脫了。」

蔣英梅要去把落地窗的窗簾關起來，他說：「開著，不要關。」

她看著陸海雲很快地把自己的衣服脫了，赤裸裸的身體激起了她很多的回憶，他粗魯地動手剝她的衣服，她看見眼前的男人已經是在完全興奮的狀態，她下意識地將兩臂抱在胸前，但是陸海雲毫不留情地把她推倒在床上，她慌張地哀求：「我是你的，不要強暴我。」

但是她看見陸海雲將身體壓了上來，她閉上了眼睛，感覺到溫暖的眼淚沿著臉龐流下來，蔣英梅張開了雙腿。但是她沒有感到男人對她的侵犯，而是有一個溫暖的嘴唇在吮著她臉上的淚，睜開眼來就看見陸海雲的笑容，又聽見他很溫柔地說：「我愛你，不要哭了。」

她再也忍不住了，放聲地哭了出來，眼淚不停地流下來，她緊緊地抱著陸海雲說：「海雲，我愛你，你一定要相信我，我一直都愛著你。」

「我當然相信了，好了，別再哭了。」

「對不起，我控制不住眼淚。」

陸海雲把她的頭推上了枕頭，自己坐了起來，用面紙把她的淚水擦乾。

「是我不好，把你嚇著了。」

「我以爲你終於來找我算帳了。」

「我是想起了我們在法國尼斯度過的那幾天，記不記得我們也是玩了一整天，回到酒店我就想要你，你說太累了，我就開始溫柔的侵犯你，然後你就半推半就了，我忘不了你那天是多麼的誘人。」

「我還以爲只有我記得這些事呢！你跟今天一樣，一定要開著窗子，我好害怕別人會看見。」

「天上的星光和遠處的燈光，把你的七情六慾表現得又美又淋漓盡致。」

蔣英梅正要說話時，她的嘴被堵住了，陸海雲吻住了她，舌頭伸進來侵犯她，同時也感覺到他的手在她身上遊動撫摸著，她開始覺得身體發燙。他在她的耳邊說：「這些日子你想不想我？」

他的手開始探索她的敏感地帶，她的反應很快，也很強，小腹往上去迎接他在探索的手。

「我沒有一天不在想你。」

「那你在想我的什麼？」

「在想你對我怎麼好，怎麼樣的愛我。」

「就只有這些嗎？」

「海雲，你不要停，我喜歡你摸我。」

「回答得不對，我就停。你沒說清楚你喜歡我怎麼樣愛你。」

「我每天都在想我們在尼斯的時候，晚上你在沙灘上摸我的全身，你的撫摸和那一波又一波沖刷著我身體的海浪讓我瘋狂，那感覺真是太美了，我要你那樣的愛我。」

「這裏沒有海浪，只好用我的吻來代替了。」

陸海雲開始吻她，從嘴唇開始慢慢地往下移。

「我喜歡你侵犯我。啊！好舒服，再往下一點，求你了。」

「喜歡我侵犯你什麼地方。」

「海雲，你明知故問。別停，別停，我說就是了，我喜歡你進攻我，再征服我，佔領我，叫我向你投降，啊……輕一點……」

蔣英梅感到她的全身都燃燒了，無法忍受的高溫讓她全身扭動著，瘋狂使她在呻吟，當陸海雲吻到了她的小腹時，她按住了他的頭，再用彎起來的膝蓋和小腿緊緊地夾住，她已經等不及了，小腹往上挺起，發起了她的攻擊。陸海雲的兩臂抓緊了蔣英梅的臀部和下腰開始進攻她，她用手抓住他的肩膀做了象徵性的抵抗，但是無法阻擋陸海雲瘋狂又堅決的長驅直入和一波又一波的進攻，她被徹底地征服了，她無法宣佈投降，因爲她的嘴也被陸海雲的濕吻佔領了。火熱誘人的軀體和通紅嬌媚的臉龐，加上喃喃地哀求，更加催動了他壓抑多時的情慾，最後當陸海雲在滿足後倒在氣若游絲的蔣英梅身旁時，兩人都是渾身的汗水，累得都說不出話來。兩人相擁入睡，許久以後是陸海雲先醒來：

「對不起，我是不是太過火了？累嗎？」

「好累，但是我喜歡。」

「那你還哀求我停下來。」

「我是怕我會興奮的死在你手裏。」

「只有男人得了馬上風死在女人身上，沒有女人會死在男人身上。」

「可見你多厲害。」

「不是我厲害，是你太誘惑人了，再加上我對你的渴望，所以就苦了你了。」

「我喜歡你征服我，佔領我的身體和靈魂，海雲，你讓我好爽。」

「哈！現在好意思說了，剛剛我就是在等你說這個爽字。你就是不說。」

「海雲，其實用爽字來形容男女之間的歡愉是最能達意的。」

「爲什麼你和我一樣也流了一身的汗，不都是男人在出力嗎？」

「沒聽過男人要流血，流汗，流白膿。女人就只要流汗嗎？」

蔣英梅起來，從起居室的小冰箱裏拿來兩瓶冰礦泉水，她說：「你也該補充一下水分了。」

陸海雲分兩口就把一瓶喝光了。蔣英梅說：「來！我們都需要洗個淋浴了。你用裏頭的浴室，我用外面的。你可以用我掛在裏頭的浴袍，那是我特大號的，剛洗過的。」

「怎麼，不招待我洗個鴛鴦浴嗎？」

「我不敢，饒了我吧！」

蔣英梅的臥室空調是調到很低，淋浴的溫熱水沖在身上讓陸海雲不自覺地唱起歌來，他這一個淋浴洗得很久，出來時他大呼過癮。他看見蔣英梅已經洗好了，還把床單和枕頭套都換了新的。她笑著說：「我聽見你在唱歌，是不是男人在征服了女人後。都要唱歌來慶祝勝利？」

「那當然。那女人在被征服後要哭泣嗎？」

「那要看情況了，如果不爽才會哭泣。所以你看我就沒有啊！」

陸海雲這才看清楚蔣英梅穿著一件大紅的襯衫，把她雪白的皮膚突顯出來，兩條光溜的修長大腿全露在外面，一點都沒有化妝反而讓她有一股青春的美，他忍不住上去把她抱在懷裏，她抬起頭來，勾住陸海雲的脖子吻他，他才發現大紅襯衫裏頭什麼都沒有，他的兩手伸進襯衫裏面開始遊走了，她轉過身來讓他的手撫摸著她的小腹，她開始呻吟了，但是隔了一下就把陸海雲的手抓住說：「不行，再摸下去我又要發瘋了，你不是要跟我說話嗎？」

她又轉過來面對著他說：「你知道我這件紅襯衫是怎麼來的嗎？」

「看了好眼熟，我以前也有一件很像的，後來就找不到了，不曉得放在什麼地方去了。」

蔣英梅笑得腰都彎了，她說：「你真的沒有看出來啊？這就是你的那件，被我偷來的。」

「我有那麼多的襯衫，你爲什麼就喜歡這一件？」

「我們到尼斯去玩的時候，就是借你這件襯衫當睡衣，我發現你喜歡看我穿它，跟我做愛時就特別的賣力，所以就據爲己有了。」

「不早說，我就多買幾件送你。」

「不，偷來的才過癮。」

「我們去尼斯的事你都還記得，是不是？」

「我一輩子都不會忘記。在那裏，我第一次發現你喜歡在戶外和女人做愛。」

「不對，我只喜歡在戶外和蔣英梅做愛。」

「算了吧！別以爲我不知道你的風流韻事。」

「我怎麼感到有一股酸味飄過來。」

「對不起，我沒有資格了。」

「那好，我現在就要收回我的襯衫。」

陸海雲動手解襯衫的扣子，她掙扎反抗，但是大半個乳房都露出來了。

「海雲，住手，別整我了。」

「那你得再給我一瓶冰礦泉水，好消消我的火。」

時光似乎在倒流，兩個人坐在臥室的小沙發上說話，讓他們感覺就像是又回到在洛城熱戀的時候。

「我說小梅，其實我這次來巴拿馬的真正目的是來找你的。博物館簽約是我的藉口，本來是要派別人來的。」

「真的啊？你這麼想我啊！我太感動了。」

陸海雲的臉色變得非常沉重，他說：「我是來求你一件事的。」

「我們朋友一場，如果在我的能力範圍內，我一定答應。」

「我想請你把對上海刑警何時所發出的紅色追殺令收回。」

蔣英梅突然一驚，抬起頭來睜大了眼睛說：「你怎麼知道追殺令是我發的？」

「因爲你現在是伊斯蘭聖戰組織的行動負責人。」

「誰告訴你的。」

「我到巴格達去救特瑞克，名義上是因爲他是我們的客戶，事實上是我們接受政府的委託把他爭取過來。我受聘成爲白宮的特別助理，協助反恐行動。從他們爲你建的檔案中我才知道你是疆獨份子，參加了東突組織，後來又參加了伊斯蘭聖戰組織，成爲他們的殺手，兩河酒店的爆炸事件和在巴黎刺殺丁塔布里滋博士都是你的成績，然後你們又從老美那偷來了四枚高性能的爆炸裝置。現在你的任務是策劃下一輪的全球恐怖事件。蔣英梅，我還漏掉了什麼嗎？」

「所以雅思閔是對的，她有可靠的情報說你是美國政府的反恐人員。」

「誰是雅思閔？是不是你在巴黎行動的夥件？」

蔣英梅沒有回答，但是她繼續說：「她認爲你是帶領特務來抓我們的。」

「從昨天到現在已經超過二十四小時了，有人看見特務了嗎？你知道我這人的毛病就是公私完全分明，這次來找你完全是私事，和政府沒關係。」

「雅思閔堅持要拘禁你，甚至要處決你，幸好剛剛是你主動說出你的身分，否則她會斃了你的。」

陸海雲明白蔣英梅的臥室是裝有監視設備的，否則雅思閔怎麼會知道他說什麼。

「海雲，你看了我的檔案後有什麼感覺？」

「一是不可思議；二是感歎，在這麼短的時間，一對男女就能從愛人變成敵人；三是我終於明白了我是世界上最笨的男人，和女友談戀愛這麼久了，才發現她原來是個陌生人。」

「我們這次見面，你對我的一切都陌生嗎？」

「蔣英梅，做爲一個女人，你有一萬個優點，你是我認識的人裏最有女人味的人，和你在一起會使男人忘記一切，而陶醉在你的溫柔裏，我們再見面，你的這份魅力有增無減，更是迷人。你能感覺到我是多喜歡和你在一起。」

「但是……」

「但是你的一個缺點是，你不把我當一回事，你可以放下我們的愛情，二話不說就去嫁人。幾小時前你還在我耳邊一再的說，你沒有背叛我們的感情，你從來沒有停止過對我的愛，離開我以後，就沒有過別的人。但是仔細看你的臥室，掛的衣服和浴室裏擺的用具，都顯示這臥室是兩個人用的，那個人是不是每天晚上都在和你做愛。做爲你的戀人，會有什麼樣的感受，你想過嗎？」

「海雲，你完完全全錯了，我的生命已經不是我自己的了，更何況是我的肉體呢，我說的是我的心，它從來都沒離開過你。」

「當你和別人做愛到了高潮那一刻，你的心還在我身上嗎？」

「海雲，求求你不要折磨自己了。」

「對不起，我沒有權利說你的事，是你問起來，我才會不知自愛的批評你。」

「也許有一天你會明白事實的真相。你能告訴我，爲什麼要我取消追殺令嗎？」

「刑警何時是在執行公務時擊斃了東突組織裏一個頭目的兒子，他不是在進行對個人的行動，根據你們的規定，是不可以用紅色追殺令來對付他的。」

「你們是什麼關係？」

「好朋友。」

「就只是這樣嗎？」

「追殺令發出後，何時想把妻子和孩子託付給我，自己又去發展了婚外情。他的妻子柯莉娟是個很善良的女人，我愛上了她，但她還是深愛著她的丈夫。我答應了柯莉娟，設法把追殺令取消，再說服何時回到她身邊。」

「那你呢？你能得到什麼？」

「柯莉娟對我的感激。」

「你到底是傻瓜還是情聖？」

「都不是。我的一生似乎很成功，但是事實上我的人生是充滿了失敗，你我之間的愛情就是個證明。如果能讓柯莉娟感激和快樂，也算是小小的成就吧！」

「別把自己說得那麼可憐。」

「所以你同意取消追殺令了？」

「那就要看你的表現了。我要你脫下浴袍，回到床上。」

蔣英梅跪在床上，用膝蓋把陸海雲的大腿分開，她脫下了大紅色的男人襯衫，全身赤裸裸地壓了上去，陸海雲的惡夢開始了。

早上的太陽從落地窗射進來，照到了陸海雲的臉上，他醒來後的第一件事是發現只要動一動，他全身都非常地痠痛，好像全身的骨頭都被拆散了後再拼起來。所以他就躺著一動都不動。外面的起居室裏有兩個人在說話：

「雅思閔，這消息可靠嗎？是什麼時候送過來的？」

「很可靠，是我們的人在兩分鐘前直接傳進來的。」

「太好了，裝置已經送到指定的地點了，現在我們終於走到最後的一步了。」

「凱瑟琳，最終目標選定了後，就不會再變了，是不是？我需要去安排最後的交通工具。」

「我們決定的四十八小時後在洛城道奇棒球場引爆是不會再變了，除非我們發現有情況，我們才按計畫對選擇好的第二目標行動。但是王克明負責的上海目標，他爲了安全還是保密，但是時間是一樣的，也是四十八小時後，這樣會達到最震撼人心的同步效果。王克明是怕身邊有警方的臥底。雅思閔，你知道他是警察出身的並且吃過一次虧，所以警覺性特別高。其實他是沒有保密的必要了，現在上海只有唯一的一個目標，那就是世界博覽會。」

「凱瑟琳，小點聲，如果陸海雲醒了，他會聽見我們的說話。」

「他聽不懂我們說的法文。我剛才去看了他，睡得挺熟的。雅思閔，你實在太過分了，要往死裏折騰他，還把他全身都弄得青一塊紫一塊的，他伺候我們兩個人，也真難爲他了。」

「怎麼，凱瑟琳，你心疼了？本來都是我和你睡，他來了就把我趕走了，還要霸佔我睡的床，那我還能不整他嗎？不過他還真行，我從來沒有被男人弄得這麼爽過，我要謝謝你，你是在哪裏找到這麼好功夫的男人。要是我，我非把他留下來玩個一年半載的。」

「像我們這樣的玩他，他能撐兩個月就不錯了，要是一年半載，一定被玩死了。好了，你趕快去按計畫安排，我們今天天黑後動身，不能出任何的差錯了，你我所有的行動都要分開，最後才會合。引信由我來帶著，陸海雲在我們這裏扣留四十八小時，然後他去哪裏就和我們沒關係了。」

「你真的不想帶他走嗎？我們路上還可以叫他再給我們爽一次。」

「雅思閔，別貪心不足。爲了不讓人疑心，陸海雲和博物館的最後會議一定要正常進行，讓他拿到批准的協議書。但是整個過程要在我們的監視下，不能讓他溜走。」

「好，我這就去安排，然後我再到機場去一趟，把我們相關的人穩住。還有，這兩天我覺得我們這兒被盯上了，除了老美之外還有中國來的，我想我們現在就把這裏結束吧，免得夜長夢多。我看時間差不多了，你得把他叫醒了。」

「我同意，你通知大家在兩小時內我們撤離這裏，我們要帶的器材裝車，準備送到機場，其他的一概送到諾雷那。還有，我看盯上我們的不是中國大陸來的，可能是台灣來的，你要注意他們的目的是要幹什麼。你去吧，一切小心，我在這兒等你回來。」

「凱瑟琳，你要答應我，離開巴拿馬之前，讓我再玩他一次，我保證一定把所有的溫柔都給他，比玩你還要更溫柔，我不能斃了他，就要爽死他。」

「我看是反過來還差不多，你被他爽死了。」

雅思閔從走廊的門離開後，蔣英梅從另一個門走進了臥室，她驚訝地發現陸海雲已經醒了，坐在床上，全身赤裸裸的沒穿衣服。她說：「海雲，早，你起來了！我把你的內衣拿來了，已經洗過，剛剛才烘乾的。」

陸海雲掙扎著起來把睡袍穿上，蔣英梅看到他臉上忍著痛苦的表情：「這個雅思閔真是太過分了，把你弄成這樣了，我看她還咬了你。」

「我還以爲是你啃的。」

「你明知道不是我幹的，啃的地方不對。」

「那個雅思閔是有心理變態。」

「等她喜歡上你的時候，她會比任何人都溫柔。」

「追殺令取消了嗎？」

「你可以告訴你的愛人柯莉娟你賣身成功，她會感激你了。」

「那我就謝謝你了。我的事辦完了，蔣英梅，你準備怎麼處置我呢？」

「首先，你必須按計畫到博物館去把協議書拿到手，這樣暫時就沒人會發現你失蹤了，然後我們需要把你留置在這裏四十八小時，以後你要去哪裏，我們就不管了。你伺候雅思閔太爽了，我看她是喜歡你了，她想把你留下來當她的禁臠，可是我沒有答應。」

陸海雲突然抓住了蔣英梅的肩膀，他說：「你不能去炸道奇棒球場，你們的BLU-82EXP會把整個球場都炸成平地。小梅，我帶你去看過球，五萬多個觀眾裏有一半以上是孩子，你們會把這些孩子都活埋了。你不能幹這種事，這些都是無辜的人，你會下地獄的。」

陸海雲用力地搖晃她，但是她平靜地說：「太遲了。一切都太遲了。」

「請你們看在偉大的阿拉面上，就饒了這群孩子吧！他們也會有像你一樣的親人，他們會世世代代的找你們報仇，你們的後代會沒有一天的安寧日子的。」

「我們的目的是要產生最大的震撼效果，這樣美國政府才會醒過來。」

「那你們就殺我吧！我是美國總統特聘的反恐人員，你們可以用可蘭經裏說的用斬首的方法在電視機前處決我，沒有比把一個血淋淋的人頭割下來的實況廣播更能震撼人心的了。何況我自己送上門來，不用任何的麻煩了。」

陸海雲滿臉都是淚水，他用誠懇的語言、肢體的動作和令人發抖的眼神在哀求蔣英梅，她突然緊緊地抱住了陸海雲，把頭埋在他的胸膛說：「對不起，一切都太遲了。現在只有你能救這些孩子了。」

蔣英梅這句話是用法語說的。

蔣英梅的保鏢派寇送陸海雲到博物館，文化部批准了協議書，但是也做了某些修改，官員們就是要來解釋這些修改的條文。大家入座後，有一位身著有「台灣糕餅店」字樣制服的小姐端了一大盤鳳梨酥進來，還有一位穿著同樣的制服端著咖啡壺的男士進來給大家倒熱騰騰的咖啡，當他走到坐在陸海雲身邊的派寇身後時，就把一整壺的熱咖啡倒在派寇的頭上，他慘叫了一聲就倒在地上打滾。在一片混亂中，鳳梨女郎跟陸海雲說：「我是趙碧浩派來的，快跟我走。」

兩人離開了會議室，轉進了一間檔案室，從它裏屋的樓梯下去，直接就到了博物館邊上的大街，避開了派寇守候在大廳的同夥。一輛掛著外交使節的轎車隨即把他們載走，送他們到了台灣駐巴拿馬的大使館。在那裏，陸海雲聯繫上了白宮的反恐協調辦公室主任納序，匆忙地將情況說明，同時要求對蔣英梅的住處立刻發起攻擊。十分鐘後納序回電來說，在巴拿馬運河口巡弋的一艘航空母艦上派出了一架F-18大黃蜂戰鬥轟炸機，要在十一點二十三分對目標發起攻擊。納序認爲，蔣英梅故意告訴雅思閔陸海雲不懂得法語，然後用法語將所有的情報說出來的事實是一個新發展，他認為有玄機，同時她最後說只有陸海雲能救孩子，更是表示這位恐怖組織的領導人有了變化，他要陸海雲提高警覺，注意發展。他又安排了海軍直升機來接陸海雲到航母，再飛洛城。

在十一點二十分，陸海雲打電話到蔣英梅的手機，要她立即撤離她所在的獨立小樓。兩分鐘後，當她走出了貝爾拉美景小區時，她聽見了飛機的聲音，瞬間一枚像魚雷似的長形「地堡殺手」炸彈脫離了飛機，在鐳射的導引下，精確地命中了目標，它穿透了所有的樓層，鑽進了地下室的鋼筋水泥地基後爆炸，爆炸的聲音不大，但是它在地底下開了一個大坑，把所有的地面建築都埋進了坑裏。

陸海雲給在上海的何時打電話：「老何，我是陸海雲。」

「海雲，真有你的，美國的納序先生和袁華濤通過電話了，把你的情報全轉過來了。我們已經進入一級警戒了。我看，國家特級勳章你是拿定了。」

「你猜我在哪裏給你打電話？」

「我當然知道了，你現在一定是在台灣的巴拿馬大使館裏，對吧？」

「我就想一定只有你這個台灣人才會出這個主意，請你們調查局出手把我救出來，我還以為我的小命就要送給那個變態女人了，結果他們使出了一招鳳梨酥加熱咖啡，我就得救了。」

「其實都是你的老相好趙碧浩的功勞，是她把你的小命救了，看樣子，她還挺念舊情的。」

「老何，你壞了我的事。本來是趙碧浩欠我的，現在變成是我欠她的了。她一定會敲鑼打鼓的到處去告訴我們的朋友。不過我還是要謝謝你，下次我再請你去看NBA籃球賽。」

「你不用謝我，我是為了小莉和孩子，別忘了，你在我躺在病床上的時候答應我，要照顧他們一輩子的。」

「老何，我們說正經的。其實我來巴拿馬是爲了要把你的紅色追殺令取消，我費了九牛二虎之力終於辦到了，你現在沒有任何藉口了，你該回到小莉的身邊了。」

「你錯了，我還是有一個最大的理由，就是小莉愛的是你，這不是藉口，這是事實。」

「我看你還是被那個野女人迷住了。」

「海雲，我告訴你，那個野女人的名字叫柳楊，我要她，她也跟定我了。」

陸海雲覺得情況有點不對，何時跟這個叫柳楊的女人不像是一夜情那種婚外情，他想到柯莉娟的命是滿苦的。他轉開了話題：「老何，楊冰還好嗎？真沒想到她的前任未婚夫王克明居然是恐怖組織在中國的負責人。」

「袁華濤已經下令逮捕王克明了，楊冰要求她去執行，被袁華濤一口拒絕了，楊冰挺難受的。我聽說最近他們父女之間的關係很緊張，我看這和你有關係。」

「胡說，這和我又有什麼關係？」

「明眼人都看得出來，我們的袁部長看上了你陸大律師，就想收你做他的乘龍快婿，可是楊冰現在只對豪門公子有興趣，所以他的脾氣就越來越大了。」

「老何，你找機會勸勸楊冰吧，王克明的事肯定會對她有影響，但是這不能怪她，當初連公安部都被他給蒙在鼓裏，楊冰就更是招架不住了。」

「我現在和楊冰說不上三句話，第四句一定是吵架。」

「老何，我可聽說了，公安部要撤楊冰的織，然後由你來取代，你是不是在搧風點火，還是在火上加油，難怪楊冰對你有意見。」

「天地良心，我從小就只想當個會破案的警察，沒想過當領導。何況，你知道我的出身，中國還沒開放到那個程度呢。」

「好了。可是你們公安部當時就一點風聲都沒有嗎？」

「現在我們才知道，就是因爲公安部聽到了一些從境外來的風聲，才把袁華濤從蒙古草原調到部裏來，搞了個神神秘秘的五樓辦，原來是要清理門戶的。我看這件事過後，會有不少人要去蹲大牢了。」

「老何，我認爲也許楊冰可以從王克明那套出來，什麼是上海的第一目標。」

「這不用她來費勁了，上海的第一目標是明擺著的，只有一個，就是世界博覽會。」

「對你們來說，要看住世博會要比看住洛城的第一目標道奇棒球場要困難得多了。」

「海雲，一場棒球賽有多少觀眾？」

「五萬多人。」

「上海世博會的每日人流量是從十幾萬人到五十萬人。一想我就兩眼發黑，就想剝王克明的皮。」

「老何，在美國的職業棒球賽的觀眾中，有百分之六十是孩子。」

「他媽的，這些恐怖份子要向兩、三萬個孩子們下手，他們是真的瘋了。」

中國和美國都啓動了一級反恐警戒。但是公安部副部長袁華濤下令逮捕王克明卻是遲了一步，他將監視他的人槍殺後失蹤。美國和中國重新發出逮捕凱瑟琳．范登／蔣英梅和雅思閔的通告，台灣發出了對張正雄和張信雄兩兄弟的通緝令，巴拿馬政府通過正式外交途徑要求逮捕和引渡在台灣訪問的諾雷。

陸海雲在離開巴拿馬前給柯莉娟發了一封電郵：

小莉：

老何的紅色追殺令已經取消了，他將回到你身邊了。

我正在等飛機要從巴拿馬回家，收音機裏傳出了我喜歡的曲子：

Lay your head on my pillow.
Hold your warm and tender body next to mine.
Hear the whisper of the rain drops.
Blowing softly against the window.
And make believe you love me.
One more time for the goodtime.

請你躺在我的枕上，
讓我緊摟著你火熱和柔軟的身體，
聽著耳語似的雨點聲，
從窗外輕輕地傳進來，
為了逝去的歡愉，
讓我再一次相信，
你曾愛過我。

小莉，請保重，再見了。

陸海雲

如果有人問，在中國最東邊的大學是在哪裏？大部分的人都會想到在東海邊上的江蘇省，甚至會有人想到上海和那裏的幾個著名大學。但是也會有人想到比那裏更東邊的舟山，不錯，幾年前在舟山是建立了一所舟山海洋學院。但是這些答案都不對，在中國最東邊的大學是「延邊大學」。它位於吉林省的延吉市，要比舟山更往東大約有一千公里。

在吉林省東邊朝鮮少數民族聚集的一片土地，在行政上叫「延邊朝鮮族自治州」，它的首府就是延吉市，是在自治州的東邊，非常鄰近北朝鮮。自治州裏的一半人口都集中在延吉市和附近的另外兩個大城，圖們市和琿春市，三個城市形成一條東西的直線，圖們市居中，延吉市在西，琿春市在東。

距離琿春城西邊三十里地，有一個小村子叫五谷屯，它坐落在琿春市通往省城吉林市的公路邊上，村子前面不遠就是圖們江，它是吉林省東部的第一大河，發源於長白山的主峰，引天池之水，匯百川之流，在青山秀谷中一路奔騰，在密林莽原中流淌，等到了琿春地面，江面開闊了，水深流緩，水色是一片平滑的蔚藍，這裏是從琿春出到日本海最繁忙的水道，舟船往來如織，船隻鳴笛之聲不絕於耳。

二十多年前，柳楊就出生在這五谷屯的一戶漢人家裏。她在念洋市的臥底任務完成後，公安部恢復了她的公安身分，但是要求她必須在結案前隱姓埋名，深居簡出。

琿春市雖然是她的出生地，但不是她父母的家鄉，他們一家在柳楊剛滿五歲沒多久，就離開了琿春市，再也沒有回來過了。但是爲了何時和她的安全，公安部還是在調查清楚了柳楊在那裏已經沒有任何人脈關係後，才派她到琿春市的刑警隊當一名內勤。

雖然柳楊對五谷屯和琿春市的印象模糊了，但是等一切都安頓了，也慢慢地熟悉了周圍的環境和人事，她開始喜歡這裏，尤其是圖們江這條千變萬化、充滿了生命力的大河。

她還能記得，圖們江要到春天過後夏天快來時才會解凍開河，那時江中會有一塊塊的冰排漂動，它們互相衝撞，發出巨大的聲響，日夜不停。但是一等到暖風吹來時，所有大地上都冰融雪消，江邊的草冒出芽來，柳樹的枝會泛出鵝黃色，楊樹的枝梢會出現小疙瘩，杏樹和桃樹的枝頭綻開小花苞。然後天上就會出現從南方飛來的大雁排成「人」和「一」字形，越過五谷屯上空，向北飛去。然後再等到一場雨後，黑土地被浸濕，山崗上的金達萊花最先開了，遠遠望去像是一片紅色的晚霞，接著滿山遍野的各種花都跟著開了，星星點點，五顏六色，美得讓人窒息。

東北人管炎熱的夏天叫「伏天」，儘管是北方，但是這片黑土地上的「伏天」會讓人熱得難受，所幸伏天很短，等到天一變，連日陰雨和偶爾的暴雨像鞭子似地打在屋瓦上，這就是入秋了。平時溫柔得像個大閨女的圖們江，一下子就會變得像匹狂蕩不羈的野馬，滿江的混濁水流淹沒了蘆葦叢，江堤下的柳樹只剩下樹尖在水裏搖晃著。呼嘯著的巨浪衝開了江堤，洪水淹沒了沿江的莊稼地，沖斷了公路，五谷屯的東頭成了一片汪洋。想到這裏，柳楊覺得她會愛上她兒時長大而且四季分明的地方了。

何時還是跟她保持聯繫，爲了安全，他們只用書信往來，並且還是通過第三者來轉信。何時寄給她一大包手機的晶片，每一個裏頭有二十五元的電話費儲值，每一個晶片只能用一次，用完就丟了，因爲這些晶片是上海的漫遊卡，如果有人監聽，只能說明何時與在上海的人打手機。這些晶片帶給她的分分秒秒成了她生命中最珍貴的精神食糧。

柳楊不知道自己的未來會是如何，她只知道自己是深深地愛著何時，雖然她也能感到何時對她的愛，可是她完全明白何時對他的妻子和孩子是毫無疑問的情深似海。所以當何時跟她說，他的婚姻出了問題，他已經搬出去住了，因爲柯莉娟愛上了別的男人，她還以爲那只是年輕夫妻常有的小打小鬧，過幾天就好了。

何時是在住院的時候告訴她紅色追殺令的事，她頓時明白何時是爲了妻小的安全才搬出去住，她覺得何時的身邊應該有個女人，當時她有一股衝動想要到他身邊去保護他。但是等何時把真實的情況寫信透露給她，告訴她，看樣子他是過不了這一關了，柯莉娟已經有了另外愛的男人，不用他來擔心了，但是在這世上，還有讓他唯一放不下心的就是柳楊，所以他一定要在被殺之前，先把想加害柳楊的人都消滅。

她捧著信一邊讀，一邊泣不成聲，她知道何時是個頂天立地的男人，但是對她卻也有兒女情長的一面。她更知道何時肩膀上所擔負的重大任務，他是隨時都準備要用生命來保證任務的成功。何時在他的字裏行間還盼望紅色追殺令的殺手們給他時間，讓他完成任務，然後他會自動地送上門去。柳楊在午夜夢迴時，或是輾轉不能成眠時，就是這些思念，讓她的心碎了。她問老天爺，爲什麼不讓何時早幾年出現在她的生命裏，一切都太晚了。

陸海雲成功地從巴拿馬將恐怖事件的情報帶出來後，中美兩國政府都宣佈反恐行動進入了一級的警戒。然後所有的注意力都集中在搜尋爆炸裝置上。當台灣調查局的戴安接到他在菲律賓民答那峨島上爲他臥底的人送來裝載BLU-82EXP炸彈貨櫃的號碼時，已經是在這些貨櫃被小貨車運走後兩周的事了。爆炸裝置正在何處，是在途中？還是已經運到目的地了？

公安部在一周內發出了兩個十萬火急的官方文件到全國各個公安、武警和邊防單位，第一個是說明得到了可靠的情報，「疆獨」恐怖組織聯合了逃亡在國外的「東突」恐怖份子，將在上海地區發起巨大的爆炸事件，詳細地點不明，時間在兩周內，通知全體進入一級警戒及戰備狀態。第二個官方文件說明根據境外傳來的資訊，恐怖份子可能會將爆炸裝置由國外以貨櫃運進國內，文件更進一步指出，可能使用的貨櫃爲：海津公司的HJ5869631O122，長榮海運公司的EG93655318688，APL公司的AP84186317987和招商局的

CO7484531940б。文件要求各單位在發現這些貨櫃時，要立刻通報，並且攔截。行動時要首先疏散現場群眾，逮捕任何與貨櫃有關的人，如發現有可疑份子企圖引爆，必須及時制止或擊斃。

琿春市公安局在接到緊急文件後，並沒有特殊的行動，他們和其他東北地區的公安單位一樣，認爲目標是在上海，爆炸裝置一定是從東部地區沿海的口岸運進來，不可能會從東北口岸運進來的。琿春市公安局通知所有的外勤人員，包括治安巡警、交通警察、各派出所和刑警隊注意盤查這四個貨櫃。

柳楊是在文件歸檔時知道這件事，她馬上就明白這就是何時辦的案子，她心裏還在想，如果她能幫上忙，替何時出點力該有多好啊！但是她也明白，所有的沿海港口一定都像鐵桶一般看住而滴水不漏。

柳楊每天在吃完了晚飯後，都會到圖們江邊去散步，就是在她盯著百看不厭的濤濤江水時，突然想到，爲什麼這些貨櫃就不能從陸上被運進來呢？但是想到要從菲律賓運貨櫃到上海，先經過東北繞一個大圈子又太不合理，柳楊一夜沒有睡好，就是反覆不斷地在思考這個問題。第二天一早，她還是決定了要查一查，至少要確定這些可疑的貨櫃沒有從東北的陸上口岸進來。她利用公安通信系統，要求東北最大的兩個貨櫃陸地口岸，也就是黑龍江省的黑河市和綏芬河市，那裏的海關提供過去兩周進口的貨櫃號碼。

然後，柳楊在一大堆電腦列印出來的號碼中赫然發現有HJ5869631O122，它是四天前從黑河入境，發貨單位是菲律賓的一家機械零件廠，受貨單位是上海市的阿爾泰進出口公司。柳楊立刻拉起了警報，資訊由琿春市公安局到了吉林省公安廳，然後到了公安部。

楊冰的特別專案組是在兩小時後接到報告，說目標貨櫃已經在鐵路的一列貨車上，正開往上海的途中，列車的下一站是瀋陽市，經過彙報後，「五樓辦」批准攔截行動。經過鐵道部的全力配合，列車將在瀋陽火車站停五個小時，何時帶著另外兩名刑警從上海飛瀋陽市，換上了鐵路工人的制服，上了這列貨車，他們是要在近距離觀察，確定了貨櫃的密封焊鎖沒有被打開，也看清楚了沒有恐怖份子隨車。

列車重新出發向南方開去，在到達錦州市和瀋陽市中間的大虎山小鎮的火車站又停了下來，列車開進了車站最外沿的一段鐵軌上，然後裝載著目標貨櫃的貨車被留下，其餘前後的車皮都被撤離，楊冰帶著特警分隊和炸彈拆除小組帶著全副裝備在等著。在技術人員確定了沒有陷阱裝置後，貨櫃被打開，全箱都是機械零件，當最裏頭的夾層被打開後，發現裏頭是空的。特別專案組和五樓辦就在大虎山鎮的火車站經電話聯線開了緊急會議，做了下一步行動的決定。

首先假定炸彈是在國境內從貨櫃裏被取出，所以從黑河到錦州的鐵路沿線立刻進入特別戒備狀態，嚴格調查。東北的其他地區也做針對性的調查。第二，查清貨櫃在境外的路線，再透過國際刑警組織，通知俄羅斯西伯利亞地區遠東警方。

五樓辦特別嘉獎琿春市公安局的刑警柳楊的高度警覺和主動，並且還派她負責貨櫃境外路線的調查。讓她最高興的不是公安部對她工作的認可，而是何時來見她了，這是在她離開念洋市的臥底任務後，他們第一次的重逢，兩個人極度相思的情懷，像火山一樣地爆發了，在互相折騰對方的同時，他們有說不完的話，柳楊很清楚，如果何時能把任務圓滿完成，也許就能將他的紅色追殺令解除，也是他回到他妻子和兒女身邊的時候，她努力地幫助何時，也是在促成她結束自己的幸福，她的命運就是如此的扭曲著。但是她決定了，不論她與何時在一起的時間是如何短暫，她一定要何時感到那是他最快樂的時候。

從黑河的海關所提供的文件資料裏，柳楊查出來HJ58696310122號貨櫃，是菲律賓一家機械零件廠在菲律賓民答那峨島最西邊的贊博安卡市發貨的，海路是由一條北朝鮮的小貨船，負責運到俄羅斯在遠東唯一的不凍港符拉迪沃斯托克，就是以前的海參威，在那裏上了西伯利亞鐵路的貨車車廂，一路沿著烏蘇里江向北走，一直到了和黑龍江交會的哈巴夫斯克，也就是以前叫做伯力的城市，從這往北黑龍江就不是中蘇兩國的界河了，它成爲西伯利亞的阿穆爾河。西伯利亞鐵路在這也開始轉向西走，目標貨櫃在別洛戈爾斯克轉入支線，向南開一段距離後就到了布拉戈維申斯克市，這裏是中蘇兩國的口岸，又稱爲海蘭泡，火車在這裏換成窄軌，然後車廂渡過黑龍江入境到中國的黑河市過海關，從黑河市開始的目的地就是南方的上海。

柳楊在報告中說到，爆炸裝置從符拉迪沃斯托克上岸起一直到黑河市入境，一路上在任何一點都有可能被卸下車來，如果要調查需要大量的警力，但是中蘇雙方在西伯利亞地區一直以來都有大大小小的衝突和矛盾，有著絲絲縷縷、理不清、愛恨交織的關係，歷史上有江東六十四屯事件，凱瑟琳女皇派哥薩克騎兵殺害中國屯墾的農民。

抗日戰爭時，東北抗聯游擊隊從東北撤退到西伯利亞，受到俄國紅軍的迫害，六〇年代在中蘇邊界離哈巴羅夫斯克（伯力）不遠的珍寶島，解放軍和蘇聯紅軍開火戰鬥，一直到現在，俄羅斯還是拒絕中方的要求，在西伯利亞的第一大城，也是唯一的不凍港符拉迪沃斯托克，設立領事館，而只可以在哈巴羅夫斯克設館。因此，柳楊認爲俄羅斯的警方不會真正地盡力調查，加強境內的調查才是更有效的。

柳楊的調查報告第一部分寫得相當精彩，但是讓所有的人都嚇了一跳的是她的第二部分。她認爲北朝鮮的貨船從菲律賓開到俄羅斯的遠東大港符拉迪沃斯托克，一定要經過北朝鮮的好幾個港口，這條貨船有沒有停靠？有沒有下貨？因此她需要知道貨船在菲律賓出發時船上的貨櫃單子，她透過朋友找到一個跑俄羅斯生意的商人，由他給符拉迪沃斯托克港口海關裏的人一些好處，拿到了這條貨船的貨櫃清單和它們的卸貨港，結果是所有的貨櫃除了運到黑河市的那一個外，其他的都是要到北朝鮮清津港。

那裏離俄羅斯的港口不遠，但更重要的是那兒離中國更近，從清津港往北約一百公里是北朝鮮的口岸南陽市，隔著圖們江就是吉林省的圖們市，離柳楊的工作單位琿春市公安局，開車半小時就到了。在清津港卸下來的貨櫃有火車可以直達圖們市和中國各地。

柳楊氣急敗壞地趕到圖們市口岸的海關，她看到另一個目標貨櫃，長榮海運公司的EG9365531868在貨櫃清單上，它的發貨和受貨者和之前一個完全一樣，但是已經比在黑河入境的貨櫃早三天在圖們市過關。柳楊又拉起了警報，集中在上海的特別專案組馬上就盯上了運載的火車，根據鐵道部的資訊，該列貨車還在途中，不久就要渡過長江了。

柳楊到圖們市的火車站做了實地考察和訪談了好幾位站上的人，他們認爲當時是有兩名可疑的人一直在站上徘徊，問了不少關於貨櫃運到上海要走的路線。柳楊請他們在監視器的錄影裏將這兩人指出來，然後她拿著錄影帶即刻飛到上海，向特別專案組做了彙報。

當時，袁華濤和鄭天來也在場，他們著實地把柳楊誇奬了一番，說一定要給她記功。她說不必了，這都是她的職責，因爲是發生在她們局的管轄區裏，但是她要求允許她參加特專組在上海的行動，何時強烈反對，理由是她是幹內勤的，沒有行動經驗，她反駁說，她在念洋市的臥底任務中，認識過不少來見王克明的人，這些人和他都一起失蹤了，如果他們出現在上海，她可以幫忙認出這些人來。袁華濤說太好了，就否決了何時的反對。並且立刻派她帶了兩個刑警到目標貨櫃將要到達的車站進行監視，雖然袁華濤指示把手槍交給她，但是不可有任何行動，一定要等何時來到現場才能行動。

柳楊的第一站是南京，她在那裏接到了她參加行動後的第一個壞消息，在目標貨櫃到達南京的前一站滁州市，就被人用有效的文件取走了，柳楊趕到了滁州市火車站，何時也隨後趕來，發現取貨單的簽字人是王克明，柳楊在監視器的錄影裏也看見了那兩個出現在圖們市口岸的可疑人物。貨櫃是被一輛平板車裝走的，有了車牌號，全滁州市的公安力量都投入調查的行動，不到一個小時，平板車和裝載的貨櫃就在一個倉庫的停車場被發現，夾層被打開，裏頭的炸彈不見了。顯然，炸彈和恐怖份子已經會合了，他們是在另一輛完全不明的車上，在密密麻麻的江蘇省公路網上開往上海的途中。

在離開倉庫停車場前，何時看見地上有一張彩色的紙，他撿起來放進口袋裏。

所有進入美國的貨櫃在到達預定的港口前，都需要登記進入海關的「抵達前處理系統」，除了要登記貨櫃的號碼外，其他相關資料，如貨品種類、數量、進口許可證號碼、收貨公司及代理商、發貨地、運送的貨輪、航行路線等等。然後海關再根據不同的情況，加上各方面的情報，最後決定需要開箱檢查的貨櫃。當然，不同的安全部門根據他們的情報，要求對特定的貨櫃檢查，海關一定會配合的。即使如此，最後要開箱的還是很小的一個百分率。大約只有百分之二的貨櫃會被打開，這百分之二的箱子是電腦以隨機程式選擇出來的。防止走私活動最有效的方法還是事先取得的情報，這也是爲什麼大部分被海關開箱抽查的貨櫃裏都會搜查出私貨的原因。

來往於東南亞和美國西岸的一艘巨型貨櫃貨輪「南大洋皇后號」，按航期離開夏威夷的火奴魯魯港，這是在抵達西海岸的洛城長堤港之前最後一個上貨的港口。在離港不久後，船長就將最後的一個貨櫃清單，用網路通信傳送到長堤港海關的「抵達前處理系統」，整個過程都是自動化地進行。長堤港海關的電腦用不到兩分鐘的時間就完成了對「南大洋皇后號」上千個貨櫃資料的掃描，並且即刻就將APL公司的AP84186317987貨櫃和招商局的CO74845319406貨櫃認了出來。這資訊馬上就傳給美國國土安全部和白宮的反恐協調辦公室。「南大洋皇后號」在距離目的地港口十海里的地方，被美國海岸防衛隊的巡邏艦攔截住，全副裝備的炸彈專家登船，找到了兩個目標貨櫃後，將它們夾層裏的兩顆炸彈安全地取走。根據情報，一共有四個「BLU-82EXP」從倉庫裏被盜走，還有兩個的去向不明。

其中的一個，是在菲律賓民答那峨島最西邊的贊博安卡市被重新包裝在運肥料的桶裏，以渡輪運到馬尼拉，然後再以空運方式運到在美國加州南部與聖地牙哥市相鄰的墨西哥邊城，提瓦那市。在這裏，肥料桶被送上了一架UH-1直升飛機。這一路上，菲律賓和墨西哥的官員都收了不少的錢，買他們對眼前的貨聣一隻眼閉一隻眼。

直升機在半夜起飛，向北方直飛而去，飛行員緊貼著地面飛行，躲過了邊防雷達，並且採取了走私毒品所慣用的航道，邊境巡邏隊的記錄顯示當晚有運毒飛機闖關。顯然駕駛員非常熟悉這一帶，他在洛城北方鄉間的一個大房子的院子裏降落，在這裏，他曾替蔣英梅把一個人從天上扔下來，眼前房子的主人常強發還住在醫院養傷。

雅思閔和兩個男人從房裏走出來，和駕駛員及他的助手打招呼，她從車庫裏開出一輛小卡車，它後面的貨櫃是密封住的，有一個往後開的門，通常這種小卡車的貨櫃都會漆上公司的名字、電話和一些宣傳字眼和圖片，不僅說明了誰是車的主人，也一目了然車裏會裝些什麼。但是這輛小貨車的外面什麼都沒有，那是因爲全被貼上的紙膜蓋住了。

幾個人合力把肥料桶搬上了密封的小卡車。第二天上午當一輛警車巡邏經過時，發現這家院子裏有一架直升機，雖然這裏的住家不多，要隔好遠才會有一棟房子，所以還有不少人家裏養馬，但是院子裏有直升機的還沒見過，警車停下來查看，發現了直升機前座有兩具屍體，都是被槍殺的。

在接到陸海雲從巴拿馬傳過來的情報後，白宮的反恐總統助理納序出面協調成立了一個「洛城小組」，專門針對蔣英梅所發起的恐怖行動，小組成員來自國土安全部、聯邦調查局、中央情報局等聯邦官員，再加上由洛城警察局重案組資深警官哈利．伯司帶領的刑警所組成，陸海雲做爲總統特派的助理，成爲納序的左右手。所有的相關資料都要送到這小組設在洛城警察局裏的臨時辦公室。

「洛城小組」每天和在北京的「五樓辦」通四次電話，交換情報，陸海雲在這重要的關鍵扮演積極的角色。「洛城小組」認爲「南大洋皇后號」上的兩個炸彈被發現得太容易了，是一個幌子，用來吸引開注意力，當發現直升機和屍體的資訊送到了「洛城小組」後，大家一致認爲炸彈已經在洛城了。每一個人的神經都繃緊到了極限。

張正雄和張信雄兩兄弟的年齡相近，他們都是在台灣的眷村裏長大，個性上雖然有很多相似之處，但是在成長的過程中卻有一個很大的區別。張正雄從小就交了不少狐群狗黨的朋友，小小年紀就生活在法律和社會的邊緣，長大後很自然地走進了犯罪集團的生活。但張信雄卻是個老實人，他在兵工廠裏幹了十年的技術員，雖然在退伍後他進入了製造、走私和販賣軍火的違法活動，但他認爲這是他在討生活，賺錢養家。張正雄有很重的黑社會習氣，經常出入聲色犬馬的場所，對酒色財氣無所不好。但張信雄的私生活卻非常循規蹈矩。多年來，他雖然有了豐厚的身家，但是生活簡樸，言行低調，平常一襲短褲和T恤，出入從不以豪華汽車代步，一點都看不出他是個走私和製造軍火的大頭目。他的元配妻子病逝後，他娶了菲籍新娘，又因爲他精通菲律賓土話、印尼話和英語，他很快地融入了當地的社會，沒有人懷疑他是個犯罪份子。

張家兩兄弟是在同一天晚上在菲律賓民答那峨島的贊博安卡市被綁架的，張正雄是從一家夜總會裏被架走的，張信雄是和家人在看電視時被人從家裏綁走的，綁人的歹徒都戴著蒙面的帽子，只露出兩眼和口鼻，他們一句話都沒說，留下一封信，就把人帶走了。

在菲律賓，綁票是經常發生的，通常綁匪在拿了錢後就會放人。還有就是贖金是可以討價還價的，所以有時要花些時間才能看見被綁的親人，但是很少有傷人的事，也很少有人會去報案。留下的信寫著，要他們在三天後拿一百萬美金到馬尼刺拉的希爾頓大酒店的頂樓等下一步的指示。張家上上下下的人並沒有太緊張，因爲他們兄弟以前也曾被綁票過，花了錢後人就回來了。有道上傳說，張家兄弟請黑道上的人把錢從綁匪手裏硬是給要回來，還把他們的一條腿打斷了。但是張家的人還是張羅著把錢準備好，三天後要去和綁匪談判。

張家兄弟在被推上汽車後就被蒙上了雙眼，兩手也被手銬反扣在背後。唯一和上一次被綁架時不同的是，綁匪是說國語，而不是說菲律賓土話。

台灣海軍編號爲○九一的軍艦是一艘叫做「海虎號」的潛水艇，它進入菲律賓的領海已經有五十小時了，現在是停在蘇祿海東邊二十公尺水深的海底。海虎號艦長翁志遠看了看手錶，還有半小時才到八點鐘，他還是覺得時間在等待的時候是會慢下來，這不是錯覺，也不是心理作用，而是一股說不出的力量所造成的。尤其是海虎號現在的情況，是完完全全地在從事違反國際公法的行爲：在沒有經過主權國家的同意下，以軍事艦艇駛入他國領海。但他是在執行他的任務。翁志遠下令：「上升到潛望鏡深度。」

潛艇姿態控制官立即重複艦長的指令：「潛望鏡深度。」

海虎號潛艇在蘇祿海東方的海底開始緩緩地上升。姿態控制官報告：「到達潛望鏡深度。」

艦長翁志遠又下令：「升起潛望鏡。」

設在海虎號潛艇指揮塔正中央的潛望鏡鐵管開始旋轉上升，最後端的儀器箱和潛望鏡控制盤和兩邊折起來的把手從地板裏升出來，當把手到達了腰部的高度時，翁志遠迫不急待地彎下身，拉下控制把手，把眼睛貼在潛望鏡的觀察口上，身體隨著上升的潛望鏡一邊旋轉一邊站直起來，他又再轉了三百六十度，仔細地又將四周的海面再觀察一次，除了北方的遠處岸上有燈光之外，是一片漆黑。聲納官發出了警告：

「不明目標螺旋槳，方向一七五，距離一七五○公尺。」

海虎號潛水艇是台灣從荷蘭購買的，它是使用傳統的柴油動力系統，潛水時需要使用電池來驅動推進系統，基本的水面及水下的運行原理還是來自二次大戰時代。但是海虎號上的設備很現代化，除了一套高效率的海水淡化器外，它還裝置有最先進的儀器和大型高速電腦，使它的監測、資訊處理和運行控制功能都達到高度的自動化。一個在兩千公尺外轉動著的螺旋槳所產生的噪音，以壓力波形式的信號在水中以高於空氣中數倍的速度向四方擴散，海虎號上的壓力感測器在接收到信號後，自動送進電腦進行複雜的計算，在幾秒鐘內就得到了結果，計算出信號源的距離是在潛水艇南方一千七百公尺。由於信號源是在移動中，它的移動速度和方向也能立刻就計算出來。艦長翁志遠：

「收起潛望鏡，潛航深度二五公尺。報告不明目標速度和方向。」

「不明目標速度十一節，方向七五。」

「可能船型？」

根據螺旋槳的轉速、雜訊特性、電腦軟體可估測信號聲源的可能船型。

「屬於大型貨輪。」

海虎號潛艦是十天前在台灣南部的左營軍港很緊張地做出海前的最後整補，艦長翁志遠還沒見到出海的任務書，但是根據過去的經驗，應該又是輪到去做例行的水下巡弋任務，這是所有任務中最無聊的，所有的巡航路線和潛航深度都是由海軍參謀本部事先規定好的，除非是有特殊情況，不能更改。

其實，台灣軍方購買了兩艘柴油潛艇的主要目的是做爲「假想敵」，用以訓練水面船隻和反潛飛機的攻潛和反潛能力，在演習和訓練中當「假想敵」，是翁志遠最喜歡的任務，他有很多空間來發揮創新的行動，讓海虎號完全消失，讓找他的「藍軍」望洋興歎。雖然不少水面船隻的艦長咬牙切齒地恨他，但是也有不少「藍軍」的指揮官對他另眼相看。

船艦的任務書，通常是在出海前的下午才會在艦隊的參謀本部由艦隊指揮官交到艦長的手裏，他只會將任務很籠統地告訴艦長，所有的任務細節都寫在任務書裏，在離港開始執行任務時，艦長、艦上的軍官們和水手長一起打開任務書，然後艦長再向全艦官兵宣佈這次出海的任務。翁志遠在海虎號潛艇的艦長室等著艦隊參謀本部的電話來召喚他時，水手長進來告訴他說還有貨物要裝船，他正在納悶，所有出海需要的全都裝船了，怎麼還有東西呢？電話響了，是艦隊指揮官親自打來的，命令他兩件事：一是即刻到參謀本部來領取出海任務書，二是把剛運到碼頭的貨立刻全部裝船。

翁志遠在離船去參謀本部時，看了一下運來要他裝船的貨，只有兩樣東西，備份的柴油和口糧。台灣購買的兩艘潛艇都是屬於近海型的，它的航程因爲受到燃料和補給裝載量的限制而不能遠航，載入柴油和口糧只意味著一件事，那就是要遠航。

海軍參謀本部給海虎號下達的任務是：由南中國海，進入蘇祿海，在民答那峨島的南方接應調查局的三人特派小組返回台灣，他們也許還押解有兩名通緝犯一起返回台灣，這兩個人不僅是台灣的通緝犯，同時還有其他的國家也在以走私軍火、販毒和恐怖活動在通緝他們。如果台灣能先將他們逮捕歸案，那將大大地增加台灣在國際上的地位。但是蘇祿海是菲律賓的領海，而菲國和台灣又沒有正式的外交關係，一艘軍艦在沒有獲得允許就進入了菲國領海完全是侵略行爲，這不僅會成爲國際事件，讓台灣本來就十分困難的外交，再添一件醜聞，同時海虎號的船員也會被逮捕入獄。所以這次的任務一定是要神不知鬼不覺。

翁志遠知道這是台灣的情治人員第一次在海外執行逮捕任務，也是海軍頭一次協助跨海的遠方組拿任務。他感到非常驕傲，也非常興奮。但是他也很明白，這次的任務是真正名副其實的獨立作戰，任何的問題都要自行解決，不像以前可以在一、兩天內就返回基地去解決問題。

任務書裏要求海虎號在指定的時間潛航到蘇祿海的指定地點，距離民答那峨島的贊博安卡市海岸南方二海哩的外海，隱蔽在海底七十二小時，也就是等待三天三夜，如果無法接應就撤離。當那艘大型貨輪在海虎號附近通過時，已經是最後一個晚上了，翁志遠將從夜間八點鐘開始，以潛望鏡在正點時刻觀察岸邊十分鐘，如果看見到預定的燈光信號，就表示調查局的人要求接應，海虎號就要開始接人的行動，否則到凌晨天亮時，海虎號就啓程離開蘇祿海返航。在海虎號指揮塔裏的人都在注視著時間，在七點五十八分時，艦長下令：「上升到潛望鏡深度。」

在八時整，海虎號的潛望鏡露出了海面，在轉了三百六十度的一圈後，翁志遠將潛望鏡對準了在北方兩海哩的贊博安卡市海岸，八時零二分，岸上發出了燈光信號：三短一長兩短，短燈號是亮一秒鐘，長燈號是亮五秒鐘，燈號重複了兩次，艦長的眼睛沒有離開潛望鏡的觀察口，他要求：「燈號識別。」

「三短一長兩短，重複兩次，燈號距離兩海哩，方向〇一〇。」

回答的人是海虎號的副艦長，他站在艦長的對面，同時跟著艦長圍著潛望鏡轉，他需要目不轉睛地注視著控制箱背後的許多儀錶，和一個小型的液晶顯示器，上面的圖像是潛望鏡裏所看到的，這幅圖像也同時傳到指揮塔的二十一吋液晶螢幕上，所以在指揮塔的人員都看見了他們等待了三天的燈號。艦長的眼睛還是貼在觀察口上，他說：「副長，你同意信號是正確的嗎？」

「信號本身完全正確，時間地點也對，就是他們，沒錯。」

「很好，通訊官，發出燈號，一長兩短，重複兩次，立即釋放天線。」

指揮塔上的通訊官回答：「燈光信號，一長兩短，重複兩次，準備發射，發射！天線釋放中。」

一個用信號線連著的浮子，帶著超高頻短波無線電通信天線，從海虎號的指揮塔緩緩地升起，它可以讓海虎號在水下使用非常低功能的超短波無線電通信設備，而不必擔心會被監聽。通訊官：「天線升離海面，開啟超短通信。」

翁志遠的眼睛還是沒離開潛望鏡，他按下了右邊潛望鏡把手上的按鈕，打開了裝在潛望鏡觀察口下面的麥克風，他提高了聲音：「飛魚一號呼叫飛魚二號，請回答。」

指揮塔的擴音器馬上就傳出來：「我是飛魚二號，信號清楚。」

「飛魚一號要求飛魚二號口語密碼，完畢。」

「春暖花開，請回密碼，完畢。」

「長夜漫漫，完畢。」

「飛魚一號」和「飛魚二號」分別是海虎號和調查局特派小組的代號，爲了雙方的安全，在互相碰頭前需要給出「密碼」，如果飛魚二號給出錯誤的密碼，就表示特派小組出事了，海虎號會立刻中止聯絡，這就是翁志遠一直在注視岸邊的原因，他是擔心特派小組在和敵人交火，看有沒有火光或是爆炸。他們會在二十四小時後重新取得聯繫，如果還是給出不正確的密碼，海虎號就立刻放棄任務返航。如果是飛魚一號給出了錯誤的密碼，特派小組馬上就放棄海虎號，另想辦法返回台灣，如果情況嚴重，他們可以各自逃命。擴音器又響了：

「飛二對飛一，密碼正確，要求第二會合點，完畢。」

「飛一對飛二，同意第二會合點，說明會合人數。完畢。」

「飛二對飛一，第二會合點，會合人數三人，攜帶兩件包裹。ETA約五十分鐘，完畢。」

ETA（Estimate Time of Arrival）是預定到達的時間。海虎號收起了潛望鏡和超短波天線，開始向第二會合點的GPS座標航行。翁志遠心裏在想，看樣子調查局的特派小組是完成任務了，三個調查員和兩件包裹，也就是兩個通緝犯都齊了，也許這就是爲什麼在最後一天才聯絡，可能任務是要花這麼久的時間。

戴安率領的台灣調查局特派小組，已經在菲律賓的民答那峨島上有十天了，他們對張家兄弟的觀察、布控、踩點和擬定抓捕計畫或是綁架計畫就用了一個多星期，在逮捕了他們之後，又花了五天的時間在叢林和山溝裏迂迴，他們吃不好也睡不好，就是爲了躲避菲律賓的警方和張家兄弟們的爪牙。

雖然他們有全副現代化的裝備，包括一台超高頻短波無線電通信系統，麥哲倫英瑪海洋衛星電話和GPS全球衛星定位系統。三人都配了格魯克三型手槍和五顆手榴彈，其中兩顆是煙幕彈，戴安還有一支以色列的烏滋衝鋒槍，其他兩名組員各有一支MP-5衝鋒槍，是配有槍榴彈發射器的。這些武器都是透過戴安的菲國軍方情報員的私人關係在菲律賓當地採購的，但是他們還是不到萬不得已，不和任何人駁火。

這些都不是讓戴安最擔心的，因爲一碰到問題就有好幾個解決方法。他從接到任務的那一刻起，就在擔心來接應他們的潛水艇，他不僅從來沒跟海軍打過交道，連潛水艇裏頭是什麼樣子都沒見過，對他們完全沒有信心。在整個行動的過程裏，最後的接應是最爲關鍵的，因爲那時候有白道的警方當他們是綁架犯，要抓捕他們，如果沒有接應，他們很可能成爲人贓俱獲的現行犯，他們的餘生很可能就要在菲律賓的監獄裏度過。要是被張家兄弟在黑道上的嘍囉們追上，可能就要命喪異國。

戴安建議雇用漁船來接應，同時也派海巡署的警員化裝成漁民登船，確保行動的成功。但是調查局認爲民答那峨島南方海域滿是走私犯或是反政府游擊隊的船隻，一艘外來的漁船會馬上被認出來，蘇祿海是菲律賓內海，只要軍方一出動，漁船就會被甕中捉鼈，一點機會都沒有。所以他的建議被否決，由海虎號潛水艇來接應就成爲定案。

他們靠著被戴安買通了的菲國軍方情報員對當地瞭如指掌的知識，最後終於甩開了追兵來到了海邊的叢林裏，等到天一黑，他們就小心翼翼地接近海灘，躲在一個岩石後邊，等到一過八點，他們向南方的大海打出了燈號，沒想到一片漆黑的大海裏立刻有了回應的燈號，一切都按既定的程序完成了安全互認和確定了會合點，戴安樂得躺在沙灘上仰天大笑。他們登上了菲國情報員用偷或是搶來的一個帶著外掛引擎的木製舢舨，戴安再次保證給他加碼的報酬一定會寄給他，然後和他握手道別。他們用GPS衛星定位系統，輸入了第二會合點的經緯度座標，然後三位台灣調查局的調查員，帶著兩名上著手銬的通緝犯航向漆黑的大海。

在海虎號上，翁志遠艦長指示要參加接應的人員做好各種萬無一失的準備工作，他的計畫是海虎號潛航至第二會合點，用潛望鏡觀察裝載飛魚二號的三個調查局特派員和兩名通緝犯的相對「官兵和強盜」

角色沒有改變，確認了是調查員在押解通緝犯，而不是反過來，海虎號艦長翁志遠在拿到出海任務書的時候，也取得了這五個人的照片，這是他們的首要識別工具。海虎號會在他們前方五十公尺浮出海面。

戴安的舢舨在到達會合點時，海上風平浪靜，原先遮蓋著天空的雲也散開了不少，能看見閃爍的星光了。當舢舨上的人看見前方突然有一個黑得發亮，還反射著閃閃發光的一個怪物從海裏冒出來，大家都驚叫了起來。海虎號正顯現在他們的面前，潛艇中央的指揮塔上出現了三個人，舢舨上的人馬上就注意到一挺機槍架設在指揮塔上，同時也聽見了槍機拉開將第一發子彈推進槍膛的聲音。隨後從一個強力的擴音喇叭裏傳出來：

「舢舨上人員注意，為識別身分，請抬頭面對潛艇的探照燈，請通緝犯高舉雙手。」

兩分鐘後又傳來：「請調查局戴安組長登船。」

指揮塔前方的艙口蓋打開了，從裏頭出來了三個水兵，他們頭戴鋼盔，身穿防彈背心和救生背心，三個人身上都有安全索，以防落海，其中的兩人手上端著衝鋒槍，對準了舢舨上的人。第三個水兵幫助戴安用繩梯登上潛艇，進入前艙。

然後陸續的：

「通緝犯張正雄登船。」

「通緝犯張信雄登船。」

「二位調查員請登船。」

突然在潛艇指揮塔上的機槍開火了，目標是空無一人的舢舨，一陣掃射後，舢舨變成了漂在海上的碎片。就在同時，岸上傳來了巨大的爆炸聲，接著是沖天的火光照亮了海岸和海水。戴安將張家兄弟的設施，倉庫和油庫摧毀了。

兩個通緝犯被安置在潛艇的禁閉室後，戴安就被帶到指揮塔去見翁志遠艦長，戴安向他行了一個舉手禮：「艦長您好，感謝您和全體官兵及時來接應我們，否則我們不是在叢林裏餵蛇了，就是被游擊隊給斃了。」

「戴組長辛苦了。來接應你們是我們的任務，不用謝。您對我們的行動還認爲滿意嗎？」

「當然是非常滿意了。」

「我聽說戴組長對我們海軍有意見，本來是要求用漁船來接應的。」

「哪裏，哪裏，是誤傳，千萬不要在意。」

「那好，你們一定想趕快清洗一下，然後就休息吧。」

「艦長，您一定聞到我們渾身發臭，我們有十天沒洗澡了。但是能不能先給我們一點吃的，我們已經五天沒吃飯了，全靠吃山上的果子，喝山裏的泉水維生。我都餓得快不行了。」

「真抱歉！水手長，快請食堂給大夥準備吃的。」

水手長回答：「報告艦長，已經吃上了。從來沒見過有這麼餓的人。」

一小時後，海虎號在發回給基地的常規定時報告裏寫著：

「潛航脫離蘇祿海，預計六小時後進入南中國海。調查局特派小組的遠方追緝任務完成，人員及通緝犯接應成功，返航途中。要求到達基地進行海上補給作業。」

戴安一覺醒來，看一下手錶才知道他睡了整整十個鐘頭，他趕快起身到禁閉室去看張家兄弟，禁閉室的門是鐵欄杆做的，一眼就能見到裏頭兩人躺在上下舖床上還在呼呼大睡，一隻手是用手銬銬在床欄杆上，同時還有一副腳鐐也加上了。戴安想到，如果這兩兄弟被判了死刑，這套枷鎖將伴著張家兄弟度過剩下來的生命。兩名配著手槍的水兵在禁閉室外擔任警衛。他開始對台灣的海軍，尤其是海虎號潛艇增加了信心。另外一個水兵來帶他到飯廳用餐，告訴他艦長要在早餐後和他見面。在飯廳裏，他看到另外兩位調查局同事已經在吃早餐了，三個人都如釋重負，任務圓滿完成，心情特別好。潛水艇上的早餐相當豐富，讓他們吃得很過癮，昨晚的大餐，加上睡了一晚好覺，戴安覺得他已經恢復正常。

在調查局特派小組和他們的兩個犯人都在呼呼大睡的同時，海虎號已靜悄悄地深潛在蘇祿海，它以全速離開菲律賓的領海範圍。海虎號返航的航線和它「侵入菲律賓領海」的航線不同，這是在參謀本部接受任務書的時候討論決定的，「侵入」時要採取最大可能的隱蔽航線，海虎號在離開左營軍港後往西南方向前進，航向東沙群島，但是等一過了台灣最南端的鵝鑾鼻，在北緯二十二度，東經一一九度的地方就改成正南的方向。

五小時後，海虎號的雷達發現有其他船隻出現，他們進入了常規商用航線，爲了隱蔽，海虎號開始潛航，因爲裝備有「司諾克」系統，海虎號可以在深度不大的潛航時繼續使用柴油動力系統。但是等一進入了菲律賓的領海，海虎號就開始了深潛，它沿著菲律賓呂宋島西邊的馬尼拉海溝航向在南方的蘇祿海，經過有大量菲國海軍艦艇巡邏的馬尼拉灣外海，進入地形複雜的民都洛海峽，最後進入了蘇祿海，到達了指定的地點。但是在離開蘇祿海時，海虎號是從巴拉望島南方的巴拉巴克海峽進入南中國海，一出海峽就是中國領海，雖然那裏一直是一個有爭議的邊界，但是菲國的海軍不常到那裏巡邏。

前前後後，海虎號在另外一個國家的領海裏，神不知鬼不覺地待了一共五天五夜，當戴安到了指揮塔去見翁志遠艦長時，他們已進入了南沙群島的海域，在那裏最大的一個島，太平島，是有台灣的海巡署人員駐守的，它也有一個機場，台灣空軍的C-130大力士運輸機在那裏起降。翁志遠艦長看見戴安走進指揮塔時眼睛一亮：「戴組長，您早！清洗後換了一身乾淨的衣服，才看出來您原來是個英俊瀟灑的警察。您休息得還好嗎？」

「休息得太好了，吃得更好。我們昨天上來時，一定把你們嚇了一跳吧？沒想到是來接應幾個乞丐，是吧？」

「沒錯，昨天你們的樣子是挺慘的，你們的任務一定很不容易啊！」

「有你們海軍在關鍵時刻助我們一臂之力，才把這條小命撿了回來。」

這時戴安才注意到指揮塔裏通往上面去的艙口門是打開著的，一抬頭就能看見蔚藍的天空。戴安指著上面的艙口問說：「我們現在到哪裏了？在白天不用潛航了，是不是快到台灣了？」

翁志遠：「這是一艘潛水艇，不是魚雷快艇，速度還沒那麼快。並且我們不是往台灣開了。」

「那你們要去哪兒？是不是有新任務了？」

「是的，我們剛接到參謀本部的命令，要我們直奔海南島的榆林港，並且命令我們要浮出水面航行。」

「什麼？是不是老共要我的兩個通緝犯？你告訴他們，我老戴不給。這是我們玩命逮捕到的，想坐享其成，沒門。」

翁志遠艦長笑了，他說：「別擔心，沒人要你的通緝犯。老共是在要人，但是他們是要一個叫戴安的人。」

「什麼？艦長，你是在跟我開玩笑，還是在嚇唬我？」

翁志遠把一張文件遞給戴安，那是一張他很眼熟的法務部傳真公文用紙，他說：「戴組長，這是法務部要我們轉給你的，看樣子，是你有新任務了。」

傳真上寫的是：

請海軍〇九一號軍艦，轉：

法務部調查局台北調查站第二調查組

組長戴安調查員：

即刻在最短時間內赴中國上海市，接受中國公安部節制，協助反恐行動。不得有誤。

台灣法務部調查局局長袁肅疆

台灣最高檢察署特偵組責任檢察官趙碧浩

戴安的粗話出來了：「他媽的，看樣子他們是真的有情報了，疆獨是要玩真的了。艦長，你們怎麼送我去上海啊？」

翁志遠艦長：「一艘解放軍的軍艦從海南島的榆林港開出，正直奔我們而來，接近後，他們的艦載直升機會把你接走送你到海南島的三亞，從那兒，我相信他們安排了飛機送你去上海。」

「那我們什麼時候和老共的軍艦會合？」

「快了，應該在兩小時內就會有雷達接觸了。」

「你們以前跟他們打過交道嗎？」

「把你交到他們手裏應該是第一次的正式接觸。」

「那非正式的接觸呢？」

「那就不好說了，你要是非問不可，我就得說沒有。」

「我看你們海軍和我們調查局沒什麼兩樣。」

「這可是您戴組長說的。這回參謀本部來的資訊，說是透過他們的海協會和我們的海基會安排了這次的接觸。」

「大家都是中國人，爲了老百姓的生命安全，還要有這麼多規矩，大家都別活了。」

「戴組長，爲了接應你們，我們全體官兵也著實提心吊膽了好幾天。我知道你們是去幹一件非常重要的案子，現在老共還要這麼折騰你，把你從南中國海請到上海去，可見事關重大。從你們昨天上船時的樣子也看得出來，你們不僅是提心吊膽，還一定是玩了命才完成了任務。可是任務書上和參謀本部的人都沒告訴我們，你們到國外去幹什麼。以後說起來，別人還以爲我們是被派去和你們一起去幹些偷雞摸狗的事。所以在您走前，給我們透露一點情況行不行？」

「沒問題，看來事情很快就要結束了，說不定在你們回到台灣前，就會發生一件天翻地覆的事件。」

戴安很詳細地把他所知道的預計中的恐怖事件說給海虎號上的人，還特別說到了現在被關在海虎號上禁閉室裏的張家兄弟在整個事件裏所扮演的角色，大家聽了都很動容，戴安最後說：「我們追緝這兩個通緝犯已經有好一陣子了。上一次在馬尼拉，我曾在一個偶然的機會，看見了張家兄弟培訓的疆獨份子，後來才得到情報說，這兩人是負責在中國大陸裝置炸彈的技術人員。我想大陸的反恐公安有了具體的情報，需要我去幫他們認人了。」

翁志遠第一個說話：「我一直認爲世界上最矛盾、最扭曲的事就是恐怖組織所發動的事件，他們的目的是要博得廣大群眾的同情，但是在他們所發起的事件中，最大的受害者又是無辜的群眾，他們的目的沒達到，於是就計畫更大的恐怖事件，讓更多的無辜者受到傷害，沒完沒了。」

副艦長接著說：「這些搞獨立的新疆人以爲和國外的恐怖組織聯手來一次比九一一更大的爆炸，新疆就能獨立了，未免太天真了。」

通信官說：「戴組長，你們逮捕的這兩個通緝犯是我們台灣人，怎麼會和這些國際上的恐怖組織扯上關係？太替我們台灣丟臉了。」

戴安說：「張家兄弟是百分之百的傳統犯罪份子，他們只是爲了錢財，沒有想到任何的政治意義，這種人我看多了。可悲的是這些政治的狂熱份子一旦和傳統的犯罪份子聯合上了，他們也會走上犯罪的道路。」

通信官又開口了：「報告艦長，我們海虎號也算對國際反恐行動做了貢獻，感覺良好。」

翁志遠說：「炸彈還沒找到呢，要是它爆炸了，死了很多人，你還能感覺良好嗎？」

大家都沉默了，最後還是艦長對戴安說：「我祝你成功，阻止那個裝炸彈的人，不僅是救大陸的同胞，還要爲我們台灣爭光。」

戴安：「謝謝艦長，我一定會盡力。你們知道嗎？大陸公安部爲了這案子成立了特別專案組，裏頭負責行動的就是一位我們台灣人，他叫何時，是我的好朋友，我們小時候在一起長大的，後來他到上海去當刑警，就在那兒成家了。記得最近我們從美國緝拿另一個通緝犯方晃炎歸案嗎？何時幫了大忙才促成這事。」

一個半小時後，海虎號的雷達出現了目標，雷達員：「不明目標快速接近。方向〇一〇，距離十五海哩，速度二五節。」

副艦長：「二五節，這麼快，他們是以戰鬥速度接近我們。」

艦長：「也許是有命令要盡快和我們會合。知道船型嗎？」

副艦長：「電腦說是大型驅逐艦。」

艦長：「聲納信號識別，雷達報告目標距離和速度。」

「目標距離七點五海哩，速度不變，二五節。」

副艦長把聲納信號識別的結果送來給翁志遠艦長，他的眉頭一皺：「運氣來了，又碰見他。全艦緊急備戰。」

副艦長拿起麥克風：「指揮塔對全艦，艦長下令進入緊急備戰。」

馬上整個潛艇裏充滿了刺耳的備戰警報聲，所有的人員都開始穿上救生衣和戴上鋼盔，全部的船艙艙門都緊閉起來。但是不同的是緊急潛水的警號並沒響，顯然艦長沒有下令緊急下潛，海虎號繼續在海面以全速前進。

艦長：「目標速度。」

「雷達報告，二五節。」

翁志遠艦長喃喃自語：「他媽的，還不減速，什麼意思？」

突然，他大聲地下令：「全艦魚雷管裝載。」

不到兩分鐘，船頭和船尾各四個魚雷管都裝進了高速魚雷，海虎號已經是全副武裝完成備戰了。艦長：「目標速度。」

「雷達報告，二五節。」

「全部魚雷管開門進水。」

指揮塔馬上接到回覆，證實潛艇外的海水已經進入了魚雷管，這表示魚雷已經是泡在潛艇外的海水裏，隨時可以發射了。指揮塔裏的「艦艇火力控制系統」上面八個指示燈都亮起了綠色燈號，現在只要按下發射鈕，魚雷就會以壓縮氣體爲動力奔向目標。

「一號瞭望台報告，十一點鐘方向發現不明目標。」

一號瞭望台是在指揮塔外面的艦橋上方，只要是潛艇浮出海面，一個水兵會馬上帶著高倍望遠鏡開始觀望海面的情況。

翁志遠艦長：「目標懸掛的旗幟和船隻編號。」

瞭望兵在兩分鐘後報告：「目標船隻懸掛的是五星紅旗和解放軍海軍軍旗，船隻編號么么拐。沒有懸掛作戰旗幟。重複，沒有懸掛戰旗。」

在大洋上的海軍艦艇在開戰前會懸掛所謂的「戰旗」，向對方表明是來開戰的，這也是海上武力的傳統，一切都必須要「旗幟鮮明」。

翁志遠艦長：「一一七號是他們最新的驅逐艦哈爾濱號。一號瞭望台，報告目標的炮衣是否褪下，和炮口方向。」

「一號瞭望台報告，目標炮衣沒有褪下，炮口方向與艦身成九十度。」

翁志遠艦長：「不是來開戰的，啟動『台海軍事緊急通信系統』。」

「台海軍事緊急通信系統」是台灣海基會和大陸海協會同意在兩岸軍方的飛機和船艦上所裝置的無線電通信系統，目的是用來避免雙方「擦槍走火」，當海虎號將它開啟後，馬上就傳來：「解放軍海軍一一七號艦呼叫台軍海軍〇九一號艦，請回答。」

通信設備的音響已經接在指揮塔的擴音器，大家都是第一次聽見解放軍的聲音。翁志遠拿起麥克風：

「這是台灣海軍編號〇九一海虎號潛艦，信號清楚。完畢。」

「解放軍海軍編號一一七哈爾濱號驅逐艦奉命迎接台灣調查局戴安組長，請證實任務。完畢。」

「任務證實，請說明人員轉移方法。完畢。」

「本艦艦載直升機將於一分鐘後起飛，以吊索轉移人員，然後直飛海南三亞。完畢。」

「明白，戴安組長將從海虎號前方艙口離艦。完畢。」

翁志遠：「副長，我們上去會會哈爾濱號。槍炮官和輪機長留在指揮塔裏聽我的命令。給我看好了魚雷系統。」

翁志遠艦長帶著副艦長、航海官和通信官從指揮塔上面的艙門口出去到海虎號的艦橋上，他在望遠鏡裏已經很清楚地看見了哈爾濱號高速地接近，停在船尾的直升機上旋轉翼已經在轉動，一會兒它就緩緩地升起。翁志遠看見艦橋上挺立著三個軍官。在大約四千公尺的距離，哈爾濱號艦橋上閃起了燈號。海虎號的通信官還是用望遠鏡在觀看，但是他大聲地把燈號翻譯出來：「解放軍海軍一一七號艦向台軍海軍〇九一號艦致敬。」

翁志遠：「信號兵，準備發射燈號。」

「燈號系統準備完畢。」

「發射信號：台灣海軍海虎號潛艦向解放軍海軍哈爾濱號驅逐艦致敬。」

海虎號上的信號燈在閃亮時，直升機已經來到頭上了，指揮塔和艦橋上的擴音器又響了：

「哈爾濱號艦載直升機呼叫台軍海虎號，要求人員轉移。」

戴安在另一個水兵的陪同下，從前方的艙口出來，他們將直升機放下來的吊索前端「人員固定帶」緊緊地扣在戴安的上身，水兵的兩臂向前伸直，然後豎起兩個大拇指，戴安就被緩緩地吊起來，海虎號的擴音器裏傳出來：

「戴組長加油！戴組長加油！」

翁志遠看見戴安伸出了右手的大拇指，然後伸出的右臂彎回來向他舉手行了個軍禮。翁志遠舉手還禮，目視吊著戴安的直升機向北方飛去。海虎號改變方向，從正北變成向東北的航行，目的地是台灣左營軍港。哈爾濱號也改變方向，它是從正南轉一個大彎也向東北航行，因爲極高的船速，它很快地來到了海虎號的左側，而且減速並肩而行，兩艦相距約有十公尺。連接在緊急通信系統的擴音器又響了：「哈爾濱號奉命對海虎號建議提供海上柴油補給。請回覆，完畢。」

翁志遠艦長問他的副艦長：「副長，你說我們要不要他們的油？」

副艦長：「我說要了，反正不要白不要。」

「你知道嗎？我們這次的任務創了多少的新記錄嗎？」

「越多越好，反正早晚都會發生的。」

翁志遠打開麥克風說：「海虎號接受哈爾濱號建議，立刻啓動海上柴油補給作業。完畢。」

一根細繩由海虎號上的水兵用步槍射到哈爾濱號上，它再將一根粗的纜繩拉到海虎號上，這根粗纜繩就成爲兩艘軍艦的輸送道。哈爾濱號上的輸油管就是掛在這纜繩下送到海虎號上。

海虎號上的官兵是第一次在近距離觀察「敵人」最新的驅逐艦，它有三個五英吋口徑的主炮台，前方兩座，後方一座，兩側還各有雙管的機關炮和不同的對空火力。但是最讓海虎號官兵驚心動魄的是，甲板上佈滿了反潛發射架，架上已經放置有深水炸彈。顯然哈爾濱號是一艘護航驅逐艦，它主要的任務之一就是「獵潛」。

翁志遠移身到只有兩個浴缸大的海虎號艦橋的左端，正面地對著哈爾濱號，他看見原來在對方艦橋上站在中間的人移到右端，另外兩人站在他身後，他顯然是哈爾濱號的艦長，他的身材高大魁偉，像是個北方人，看起來是有四十多歲的中年人。翁志遠看著他心中百感交集，國共鬥爭了半個多世紀，有上千萬的人在這場內戰中失去了生命，但是他今天遠離那曾經是上兩代人殺戮的血腥大陸，而在南中國海的經歷是如何來下定義呢？他發現哈爾濱號的艦長也在盯著看他，在確定了掛在身上的「藍齒」微型麥克風，已經用紅外線和海虎號船內船外的音響系統連上後，翁志遠立正，向哈爾濱號艦艇行軍禮：「艦長，您好！我是海虎號潛艇艦長，台灣海軍上校翁志遠。」

對方立刻還禮：「翁艦長，您好！我是哈爾濱號護航驅逐艦艦長，解放軍海軍大校邱凱。」

「邱艦長，感謝您提供的柴油。」

「不用謝，翁艦長。我們是奉命的。」

兩艘軍艦上的官兵都在默默地觀察對方，雙方都只聽見同是吹在他們臉上的海風，在沉默了一段時間後，翁志遠有很多話和問題想說，但是不知道說什麼，最後他開口了：「請問邱艦長是什麼地方人？」

「老家是在大連，我也是在大連出生的。翁艦長，您呢？」

「邱艦長，我是台灣南投縣人。」

「我知道南投縣，那裏有個日月潭，是不是？我也喝過南投出產的高山茶，非常好，是茶中極品。」

「是的，您來過台灣嗎？」

「非常遺憾，我還不能去台灣。不過歡迎翁艦長來我們大連玩，我們那裏的風景也不錯的。」

「很可惜，我和邱艦長一樣的遺憾，我還不能訪問大陸。」

突然，翁志遠想起一件事，他對著十幾公尺外的邱凱說：「邱艦長，我知道您，兩年前，在長江口把一艘美軍核潛艇擠出水面的驅逐艦艦長就是您，對不對？」

「翁艦長是怎麼知道的？」

「我是在美軍的潛艇學院看到的一個教材裏，形容他們的鱈魚號核潛艇是如何被一一七號追蹤和擠壓出水的。」

「那是他們太大膽到水深那麼淺的海，更何況那又是我們的領海，太不把我們當回事了。」

「我想老美學到教訓了。邱艦長，我相信這是我們第二次碰到一起。」

「我知道，是不是去年在東沙島南邊？」

「不錯。」

他們又沉默了，兩人都在回憶那動人心弦的一天一夜，邱凱說：「海虎號是藏在那個小海溝裏，是嗎？」

翁志遠不回答，邱凱知道原因，也不追問，他說：「海虎號的靜音做得太到家了，我們什麼都沒聽見。」

「確定了我在海溝裏，爲什麼要脫離現場呢？」

這回是輪到邱凱沉默，他不能說出來他們的海圖裏沒有那個小海溝，南海艦隊不相信他的說法。他轉開了話題：「翁艦長，請原諒剛剛我們以高速接近海虎號，我們是要爭取時間轉移戴安先生。」

「沒問題，這個我們明白。」

「可是我還是聽見海虎號的八個魚雷管都開門進水了。」

翁志遠嚇了一跳，他沒想到老共的驅逐艦在八海哩外就能聽見他的魚雷管進水的聲音，這是他們聲納技術的一大進步。

「邱艦長，這是我們的標準作業程序，當然看見了一一七號的螺旋槳信號，我們也格外的警惕了。」

邱凱現在明白了，美軍和台軍都已經有了哈爾濱號的聲納信號。這不是件好事，但是早晚都要發生。副艦長通知翁志遠，海虎號已經上了七噸的柴油，夠他們開回左營基地了。

「邱艦長，您給我們七噸柴油了，夠我們慢慢的開回家了。」

「翁艦長，把油箱裝滿吧！你們出來不少時候了，開快點回家。」

「可是你們也需要油料啊！」

「沒事！我們是裝滿了來會你們的，何況，我們離家很近，馬上就會進港。還有我們準備了一些海南島的新鮮青菜和水果，請海虎號的官兵嚐一嚐。」

「太感謝了！」

「翁艦長，今天我們哈爾濱號和海虎號在南中國海上寫下了新的一頁歷史，我個人將永遠的記在心裏。」

「邱艦長，我希望這一頁新的歷史代表我們這一代的人，在開始克服前人遺留給我們的困難，一起攜手來建設更美好的世界。」

「說得太好了。」

海虎號的油箱滿了，哈爾濱號收回了輸油管，然後送過來一大籃海南青菜水果，海虎號送過去一個小籃子。

「邱艦長，我們沒有準備，只能拿一點台灣的鳳梨酥給您，不成敬意，只好下次補上了。」

哈爾濱號收回輸送纜繩後，兩艦開始快速分離，翁志遠看見哈爾濱號的官兵在船邊一字排開，在響起了一長聲和跟著的三短聲尖銳的船笛聲後，全體行舉手禮。翁志遠看見哈爾濱號是用軍禮在送他們，這回海虎號是準備好了，潛艇的指揮塔前後各站了十名水兵，他們身著白色海軍禮服，在一長三短的笛聲響起時，整齊一致地向哈爾濱號舉手敬禮。

兩條軍艦一前一後，潛水艇是隱藏在海中的野狼，它的作用就是要偷襲敵人的船隻，驅逐艦的功能就是獵人，要去獵殺海中的野狼，現在野狼和獵人在編隊航行，海虎號在哈爾濱號右後方兩百公尺，以十五節的速度，一起乘風破浪航向台灣海峽。

南中國海的海面上吹著微風，在碧藍的海水和浪花上，海虎號和哈爾濱號造成了兩條長長的船行波痕，兩條船上的官兵來自兩個不同的軍方，半個多世紀前兩軍還在戰場上你死我活地廝殺，但是今天他們的後代在中國南方的海疆上互動，這是一個新時代的開始，還是曇花一現的結尾？

半小時後，哈爾濱號發出了燈號：「任務在身，送君到此，終須一別。祝海虎號一路順風。」

海虎號也亮起了燈號：「感謝一切，後會有期，祝哈爾濱號一路順風。」

哈爾濱號上的艦載直升機在海南三亞北邊的臨水機場降落，戴安被送上一架已經在跑道上等待的殲—

10雙座戰鬥機，起飛後以超音速向上海飛行。

根據陸海雲的情報，中國公安部宣佈進入了一級警戒狀態，副部長袁華濤率領了大部分「五樓辦」的成員來到了上海，他們在上海公安局浦東分局裏成立了緊急指揮部，由袁華濤坐陣指揮，在一級警戒下，除了公安和武警部隊之外，其他的地方上和部隊的力量他也是有管轄的權力，將他們投入反恐行動。因為上海正是在世界博覽會期間，觀光旅遊的人非常多，其中包括了大量的國際遊客，他們絕大部分是來參觀世博會的。

世博會的會址是在橫跨黃浦江的盧浦大橋附近，會場跨江的兩岸，每天進世博園的遊客平均在三十萬左右，有些天會高達五十萬人。做為恐怖事件的目標，沒有比世博園更合適的了，在這麼高度集中的人群裏,要造成百分之二十的傷亡率不是件困難的事。但是在一瞬間有六、七萬，甚至於十萬人，包括兒童和婦女在內的死傷是完全不能想像的。因此，所有的人都同意世博會應該是疆獨恐怖組織和從境外來的同夥恐怖組織的第一目標。

袁華濤的人將全部注意力都集中在上海的世界博覽會，他們認為恐怖事件裏有兩個要素，就是人和器材，所以在世博園裏設下了銅牆鐵壁，阻擋汽車炸彈，也設下了天羅地網，來捕捉人肉炸彈。上海的電視和平面媒體也大幅地報導世博園內嚴密的保全措施，希望取得嚇阻的作用。當王克明在報上看到其中的一篇報導的照片時，讓他陷入了深思。

當戴安到達指揮部時，袁華濤前來握手歡迎，感謝他多次的幫忙，並且叫他馬上和趙碧浩聯繫。電話接通後，知道台北已經逮捕了毒梟諾雷，在酒店的監視器裏看到有兩個外國人曾到過他的房間，又發現這兩個訪客出現在台北的松山機場，乘直航班機前往上海的虹橋機場。趙碧浩告訴他，這兩人的照片已經上載到他們的網頁，戴安可以隨時下載了。他一眼就認出來，這兩人是他在菲律賓見到的兩人，指揮部馬上將這兩人的照片印出來，發到每一個公安幹警的手裏。虹橋機場的邊檢證實，這兩人已經入境。指揮部的結論是，炸彈和技術人員都已經到了上海，但是世博園裏還沒有見到他們的蹤影。

緊急指揮部是設在浦東分局裏的一個會議室裏，沿著一邊的牆是一排電腦，另一邊是一些高科技的通信設備和其他的電子器材，袁華濤除了可以和任何公安部的單位和人員取得即時的連線外，他還可以和全球的有關機構和人員進行語音及文字的通信。他和美國白宮負責反恐的總統助理納序保持每三十分鐘一次的通話。會議室通往旁邊的一個辦公室，是給袁華濤和鄭天來用的，但是他們大部分的時間都是花在這會議室裏。

戴安來到後，袁華濤召開了一次工作會議，所有小組長和分隊長以上的幹部都出席了會議，會議室裏坐滿了人，還有人需要站著。做爲吉林省琿春市刑警隊的一名內勤，柳楊沒有參加會議。袁華濤將目前的情況做了詳細的報告，同時再一次將各單位，包括各小組和各分隊的任務又重新說明了一次。散會後，他將五樓辦和特專組的人留下，然後把柳楊也叫進來，他說有重要的話要說：

「我們現在鎖定了王克明是這次恐怖事件的負責人，公安部在早先就從不同的管道取得了這個資訊。」

袁華濤看了柳楊一眼，接著說：「陸海雲的情報提供了進一步的證實。所有的恐怖份子，不管是來自境外的伊斯蘭聖戰組織、基地組織，還是我們自己的疆獨和東突組織，都有一個重要的共同性，那就是：他們都是宗教或是民族主義的狂熱份子，他們在執行任務時都是帶著自殺的信念，準備要去見他們偉大的阿拉。你們都是王克明多年的同事，或是有過更親近的相處經驗，你們相信他會爲了宗教或是民族主義去賣命嗎？」

何時看了楊冰一眼說：「他只會爲一樣東西賣命，那就是錢。」

袁華濤說：「是的，他之所以接下了在中國的恐怖行動，是因爲恐怖組織用錢買通了他，我相信這是他們的第一個錯誤，因爲信仰不是用錢就可以買到的。我要大家注意的就是，我們面對的敵人有兩種，一種是狂熱份子，像是維族自助會的成員，和他們的鬥爭是你死我活，只要是對我們挑戰，我們就要先發制人，馬上擊斃。另一種就是王克明的集團，他們是可以捉活的，這包括王克明在內，我們在其他的案子上還需要用得著他們。」

時間一分一秒地過去，還是不見恐怖份子的任何蹤影，雖然沒有人提醒離陸海雲情報所說的最後期限越來越近了，但是每個人的神經都繃得緊緊的。何時和戴安從世博園回到了指揮部，還沒坐下就迫不及待地說：「袁部，我和戴安都覺得會不會另有目標啊？」

「老鄭剛剛也是這麼說，你們的根據是什麼？」

何時說：「什麼動靜都沒有，我們沒看見任何一個維族自助會的份子出現，沒發現任何來踩點的。我感覺不對。」

戴安說：「BLU-82EXP炸彈，大約有一個五十加侖汽油桶那麼大，不能放在背包裏就帶進會場，它至少需要有個小卡車或是休閒車才能運進會場，到目前爲止，沒有任何跡象。」

袁華濤：「還有比世博會更合適的目標嗎？」

這時目標區巡邏隊伍的通信聯絡通道響了：「柳楊呼叫指揮部，緊急情況，請回答，完畢。」

何時一個箭步到了通信設備前，拿起話筒回答：「指揮部，請講。」

「剛接到王克明發到我手機上的簡訊。」

「他說什麼？」

柳楊猶豫了一下，袁華濤把話筒搶過去，小聲地對何時說：「她暴露了。」然後對著話筒用很平靜的聲音說：「我是袁華濤，報告你的位置。」

「A片區，五號門出入口。」

「柳楊，注意聽，你立即進入五號門的警衛室隱蔽。將有警車去接你，到達後，我會告訴你車號，那時你才撤離。重複我的指示。」

「立刻進入五號門警衛室隱蔽，等待指定的警車撤離。完畢。」

「很好。柳楊，你馬上用手機打電話給何時，告訴他王克明的手機號碼，然後就繼續說話，在任何情況下，絕不能關機。還有，要提高警覺，有任何對你不利的情況，你可以先開槍。好，馬上執行。」

「是，袁部長，明白。」

袁華濤轉身對鄭天來說：「老鄭，請監聽小組把柳楊的電話語音轉到這裏來。」

在場的人明白了，袁華濤是估計王克明會再和柳楊聯繫，當發生時，他要知道內容。

世博園共有五個片區，兩個在浦西，三個在浦東。A片區是在浦東最東邊的片區，也是遊客最多的片區，主要的原因是最熱門的中國國家館就在這片區的西南角。五號門就離中國館不遠，來接柳楊的警車從雲台路左轉就上了浦東南路，再一個右轉就到了世紀公園邊上的浦東分局。柳楊衝進了指揮部的會議室，袁華濤叫她趕快把手機關上，他說：「王克明的簡訊有來電的手機號碼嗎？簡訊都說了什麼？」

「他問我要他的孩子。」

整個會議室突然變得鴉雀無聲，安靜得連一根針掉在地上都能聽見，柳楊看見何時的臉色白得像一張紙，而何時感覺到有一把刀刺進了他的心臟。她正要開口說話時，她的手機響了。鄭天來喊出聲來：「大家安靜，有來電顯示嗎？」

「沒有。」

通信設備的技術人員戴上了耳機，鄭天來向柳楊點點頭，她打開了手機，對話馬上就充滿了會議室：

「我是柳楊，請問哪一位？」

「原來你不叫楊倩，是叫柳楊。我們還是同行，都是幹公安的。」

「王克明？你現在哪裏？你是個通緝犯，我不是你的同行。」

「柳楊，你收到我的簡訊了嗎？」

「王克明，你先來自首，我們再談別的。」

「我現在知道你是來臥底的，但是我不明白你爲什麼要走。走了以後也沒有對我收網，顯然你的任務沒有完成，是不是？」

「我需要離開念洋市。」

「爲什麼？」

「找地方生孩子。」

「當時你突然走了，我就想到你是不是去生孩子了，是男的還是女的？」

「是個兒子。」

「太好了，我做夢都沒想到我有兒子了。柳楊，我們都有孩子了，爲什麼還不肯和我結婚呢？」

「我是警察，你是犯罪份子，現在又是通緝犯，我怎麼嫁給你？」

「柳楊，我的命很可能就剩下這一、兩天，甚至還更短，你就連一點夫妻的情份都沒有了嗎？我連看一眼我兒子的機會你都不給了嗎？柳楊，你是孩子的母親，可是我是孩子的父親，我至少能看一眼吧！」

王克明在哀求了，但是柳楊還是不肯：「我們從來就不是夫妻。」

電話裏傳來了背景的各種噪音，包括了輪船的汽笛聲。

「那你是太健忘了，還是太無情了呢？你知道我玩過不少女人，但是除了你，我沒動過真情。我不信你會忘記我們之間的愛情，你和我在一起過了那些像神仙似的日子，你敢說你忘了嗎？我知道你也是深深的愛我，否則你也不會和我生孩子了。楊倩，啊！柳楊，你跟我走，一切我都安排好了，我們走得遠遠的，再也不回這個鬼地方了，我已經存了足夠的錢，你我和孩子花三輩子都花不完。」

何時感覺到那把刀第二次插進了他的心。

「你先告訴我炸彈放在哪裏？我也許讓你看看你的兒子。」

電話裏傳來了背景的聲音，是一陣叮噹的鈴聲。

「什麼炸彈，我不知道你在說什麼？」

「我是說你在滁州市火車站取出來的那件托運的大箱子。」

王克明沒有說話，顯然是在緊張地思考。

「柳楊，我需要掛上電話，否則公安部的監聽就會找到我，我去換個地方再打給你。」

「等等，你是怎麼找到我的電話？」

「是楊冰告訴我的。」

「是我告訴他的。」

會議室又是一片鴉雀無聲，過了一會兒，大家聽見了袁華濤的沉重聲音：「楊冰，這是怎麼回事？」

何時跳了起來，他用手指著楊冰說：「楊冰，你是不是瘋了？這些恐怖份子對我們公安會實施報復性的追殺，我不就是個例子嗎？要不是陸海雲，我不就被他們活著火葬了嗎？你是想要柳楊的命，是不是？」

在楊冰回答前，袁華濤說：「楊冰，你沒看到通告嗎？柳楊曾經到王克明那裏臥底，她的身分不能暴露，所有她的資訊是絕對保密的。」

「我一時忘了。」

「你忘了？你也忘了他已經殺過一個我們的公安臥底嗎？」

袁華濤的整張臉扭曲得讓人看了害怕，顯然他是想到了王克明是如何地把另一個公安臥底殘酷地殺害了，那是他心愛的女兒。楊冰沒有回答。這時上海公安局技術科負責電話監聽的主任來到了指揮部的會議室，他的臉色非常嚴肅，身後跟著一個戴著白色頭盔的督察。他把一份卷宗交給鄭天來，他打開卷宗，很快地把裏頭一頁紙的公文看完，就再交給袁華濤，他一看完就滿臉漲得通紅地說：「楊冰，這是你和王克明的電話錄音記錄，你是為了保持是你先要和王克明解除婚約的隱私，就把柳楊出賣了。楊冰，你還是一個公安幹警嗎？」

「我本來就不想幹了。但是我再也沒想到公安部的副部長會監聽自己女兒的電話。」

「監聽你的電話是因為你和王克明曾有過婚約的關係，所有和他有過任何來往的人都被列為監聽的對象，親屬關係不是考慮的因素。」

「是嗎？你本來就沒把我當成是你的女兒，就只想你另一個女兒，可是她已經死了。」

袁華濤勃然大怒：「你這個混賬東西。」

他出手打了楊冰一個耳光。鄭天來把袁華濤按下來坐在椅子上：「老袁，你要冷靜，這都是什麼時候了？我們不能出現內部問題，我們還有任務呢。」

袁華濤在椅子上坐了一會兒，似乎冷靜了很多，他大聲地歎了一口氣，搖了搖頭，看著楊冰說：「楊冰同志，我不應該動手打你，我犯了嚴重的錯誤。我會在二十四小時內寫檢討報告，請求處分。」

他又拉了一下上衣，抬起頭來對會議室裏的人說：「各位同志，我犯的錯誤使各位感到不安，請允許我向各位道歉，我會深切的自我檢討和請求處分，並且希望不要影響我們目前面對的任務。」

袁華濤停了一下，清了清喉嚨，繼續說：「我現在宣佈兩個人事命令：楊冰同志，我現在撤除你所有的職務，把你的警證和警槍交出來，到禁閉室寫一個詳細的檢討。」

楊冰說：「我現在就要辭職。」

袁華濤：「你可以把辭職信和檢討報告一起交上來，人事單位會按規定辦理你的辭職申請。」

楊冰：「我想打個電話給我媽。」

袁華濤：「在關禁閉期間，使用電話也有規定。督察同志，帶她走。」

在楊冰正要走出會議室的時候，傳真機的電話鈴響了，通信系統的技術員看了一下來電顯示，他說：「是美國反恐中心發來的。」

葛琴走過去拿起了簡短的傳真資訊說：「洛城道奇棒球場進行比賽中，觀眾五萬人，主看台下儲藏室發現恐怖份子及炸彈，現已被包圍。」

楊冰回過頭來問：「有陸海雲的消息嗎？」

葛琴看著傳真說：「陸海雲已經進入現場，現在被恐怖份子用槍扣押做爲人質。」

楊冰說：「我們的時間也該到了，大家好自爲之吧！」

說完了，頭也不回的和督察一起走了。

在美國，任何一場棒球賽裏都有三樣東西最爲暢銷，就是啤酒、熱狗和花生。觀眾除了可以在遍佈於球場內的固定攤位購買外，也可以向身上揹著一個木箱子，穿梭在觀眾席上叫賣的小販們購買。三樣東西裏以啤酒的銷售量最大，也是最爲賺錢。在球場裏是不准攜帶或販賣瓶裝和罐裝的飲料，它們都要裝在紙杯裏賣給觀眾。所以含有氣泡的飲料要在賣的時候才從壓力容器裏倒出來，以免氣泡都跑光了。固定攤位和在觀眾席上行走叫賣的小販都有小型的壓力容器，但是因爲容量有限，他們需要經常到飲料儲藏室去補充，那裏有大型的高壓容器爲這些小型容器補充加料。

道奇棒球場的飲料儲藏室是位於主看台的底下。主看台是在棒球場本壘後方，它面對著投手，所以捕手和本壘主裁判員的背是對著主看台的。主看台的最大優點是離打擊手和他的投手敵人最近，對於這兩人一舉一動的互相鬥爭可以看得一清二楚，一旦球被擊出，球的路線、防守一方球員的移動，和接球後的丟送等等精彩的片段都可進入視野，所以主看台的觀賞席最大，位置最多，也是一場球賽門票收入最多的席位。

主看台的下面有很大的建築空間，用來放置很多球場的設備，另外就是做為各種的儲藏室和倉庫，大型的氣體飲料壓力容器就是儲存在那裏專設的一個有冷凍功能的儲藏室。每次在球賽開始前的兩小時，這裏是最忙的了，運送飲料壓力容器的卡車從球場的貨車大門就直接地開到了這儲藏室的門前，將一筒一筒像五十加侖汽油筒那麼大的壓力容器卸下來。儲藏室裏最多的就是裝啤酒的壓力筒，所以它佔用的面積也最大。

今天在冷凍儲藏室值班的是山姆，他看了一下球場辦公室發下來的送貨單，上面寫的有三車啤酒筒將從啤酒廠送過來，這個啤酒廠和道奇棒球隊簽有多年的合約，為觀眾供應啤酒，所以山姆和開車送貨的司機們都混得很熟了。平常每場球賽只需要兩車的啤酒，但是今天的球賽對道奇隊排名有重大的影響，所以預期會是相當的精彩，道奇隊的球迷大量的出動，門票已經賣光了，球場的管理部門又加了一車的啤酒。

和以前一樣，山姆的多年老朋友查理在開賽前兩小時，準時把啤酒車開到了儲藏室，山姆幫著查理把又大又重的壓力容器卸下車來，整齊地排放在儲藏室的架子上。查理告訴山姆，老喬開的第二輛卡車，隨後就到。這兩車的啤酒即使是在球場滿座的情況下，也夠喝到第六局左右，那是要到開賽後一個多或是兩個小時了，到時候他會再來一次，送第三輛車的啤酒。

查理走後不久，老喬開的第二輛啤酒車就到了，以後就是其他大大小小的需要冷凍的飲料，都被陸續地運到了山姆的儲藏室，在開賽前的一個小時，山姆最忙的時段已經結束了。以後就是登記一下來取補充的飲料種類、時間和人名。也不必他來動手，來的人他們自己都會操作。

但是今天山姆覺得有點怪，在球賽開始了不久，第三輛啤酒車就到了，並且開車的人也不認識，是個從沒見過的人。對方把送貨單遞給山姆，他首先確定了上面是有那顆紅色的山貓印章，這是今天早上保全部主任帶著一個洛城便衣警官來通知他，所有送到儲藏室的貨物送貨單上都要有這個山貓印，表示是在門口通過了檢查。他露出了笑容說：「我是管儲藏室的山姆，老兄是新來的吧？是第一次來道奇棒球場送貨吧？查理呢？他說是自己要送這第三車的。」

新的司機沒有說自己的名字，他只回答：「他突然肚子疼，所以就叫我來了。」

他帶有輕微的口音，不是中南美的拉丁口音，也不像是歐洲口音，倒是有點中東的口音。山姆又問：

「查理他嚴重嗎？」

「我想就是吃壞肚子了。」

山姆認識查理已有二十多年，從沒聽他說鬧過肚子。

「本來都是在第五、六局的時候才來，怎麼今天這麼早啊！」

「五、六局？那是幹什麼的？中場休息，對不對？」

啤酒筒卸下時，山姆沒有注意到其中的一個上面有一個粉筆畫的十字。山姆在送貨單的其中一聯簽了字，還給了這第一次見面的司機，他馬上就開車走了。山姆越想越覺得事有蹊蹺，他打查理的手機，響了八、九聲後沒人接，他就打電話到查理的家，他太太接的，說是他今天有送貨的任務，沒說他在鬧肚子。山姆又撥了第三通電話，接通了保全部主任。

洛城小組所面對的難題是對策的選擇，當陸海雲提供了恐怖事件的第一目標時間和地點後，最直截了當的對策就是取消棒球賽，封閉球場。但是恐怖份子的反應該是襲擊第二目標，而他們對第二目標是一無所知，要去防止是更爲困難重重。所以他們對道奇棒球場在表面上沒有採取任何的行動，不想嚇跑恐怖份子，但是在暗地裏卻是劍拔弩張，要就地抓獲恐怖份子或是消滅他們。

洛城小組動員了上百名的警力，全部穿著便衣，並且都拿著恐怖份子的照片，混在五萬多名的觀眾裏想要阻止恐怖事件的發生和抓捕恐怖份子；他們每一個人都明白，如果他們失敗了，後果會是如何？這些警力中又挑選了十五個身手敏捷，有實戰經驗的，組成了行動隊，擔任第一線的攻堅任務。

行動隊由洛城警察局重案組資深警官哈利·伯司指揮。洛城小組的臨時辦公室就是在球場保全部的辦公室，那裏有一排電視顯示器，將球場裏每一個監視器機的畫面都送進來。陸海雲將注意力集中在監視觀眾進場的監視器機畫面上，他說：「非觀眾人員，譬如球場工作人員、送貨人員、媒體工作者，甚至球員和球隊的有關人員，是不是也要經過同樣的安全檢查才能入場。」

「是的，同時他們因爲還配戴著有相片的識別證，所以還更多了一層的安檢。」

回答的是球場的保全主任，他接著說：「因爲有這些人的名單，他們的進出時間和使用哪一個出入口都是有記錄的。」

陸海雲再問：「有沒有人進出球場是可以不經過安全檢查的？」

「只有在緊急狀態的情況下，相關人員可以直入到現場，例如來救火的消防人員和醫護人員。」

「今天到目前爲止，有這樣的情況發生了嗎？」

保全主任用他面前的電腦將「緊急救難記錄」的文檔打開，他說：「有，B區看台的一位觀眾在開賽前心臟病發作，有救護車來把他送到醫院去。」

白宮的納序問：「請把經過說明一下。」

保全主任回答：「根據記錄，救護車是從西邊的三號貨運門開進來，直接開到B區看台的下面，在那裏的升降機將心臟病患者從看台送下來上了救護車，然後救護車從南邊的二號貨運門離開了。」

伯司警官問說：「這些緊急車輛的進和出可以是用不同的出入口嗎？」

「按規定是不行的，但是有時爲了爭取那分秒的時間，我們也就通融了。」

納序：「可不可以把相關的錄影帶調出來看一下。」

幾分鐘後，保全室的工作人員將錄影帶放映到辦公室裏的一個大型顯示器上，首先出現的是三號貨運門攝影機的畫面，一輛救護車開來，司機和旁邊的助手都穿的是醫護人員的淺綠色制服，頭上戴著帽子，臉上戴著口罩，有一位保全員把後門打開看看，大概是確定車後無人。接著是B區看台下面的攝影機所取得的畫面，救護車停在升降機旁，兩位醫護人員下車，打開了車後的門，從裏面將帶著輪子能上下伸縮的擔架床取出來，從這兩人的身材和行動的姿態，看得出來是兩位女性。畫面看見她們和擔架進了升降機。下一個畫面看見她們把擔架床從升降機裏推出來，病人身上蓋著毯子，掛著一瓶點滴，臉上已經戴上氧氣了。她們將擔架推上了救護車後就開走了。再下一個畫面就是來自三號貨運門的攝影機，同一輛救護車正在駛出道奇棒球場。有好幾個人同時驚呼：「停，凍結畫面。」

救護車前面只有一個司機，雖然也是穿著淺綠色的制服，但是沒有戴口罩，是個男人。伯司警官說：

「那兩個女的已經在球場裏了，這個司機很可能就是那個心臟病發作的人。」

陸海雲說：「這兩個女人就是凱瑟琳・范登和雅思閔。」

伯司警官說：「能確定嗎？」

陸海雲：「確定，我認識她們。」

在座的人只有納序知道，陸海雲在二十四小時前和這兩個女人有過非常近距離的接觸。保全部主任桌上的電話響了，他拿起電話說：「保全部，請講。」

「我是儲藏室的山姆，有個情況也許重要，也可能是虛驚，我想告訴你。」

「很好，山姆。他們全在這裏，我把電話換成擴音，你來說給大家聽。」

當山姆把情況說完了後，陸海雲第一個發問：「山姆，我是總統特別助理陸海雲，請問你說的壓力容器有多大多重？」

「大約有一個五十加侖的汽油筒那麼大，要看裏頭是裝了多少的啤酒，重量大約在一百二十到一百五十磅之間，規定是要兩個人同時裝卸它。」

「有沒有哪一個筒特別重或是特別輕的？」

問話的是伯司警官，他還問：「還有，山姆，你怎麼確定這些筒子是從啤酒廠來的？」

「重量基本上都差不多，分不出有輕重的不同。還有筒子上都有廠裏的編號，我收貨時是要和送貨單上的編號核對了後才簽字。」

伯司警官問保全部主任：「你們對啤酒筒安檢時打開看嗎？」

「這些筒子都是密封的壓力容器，裏頭有近百磅的壓力，不能打開，但是我們有搜爆犬去聞過。請等一等，有人進來。」

電話裏傳來開門和關門的聲音，然後又是山姆的聲音：「啊！二位女士，你們走錯地方了，這裏是儲藏室……」

山姆的聲音突然被整個球場裏天搖地動的歡呼和歇斯底里的尖叫聲淹沒了，這是地主的道奇隊打出了球賽的第一個全壘打，所以全場轟動。當聲音慢慢地降下來後，山姆的電話斷了。伯司警官拿出了對講機，他下令：「這是哈利．伯司，行動隊全體隊員注意，立刻包圍A區主看台下面的儲藏室，然後等我的命令。」

袁華濤又清了一下喉嚨：「我現在宣佈第二個人事命令，何時警官，從現在開始，你就是特別專案組的組長。」

何時愣了一下：「袁部，這不太好吧？楊冰，她……」

袁華濤的臉色變了：「何時警官，你不想幹是因爲貪生怕死，我就不強迫你，你現在就走人。如果你是要抗命，那就是另外一碼事了。」

「不，不，我是說，楊冰是……」

袁華濤的聲音變得格外的平靜，他說：「仇泰安，備槍！」

仇泰安是「五樓辦」的辦公室主任，是原來廈門市公安局刑警隊的隊長，是一位老公安，在廈門辦了退休後才去了北京的公安部，他當年曾在袁華濤手下幹過緝毒的工作，是他的老戰友，曾在大山裏一同出生入死過。他說：「袁部，老何他……」

「你也要抗命嗎？」

仇泰安立刻拔出手槍來，他想起來多年前在大山裏，袁華濤在那兒處決了兩名緝毒隊的叛徒，當時他也是用像今天一樣平靜的語氣，告訴兩個叛徒他們將被處死的理由，他知道袁華濤要殺人了，但是他沒有想到他會拿何時來開刀，他大聲地說：「仇泰安堅決執行命令。」

「子彈上膛。準備執行槍決何時的任務。」

仇泰安拉開了手槍的槍機，把彈夾裏的第一顆子彈推進了槍膛，他雙手握槍，兩腿一前一後，膝蓋微彎，槍口對準了何時的頭部。全會議室的人都被眼前出現的驚心動魄情景震懾住了，每一個人都像是被麻醉了，不僅是肢體不能動彈，連思維也凍結住了。他們聽見袁華濤又開口了：

「公安部爲了我們目前的反恐案子宣佈進入了一級緊急狀態，根據相關規定，在與緊急狀態有關的行動中，如有因任何理由而抗命的公安人員都視爲是在敵前抗命的叛徒，相關行動的最高領導，可以處決叛徒。何時，你要是抗命，我就要槍斃你。仇泰安，聽我命令，準備開槍。」

他們聽見仇泰安回答：「是。」

也聽見鄭天來的叫聲：「何時，你糊塗了？你想當叛徒嗎？」

何時好像是大夢初醒，他面對著袁華濤，雙腿立正：「報告袁部，何時堅決接授命令，保證完成任務。」

「仇泰安，收槍。何時，分析情況。」

每一個人都把憋著的一口氣吐了出來，何時感到兩腳發軟，他定了一下神，把柳楊送來的一杯水一口氣喝了下去。他現在才明白爲什麼有人說袁華濤是個了不起的人物，前一秒鐘他連眼睛都不眨一下就要把他斃了，後一秒鐘就像是沒事一樣，叫他分析情況：

「首先，我認爲王克明是強烈的盼望見他的孩子，他再次打電話來時，要說服他拿炸彈的位置來交換，柳楊，你必須要完成這任務。」

柳楊說：「我會盡力的。」

袁華濤看著柳楊，對她笑著說：「何時說的是行動的關鍵，柳楊，我有信心你會完成任務。」

柳楊沒回答，只是笑了一下，那不是因被讚美所帶來的喜悅，它帶有很重的傷感。何時接著說：「第二，我們在剛才電話裏聽見背景的人群聲中還夾有輪船的汽笛聲，這只有黃浦江邊上才可能聽到，目標很可是在江邊上。」

戴安說：「我好像還聽到有鈴鐺的聲音。」

葛琴說：「對，我也聽見了，鈴聲很像是那種販賣霜淇淋和雪糕的流動小卡車上用的。」

何時突然叫了起來：「等等！」

他從口袋裏拿出來一張小方塊的彩色紙片，上面印著男女兩個張著大嘴滿臉笑容的小孩，一個在吃霜淇淋，另一個在吃雪糕，下面的一行字是：香甜清涼可口。

「這是我在滁州市那間王克明租用的倉庫地上撿的，看來他把炸彈換裝在一輛霜淇淋車上了，在黃浦江邊有人群和賣霜淇淋和雪糕的流動車的地方就只有外灘了，它有可能是目標嗎？」

鄭天來問：「我們有沒有佈置人在外灘？」

何時：「黃浦區分局派了八個便衣在外灘巡邏。」

鄭天來：「有情況嗎？」

何時：「到目前爲止還沒有。」

袁華濤：「我感覺不對，外灘不像是恐怖組織的目標。」

鄭天來：「什麼道理？」

袁華濤：「我們剛接到美國方面的消息，他們的恐怖份子拿了正有比賽的球場爲目標，他們用五萬多條人命來讓他們登上媒體，外灘最擁擠的時候也不過是千把人，同一組織，兩個完全不相稱的目標，可能嗎？陸海雲說過，恐怖組織在太平洋兩岸同步發起爆炸的目的，就是要取得一加一大於二的震撼效果，因此目標所造成的傷害也要相當。」

一直安靜沒說話的戴安開口了，他問：「除了外灘以外，還有什麼地方能聽到輪船汽笛聲和有賣霜淇淋的小卡車？」

馮丹娜說：「那就是外灘黃浦江對面浦東的陸家嘴，那裏沿著江邊的浦東濱江大道和明珠公園都是觀光區，在那裏聽得見渡船的汽笛聲，也有向遊客販賣霜淇淋的流動車。但是問題是，通常那裏的人群要比外灘更少。」

戴安繼續問：「明珠公園是不是就是東方明珠廣播電視塔的所在地？那附近全是高樓大廈對不對？」

何時：「沒錯，那裏有金茂大廈和上海環球金融中心兩座摩天大樓，是全亞洲最高的。還有很多銀行和保險公司的大樓，加起來有十幾座。」

鄭天來問：「他們的炸彈能夠一下子把這麼多的建築物炸毀嗎？」

戴安回答：「爆炸裝置現在已經證實用的是從美軍倉庫竊取的BLU-82EXP高效爆炸系統，它是由原來的BLU-82系統，又稱爲『菊花剪刀』的原型改裝成的。它的有效爆破威力也從五百公尺直徑增加到二千公尺直徑，換句話說，在兩公里直徑的圓周內，所有的一切都會被摧毀。」

戴安很興奮地接著說：「袁部長，鄭主任，我認爲這是他們的目標。你們記得吧，九一一事件的傷亡人數不過是兩、三千人，它之所以震撼人心是因爲恐怖組織一舉摧毀了兩座世界貿易中心的雙子星摩天大樓，它不僅是紐約市的地標，也是華爾街財富的象徵，它更是代表美國的國力和在全球的領袖地位。各位想一想，如果上海的這些建築物毀於一旦，它的政治意義是什麼？受到傷害的已經不只是生命和財產了，而是中國在世界的地位。各位別忘了，你們面對的恐怖份子和九一一的恐怖份子是同一個訓練營裏出來的。」

袁華濤說：「戴先生說得太好了，非常感謝。我同意您的看法，東方明珠就是他們的目標。但是還有一點也值得一提，那就是我們有情報顯示，伊斯蘭聖戰組織要求我們的疆獨份子在選擇目標時，最好是能對美國造成直接經濟損失或是人員的傷亡。東方明珠做爲目標，也許無法滿足這一點。」

柳楊把手舉了一下，表示她有話要說，袁華濤向她點一點頭，她說：「王克明曾經和一個姓張的人通電話，請他查一查每年在上海開的美國在華企業年會的時間和地點，還有誰是主要演講人。這資訊有用嗎？」

葛琴問說：「這個姓張的是不是張汝未？他是以前的經犯司司長。」

柳楊：「不知道？」

葛琴說：「等等，張汝未曾經來打聽過這事，他現在是青浦區公安分局的巡視員，是個閑差，他會不會就是老何說的叛徒？如果是的話，東方明珠就非常可能是目標。」

仇泰安：「他已經進入了我們五樓辦的視線有一陣子了。他問的都是些什麼資訊？」

葛琴：「美國在華企業年會的開會地點就是在東方明珠的頂層餐廳，主講人是美國商務部部長，時間就是今天。」

何時：「等王克明的電話來了就知道了，問題是，還有沒有時間剩下來了。」

通信系統傳出很清楚的呼叫聲：「浦東分局部十七號偵查員呼叫何隊。」

何時走過去拿起話筒回答：「我是何隊，小陳，有情況嗎？」

「東方明珠廣場出現維族自助會的嫌疑份子。」

「多少人？」

「他們兩人一組，已經有五、六組出現了，但是還在增加中。已經分佈在廣場的據點。」

「有武器嗎？」

「每個人都戴了白色小帽和一個背包，可能是武器和彈藥。」

「小陳，你有沒有看見一輛賣霜淇淋的移動小卡車，上面有香甜清涼可口的字樣。」

「剛剛在濱江大道上看見過，後來它轉到豐和路往昆蟲館方向開。」

何時把對講機的開關轉到「廣播」功能，他對著話筒說：「何時呼叫全體隊員，目標是東方明珠，我重複，目標是東方明珠。炸彈裝置在賣霜淇淋的移動車上，聽我的明令，準備進入戰鬥。不可輕舉妄動。特警分隊和炸彈拆除小組攜帶全副裝備立刻出動，在目標區待命。」

柳楊的手機響了，她一接通，會議室就充滿了王克明的聲音：「柳楊，特專組的人和公安部的領導在嗎？」

「在，你要找誰？」

「我先問你，我兒子呢？」

「在我身邊。」

「太好了。我找袁華濤說話。」

「我是袁華濤，有什麼話快說。」

「你是不是你們行動的最高領導？」

「是。」

「那我告訴你，我原則上接受你們拿我兒子來換我的炸彈，但是我還有附帶條件。」

「什麼條件？」

「你知道嗎？放炸彈這件事是蔣英梅對我提出來的要求，她現在可是東突組織的重要人物了。她答應事後要給一筆錢，現在她的錢泡湯了，你們是不是應該給我補償呢？」

「原來你不是爲了那偉大的阿拉赴湯蹈火啊！你太讓祂失望了。」

「那群回回就是會瞎扯蛋，我沒那閑功夫也沒興趣去跟什麼穆罕默德打交道。」

「她要給你多少錢？」

「一億，這可是美金啊！」

「東突就是把所有的清真寺都賣了也沒有一億美金，你是在騙誰啊？」

「蔣英梅用的不是東突的錢，那是她老公的錢。你知道她老公是幹什麼的嗎？」

「是個南美的大毒梟。」

「我忘了袁部是幹過緝毒的，你一定知道他有的是錢。蔣英梅答應是給現鈔的。」

「我現在沒那麼多的現鈔，但是我可以給你兩張五千萬美元的等值有價債券。」

王克明突然明白了，袁華濤這麼乾脆就同意了他的一億美金的要求，是因爲他手上有從任敬均案子那取回的贓款，他後悔沒有多要一點。但是這讓他想到常強發的贓款，他現在是個廢人了，應該是很容易的把這筆錢弄過來。他說：「也行，我還有兩個條件。」

「你就一塊說了吧！」

「別急，一個是我要上海公安局的直升機來把我接走，目的地我會跟飛行員說，告訴他把油箱加滿。第二，我要帶柳楊走。」

「直升機我有權力派，柳楊願不願意跟你走，需要問她。」

柳楊看了何時一眼，她說：「我不能離開我的兒子。」

何時感到那把第二次刺進他心臟的刀子拔出來了，但是馬上又第三次刺進他的心。他眼前一陣黑，感到支持不住了，但是他聽見袁華濤和王克明的對話：

「既然柳楊要跟著兒子，我也就不攔她了。王克明，你現在把炸彈運到我指定的地方，我們在那裏進行交換。」

「我太失望了，沒想到袁部長把我的智商看得這麼低，我要是把炸彈運到你指定的地方，你們就把我晾在那兒，看著我活活餓死或者引爆把我自己炸死，是不是？」

「那你說我們該怎麼辦？」

「我知道你們的監聽已經把我定位在東方明珠了，炸彈就裝在一個賣霜淇淋的流動車上，停在東方明珠鐵塔的前面，你們一定也知道它的威力，可以將陸家嘴夷爲平地。我手上有一個遙控器，它可以馬上引爆，也可以用密碼來延遲引爆時間，如果你們叫狙擊手把我打死，沒人輸入密碼，陸家嘴就和我一塊玩完了，疆獨和東突就是世界上最高興的了，他們的目的達到了，又不必付給我那一億，是雙贏。但是你和我都成了雙輸了，你們明白嗎？所以我哪裏都不去，就在東方明珠和你們做交換。」

「王克明，我問你，等你上了直升機，拿著我們的一億，帶著你的兒子和女人走了，然後再引爆了炸彈，你爲疆獨和伊斯蘭恐怖組織完成任務，再去拿他們的一億，我姓袁的就埋在陸家嘴的瓦礫裏，留下一個窩囊廢的罵名，你看我是那麼傻的人嗎？」

「其實我跟你一樣，我怎麼知道你會不會請解放軍派戰鬥機把我打下海裏餵魚了呢？但是我相信你，你是公安部裏少有的幾個說話算話的領導，所以我不僅把自己的命擺進去，還把我兒子和女人的命也擺進去了。這樣吧，直升機一起飛，我就把遙控器交給柳楊，她到底還是你們公安的人，你應該放心。」

「那好，我們也沒什麼選擇了。王克明，你等我們。」

他們把如何會面和轉移人員的過程同意後，就準備出發了，從浦東分局所在的世紀公園到東方明珠應該只要十分鐘的時間，何時想到這是他和柳楊在一起的最後十分鐘了。他不曉得應該對她說些什麼，祝福她？安慰她？也許王克明會非常愛她，讓她過很幸福的日子，但是她總是一個恐怖事件通緝犯的女人，包括他在內，全世界的警方都會追捕他們，這日子怎麼過呢？他走到柳楊面前：「我們到底還是走上不同的路了，我想你明白以後要面對的是什麼樣的日子，你要好好照顧好自己，碰到任何困難，不管是任何時候，你知道怎麼找我，天涯海角我都會去接你回來。柳楊，我何時有對不住你的地方，就請你原諒我吧，你知道我不是故意的。」

柳楊從來沒有想到當一個男人對她付出了所有的一切，那份濃郁的愛情震撼了她，讓她窒息，她想把心裏的話完全說出來，但是她咬住了嘴唇。她看見何時掉下了眼淚，她說：「何時，你沒有對不住我。你一定要有信心。」

「信心？你是指什麼？你的幸福？我的幸福？還是炸彈不會爆炸？」

「我是指你要相信我們的愛情。我知道現在我說什麼你都不會相信了，但是有一天你會明白的。」

柳楊知道如果她不轉開話題，她馬上就會崩潰了，她說：「噢，我去見了你老婆。」

「你找她幹什麼？」

「我去給她磕了一個頭，請她原諒我愛上了她的男人。」

「小莉怎麼樣？她還好嗎？」

「非常不好。」

「可以理解，陸海雲的情況不明，她一定非常擔心。」

何時停了一下，繼續說：「柳楊，不是只有你，我何時的女人都是要去睡別的男人。」

「我求了你多少次，不要折磨自己了。我跟你說過，王克明逼我不吃避孕藥，他又沒日沒夜的上我。我能不懷孕嗎？」

「他說得對，女人會和她愛的男人生孩子的。」

柳楊正要回應時，馮丹娜把她叫了過去。袁華濤過來向大家發出指示：「我們的人都到現場了，但是那裏也聚集了不少他們的人，現在還只是對峙著，但是他們全都戴上了白色的小帽，很明顯的都是帶著槍支武器，我相信一場大火拚是在所難免了，這些人都是狂熱的宗教極端份子，我們會有很大的犧牲，大家一定要有心理準備。同時一定要記住，我們最重要的任務是不能讓那炸彈把陸家嘴毀了。還有什麼問題嗎？」

戴安：「袁部長，我想借用一把衝鋒槍。」

「你是我們從台灣請來的客人，已經給了我們很大的幫忙，你要是有個意外，會影響兩岸關係的。」

「我的命令是協助公安部緝拿恐怖份子，要是我老闆知道你們都去了東方明珠而我在這裏喝茶，我回去後沒有好日子了。何況我還真想會會你們的疆獨份子，我就不信他們能鬥得過我們警察。」

「那行，給他一把微衝。」

「不行，那是玩具槍。給我一把AK-47制式衝鋒槍和五索五十發的彈夾。」

何時決定了他將要做的事了。

蔣英梅和雅思閔化裝成救護車的醫護人員，順利地進入了正在進行一場比賽的洛城道奇棒球場，她們能感到表面上看起來和平常一樣的球場，暗地裏是佈滿了警方人員，所有的發條都繃得緊緊的。但是她們還是成功地在從B區到二號貨運門中間離開了救護車，她們來接的心臟病患者的病突然痊癒，開著救護車出去了。

兩個女人懷著高度的期待心，使她們的行動充滿了興奮。她們很清楚不論任務是否成功，她們活著離開道奇棒球場的機會幾乎是零。但是她們興奮的理由大不相同，雅思閔是為了她終於要去到偉大的阿拉身邊而高興，蔣英梅是期待她唯一愛過的男人會原諒她了。

她們來到了壓力容器的儲藏室，趁著全壘打的歡呼聲，雅思閔開槍把管理員山姆擊斃。她們很快地找到了上面畫了個十字的筒子，雅思閔用她包包裏的工具將筒上的啤酒廠銅牌卸下來，下面是一個方型的凹洞，裏頭有一個轉鈕，雅思閔拿出另一個工具，它正好合適地配上六角形的轉鈕，逆時鐘方向旋轉半圈後，啤酒筒的整個上端就脫落下來，BLU-82EXP炸彈裝置就出現在眼前，雅思閔興奮地驚叫了一聲：「Ala Akaba（**上帝是偉大的！**）凱瑟琳，我們的夢想就要實現了。」

雅思閔按著她在菲律賓民答那峨所學的方法，先把黑盒子裏的電池連接好，確定了計時器開始運轉了，又從她的包包裏把一圈引信和拉環拿出來，她很快地一樣一樣的把部件連接好，她在把注意力集中在裝置炸彈的同時，自言自語地說：「計時器是設置在十分鐘後爆炸，引信的長度也是燃燒十分鐘，我在按下計時器和用拉管把引信點燃後，只要用兩分鐘的時間就能把所有的東西放回筒子裏，鎖上蓋子，用雙面膠片把銅牌貼好，一切恢復原狀。就是等我們走了後，有人找到這裏也找不出這麼多筒子裏，是哪個裏頭有計時器在動和引信在燃燒。」

雅思閔沒聽見蔣英梅有反應，她就繼續地在忙，她說：「凱瑟琳，如果我們能把路邊那輛小卡車發動了，我們會有時間衝出爆炸威力圈。現在我要裝雷管了，小心，不要打擾我。」

雅思閔看見蔣英梅往後退了兩步，雅思閔聚精會神、小心翼翼地把蔣英梅交給她的雷管盒子打開，她沒有注意到蔣英梅把手伸進了她揹著的手提袋裏。當她把盒子上的一層棉花拿掉後，她的臉上一下子失去了血色，蒼白得像一張紙，她拿著雷管盒，用顫抖的聲音說：「你在雷管上做了手腳，爲什麼？」

「雷管在醋裏泡過了，完全沒有用了。」

「爲什麼？你爲什麼要當叛徒？」

「雅思閔，我們的BLU-82EXP炸彈威力足可以把整個球場毀了，就在這上面的主看台會被炸成細碎的瓦礫，現在球場裏有超過五萬名的觀眾，其中有一半是孩子。雅思閔，我過不了自己的這一關。」

「是嗎？還是因爲陸海雲？你知道嗎？叛徒只有死路一條。」

蔣英梅苦笑了一聲：「不當叛徒也是死路一條。雅思閔，我太累了，我不想再走上逃亡的路，你我做了一場親密的朋友，交了心也交了命，你就快逃吧！」

「任何一個信奉穆斯林和阿拉的忠實追隨者，都要將叛徒處死，凱瑟琳，你就去進地獄吧！」

雅思閔扔下了手裏的盒子，雷管撒了一地，她迅速地轉身，一隻手臂伸到後腰去拔別在那的槍，她握住了槍柄，同時用大拇指推開了保險，正要將手臂平伸出槍射擊，蔣英梅比她快了一步，她在手提袋裏的手按下了扳機，子彈從她的手提袋裏射出來，一槍擊中了雅思閔的心臟，在她倒地之前，雅思閔的生命結束了。蔣英梅很快地處理了握在手裏的手槍，用手理了一下頭髮，然後就站在屋子的當中，面對著虛掩住的門。

當伯司警官握著手槍衝進了儲藏室時，他首先看見的是倒在地上的一男一女，顯然是中了槍，然後就看見了指著他的手槍，持槍的人正是蔣英梅。兩人的槍都對準了對方。陸海雲和另外兩名行動隊隊員跟著也進來了，他們後面還有一名扛著攝影機的媒體記者也閃身進來了。伯司警官雙手握槍，大聲地宣佈：

「凱瑟琳．范登，你被逮捕了，放下你的槍，舉起你的雙手。」

蔣英梅文風不動地繼續舉槍瞄準伯司，她說：「慢點別急，你看見了，炸彈的雷管失效，沒裝上，你們可以安心的讓球賽進行了。倒在地上的是雅思閔，你們不也在找她嗎？她對我處理了雷管的事非常有意見，她是我殺的。我替你們解決了炸彈和雅思閔的兩個問題，就是要你們給我兩分鐘，我要和我的愛人陸海雲說說話，然後我就投降。」

「兩分鐘沒有問題，一定會給你，但是我要你先把槍放下。」

「你們有三把槍對著我一個人和一把槍，你們怕什麼呢？你們看過我的檔案，一定知道我玩槍的本事。只要有人的指頭動一動，倒下的除了我，還有他陸海雲。他可是總統的特聘助理，要是死在你們的保護下，這對你們的前途會有什麼樣的影響，就不用我說了。」

蔣英梅的持槍姿勢和眼神，都顯示她是一個下了決心而有經驗的槍手，屋裏的人都能感到她的震撼力。伯司說：「陸海雲，你退後……」

陸海雲的身體挪動了，但是他沒有退後，他往前邁了一大步，站在蔣英梅的前面，她的槍口就直指著他的前胸，陸海雲大吼一聲：「大家都慢著，爆炸裝置失效了，我們的主要任務完成了。伯司警官，我有話說。」

陸海雲是背對著伯司，他看著蔣英梅說：「我知道你想幹什麼，但是我不會讓你去做。蔣英梅，你就不爲我想想嗎？」

「海雲，我在過去的日子裏，時時刻刻都在爲你想，所以我才告訴你，只有你能來救孩子，你看，這不就辦到了嗎？別的都太晚了。」

「現在只要把槍放下，就不晚，我會想出個辦法的。」

「海雲，你就別再做夢了，我殺的人太多了，這個世界容不下我了。」

「不對，我是律師，我總會想出個辦法的。」

「也許你會讓我逃過死刑，甚至無期徒刑，但是我逃不過一、兩百年的徒刑，我的人生就是到這裏了，海雲，我愛你，你有大好的前程，你要好好的活著，把柯莉娟娶進門來過日子吧。」

「我也愛你，只要你活著，無論是幾百年，我都會等你，你把槍放下來吧！」

「海雲，記得我們在尼斯時，你說我們至少要生五個男孩，你要組織一個籃球隊，那是我一生裏最快樂的時候。當你要求我取你的命來換孩子們的命時，我知道你不僅是要救孩子，還要救我，不讓我繼續掉進更深的黑暗裏，我知道了你還是愛我，也明白了自己的罪孽給了你多少的痛苦，但是你還是沒有放棄我。所以我就決定要當叛徒了。你救了孩子，但是救不了我。海雲，請你原諒我，我的心裏會裝著你走的。」

陸海雲大聲地叫：「不！蔣英梅，你不能走。」

伯司警官又吼起來：「凱瑟琳．范登，我再說一次，把你的槍放下，否則我要開槍了。」

在場的人都很驚訝地看見蔣英梅的臉上露出了燦爛的笑容，她說：「那我就帶著我的愛人陸海雲一起上路了。」

伯司警官說：「不，不，不要……」

蔣英梅按下了扳機，伯司警官和兩個行動隊隊員的槍同時響了，但是伯司警官馬上叫了起來：「天啊！她的槍是空的，上帝幫助我吧！快給我叫救護車。」

蔣英梅的胸口中了三槍，血流如注，陸海雲緊抱著她，兩個人的衣服都染紅了，更襯出蔣英梅蒼白得像紙一樣的臉，她氣若游絲地說：「我很高興，我在這世上最後的日子是和你在一起，讓我想起了以前的快樂時光。」

陸海雲用沾滿了血的手撫摸著蔣英梅蒼白的臉：「我也好懷念我們那些快樂的日子，別說話了，你一定要挺住，我們往後的日子還多著呢。」

「海雲，你知道嗎？雅思閔在很殘酷的折騰你時，你喊著柯莉娟，知道有人愛你，我會放心的走了。」

「別說了，救護車馬上就到了。」

「再抱得緊一點，我好冷。海雲，你要忘了我，好好的活著，把你的孩子組個精彩的籃球隊。過來點，我要告訴你一件事。」

道奇隊打出了第二個全壘打，整個球場又是一片天翻地動的掌聲和叫喊。蔣英梅在她生命裏聽到的最後聲音，是孩子們的歡呼。她最後的話，是告訴陸海雲常強發藏錢之處。

這一段驚心動魄的過程被跟著進來的媒體記者全程錄影，事後全世界的電台都轉播了，在太平洋對岸的柯莉娟也從頭看到尾。

何時和馮丹娜坐在前面的一輛車，兩個人身上都戴著微型對講機，一個像助聽器一樣的耳機是塞在耳朵裏，連著一根電線從後腦伸到衣服領子裏，對講機的麥克風是別在衣服領子上。柳楊懷裏抱著用嬰兒毛毯包著的襁褓中的孩子，和袁華濤坐在第二輛車上，他的衣領上也別著麥克風。

車隊風馳電掣地從世紀公園開到了陸家嘴，他們從陸家嘴環路轉上豐和路進入了明珠公園，顯然警方已經在周邊進行了管制，東方明珠附近的遊人顯著地減少，他們一眼就看見賣霜淇淋的流動車就停在東方明珠鐵塔進門口十公尺的地方，兩輛警方的車在十公尺外並排停下，四個人下車站在兩車之間，他們看見了一個頭戴鴨舌帽，留著小鬍子的男人從霜淇淋流動車走出來，他戴著一個大太陽眼鏡把半個臉都遮蓋住了，這是從王克明離開經犯司以來，何時和馮丹娜第一次見到他。

王克明把右手高高地舉起來，將手裏握著的遙控器顯示給周圍的人看，然後他把手臂放下，將遙控器握在胸前。他高呼說：「你們看見我的遙控器了嗎？好，你們可以往前來了。只要你們不去接近霜淇淋車，我們的人是不會開槍的。」

柳楊抱著毛毯裹著的孩子走在前面，何時走在她的左邊，手裏拿著兩張有價債券。馮丹娜走在柳楊的右邊，手裏提著一個點綴著嬰兒畫面的行李袋。在接近到五公尺處，王克明說：「停住！馮丹娜，你把袋子打開，我要看看裏頭有什麼？」

馮丹娜把嬰兒袋打開，裏頭是尿布、毛巾、毛毯之類的嬰兒用品外，還有兩瓶嬰兒牛奶。王克明說：「行了，可以往前走。」

突然，柳楊從抱著的嬰兒毯子裏拿出一個奶瓶來，她說：「小馮，你替我把這奶瓶先收到包裹。這孩子太會喝奶了，你看，一下子就喝了半瓶。」

袁華濤看見柳楊發出了開始行動的信號。何時的耳機響了，他很清楚地聽見袁華濤的聲音：「何時，在柳楊開槍時，你立刻拔槍射擊王克明的右肩，就是他拿著遙控器的肩膀。」

何時不能相信他所聽見的，他感到有一股血沖上了他的大腦，但是他又在耳機裏聽見袁華濤說：「何時同志，你必須鎮靜，按我的指示，完成任務。你在柳楊的槍響時，立刻出槍打掉王克明的右肩。馮丹娜同志，你也在同時密集射擊王克明的右手臂。柳楊的性命和人民的生命財產就握在你們的手裏。」

何時深呼吸後來到了王克明的面前。他首先把有價債券接過來，看了一眼，右手還是在胸前緊握著遙控器，左手拿出一個信封交給何時，他對何時說：「把債券放進信封裏再給我。直升機呢？怎麼還沒來？」

何時沒有回答，把債券裝進了信封，王克明聽到了頭頂上直升機的聲音，他把信封接過來後又說：「我知道柳楊是你的女人，我也知道你一直很看不起我，所以我折騰柳楊，把她的肚子搞大時就感到特別的爽。」

何時還是不說話，兩眼盯著他，臉上沒有任何的反應。王克明又說了：「每個人都羡慕你是上海最優秀的刑警，我可不。但是我羨慕你每天都能抱你的美女老婆睡覺，我看見你老婆就來勁。她可是三朵金花裏的頭號美女，她把楊冰都比下去了，更不用說趙思霞了。」

何時開口了：「說到你前妻趙思霞，她的命案我們破了。一個叫賽甫丁的維族自助會成員是兇手，他的精子和被害人陰道裏的精子有同樣的DNA，他在拒捕時被擊斃了，但是我們在廈門逮捕到他的幫兇，我們在被害人的口腔裏發現這個幫兇的精子。他招供說是被害人先勾引他們，因爲她在婚姻生活得不到滿足，就來找他們兩個人，要他們一上一下同時來安慰她。」

王克明想用讓柳楊的懷孕來羞辱何時的男性尊嚴，但是何時用非常專業的語言形容他前妻的命案來反擊，王克明顯然惱羞成怒，眼睛露出了凶光，他說：「趙思霞已經不是我的老婆，跟我沒關係了，你跟我說這些不覺得無聊嗎？」

「那你知道被害人和別人有婚姻之外的關係嗎？」

王克明突然明白了何時問話的厲害，他如果說是，就是給自己戴綠帽子，說不是，就是承認他不能滿足自己的老婆，他正想發作時，柳楊說：「王克明，你要我把孩子帶給你，你怎麼連一眼都不看呢？他長得可像你了。來，抱抱你兒子吧！」

柳楊雙手把抱在胸前用毯子包著的孩子捧給王克明，他取下了太陽眼鏡，露出滿臉笑容，右手還是緊握著遙控器說：「哎！讓爸爸好好看看我的小寶貝！」他伸出了雙臂去迎接。

這時第一聲槍響了，這是柳楊從嬰兒的毯子裏射出的，子彈穿過了嬰兒的襁褓射進王克明的胸部，他的第一個反應是：「你對我們的兒子開槍！」

他的第二個反應是無比的驚恐，他先是看見他的兒子從柳楊的手裏掉下來，當他看見掉下來的是個布娃娃時，他明白是怎麼回事，他本能地要去按下手裏遙控器的紅色按鈕，但是他發現按不動了，因爲就在此之前的瞬間，柳楊的第二槍擊中了他的小腹，她的左手也抓住了遙控器，何時快速發射的三發子彈把他的右肩打碎了，馮丹娜不愧爲公安部射擊隊的射手，她的三顆子彈在王克明的右臂上出現了三個等距離的彈孔，造成他整個右臂粉碎性的骨折，在他倒下之前，他看見柳楊對他微笑，那是勝利的笑容，他說：「你比我還狠。」

雖然他的嘴唇在動，但是喉嚨已經發不出聲音了，王克明的神智在迅速地減弱，但他很清楚他是在邁向死亡了，他倒在地上，右臂彎成了一個很不自然的角度。他的一生在他腦子裏濃縮並且快速地閃過。柳楊一手握槍，一手拿著遙控器，蹲在他身邊說：「王克明，這遙控器我們就替你保管了，你別害怕，我們不會讓你就這麼死了，那太便宜你了。你得接受法律的審判，再把你養得白白胖胖的，然後才拉到刑場把你槍斃。因爲任務的關係，我們可能不會再見面了，我要你知道，你從來沒讓我爽過，其實，我懷疑你是不是有能力讓一個女人感到爽，所以我是很同情趙思霞的，她嫁給了一個太監。」

柳楊的這番話，徹底地否定了他一生最引以爲傲的特性，那就是他玩女人的能力，在他玩過的女人裏，柳楊是唯一讓他動了真情去愛的人，他也深深地感到他愛的女人同樣是死心塌地的要跟他一輩子，所以她的話對他的傷害，並不亞於打進他身體裏的那幾顆子彈，在他完全失去知覺前，他的視覺模糊了，但是他看見柳楊拉著何時的手離去，王克明經驗了他一生裏第一次的心痛。他看到最後的影像是他一生裏的第一個兒子，也是倒在他身旁，他模糊地看見兒子的臉，有一對特大的眼睛，但是鼻子很小，很奇怪，他沒有嘴，王克明覺得他兒子長得很像個布娃娃。

在控制了王克明後，東方明珠的附近就響起了起伏的槍聲，這是袁華濤指揮的特警分隊和特別專案組的刑警，對殘餘的維族自助會槍手、東突和疆獨份子、境外來的恐怖份子以及王克明的集團發起了激烈和無情的進攻，只要是有任何拒絕投降和反抗的意圖，就會遭到強大的火力集中攻擊和格殺。

炸彈拆除小組帶著全副裝備進入了霜淇淋車，發現整個BLU-82EXP裝置是裝在一個以高碳鋼爲材料的鐵籠外殼裏，他們的第一個報告是電子計時器還有十四分鐘就會擊發雷管，傳統的引信也接上了雷管，引信已被點燃，距引爆時間也是約為十四分鐘。

他們的除彈方案是先要把鋼質的外殼打開，然後將計時器停止，再將引信剪斷。所有過程都要十分小心地進行，任何錯誤的動作都可能造成炸彈的爆炸，因此在十四分鐘內是否可以完成任務是個很大的未知數。袁華濤馬上就做出決定：如果炸彈拆除小組在十分鐘內還不能將BLU-82EXP的功能拆除，他就要轉移它，他下令黃浦江的兩岸，從復興東路隧道到大連路隧道，尤其是外灘，從外白渡橋、人民英雄紀念碑到十六鋪一帶，所有的人員都向內陸方向撤二百公尺，同時關閉所有的隧道，顯然他是要將炸彈移動到黃浦江。大家開始了這漫長的十分鐘等待。

何時的世界在幾分鐘的時間經歷了天翻地覆的變化，他的神經和思維無法恢復到正常狀態，他坐在一輛警車裏，柳楊靠在他身邊，一直在和他說話，但是他兩眼發直，好像一句都沒聽進去，也一句話都不說，袁華濤走到車旁，何時要站起來，但是袁華濤把他按住，他說：「何時，你坐著，我知道你大概對我和柳楊很有意見，我要跟你說幾句話，也許你會好受一點。」

何時沒回答，袁華濤就接著說：「首先，柳楊是我們公安部的一級偵查員，比你的上海市公安局一級偵查員還高一級，她立過兩個公安部的一等功和三個二等功，如果你想對她發脾氣，請你注意上下級的禮貌。」

「要不要我現在就站起來，給她下級對上級的敬禮？」

柳楊拉住他說：「何時！」

「其次，柳楊是公安部命令她去給你擔任臥底的，她的主要任務是接替袁玲玲的反貪腐臥底工作。次要任務才是為你們特專組幹活。柳楊的個人歷史都是公安部為了她臥底任務而製造的。還有，整個行動方案包括對你的保密是組織批准的，所以你不必對柳楊有情緒。我理解你的心理不平衡，等這事過了，我老袁跟你道歉，請你喝酒。」

何時終於露出了笑容，他說：「袁部，我明白，有您這句話就行了。但是柳楊還是欠我一個說法。」

「那你們談談。我去看看是不是要轉移炸彈了。」

袁華濤轉身走了，柳楊說：「何時，你說說話好嗎？你讓我快發瘋了。」

「報告上級，你要我說什麼？」

「要不，你就臭罵我一頓。」

何時把柳楊的手握住親了一下：「我不是在生你的氣，我是在氣我自己，老以爲自己很聰明，可是這一回我被從頭到尾蒙在鼓裏，一點都不知道，我這個大偵探可當得夠窩囊的了。」

「你不生氣了我就跟你說實話，不是你大偵探不行，是本姑娘的臥底技術高明。」

「我問你，你一定要說實話，現在孩子在哪裏？」

「你不是都看見了嗎？被我扔在地上了。」

「那是個布娃娃，我是問……」

何時看見柳楊臉上曖昧的笑容：「你是說，你沒跟他生孩子嗎？」

柳楊開始笑出聲來：「我是用來騙他，免得他老是來騷擾我，結果把你也騙了。」

何時沒說話，柳楊知道又是老問題來了：「何時，我拿我的身體做爲臥底的工具，我只能把我的心給我的愛人。我知道這帶給你無比的痛苦，但是我渴求你的理解，我也可以告訴你，我的臥底生涯也結束了。」

「爲什麼？我以爲你很喜歡臥底的任務。」

「是的，並且我是公安部最得力的臥底公安幹警。但是在這次的任務裏，我把所有的公安臥底守則都犯了，其中最大的錯誤，就是愛上了我的上線。它的嚴重性和抗命是一樣的。你不想接受任命指派，就差點被老袁槍斃了，你說他會放過我嗎？」

「我想不會的，何況你又立了大功。」

「你知道袁華濤是有名的主張把功過分開。其實，從愛上你的那一刻，我就不想幹臥底了，但是我又不想失去和你接近的機會。何時，你知道嗎？看你流著眼淚很痛苦的對我說，你走到天涯海角都會把我接回來，當場我的心就碎了，人也差一點就崩潰了。當時就想不顧一切，把真象告訴你。就是那麼一線之差，我就把整個行動方案給炸鍋了。爲了你，爲了我，我不會再去幹臥底了。」

「柳楊，我覺得你好偉大，我不會讓你再離開我了。可是你得告訴我，你還有什麼是瞞著我的。」

「不說。」

「那你告訴我，柳楊是不是你的真名總可以吧？」

「不能說。我喜歡柳楊這名字。」

「你不說，看我等一會兒怎麼收拾你。」

柳楊把頭往他的肩膀靠了一下說：「你把我收拾得意亂情迷時，我就會全招了。」

東方明珠周圍的槍聲停了，特警分隊的隊長向袁華濤報告，維族自助會的槍手和其他可疑的恐怖份子已經全被消滅或控制了。炸彈拆除小組還是沒有完成拆除工作，袁華濤坐上了炸彈車，他計畫從東方明珠開著炸彈車轉上豐和路，跨過濱江大道，然後在東方明珠遊船碼頭把炸彈車衝進黃浦江。他叫何時在前方開路，但是何時把袁華濤拉下車來，自己坐到駕駛座上，袁華濤滿臉怒容說：「何時，你想造反了！」

「袁部，這小卡車有六個排檔，您會換檔嗎？您上一次練習跳車是什麼時候？太久之前，想不起來了，對吧？雖然就這麼短的一段路，要是翻車了，那就前功盡棄了。我老何的開車技術可是一把手，您不信，問問。」

「你敢拉我下車，就不怕我斃了你？」

「我怕！但是請您事後再請仇泰安槍斃我。」

「你小子的膽子也太大了，還不給我快走！」

「是，保證完成任務。」

何時發現柳楊坐在前座，他說：「一個人夠了，這兒沒你的事，給我下去。」

「你休想趕我下車，沒時間了，快開車。」

「柳楊，那你一定要聽我的口令跳車。」

「是，我什麼時候沒答應你的要求了?保證完成任務。」

何時跟著前面的開道車轉上了豐和路，路上沒有任何車輛和行人，車速增加地很快，他看見前方的濱江大道，在快到位於右邊的昆蟲館時，兩個頭戴小白帽，手持衝鋒槍的槍手出現了，柳楊大叫一聲：「小心，右邊有槍手。」

她離開座位騰身而起，將上身伏在何時身上。兩個槍手開槍的同時，跟在後面一輛車上的戴安也開槍向槍手射擊。炸彈車的擋風玻璃被打得粉碎，一排對準了何時的子彈都擊中在柳楊的背上，她一動都不動，何時也被射中，他的血和柳楊的血混在一起，染紅了他們。何時用他最後的意志力，集中所有的力量，握緊了方向盤，他將油門踩到底。炸彈車飛快地衝向黃浦江，何時聽見一動都不動的柳楊說：「何時，我愛你。」

「柳楊，不要離開我。」

裝載著炸彈的小卡車以高速撞上了碼頭的鐵欄杆，車身騰空飛起落到了江心，激起一大團水花，但是隨後江面就又恢復了平靜。戴安奔跑到碼頭邊，抓住了鐵欄杆，他對著江面大喊：「老何，你怎麼不跳車？」

何時沒回答，但是從黃浦江的河底傳出來轟然巨響，BLU-82EXP爆炸了，隨後一股幾十公尺高的水柱沖出了江面，瞬間江水泛濫了兩岸，當江水緩慢地又流回到黃浦江時，似乎是把岸邊清洗了一次，迎接新日子的來臨。

所有的公安人員都聚集到了江邊，也許他們在希望江水慢慢地平靜下來後，何時和柳楊會從河底游泳回來。但是他們聽見了袁華濤副部長高聲地喊：「何時，柳楊，你們走好了！」

有好幾個浦東分局的刑警，流著眼淚高喊：「何隊，走好了！」

他們又聽見了袁華濤的高聲呼叫：「全體公安幹警，向何時、柳楊同志致敬。全體舉槍，鳴槍！」

一時槍聲大作，戴安把一整索彈夾放完。這一場血腥的鬥爭，在最後的槍聲停止後也結束了。雖然正義戰勝了邪惡，但是付出了龐大的代價。隨著何時與柳楊，鄭天來、仇泰安、馮丹娜和二十多名公安幹警在轉移炸彈車的戰鬥中犧牲了。

第十一章　愛情的文藝復興

恐怖組織策劃在美國加州洛城和中國上海發起的巨大爆炸事件，是預期要有比在紐約的九一一事件更爲殘酷的後果，他們要將成千上萬的無辜者殺害，但是他們沒有成功。中美兩國的政府和人民在爲自己慶賀的同時，有兩個受害者卻在默默地承受著無比的痛苦。

陸海雲在絕大多數人的心目裏，他是在阻止恐怖份子於洛城行兇時立下了汗馬功勞，是一個大功臣。但是對陸海雲來說，整個恐怖事件的主謀和總指揮蔣英梅是他過去的戀人，而在最後一刻，她的人性光輝戰勝了邪惡，爲了那份和陸海雲刻骨銘心的愛情，她破壞了炸彈，使上萬的人，包括許許多多的孩子們免於死亡，但是自己卻被擊斃。他無法不去思考，如果當初他不放棄和蔣英梅的愛情，保住她善良的人性，也許她就不會死在他的懷裏。他深深的自責以及柯莉娟的音信全無，把一個反恐英雄推進了黑暗的深淵裏。他無心繼續工作，甚至無心生活。最後還是他的紅粉知己，愛米・李，說服了他，唯有徹底地改變生活環境，他才可能不走上自我毀滅的路。

陸海雲決定放棄他的律師行業，他辭去了奧森律師事務所的工作，賣掉了他在南巴沙迪那市蒙特利山小區的房子，離開洛城，先回到父母的家住了一個月，然後在舊金山市的海邊買了一棟房子。他向在柏克萊的加州大學法學院申請教書的職位，由於他的優秀律師經驗和不少的專業文章，他很快地被聘爲法學教授，陸家的一老一少，成爲加州大學裏少有的父子檔教授。讓陸海雲驚喜的是他發現自己很喜歡教書和做研究，他更喜愛校園生活的單純。雖然也有人認出他就是赫赫有名的反恐英雄，但是都不會去干擾他。他的學生們倒是覺得這位年輕的陸教授常帶著一份說不出來的憂鬱，一個人在校園裏獨來獨往。

隔著一個太平洋的上海，還有一位受害者柯莉娟。她成爲公安烈士何時的遺孀後，社會和親朋好友們給了她很多「如何當烈士寡婦」的壓力，包括有：穿什麼衣服，去什麼地方，交什麼朋友等等。但是沒有人知道在此之前她的婚姻已走到盡頭了，何時愛上了另一個女人，而她也有了婚外情，她愛上了陸海雲。她也在電視上看到了蔣英梅和陸海雲在棒球場那幕驚心動魄的最後時刻。雖然她對陸海雲的愛情還是在火熱地燃燒著，但是她失去了和他談情說愛的勇氣，她不能確定蔣英梅是不是把他整個心都佔據了。在他最痛苦、最迷惘和最困難的時候，柯莉娟寫了好幾封很長的電郵鼓勵他，給他勇氣，但是她從不回答陸海雲提出來關於他們之間的感情和未來的問題。

時間在往前邁進，轉眼又是六個月過去了。一天，陸海雲接到柯莉娟的電郵：

海雲：

你在哪裏？我是小莉，還記得我嗎？

現在夜已深，四周靜悄悄的，我說個故事給你：

在明朝的時候，有一位叫李香君的大美人，她是在南京秦淮河畔的一個歌妓。她和一位叫侯方域的公子戀愛，侯方域在進京考試時告訴李香君，他在功成名就後一定會回來找她，要她等著。下面是一首李香君在等待侯方域時在秦淮河畔唱的歌：

心已倦，難回頭
明月時時有
癡情人不休
雲常走，水常流

天地自悠悠
聚散千古愁
紅顏紅塵中
朝朝暮暮期盼
就為一次真愛，難捨難了
盼重逢，難重逢
緣來緣如風
別離別重重
擦乾淚，喚醒夢
心為心等候
情為情相守
紅顏紅塵中
朝朝暮暮期盼
就為一次真愛，難捨難了
讓風揮灑
走過有你的天空
讓心從容期盼與你的相逢
到永久

李香君在秦淮河畔唱這首歌唱了十年，她的愛人沒有回來，她後來在南京棲霞山的一個廟裏削髮為尼。愛情的期待像是燃燒中的火焰，它發出無比的光亮和熱力，戀愛中的人像是飛蛾，奮不顧身的撲進去，然後一起燃燒成灰。

海雲，我盼望你的消息，我也想看看你。

不管你在哪裏，一定要保重。

小莉

出乎意料的是，柯莉娟約了陸海雲到台北見面，當他走出桃園國際機場第二航廈的入境大廳時，已是晚上七點了，小剛和小婕一眼就看見他，他們飛奔過來撲進他的懷裏：「陸叔叔，爸爸不回來了，叔叔帶我們去玩好不好？」

陸海雲馬上就想起了何時，他的眼淚瞬間就掉了下來，他強忍著說：「叔叔一定會帶你們去玩，讓叔叔好好看看你們，都長大了。」

他抬頭從模糊的目光裏看見了柯莉娟，她一身黑色的服裝，剪裁得非常合身，沒有人會聯想到她是在居喪的婦人，還以爲是時尚的服飾。她還是那麼美，但是薄施脂粉的臉上那一對大眼睛裏閃爍著淚光，他們互相凝視了片刻，發生在他們之間的一切，那排山倒海似的一見鍾情，如醉如癡的一夜情和那說不完的愛情故事，在兩人的腦海裏閃過，雖然這一切都隨著恐怖事件的消滅，不知去向了。但是那份揮不去的濃情蜜意讓柯莉娟再也無法克制了，她緊緊地抱住了陸海雲：「海雲，謝謝你終於來了……」

她的眼淚像是潰堤的河水，一湧而出。陸海雲的喉嚨也哽住說不出話來，他的視覺更模糊了。小婕拉著媽媽說：「媽媽說在飛機場不許哭，可是媽媽和叔叔怎麼都哭了。」

柯莉娟從手提袋裏拿出小包的面紙，給陸海雲和自己各一張擦乾了眼淚，她說：「媽媽不哭了，陸叔叔也不哭了。」

她轉身對著陸海雲說：「讓孩子說我們多不好意思。沒想到你也會傷感。」

「你還沒看見我那些傷感的日子，你信不信，我這麼大的一個男人會整天以淚洗面，他們差點就把我送進精神病院了。」

「我知道，你的情況愛米都告訴我了，她一直要我去看看你，但我自己也處在崩潰邊緣，也不曉得你還願不願意見我。海雲，對不起，我是個很沒用的人。」

「你我都是受到傷害的人，能這麼活著就不容易了。來，我們去叫部計程車，先把我的行李送到酒店去。」

「海雲，我是開車來的，我送你到酒店。」

「不好意思，還讓你去租車子。」

「海雲，我還沒跟你說呢，我現在是以『陸配』的身分定居在台北了。我買了一輛汽車，每天接送兩個小傢伙上幼稚園方便些。」

「是嗎？」

「我和你一樣，不離開上海就得進精神病院。」

陸海雲訂的是在仁愛路上的福華飯店，車程要近一個小時。一路上，柯莉娟說了她和兩個孩子在台北的情況，何時的大哥和大嫂對他們十分的照顧，尤其是大嫂一直勸她要走出陰影，迎接新生活。他們在三個多月前舉家搬來台北，在大哥大嫂家附近租了一間公寓，雙胞胎進了幼稚園，安心地過日子。陸海雲在辦完入住手續後建議：「我們到咖啡廳去吃個簡單的晚餐吧，我在飛機上吃了晚餐，但是小傢伙們一定餓了。」

「我們都已經吃過晚飯了。你坐了十個多鐘頭的飛機，一定累壞了。早點休息吧！明天晚上是你們

『耶魯三劍客』的團圓聚會，你得養足了精神。小剛，小婕，來和陸叔叔說再見。」

陸海雲將雙胞胎分別抱起來親了一下，正想也親吻柯莉娟時，她說：「海雲，我的世界變了，我也變了，已經不是從前的小莉了，我好不容易鼓起勇氣和你見面，就是怕我會使你失望，更害怕我自己會崩潰。海雲，請給我一點時間，讓我反應，你不是會待一個星期嗎？」

她伸出手來和他握別，然後把她的電話和手機的號碼給他，請他隨時都可以打電話來。在他們重新又見面了短短的兩小時裏，陸海雲可以感覺到柯莉娟的情緒起伏。他回到房間，洗了個熱水淋浴，感覺身體的勞累消除了不少，他打電話給耶魯大學的同學章書平，才知道第二天的三劍客聚會是柯莉娟安排的，說是給他接風的。

陸海雲感到一份體貼和溫暖，他是帶了一份大禮，要來送給趙碧浩的，感謝她出手救他脫險，並且祝賀她新婚之喜。然後他正式宣佈：白雪公主後媽的地位已經恢復了，還是高居在他「最恨的人」名單的第一位，趙碧浩已經從名單上被除名了。顯然柯莉娟是想到他的社交活動，安排他來到台北首先就辦這件事，並且還想到他和趙碧浩以前初戀的尷尬，就藉口是「耶魯三劍客」聚會。陸海雲感到安慰的是，柯莉娟在翻天覆地的衝擊後，至少恢復了她女性的細心和體貼。晚上十點半時他決定要上床睡覺，他給柯莉娟打了個電話，本來只想說聲晚安，但是他們一直聊到半夜十二點半，也許是因爲沒有面對面的壓力，他們談得很開心。

在以後的三天裏，首先陸海雲和柯莉娟帶著雙胞胎到木柵去坐貓空纜車，再去逛動物園，看熊貓團團和圓圓，兩個孩子被這一對也還是大孩子的毛呼呼黑白動物給迷住了，在牠們的園子前徘徊了很久，而這一對熊貓好像也要在這一對小朋友面前表現一番，牠們在園子裏追逐，兩個小傢伙就圍著園子在外面追逐，牠們爬樹，倒吊，再摔到地上，然後坐下來啃竹子。兩個小傢伙看得樂壞了。

第二天，柯莉娟開車帶他們遊覽北台灣的海景，從台北先到了最北邊的富貴角，再沿著海岸線開到宜蘭和蘇澳，然後經雪山隧道回台北。一路上觀海看浪，到沙灘上撿貝殼和漂亮的石頭，最後到了宜蘭，坐在小溪旁泡腳，熱騰騰的溫泉水把一天的疲勞都洗掉了。那裏有不少阿公阿婆也是在泡腳，他們用台語說陸海雲好好命，有這麼漂亮的老婆和一對雙胞胎，當問到柯莉娟是哪裏人時，她就說她是「陸配」，這些阿公和阿婆就更是興奮，互相傳開來說來看「大陸美女」嫁到台灣來了，還有老太太會來摸摸柯莉娟的臉，然後讚美說好嫩的皮膚，甚至有老太太從籃子裏拿出水果請他們，柯莉娟基本上不太說話，但是臉上堆滿了笑容，顯然她覺得和這些人互動很讓她快樂。

陸海雲注意到柯莉娟沒有告訴人家他們不是夫妻，但是她對陸海雲在肢體上和她碰觸還是有意無意地躲避，只是當她聽見他對「陸配」的新解是「陸海雲的配偶」時，她笑得腰都彎了。第三天，柯莉娟陪陸海雲參觀故宮博物院，正好碰上北京的故宮博物院和他們聯合舉辦清朝雍正大帝的展覽，內容非常豐富，加上講解員的精闢說明，讓參觀的人非常享受，陸海雲因爲替蓋地博物館打過幾場官司，他自認在文物展覽上是個小專家，他對故宮的展覽非常滿意，他們足足留連了一整天。

晚餐是在有日本風味的陶板屋吃的，套餐裏的每一道食物都是已經安排好的，客人不必費盡心思去調配。陸海雲覺得飯後提供水果醋很有創意，但是他最大的收獲是柯莉娟主動尋找和他肢體接觸的機會。他們走在一起時，她會拉住他的手或是挽著他的手臂，有幾次還把頭靠在他的肩膀上。當送她回家時，柯莉娟吻了他，但是沒給他機會讓他回吻，也沒有邀請他進屋。但是他們又在入睡前通了電話，做了長談。

第四天，也就是陸海雲要回美國的前兩天，柯莉娟一大早就到福華飯店來找他，他們到樓下去吃早餐，西餐廳還沒準備好，他們等了一會兒後，成了當天的第一波客人。陸海雲覺得今天柯莉娟特別漂亮，雖然她還是一身黑色的衣服，黑長褲和黑襯衫，但是她戴了一條彩色的絲巾，配上黑色的衣服把她雪白光澤的皮膚襯托了出來。緊身的衣服和些許的身體暴露讓她散發著女性的嫵媚。她吃得不多，一邊喝著咖啡一邊看著陸海雲大口大口地吃，她笑著說：「我真高興你來台灣有好胃口，愛米告訴我你的體重掉了好多，也沒有食慾，這對你不好，要注意。」

「沒問題的，我想吃的時候就回家，我老媽一定給我做我愛吃的。」

「海雲，我知道你看我每天穿黑衣服，大概都看煩了。但是我還是沒有勇氣穿花衣服，所以就加了一條絲巾，你看還行嗎？」

「小莉，你好美，特別是今天更美，女人需要用化妝和服裝來凸顯她們的美，有的是用它們來掩蔽或彌補缺陷，所以才有了時裝和美容用品的行業，但是有些女人不需要化妝和不管穿什麼就是美，她們都是有一張漂亮的臉蛋和一副好身材。你就是這種好運氣的女人，人稱天生麗質。但是你今天是穿了小一號的衣服，告訴我，目的何在？」

「男人就是喜歡女人穿一套小一號的衣服，是不是？」

「不是。」

「海雲，你是言不由衷。」

「男人是喜歡女人穿小一號的衣服，但是更喜歡她們把小一號的衣服脫下來。」

「本性難移。」

「我只是老老實實的告訴你男人心裏想的。」

「反正我說不過你。海雲，還有兩天你就要回去了，你說，你還想到哪裏去看看玩玩？」

「那你都準備好了？」

「什麼？」

「跟我走啊！」

柯莉娟的眼眶馬上就濕了，陸海雲立刻反應說：「小莉，對不起，是我太自私了。你知道嗎？事件發生後，我走進了黑暗世界，我以為快樂的感覺已經永遠的離開了我，但是在過去的三天裏，它回來了，可是我很害怕它又會消失了。我才會自私的要把它保住。小莉，請你原諒我。」

「你沒錯，是我自己的問題。我已經在黑暗世界裏生活了六個月，你來了，我才看見一絲的亮光，我比你更害怕，怕這一絲的亮光會又消失了，我會崩潰的，那兩個孩子怎麼辦呢？你知道我的眼淚不值錢，動不動就哭，海雲，你別在意。」

「也許台北就是我們的文藝復興，是我們黑暗時期的結束。」

柯莉娟陷入了沉思，陸海雲繼續問：「你還沒告訴我，為什麼決定到台北來定居。」

「在上海無形的社會壓力太大，不管到哪裏都會有人對我指手畫腳，他們不是惡意，但是讓人受不了。最糟糕的是有人來教我如何去當寡婦，特別是如何去當國家特級英雄、公安烈士的寡婦，連我父母都提醒我要注意形象，深怕我會去褻瀆烈士在天之靈。還有人送給我一本書，是說歷史上模範寡婦的事蹟，我都要發瘋了。」

「書上都說些什麼？」

「說守寡後，盡量不要出家門，盡量減少與外界的接觸和交流，特別是與異性的接觸。還舉了明朝的一件模範寡婦的例子，說有個住在如卻縣，叫李胡氏的女子，二十五歲守寡，發誓終身不出家門。一天鄰家起火，大火燒到她家，家人趕緊過來救她，她卻把七歲男孩從門口交給嫂子，然後抱著三歲的女兒端坐火中燒死了，她寧死也不出家門。」

「這都什麼時代了，還把這些封建的東西拿出來。」

「我想是有人怕我會破壞了烈士的光環。」

柯莉娟喝了一口咖啡，繼續說：「但是有兩個人，是她們把我從崩潰的邊緣拉了回來，一個是楊冰的母親，李路欣阿姨，她告訴我絕對不能當寡婦，尤其是烈士的寡婦，要做一個正常的人活著。她說她自己就是爲了那烈士的光環，等了這麼多年才嫁給老袁，不僅讓她和老袁痛苦思念了那麼多年，還讓楊冰從小就活在那光環下，養成她事事都要出人頭地的心態和扭曲了的價値觀，最後連感情的事都跳不出去，你不也嘗到了那後果了嗎？所以她勸我一定要換一個環境。海雲，你知道李阿姨他們搬回到內蒙古的草原了。」

「我知道，袁部長寫信跟我說了，他退休後回內蒙去了。」

「當他知道被任命爲公安部部長時，就申請退休了。海雲，你知道嗎？李阿姨是世界上最幸福的女人，她和老袁還是在熱戀中。」

「袁部長退休後在做什麼呢？他可是個了不起的人物啊！」

「李阿姨說她在幫老袁寫書。」

「袁部長的自傳一定很精彩。」

「不，他們是在合寫一本愛情小說，我覺得會更精彩。」

「你說還有一個人也幫了你，是誰？」

「是我大嫂，何時大哥的妻子。她和你一樣也是在大學教書的。她也叫我不能當寡婦，爲了孩子們，我應該過常人的生活。」

「她是教什麼的？」

「她教的是教育心理學，所以跟她說話時，就像是在給我治心理病。」

「何時的大哥也是同樣的看法嗎？」

「大哥是個很開明的人，他也說，讓兩個孩子有一個正常的生活比什麼都重要。海雲，大哥自己有一個非常反傳統的一生，他是台灣大學機械系畢業的，但是愛上了哲學，他到美國哈佛大學的哲學系修了一個博士學位，回到台灣在大學裏教書，但是看不慣大學裏的一些做法，就出來開了一家出版社，專門出版武俠小說，賺了他的第一桶金。他說我必須再嫁。」

「小莉，我得會一會這位高人。」

「後來他們請我到台北小住，我就愛上了這裏，回去後就搬家。」

「在國內的親戚朋友們都贊成嗎？」

「全體反對，只有李阿姨他們贊成，她說我再嫁前不准回來。」

柯莉娟看見陸海雲有不解的表情，她就說：「我有跟李阿姨和大嫂說過，在何時沒走前我就愛上你了。」

陸海雲沒說話，柯莉娟接著說：「台北現在是我的家了，公安部給了我一年的長假，說是要我休養，到時候如果還有需要，可以再延長，所以現在我還拿工資，加上給我們的撫恤金，夠我們過日子的了。我也開始到醫學院去旁聽一門病理課，報上說很快的我們大陸的學歷會被認可了，到時候我就能去考個專業執照，就在這裏落地生根了。」

陸海雲：「換個環境對我們是對的，幫了我們去面對世界。我看你是很喜歡台灣，是不是？」

柯莉娟又續了一杯咖啡，她說：「是的，我覺得台灣人，至少是我接觸的人和在我身邊的人都很善良，我的日子過得很好，就是不能回想過去。對了，海雲，楊冰和你聯繫了嗎？」

「有，她告訴我，她已經離開公安部，並且要結婚了。」

「這是什麼時候的事？」

「大概是三個多月前吧？她是不是和那位叫亞力山大–亨利·劉的商人結婚了？我看見過他們在一起。」

「是的，但也不是。」

「什麼意思？」

「他們是有結婚，但是一個月後就離婚了。」

「怎麼是這樣呢？」

「這位叫亞力山大－亨利．劉的企業家顯然犯了重婚罪，他騙了楊冰，他沒有和老婆離婚。」

「那他是爲了什麼？就是要和她上床嗎？」

「他付的代價可大了，上億的家當都進到楊冰的名下了。但是聽說他現在到處逢人就送名片，上面印的有『模範公安幹警楊冰前夫』的字樣。」

「世界上什麼樣的人都有。小莉，楊冰她快樂嗎？」

「到底是和她談過戀愛，我看你對她還是很關心的。我聽說她又結婚了，對象比她還小五、六歲，但是他老爸是個十億身家的富豪。」

「你聽說的？不是楊冰告訴你的？」

「我們大吵了一架，她就不理我了。」

「你們不是多年的老同學嗎？什麼事有那麼嚴重？」

「爲了一個男人的事。」

柯莉娟曖昧地笑著看他，陸海雲說：「你是說我？」

「別裝的一副無辜的樣子，我看你是心中暗喜，有人爲了你，連多年的友誼都不要了。」

「有什麼用？我還是找不到老婆。楊冰她不要嫁給我，她怎麼會爲了我和你起衝突呢？」

「在你不辭而別，突然離開了上海後，楊冰來找我，問我是不是愛上了你，叫我不要和你來往，我正因爲不知道你到哪去了在心煩，就頂了她，說我的事不用她管。何況她說過，她是不會嫁給你的。」

「楊冰怎麼說？」

「她說，她已經把初夜給了你，你就是他的了，別人不能碰。」

陸海雲有點臉紅，不好意思了，柯莉娟調侃地說：「海雲，你是真的臉紅了，還是在對我炫耀你征服了楊冰？」

「小莉，對不起。」

「你們兩人都是單身，有權利去追求男歡女愛，跟我說什麼對不起。」

陸海雲可以感覺到柯莉娟是在很快地恢復到她過去的狀態，所有女性對專情的要求也出現了，這是個健康的信號，他說：「那你爲什麼會和她鬧翻了？」

「當時我擔心你不知去向，心情很惡劣，我就說陸海雲要和誰做朋友也不是她說了就算。然後我就告訴她，我們有過一夜情了。她就對我動手，說我和趙思霞一樣，背叛她。你知道她是有功夫的，出手會傷人的。」

「小莉，她真的打你了？」

「其實沒有，她就推了我一把。可是她也不跟我道歉，我去找她，她就再也不理我了。我們在警校唸書的時候，她是A咖，我和趙思霞是C咖，什麼事都要聽她的，我是個沒心沒肺對事情不在乎的人，所以沒問題，但是趙思霞有時會和她爭。」

「你說什麼A咖C咖，那是什麼意思？」

「哈！也有把你陸大律師難倒的時候了。這是台灣社會上用的名詞，A咖是老大，C咖是老三，現在連報紙上都這麼用了。別問我它的背景，我也不知道。」

「這不通啊，你們應該是B咖才對。」

「爲什麼一定要按先後次序？不傷大雅的地方不按牌理出牌是台灣社會可愛的地方。你還想知道其他可愛的地方嗎？」

「我看你是真的準備全心全意的當你的陸配了。」

柯莉娟明白他是在用「陸配」的新解來激她，就瞪了他一眼：「你要老是在嘴上佔便宜，我就不說了。」

「是你自己老是朗朗上口說自己是陸配。」

「你小心，總有一天，你會碰到高手，把你收拾得啞口無言。」

「我拭目以待那一天。小莉，快說，我保證不再油腔滑調了。」

「在這裏上床叫『打炮』，要是在露天的地方就叫『打野炮』，管做愛叫『嘿咻』，在汽車上做愛叫『車震』，你說可愛不可愛？」

「我看得出來，你對學習新名詞的先後次序倒是掌握得很好。」

「你看，又來了。海雲，說正經的，楊冰是怎麼跟你說她和王克明的事。」

「我們在哈爾濱時，她在松花江上的太陽島上告訴我王克明移情別戀，愛上她的好友，所以她就解除了婚約。」

「其實是她先和王克明解除了婚約，人家才去追趙思霞的。楊冰當時還求我不要透露真實情況。」

「沒想到她是個很複雜的人，我的確是看走了眼。小莉，我們在法庭上打官司，最重要的是要會選陪審員，選對了，會幫我們的客戶脫罪，我在奧森事務所是有名的會看人，會挑陪審員，但是絕沒想到楊冰居然要在洛城綁架任敬均回國。我和愛米都嚇了一跳，做一個警察，她居然敢在光天化日下做嚴重違法的事。」

「楊冰跟你說過她爲什麼離開公安嗎?」

「小莉，很顯然現在看來，楊冰的個性和你和我都是格格不入的，但是就因爲在某一個時間和空間的關係，你們成了好朋友，而我們成了短暫的戀人。你知道嗎?在我最困難的時候，我的生命好像就靠著朋友們的關懷和慰問才維持下來，你給我的那些電郵成了我每天的生命糧食。中國的朋友，上從袁部長和鄭天來，下到馮丹娜和在一起打過籃球的小刑警都送來了他們的關心。唯獨楊冰一個人毫無音信，不聞不問。好不容易來了個電話，第一件事就是告訴我她要結婚了，第二件事就說她太忙不能多說。所以我就趕快掛斷了，別的都沒說。」

柯莉娟拿出一張面紙把眼睛按了一下，她說：「你最會賺我的眼淚了，我很高興在你困難時能給你一點幫助，撐過難關。楊冰實在是太過分了，她沒問問你的情況嗎？」

「沒有，我想她是在忙著結婚的事。可是她爲什麼要離開公安部門呢？」

「我本來不該在背後說人家的，但是現在調查報告都公佈了，也沒什麼好瞞的了。楊冰在最關鍵的時刻犯了錯誤，老袁當場撤了她特專組組長的職務，停職調查。當時就任命老何爲代理組長。事後楊冰就送上了辭職書。但是最讓人吃驚的是，袁華濤在被任命爲下一屆的公安部部長時就申請退休，讓所有的人都很納悶。在調查報告出來後，大家才明白楊冰犯了非常嚴重的錯誤，直接影響到當時的反恐任務。雖然她已經辭職，但是公安部還是宣佈了對她永不錄用和取消她所有未來的退休福利。」

「能具體的說說她是犯了什麼錯誤嗎？」

「我不是很清楚，好像是王克明打電話給楊冰問她要一個電話，楊冰沒有及時彙報，她被發現後就推說是太忙，一時忘了，袁華濤大怒，就撤了她。但是她不知道公安部爲了要捉拿王克明，對所有和他有過交往的人都進行了電話監聽，因爲楊冰曾經和他訂過婚，也列爲監聽對象。就是在監聽的錄音裏發現了對楊冰不利的證據。」

陸海雲說：「我相信袁華濤是用他的提前退休來換取楊冰不被因瀆職罪被起訴。太可惜了，袁華濤會是一位很有作爲的公安部部長。」

「大家都是這麼說。也有人說因爲他辦貪腐案，把不少中央大員拉下馬，得罪了不少人，所以他非得退休。海雲，你也不用爲楊冰對你的無情難過，他不僅是對你，她對自己的父母也一樣。李路欣對我說，他們搬到內蒙後，楊冰還沒去看過他們。我想她現在把人性都扭曲了。我相信你是她在這世界上唯一真心愛過的男人，但是她會毫不猶豫的折磨你對她的感情。我知道她傷了你的心。」

「折磨我的人不是只有她。」

柯莉娟的眼睛馬上就出現了淚光：「海雲，你說這種話太狠了。你明知道我不是故意的。」

陸海雲也急了，他說：「這就是我不明白的地方，你是在折磨你自己，我是看在眼裏，感受在心裏，就像是在折磨我。」

他看柯莉娟不說話，就接著說：「我知道你的小心眼裏在想什麼？你以爲我來找你是因爲何時逼我這麼做，是因爲楊冰給我氣受，我來找你尋求安慰，我告訴你，你錯了，大錯特錯了。如果這世界上不曾有過何時和楊冰，我老早就把你追到手，當我老婆了。小莉，你知道爲什麼嗎？我追求內涵，我喜歡有內涵的人，我相信你現在是應該明白了，在那麼多的東西中，我爲什麼就拿著你寫給我的電郵來救自己的命呢？因爲它讓我感受到生命的力量，這才是驅動我對你的愛情力量。」

陸海雲一口氣說完了時，柯莉娟已經是淚如雨下，她拿著全濕了的面紙說：「海雲，別再說了，我全都明白，可是……海雲！」

「小莉，別哭了，人家看了還以爲是我在欺負你。水量也太大了！」

她又哭又笑地說：「海雲，你要是再說什麼水量大來取笑我，我就不理你了。」

她把陸海雲也逗得笑起來，她說：「看你急成什麼樣子。海雲，你說的我都明白，我不傻也不糊塗，怎麼能不明白你的心呢？可是……可是……」

柯莉娟低下頭來，不說了。陸海雲不放過：「可是什麼？」

她抬起頭來深情地看著陸海雲：「可是聽你說出來就是不一樣。對不起，我讓你急了。海雲，謝謝你，聽你說了這些話，我現在很開心了。」

陸海雲吐了一口大氣，笑著說：「別老是說我了，也說說你吧，聽聽你是怎麼挺過來的。」

「我不像你，不用和恐怖份子玩命。而且我還有兩個孩子，看見他們我就一定要活下去。我最大的問題就是思念你，不曉得你會不會……」

陸海雲替她說了：「會不會死了，對不對？其實我自己也認爲我是玩完了，沒想到我命大。」

「不是你命大，是當蔣英梅面對著你們的愛情時，她下不了手。雖然她殺了那麼多的人，最後還是過不了愛情這一關。」

陸海雲陷入了沉思。

「海雲，想她了？沒有人能逃得過真正的愛情這一關，蔣英梅和王克明最後都是敗在愛情手裏。」

「我不是在想蔣英梅，我是在想你。小莉，今天是我們在台灣重逢的第四天，我想你一定也能感覺你和我的情況一天比一天好，我完全有信心，我們不久就會完全恢復正常了。但是，小莉，我發現你一直在躲避說出來你在那最緊要關頭的心路歷程，我知道那可能是一次外人無法想像的可怕經驗，但是如果你把它壓在心裏的深處，自己一個人默默的去承受，也許有一天它會爆發的。」

柯莉娟的臉色變得有些蒼白，顯然她的內心是在掙扎，陸海雲趕緊說：「小莉，沒關係，我們不談這事，以後有的是機會。」

「不，我要說出來。」

她停了一下，似乎是在聚集勇氣：「你從上海失蹤後，我像發瘋似的找你，後來是老何想到你是去了巴拿馬，叫我去找戴安，看能不能請台灣的特務幫忙，因爲巴拿馬和台灣有正式的外交關係。兩天後接到你的電郵說你脫險了，但是你也很清楚的告訴我說，你不要我了，要我回到老何身邊。但是你沒想到，就在此之前，我見到了老何的女人，她告訴我老何的下半輩子是歸她的了。我成了沒人要的孤家寡人了。然後，整個公安部就進入了緊急狀態，又傳來消息說陸家嘴發現恐怖活動，老何臨危授命取代楊冰指揮行動。我聽見從陸家嘴方向傳來的槍聲，知道老何一定投入了戰鬥，我打開了電視新聞，卻看見蔣英梅用槍指著你。在一片槍聲中又傳來了一聲巨大的爆炸聲，在電視上我看見蔣英梅對你開槍，雖然眼前一陣黑，我強迫自己保持清醒，看見你在電視上滿身鮮血，抱著蔣英梅。這時電話響了，是公安部通知我老何犧牲了。」

柯莉娟很平靜地一口氣講完，她沒有哭，陸海雲伸手握住了她的手：「你想哭就哭吧，也許會好受一些。」

「我的淚水全哭乾了。」

「小莉，你是個了不起的女人，你挺住了一般人不能承受的。小莉，讓我從今以後來照顧你和孩子，好嗎？我不會讓你再作這個惡夢了。」

「有了你的這份心，我就滿足了。」

陸海雲目不轉睛地盯著看柯莉娟，她說：「你別又是這麼看我，好不好。」

「小莉，你好美，我好愛你。」

「噓！你小點聲行不行？我想告訴你一個公安部保密的事，你要答應我不能洩密。」

「我不會的。」

「老何是跟他的女人一起走的。她就是我剛才說的來找我的女人，原來她也是個公安，因爲她老公犯了事連累了她，她被趕出了公安部門。她到常強發的公司當會計，常看她漂亮就強姦了她還殺了她的老公，爲了報仇，她就到念洋市王克明那裏替何時當了臥底，結果王克明愛上了她。」

「她呢？她也愛上了王克明嗎？她的命滿苦的。」

「我不知道她愛不愛王克明，海雲，女人對真愛都是有感覺得。但是她愛上了老何，老何也愛上了她。臥底任務完成後，老何幫她恢復了公安身分，安排她回到老家圖們江市公安局當內勤。後來她在追蹤發現炸彈的任務上立了大功，袁華濤把她調來上海參加反恐，她找到我，把她和老何的事一五一十的說給我，告訴我她會以生命來愛護老何，叫我放心去追求我愛的男人。」

「老何把我們的事告訴了她？」

「是的。最後她還給我磕了一個頭，請我原諒她愛上了我的男人。我覺得她是個善良的女人，她有個很好聽的名字，叫柳楊。海雲，你別再叫她野女人了。」

「這是很感人的故事，公安部爲什麼要保密呢？」

「我想是要保護公安烈士的光環吧！烈士都必須是個完美的人，不能有任何缺點，怎麼可能會愛上老婆以外的女人。」

「你原諒了她嗎？不恨她？」

「其實我對她是感恩的。我愛上了你，是有一份遺棄了老何的犯罪感，但是她讓我解脫了這份感覺。他們告訴我說，當老何開著那輛炸彈汽車衝向黃浦江時，她用身體爲老何擋住了子彈。」

兩個人都沉默不語，陷入各自的沉思，最後，還是陸海雲開口：「十步之內必有芳草。老何會走好的，他們會在另一個世界裏互相的深愛著。」

西餐廳的經理走過來說：「對不起，女士和先生，我們馬上就要開始我們的自助午餐了，歡迎二位享用。」

然後一鞠躬退了下去。柯莉娟看了一下手錶笑著說：「我們這頓早餐是創記錄了，從七點吃到十一點。飽了嗎？沒飽就繼續吃午餐。」

「怎麼只要我們兩人在一起說話，時間就過得特別快。」

「海雲，我很感激你。你來把我從黑暗裏牽了出來。我知道只要聽你說說話，我就會恢復過來的。你真是有一張會說話又可愛的嘴。」

「別忘了它還有讓你發瘋的功能。」

柯莉娟愣了一下，但是很快地就明白了她面前男人的意思，回憶到那纏綿悱惻的一晚，她的臉馬上就紅得像是陸海雲面前那杯蕃茄汁的顏色，她低聲地說：「陸海雲，你是不想活了？」

柯莉娟決定帶陸海雲去逛台北市，要帶他看看平常人不注意但是又有特色的地方。她說外地人到台北都對台北有許多的不滿意，甚至有具體的抱怨。至少，新加坡的整齊清潔、香港的熱鬧繽紛甚至高雄的寬敞雄偉，都不是局促、古老又雜亂的台北能比的，尤其是不同時期的建築，彼此礙眼地矗立對峙，毫無建設規劃地裸裎著這座城市的慌張失序。

在柯莉娟的帶領下，他們首先來到了中山北路最碧綠和最富有怡人景色的一段，一路穿梭進出林森北路的幾條通，柯莉娟認為台北的迷人之處，都是在巷弄裏，那裏可以有繽紛了半個世紀風華的迷情，沿途也能看到創意無限的店家窗景。陸海雲曾漫步過浪漫幽靜的巴黎、便捷豐盛的慕尼黑、童話故事般的薩爾斯堡、目眩神迷的紐約和唐朝風華的京都，但是在柯莉娟的引導下，他竟能越走越感到有味道。當逛完了現代化的誠品書店和東區華納威秀電影商區後，他們又再趕去西門町和附近的淡水河邊，在那裏體會和想像古老台北的幽靈。他們也到了青年公園，走出了淡水河堤的水門，來到了在河邊的馬場町刑場舊址，那裏的一個小土堆就是當年權威時代國民黨槍斃處決共產黨人和反對黨的仁人志士的地方，陸海雲還能記得他從書上讀到的一些在那裏遇難者的姓名。六十年後的今天，台灣不僅有了一人一票的現代民主制度，也有了隨著而來的扭曲了的民主現象。他們又拐回到舊日風華的中山北路，走累了就找一家咖啡館歇腳，餓了就走進小吃店品嚐那家店的拿手小點。他們在好幾個城市公園的長椅上享受黃昏前的微風，坐計程車到國父紀念館和中正紀念堂看了中國式的建築。最後他們到桃源街去吃了牛肉麵。

陸海雲和柯莉娟手拉著手走在仁愛路上，這是台北市最漂亮的一條大馬路，中間是快車道，隔著種著大樹的安全島是慢車道，然後是很寬的人行道。台北市的四條很長的東西走向平行大馬路，取名爲：忠孝、仁愛、信義、和平。柯莉娟都曾走過了好幾次，她帶著陸海雲上了仁愛路，也是因爲他住的酒店，福華飯店就在仁愛路上。她說：「海雲，我走累了，我想到你酒店去坐坐，你不會趕我走吧？」

「看你說的，明知道我正在費盡心機想把你騙到我的酒店來，繼續跟你說話。」

「那我給你發那麼長的電郵，你每次回我就是三個字。我都以爲你不想理我了。」

「到底是誰不想理誰？以前你一直在說要跟我過一輩子，但是現在爲什麼就不幹了？」

「一言難盡，你和我都變了，我們的世界都變了。可是我的問題是，我不知道我自己是不是還活著？如果是，爲什麼我沒有感覺呢？」

他們走到了福華飯店，陸海雲用房門的磁卡啟動了電梯，來到他在十一樓的房間。他說：「累了吧？看我們都走了整整半天了。你想喝冷飲還是熱茶？這裏有熱水但是只有茶包。」

「給我沖個茶包吧！」

柯莉娟端起茶杯走到站著的陸海雲面前，她靠得很近，兩個人都感到了對方近距離所產生的影響，她說：「海雲，見到你的老情人，感覺如何？」

「我看她挺快樂的。她的第一次婚姻給了她很大的痛苦，我想這回她應該是找對人了。」

「她是你的初戀，但是她背叛了你，你真的不恨她了？」

「不恨了，都幾百年前的事了。我還是去恨白雪公主的後媽。」

柯莉娟提起了膝蓋，頂住了陸海雲最敏感的地方，他感到有一股電流通過，使他的全身顫抖了一下，他聽見柯莉娟說：「你的感覺回來了，你是還活著的。可是你能證明我也還是活著的嗎？」

陸海雲把柯莉娟手裏的茶杯拿走然後把她拉進懷裏，她把頭埋在陸海雲的胸口，眼淚就像流水一樣的出來把他的襯衫都弄濕了一大片，柯莉娟抽泣著說：「我恨我自己這麼沒有用，我再三的告訴自己，在你面前，絕不掉眼淚，可是我還是哭了，先前的嘻嘻哈哈都是裝出來的。海雲，我想活下去，可是我已經變成行屍走肉了，什麼感覺都沒有了，我該怎麼辦呢？」

陸海雲沒說話而一把將她拉進了懷裏：「怎麼可能，我看你還是個大活人。」

他又小聲地在她的耳邊、頭髮裏和額頭邊上說了幾句安慰她的話，話停了後，他的呼吸和嘴唇開始漫遊她的眼眉和濕潤了的睫毛，柯莉娟抬起頭來含著淚光地看著他，她摸著陸海雲的臉，從喉嚨深處發出渴求的聲音，他的反應是立刻饑餓地親吻她，他用舌頭侵犯她同時也在愛撫她。柯莉娟抱住了陸海雲的後腦，兩手在他的頭髮裏勾在一起，然後把自己完全獻出去讓他隨心所欲地用親吻來佔領她，就在這時她發現自己的感覺回來了，她像是吃了興奮劑，全身的神經都進入了敏感狀態，在感應著外來刺激的同時，柯莉娟感到有點害怕，她像是一個孩子第一次來到了遊樂場，被徹底的迷住了，但是這份感覺是真實的嗎？陸海雲皮帶上的金屬扣環貼在柯莉娟腰上露出來的皮膚，讓她特別地喜歡這份感覺，她用力地轉動腰身像是要把扣環磨進自己的身體裏。這讓陸海雲的信心和他身體的反應都提高了，他摟住了柯莉娟的下腰和臀部，把他們最敏感的部位緊緊地貼上了。陸海雲的強吻離開了柯莉娟的嘴開始侵犯她的脖子和耳朵，她感到了一股電流通過了全身，她轉過身來把背壓在陸海雲的胸上，他一手摟著她的腰，一手開始在她的胸部漫遊，陸海雲的撫摸使她的胸部起了反應，她的乳房和乳頭都挺了起來，他的手也開始在她的腰部遊走，兩隻手上下交叉著撫摸到她的肋骨，然後往下按住了她最敏感的地方，柯莉娟已經快要進入了失控狀態，她全身扭動著，口中喃喃自語：「這是真的嗎？還是夢？啊！……伸到裏頭……」

他的手指找到了她大腿交會的地方，在那裏的漫遊使柯莉娟完全失控了，她開始呼叫陸海雲的名字，也失去了女性的害羞：「海雲，你還愛我嗎？我要溶化了，快上我吧！」

她似乎是等不及他的反應，把手放在他的手上面，用力地按下去。然後她的下腰開始了有韻律地上挺，但是她的身體和靈魂還是繃得緊緊的使她呼吸都感到困難。她又轉過身來面對著陸海雲：「我現在就要你上我。」

她緊緊地貼著他，已經能夠感覺到他完全的膨脹了，她的膝蓋和手也證實了陸海雲是進入了狀況，她低沉地說：「海雲，我真的快要完了，求你救救我。」

「小莉，你要我做什麼？」

「我要你使出渾身解數來證明我還活著。」

陸海雲開始把她的衣服一件一件地脫下來，先是上身的背心，然後是長褲，最後是那小小的黑色比基尼內衣。當柯莉娟赤裸裸地站在他面前時，他又開始吻她的全身，先是站著吻她的上半身，然後跪下來吻她的下半身，最後她瘋狂地抓住他的頭髮，大聲地呼叫著他的名字，這時他才把她抱起來輕輕地放在床上，自己很快地把衣服脫掉，用單膝跪在床上，柯莉娟毫不害羞的地看著面前赤裸裸的男人身體，完全準備好要佔領她了，她看著陸海雲充滿著慾望的眼神，就把大腿分開了。他把兩手伸到床單和她的臀部之間，緊緊地握住後，用力地進入了她。

狂風暴雨之後的寧靜讓人的感官更爲敏銳，兩人都能聽見彼此平穩的呼吸聲，他們赤裸地躺在床上，身上什麼都沒蓋，柯莉娟的半個身體壓在陸海雲身上，把頭枕在他的肩膀，一隻手在慢慢地遊走於他的胸脯上，一隻膝蓋是放在他大腿中間的胯下，她在充分的享受男人身體帶給她的感覺。陸海雲撫摸著她光滑的背，手指頭沿著她的脊椎骨上下地移動，另一隻手在輕輕地玩著她的乳頭。他輕聲地說：「我的證明成功了嗎？」

「明知故問。」

「是不是累了？」

「有一點，你太猛了。」

「每次都是你太美、太誘人了。」

「看你把我說的，每次，是多少次？一輩子就偷過一次情，就是被你迷住的。」

「你不覺得我很憐香惜玉嗎？」

「那是你那張嘴，把人說得意亂情迷。可是你的身體是毫不留情的進攻我。」

「對不起，我也是意亂情迷，控制不住自己了。」

「海雲，我喜歡。」

陸海雲笑了，他知道以前的柯莉娟回來了。她問：「海雲，你笑什麼？」

「你要我證明，你是活著的。其實，是你證明了我也是活著的。」

「不僅是活得好好的，還會生龍活虎似的整我。」

「小莉，在巴拿馬，蔣英梅的一個同夥，也是她的同性戀人，把我看成是情敵，要想整死我，她自己吃了藥像個瘋子似的對我攻擊。」

「是不是那個被蔣英梅槍殺了，名叫雅思閔的女人？愛米說她把你弄得全身都是傷，還咬你啃你，海雲，真是苦了你。我在電視上看到蔣英梅說你在最痛苦的時候就喊我，我還以為你是在高潮的時候呼叫我的名字呢！」

說完了，柯莉娟有點臉紅了，她的手在陸海雲的身上撫摸著，好像是在尋找留下的傷痕。陸海雲說：「雅思閔是個心理變態的人，傷害男人帶給她快感，我越喊你，她就越往死裏整我。她把嘴裏含的藥拚命的餵我，當時就只想到要滿足她們，她們才會取消對何時的追殺令，我根本就沒管她是餵的什麼藥和給了我多少。但是等事件過後，我就和你一樣失去了感覺，愛米他們以為是我被她們給閹了，變成了太監，就把我送進醫院去檢查，整整把我折騰了兩天，說我的身體好好的，一點都沒事。但是在心理上受了很大的傷害，只有時間才能治療它。我想你的情況也是一樣。」

「你真的是爲了老何把命都賣了。」

「不是的，我是爲了你。我要救他，就是要他繼續帶給你快樂。當雅思閔在折磨我的時候，我腦子裏想的就是你和老何做愛的情景。」

「海雲，我是愛過老何，但是見到了你以後，我愛上了你。我要怎麼樣才能說服你呢？爲什麼你不能接受我的改變呢？請你不要折磨自己了。」

陸海雲沉默了很久才說：「小莉，跟我走吧！」

柯莉娟沒有回答他，但是她說：「從電視新聞報導，大家都明白不是警察和特務，而是你和蔣英梅的愛情阻止了恐怖事件的發生，救了太平洋兩岸成千上萬的人，你們的愛情已經被高高的祭在殿堂之上，海雲，任何有血有肉的人都不會忘記這件事，更何況是你呢？這些都是人性光輝的一部分。但是，海雲，我問你，你的心裏裝下了你這段可歌可泣的愛情後，還有空間能容得下我嗎？」

「你知道我就是要和你在一起走完我的人生。」

「我知道你是誠心的，而我從看見你的那一刻就在作這個夢。但是我們存在的環境會允許我們成爲夫妻嗎？我跟你說了我爲什麼要到台灣來定居，說實話，我是逃出來的，否則我會窒息而死。海雲，人家發現何時烈士的寡婦嫁給了反恐英雄陸海雲以後，會怎麼反應呢？」

「這是我們的事，管別人的反應幹什麼？」

「你說得輕鬆，我還怕別人吐口水把我淹死呢！」

「小莉，沒有那麼多愛管閒事的人。」

「是嗎？那是我自作多情從上海搬到台灣嗎？」

「時間會讓人忘記過去。」

「但是你一定不會忘記她。」

「她是誰？」

「蔣英梅。」

陸海雲明白了，原來柯莉娟的問題是在蔣英梅。從一開始她就明白楊冰和愛米都是他心目中的過眼煙雲，她們都沒有那份他追求的內涵，都不會是她的對手，連楊冰獻出了她的初夜，她都不在乎，但是蔣英梅對她有威脅。她聽見陸海雲說：

「她是個犯了滔天大罪的恐怖份子，而且人都死了。」

「就是因爲她死了，你心裏就只會記住她美好的一面。你老實跟我說，你現在想到蔣英梅時，是想到她殺人的事，還是你們曾有過的美好時光？」

陸海雲不說話了，她就說：「這是很正常的。死去的愛人永遠是完美的。沒有人能和死去的情敵對抗的。」

「小莉，你怎麼會和一個死了的人去鑽牛角尖呢？」

「你看，你這不就是在護著她了。蔣英梅是恐怖份子，她殺人如麻，但是她現在天上，我在地上，我怎麼去和她鬥啊？我想掐她都掐不到。」

說完了她自己也笑起來了，她說：「我想跟你商量商量好不好？海雲，你聽過台灣男人的一二三嗎？」

「你對台灣的男人也有新發現了嗎？」

「台灣的男人認爲要做一個最幸福的男人，要有一個老婆、兩個紅粉知己和三個炮友。這叫做男人一二三。」

「聽起來好像很有學問，請作進一步的說明。」

「男人要幸福只能有一個老婆，多了是自找麻煩。要有兩個美麗大方又貼心的紅粉知己，除了能夠在精神上互動外，也可以偶爾嘿咻一番。最後也要有三位性感火辣的『炮友』，準備隨時進入陣地，肉搏相見。明白了嗎？」

「太幸福了。」

「海雲，我不做你的老婆，讓我做你的紅粉知己，行不行？」

「不行。」

「那我當你的炮友總可以吧？」

「也不行。」

「海雲，你太狠心了，連一條生路都不給我。」

「我要把你當成『三合一』。」

「你是把我當成了即溶咖啡是不是？……」

柯莉娟不能說話了，陸海雲又開始了他熱情和挑逗的長吻，他的手也開始在她的敏感地帶若即若離地漫遊，她感到全身酥麻和發熱，他開始吻她的耳朵，輕咬了她的耳垂，然後就聽見耳邊的輕聲細語：

「草長鶯飛，江南三月，錢塘自古風流，你就這麼走了。」

「海雲，你真的記住了我寫給你的詩？啊！海雲，你偷襲我！」

陸海雲又進入了她，她感到全身又都被身上的男人充滿了，並且他還在她的身體裏繼續的膨脹著。他開始了緩慢，帶著韻律的長驅直入，她又聽見了耳邊的輕聲細語：

「草長鶯飛，江南三月，錢塘自古風流，你就這麼走了。小莉，我的愛人，我回來了，回到你最溫暖的深處，小莉，快把它包得緊緊的。」

陸海雲的韻律很平穩，但是持續著他的長驅直入，她開始喘氣：「你就記得前面，後面的詩想不起來了嗎？」

「在雲淡風輕裏，你是去奔赴宿命的約會嗎？是的，那是一個宿命裏安排好了的約會，我在驚濤駭浪中呼叫著你，你給了我勇氣，我活了下來。我回到了你溫暖的深處，包住我，再緊一點。」

柯莉娟覺得她是在夢裏，但是她身體本能地反應著陸海雲：「海雲，我熱！啊！我捉住你了，包得緊緊的，夾得緊緊的，不讓你出去了，你喜歡嗎？」

「我們是茫茫人海裏的偶遇，還是歲月匆匆裏的尋覓？又如何呢？遇到了，就是這樣吧！小莉，我們是天上的兩片雲，偶然的相遇，就像茫茫大海裏的兩股海流，交會了就合在一起再也分不開了。」

陸海雲緩慢但持續著的長驅直入加快了韻律，柯莉娟的反應也更強了，汗珠在兩人的身體上移動著，也在燈光下閃爍。

「海雲，你喜歡我的……」

「小莉，我好喜歡。我們相遇了，你已經是我的了。我不用在以後的歲月裏去尋覓你了。」

「海雲，再快一點。」

「合一本書，點一盞燈，吟一首傷詞，思一段情事，紙墨間，都是你的體溫和幽香，和無限的思念。你在我的書裏和燈光裏，而我在你身體裏，我用紙墨給你詩歌和愛情，你用身體的溫暖和幽香包住我，告訴我你的無限思念。」

「海雲，快點把它唸完，我挺不住了，求你，快一點……」

「有桃花滿樹，綠水悠悠，春山黛離愁，送君千里，魂兮相依，魂兮相守。我是萍，你是水，相逢相愛不是罪，爲你染紅我的血。小莉，我們再相逢再相愛，已經不是萍水，而是滿樹的桃花和伴著它的悠悠綠水，相依相守到永久。小莉，我來了。」

滿是汗水的兩個身體配合著在加快韻律，當他們到達了最高峰後，陸海雲還是緊緊地抱住了她，不離開她的身體，柯莉娟的頭埋在他的胸膛，在一陣顫抖後，她用牙齒咬住了他，長長的高潮帶來全身鬆弛的熟睡，她感覺身體像是溶化了，成了陸海雲的一部分，她的手已經分不出來是放在自己的身上還是在摸著他的皮膚，雖然是睡著了，但是她還是把他包住在她最溫暖的地方。

「小莉，是你的手機響了。」

「我聽見了，可是我夠不到我的包包。」

「我不想動。」

「我也不想放開你。」

但是手機的鈴聲還是不停地響著，柯莉娟起身把手機從她的包包裏拿了出來，看了一下來電顯示，她回答：「嫂子，我是小莉。」

「怎麼響了這麼久才接呢？」

「嗯！我在忙。小傢伙呢？」

「都玩瘋了，剛剛才洗完澡，送上床，你大哥在給他們唸故事書呢。你在哪兒？」

「和海雲在一塊。」

「在什麼地方？」

「仁愛路。」

「仁愛路什麼地方？」

「福華。」

「你在陸海雲的酒店？」

「是。」

「在他的房間？」

「是。」

「他的床上？」

「嫂子！」

「那你把他搞定了？」

「嫂子，我不跟你說了。」

「小莉，告訴我，他對你怎麼樣？」

「挺溫柔的。」

「太好了，那你明天把他帶回家來，我來做頓好飯菜請客。」

「他也想見見你和大哥。」

「記住了明天晚飯，別整天嘿咻，把時間都忘了。」

「嫂子，你把我當成了妖精，是不是？」

「你們年輕人一發瘋就昏天黑地的。」

「我不跟你說了，嫂子，我今天不回去了，小傢伙就拜託了。」

「我就知道你是準備好了今晚不回來了。小莉，加油！把他拿下。」

柯莉娟合上了手機，回過來又抱住了陸海雲：「我嫂子明天要請你吃飯，她的菜燒得可好了。」

「正好，我很想見見你大哥和大嫂，明天別忘了買一籃水果去見他們。」

她開始撫摸陸海雲的胸膛，她在尋找：「對不起，海雲，我剛剛是不是咬了你？疼不疼？」

「沒關係，被咬慣了，不疼。」

「那好，我就再咬一口。」

她張開了嘴，貼到他的胸上，但是她沒有用牙齒咬，而是伸出了她的舌尖，她馬上就感到陸海雲的反應，她用低沉的聲音說：「我想再聽你唸我那首詩，可是你要唸得快一點。」

「小莉，你不累啊？」

「海雲，你在巴拿馬伺候兩個女人都不嫌累，現在只有我一個人你就說累了。」

「她們是恐怖份子。」

「我是賓拉登的徒弟，比她們更恐怖。」

她翻身壓了上去。

他們一直睡到第二天過了中午才起來，到了大哥大嫂的家時已經是下午四點多了。陸海雲發現柯莉娟的大哥和大嫂是很難得的開明知識份子，也許因爲都是在大學裏教書的，他們非常談得來。在享受了一頓可口的晚餐後，大嫂端上了熱茶，柯莉娟到廚房去洗碗盤，大哥大嫂把柯莉娟的情況分析給陸海雲：

柯莉娟是很少有的從小就是開放活潑型的女孩，她追求真善美，認爲任何的真實，包括人的感情，就是美的。這也是她爲什麼在二十歲時就戀愛結婚了，她是忠於自己的感覺。她的率直和敢言，將中國人在乎的面子拋到腦後，周圍的人把她看成異類，由於她的善良，大家覺得她是個可愛的異類。但是在中國的社會，尤其是她選擇的職業，處處都限制了她心智的發展，但是她對知識的狂熱追求，讓她知道她想要的世界是存在的，她之所以和大哥大嫂相處得水乳交融，是因爲一個知識份子的家庭把她吸引住了。柯莉娟雖然已經是兩個孩子的媽媽了，她並沒有失去她的夢想。陸海雲的出現使她的夢想成真，他豐富的學識使她傾心，他與何時的友誼讓她有了近距離觀察的機會，結果是她奮不顧身地又戀愛了，一直發展到婚外情。恐怖事件的結束使柯莉娟掉進了黑暗，何時的犧牲強迫她面對未來要如何守寡、如何養育孩子，還有如何處理她對亡夫的內疚，等等的問題。可是她對陸海雲的熱情不但沒有降溫，反而燃燒得更強烈。她最大的痛苦是來自認識到陸海雲的真愛是蔣英梅，她想到要以「二奶」的身分和他長相廝守。他們最後的結論是：如果陸海雲對柯莉娟是一份真愛，他應該用西方文化裏的方法對她展開追求，這是柯莉娟在書本上讀到的，電影裏看到的，但是從來沒有經驗過的，事實上因爲當時的環境，她的真正戀愛經驗是很可憐的。

這一番話讓陸海雲茅塞頓開，他知道要怎麼辦了。大哥和大嫂唯一堅持的是：柯莉娟現在是何家的人了，她必須從何家嫁出去。

戀愛的過程，無論是在西方的文化裏還是中國的傳統裏都不外乎男女雙方的溝通，陸海雲和柯莉娟利用網路電話、電郵和傳統書信來表達愛情，結果是雙方都產生了互相的了解，促進了互動。每當大學裏有長短的假期，陸海雲就會飛到台灣，他們從台北帶著兩個小傢伙飛到金門，坐渡輪到廈門再回到上海來看柯莉娟的父母親和她的朋友。然後到內蒙古去找袁華濤和李路欣。楊冰又二度離婚，然後去了香港成爲著名的企業家，但是她從沒到過內蒙古來。李路欣和袁華濤感覺到柯莉娟現在成了他們的女兒了。柯莉娟也會飛到舊金山去看陸海雲，幾個月來，他們周圍的人都看得出來這兩個人身上起了脫胎換骨的變化，他們變得非常快樂，無拘無束地談天說笑，特別是柯莉娟，她對美國的文化裏，人跟人的關係很直接而沒有隱蔽的一面非常適應，她可以很自在地談她是個有孩子的寡婦，也可以穿著只有巴掌大，緊貼在身上的比基尼在沙灘上戲水，有一次她在海灘上看陸海雲帶著兩個小傢伙放風箏，小剛在前面拉著一個紙鷂迎風快跑，海雲和小婕還有一大群別人家的孩子跟著在滾上沙灘的浪花裏追逐，他們向起飛了的風箏歡呼，當坐在旁邊的一對夫婦對她說，她有一個快樂的家庭時，她禁不住熱淚盈眶，她問自己，是這樣的嗎？像她這樣的過去，幸福還會來臨到她身上嗎？陸海雲告訴柯莉娟，在美國的社會，有很多是由前夫和前妻的孩子們所組成的快樂家庭，他們在這話題上花了不少的時間。春去秋來，又是六個月過去了，陸海雲帶柯莉娟來到了他最喜愛的國家公園，在舊金山南方的幽思美地度假，他們在那冰冷的河水裏游泳，把嘴唇凍得發紫，牙齒打戰。晚上他們在露營地上紮營過夜，在一輪明月下談情說愛。

「海雲，現在是夏天了，怎麼幽思美地河的河水還這麼冷啊？好像是剛溶化的冰水似的。」

「夏天溫度升高，把常年的積雪大量的溶化，從山上流下來，河裏的流量大了，但是溫度還是接近冰點。小莉，把你給凍壞了吧？」

陸海雲把她摟得更緊一點，又輕吻了她的臉，好像是給她更多的溫暖，她也把頭斜靠在他的肩上，笑著回吻他說：「那麼冷的水好刺激，我覺得挺好的。但是下次不能再穿這比基尼了。」

「爲什麼？你不是很喜歡的嗎？」

「可能是碰到這麼冷的水，它就縮了，緊緊的貼在我身上，像是沒穿東西，完全原形畢露，讓人看了真不好意思。」

「學問太大，不懂。什麼東西原形畢露讓你不好意思？」

「海雲，你是故意在跟我鬥嘴。我是說身體上用比基尼來遮蔽的部位，我從河裏上來時，你沒看見那些男人都盯著看我那裏嗎？」

「啊！懂了。那是因爲那裏的原形真的是太美了，畢露了後當然就引人注目了，連我也看了好幾眼。」

柯莉娟用拳頭打著他的胸口說：「你又在故意氣我了。我是你的女人，我不要別的男人用那種眼光看我。」

「那好辦，我能替你解決問題，你等著。」

陸海雲回到帳篷裏，從背包裏拿出一樣東西放在身後，他又坐下來說：「我給你一樣東西，戴上它，臭男人就不會用那種眼光看你了，保證有效。」

「什麼東西讓你這麼神神秘秘的？」

「小莉，我愛你，請你嫁給我，好嗎？」

陸海雲拿出一個緞子的小盒子，裏頭是一枚鑽石戒指，上面的大鑽石在月光下閃爍，突然柯莉娟的眼淚就掉了下來，她哭泣地說：「海雲，這幾個月，你，還有你的家人讓我活在雲端上，我從來沒有這麼的快樂過，所有的陰影都消失了，就只剩下了一樣讓我擔心的事，就是你一旦不要我了，那我該怎麼辦？海雲，你是說我可以永遠跟你在一起了嗎？」

「當然了。」

「可是我怕會讓你失望。」

「小莉，我已經使出渾身解數，動員了我所有認識你的人，來追你，這幾個月下來，你有沒有感覺到你有讓我失望的地方嗎？」

「我是死了男人的寡婦，會剋夫的。」

「那是老掉牙的封建迷信，沒人信它了。」

「我在意亂情迷的時候會喊別人的名字。」

「你是說老何嗎？我認了，是我上了他的女人。」

「我還會咬人的。」

「問題不大，習慣就好了。」

「我知道你想要孩子，要組個籃球隊，可是我結紮了，不能再有孩子了。」

「小剛和小婕兩個就夠了。」

「可是他們是姓何的。」

「姓何又怎麼了？我就不能愛他們嗎？」

「那你還嫌我水量大。」

「男人都喜歡水多的女人。」

「海雲，那你是照單全收了？」

「那還有疑問嗎？表態吧！願不願意嫁。」

「我打從看見你的第一天就夢寐以求要和你在一起，海雲，我願意。」

「來，我給你把戒指戴上。你看多美！小莉，你是我的妻子了。」

柯莉娟的眼睛又濕了，她說：「海雲，我從來都沒有感覺過像現在這麼幸福。」

「小莉，我才是世界上最幸福的人。」

「海雲，讓我唱首歌給你聽：

Lay your head on my pillow. Hold your warm and tender body next to mine. Hear the whisper of the rain drops, blowing softly against the window. And make believe you love me, one more time, for the goodtime.

請你躺在我的枕上，讓我緊摟著你火熱和柔軟的身體，聽著耳語似的雨點聲，從窗外輕輕的傳進來，為了逝去的歡愉，讓我再一次相信，你曾愛過我。

接到你送給我的這首歌詞後，我想到這也許是我一生裏接到你最後的訊息。我就去買了它的光碟，在那最黑暗的時刻就一遍又一遍的聽，後來就學會唱了。」

「這些都是你我生命中最珍貴的故事，我們要好好的記住，等小剛和小婕長大了，要講給他們聽。還有，別忘了講世界最偉大的反恐專家故事。」

「誰是世界最偉大的反恐專家？」

「當然是你啦！你的生命裏有兩個男人，他們的愛情在關鍵時刻拿下了兩個二十一世紀裏最可怕的恐怖份子。你是始作俑者，所以是最偉大的反恐專家。」

「海雲，我不知道你是在真的誇我，還是在取笑我。可是我不管，現在是我們一生裏最重要的時刻，是不是應該慶祝一下。」

「對，你說過，最有意義的慶祝就是驚天動地的男歡女愛。來，我幫你脫衣服。」

「不行，外面有兩隻大黑熊，走來走去。」

「牠們是來找吃的，不是來看你的。」

「我害怕，萬一進到帳篷裏，會把我嚇死的。」

「那我們換地方，走，上車去。」

「有人說熊會開車門。」

「我不給牠我的車門密碼。」

手機響了，柯莉娟歎了一口氣說：「準是我嫂子的電話，她最會選緊要的關頭打電話給我。」

她打開了手機：「我是小莉，說吧！」

「小莉，你在哪裏？」

「幽思美地國家公園的露營區。」

「想起來了，你說要去露營的，要回歸到大自然裏。」

「我們在車上。」

「這都半夜三更的，還在車上幹什麼？」

「外面有大黑熊，所以在車裏等你的電話啊！」

「哼！別以爲我不知道，你們是不是在車震？」

「你是世界上最沒正經的嫂子，就會拿小姑子尋開心。」

「說正經的，不得了，海雲的父母現在我們家。」

柯莉娟一下子就坐起來說：「他們來幹什麼？前兩天我還見到他們了。」

「來提親的，他們拿了兩瓶洋酒給你大哥，一匹英國呢料子給我，還送給你一串大珍珠項鍊，上面還有一個大翡翠，說是他們陸家的傳家之寶。你說怎麼辦？」

陸海雲突然插嘴說：「問問大嫂喜不喜歡那塊呢絨的藍色花紋？」

「等等。」

她回過頭來問陸海雲：「你是不是知道提親的事？」

「當然了，我們全家動員籌劃要把你娶進陸家的門來已經有半年了，呢絨料子是我選的。」

「嫂子，你是不是也是同謀者？」

「我們不就是怕你不答應嗎？」

「我已經戴了海雲給我的戒指了。」

「怎麼車震一次就把你搞定了？真沒用。」

「嫂子！你再這樣，我就掛了。」

「別，你大哥說你總得說句話啊，第一道茶喝過了，那第二道茶要不要上甜的？」

「上甜的？」

「這是我們台灣人的規矩，如果新娘子答應了，第二道茶裏要加糖，上甜茶。」

陸海雲又插嘴說：「叫你嫂子多加糖，年紀大的人味覺遲鈍。」

柯莉娟對著手機說：「嫂子，上甜茶，多加糖，年紀大的人味覺遲鈍。還有，我知道你一定會問我，要不要我就先回答了？」

「我會問什麼？」

「車震比打野炮安全，大黑熊沒有車門的密碼。」

「我的上帝！」

最後這句話是陸海雲說的。

後記　內蒙古的草原

光陰似箭，恐怖事件失敗後的一年，在太平洋兩岸的人們都把它淡忘了，洛城的居民在談論他們的道奇棒球隊今年是不是會拿到冠軍，上海市的居民在爭論世博結束後的影響。解放軍海軍哈爾濱號驅逐艦剛剛完成了印度洋非洲海岸的反海盜護航任務，回到了海南島南方的榆林軍港，艦長海軍大校邱凱接到一份由南海艦隊轉來的包裹，裏頭是兩大罐精裝的台灣南投縣出產的高山茶。他馬上寫了一份報告說明了這份高山茶的來龍去脈，叫勤務員拿著茶葉一起送到南海艦隊的政委辦公室。隔不久，政委的電話就來了，告訴他已經有命令規定這種事不用打報告了，叫他派人把茶葉拿回去。邱凱在想，說不定再過一陣子，他就能去日月潭喝南投的高山茶了，但是目前最要緊的是，他要想想寄個什麼東西給海虎號潛水艇的艦長翁志遠，是老家大連的土特產還是海南島的土特產？

常強發從醫院回到家裏，但是等著他的不是他的家人而是三個最壞的消息：一個是他的老婆和他離婚，帶著兒子走了。第二個壞消息是他藏匿的贓款全不見了。第三個壞消息是洛城的檢察官對他起訴，罪名有一大串，包括教唆殺人、黑社會集團活動、走私、販毒，以及參與恐怖活動等等。為了不在美國坐牢，他的律師和檢察官協商，讓他回中國面對法律審判，等服完刑後再引渡到美國來受審。常強發回國後成了非常合作的污點證人，他在幾個重大的貪腐案子裏提供了有力的證據，讓好幾個大官下馬和入獄。他自己被判了「死緩」，也就是死刑，但是暫緩執行。通常兩年後再為無期徒刑。

袁華濤在退休之前做的最後一件事就是，監督公安部修建了四個公安烈士紀念碑，兩個是在南方深圳景色最美的七娘山的山腳，它面對著山腳下楊梅坑的金色沙灘和大亞灣裏及南中國海的蔚藍海水。靠得很近的兩個紀念碑上刻著的是兩個年輕的公安幹警袁玲玲和馮丹娜兩人的事蹟。曾有人看見過有一輛掛著香港車牌的賓士轎車來到紀念碑前，有一位漂亮的婦人放了兩束鮮花，徘徊很久後離去。另外兩個紀念碑是豎立在北方吉林省琿春市西郊的一個叫五谷屯的小村子前，村子前面不遠就是圖們江，兩個紀念碑面對著開闊的江面，水深流緩，水色一片蔚藍，上面刻寫的是兩名優秀的偵查員何時與柳楊在公安事業裏的豐功偉績。五谷屯裏的村民曾看見過一對年輕的夫婦帶著兩個孩子來獻過花。這兩個烈士紀念碑有個與眾不同的地方，就是它們之間有一條不銹鋼的鏈子把他們連在一起。

王克明在東方明珠受到很嚴重的槍傷，但是他奇蹟般地活了下來，只是整條右臂在槍傷和粉碎性骨折的情況下被截肢，他成了獨臂殘疾人。他不但在他自己的審判過程中非常合作，態度良好，對他被起訴的殺人、強姦、貪腐、走私、黑社會集團活動以及勾結境外恐怖行動組織進行恐怖活動等罪狀，他全盤認罪和服罪。在他人的審判中他擔任了積極合作的污點證人，同時他將藏匿在海外的幾十億贓款都匯了回來，他原本是應該判十個死刑的，但是最後他只是被判了三個死緩。他被發配到設在內蒙古自治區西邊騰格里沙漠大草原上的一個監獄裏服刑，在那裏距離最近的一個小鎮是在南邊三十公里的和魯斯托，從那裏往東八十公里才是一條正式的公路，可以看見有車輛來往，在此之前，就只是一條沙漠裏的車行道。上了公路，往東一百公里就是寧夏回族自治區的銀川市，往北五十公里就是內蒙古大草原上的阿拉善左旗，也就是從這裏，每周或是每十天有一輛大型貨車開往王克明服刑的監獄，輸送生活用的物資。

這所監獄是大約在十年前才建立的，主要是爲了在附近發現的一個有色金屬礦區提供人力資源。由於這種金屬是非常貴重的戰略物資，國家決定把它的存在對外保密，所以建了一所專門關押判刑最重犯人的監獄，對外完全隔絕。王克明剛到時，其他的犯人都納悶，爲什麼一個獨臂的殘疾人會被送到這裏，後來才明白，王克明在所有的死刑犯中具有較高的電腦能力，他是被派來操作監獄裏的電腦。

王克明來到這監獄的第七個月時接到了他的第一封信，這是由一個駕駛輸送貨車的司機帶給他的，是一個曾在念洋市和他有過來往的人寫來的，信很短，就告訴他這位開貨車的人是他的親戚。從那時開始，王克明的求生欲又再度複燃，經過幾次的交往後，他們設計了讓王克明越獄潛逃的辦法，他先躲藏在貨車裏離開監獄，在到達正式的公路前有人來接應，給他換衣服和必要的證件，再送他到銀川市的火車站。在那裏和他的念洋市朋友會面，安排他出境。

貨車在離開監獄後的兩小時就停了下來，司機和他的助手下車把貨車的車廂門打開，把穿著一身囚衣和戴著腳鐐的王克明帶到不遠的一棵大樹下，想要在這不見人煙的地方把這個司機制服的念頭閃過他的腦袋，但是看見那位助手拿著長長一支換輪胎的扳手，又想到自己是個獨臂的殘疾人，就很快地打消了這念頭。大樹上固定著一條鐵鏈，司機拿出一把大鎖把王克明的腳鐐鎖在鐵鏈上，他就只能在鐵鏈長度的範圍內走動，然後把開鎖的鑰匙放在遠處的一塊大石頭上，提醒他告訴來接他的人鑰匙的所在處。

等貨車開走後，王克明才覺得奇怪，爲什麼要把他鎖起來，其實在這內蒙古的沙漠裏，他哪裏都去不了。在太陽剛要西下時，王克明看見遠處揚起了塵土，是有車來了。幾乎是在二十分鐘後，一輛紅色的新型北京吉普才開到離大樹二十多公尺的地方停了下來，車裏只有一個人，他並沒有馬上就下車，他在車內向周圍觀察了很久後才下車向王克明走過來。這人的體形高大，上身穿的是件褐色的皮夾克，脖子上的一條圍巾把裏頭的襯衫全蓋住了。下面穿的是一條黑長褲，身上斜揹著一個背袋，臉上留著鬍子，頭上有一頂呢帽子，還帶著一副大墨鏡，這副打扮幾乎把整個臉都蓋住了。王克明沒有認出來他是什麼人，他滿臉笑容地說：「這位大爺，您貴姓？感謝您的救命之恩，鎖的鑰匙就在那塊石頭上。」

這位大爺把皮夾克的拉鏈打開，王克明看見他夾克裏有一個手槍的肩袋，他拔出手槍，瞄準大石頭上的鑰匙開槍，槍聲過後鑰匙不見了。他回過頭來看著王克明，慢慢地把槍收起來，這時他終於看清楚了這位來人：

「你是袁華濤？」

來人沒有回答，他繞著大樹走了一圈，仔細地察看了大樹和鐵鏈，王克明也跟著轉了一圈，但是來人一直是保持在鐵鏈的長度之外，王克明一手握住拉緊了的鐵鏈問：「袁華濤，用貨車把我拉出監獄是你安排的嗎？」

袁華濤不說話，王克明再問：「把我安排到內蒙古，也是因爲你，是不是？這裏是你的地盤，不是嗎？」

袁華濤說話了：「你說呢？」

王克明想起來他們上一次見面是在法庭判決他那天，當他被判死緩時，他特別的回頭對袁華濤露出冷笑，似乎是對他說法院不讓我死，你能把我如何？當他被送上囚車時，他發現袁華濤在等他，對他說後會有期。現在他明白了，把他發配到內蒙古的監獄也一定是袁華濤的安排，他在這裏工作了近二十年，各種人脈關係都有，王克明知道，做爲姦殺了他女兒的兇手，今天是難逃一死了，他說：

「法院是判我死緩，你沒有權利殺我，何況你是國家的公安人員，殺我是犯法的，你不能幹。我現在又犯了越獄罪，你得趕快送我回去。」

「王克明，我不會殺你的，別緊張。」

「那你把我弄出來幹什麼？」

「你知道今天是什麼日子嗎？」

「不知道。」

「今天是我女兒二十四歲的生日，我來給她慶生，同時我答應過自己一定要來祭祭她。」

袁華濤從背包裏拿出一個鏡框，裏頭是袁玲玲帶著微笑的半身照片。王克明想到了這就是他強姦後又殺害了的大美人，他是在法庭上才知道丁雙玲的真名是袁玲玲，他問自己，如果當時他要是知道她是公安英雄袁華濤的女兒，他會下手嗎？也許還是會的，因爲她長得太像楊冰了。他看見袁華濤從背包裏拿出一支長長的香，點上之後就插在地上袁玲玲的照片前，突然，他發現袁華濤的眼睛裏閃著淚光，然後就聽見了：

「玲玲在天之靈能聽見嗎？爸爸想念玲玲，想和玲玲說說話。爸爸退休了，又回到內蒙的草原來了。還記得小時候爸爸帶你第一次騎馬的地方嗎？爸爸和你李阿姨就住在那邊上的一棟新蓋的房子，每次一打開窗子，就好像你還在那兒騎著那匹你最喜歡的白馬。爸爸很好，你不用擔心，你李阿姨很會照顧人的。我把殺你的壞人拿下了，他就在你面前，我讓你看著他的下場。爸爸會常常的想念你，也會和你說話。你要是想爸爸，你就到爸爸的夢裏來和爸爸說說話。」

王克明開始渾身出冷汗，他感到袁華濤是要用他這個大活人來活祭他的女兒，他說：「袁部長，不知者不罪，我要是知道臥底的是您女兒，我肯定不會殺她，更不會去玩她了。可是她已經死了，您就不要再生這麼大的氣了。」

怒不可遏的袁華濤飛起一腳踢在王克明的臉上，他說：「你這個禽獸不如的混帳東西，留下來幹什麼？」

這一腳踢得很重，不但被踢掉了一顆大牙，王克明也當場被踢昏了。等他清醒過來時，天色已近黃昏，大草原上吹起了微風，他發現他的鞋和襪子不見了，兩隻大腳光溜溜地露在外面，還有他的臉和頭髮都是濕淋淋的，還有一股怪味。袁華濤坐在他女兒照片的前面，長長的一炷香已經快燒完了。王克明看見了袁華濤的臉色有了變化，當過警察的人都知道這種臉色，那就是一個人在殺人之前，眼睛露出來的凶光。他本能地向袁華濤靠近，但是鐵鏈拉住了他，他用很大的力量，想把鐵鏈從樹上掙脫，但是絲毫沒有動的感覺，一股絕望湧上了他的心頭。他坐了下來，伸直了腿，他是要試試他最後的一個希望，他問：

「袁部，您剛剛說的不會殺我，不是在跟我開玩笑吧？」

「你看我像是拿人命來開玩笑的人嗎？」

王克明想了一下後又問：「您不想殺我，那我們就這麼待著嗎？我頭上是灑了什麼東西，有股怪味。」

「不是我們，這根香燒完了我就走，可是你還得待一陣子，草原上蚊子多，我是把水裏加了驅蚊劑灑在你頭上的，天黑了，蚊子就不來了。」

「那我待在這裏幹什麼？」

「等到了時候，自然會有人把你帶回到監獄去的。」

袁華濤站了起來，他從背包裏拿出來一個塑膠盒，把裏頭一塊塊的東西撒在大樹的周圍。又從背包裏拿出一大瓶水來，先把蓋子打開聞了一聞，他說：「嗯！挺香的。這是給你喝的。但是先把你的腳洗一洗吧！」

說完了，他就把水往王克明的光腳上澆，然後水瓶就往上移，把整條褲子都澆得濕濕的，最後剩下來的水就全澆在他下體的部位。他驚慌地問：「你要幹什麼？」

「等一會兒你就明白了。我問你，進了監獄，不能玩女人了，你不難受嗎？」

王克明看了袁玲玲的照片一眼，他想起了柳楊，有了她以後，他就沒有玩過別的女人了。

「當然難受了，晚上都睡不著覺。」

「那你等一等就會經歷你從來沒有過的感覺。」

袁華濤站起來把手裏的空瓶子丟掉，拿起袁玲玲的照片放進了背包。雖然草原上還沒有完全日落，但是月亮已經在地平線上露出一點了。因爲天空裏一點污染都沒有，良好的能見度，讓人看見了閃閃的星光。他說：「王克明，一炷香燒完了，我該走了。我要你明白，雖然我不殺你，明年的今天會是你的祭日。你用禽獸似的方法姦殺了我的女兒，我今天就是要來看著你被禽獸殺死。」

王克明還在用力地拉著鐵鏈，他沒有放棄要脫身的希望。

「王克明，你知道現在是草原上的什麼時候嗎？這是夏末秋初的時候，草原上的地鼠要把自己和牠們的小地鼠養得肥肥的，好過冬。這是地鼠們胃口最好的時候，見到東西就吃。而牠們最喜歡吃的就是肉類。你現在就能看見有幾隻膽子大的地鼠在天還沒有黑就出來找吃的，我在大樹的四周撒了不少煮得香香的肉塊來吸引牠們。」

一陣微風吹過來，王克明看見了好幾隻草原地鼠的眼睛在閃閃發光。他聽見袁華濤繼續地說：

「地鼠會很快的把肉塊吃完，牠們就會順著肉香找到你，我剛剛在你下身澆的水裏是摻了肉汁的。地鼠不會吃你的頭部，因爲我把地鼠最不喜歡的味道加在水裏倒在你頭上了。所以你可以慢慢的活著去經驗被禽獸殺死的滋味了。」

王克明終於完全明白了袁華濤是要如何的用他的命來祭他的女兒，有好幾隻草原地鼠在接近他，他感到了死亡前的恐怖，他跪了下來哀求：「袁部，我現在明白了，我是十惡不赦的人，看在我對公安部還有苦勞的份上就賞我一槍吧？」

「王克明，我忘了告訴你，地鼠最喜歡吃的就是軟肉了，你用來玩女人的也就是牠們最愛吃的。你就好好的享受吧！」

王克明發出了他絕望的叫喊：「袁華濤，我做了厲鬼也不會饒了你。」

「有不少的厲鬼就在等著你呢！」

袁華濤坐上了他的北京吉普，但是他沒有馬上開走，他一生中面對過不少的人在死亡前所發出的驚叫，但是從沒有像王克明的哀號那麼淒厲。他的聲音持續了三個多小時，但是一直到三個月後才有人在大樹下發現了一具只剩白骨的屍體，因爲帶著腳鐐，所以被送到了監獄。有人覺得奇怪的是頭部還有風乾了的屍肉，隱隱地可以看出來臉部的肌肉扭曲得非常厲害，似乎是在生前經歷了極度的恐怖。

在加州大學柏克萊校園裏還是能經常地看見赫赫有名的反恐英雄陸海雲教授，但是他不再是一個人憂鬱地在校園裏獨來獨往了。現在有一位美麗的妻子和兩個可愛的孩子和他一起逛校園。但是學生們最記得的還是他說的：人的一生往往不是走的一條直路，其實，大多都是一條彎曲的路。一路走來，往往會發現人生的旅途要比目的地更有意義，因爲在旅途上遇見的人，就會成爲一生回憶中的旅伴。

陸海雲在午夜夢醒時，他摟著身邊的柯莉娟，思念著每一個在他彎曲的人生旅途上所出現的人。

全書完

長篇小說

遠方的追緝（下）

作　者　追風人
出版者　風雲時代出版股份有限公司
出版所　風雲時代出版股份有限公司
地　址　105台北市民生東路五段一七八號七樓之三
風雲書網　http://www.eastbooks.com.tw
官方部落格　http://eastbooks.pixnet.net/blog
電子信箱　h7560949@ms15.hinet.net
服務專線　（○二）二七五六─○九四九
傳　真　（○二）二七六五─三七九九
郵撥帳號　一二○四三二九一
執行主編　劉依慈
封面設計　風雲時代編輯小組
法律顧問　永然法律事務所　李永然律師
　　　　　北辰著作權事務所　蕭雄淋律師
版權授權　陳介中
出版日期　二○一一年二月初版
定　價　新台幣三二○元
總經銷　成信文化事業股份有限公司
地　址　台北縣新店市中正路四維巷二弄二號四樓
電　話　（○二）二二一九─二○八○
行政院新聞局局版台業字第三五九五號
營利事業統一編號二二七五九九三五
版權所有・翻印必究
◎如有缺頁或裝訂錯誤，請寄回本社更換

國家圖書館出版品預行編目資料

遠方的追緝　／　追風人著. -- 初版. --　臺北市
：風雲時代, 2011 . 01
　冊；　公分

ISBN 978-986-146-735-1（上冊：平裝）. --
ISBN 978-986-146-736-8（下冊：平裝）. --

857.7　　　　　　　　　99022334

©2011 by Storm & Stress Publishing Co.
Printed in Taiwan

回風雲時代